대답
없는
사랑

막심 고리키 마지막 단편집

대답 없는 사랑

막심 고리키 소설

이강은 옮김

문학동네

차례

은둔자···007

대답 없는 사랑···053

영웅···131

어떤 소설···185

카라모라···227

에피소드···287

무대 연습···339

푸르른 삶···389

특이함에 대하여···485

작품 해설 영혼의 무성한 풀숲 _ 이강은(옮긴이)···555

은둔자

두 사람이 떠나자 동굴 안에서 이루 형언할 수 없이
마음을 뒤흔드는 목소리가 흘러나왔다.
『밀라야……』
저 흉하게 생긴 노인네가 이 단어에 어쩌면 저렇게 매혹적인 부드러움과
기쁨에 넘친 사랑을 담아낼 수 있는지 그건 아무도 모를 것이다.

숲속 계곡이 황톳빛 오카 강으로 완만하게 내려가고 있었다. 계곡 아래에는 계곡물이 풀숲을 헤치며 달려갔다. 계곡 위에는, 밤이 되면 낮에 보이지 않던 푸르른 하늘의 강이 떨리듯 흘러갔고, 별들은 그 강물 속에서 황금 농어처럼 노닐었다.

계곡의 남동쪽 기슭에는 나무들이 빽빽하고 어지럽게 자라고 있었다. 그 한가운데 가파른 절벽 밑에 동굴이 하나 있었는데 굵은 나뭇가지들로 잘 만들어놓은 문이 입구를 가리고 있었다. 동굴 앞에는 돌로 잘 다져진 네댓 평 정도의 작은 마당이 있었고, 그곳에서 계곡물 쪽으로 큰 돌계단이 이어져 있었다. 동굴 문 앞에는 보리수나무와 자작나무, 단풍나무 등 어린 나무 세 그루가 서 있었다.

동굴 주변은 잘 매만져져 있어 그곳에 사람이 산다는 것을 알 수 있었다. 동굴의 내부도 아주 견고하게 다듬어져 있었다. 벽과 둥그런 천장에 버드나무 가지를 엮어 댄 뒤, 그 위에 강에서 가져온 점토를 이겨 만든 진흙을 잘 발라놓았다. 입구 왼편에는 자그마한 난로가 있고 한쪽 구석에는 경탁*이 놓여 있었다. 경탁 위에는 비단같이 촘촘히 짠 보리수 껍질보가 덮여 있고 그 위 쇠고리에는 램프가 걸려 있었다. 파르스름한 램프 불꽃은 어둠 속에서 보일 듯 말 듯 흔들리고 있었다.

경탁 앞에는 세 개의 검은 성상이 있고 벽에는 나무껍질로 만든 새 신발들이 줄지어 걸려 있었다. 바닥에는 나무 내피가 깔려 있어 향긋한 마른풀 냄새가 동굴을 가득 채웠다.

이곳의 주인은 중키의 늙은이였는데, 당당한 체구였지만 어딘지 몹시 망가져 보이는 데다 흉터투성이였다. 벽돌처럼 붉은 얼굴은 보기 흉했고, 왼쪽 뺨에는 귀에서부터 턱까지 깊은 흉터가 나 있어 입이 일그러지기라도 하면 아픈 사람 같기도 하고 조롱기 어린 표정처럼 보이기도 했다. 결막염에 걸렸었는지 속눈썹이 없었으며 눈꺼풀이 있을 자리는 붉은 흉터가 덮고 있었다. 머리칼은 군데군데 한 줌씩 빠져 있고 툭 튀어나온 정수리와 왼쪽 귀 위에는 머리카락이 없어서 귀가 훤히 드러나 보였다. 하지만 이 늙은이의 동작만큼은 족제비처럼 민첩하고 기괴한 눈길은 부드러웠다. 웃을 때면 얼굴의 흉터들은 수많은 부드러운 주름살 사이로 사라져버렸다. 그는 색이 전혀 바래지 않은 고급 셔츠와 알록달록한 무늬가 있는 푸른색 바지를 입고, 끈으로 엮은 신을 신고 있었다. 그리고 각반 대신 토끼 가죽을 무릎까지 두르고 있었다.

내가 그를 처음 찾아갔을 때는 화창한 오월이었다. 우리는 금세 친

---

* 교회에서 성상이나 책을 놓는 다리가 높은 탁자.

해졌고 그는 나를 하룻밤 재워주었다. 그리고 두번째 방문 때 내게 자신의 인생에 대해 스스럼없이 털어놓았다.

"난 톱질하던 놈이었네."

셔츠를 벗고 햇빛에 가슴팍을 드러내며 까마귀밥나무 밑에 누우면서 그는 이렇게 말했다. 그의 몸은 노인이라고 생각할 수 없을 정도로 탄탄했다.

"십칠 년 동안 통나무를 잘랐다네. 자, 보게나, 그놈의 톱이 낯짝을 얼마나 갈아먹었는지…… 다들 나를 톱쟁이 사뻴이라고 불렀지. 그런데 이 톱질이라는 게 그리 만만한 일이 아니네. 하늘을 보고 손은 계속 톱질을 해야지, 면상에는 그물망을 쓰고 머리 위에는 통나무가 있고, 아무것도 보이지는 않지, 톱밥은 마구 뿌려대지, 끔찍한 일이지! 하지만 난 아무 생각 없이 즐겁게 사는 놈이라서 비둘기처럼 살았지. 알지? 그 뱅뱅 도는 비둘기놈들. 하늘로 높이 올라갔다가 날개에 대가리를 파묻고 아래로 피용 떨어지는 놈들 말이야. 지붕이나 땅에 처박고 죽는 놈들도 많지. 내가 바로 그짝이었다네. 활달하고 수줍음 따윈 없고 그저 바보처럼 행복해했지. 아줌마나 아가씨나 다들 날 좋아했다네. 그래, 꼭 설탕처럼, 그래 그 말이 딱 맞네, 설탕처럼 날 좋아했지! 되는대로 막 살았지만 그래도 즐거운 추억이지……"

그는 자세를 바꾸어 모로 누우며 소리내어 웃었다. 목이 다소 잠긴 것만 빼면 젊은이 같은 웃음소리였다. 그의 웃음소리는 계곡 물소리와 잘 어울렸다. 따뜻한 바람이 훅 불어왔고, 비로드처럼 부드러운 봄의 새잎들에는 금빛 햇살이 미끄러지고 있었다.

"자아, 술이나 한잔 하자고."

사벨이 제안했다.

"가서 건져 오게."

나는 물가로 내려갔다. 개울물에 보드카 한 병을 담가 차갑게 해놓았던 것이다. 우리는 술을 잔에 따라 마셨다. 꽈배기 빵과 말린 물고기를 안주 삼아 씹다가 그가 탄성을 질렀다.

"이놈의 술이란 건 정말 기막히단 말야!"

그러고는 덥수룩한 회색 콧수염을 한 번 핥았다.

"재밌는 얘기가 있네. 나는 보드카를 많이 마시지는 못하지만, 조금 마시는 건 좋다고 봐. 보드카를 처음 만든 게 악마라고들 하지 않나. 훌륭한 일을 했지. 악마에게 절이라도 해야 해……"

그는 실눈을 뜨고 잠시 말을 멈추더니 갑자기 뭔가 항의하듯 소리를 질렀다.

"그래, 아무리 그래도 날 욕보인 거야! 내 눈에서 피눈물이 나게 한 거라고. 이보게, 도대체 사람들은 왜들 그렇게 서로를 못 잡아먹어서 안달인 건가? 정말 부끄러워. 사람에게 양심이란 건 집 없이 떠돌아다니는 들짐승에 불과하지. 양심이 살 곳이 없어! 그래, 좋다고. 남들 다 하듯이 나도 장가를 갔었지. 아내는 나탈리야라고, 상냥하고 예쁜 여자였어. 우리는 그럭저럭 잘 살았어, 편하게. 아내에겐 조금 바람기가 있었지만, 내가 워낙 나돌아다니는 놈이라서 집에 있는 날이 별로 없었으니까 그럴 만도 했지. 어디서 좀 괜찮은 여자나 다정하게 구는 여자가 있으면 그대로 주저앉고 그랬지. 내겐 늘상 있는 일이었어. 그러다가 더이상 좋은 일이라고는 없는 지독한 시절을 만났지. 그래서 그저 돈 몇 푼 쥐고 집으로 돌아왔는데, 아, 사람들이 '사벨, 집을 나갈 때는 마누라를 꼭 묶어두라고!' 하면서 다들 비웃더란 말일세. 난 남의 눈도 있고 해서 마누라를 조금 때려주고 가져온 선물을 주며 달 랬지.

'이 바보야, 어떻게 그렇게 사람들 앞에 남편을 웃음거리로 만들 수 있냐, 내가 네 원수라도 되냐?' 물론 아내는 울면서 '다들 거짓말 하는 거야!'라고 하더군. 사람들이 거짓말을 잘하긴 하지만 적어도 날 속이지는 않는다는 걸 알고 있었지. 여자에 대해서는 밤이 진실을 말 해주는 법이네. 밤이면 알 수 있지, 이 여자가 다른 남자의 품에 있었 는지 아닌지."

그의 등뒤 쪽 관목 숲에서 뭔가 소리가 들렸다.

"휘이—."

노인은 손으로 까마귀밥나무 가지를 흔들었다.

"저기 고슴도치란 놈이 사는데 얼마 전에 내가 그놈 다리를 부러뜨 려놨지. 씻으러 물가로 내려갔는데, 풀 속에 아무것도 보이지 않았거 든. 근데 느닷없이 손가락에다 바늘침을 놓지 않겠어."

그는 웃으면서 숲속을 살펴보더니 벌떡 몸을 일으키며 하던 말을 계속했다.

"그랬지! 말하자면 바로 그래, 날 욕보인 거라고, 다들 그런 거야! 딸애가 하나 있었는데, 이름은 타치야나야. 타샤라고 불렀지. 자랑은 하지 않겠지만 한마디로 말해 내 인생의 기쁨인 아이였네. 아, 내겐 별 같은 아이였지! 휴일에 그애를 데리고 거리에 나가면, 아 정말 하 느님이 주신 아름다움이라니! 걸음걸이며 몸매하며 눈이며…… 쿠지 민이라는 선생이 있었는데, 원체 굼뜬 친구라서 별명이 트렁크였어.

이 선생은 딸애를 알아듣지 못할 이상한 이름으로 부르면서, 술에 취하면 눈물을 흘려대면서 날더러 딸애를 소중히 기르라고 간절하게 말하곤 했다니까. 난 애지중지 길렀지. 그런데 나한테 복이라도 있을라치면 사람들은 그걸 좋게 보질 못해 질투를 해댔어. 내가 딸과 잔다는 소문이 퍼졌지……"

그는 불안하게 몸을 뒤척이더니 관목에 걸쳐 놓은 셔츠를 집어 몸에 걸치고 꼼꼼하게 깃을 여몄다. 표정이 몹시 일그러졌고, 입술은 꽉 다물어졌다. 성글고 억센 회색 눈썹이 눈꺼풀 없이 드러난 눈을 내리덮었다. 저녁이 다 되어가고 있었다. 공기는 한결 시원해졌다. 어디에선가 메추라기 소리가 났다.

"포치, 폴로치……"

노인은 계곡을 내려다보며 말했다.

"소문은 연기처럼 피어올랐지. 쿠지민도 사제도 동네 서기도, 사내란 놈들은 다…… 게다가 아낙네들이 혓바닥을 놀려대고 모두 나서서는 '못된 놈!'이라고 욕을 해대질 않나…… 무슨 잔치라도 난 것처럼 말이야. 다른 사람에게 독을 먹이고 다들 좋아하는 게지. 타샤는 울고불고 난리였지. 밖에 나가지도 못했어. 애들까지 욕을 해대니…… 모두들 좋아라 하고 우리 이야기를 재미 삼아 입방아를 찧은 거야. 그래 내가 '타샤야, 우리 떠나자'고 했지……"

"그럼 아내는요?"

"아내?"

노인은 놀란 듯이 되물었다.

"아내는 죽어버렸네! 밤에 그냥 악 하고 죽어버렸어. 나 원 참! 이 일이 생기기 훨씬 전에, 타샤가 열세 살 때니까…… 그 여잔 늘 내 말을 거스르는 데다 별로 좋지 않은 여편네였어. 부정한 여자였지……"

"그래도 아깐 칭찬을 했잖아요?"

내가 상기시켰다.

그러나 그는 당황해하지 않았다. 뺨을 한 번 부비더니 턱수염을 들어올려 바라보면서 나직하게 말했다.

"좋은 건 좋다고 해야 되잖나? 사람이 항상 나쁠 수는 없는 거지. 또 나쁜 칭찬이라는 것도 있는 거고. 사람이란 말이지, 돌덩이가 아니란 말씀이야. 하다못해 돌덩이도 때에 따라 달라지는 법이지. 하지만 다른 생각은 하지 말게. 그 여자는 제 목숨대로 간 거네. 심장병이 틀림없어. 늘 숨을 헐떡이곤 했으니까. 어쩌다 밤에 그 짓이라도 하고 나면 갑자기 아주 녹초가 돼서는 꼭 죽은 듯했어. 으스스했지!"

잠긴 듯한 부드러운 그의 목소리는 노래하듯이 들려왔고 저녁의 따스한 대기 속에 풀내음과 바람의 숨결, 살랑대는 나뭇잎 소리, 그리고 돌 사이를 흐르는 조용한 계곡 물소리와 쉼 없이 이어지며 다정하게 섞이고 있었다. 그가 말을 멈춘다면 밤은 그렇게 충만하지도, 그렇게 아름답지도, 그렇게 정겹지도 않으리라. 사벨은 놀랄 만큼 편안하게 말하고 있었다. 적당한 말을 찾느라 힘들어하지도 않았고, 여자애가 인형에게 하듯 그렇게 자신의 말에 사랑스럽게 생각의 옷을 덧입혔다. 나는 러시아의 요설가들을 적지 않게 만나보았다. 하지만 그들은 현란한 말에 취해서 말을 재간 있게 엮어대다가는 종종, 아니 거의 언제나 희미한 진실의 실마리를 잃어버리곤 했다. 그러나 이 사람은 아주 확실하고 꾸밈없이 제 이야기를 엮어갔는데, 온 진심을 다하고 있었기 때문에 나는 차마 그의 말을 가로막고 질문을 할 수가 없었다. 그의 말들이 노는 모습을 지켜보면서 나는 이 노인네가 마법의 힘으로 더럽고 범죄적인 거짓을 덮을 수 있는 살아 있는 천연 보석을 가진 사람은 아닌가 하고 생각했다. 나는 거짓말이라는 걸 알았지만 어쩔 수 없이 그의 말의 마법에 굴복한 것이다.

"이보게, 친구. 진짜 문제가 벌어졌다네. 사람들이 의사를 부르고 그 의사 선생이 뻔뻔하게도 타샤를 자세히 살펴보았지. 그리고 의사와 함께 한 사람 더, 아주 찰거머리 같은, 머리가 벗어진 황금빛 단추를 단 판사가 따라와서는 '누가? 언제?' 하고 물어대는 거야. 딸은 차마 말을 못했지. 부끄러웠거든. 나는 체포돼 읍내로 끌려가 감옥에 갇혀버렸어. 그렇게 처박혀 앉아 있는데, 그놈의 대머리가 내게 '네 죄를 인정해라, 그러면 네 형이 좀 가벼워질 거다!' 라고 말하더군. 그래서 나는 그에게 정말 진심으로 제안했지. '나를 놓아주시오, 판사님, 키예프로 가서 성자 납골당에 죄를 빌도록 해주시오!'

그러자 '그래, 네 죄를 인정하는군!' 하고 나를 더 낚아채는 거야. 그 수고양이 같은 대머리 녀석! 난 아무것도 인정하지 않았어. 그저 너무 지겹다보니 되는대로 말을 내던진 거지. 감옥에 앉아 있는 건 정말 지겹거든. 사방이 도둑놈에 살인자에 온갖 잡동사니 같은 사람들뿐이고, 게다가 타샤는 어떻게 되는 거지? 하는 생각만 들고…… 이런 짓거리를 일 년 넘게 끌더니 드디어 재판이 시작되었네. 타샤도 보였지. 신발이며 옷차림하며 모든 것이 예전 같지 않았어! 구름같이 푸른 원피스를 입었고 영혼은 온통 밝게 빛나는 것 같았지. 모두들 재판 내내 그애를 쳐다보고는…… 아, 정말, 이보시오, 모두 꿈속의 일 같왔다네. 타샤 곁에 지주였던 안치페로바 부인이 있었는데, 아주 약아 빠진 욕심쟁이 마귀할멈이었지. '저 여자가 날 괴롭힐 거야, 저 여자가 뼛속까지 날 잡아먹을 거야……' 속으로 이런 생각이 들었다네."

그는 이 말을 하며 사람 좋아 보이는 웃음을 지었다.

"그 여자에겐 마트베이 알렉세이치라는 아들이 있었는데 바보 같은 애였어. 지겨운 애였다니까! 핏기라곤 하나도 없이 새하얀 얼굴에 안경을 끼고 다녔지. 머리는 사제처럼 깎고 턱수염은 우스꽝스럽고…… 옛날얘기나 노래 같은 걸 공책에다 적어대곤 했지. 사람은 좋아서 누가 뭐든 달라고만 하면 주었어. 농민들이 이걸 이용해서는 한 놈은 낫을 달라고 하고, 다른 놈은 장작을 달라고 하고, 또 어떤 놈은 빵을 달라고 해대면서 필요한 것이든 필요 없는 것이든 뭐든 가져가버릴 정도였지.

나는 이렇게 말해주곤 했지. '이봐요, 알렉세이치, 모두 줘버리면 어떻게 할 거요? 아버지나 할아버지는 긁어모으고 벌기 위해 나쁜 짓도 마다하지 않고 사람들을 쥐어짰는데, 일없이 다 줘버리는 거냐고요?' 내가 이렇게 말하면, '그럼, 그래야지!' 하고 대답하는 거야. 골치 아프게 머리 굴리는 스타일은 아니었네. 어찌 됐든 조용한 젊은이였네. 나중에 현지사가 그를 중국으로 추방해버리긴 했지만. 현지사에게 욕설을 해댔거든. 그래서 중국으로 보내버린 거지.

그나저나 재판은……, 내 변호사가 나타나 두 시간여 손을 마구 흔들어대며 말을 했지. 또 타샤도 날 위해……"

"그런데 당신은 딸과 정말 그랬나요?"

그는 무언가 떠올리려는 듯이 잠시 생각에 잠겼다. 그러고 나서 매가 날아오르는 것을 눈으로 좇으며 무심하게 대답했다.

"딸과 같이 사는 일은 있을 수 있는 법이네. 딸들하고 살았던 성자도 있잖나? 두 딸과 말이오. 그래서 아브라함과 이삭 같은 선지자도 나왔고…… 그렇다고 내가 그렇다는 건 아니고. 물론 나는 그애하고 놀았지. 겨울인 데다 밤은 길고 따분하잖나! 더구나 세상을 떠돌아다니던 나 같은 놈한테는 특히 그렇지 않겠나. 난 그애에게 옛날이야기를 해주곤 했지. 수백 가지도 더. 하지만 이야기란 꾸며낸 거지. 피는 뜨겁고, 타샤는……"

그는 눈을 감았다. 그리고 머리를 흔들며 한숨을 내쉬었다.

"그애는 정말 믿을 수 없을 만큼 예뻤어! 나는 여자라면 참을 수가 없는 놈이었네, 완전히 미친놈이었다고!"

노인은 심하게 몸을 떨었다. 그리고 환희와 긍지에 찬 듯이 말했다.

"이보게, 내 나이 예순일곱이지만 지금도 어떤 여자건 끝까지 보낼 수 있다고, 정말이야! 그 어떤 암말 같은 여자도 한 오 년쯤 살고 나면 내게 애원을 하지. '오, 사벨, 놓아줘요, 더는 힘이 없어요!' 그러면 난 불쌍해서 보내주지. 하지만 일주일도 안 돼서 다시 오는 거야. 여자라는 것은 말이네, 정말 큰일이야. 온 세상이 다 이 일에 매달리잖나. 짐승이며 새며 곤충 같은 미물까지도 모두 다 그렇게 살아. 아니면 어떻게 살겠어?"

"그래, 딸애는 재판에서 뭐라고 말했어요?"

"타샤 말인가? 그애는 말을 꾸며댔지. 안치페로바가 일러주었거든. 안치페로바는 내가 필요했거든. 딸애는 자기가 혼자 한 일이지 난 죄가 없다고 말했어. 그래서 난 풀려났지. 그놈들 일이란 게 다 쓸데없는 짓 아니겠나. 다 보여주기 위해서 그러는 게지. 자 봐라, 우리는 법을 잘 수호하고 있지 않느냐 하고 말이야. 모든 게 다 사기라고. 법이나 명령이나 무슨 문서 따위는 다 쓸데없는 거요. 내버려둬야 해. 다 제 하고 싶은 대로 살게. 그럼 돈 들어갈 일도 더 없고 더 즐거울 게야…… 자, 난 이렇게 살고 있지 않나. 누구도 방해 안 하고 그 어디에도 끼어들지 않고……"

"그럼 살인자들은 어떻게 합니까?"

"그놈들은 죽여야지!"

사벨이 단호하게 말했다.

"살인한 놈은 그 자리에서 똑같이 죽이는 거야. 사람이란 모기나 파리가 아니니까. 그 누구도 당신보다 못하지 않아, 염병할……"

"그럼 도둑놈들은요?"

"이 사람 보게. 도둑이 어디 있어, 훔칠 게 없는데! 나한테 훔쳐갈 게 있어 보이나? 남는 게 없으면 질투도 탐욕도 다 없는 법이지. 그런데 도둑놈이 어디서 나오겠나? 도둑은 다 남아도는 데서 나온다고. '야, 여기 많구나!' 하는 게지. 그럼 뭐든지 뺏으려 드는 게고……"

사위는 이미 어두워졌고 밤은 계곡으로 젖어들었다. 어디선가 부엉이 울음소리가 서너 번 들려왔다. 노인은 그 음산한 울음소리에 귀를 기울이더니 웃으면서 말했다.

"저기 멀지 않은 곳에 있는 나무 구멍 속에 사는 놈이지. 저 녀석은 어쩌다 대낮에 나왔다가 햇빛이라도 마주치면 숨지도 못하고 꼼짝도 못하지. 내가 가서 혓바닥을 낼름 내밀고 '야, 이 바보야!' 해도 아무것도 못 보고 찍소리도 못 하지. 쪼그만 잡새들이 이리저리 들여다봐도 마찬가지고. 부엉이란 놈, 정말 안된 놈이야!"

나는 그가 왜 은둔자가 되었는지 물었다.

"그냥, 떠돌아다니다가 이렇게 멈춰 선 거지. 모두 타샤 때문이야. 안치페로바가 아주 교활하게 일을 꾸몄거든. 재판이 끝나고 나서 딸 애를 만나지 못하게 하더군. '나는 모든 사실을 알고 있어. 감옥에 안 간 걸 내게 고맙다고 해야 해. 하지만 타샤는 자네에게 넘길 수 없어.' 그 바보 같은 것이, 내 참. 난 그 여자 주위를 맴돌다가 어느 순간 결 심했지. 아니다, 딸애에게 가지 말자! 그리고 떠났네. 키예프에도 있 었고 시베리아에도 있었네. 거기서 돈을 많이 벌어서 다시 돌아왔지. 그런데 안치페로바 부인은 철길에서 기차에 깔려 죽었고 타샤는 쿠르 스크의 어떤 놈팡이에게 시집을 갔다고 해서 난 쿠르스크로 갔지. 그 런데 그놈이 페르시아로 떠났다더군. 우준 시로 말일세. 그래서 나는 차리츠인으로 가서 기선을 타고 바다를 건너 우준 시로 가지 않았겠 나. 아, 그런데 타샤가 죽었다는 거야. 그 놈팡이를 만났는데 벌건 얼 굴에 코는 새빨갛고 건들건들했지. 주정뱅이였어. 그놈이 '당신, 그 여자 애비 맞지요?' 하지 않겠어. '아니올시다. 내가 어떻게! 난 그저 시베리아에서 아버지라는 사람을 만났을 뿐이오' 하고 말했지. 그놈 앞에서 털어놓기가 싫었어. 흠, 그래서 난 노브이 아폰으로 갔지. 참 좋은 곳이어서 거의 눌러앉을 뻔했지. 그런데 나중에 보니까 살 만한 곳이 못 되더군! 온통 파도소리에 돌투성이에다 아브하지아 놈들이 우글대지, 주위엔 산뿐이고 밤에는 얼마나 깜깜하던지 마치 타르 속 에 빠진 것 같았다니까. 아이고, 그 더위 하며…… 그래 이리로 와서 이렇게 사는 거요. 구 년째 잘 살고 있지. 처음에 여기서 둥지를 틀고 자작나무를 심었다네. 삼 년 후엔 단풍나무를 심고, 좀 뒤에 보리수를 심었소. 저기 보이지? 여보게, 여기 사람들에게 난 커다란 위안을 주는 사람이라네. 일요일에 와서 한번 보고 들어보시게!"

그는 그와 같은 사람들이 늘 입에 붙이고 다니는 신에 대해서는 언급하지 않았다. 나는 그에게 기도를 많이 하느냐고 물었다.

"아니, 그렇게 많이 하지는 않네."

노인은 눈을 감으면서 생각에 잠긴 듯이 대답했다.

"처음엔 열심히 기도했지. 성호를 그으며 몇 시간씩 무릎을 꿇고 있기도 했네. 내 팔은 톱질로 단련되어 피로를 몰랐으니까, 등도 마찬가지고. 난 수천 번도 더 절할 수 있네. 아 소리 한 번 안 내고. 근데 이 무릎뼈가 견디지 못하고 쑤시더군. 그래 나중에 생각했지. 내가 뭘 기도하는 거지, 무엇에 대해서? 내겐 모든 게 있고 사람들이 존경해주는데…… 난 하느님을 귀찮게 하고 있는 게 아닐까? 하느님은 하실 일이 따로 있는데 왜 내가 하느님을 방해하는 거지? 오히려 사람들의 하찮은 일에서 벗어나게 해드려야 하는데…… 하느님은 우리를 보살펴주는데, 우리는 하느님을 조금도 걱정하지 않잖아! 그리고 난 이렇게 생각했소. 하느님은 많은 사람들을 위해 살고 계시다, 그러니 나 같은 하찮은 멍청이를 위한 시간이 어디 있으시겠는가. 그래서 지금은 그저 이렇게 밤에 잠이 오지 않으면 동굴에서 나와 아무 데나 자리를 잡고 하느님이 계신 하늘을 바라보며 '그분은 저기서 어떻게 지내시나?' 하고 생각한다네. 이보게, 친구. 그건 정말 즐거운 일이야. 꿈이 실제가 되는 놀라운 일이지. 기도할 때와 마찬가지로 지루한 줄 몰라. 난 하느님께 아무것도 바라지 않고, 남에게 충고하지도 않지. 난 사람들에게 그저 이렇게 말한다네. '하느님을 불쌍하게 여기시오!' 나중에 와서 보시게. 내가 하느님에게나 사람들에게 얼마나 유용한지를……"

그는 자랑하듯이 말하지는 않았지만 그의 말에는 확신이 배어 있었다. 그것은 장인이 자신의 일에 가지고 있는 확신과도 같은 것이었다. 그의 드러난 두 눈이 불구로 일그러진 얼굴의 흉함을 가리면서 밝게 미소지었다.

"겨울에는 어떻게 사냐고? 난 겨울에도 따뜻하게 지내. 사람들이 내게 찾아오기 힘들 뿐이지. 눈 때문에 말일세. 이삼 일씩 빵을 못 먹을 때도 있지. 한번은 팔 일 남짓 동안 빵 쪼가리 하나도 먹질 못해서 의식을 잃을 정도로 허약해졌었어. 그런데 어떤 아가씨가 와서는 날 일으켜 세웠지. 수도원 하녀였는데 나중에 선생한테 시집을 갔지. 내가 그렇게 하라고 일러주었거든. '튠카, 뭘 그렇게 몸을 사려? 무슨 소용 있다고?' 그랬더니 이러더군. '전 고아예요.' '시집 가거라. 그럼 고아 신세는 끝나게 돼.' 페브쇼프라는 아주 괜찮은 선생이 있어서 내가 그 사람에게 충고했지. '저 처녀를 잘 봐둬.' 정말 그 사람은 곧 그녀를 데려갔지. 둘은 잘 살고 있네. 그래, 이번 겨울엔 사로프로 갈 거네, 오프치나로, 디베옙스키로 가야지. 거기는 온통 수도원들이네. 수도사들은 날 좋아하지는 않지만 나보고 머릴 깎고 수행자가 되라고 자꾸 불러들이지. 그게 자기네한테 이익이 되거든. 사람들을 꼬이게 하는 미끼인 셈이지. 하지만 난 싫어, 나한테는 맞질 않아. 내가 무슨 성자라도 된다고…… 난 그저 조용하게 살고 싶은 사람이라네……"

그는 웃으면서 손으로 옆구리를 문지르며 다정하게 말했다.

"그 대신 수녀들에게 난 반가운 손님이지! 그들은 날 사랑한단 말일세! 자랑이 아니라 사실이네. 난 말일세, 여자라면 속속들이 잘 알고 있다네. 어떤 여자라도, 귀족 피를 가졌든 상인 여자든 말이지. 내 영혼을 보듯이 여자들의 마음을 아주 환히 들여다볼 수 있네. 눈을 들여다보면 다 알 수 있지, 온갖 생각을 말이야. 자네에게 그런 얘기들은 얼마든지 해줄 수 있네……"

그리고 그는 다시 한번 자신 있게 나를 초대했다.

"나중에 와서 한번 보게. 내가 그런 여자들하고 어떻게 속닥이는지. 자, 그건 그렇고 술이나 더 마셔보세."

술을 한 잔 더 마시고 나서 새롭게 기운이 났는지 그는 목소리를 높였다.

"아, 정말 술이란 건 좋은 거야!"

짧은 봄날 밤은 금세 녹아내렸고 서늘한 기운이 감돌았다. 나는 모닥불을 피우자고 했다.

"왜? 추운가? 나 같은 늙은이도 안 추운데, 자네가 춥단 말인가? 이런! 그럼 자넨 동굴로 들어가서 좀 눕게. 이보게, 친구, 불을 피우면 온갖 살아 있는 작은 것들이 뛰어들어서 불에 타 죽게 된다네. 난 그게 싫어. 그놈들에게 불은 덫이나 마찬가지네, 죽음이거든. 태양은 모든 불의 아버지고 아무도 죽이지 않는 법이네. 그런데 우리가 겨우 우리 몸뚱어리를 위해 이 모든 미물을 태울 수야 있나. 안 되지……"

난 그의 말에 동의해 불을 피우지 않았지만, 추위를 피해 동굴로 들어갔다. 그는 오랫동안 동굴 밖에 있다가 어디론가 걸어갔다. 찰박거리는 물소리가 들려왔고 나는 그의 정겨운 목소리를 들었다.

"후어이…… 겁내지 마라, 이놈들아…… 훠이!"

잠시 뒤에 그는 조용하고 나직한 목소리로 노래를 불렀다. 누군가를 재워주려는 듯이……

잠에서 깨어 동굴 밖으로 나가니 사벨은 무릎을 꿇고 앉아서 나무껍질로 능숙하게 신발을 엮고 있었다. 그는 숲속에서 열심히 노래하는 되새에게 말을 걸었다.

"마음대로 불러라, 실컷 불러라, 너의 날이 밝았다!"

"일어났나? 가서 세수하게나. 차는 벌써 끓여놓았네. 자넬 기다리고 있었어……"

"아니 한잠도 안 주무셨습니까?"

"나? 죽으면 잠자게 되겠지."

계곡 위로 오월의 푸른 하늘이 빛나고 있었다.

나는 삼 주 뒤 토요일 저녁 무렵 그를 찾아갔다. 그는 나를 오랜 벗처럼 반갑게 맞이해주었다.

"난 또 이 사람이 날 잊어버렸구나! 하고 생각했지. 술도 가져왔나? 고맙네! 그리고 밀빵도? 아주 말랑말랑하네. 자넨 좋은 사람이야. 사람들은 자넬 좋아해야 돼. 사람들은 좋은 사람을 사랑하지. 자신에게 이로운 건 아는 거지! 소시지 아닌가? 난 그거는 좋아하지 않네, 개가 먹는 음식이지. 그건 자네가 먹게나. 난 생선을 좋아해. 이 생선은 황어라는 건데, 카스피 해에서 나는 거야, 아주 달지. 자네, 돈을 많이 썼군, 사람 참! 아냐 괜찮아, 정말 고마우이!"

그는 전보다 더 생기 있고 즐거워 보였다. 나도 덩달아 마음이 가벼워지고 즐거워졌다. 하지만 이런 생각도 들었다.

'대체 이 사람은 어떻게 저리 행복해 보이는 거지?' 민활한 그는 내가 가져온 선물을 정리하면서 바지런하게 움직였다. 아주 다정하고 황홀한, 사람 혼을 빼놓는 듯한 러시아어가 그에게서부터 온 사방으로 퍼져 날아갔다.

단단한 그의 몸동작은 율모기처럼 재빨랐고 분명한 그의 말투와 아주 잘 어울렸다. 일그러진 얼굴과 눈꺼풀 없는 두 눈에도 불구하고 (아니, 그것은 그를 더욱 용감하게 보이기 위해 일부러 찢어놓은 것 같았다) 그는 아름다워 보였다. 알록달록 교묘하게 짜놓은 인생의 아름다움처럼. 흉측한 외모는 오히려 그 아름다움을 더욱 돋보이게 해주었다.

또다시 우리는 거의 밤을 새워 이야기했다. 그가 말할 때면 하얀 구레나룻이 움찔거리고 쥐어뜯은 듯이 성긴 콧수염이 곤두서곤 했다. 그가 거침없이 웃을 때면 비뚤어진 입 속에서 하얗고 날카로운 족제비 이빨들이 빛났다. 골짜기 아래쪽은 고요했지만, 하늘에서는 바람이 불어댔다. 소나무 머리끝이 흔들리고 참나무 억센 잎들이 서걱거렸다. 푸른 하늘의 강은 사납게 격동하며 회색빛 구름 포말에 덮여가고 있었다.

"쉬이!"

노인은 경계하듯 손을 들고 나지막이 말했다. 나는 귀를 기울였다. 사위가 적막했다.

"여우가 기어오고 있어. 저기 여우굴이 있거든. 사냥꾼들이 와서 물어보더라고. 이보시오, 영감, 여기 어디 여우가 살지 않소? 난 그들에게 거짓말을 했지. 아니 여우는 무슨 여우가 있다고 그러쇼? 난 사냥꾼들을 좋아하지 않아, 제기랄 놈들!"

가끔 그는 더 심한 욕설을 내뱉고 싶어했지만 자신에게 어울리지 않는다는 걸 알고는 그저 '제기랄' '제미' 하고 마는 것이었다.

앵초뿌리로 담근 보드카를 들이켜고 그는 흉한 눈을 찡그리며 말했다.

"이 생선은 맛이 참 좋아. 정말 자네에게 머리 숙여 감사하네. 나는 맛있는 건 모두 좋아해⋯⋯"

신에 대한 그의 태도가 내게는 분명치 않아 보였다. 그래서 나는 조심스럽게 이 주제로 대화를 바꾸어보았다. 처음에 그는 순례자나 수도원에 드나드는 사람이나 직업적인 신자들이 하는 일반적인 대답을 했다. 그러나 나는 그가 그렇게 말해놓고도 스스로 지겨워한다고 느꼈다. 그것은 틀리지 않았다. 그는 내게 가까이 다가오더니 갑자기 활기를 띠면서 목소리를 낮추고 말했다.

"이보게, 내 진실을 말해주지. 어느 프랑스 사람에 대한 건데, 그는 사제였다네. 아주 키가 작은 데다 찌르레기처럼 온통 새까맣고 머리는 싹싹 깎은 민머리였지. 코에는 금테 안경을 걸치고, 손은 계집애처럼 아주 작았어. 신들의 장난감이라고나 할까! 나는 그를 포차옙스키 대수도원에서 만났는데 여기서 아주 먼 곳이지."

그는 동쪽 어디쯤, 인도 쪽 방향을 가리키고 좀더 편하게 다리를 쭉 펴고 바위에 등을 기댔다.

"온통 폴란드인들이 살고 있는 낯선 곳이었지. 우리네 땅이 아니야. 내가 한 수도사와 농담을 늘어놓는데 그 친구가 이렇게 말하더군. '요즘 사람들은 좀더 벌을 받아야 돼.' 그래 내가 비웃어줬지. '똑바로 벌을 주기만 한다면야 당연히 그래야지요. 그런데 그럴 시간도 없고 더 일을 하자니 그렇고 하니, 그냥 서로 싸움질을 하게 하시오, 그럼 되잖소' 하고 말일세. 그 수도사가 내게 '무슨 바보 같은 소리요!' 하고 화를 내며 가버리더라고. 헌데 한 사제가 갑자기 나타나서는…… 아 정말 대단했어! 이보시게, 내가 그때 일을 모두 말하겠네. 그 사람은 내게 세례자 요한과도 같았지. 혀가 잘 안 돌아서 우리말을 남의 말 하듯 했지만, 그래도 아무 상관 없는 것이 그 사람은 위대한 영혼에 대한 말을 했거든.

'나는 들었어요. 당신이 말하는 걸. 당신은 나와 똑같은 생각을 갖고 있어요! 당신은 수도사를 믿지 않아. 오, 정말 그건 잘한 거예요! 하느님은 악당이 아니라 진심어린 친구입니다. 오직 그분과 함께, 그분의 선의에 맞게 세상일이 되었어요.

그분은 눈물어린 우리의 삶에 녹아 있어요, 물에 녹아 있는 설탕처럼. 그런데 더러운 물이라서 우리가 그분을 느낄 수 없는 거예요. 우리 삶에서는 그분 맛을 느끼지도 못하고 듣지도 못해요. 하지만 그래도 그분은 온 세상에 넘쳐흐르고 모든 이들의 영혼에 아주 순수한 불꽃으로 살아 있지요. 그래서 우리는 우리 안의 하느님을 찾아서 그 조금씩의 하느님을 하나의 덩어리로 만들어야 하는 거예요. 주님께서 모든 생명의 영혼들을 그분의 힘으로 모아들이면 악마가 찾아와서 이렇게 말하겠지요. 주여, 용서하소서, 당신이 그렇게 위대하고 가없이 강한 분인지 저는 미처 알지 못했습니다. 이제부터는 더이상 당신과 맞서 싸우지 않겠나이다, 부디 저를 종복으로 부려주소서! 하고 말이에요.'"

노인은 힘주어 말했고 더 커진 눈동자가 이상스럽게 반짝였다.

"'그때가 되면 온갖 추악함과 악과 지상의 모든 다툼은 종말을 맞이하고, 모든 사람들은 자신의 하느님을 되찾게 되지요. 강물이 큰 바다로 흘러가듯이······'"

그는 말하다 목이 메어 무릎을 탁 치고는 나지막하게 웃음을 터뜨렸다. 그리고 기쁜 듯 웃으며 말을 계속했다.

"그의 모든 말이 내 마음에 와 닿았지. 영혼이 확 밝아져서 그 프랑스 사제에게 뭐라고 말해야 좋을지 모르겠더군. '오, 당신은 저의 그리스도입니다. 제가 당신 품에 안겨도 되겠습니까?' 나는 그저 이렇게 말하고 그분을 껴안았지. 그리고 우린 둘 다 울음을 터뜨렸다네. 정말 얼마나 울었는지 몰라! 오래 헤어졌다 부모를 만난 어린아이들 같았지. 옆머리까지 다 쇠어버린 두 늙은이가 말이네. 그래 내가 이렇게 말했지. '당신은 제게 그리스도요, 세례자 요한이오, 정말이오!' 난 사제를 그리스도라고 불렀지. 우습긴 하지만. 왜냐고? 내가 말했잖나? 그 사람은 꼭 찌르레기처럼 생겼다고. 비탈리라는 수도사는 늘 이 사제를 비난했지. '당신은 못이오, 못!' 하고 말이야. 사실 그 사람은 못처럼 생겼어. 맞는 말이지! 이보시오 친구, 내 기쁜 친구, 자네는 물론 모를 거네. 자네는 글을 알지, 그래 뭐든지 다 알지. 하지만 그때 나는 까막눈으로 돌아다녀서 그저 보기만 하지 아무것도 몰랐어. 하느님이 어디 있는지 알게 뭐야. 그런데 그 사제가 단번에 내게 모든 걸 알게 해준 거네. 내 간단히 말을 했지만, 사실 우리는 동이 틀 때까지 이야기를 나누었다네. 그분은 내게 많은 걸 얘기해주었지. 껍데기는 다 잊어버리고 중요한 알맹이만 기억하고 있지만……"

잠시 말을 멈추었다가 그는 짐승처럼 허공에 대고 킁킁 냄새를 맡았다.

"비가 오려나?"

그는 다시 코를 킁킁거리더니 확실하게 단언했다.

"아니군. 비는 없겠어. 밤이라 습해서…… 이보시오, 친구, 내 다 말해주리다, 프랑스 사람들, 그리고 또 여러 나라 사람들, 아주 지혜로운 사람들에 대해서. 하리코프라는 곳이 있는데, 거 폴타바 현에 있는 거 말고. 그곳에 있는 한 대단한 백작 집을 관리하는 영국인이 있었지. 그가 날 여러 모로 자세히 살펴보더니 나중에 따로 불러서 이렇게 말하더라고. '이봐, 노인장. 부탁이 있는데, 이 비밀 편지를 어떤 사람에게 보내야 하는데, 좀 해줄 수 있겠소?' 그런 일 못할 게 뭐 있어? 나야 어디든지, 아무리 멀어도 가라면 가지. 그래서 난 봉투를 하나 받아 잘 싸서 품에 넣고 떠났지. 일러준 곳에 도착해서 '나리를 만나고 싶습니다' 하고 말했더니, '이런, 재수 없는 놈이 감히 어디서, 꺼져버려!' 하고, 글쎄, 목덜미를 잡아 내쫓아버리는 거 아니겠나.

편지는 종이봉투 안에 담겨 있었는데 땀에 젖어 다 해져서 안이 보이는데 돈이더라고! 큰돈이었지. 한 삼백 루블쯤! 난 겁이 더럭 났지. 이거 어떤 놈이 밤에 훔쳐가기라도 하면 어쩌나! 어떡해야 되지? 길 옆 나무 그늘에 앉아 생각하고 있는데 어떤 나리가 마차를 타고 가더라고. 혹시 저분이 그 나리 아냐 하는 생각이 들어 길로 튀어나가 지팡이를 흔들며 가로막아 섰지. 마부가 채찍을 내리치며 쫓아버리려고 했지만 그 나리가 말리면서 오히려 그 마부를 꾸짖었어. 내가 만나야 할 바로 그 나리였지! '다름이 아니라 여기 비밀 편지를 받으셔야 합니다' 하고 내가 말했더니, '그런가? 좋아, 여기 내 옆에 앉아 함께 가자' 하시더라고. 난 마차를 타고 그분 집으로 갔네. 그분은 날 아주 화려한 방으로 데려가더니 이렇게 묻더군. '전달할 편지란 게 뭔가?' '제 생각에, 돈입니다. 봉투가 땀에 젖어 제가 보게 됐습죠.' '그런데 누가 이걸 자네에게 부탁했나?' '말할 수 없습니다. 명령이거든요.' 그랬더니 그분이 내게 소리쳤지. '말 안 하면 감옥에 처넣겠다.' '그러시려면 그렇게 하십시오.' 날 협박했지만 난 겁내지 않았네. 그때 갑자기 문이 열리더니 그 영국 관리인이 나타났어. 어떻게 된 일이냐고? 그 사람은 깔깔거리며 웃더군. 그는 열차를 타고 나보다 먼저 와서 기다리고 있었던 거야. 내가 오는지 안 오는지 보려고 말이네. 내가 도착했다는 걸 알고 그가 하인들에게 날 쫓아버리라고 명령한 거지. 물론 쫓아버리라고만 했지, 때리라고는 안 했대. 그냥 쫓아버리라고만 했는데······

어쨌든 그건 날 시험해보기 위한 일종의 장난이었어, 내가 돈을 가지고 오는지 도망치는지 보려는. 내가 제대로 심부름한 것에 흡족해하면서 그 사람들은 날 씻게 하고 깨끗한 옷을 주고 함께 식사도 했지. 이보게나, 같이 식사도 했다 이 말씀이야! 술도 한잔 했지. 난 입을 다물 수가 없었다네. 기분이 너무 좋아 황홀할 지경이었지. 다음날 또 그분들하고 식사를 했고, 여러 얘기를 나누면서 난 놀랐다네. 영국인이 술에 잔뜩 취해서 단언하기를, 러시아인은 정말 놀라운 사람들이다, 도대체 무슨 일을 할지 아무도 알 수 없다고 말이야. 돈은 나한테 주더라고, 가져가시게 하고 말이네. 물론 난 돈을 달라고 조르거나

한 적은 전혀 없다네. 난 그런 거에는 관심이 없거든. 물론 여러 가지 사는 건 좋아했지. 그래, 한번은 인형을 샀어. 거리를 걷다가 진열장에 인형이 있는 걸 봤거든. 살아 있는 애기 같았지. 눈을 감을 줄도 알았어. 사나흘 가지고 다니다가 어디 시골인가에 거처를 잡았을 때 배낭에서 꺼내서 봤지. 그러고는 어떤 계집애한테 줬어. 그랬더니 그애 애비가 훔친 거냐고 묻더군. 그래 그렇다, 훔쳤다고 말해줬어. 샀다고 하기는 좀 부끄러워서 말이야……"

"그 영국인하고는 어떻게 됐나요?"

"날 그냥 보내주더라고, 그게 전부지. 내 손을 꼭 잡고 많은 말을 해주었지만, 에이 별거 아니고, 공연히 쓸데없는 말들을 했네. 미안하네…… 이제 눈 좀 붙여야 되겠어. 내일은 일이 많아……"

누우려고 자리를 잡더니 그가 말했다.

"정말 난 괴짜였어! 갑자기 무슨 기쁜 일이 생기기라도 하는 날이면 몸과 마음이 온통 들떠서 마구 춤을 추어댔지! 그래, 그러면 사람들이 웃어대고 난 계속 춤을 추고…… 뭐 어때? 난 애들도 없고 부끄러워할 사람도 없는데……"

생각에 잠긴 채 그는 계속 말했다.

"이보게, 영혼이란 그런 게야. 그건 변덕스러운 것이어서, 이를테면 말일세. 아주 우스운 일에 갑자기 빠져들고, 그래, 그러면 그 일에 사로잡히곤 하는 거지. 한번은 인형처럼 예쁘게 생긴 여자애에게 마음을 빼앗겼었지. 어떤 지주 나리의 영지에서 마주친 여자애였어. 아홉 살이나 됐나, 연못가에 앉아 막대기로 물을 내리치며 울고 있었지. 얼굴은 온통 눈물범벅이었어, 이슬에 젖은 꽃처럼 말일세. 가슴께까지 눈물이 대롱대롱 달려 있었지. 난 곁에 앉았지. '왜 울고 있니? 이 좋은 날에 왜 울고 있어?' 화가 났는지 '저리 가세요!' 하더라고. 안 가고 자꾸 말을 거니까 대답하기 시작하더군. '우리 집에는 절대 오지 마세요. 아빠도 나쁘고 엄마도 나쁘고 오빠도 다 나빠요!' 난 속으로 웃음이 났지만 그 말을 믿고 겁이 난 표정으로 '아이고, 어찌 그럴 수가!' 하고 맞장구를 쳤지. 그러자 그 여자애가 내 어깨에 기대고 벌벌 떨며 흐느끼지 뭔가.

들어보니 슬픈 이유가 뭐 별거 아니었네. 부모가 한 십 리 정도 떨어진 곳에 초대받았는데 자길 데려가지 않고 벌을 준 거야. 입으라는 옷을 안 입고 변덕을 부린 거지. 난 물론 맞장구를 치며 부모가 어떻게 그럴 수 있냐고 비난해줬지. '에이, 참, 어디 그런 사람들이 다 있어, 어찌 그럴 수가!'라고 했지. 그랬더니 그 여자애가 매달리더군. '절 데려가주세요, 할아버지, 제발요. 더이상 여기 못 살겠어요.' 뭐 어려울 게 있나 싶어 '에이, 그래 가자!' 하고 그애를 데리고 그 부모가 간 잔칫집으로 찾아갔네. 그 집에 콜리야라는 그애 남자친구가 있었는데 곱슬머리에 아주 뺀질뺀질한 녀석이더군. 바로 그애 때문에 슬펐던 거지. 사람들이 다 여자앨 보고 웃었고, 여자애는 양귀비꽃보다 더 얼굴이 빨개졌지. 그 아버지는 내게 은화를 주기까지 했네. 그리고 난 떠났지. 이보게나, 자네는 어떻게 생각하나? 난 그 여자애에게 애착이 생겨 그곳을 떠나기 싫더라고. 그래서 여자애를 한 번 더 보고 얘기를 나눌 수 있을까 하고 일주일 정도 맴돌았다네. 정말 우스운 일이지. 하지만 마음뿐이었지! 부모가 여자애의 마음을 치료해주려고 함께 바다로 여행을 가버렸거든. 난 다시 떠돌아다녔지, 길 잃은 개처럼 말일세. 다 그런 거지, 그래. 영혼은 변덕스러운 새 같아서 어디로 날아갈지 아무도 몰라……"

꿈꾸며 거의 잠꼬대를 하듯이 노인은 뜸들여가며 하품을 해가면서 말했다. 그러다가 갑자기 차가운 빗방울이라도 맞은 듯이 다시 활기를 띠었다.

"작년 가을에는 시내에서 어떤 마님이 날 찾아왔네. 그냥 그런, 좀 마르고 볼품없는 여자였지만 난 그 여자의 눈을 가만히 들여다보았지. 맙소사! 내게 이런 여자가 오다니, 단 하룻밤만이라도…… 나중에 칼에 찔리고 짓밟힌다고 해도 겁날 게 하나도 없었지! 어차피 죽는 건 다 마찬가지니까. 그래서 난 솔직히 말했지. '가시오, 제발. 안 그러면 아주 혼내버릴 거요. 당신과 얘기 못 해요. 가세요!' 그 여자가 이유를 알았는지 몰랐는지는 모르겠지만 어쨌든 황급히 돌아갔네. 그리고 난 며칠 밤이나 그 여자 때문에 잠을 이루지 못했네. 그 눈이 자꾸 어른거려서 말이야. 어쩔 수가 없었지! 늙은이들이란 그저…… 현자라는 것은…… 그래…… 영혼은 법과 아무 상관도 없고 나이도 모르는 게야……"

그는 땅바닥에 몸을 쭉 펴고 누웠다. 그리고 붉은 상처가 있는 눈을 껌벅이며 입맛을 다시고는 말했다.

"이젠, 한숨 자야지."

두툼한 외투로 머리를 덮고 그는 잠잠해졌다.

그는 새벽녘에 눈을 떠서 구름 낀 하늘을 보더니 서둘러 강으로 내려가 옷을 다 벗고 뭐라고 끙끙거리면서 그 강건한 구릿빛 몸을 머리에서 발끝까지 깨끗이 씻었다. 그리고 내게 소리쳤다.

"어이, 이보게, 거기 내 셔츠하고 바지 좀 주시게. 굴 속에 있네……"

무릎까지 내려오는 긴 셔츠와 푸른 바지를 입고 나무빗으로 젖은 머리를 잘 빗고 나니 그는 성상처럼 단정한 모습이 되었다.

"사람들을 맞이하기 전에 난 항상 이렇게 깨끗이 몸을 씻는다네."

그는 내가 권한 보드카를 사양했다.

"절대 안 되지! 먹지도 않을 거고 그냥 차만 마시겠네. 머리를 비우고 가뿐하게 하려면 그래야 돼. 이런 일은 영혼이 아주 가벼워야만 되는 것이니까……"

정오를 넘어서면서 사람들이 오기 시작했다. 그러나 그때까지 그는 말없이 아무 일도 하지 않고 가만히 있었다. 생기 넘치는 명랑한 눈은 초점이 분명했고 움직임은 아주 정연했다. 하늘을 자주 올려다보았고 가벼운 바람 소리에도 귀를 기울였다. 얼굴은 활짝 펴져서 훨씬 더 기형적으로 보였고 입은 아픈 듯이 일그러졌다.

"누군가 오고 있네."

그가 갑자기 소리를 낮추어 말했다. 하지만 내게는 아무 소리도 들리지 않았다.

"여자들이군. 이보게, 자넨 저쪽에 가 있게. 자넨 그 사람들하고 말하면 안 되네. 방해해선 안 돼. 겁먹을 거라고. 자넨 저쪽에서 가만히 있게."

숲 사이로 두 명의 아낙이 소리 없이 나타났다. 한 명은 온순한 눈에 좀 뚱뚱하고 말처럼 생긴 중년 여인이었다. 다른 한 명은 결핵에 걸린 것처럼 핏기 없는 얼굴을 한 젊은 여인이었다. 두 여자는 나를 보더니 겁을 내며 놀라는 것 같았다. 나는 몸을 피해 비탈을 타고 조금 올라가서 노인의 말소리에 귀를 기울였다.

"괜찮아. 저 사람 신경 쓸 거 없어. 저 사람은 바보야. 뭘 하든 관심도 없어⋯⋯"

젊은 아낙이 기침을 하면서 쉬쉬 소리를 내는 쇠약해진 목소리로 다그치듯 화를 냈다. 낮고 굵은 목소리의 다른 여자는 이따금 조그만 소리로 대화에 끼어들었다. 사벨리이는 고개를 끄덕이며 전혀 다른 사람의 목소리로 언성을 높였다.

"그래, 그래, 그래! 아니 안 되지, 저런 어디서! 정말 그렇단 말이야, 응?"

여인이 가늘게 흐느꼈다. 그러자 노인은 노래하듯 느릿느릿 말했다.

"오, 밀라야!* 가만 가만, 이제 그만 그치고, 내 말을 좀 들어⋯⋯"

그의 목소리는 전혀 쉰 소리가 아니었고 고아하고 깨끗했다. 그 음조는 이제까지와는 전혀 다르게 꾸밈없는 꾀꼬리 노래 같았다. 나는 나뭇가지 사이로 그가 여인에게 몸을 기울여 얼굴을 마주하고 말하는 모습을 살펴보았다. 여인은 조금 불편한 자세로 앉아서 가슴에 두 손을 얹고 눈을 크게 뜨고 있었다. 같이 온 여자는 고개를 모로 돌리고 끄덕거렸다.

"당신을 모욕하다니, 그건 하느님을 모욕한 거야!"

그가 큰 소리로 말했다. 그 소리는 씩씩하고 너무 밝아서 말의 의미와는 어울리지 않았다.

---

* 러시아어로 '사랑하는, 다정한' 등의 의미를 가진 형용사 여성형. 호칭으로도 사용됨. 남성형은 '밀르이'.

"하느님이 어디 있냐고? 너의 영혼에, 너의 가슴에 주님의 혼이 성스럽게 살아 계시지. 네 형제들은 바보야. 어리석은 짓으로 주님을 욕보이는 게야. 그 바보들을 안됐다고 불쌍히 여겨야 돼. 물론 잘못했지. 하느님을 욕보이는 건 어린애가 제 부모를 욕보이는 거와 같아……"

그리고 다시 노래하듯 말했다.

"오, 밀라야……"

나는 전율을 금치 못했다. 나는 지금까지 이 익숙한 단어에 그렇게 기쁨에 찬 다정함이 담길 수 있다는 걸 알지 못했고 들어보지도 못했다. 이제 그는 여인의 어깨에 손을 얹고 속삭이듯이 빠르게 뭔가를 말하고 있었다. 그리고 조용히 어깨를 톡 치자 여인은 마치 잠에서 깨어난 듯 휘청했다. 몸집이 큰 아낙이 노인의 발치에 있는 바위에 단정하게, 마치 부채처럼 치마폭을 펼치며 앉았다.

"개, 돼지, 말, 온갖 짐승도 사람의 분별력을 믿고 따르는 법이야. 당신의 형제들도 사람이야. 꼭 기억해두게! 큰오빠에게 말해. 이번 일요일에 나한테 오라고 말이야."

"오지 않을 거예요."

몸집 큰 여자가 대답했다.

"올 거야!"

그는 단언했다.

흙덩어리가 구르며 나뭇가지를 덮치는 소리가 들렸다. 계곡으로 누군가가 또 내려오고 있었다.

"올 거야."

사벨리이가 다시 말했다.

"그럼 이제 가봐. 하느님이 함께하시니 모든 게 다 잘될 거야."

결핵에 걸린 듯한 여인이 말없이 일어나서 그에게 허리를 굽혀 인사했고, 그는 그녀의 이마에 손을 대고 그녀를 일으켜 세우며 말했다.

"항상 영혼에 하느님을 모시고 다닌다는 걸 잊지 마!"

그녀는 조그맣게 싸맨 뭔가를 내밀고 다시 인사했다.

"그리스도 이름으로 축복 있으시길……"

"고마워, 나의 친구…… 이제 가봐……"

그리고 성호를 그으며 축복해주었다.

숲 속에서 어깨가 딱 벌어지고 시커먼 구레나룻을 한 농부가 나타났다. 새로 사서 아직 세탁도 한 번 하지 않은 듯한 장밋빛 셔츠는 허리띠에서 빠져나와 뻣뻣한 구김살이 그대로 드러났다. 모자를 쓰지 않은 반백의 머리는 제멋대로 헝클어져 있었고 찡그린 눈썹 밑에 곰처럼 생긴 작은 눈이 험상궂게 노려보고 있었다.

여인들에게 길을 내주고 그들을 쳐다보더니 우렁우렁하게 기침을 하고 가슴을 쓸어내렸다.

"안녕하신가, 올레샤?"

노인이 웃으며 말했다.

"그래 무슨 일인가?"

"제가 온 건요……"

올레샤가 무뚝뚝하게 대답했다.

"같이 좀 앉아 있고 싶어서요."

"오, 그럼 어서 이리 와 앉아!"

그들은 나란히 앉아서 말없이 심각한 얼굴로 서로를 마주보았다.

잠시 뒤 그들은 동시에 말을 꺼냈다.

"일은 했어?"

"슬퍼요, 어르신……"

"올레샤, 자넨 훌륭한 농부야!"

"제게도 어르신같이 선한 마음이 있다면 좋으련만……"

"위대한 힘을 가진 농부잖아!"

"그런 힘이 제게 무슨 필요가 있어요? 어르신같이 영혼이 있어야지……"

"이런 또 시무룩한 사람이 됐군, 바보 같은 당나귀나 우울해하는 거야……"

"그럼 저는요?"

"아, 자네는 그럼 안 되지! 자네 말이나 다시 하세……"

"제 마음은 사악해요."

농부가 요란하게 한숨을 내쉬면서 상스러운 말로 제 마음에 대해 욕을 해댔다. 노인은 조용하고도 단호하게 말했다.

"자네 마음은 보통 사람들의 불안한 마음과 같아. 헌데 마음은 불안한 걸 싫어해. 평안함을 바라지……"

"맞아요, 어르신……"

그렇게 그들은 반 시간 남짓 이야기를 나누었다. 농부는 실패를 너무 많이 해서 살기 힘들어하는 사악하고 사나운 사람에 대해 이야기했다. 하지만 사벨리이는 좀 다른 사람에 대해, 열심히 노동하는 강건한 사람, 아무것도 놓치지 않고 손맵시가 좋은, 그리고 훌륭한 영혼을 가진 사람에 대해 말해주었다.

농부가 활짝 웃으며 말했다.

"표트르와 화해했어요."

"들었네."

"화해하고 술 한잔 했죠. 제가 '에이, 이 망할 자식!' 했더니, '그러는 너는?' 그러대요. 그 친구도 좋은 농부죠……"

"자네들은 모두 하느님의 자식일세……"

"좋은 말씀이에요. 훌륭하신…… 어르신, 제가 결혼하면 어떨까요?"

"아니 정말인가? 그녀하고 해야지?"

"안피사 말예요?"

"그럼, 좋은 아내가 될 거야! 예쁘고 힘도 좋지, 안 그래? 과부이고 노인네하고 살면서 어려운 일도 많이 겪어봐서…… 자네하고는 잘 맞아. 내 말 믿으라고……"

"그럼 하죠, 뭐……"

"그렇게만 하면 다 잘 되는 거지……"

잠시 뒤 농부는 개에 대해 알아들을 수 없는 말을 했다. 크바스*통에 빠진 놈들을 구해낸 얘기 같았다. 이런 얘기들을 하면서 그는 마치 숲 속의 도깨비처럼 깔깔댔다. 도적처럼 험상궂은 얼굴은 천진난만하고 선량해져서 말 잘 듣는 가축 같은 표정이 되었다.

"자, 올레샤, 이제 저쪽으로 물러나게. 사람들이 오네……"

"순례자들이요? 알았어요."

올레샤는 강으로 내려가서 손으로 물을 한 움큼 떠 마시고 잠시 돌

---

* 곡류로 만든 러시아인이 즐겨 마시는 청량음료.

처럼 굳어버린 듯 앉아 있다가 뒤로 벌렁 누워 팔베개를 했다. 바로 잠이 든 것 같았다.

알록달록한 원피스를 입은 절름거리는 처녀가 왔다. 밝은 갈색머리를 두툼하게 땋아내렸고 눈은 크고 파란색이었다. 그림에나 나올 법한 얼굴이었다. 치마는 녹색과 노란색 점들로 덮여 있어 눈이 아플 만큼 알록달록했고, 짧은 흰색 윗옷도 피처럼 붉은색 점들이 박혀 있었다.

사벨리이는 반갑게 그녀를 맞이하고 친절하게 앉을 자리를 잡아주었다. 그때 수도승처럼 생긴 키가 큰 까무잡잡한 노파가 나타났다. 큰 두상에 흰머리가 덮여 있는 그 노파는 통통한 얼굴에 붙박인 듯한 미소를 짓고 있는 젊은이와 함께였다.

사벨리이는 급하게 처녀를 동굴 속으로 데려가 몸을 숨겨주고 문을 닫았다. 나무 빗장을 거는 소리가 들려왔다.

그는 노파와 젊은이 사이 바위 위에 앉아 오랫동안 말없이 고개를 떨구고 노파의 웅얼거리는 소리를 들어주었다.

"됐어, 그만!"

갑자기 그가 엄격하고 큰 소리로 말했다.

"그가 당신 말을 듣지 않는다 이 말이지!"

"전혀요. 아무리 내가 뭐라 해도……"

"가만! 자네, 젊은이가 할머니 말을 듣지 않는 거야?"

사람 좋게 웃기만 하면서 그 젊은이는 대답이 없었다.

"좋아, 자네, 할머니 말을 듣지 말게! 알았나? 그리고 할멈, 당신은 아주 나쁜 일을 꾸몄어. 분명히 말하지만, 그건 재판소 갈 일이야! 재판소 갈 일보다 더 나쁜 건 아무것도 없어! 그러니 나는 몰라. 어서 가! 당신하고는 이제 아무 할 말이 없어. 이보게, 할머니는 자넬 속이려고 하는 거야⋯⋯"

젊은이는 만족스러운 미소를 지으며 목소리를 높여 말했다.

"잘— 알겠습니다⋯⋯"

"그럼, 다들 가, 이제!"

더이상 못 봐주겠다는 듯이 마구 손을 흔들면서 사벨리이가 말했다.

"어서 가라니까! 이봐, 할멈, 당신은 성공 못 해, 절대 못 해!"

두 사람은 고개를 떨구고 말없이 인사를 하고 나서 눈에 잘 띄지 않는 숲 속 오솔길을 따라 위쪽으로 올라갔다. 백여 걸음쯤 올라가더니 두 사람은 서로 바짝 붙어 서서 말하기 시작했다. 그리고 손을 휘두르며 소나무 뿌리에 걸터앉았고 웅얼웅얼하는 소리가 들려왔다. 두 사람이 떠나자 동굴 안에서 이루 형언할 수 없이 마음을 뒤흔드는 목소리가 흘러나왔다.

"밀라야⋯⋯"

저 흉하게 생긴 노인네가 이 단어에 어쩌면 저렇게 매혹적인 부드러움과 기쁨에 넘친 사랑을 담아낼 수 있는지 그건 아무도 모를 것이다.

"그걸 먼저 생각해야지."

동굴에서 절름발이 처녀를 데리고 나오며 그는 마법을 거는 것 같았다. 아직 걸음마를 하지 못하는 어린아이를 부축하듯이 그는 처녀의 팔을 끼고 걸었다. 처녀는 고양이처럼 눈물을 닦으며 그의 어깨에 기대어 절룩거리며 걸어 나왔다. 그녀의 팔은 작고 창백했다.

노인은 끊임없이 노래하듯이 말하면서 처녀를 바위 위에 앉혔다.

그녀에게 마치 동화를 들려주는 것만 같았다.

"알지? 너는 지상에 핀 꽃이야. 주님은 널 기쁨으로 키워주셨어. 그 래서 넌 커다란 기쁨을 줄 수 있단다. 너의 예쁜 눈과 맑은 눈빛은 모 든 영혼의 축제란다. 밀라야……"

밀라야, 이 단어의 용량은 끝이 없었다. 이 단어는 삶의 모든 비밀 의 열쇠를 그 깊은 곳에 담고 있어 인간사의 모든 난마를 풀어주는 힘 을 가진 것만 같았다. 이 단어는 그 마법의 힘으로 시골 아낙네뿐만 아니라 모든 사람들, 살아 있는 모든 것을 매혹시킬 수 있었다. 사벨 리이는 이 단어를 한없이 다양하게 발음했다. 다정하게, 또는 당당하 게, 감동적인 슬픔을 담아. 이 단어는 때로는 부드럽게 꾸짖듯이 들려 왔고, 기쁨으로 충만한 소리로 흘러넘쳤다. 이 단어를 들으면 나는 항 상 이 단어의 뿌리가 무한한 사랑이라는 것, 사랑 이외에는 아무것도 알지 못하고 그 자체로 충만한 사랑, 오직 그 속에서만 존재의 의미와 목적, 삶의 모든 아름다움을 느끼는 사랑, 그 힘으로 온 세상의 고통 을 편안하게 해주는 사랑이라는 걸 느꼈다. 그때 이미 나는 그의 말을 다 믿지 않게 되었지만, 이렇게 흐린 날 이런 시간에 사람들에게 수없 이 사용되는 이 단어를 듣고 있자니 그에 대한 내 모든 불신이 태양 아래 그림자처럼 사라져버렸다.

절름발이 처녀는 그에게 머리를 몇 번이나 조아리며 기쁨의 눈물을 흘렸다.

"고마워요, 할아버지, 고마워요, 밀르이!"

"그래, 그래, 괜찮아, 됐어! 가봐, 어서 가! 그리고 잊지 마. 항상 기쁨 으로, 행복으로, 훌륭한 일로 나아가고 있다고 말이야! 가, 어서……"

그녀는 사벨리이의 환하게 빛나는 얼굴에서 눈을 떼지 못하고 어색하게 옆걸음질하며 떠나갔다. 올레샤가 잠이 깨어 더 수북해진 머리를 흔들며 강물 속에 서 있었다. 올레샤는 처녀를 바라보며 활짝 미소를 지었다. 그는 갑자기 손가락 두 개를 입에 대고 귀가 멍멍해질 정도로 세게 휘파람을 불었다. 처녀는 한 번 휘청거리더니 무성한 숲의 파도 속으로 물고기처럼 사라졌다.

"왜 그런 바보짓을 해, 올레샤!"

사벨리이가 그를 나무랐다. 올레샤는 장난스럽게 무릎을 굽히더니 강물 속에서 보드카 한 병을 꺼내 공중에 흔들어대며 말했다.

"한잔 하실래요, 어르신?"

"자네나 마셔. 난 안 돼! 난 저녁에……"

"그러세요. 그럼 저도 저녁에나……"

그리고 그는 사벨리이에게 이렇게 말했다.

"에헤, 어르신은 요술쟁이야. 아니 성자님이 분명해! 사람들의 영혼을 어린애처럼 막 가지고 놀아. 사람 영혼을…… 저기 누워서 생각했어요. 아하, 정말 어르신은, 제 생각에……"

"시끄러워, 올레샤!"

종전의 노파와 젊은이가 돌아왔다. 노파는 사벨리이에게 뭔가를 빌듯이 조용히 말했다. 그는 미덥지 않은 표정으로 고개를 끄덕였다. 그리고 그들을 동굴로 데리고 들어갔다. 올레샤는 나를 보더니 가지를 꺾어가며 어렵사리 내게로 기어왔다.

"도시 사람 맞죠?"

그는 기분이 아주 좋아져서 수다를 떨었고 욕설을 섞어가며 내내 사벨리이를 칭송했다.

"정말 대단한 위로자이시죠! 보슈, 난 저분 영혼 덕분에 살죠. 내 영혼은 이 머리카락처럼 무성하게 사악함에 젖어 있지만…… 난 구제불능한 놈이니……"

그는 오랫동안 무시무시한 색채로 자신을 표현했지만 난 그 말을 믿지 않았다.

노파가 동굴에서 나왔다. 그리고 사벨리이에게 깊이 허리를 숙이며 말했다.

"이젠 저에게 화내지 마세요, 어르신……"

"알았소, 할멈……"

"아시잖아요……"

"아다마다. 모든 사람이 다 가난을 무서워해. 거지는 아무에게도 사랑받지 못해. 안다고! 아무리 그래도 할멈 속에 있고 다른 사람 속에도 있는 하느님을 욕보이는 걸 무서워해야지. 우리가 늘 하느님을 기억하고 있었다면 빈궁함은 없었을 게야! 자, 이제 하느님과 함께 가시라고……"

젊은이는 코를 훔치며 겁내듯이 사벨리이를 바라보며 노파 등 뒤로 몸을 비켰다.

젊은 여자가 찾아왔다. 연보랏빛 원피스에 푸른 스카프를 두른 그녀는 중산층 여자임에 틀림없었다. 청회색의 커다란 두 눈은 화가 난 듯, 뭔가 미심쩍은 듯 반짝였다. 그리고 다시 그 매혹적인 말이 들려오기 시작했다.

"밀라야……"

올레샤가 계속 수다를 떠는 바람에 그의 말을 제대로 들을 수가 없었다.

"저 어르신은 어떤 영혼이든 다 녹여낼 수 있지. 합금을 만들듯이 말이오. 내겐 위대한 구원자라우. 저분이 아니었다면 난 뭔 일을 저지르고 말았을 거야. 정말 어떤 일이라도! 아이고, 그럼 지금쯤 시베리아에서……"

아래쪽에서 사벨리이의 노래가 들려왔다.

"어허, 이런 미인이, 당신을 보면 모든 남자들이 행복해할 텐데, 왜 그런 말을 해. 밀랴야, 그런 원한일랑 저리 내다 버려. 사람들이 왜 축일을 만들어 경축하는지 좀 보란 말씀이야! 우리 축일들은 선의 징표지, 악의 징표가 아니야. 왜 그렇게 믿음이 없어? 당신은 자신을 믿지 않잖아. 자신의 힘을 믿어야지, 자신의 아름다움을 믿고. 아름다움에 무엇이 담겨 있는지 알아? 그 속에 하느님이 있어, 미일—랴야……"

그의 마지막 말을 들으니 마음속 깊숙이 기쁨이 밀려와 울음이 날 것 같았다. 사랑을 일깨우는 저 위대한 마술 같은 힘이여!

계곡에 밤하늘의 어둠이 짙게 드리워질 때까지 사벨리이를 찾아온 사람은 모두 서른 명이었다. 멀쩡한 시골의 '노인장'들까지 손에 지팡이를 짚고 찾아왔고 어딘지 슬픔에 짓눌린 것 같은 사내들도 찾아왔다. 그러나 대부분은 여자들이었다. 나는 사람들의 그렇고 그런 불평들에는 귀를 기울이지 않았고 오직 사벨리이의 그 단어만을 마음 졸이며 기다렸다. 밤이 다가오자 그는 나와 올레샤를 불러 마당에 모닥불을 피우도록 허락했다. 차와 저녁을 준비하는 동안 그는 모닥불 옆에 앉아 외투를 흔들면서 불을 찾아 몰려드는 온갖 '살아 있는 것들'을 내쫓고 있었다.

"자, 오늘 하루도 이렇게 영혼에 봉사했구만……"

그가 생각에 잠긴 채 피곤한 듯이 말했다. 올레샤가 거들고 나섰다.

"사람들에게 왜 돈을 안 받아요? 쓸데없이……"

"그렇지 않아……"

"그럼 조금만 가지시고 누구에게 줘버리시지. 나한테라도. 그럼 난 말도 살 수 있고……"

"올레샤, 자네, 내일 마을 애들에게 말해줘. 내게 오라고. 애들 먹을 게 많아. 오늘 아낙들이 많이들 가지고 와서……"

올레샤가 손을 씻으러 강으로 내려갔을 때 나는 사벨리이에게 말했다.

"사람들하고 정말 말씀을 잘 하시네요……"

"뭐 조금 그렇지."

나지막이 그가 동의했다.

"내가 말했지 않나. 무엇이 좋은 일인지. 사람들은 날 존경하지. 난 모두에게 진실을 말해줄 뿐이야. 자신에게 무엇이 필요한지 말일세. 그러다보니……"

조금 피로가 가신 듯 그는 밝게 웃으면서 말을 이었다.

"아, 특히 아낙들하고 말하는 게 좋아. 들었지? 이보게나, 나도 조금이라도 예쁜 아낙이나 처녀를 보면 영혼이 마구 들고일어난다네. 꽃이 피어나듯이 말일세. 다 마찬가지. 내가 오히려 그들에게 감사해야지. 한 여잘 보면 옛날에 알았던 수없이 많은 여자들이 떠오른다네!"

올레샤가 돌아오며 말했다.

"어르신, 샤흐 앞에서 나한테 육십 루블을 줘요……"

"그래."

"내일요, 예?"

"그래."

"봤죠?"

올레샤가 내 발을 밟을 듯이 가까이 다가서며 득의양양하게 말했다.

"샤흐가 어떤 놈이냐면 말이죠. 그놈이 멀리서 당신을 쳐다보기만 해도 당신 셔츠는 이미 벗겨져 그놈 손에 걸려 있을걸요. 그런 놈이 죠. 사벨 어르신이 그놈에게 가신대요. 어르신 앞에서는 샤흐도 꼼짝 못하고 알랑거리거든요. 어르신은 화전민들에게 숲도 얼마나 많이 내 주셨는데요!"

올레샤가 계속 시끄럽게 하는 통에 그는 제대로 쉬지 못했다. 사벨 리이는 몹시 피곤해 보였다. 그는 모닥불 위에 고개를 떨구고 무너진 것처럼 앉아 있었다. 손은 간신히 모닥불 위를 휘저었고 거기 매달린 외투자락은 부러진 날개처럼 보였다. 그러나 올레샤의 수다를 멈추게 할 수는 없었다. 그는 보드카 두 잔을 들이켜더니 더욱 유쾌해졌다. 사벨리이도 보드카 한 잔을 마시고 빵과 구운 계란을 조금 입에 댔다. 그러곤 갑자기 조그맣게 말했다.

"이제 집에 가보게, 올레샤."

올레샤는 커다란 짐승 같은 몸을 두말없이 일으키더니 어두운 하늘 을 바라보며 성호를 그었다.

"편안히 계세요, 어르신. 감사했습니다!"

그는 내게 묵직하고 거칠기 짝이 없는 앞발을 내밀었고, 순순히 좁은 오솔길이 숨어들어간 숲 속으로 기어들어갔다.

"좋은 농부네요."

내가 말했다.

"좋은 농부지. 하지만 그놈은 잘 지켜봐야 돼. 사납거든. 아내를 하도 때려서 애를 낳지 못했다네. 계속 유산을 하다가 미쳐버렸지. 내가 '왜 여잘 때려?' 하고 물었더니, '몰라요. 뭐 그저, 그러고 싶어서, 그냥……' 이러는 거야."

말을 멈추고 그는 손을 떨구었다. 그는 미동도 없이 앉아서 회색 눈썹을 치켜뜨고 오랫동안 모닥불을 뚫어져라 쳐다봤다. 불빛에 비친 그의 얼굴은 빨갛게 달궈져서 무시무시해 보였다. 찢겨서 겉으로 드러난 눈 속의 어두운 동공은 작아진 것도 아니고 더 커지지도 않았지만 어딘지 형태가 달라 보였고 흰자위는 갑자기 눈이 먼 사람처럼 훨씬 더 커졌다.

그는 입술을 움직거렸고 그때마다 듬성듬성한 콧수염이 빳빳하게 곤두서며 움찔거렸다. 뭔가를 말하고 싶지만 하지 못하는 것 같았다.

잠시 뒤 아주 고요하게 가라앉은, 깊은 생각에 잠긴 특이한 목소리가 그의 입에서 흘러나왔다.

"이보게, 대부분의 농부들이 다 그렇다네. 느닷없이 여자를 패고 싶어지는 거야. 아무런 잘못도 없는데 아무 때고 말이네! 금방 입을 맞추고 예뻐 죽겠다고 하다가도 그 자리에서 주먹질을 하고 싶어지지! 그래, 정말 그럴 수 있지…… 나만 해도 그래. 내가 얼마나 겸손하고 친절해 보이나. 게다가 여자를 사랑하는 법도 너무나 잘 알지. 그래, 한번 여자를 만나 마음만 먹으면 그대로 그 여자에게, 그 마음

속에 파고들어서…… 하늘의 비둘기처럼 그 여자 가슴에 안겨 그대로 하나가 되지. 정말 기분 좋은 일이지! 그런데 갑자기 그 여자를 때려눕히고 어떻게든 더 아프게 때리고 싶어져…… 그럼 어쩔 수가 없어, 정말! 여자는 자지러지게 비명을 지르며 묻지. 왜, 무엇 때문에? 하고 말이네. 하지만 해줄 말이 없지. 무슨 말을 할 수 있겠나?"

나는 경악을 금치 못하고 그를 바라보았다. 그리고 나 역시 무슨 말을 해야 할지, 무엇을 물어야 할지 알 수 없었다. 난 그의 기이한 고백에 충격을 받았다. 그는 잠시 말을 멈추었다가 다시 올레샤에 대해 말했다.

"아내가 정신이 나간 뒤에 올레샤는 성질이 더 나빠졌지. 누구도 못 말리는 고집불통에 자포자기한 마음으로 보이는 사람마다 때려잡았어. 얼마 전에는 다른 농부들이 견디다 못해 그놈을 묶어서 내게 데려왔네. 온통 피범벅이 되도록 맞아서 빵껍질처럼 부풀어 있더군. '사벨 어르신, 이놈 좀 어떻게 해주세요. 안 그러면 죽여버릴 거예요. 이 짐승 때문에 살 수가 없어요!' 그래서 내가 한 닷새 돌보았지. 내가 치료를 조금 할 줄 알거든…… 사람이 산다는 건 그리 쉬운 일이 아니네. 아암! 쓰디쓴 일이지. 밀르이, 친구, 눈을 똑바로 뜨고 살아야 돼…… 내가 사람들을 위로하는 건 이런 거지, 뭐 별게 아니라……"

그는 깊은 연민이 담긴 미소를 지었다. 그 덕분에 그의 얼굴은 더욱 기형적이고 무시무시하게 일그러졌다.

"그런 사람들을 내가 속인 거지, 조금. 알잖나? 세상에는 속이는 것 말고는 어떻게도 위로해줄 말이 없는 사람들이 있다네. 알겠나, 친구? 그런 사람들이…… 분명히 있지……"

그에게 물어보고 싶은 말이 많았지만 그는 하루 종일 아무것도 먹지 않아 무척 피곤해 보였고 보드카 한 잔을 마신 효과가 나타나고 있었다. 깜박깜박 조느라 그의 몸이 기우뚱했다. 드러난 두 눈 위에 있는 붉은 상처의 눈꺼풀이 자꾸만 내려앉곤 했다.

그래도 나는 이 한마디는 물어보지 않을 수 없었다.

"사벨, 지옥이란 게 있다고 보세요?"

그는 고개를 들더니 모욕적이라는 듯 강하게 말했다.

"그게 무슨 소리야? 지옥이라고? 아니 그런 게 어딨어? 하느님이 있는데 지옥이 어떻게 있나? 그게 말이 되겠어? 이보게나, 하느님과 지옥이 같이 있을 순 없네. 그건 속임수야. 그런 건 다 자네같이 배운 사람들이 괜히 겁주려고 꾸며낸 거지. 사제들이 다 장난치는 거라고. 사람들을 겁주어서는 안 되는데 말이야. 지옥 따위를 겁낼 필요는 전혀 없어……"

"그럼 악마는 어디 삽니까?"

"날 놀리지 말게……"

"농담이 아녜요."

"그래, 그래, 알았네."

그는 모닥불 위로 외투자락을 휘저으며 조용히 말했다.

"악마를 비웃지 말게나. 누구에게나 다 제 나름의 무거운 짐이 있는 법이네. 그 프랑스 사제가 진실을 말했었지. 악마도 때가 되면 주님을 따르게 된다고 말일세. 한 사제가 성경에 나오는 방탕한 아들에 대해 말해주곤 했네. 난 그걸 분명히 기억하고 있지. 내 생각에 그 잠언은 악마에 대한 것일세. 아니면 그 자신이 방탕한 아들이든지."

그는 모닥불 위로 몸을 가까이 기울였다.

"누워서 잠을 좀 자는 게 좋겠어요."

내 말에 그도 동의했다.

"맞아, 시간이……"

그는 가볍게 옆으로 몸을 돌려 웅크리더니 외투를 머리까지 끌어올려 덮고는 침묵에 빠졌다. 불꽃이 사그라진 숯불 속에서 나뭇가지들이 따다닥, 쉬익 소리를 냈다. 연기는 어둠 속으로 가느다란 줄기를 그리며 올라갔다.

나는 그를 바라보며 생각에 빠졌다.

'이 사람은, 세상에 대한 한없는 사랑이라는 보물을 지닌 성자인가?'

알록달록한 옷을 입은 슬픈 눈의 절름발이 처녀가 떠올랐다. 무릇 삶이란 그 처녀의 모습과 같은 것이 아닐까. 처녀는 기형적으로 생긴 작은 신 앞에 서 있고, 그 신은 오직 사랑하는 것만 알고 있다. 그 매혹적인 사랑의 힘을 단 한마디 말에 담아내는.

'밀라야……'

대답 없는 사랑

그는 구석의 탁자로 걸어가서 망가진 회갈색 꽃뭉치를
가느다란 손가락으로 조심스럽게 만져보았다.
그리고 공허하게 말했다.
"꽃이 가루가 되어 부서져 내리는데도 그걸 도저히 막을 수가 없군요……"

극장가 골목의 낡은 목제 건물에 곁붙은 한 작은 가게 앞을 지날 때면 늘 그 사람을 볼 수 있었다. 그는 그 자리에 있을 것 같지 않은 사람으로, 먼지 낀 하늘이 띠처럼 덮고 있는 그 좁고 어둑한 도시의 틈새에 남아도는 잉여의 인물 같았다.

그 사람은 문 옆에 의자를 놓고 앉아서 신문을 읽거나, 혹은 팔짱을 낀 채 문설주에 어깨를 기대고 서 있곤 했다. 머리 위 간판에 비스듬하게 씌어진 검은색 글씨가 이 가게에서 '문구용품'을 판매한다고 말해주고 있었다. 흐릿한 창문 유리 너머에는 봉투와 공책, 그리고 사각형 마분지 위에 알록달록한 우표들이 전시되어 있었다.

간혹 나는 가게 유리창 앞에 멈춰 서서 먼지가 덮인 보잘것없는 상품들을 들여다보며 슬며시 주인을 관찰해보곤 했는데, 그는 늘 맞은편 집 창문에 눈길이 못 박혀 있었다. 맞은편 집은 벽돌로 지은 상자같이 생겼고 불투명 유리 네 개로 만든 창문이 두 줄로 이어져 있었으며, 세월의 풍상에 이리저리 균열되어 금이 가 있었다. 창문 처마에는 비둘기 똥이 잔뜩 붙어 있었고 아래층 창문 위에 걸린 '재단사 무츠니크'라는 갈색 간판에도 비둘기 똥이 흘러내려 있었다.

틀림없이 이 집은 백 년도 넘게 이 자리에 서 있었을 것이다. 하긴 골목에는 모두 그렇게 낡은 집들이 서로 다닥다닥 붙어서 음울하고 지저분한 광경을 만들어내고 있었다.

그 사람은 매우 낡은 긴 프록코트를 입고 있었고 코트 속으로 마르긴 했지만 균형 잡힌 몸매가 느껴졌다. 신고 있는 부츠는 오래돼서 낡았지만 작은 뒷굽은 제대로 된 모양이었다. 길쭉한 얼굴에는 깔끔하게 다듬은 회색 구레나룻이 덮여 있고, 작고 분명하게 조각한 듯한 귀 뒤로 흰 머리카락을 매끄럽게 빗어 넘기고 있었다. 머릿결은 붙여놓은 듯이 착 달라붙어 있는 걸로 봐서 틀림없이 아주 부드러울 것이다. 이런 머리 모양새 덕분에 '지식인다운 분위기'가 묻어났지만, 그 길고 마른 얼굴에 잘 어울리지는 않았다. 아마도 그 때문에 연골질의 가녀린 코가 우울하게 유달리 앞으로 튀어나와 보이는 것인지도 모른다. 게다가 이 사람의 눈은 좀 특이했다. 흰자위에 푸르스름한 빛이 감돌았고 동공은 불그레한 색이었다. 가느다란 눈매에 담긴 시선은 차갑고 완고해 보였지만, 왠지 사람을 쳐다보지 않고 아래쪽을, 땅을 쳐다보는 것만 같았다.

나는 가게 유리창 앞에서 삼 분여쯤 서성거리며 이 사람이 '뭐 필요하세요?' 하고 물어오기만을 기다렸다.

그러나 그는 나를 보지 못한 듯 움직임 없이 팔짱을 낀 채 보이지 않는 적막함의 구름에 싸여 있었다. 그것이 내 호기심을 더욱 자극했다. 뭘 저렇게 지키고 서 있지? 왜 그렇게 적막에 싸여 있는 것일까?

중학생들이 수집용 우표를 사려고 가게로 들어왔다. 그는 마지못한 듯이 손님들에게 길을 비켜주며 몇 마디 간단한 말을 주고받았지만 도대체 자기에겐 흥미 없는 남의 일을 하는 것 같았다.

내가 봉투를 사려고 가게로 들어갔을 때에도 그는 여전히 별로 달갑지 않은 태도였고, 물건을 싼 다음 짤막하게 값을 얘기하고 다시 팔짱을 꼈다. 분명히 어서 빨리 사라져주기만을 기다리는 것이다.

"장사 하신 지 오래됐어요?"

"오래됐죠."

"좀 외진 곳이죠?"

"예."

"옛날 동전 같은 건 없나요?"

"없어요."

너무나 분명했다. 이 사람은 도대체 말을 하고 싶지 않은 것이다. 여자의 초상이 담긴 엽서가 눈에 들어왔다. 엽서 속의 여자는 타조 깃털로 만든 부채로 입을 가린 채 커다란 안락의자에 앉아 있었다. 눈은 애교 있게 웃고 있었지만 냉소적인 데가 있었고, 술을 좀 마신 듯했고 약간 변덕스럽게 보이는 엽서 아래에는 이렇게 인쇄되어 있었다.

'라리사 안토노브나 도브리니나. 여러 지방 극장에서 활동한 유명 여배우.'

또다른 엽서도 있었다. 손에 꽃다발을 들고 오필리아 분장을 한 똑같은 여배우의 사진이었다. 그러나 오필리아의 그 광적인 눈길은 아니었고 왠지 모호한 미소를 짓고 있었다. 그 여배우는 노라, 메리 스튜어트의 모습도 하고 있었다. 다른 엽서도 다 그 여배우의 것이었다.
모든 사진 속에는 입술이 일그러진 똑같은 미소가 담겨 있었다. 크고
도톰한 입술은 얼굴 윗부분과 다소 넓적해 보이는 턱을 확연하게 분
리해주었다.

"제일 좋은 건 여기 이겁니다."

가게 주인은 긴 회색 손가락으로 안락의자에 앉은 초상화를 가리키
며 감동어린 목소리로 말했다.

"제가 직접 찍은 겁니다!"

그는 자랑스럽게 덧붙였다.

"한 번도 들어보지 못한 이름이네요."

내가 이렇게 말하자 그는 모욕적이라는 듯이 어깨를 움찔했다.

"아니, 이 배우는 아주 유명했어요. 명성이 자자했지요."

그는 그 배우가 '거대한 성공'을 거뒀다는 도시들을 나열하면서 그
것도 모르냐는 듯 다소 무시하는 말투로 신문평에나 나오는 진부한
단어를 써가면서 여배우의 재능에 대해 설명했다. 그는 눈을 감고 책
이라도 읽는 듯이 그렇게 말을 했다.

"살아 있어요?"

"죽었어요."

"오래전에요?"

"구 년 됐지요."

이 사람은 괴짜임에 틀림없었다. 괴짜들은 세상을 재미나게 장식해
준다. 나는 그에 대해 좀더 알아야겠다고 마음먹었다. 그리고 성공했
다. 그는 내게 자신의 이야기를 해주었다.

내 슬픈 이야기를 이해하려면 오래전으로 거슬러올라가서 어렸을 때부터 이야기를 해야 합니다. 나의 아버지는 클림 토르수예프라는 유명한 비누업자였어요. 사업에 성공해 부자였지만 아주 까다로운 성격이어서 사람들을 꺼리고 외롭게 살았지요. 키가 엄청나게 크고 힘도 대단했던 아버지는 머리를 황소처럼 땅에 처박고 걸어다녔지요. 뭔지 모를 분노에 눈이 먼 사람처럼 말입니다. 아마도 그건 내 어머니에 대한 분노였을 겁니다.

나의 어머니는 터키 전쟁의 영웅 고르탈로프 소령의 딸이었는데, 내가 아홉 살, 내 동생 콜리야가 여섯 살일 때 유명한 피아니스트를 따라 떠났다가 얼마 되지 않아 외국 어디에선가 죽고 말았답니다. 지금도 루살카* 옷을 입은 어머니 모습이 기억나요. 온통 녹색 리본과 꽃으로 장식한 까만 머리는 허리까지 흘러내렸고 머리 위에는 보석을 이슬처럼 장식했었지요. 이런 모습으로 어머니는 나에게 묻곤 했어요.

"나 멋지지?"

"응, 너무 멋있어!"

내가 이렇게 대답하면 어머니는 내 이마를 다정하게 툭 쳤지요.

"오, 그래? 그런데 넌 엄마 말도 안 듣고 미워하잖아."

나는 말을 잘 듣겠다고 약속했지만 어머니는 부활절에 떠나버렸지요.

---

* 슬라브 전설에 나오는 인어 같은 물의 요정.

우리는 작고 어두운 방 한 구석에 있는 탁자에 앉아 있었다. 탁자 위에는 은촛대에 꽂힌 양초 두 개가 타고 있었고 다면체의 호리병 속에 담긴 포도주는 선홍빛으로 흔들리고 있었다. 방 안은 좁고 답답했으며 사진들이 벽을 회색 곰팡이처럼 덮고 있었다. 구석에는 타일로 만든 난로가 따뜻하게 방을 덥히고 있었으며 난로 옆에 넓은 안락의자가 놓여 있었다. 그는 팔짱을 끼고 다리를 쭉 뻗은 채 거기에 앉아 노란 양초 불꽃을 바라보고 있었다. 침실로 이어지는 것임에 틀림없을 작은 방문이 하나 있었는데, 그 옆에는 기타가 걸려 있었고 기타 목에는 리본이 장식되어 있었다. 창문 밖 맞은편 거리의 가로등 불빛에 비친 빗줄기는 유리 화살처럼 보였다. 흐릿하고 노란 가로등 불빛은 비에 젖은 창문 유리를 통해 여배우 도브리니나의 커다란 사진을 어슴푸레 비춰주었다. 장례식용 흑백 사진틀에 넣어진 이 사진은 화가(畵架)에 받쳐져 있었고, 사진틀은 월계수와 종려나무 잎 모양의 은빛 화관으로 장식되어 있었다.

방을 채우고 있는 모든 것들에서는 오래전에 그 생명이 다한 말라비틀어진 것 같은 느낌이 묻어났다. 손만 대도 회색 먼지로 바스러질 것처럼 완전히 말라버린 꽃에서 날 법한 이상한 냄새가 모든 물건들에서 풍겨났다. 그리고 그 사람의 목소리도 생명을 잃고 말라비틀어진 것 같았다. 그는 책을 읽듯이 말을 했고, 그의 말에는 아무런 음영도 담기지 않은 것 같았다. 암송해내듯이 쉽게 단어들이 이어져 나왔고, 그것은 미처 여름의 성장(盛裝)을 털어내지 못하고 추위를 맞은 나뭇잎들의 서글픈 조락을 떠올리게 했다.

아버지는 십팔 년 동안 혼자 살았죠. 그동안 우리 집엔 집안일을 돌보는 하녀와 식모, 이 두 할머니 외에는 여자라곤 한 사람도 없었어요. 무뚝뚝한 아버지는 어린 우리들의 생활에는 전혀 개의치 않았지요. 십팔 년 동안 나와 콜리야가 가장 자주 들었던 말은 '이건 뭐야?' 하고 화가 나서 묻는 말뿐이었답니다.

아버지가 이렇게 물으면 우리는 몹시 겁이 났지요. 그럴 때면 아버지와 우리들 사이에 높다란 벽이 가로놓인 것 같았어요. 우리는 그 벽 뒤에 숨으면서 자란 셈입니다. 집에는 일곱 개의 방이 있었는데 그 중 한 방이 다른 데보다 어둡고, 여러 종류의 가구로 가득 차 있어서 몸을 숨기기 쉬웠죠. 아버지는 나를 도시에 있는 중학교에 보냈지만 더 이상의 공부는 허락하지 않았어요. '됐어! 일이나 배워라!' 했던 겁니다.

나보다 몸이 약했던 콜리야는 김나지움에 가도록 허락했고, 심지어 대학에 가서 수학과 화학 같은 걸 배우게도 했지요.

아버지는 창창한 나이에 어느 날 느닷없이 돌아가셨습니다. 유월의 더웠던 어느 날 교회 십자가 행진에 다녀온 뒤 집에서 만든 맥주에 얼음을 넣어 마시고 말이지요. 그리고 오 일 동안 관 속에 누워 있었지요. 산처럼 부풀어오른 배 위에 그 일 잘하는 털북숭이 손을 얹고 잔뜩 부은 채로요. 형언할 수 없이 끔찍했죠. 불그레한 머리털을 곤두세운 아버지의 화난 얼굴은 말입니다, 꼭 서슬 퍼런 분노에 싸여서, 지금이라도 막 쉰 목소리로 자신의 운명에 대해 소리칠 것만 같았어요. '이건 또 뭐야?' 하고요.

공장은 멈춰 섰고 집안은 아주 느긋해졌지요. 부활절 축일이나 성탄절같이 말이지요. 그리고 그간 익숙지 않았던 소란이 찾아왔어요. 하녀가 시끄럽게 쿵쿵 걸어다니며 큰 소리로 말을 하기도 했어요. 나는 모두들 아버지의 죽음에 만족해하고 있다고 생각했지요. 부끄럽긴 하지만 나 자신도 만족해하고 있었거든요. 아버지 생전에 집 안에서 자유로웠던 존재는 제 맘껏 붕붕 날아다니는 파리뿐이었습니다. 아버지는 조용히 방을 오가면서 귀를 기울이고 있다가 누구라도 부주의하게 방문을 쾅 닫으면 버럭 화를 냈지요. 그러나 이제는 아버지 생전에 그랬던 것처럼 여전히 목소리를 낮추고 영원히 잠들어버린 아버지를 깨울까봐 조용히 움직이는 사람은 감수성이 예민한 동생 콜리야뿐이었죠.

"왜들 저렇게 소란을 피운담!"

동생은 기분이 상해서 이렇게 말하더군요.

"다들 기뻐서 난리인 것 같아!"

"콜리야, 뭘 그렇게 속상해하니? 알잖아, 다들 아버지를 좋아하지 않았잖아. 아무도 좋아하지 않았어."

"그럼 형은?"

"너도 마찬가지잖아. 난 솔직하게 말할 뿐이야."

동생은 창가에 말없이 앉아 있었지요. 열어놓은 창문으로 시큼한 냄새, 썩은 기름 냄새, 비누 냄새가 짙게 풍겨왔어요. 그때 사각사각 하는 낯선 소리가 들려오더군요. 마당지기였던 애꾸눈의 타타르인 무스타파가 기름에 절어 아스팔트처럼 굳어진 마당을 빗자루로 쓸고 있었던 겁니다. 전에는 공장의 끝없는 소음 때문에 이런 소리는 들리지 않았던 거죠. 불쾌한 소리는 아예 지워져버렸던 겁니다.

콜리야가 창밖으로 몸을 내밀고 말했지요.

"무스타파, 그만둬요, 제발!"

그리고 내게도 말하더군요.

"저 사람은 아버지에 대한 기억을 쏟아내고 있는 거야. 집에 고인이 있을 때 청소를 하면 안 된다는 거, 형은 몰라?"

난 동생을 달랬죠.

"이젠 우리 좀더 쉽게 살자. 난 일을 할 테니 넌 공부를 해라. 극장 가게 돈 달라고 사정할 필요도 없고, '이건 뭐야?' 하고 네게 소리칠 사람도 없어. 그래, 이건 좋은 일은 아냐. 하지만 난 아버지가 불쌍하지 않아. 난 배우가 아냐. 억지로 우는 시늉은 못 해. 생각해봐, 바로 일주일 전에도 아버지 때문에 우리가 얼마나 마음이 상해서 울고 그랬었니? 또 그때뿐이 아니었잖니!"

동생은 하늘을 바라보며 말했어요.

"하늘은 저렇게 아무 색이 없어. 잔인하게, 양철판처럼…… 우리 공장과 땅은 꼭 양철판의 녹과 진창 같아."

동생은 그런 생각을 자주 했었지요. 그런 특이함이 난 참 좋았어요. 땅에 대해서 동생은 항상 슬프게 불평했지요. 환자가 제 몸에 대해서 불평하듯이 말입니다. 하지만 좀 가녀리고 연약해 보여서 그렇지 건강했어요. 여자애들처럼 보드랍고 발그레한 뺨을 가진 애였어요. 짙은 색 머릿결은 부드럽게 물결 치고 검은 눈은 모든 것을 의심스럽게, 다소 놀란 듯이 바라보았답니다. 그앤 부모님 몰래 피아노도 배웠어요. 하여튼 뭔가 고요하고 음악적인 분위기가 동생에겐 있었습니다.

"콜리야, 그래도 아버지 생전에 우리가 얻은 것 중에 가장 소중한 게 있다면 그건 우리 형제간의 우정이다. 우린 아버지의 그 힘든 성격을 견디기 위해 서로 뭉쳐야 했잖니. 그래서 우린 서로 아주 굳게 사랑하고 있지. 나는 이 사랑이 평생 동안 그렇게 변치 않기를 바란단다. 내가 나이가 많기는 하지만 너만큼 많이 배우지는 못했다. 넌 나와는 다른 삶을 살고 있고 네 나름의 생각도 있지. 그리고 즐거운 상상도 잘하잖아. 좀전에도 넌 하늘에 대해 나라면 전혀 할 수 없는 그런 말을 했어. 나는 네가 하는 말을 가끔 이해하지 못할 때가 많아."

그러자 동생이 미안하다는 듯이 묻더군요.

"내가 뭐 그리 특별한 말을 했다고 그래?"

"내 말을 막지 마라! 내 말은 네가 땅을 네 몸처럼 아끼고 사랑한다는 거다. 하지만 나는 아무 생각 없이 땅 위를 걸어다니지. 난 나를 다른 사람으로 상상하지 않아. 있는 그대로 살아가게 운명지어졌지. 나는 그저 공장이나 사업이나 약혼녀에 대해 생각할 뿐이야. 나는 네가 나와 사는 것이 권태로워지고 그 권태가 우리를 다른 길로 이끌어갈까봐 겁이 나. 하지만 넌 아직 어리고 성격이 모질지도 못해. 또 요즘은 시국도 어수선하지⋯⋯ 학생들이 소요도 일으키고. 네가 위험한 정치 같은 일에 말려들어가 많은 학생들처럼 죽게 될 수도 있어. 그리고 난 내 약혼녀를 사랑해. 하지만 내 생각에 그 여자가 아내가 되어 우리 집에 들어오면 내 생의 일부를 그녀에게 나눠주어야 하는데, 걱정이다. 혹시라도 내 아내가 네 마음에 들지 않으면 어떡하나 하고 말이다. 사람들 말이, '여자를 집안에 들이는 건 나무에 쐐기를 박는 것과 같다'고 하잖아. 그리고 아이들이 생기겠지. 그럼 넌 어떻게 되겠니? 그래서 말인데, 콜리야, 나는 너를 위해 결혼을 좀 미루려고 한다⋯⋯"

동생이 슬퍼하며 말하더군요.

"나는 형이 나 때문에 희생하는 걸 원치 않아."

그러나 나는 거듭거듭 나의 굳은 결심을 말했고 결국 내가 하고 싶은 대로 되었지요. 우리는 굳게 포옹을 했고 이 세상 어떤 경우에도 결코 헤어지지 말자, 서로에게 아무것도 감추지 말고 살자고 맹세를 했죠. 내가 그렇게 한 건, 동생에 대한 사랑 외에 약간의 계산도 있었어요. 난 십이 년 동안 동물원 우리에 갇힌 짐승처럼 살면서 비누 끓이는 일 말고는 아무것도 보고 듣지 못했지요. 심지어 난 시내에 나가는 일조차 드물었죠. 그런 일은 아버지가 다 했으니까. 하지만 콜리야는 이삼 년 지나면 화학자가 될 거고, 그 차분한 고집을 보면 성공할 거라 생각했죠. 동생은 아주 어려운 책들을 읽었고 심지어 외국어로 된 책들도 있었어요. 정치에 대해서도 이야기를 했고 혼란스러운 인생에 대해서도 아주 재미있게 설명해냈지요. 공장이 내 머릿속을 차지하고 있었다면 동생의 생각을 사로잡고 있는 것은 인생이었다고 말할 수 있겠지요. 달리 말하자면 콜리야에게는 인생이 자신의 사업이었던 겁니다.

심각한 의미에도 불구하고 내 말이 다소 우스웠다는 걸 숨기지는 않겠습니다. 나는 내 약혼녀가 도망가지 않으리라고 믿었지요. 그만큼 나에게 빠져 있었으니까요. 하지만 동생은 똑똑했고 내게 꼭 필요한 사람인데 쉽게 잃어버릴 수도 있다고 생각했어요. 그러나 어쨌든 무엇보다 난 콜리야를 사랑했지요……

그 사람은 내내 단조로운 음조로 마치 시편이라도 읽는 듯이 눈을 감은 채 말했다. 그러나 이 말을 하고 그는 눈을 떴는데 두 눈이 빨갛게 충혈돼 있었고 눈물과 회한으로 가득 차 있었다.

"난 동생을 사랑했어요!"

그는 반복해서 말하고는 포도주 한 잔을 마셨다. 그리고 손수건으로 눈물을 닦으면서 좀 활기를 띠며 계속 말했다.

구월 말, 극장 시즌이 시작될 때까지 나와 콜리야는 마음이 잘 맞아서 흉금을 털어놓고 무척 잘 지냈어요. 가끔씩 친구들이 콜리야를 찾아오긴 했지만 말이지요. 친구들 중에 보고몰로프라는 의대생이 있었는데 못생긴 데다 거칠고 목소리도 컸지만, 정말 대단히 영리했어요. 영혼 대신에 통속적인 백과사전을 가지고 다니는 사람들이 있는데 그가 바로 그런 족속이었지요.

첫눈에 난 그가 마음에 들지 않았어요. 자유에 관한 말들을 했거든요. 자유란 건 날조된 망상이죠. 난 아버지가 죽은 뒤 공장이 다시 돌아가기 시작하고 내 인생이 피할 수 없는 정해진 길을 따라가게 되었을 때 즉시 그걸 느꼈어요. 아버지가 살아 계실 때는 비록 아버지가 휘두른 권력의 포로였기는 했지만 어쨌든 더 자유로웠지요. 하지만 아버지가 죽고 나서는 영혼의 숨결 하나하나에도 견딜 수 없는 책임감을 느껴야 했지요.

보고몰로프는 인간이란 완전히 자유롭다, 인간은 자기 자신을 위해서만 존재하며 모든 시작과 끝을 자신 속에 가진 하나의 원이다, 그리고 모든 세상, 모든 삶은 바로 그 속에, 인간 내부에 있다고 확신하고 그걸 가르치려 들었어요. 너무나 말이 되지 않는 소리였죠. 보고몰로프는 자기 성도 거부했고* 신을 믿지도 않았어요. 눈에 보이지 않는 날벌레를 잡으려고 공중에서 땅으로 날아 꽂히는 제비에게도 나름대로 자기 목적이 있어요. 그런데 그의 생각이란 것들은 모두 제비만큼도 목적이 없는 것들이었습니다. 물론 나는 보고몰로프에게 그가 말하는 완전한 자유라는 것은 실제로는 완전히 무목적적인 것이라고 증명하려고 했지요. 그러나 그는 사제장의 아들이었고 대단한 지적 능력을 가지고 있어서 날 구석으로 몰아붙였지요.

그는 콜리야에게 아주 위험한 인물이었어요. 가녀린 데다 여자애같이 발그레한 홍조가 있던 콜리야는 갈기 머리를 한 투박한 사제장 아들 앞에서 무방비 상태였지요. 콜리야는 자유에 대한 그의 말을 신뢰감과 존경심을 가지고 경청하더군요. 하지만 그때 난 이미 예단하고 있었어요. 인간이란 꿈속에서도 자유롭지 못하다, 저 움직임 없는 바위조차 자유로운 것은 아니다, 바위도 세월이 지나면 모래로 변해버린다고요. 모든 사람은 삶의 노예이고 포로이며 악마란 자신의 악한 마음의 노예이고 주님은, 만일 존재한다면, 인간의 이성으로는 닿을 수 없는, 자기 자신이 저지른 행업의 노예다, 바로 이것이 자유에 대한 내 생각이었습니다!

이 사람이 말하는 조소 섞인 분노의 단어들에서 파생한 메마르고 자극적인 먼지가 방 안 가득 날아오르는 것만 같았다. 그의 말 한마디 한마디에서 자신이 생각하는 것들이 삶의 많은 경험들을 통해 뚜렷하

---

* '보고몰로프'라는 성은 '신의 아들'이라는 의미를 품고 있다.

게 증명되고 있다는 확신이 느껴졌다. 이런 점에서 보면 삶은 아주 관대하여 뭐든지 증명해줄 것이다. 양초의 노란 불빛이 불그레한 그의 동공에 비쳐 푸른빛이 도는 흰자위가 더 온화해 보였다. 그는 가느다란 눈썹을 치켜뜨고 있었고 마른 얼굴에는 자족적인 우울함이 드리워져 있었다.

"나는 평생 한 가지 일에 매달렸지요. 그래서 기억력이 아주 좋아요. 내가 겪은 모든 것은 꼭 벽에 써놓은 것처럼 생생히 기억할 수 있어요."

그는 턱으로 구석을 가리키며 말을 이었다.

구석의 동그란 탁자 위 청동 꽃병에 마른 꽃다발이 꽂혀 있었는데 마치 진흙으로 빚은 것 같았다. 모양이 다 일그러져서 아주 자세하게 들여다보고 나서야 나는 그게 꽃이라는 걸 알 수 있었다.

우습게도 니체주의자로 불리는 보고몰로프 외에도 파블로프라는 대학생 한 명이 더 드나들었는데 그는 우체국장의 아들이었지요. 이 친구는 좀 나았죠. 작고 말랐는데 꼭 염소처럼 생긴 친구였지요. 이 친구는 어딘가 어릿광대 같은 우스운 데가 있었는데 그걸 감추려고 금테 안경을 걸치고 다녔어요. 아주 소란스러운 친구였는데 손끝이 가벼워서 그 손이 닿는 것마다, 접시나 가구 같은 거 말이지요, 유난히 큰 소리를 냈어요. 이 친구는 오직 극장 얘기만 해댔는데 아주 시시껄렁했지만 신문에 공연평 같은 걸로 실리기도 했지요. 그는 전국의 배우들을 다 알고 있었어요. 한번은 시내 극단의 새로운 멤버가 소개되자 우스울 정도로 흥분해서 소리치더군요.

"L. 도브리니나? 누구지? 처음 들어보는 이름인데. 엘이라? 엘은 뭐야, 류보피? 류드밀라? 리지야인가? 뭐라고 생각해?"

극장 시즌이 시작될 때까지 그는 그 배우가 라리사 안토노브나라는 걸 알아낼 수 없었지요. 술에 취해 썰매에서 떨어져 어디 기둥엔가 부딪혀 머리를 다쳤거든요. 이 친구는 죽은 지 오래됐는데 난 지금까지도 그가 마음에 안 들어요.

세상엔 참 특이한 사람들이 있어요. 그렇게 나쁜 사람은 분명 아닌데 사람 마음에 나쁜 생각만 떠오르게 하는 그런 사람들 말이죠. 그런 사람은 같이 앉아 있으면 왠지 기분 나쁜 걸 생각나게 만드는 겁니다. 예, 그래요, 러시아에는 놀라운 사람들이 참 많지요. 공연히 쓸데없는 소란이나 벌이고 다니는 사람들이요. 극장 주변에 특히 그런 사람들이 많아요. 나는 콜리야와 함께 시즌 첫 공연을 봤답니다. 두번째 줄에 앉아서 말이지요. 파블로프도 머리를 싸맨 채 어떻게 왔는지 왔더군요.

그 사람은 뭔가 무거운 것을 들어올리려는 듯이 소리 나게 한숨을 내쉬고 포도주 한 잔을 더 마시고는 다시 눈을 감고 한참을 가슴에 손을 얹고 있었다. 손가락들이 이상하게 움직거리고 있었다.

"〈햄릿〉이었죠. 그리고 드디어 오필리아가 나오는 장면……"
그는 눈을 떴고 더 딱딱하고 엄격한 목소리로 말을 이었다.

극장이 마음에 들지 않았다는 점을 미리 말해둬야겠네요. 극장은 사람의 영혼을 싸구려로 판매하는 일종의 장사를 하는 곳이지요. 연극은 날조된 감정을 엉터리로 꾸며낸 장난이죠. 아니면 단지 좀 우스워 보이고 남보다 순박하게 살아가는 사람들에 대한 조롱이거나……지금도 난 극장에 잘 안 가요. 열 번이나 갔을까. 극장에 가면 항상 속았다는 느낌을 갖고 돌아오게 돼요. 결코 성공하지는 못하지만 말입니다.

나는 라리사 안토노브나가 무대에 나왔을 때 처음엔 그녈 잘 알아보지 못했지요. 하지만 새로운 목소리가 들리길래 자세히 봤더니 오필리아가 내 앞에 서서 놀랍게도 나를 똑바로 쳐다보고 있는 거예요. 아시겠어요? 수줍은 듯한 미소를 띠고 말입니다.

가끔 새벽녘에 말입니다. 어둑한 방 안 문틈이나 커튼 사이로 진주실 같은 햇빛이, 손으로 만져질 것처럼 그렇게 보드라운 빛이 새어 들어올 때가 있지요. 바로 그랬어요. 라리사 안토노브나의 눈길이 내게 꼭 그렇게 느껴졌습니다. 목소리는 촉촉하고 깊었지요. 대답 없는 사랑에 빠진 여자의 목소리였어요. 물론 오필리아니까 애처롭고 수줍게 말을 했을 테지만요. 햄릿은 굴뚝 청소부처럼 새카만 옷을 입고 그녀 앞에 뻔뻔스럽게 서 있었습니다. 그 당시 유명했던 아야로프라는 배우였죠.

그는 가지런하고 하얀 치아를 드러내며 처음으로 웃음을 지었다.

"아야로프에 대한 악의적인 시가 기억나네요."

그리고 휘파람 소리를 내더니 그 시를 낭송했다.

하얀 밀랍으로 만든 양초가

뜨거운 열에 우울하게 녹아내리듯,
아야로프의 연기에 관객들은
슬픔에 젖어 볼가 강으로 녹아 흐른다!
만일 그가 고문서에서 끄집어낸
왕인 체한다면,
뒤집어진 왕과 함께
건전한 상식도 뒤집어지리라!

시를 낭송하고 그의 표정이 더 어두워졌다. 나지막하고 느릿하게 그는 계속 말을 이었다.

그날 저녁 내가 겪은 일을 말로 다 설명할 수는 없을 겁니다. 말로 표현한다면 그건 성물모독이지요. 난 난생처음 성스러운 미의 신비를 본 겁니다. 이건 내 말은 아니고 파블로프가 막간에 소리쳤던 말이지요. 그 사람은 신중하게 말하지 않고 생각나는 대로 과감하게 말해대곤 했지요. 극장에만 가면 그 사람은 술 취한 사람 같아졌어요. 그날 저녁에는 특히 흥분해서 그 작은 손으로 사람들의 단추나 소매, 옷깃 따위를 잡아당기며 마치 정신 나간 사람처럼 굴었지요.
"매혹적이야! 대단한 재능이죠! 신이 내린 아름다움입니다!"
그렇게 광분하더니 나중엔 눈물까지 흘리더군요. 그는 나와 콜리야를 끌고 분장실에 있던 라리사 안토노브나를 찾아갔어요. 분장실에서 그는 이 말 저 말 마구 쏟아내며 그녀의 손에 입을 맞추는 등 마치 그들의 일원이 된 배우처럼 행동하더군요. 나는 무대에서와 같은 미소와 눈길을 보았지요. 그녀의 눈은 푸르고 차분하면서 깊은 미소를 담고 있었어요. 마른 손은 뜨겁더군요.

파블로프의 말을 들으면서 그녀는 그의 칭찬을 믿지 못하겠다는 듯이 조용히 웃었어요.

"당신도 제가 마음에 들었나요?"

그녀가 내게 이렇게 묻더군요. 내 생각엔 그랬어요. 내게 물었다고 말이지요. 그래서 당연히 대답하려고 했지요. 그런데 콜리야의 조용한 목소리가 들리더군요.

"예, 아, 정말!"

그때 난 내가 동생과 같이 있었다는 사실을 잠깐 잊어버리고 있었던 겁니다. 나는 몹시 당황했고 콜리야의 감탄이 불안했죠. 나는 동생을 데리고 분장실에서 나왔어요. 내 약혼녀도 극장에 함께 왔었는데 우린 그녀에게 돌아갔어요. 내 약혼녀는 콜리야의 대부의 딸이었어요. 모스크바에서 이 년 동안 공부하기도 했지요. 그녀 역시 극장을 좋아했어요. 참 사랑스러운 여자였지요. 건강하고 밝고, 뺨이 발그레하고, 단것을 참 좋아했어요. 그런데 그녀는 라리사를 마음에 들어하지 않았어요.

"특별한 아름다움을 가진 여자인 건 분명하지만 연기는 잘 못하네요. 자기 자신을 위해 무대에 나온 것 같아요, 잃어버린 브로치를 찾으러 말이지요."

그녀의 지적은 정확했어요. 나도 라리사 안토노브나가 사람들 옆을 지나치면서 그쪽으로 가지 않으려는 듯이 자주 눈을 내리감던 모습을 떠올렸지요. 콜리야는 내 약혼녀와 논쟁을 벌이기 시작했어요. 하지

72

만 나는 여배우의 자유스러운 행동에 대한 동생의 말을 들으면서 생각했지요. 분명히 동생이 라리사 안토노브나에게 빠져버렸다고, 그리고 그녀에게 줄 선물 비용이 상당히 들겠다고 말이지요.

마치 나를 비난하듯 엄격한 목소리로 그 사람은 계속 말했다.

그러나 내가 그렇게 생각했던 이유는…… 다른 생각을 감추려고 그랬던 겁니다. 맞아요, 그래! 말씀드렸지요. 우린 둘 다 집안에서 여자의 사랑을 받지 못하고 자랐다고요. 게다가 나이를 먹었어도 나는 부끄러움을 잘 타는 아주 소극적인 사람이었지요. 마음에 두었던 시골 재봉사 처녀가 있었는데, 미친개에 물려서 갑자기 죽어버렸어요. 내게 여자라고는 그녀가 전부였지요. 우리 공장 근처엔 미친개들이 아주 많았거든요. 난 그런 사람이었고 콜리야는 더더욱 순결한 총각이었죠. 나는 동생 운명의 지도가 되어야 했던 겁니다. 이해되십니까?

그러나 그는 눈을 감고 머리를 저으며 나직하게 말했다.
"아니, 그게 다는 아니었죠. 그렇지 않아……"
그리고 잠시 말을 멈췄다가 자신의 의지와는 상관없이 어쩔 수 없다는 듯 말을 이었다.

집으로 돌아오는 내내 콜리야는 말없이 미소만 지었지요. 나는 내가 침묵하고 있는 바로 그것에 대해 콜리야도 침묵하고 있다는 것을 알았지요. 집에 와서 차를 마시며 우리는 언제나처럼 마음을 터놓고 이야기를 나눴어요. 그러다가 난 단도직입적으로 동생에게 말했지요. 난 라리사 안토노브나의 호감을 사고 싶고 꼭 성공하고 싶다고. 나는 이 말을 일부러 아주 거칠게 말했지요. 물론 그런 희망을 전혀 품지 않았고 생각조차 하지도 않았지만 말입니다. 동생은 무슨 엉뚱한 맘을 먹고 있냐고 내게 화를 냈지요. 화를 내면서 그는 그 여자의 아름다운 영혼에 대해 말하더군요. 현학적으로, 그리고 시 구절까지 동원해서 말이지요. 물론 나는 그의 말을 비웃었습니다. 비록 내심 기분은 좋았고 콜리야의 멋진 말솜씨가 부러웠지만 말이지요.

화가 나서 동생은 잠을 자러 갔죠. 그리고 나도 잠자리에 누웠지만 한밤중에 일어나서 오랫동안 기도를 했어요. 그 당시 나는 신이 존재한다고 믿었고 신은 사람들의 불행을 바라지 않는다고 확신하고 있었죠. 나는 이 모든 것이, 라리사 안토노브나, 콜리야의 매혹, 내 영혼의 혼란 등등이 마치 꿈처럼 지나가게 해달라고 기도했습니다. 달빛이 좋았고 개들이 마구 짖어대는 그런 밤이었지요……

하루 지나서 우린 다시 극장에 갔어요. 라리사가 〈동백꽃을 든 부인〉을 공연했거든요. 이 작품은 당신도 잘 아시겠지만 정말 불쾌했어요. 모든 것을 영혼의 격정에 대한 동정심으로 처리하고 있어요. 하지만 라리사는 누구도 따라올 수 없는 그 아름다움으로 모든 사람을 압도했습니다. 특히 동정심을 불러일으키려는 부분에서, 나는 그녀를 믿지 않았지요, 그녀가 평범하고 일상적인 어투로 대사를 읊었을 때 나는 내 약혼녀가 그녀에 대해 내렸던 평가를 떠올렸지요. 그래 맞다. 라리사는 무대를 위해 존재하는 것이 아니라 자신을 위해 존재하는 사람이다! 그리고 나는 기뻤죠. 그녀의 동작이나 말에서 뭔지 모를 게으름 같은 것이 느껴졌는데 그게 마음에 들었어요. 그렇게 살 수 있는 사람은 아주 진지하고 독립적인 사람이지요.

그리고 나는 동백꽃을 든 그런 여자 역할에 라리사는 어울리지 않는다, 비슷하지도 않다고 생각했습니다. 콜리야가 내게 슬픈 듯이 속삭였어요.

"그녀에게 맞는 역이 아니야. 지루하게 연기하고 있잖아."

막간에 파블로프와 우리는 그녀에게 갔습니다. 그러나 옷을 갈아입고 있어서 들여보내주지 않았지요. 그녀는 문틈으로 우리를 내다보며 자신의 새집에 우리를 초대했어요. 그녀가 이곳에 집을 얻었던 겁니다. 저 맞은편에……

그 사람은 창 쪽으로 손을 뻗었다. 창밖에는 가을비가 그치지 않고 뿌려대고 있었다. 가느다란 유리실 같은 빗줄기 속에 가로등불이 몸을 떨며 커다란 살찐 거미처럼 노란 빛을 자아내고 있었다.

그래서 다들, 말하자면, 집들이에 갔죠. 나는 난생처음으로 전혀 만나본 적도 없는 사람들 무리에 휩쓸리게 됐지요. 아는 사람이라곤 딱 한 사람, 경찰서장 마메트쿨로프뿐이었죠. 기병대 출신이라선지 완전히 늙은 말처럼 생긴 사람이었죠.

그녀의 집은 모든 것이 아주 특이했어요. 예를 들면 탁자들이 방 구석구석에 놓여 있어서 쓸데없이 더 좁아 보였고, 꽃은 꽃병에 꽂지 않고 식탁보 위에 그대로 흩어놓았더군요. 모든 것이 다 그랬어요. 그 사람들 하는 말은 말할 것도 없고요. 내가 정말 놀랐던 건, 배운 사람들의 모임에서 마구잡이로 쏟아지는 생각과 말이었습니다. 게다가 누구나 자기 생각이 남과 다르다는 것을 어떻게든 더 빨리, 그리고 더 단호하게 증명해내려고 집요하게 애를 쓰더군요. 죽음이나 신, 사랑 따위에 대한 이런 대화들이 얼마나 듣기 거북하고 경박한 것인지 모릅니다. 그때 이후 십칠 년 동안 나는 끊임없이 이런 말잔치를 들어보 았지만 아직도 익숙하지 않아요. 그런 말들은 결코 지혜가 아니라 그저 쓰레기 같은 지식일 뿐이지요.

누구보다 소란한 사람은 파블로프였죠. 그는 좁은 방에서 마치 주인처럼 굴었어요. 공장에서 기계 기사가 그러듯이 말예요. 콜리야가 끼어들었기 때문에 아주 인상적인 대화가 시작됐어요. 콜리야가 끼어든 것이 나로선 참 의외였지만. 라리사는 모든 사람의 관심을 받으면서 앞쪽 구석에 앉아 있었지요. 검붉은 원피스에 꽃 장식을 한 모습이 화려하고 매혹적이었죠. 마치 불꽃에 싸인 것 같았지요. 그녀와 나란히 희극배우 브라긴이라는 매우 종교적으로 보이는 사람이 앉아 있었습니다. 나중에 알고 보니 영 돼먹지 않은 사람이었지만요. 생김새도 불쾌했어요. 뼈만 앙상하고 얼굴색은 노랬고 들창코에 눈은 어디에 붙어 있는지 잘 보이지도 않았어요. 전체적으로 인간의 죽음을 표현한 그림에나 나올 법한 모습이었어요. 그가 그리스도를 주인공으로 하는 희곡이 없다는 불평을 하기 시작했습니다.

"정말 난 그리스도 역할을 한번 해보고 싶은데 말씀이야."

이에 대해 라리사 안토노브나가 활기를 띠며 응답했지요.

"그럼 난 막달레나 마리아를 하면 되겠군요!"

이때 마메트쿨로프가 끼어들어 종교극이 극장에 허용되지 않는 것은 유감이라면서 오늘날 신앙심을 잃은 사람들이 극장을 통해 신앙심을 회복할 수 있을 거라고 한참 동안 자신의 주장을 늘어놓았습니다.

그런데 갑자기 가녀리지만 확신에 찬 목소리로 콜리야가 이렇게 말했어요.

"신을 믿는 사람들은 사악하고 진실하지 않은 사람들이지요."

나는 당장 뛰어가 동생의 입을 틀어막고 싶었어요. '쉬, 입 다물어!' 하고 말이지요. 물론 동생의 조심성 없고 오만한 말은 커다란 소란을 일으켰고, 많은 사람들이 모욕감을 느꼈지요. 심지어 라리사도 놀라서 고개를 들고 묻는 거였어요.

"어떻게 그런 말을? 왜지요? 설명해보세요!"

그러자 동생이 대답했어요.

"말로 설명할 수는 없지만 전 그렇게 생각하고 느끼고 있습니다……"

물론 사람들은 내 동생을 비웃어댔고 브라긴은 유대인에 대한 우스운 이야기를 하기 시작했죠. 내 생각에 배우들은 이야기로 유대인들을 얼마든지 공격할 수 있다고 봐요. 하지만 그래도 유대인은 우리들 삶에 없어서는 안 될 존재들이지요. 소금이나 후추처럼 말입니다. 나는 또한 배우들이 매우 불쾌하게 술을 마신다는 걸 알았지요. 위선적인 직업인들이 가면을 벗고 그 무의미하고 공허한 영혼을 드러내는 모습은 정말 보기 역겨웠습니다. 나는 사람들이 술을 많이 마셔서 낯선 사람들의 시선을 더이상 의식하지 않게 되었을 때 브라긴에게 라리사가 어떤 사람이냐고 물어보았지요. 나로선 참 이해할 수 없는 일이었는데, 그녀는 아주 부자였고 지주에다가 남편은 남쪽 지방에서 양을 키우는 사업가였대요. 그런데 연극에 빠져서 남편과 헤어지고 이 년째 연기를 하고 있는데 자기 일을 사랑하고 남자들에 대해서는 관심이 없다는 겁니다. 난 한편으론 기분 좋았고 또 한편으론 불쾌했지요. 브라긴은 악마처럼 웃으면서 말했지요.

"만일 여자가 그리우면 보드빌*하는 스트레쉬네바한테 가봐요. 젊고 촉촉한 여자애인 데다 그거의 자유를 인정하고 있으니까."

"아니, 난 그런 건 관심 없어요. 저기 내 동생이……"

"괜찮아요. 그애는 자기 친척 오빠라도 마다하지 않을걸요, 뭐 넉넉하게 잘 주기만 하면."

빗속을 뚫고 골목길을 따라 사륜마차가 지나갔다. 마차의 불빛들이 젖은 창문 유리를 따스하게 비춰주었다. 잠시 뒤 다시 후드득 빗방울 떨어지는, 가을밤에 듣기에는 참 우울한 소리가 들려왔다. 그리고 노란 거미 같은 가로등이 다시 유리로 된 거미집을 짓고 있었다. 그 사람은 계속 창문만 바라보다가 조용하게 마른 먼지처럼 단어들을 풀어놓기 시작했다. 그로 인해 가을은 더더욱 이 지상에 우울과 슬픔을 만들어내고 있는 것 같았다.

브라긴이라는 사람이 돼먹지 못한 사람이라는 것을 알고 나는 물론 대화를 그만뒀지요. 그러자 그는 좀 뚱뚱한 스트레쉬네바에게 다가가서 콜리야를 가리키며 눈짓을 했어요. 그러자 그녀는 꽃으로 브라긴

---

* 춤·노래 등을 곁들인 짧고 풍자적인 단막극.

의 콧등을 쳤지요. 콜리야는 라리사와 열심히 이야기하고 있었어요. 하지만 마메트쿨로프가 그에게 소리쳤어요.

"정치, 종교, 그리고 온갖 문제들에 매달리는 젊은이들을 난 이해 못하겠어요! 파리의 젊은이들은 단순하게 공부하고 단순하게 사랑하고 그러지요. 그런 것이야말로 정말 인간적인 것 아닌가요?"

라리사는 눈썹을 찡그리고 부채를 부치면서 앉아 있었지요. 얼굴에는 불만이 가득했어요. 파블로프는 양 같은 머리를 흔들어대면서 안 끼는 데 없는 머슴처럼 말해댔지요.

"우리 러시아인은 이 세상 바람신의 하프입니다. 우리는 인류의 숨소리 하나하나에 반응하지요."

스트레쉬네바가 콜리야의 팔을 잡고 다른 방으로 들어가더군요. 집으로 돌아올 때 그 명랑한 여자가 마음에 들더냐고 물어보았더니 동생은 마지못해 이렇게 대답하더군요.

"멍청하고 뻔뻔스러워. 그런데 형은 라리사 안토노브나에 대해서 함부로 말하는데, 그건 잘못된 거야. 그 여자는 아주 좋은 사람이야. 진지한 주제에 깊은 관심도 있고……"

집에 와서 콜리야는 내가 이제까지 결코 들어본 적 없는 놀라운 단어들을 들먹이며 그녀에 대해 말했지요. 나는 내가 여자에 대해 동생처럼 그렇게 고상하게 말할 줄 모른다는 질투심이 들어 슬펐어요. 솔직히 말하자면 '라리사가 콜리야의 저런 칭찬을 듣는다면 어떻게 될까?' 하고 생각하니 정말 불쾌해지더군요.

"넌 그녀를 이제 겨우 두 번 보고 그렇게 말하는구나."

하지만 당연히 내 말은 모닥불에 물 한 방울 떨어지는 것에 불과했지요. 간단히 말해서, 콜리야는 사랑에 빠졌던 겁니다. 동생은 극장 단골손님이 됐고 또 그 니체주의자 보고몰로프하고 더욱 가까워졌지요. 그는 거의 매일 우리 집을 들락거렸고 갈기 머리를 흔들며 깍깍거렸지요. 콜리야의 돈도 가져갔어요. 내가 매달 백 루블씩 줬었거든요. 물론 나는 이런 모든 일들이 콜리야에게 좋지 않으리라는 것을 알았지요.

그는 일어서더니 문 쪽으로 가 잠시 멍청히 기타를 바라보았다.

"이건 라리사의 기타인데 그녀는 연주를 잘하지는 못했지요……"

그러고는 팔을 한 번 내저은 후 자리로 돌아와 포도주 한 잔을 마시고 힘이 드는 듯 안락의자에 깊숙이 몸을 맡겼다.

나는 동생과 형으로서 다시 얘기해보려고 결심했지요.

"기억나지? 아버지 돌아가시고 나서 우리 서로 아무것도 숨기지 말자고 맹세했던 것 말이다."

그런데 동생은 갑자기 전혀 다른 사람이 된 것처럼 화난 목소리로 대답하더군요.

"그래, 기억해! 난 그때 형이 이제 아버지 자리에 서서 나를 형의 규율에 맞추려 한다고 생각했어. 난 그러고 싶지 않아. 하지만 내 성격 때문에 그땐 솔직하게 말하지 못했어. 하지만 이젠 할 말은 하겠어. 우리 공장 노동자들이 사는 것 좀 보라고. 더럽고 중독되고…… 신문에 나오잖아, 잔혹한 실상이 말이야."

동생은 삼십 분 넘게 쉬지 않고 젊은이다운, 세상 물정 모르는 소리를 열심히 하더군요. 그리고 동생은 우리 노동자들이 파업을 벌였을 때 아버지가 중학교 졸업 기념으로 사준 육백 루블짜리 금시계를 팔아서 파업을 지지하라고 보고몰로프에게 주었다고 고백하기도 했어요.

돌로 한 대 얻어맞은 것 같았어요. 주인이 자기 노동자들 파업을 지지한다는 것이 우습기도 했지만 말입니다. 물론 그런 건 애들 같은 짓이지요, 하지만 그럼에도 불구하고⋯⋯

"콜리야, 넌 내가 널 사랑한다는 걸 믿지?"

"난 사랑 같은 건 원치 않아. 자유를⋯⋯"

"콜리야, 사실 나도 잘 알고 있다. 네가 라리사 안토노브나에게 빠져 있다는 걸. 그 때문에 일이 다 이렇게 된 게 아니냐⋯⋯"

"그건 내 문제야. 아무도 뭐라 할 수 없어."

그때 나는 오로지 이 때이른 사랑을 막아보려는 마음에서 약간 거짓말을 했지요.

"너 말이다, 그런데 늦었다. 새해부터 라리사 안토노브나는 나와 살기로 했어."

당연히 이 말은 동생을 고통스럽게 했죠. 갑자기 이빨이라도 뽑힌 것처럼 흠칫 뒷걸음질하더니 창백한 얼굴로 절망스럽게 나를 바라보며 입술을 바르르 떨더군요. 그리고 은수저를 손가락에 끼고 구부러뜨리면서 말했어요.

"아니야, 사실이 아니야. 그럴 리 없어."

그러나 나는 믿음이 갈 만큼 자세하게 이야기를 꾸며댔지요. 그러자 콜리야는 내 말을 믿게 되었는지 일어나서 나를 흘낏 한 번 쳐다보더니 말없이 제 방으로 갔어요. 나도 무척 놀랐지요. 내가 말한 게 사실이 아닐까? 하고 말입니다.

이미 시즌이 끝나갈 무렵이었지요. 그때 나는 라리사와 우호적인 관계를 맺고 있었습니다. 그녀의 비범한 아름다움을 사랑하고 존중하면서 감히 함부로 굴지 않았지요. 그녀는 상당한 돈을 극장주의 사업에 투자하고 있었기 때문에 나는 그녀가 돈을 날리지 않도록 예의 주시했고 그녀도 기꺼이 내 충고를 따랐습니다. 나의 믿을 만한 지혜와 솔직담백한 성격을 존경하고 있었던 겁니다. 나는 콜리야에 대해 그녀의 충고를 받아보려고 했습니다. 정오쯤 그녀가 커피를 마시고 있을 때, '내 동생은 아직 어린애가 아니냐. 그런데 당신을 사랑한다고 한다. 이런 망상에 대해 어떻게 생각하느냐?' 하고 물어보았지요. 처음에는 반 농담조로 대답하더군요.

"그런데 당신은 어떤 역을 맡으신 건가요? 동생 중매쟁이예요, 아니면 동생 경쟁자예요?"

그녀는 눈썹을 살짝 찌푸렸어요. 그리고 매혹적인 눈을 빛내며 화난 듯이 짜증스럽게 말하기 시작했습니다. 자신에게는 이미 사랑이 넘친다, 어린애들, 늙은이들, 군인들, 장교들, 경찰들, 혁명가들, 수도 없다고요.

"잘 말해주세요. 난 일에만 열심이고 싶고, 그 누구의 어떤 사랑도 내 마음을 어쩌지 못한다고요."

그녀는 검붉은 비로드 상의를 걸치고 작은 소파에 다리를 접고 앉아 있었어요. 비로드를 아주 좋아했지요. 상의에는 에나멜을 입힌 고풍스러운 은단추들이 달려 있었고 머리는 헝클어져 있었죠. 그녀의 머리카락은 참 풍성하고 숱이 많았어요. 그녀는 나를 밀어내는 듯한 시선으로 바라보며 말했지요.

"나를 방해하지 마세요! 나는 곧 외국으로 떠났다가 여름에 돌아와서 리페츠크에서 공연할 거예요. 그때쯤 되면 당신 동생은 어린애 같은 병이 나을 겁니다. 그 나이 때는 그런 건 쉽게 지나가지요."

그래서 난 마음이 놓였어요. 물론 나도 라리사를 사랑하고 있었습니다. 그 당시에는 잘 몰랐지만 지금은 알아요. 처음 눈길을 받았을 때부터 그녀를 사랑했다는 것을요. 불행은 늘 그렇지요. 항상 갑자기 한순간에 오는 겁니다.

그는 잠시 침묵했다. 이때를 이용해 내가 물어보았다.

"정말로 그렇게 아름다웠나요?"

"보시면 모르겠습니까?"

그는 사진을 향해 고개를 돌리고 엄격하게 말했다. 그리고 가르쳐주겠다는 듯이 이렇게 덧붙였다.

다른 사람들에겐 어쩌면 그렇게 아름답지 않아 보일 수도 있겠죠. 하지만 우리는 모두 그녀를 가장 빼어난 여성이라고 칭송하며 사랑했습니다. 성탄 전 주에 그녀는 내게 모든 일을 맡기고 떠났지요. 경배자들의 환호를 받으며 꽃에 파묻혀서요.

그 사람들 중에 검사가 있었는데 나를 질투하며 말하더군요.

"당신은 행복한 사내야."

그가 말한 나의 행복이란 언젠가 한번 눈을 딱 감고 용기를 내서 그녀의 팔에 내가 입을 맞추었던 걸 말하는 것이지요.

콜리야가 그녀를 배웅할 때 그녀는 별 의미 없이 그의 이마에 입을 맞추고 말했죠.

"행복하게 사세요, 콜리야."

그렇게 나는 콜리야와 남게 되었죠. 동생은 우리 집 위층에서 밤낮으로 책을 끼고 앉아 있었죠. 점점 말라갔고 슬픈 모습이었지요. 보고몰로프가 늘 함께 있었고요. 어느 땐가 저녁에 차를 마시며 내가 물어보았지요.

"콜리야, 운명이 내게 미소를 지었다고 화내는 건 아니지?"

"아니, 화를 내는 건 아니야. 다만 이해할 수 없기 때문에 힘들어……"

내가 말했던가요, 동생에게 고집스러운 면이 있었다고? 그 몇 달 동안 동생은 몰라보게 성장했고 강해졌지요. 그리고 훨씬 더 현학적이 되었고요. 동생과 말하기가 더욱 어려워졌지요. 그렇게 약간 소원해진 채 우리는 여름까지 지냈는데 유월에 라리사가 리페츠크에 도착했지요. 콜리야는 즉시 그녀에게 달려갔어요. 난 육 일 동안 절망에 빠져 지냈습니다. 밤마다 머리털이 공포로 쭈뼛거렸어요. 나는 내가 무엇을 두려워하는지 알고 있었습니다. 그리고 마침내 두려워했던 일이 벌어진 겁니다. 육 일째 되는 날 라리사가 내게 편지를 보내왔는데 어투가 바늘 끝 같고 심지어 편지지에서 경멸의 냄새가 풍겨오기까지 했지요.

"당신의 동생이 내가 당신과 함께 살게 될 거라고 자랑했다고 말하더군요. 당장 답변을 주세요. 당신이 정말 그렇게 말했나요? 당신은 정직한 사람이니까 정직하게 대답해주리라 믿습니다."

난 정직하게 대답할 수 없었습니다. 그때 이미 나는 그녀 때문에 나를 사랑했던 약혼자와도 관계를 정리한 상태였어요. 그녀 때문에 나는 동생의 사랑도 잃었고 내 인생이 망가지고 불안하게 흔들리고 있다고 느꼈지요. 나는 아닙니다, 하고 한마디로 전보를 쳤지요.

그 사람은 재판정에서 증인이 선서하듯이 손을 들고 단호한 어조로 말했다.

"달리 아무런 대답을 할 수 없었다는 점을 말씀드리고 싶군요. 이해되십니까? 어쩔 수 없었어요."

그의 푸르스름한 흰자위에 물기가 어렸다. 그는 장님처럼 멍하게 나를 바라보면서 손으로 목을 문질렀다. 그리고 꼭 개처럼 이빨을 두 번 딱딱 부딪치고 나서는 기침을 하면서 잠긴 목소리로 말을 이었다.

나는 콜리야가 무슨 짓이든…… 할 거라고 생각하며 기다렸습니다. 라리사 안토노브나 역시, 이를테면…… 동생의 젊음에 사랑을 느끼게 될지도 모른다는 생각을 했지요. 이틀 뒤 동생은 역에서 곧바로 내 사무실로 왔습니다. 옷을 벗지도 않고, 술 취한 사람처럼 모자는 뒤로 젖혀 쓰고, 하지만 군인처럼 똑바른 자세로 내게 다가와 무섭게 얼굴을 들이밀며 말했지요.

"표트르, 이 더러운 파렴치한!"

"내 말 들어봐. 날 좀 이해해줘! 나도 그 여잘 사랑해. 난 네가 날 쏴버릴 거라고 생각했어. 하지만 그건 겁나지 않아. 유감없어. 하지만 난 너도 사랑한다. 믿어줘. 이 망할 일을 극복하지 못한다면 내가 어떻게 해야 하는 거냐?"

동생은 모자를 벗고 앉아서 어두운 얼굴로 나를 보았어요. 동생이 무엇을 두려워하고 있는지 난 분명히 알고 있었어요. 그의 두 눈은 죽어가는 사람처럼 껌벅거렸지요.

"넌 잘생겼다. 나보다 똑똑하고, 사랑도 쉽게 할 수 있지. 여자에게 믿음직스럽게 말도 할 수 있고 넌 어떤 여자에게든지 쉽게 다가갈 수 있을 거야. 넌 머릿속 상상을 좋아하지만 난 손에 만져지는 육체를, 전 영혼을……"

동생은 갑자기 일어서더니 사무실 문을 닫았어요. 그리고 차가운 표정을 하고 내게 다가왔지요. 난 동생이 나를 한 대 치기라도 하는 줄 알았어요. 하지만 그저 내 어깨를 붙잡고 흔들더군요.

"그래 어쩌자고? 이해해. 하지만 이제 우린 어쩌지?"

나는 동생의 팔에 머리를 묻었어요.

"나도 모르겠다……"

그러나 나는 마음속으로 기뻐했지요. 나는 동생이 나보다 강하고 더 훌륭하다는 걸 느끼고 있었지요. 항상 그랬으니까. 하지만 바로 그 순간 특히 더 그랬습니다. 모든 것이 다 잘될 거라는 희망이 생기더군요.

"무슨 말을 해야 할지 난 잘 모르겠다. 네가 나보다 똑똑하니까……"

"물어보고 싶은 게 있어. 왜 나와 그녀에게 거짓말을 했지?"

그건 설명할 수가 없었어요. 나도 내가 도대체 왜 그랬는지 몰랐으니까요. 동생은 사무실을 이리저리 걸어다니며 말하더군요. 잠시 떠나 있거나 다른 대학으로 옮기겠다고.

"안 돼. 그러면 안 돼. 어쨌든 네게 부끄럽긴 하지만 난 너 없이는 살 수 없다. 그녀는 사업에 대해서는 아무것도 모르지 않니? 그래서 나는 그녀의 부탁을 거절할 수 없는 거야."

동생이 웃으면서 물어보더군요.

"이렇게 창피를 당했는데 이제 난 어떻게 해야 되지?"

나는 동생에게 용서를 빌었어요. 그리고 우리는 라리사에게, 내가 농담을 했는데 동생이 잘못 알아들었고 동생이 젊은 혈기로 흥분한 거라고 말하기로 했지요.

"그래, 그렇게라도 하지."

콜리야는 동의했고 동생답게 나를 불쌍하게 보아주었죠.

"정말, 형…… 형이 그렇게 머리 굴리는 촌놈인 줄 몰랐어. 별로 잘 굴리지도 못하면서, 정말 별로……"

그는 다시 선서를 하듯이 손을 들고 감동어린 표정으로 말했다.

"내 동생은 정말 뛰어난 젊은이였지요. 너무나 정직하고 훌륭한 영혼을 가진 젊은이였죠! 이미 알고 있었던 것이지만……"

창밖에는 여전히 비가 제 그물망을 짜고 있었고 가로등 옆에는 비에 흠뻑 젖은 검은 형상이 멈춰 서서 뚱뚱한 다리를 들어올렸다. 그리고 덧신을 벗어 그것으로 기둥을 두드리기 시작했다. 유리 거미집 속에 불타는 거미가 떨고 있었다.

그 사람은 취하지도 않는지 포도주를 한 잔 또 마셨다. 그는 어깨를 잔뜩 오므리고 팔짱을 꼭 낀 채 부서질 듯한 목소리로 말했다.

그 뒤 콜리야와 나는 이제 막 사귄 사람들처럼 그렇게 살기 시작했

지요. 밤마다 세상 여러 가지 일들에 대해 이야기를 나누면서 콜리야
는 그 풍부하고도 비범한 생각들로 더욱더 나를 놀라게 만들었어요.
그의 눈은 마른 얼굴과 푸르스름한 흰자위 때문에 더욱 빛이 났고, 얼
굴에는 진지한 투명함 같은 것이 보였어요.

무엇보다 동생은 삶이 피라미드처럼 만들어졌다는 말을 자주 했습
니다. 그 밑바닥은 넓지만 부패하고 허약해서 스스로의 무게를 견디
지 못하고 붕괴되는 그런 피라미드 말입니다. 동생은 콧수염을 잡아
당기곤 가볍게 웃으며 조리 있게 말했지요.

"삶이나 생각이나 다 그런 형태지. 생각 역시 피라미드처럼 만들어
져 있어. 토대는 가차 없는 투쟁이라는 거대한 양의 사실로 구성되어
있고, 정상에는 보잘것없는 날카로운 결론이 자리 잡고 있는 거야."

나는 동생의 이런 생각들을 좋아해서 일종의 진리처럼 받아들였지
요. 그러나 콜리야가 니체주의자인 보고몰로프를 아무 비판 없이 받
아들이는 건 마음에 들지 않았어요. 모르톤이라고, 화학을 공부하고
공장을 운영하고 있는 머리가 좋은 프랑스인이 있었는데, 한번은 우
리와 함께 점심을 먹었지요. 보고몰로프는 자유에 대해 쓸데없는 이
야기들을 또 늘어놓았지요. 그런데 모르톤은 비웃으며 삶의 본질은
이성에 있다고 단언했지요.

보고몰로프는 거칠게 그에게 깍깍댔죠.

"당신이 말하는 그런 이성이란 건 해달이나 개미들도 가지고 있지
요. 그건 자유로운 이성이 아니라 그저 본능적인 적응일 뿐입니다."

이 사제장의 아들은 항상 거칠게 굴었고 그 도끼같이 거친 성격과
구레나룻을 잔뜩 기르고 있는 얼굴, 빗지도 않은 더러운 머리는 끔찍

했어요. 그나마 목소리는 지성적이었지요. 하지만 콜리야는 그가 지혜롭게 말한다고 생각했어요.

나와 콜리야는 라리사에 대해 말하는 법이 없었어요. 언젠가 그녀에 대해 파블로프에게 동생이 이렇게 말하더군요.

"그녀의 모든 재능은 그 아름다움에 있지. 하지만 연극배우로서의 재능은 없어. 난 그녀가 연극배우의 길을 가는 것은 잘못이라고 생각해. 그녀는 권태롭고 냉담하게 살아가잖아. 그녀는 영혼을 덥혀줄 그무언가를 찾고 있는 거야. 다리가 마비되는 병을 가진 교수의 딸이 있었지. 그애는 모닥불이 그려진 그림 앞에서 불을 쬐는 장난을 하곤 했어. 바로 라리사 안토노브나도 상상의 불꽃 앞에서 불을 쬐고 있는 셈이야."

파블로프는 소리를 질러대며 난리를 피웠지만 나는 콜리야의 영리한 말들을 듣고 무척 기뻤어요. 나는 동생의 말을 믿었어요. 나는 라리사의 능력에 대해 감히 평가할 수 없었지요. 그녀의 연기에 난 아무 관심도 없었어요. 그녀가 무대에 나오면 나는 그녀 외에는 아무것도 보지 않았고 오직 그녀의 느릿느릿한 목소리만을 들었지요. 그리고 허공을 날아다니듯이 움직이는 우아한 모습을 눈으로 따라다녔지요. 그녀는 가뿐하게 걸어다녔지요. 마치 여왕처럼, 마치 이 세상 사람들에게 은총을 베풀어주듯이 말입니다. 균형 잡힌 매끈한 다리를 보면 찬탄을 금할 수 없었지요. 그리고 가슴은…… 팽팽했고 두 가슴 사이의 계곡은 깊었지요.

눈을 감고 그 사람은 애처롭게 고개를 흔들었다.

내가 무슨 말을 하는 거지? 그래요, 그녀가 자신에게 어울리는 길을 가는 것이 아니라는 콜리야의 지적은 나를 기쁘게 했지요. 나는 이 잘못된 길이 어쩌면 그녀를 내게로 오게 해줄지 모른다고 생각했거든요. 그리고 그녀가 도착했을 때 나는 아주 자신만만하게 그녀를 찾아갔어요. 그런데 그녀는 매우 화가 나 있었지요. 여름 시즌이 실패로 끝났고 삼십 회 공연을 했는데 매회 천 루블 이상 손해를 입었던 거예요. 나는 그녀를 위로할 방법을 바로 생각해냈지요. 그래서 그녀의 돈으로 내가 유지(油脂) 거래를 했는데 많은 이득을 거두었다, 이만 칠천하고도 몇백 루블 정도는 된다고 말해주었지요. 더 사실처럼 보이려고 일부러 정확한 액수는 피했지요. 그녀는 기뻐했어요. 때론 돈이 사람을 기쁘게 하잖아요.

"아니, 정말이세요? 오, 당신은 좋은 친구예요. 그런데 당신의 그 정신 나간 동생은 어떻게 지내죠?"

나는 콜리야가 내 농담을 잘못 이해해 실수했다고 그녀를 설득했지요. 그녀는 인상을 찌푸리고 못 믿겠다는 듯 내 눈을 쳐다보더니 이렇게 묻더군요.

"농담이요? 어떤 농담이었죠?"

"언젠가 내가 그렇게 말했지요. 만일 당신이 동의한다면……"

그녀는 화를 내며 손톱으로 내 귀를 찌르며 재촉했지요.

"그래서요?"

"나에게 시집온다고 동의한다면……"

"거짓말, 당신은 지금 거짓말을 하고 있어요. 사실은 그게 아니죠.

말했던 대로가 아니죠? 틀림없이! 경고하겠는데요, 나를 두고 농담하는 것은 나빠요. 내가 너무 아프게 꼬집었어요?"

"아니요. 말하자면 당신이……"

"미안해요. 내가 너무 힘을 줘서…… 두 분 다 아주 좋은 분들이지요. 하지만 너무 시대에 뒤떨어진 분들이에요. 이상한 사람들이지만 우리 친구처럼 지내요. 하지만 장난은 말아요. 예? 그러지 않으면……"

그리고 그녀는 손가락으로 위협을 했지요.

그 사람은 한숨을 내쉬며 창밖에 내리는 비스듬한 빗줄기를 응시했다. 바람이 빗줄기를 이리저리 흩뜨리더니 이제 그 유리알들을 창문과 가로등에 뿌려댔다.

그녀는 옷도 놀랄 정도로 잘 입었지요. 몸에 딱 맞는 원피스를 입든, 넉넉한 원피스를 입든 언제나 그녀는 벗고 있는 것 같았어요. 아시겠습니까? 예, 진짜 당당하고 멋진 몸이었죠. 심지어 나는 그녀를 바라보는 것조차 겁이 날 지경이었으니까…… 하지만 화가 났죠. 다른 사람들도 나처럼 그녀를 그렇게 보고 있는 것은 아닌가 하고 말이죠.

집에 오자 콜리야가 묻더군요.

"아니, 귀는 왜 그래?"

나는 수염을 깎다가 칼에 찔렸다고 말했지요.

그리고 극장 시즌이 다시 시작되었습니다. 아시다시피 우리 도시는 오래된 상업 도시지요. 이곳 사람들은 아주 섬세한 현대극 같은 건 좋아하지 않아요. 러시아 전통극, 의상을 잘 차려입은 그런 극을 좋아하지요. 배우들이 조끼 차림으로 무대를 돌아다니면 사람들은 누가 누구를, 그리고 무엇을 좋아하는지 이해하지 못하고 지루해하며 대개는 도대체 재미도 없고 위안거리도 없잖아, 하고 말하지요. 하지만 라리사는 바로 현대극을 하고 싶어했어요. 하우프트만이나 입센의 극 같은 거요. 그래서 그녀의 동료였던 호전적인 소스니나는 〈여자 마법사〉나 〈메리 스튜어트〉를 공연에 올렸고 관객들이 많이 몰려들었지요. 하지만 관객들은 라리사를 좋아하지 않았어요. 파블로프가 신문 등에 그녀의 연기에 대해 아주 호의적인 기사를 썼는데도 말이지요. 그녀를 보러오는 관객이라고는 현대적 의상을 걸친 젊은 부인들뿐이었고, 특별석이나 일반석은 텅텅 비어 있었지요. 좌석이 매진되는 경우는 없었고 그래서 그녀는 아주 초조해하곤 했어요.

"이 세상에 사랑을 하지 않는 곳은 있을 수 없지요. 다만 사랑을 할 줄 모르는 겁니다. 극장이 사람들에게, 여자들에게, 그리고 삶에 사랑을 가르쳐줄 수 있을 겁니다."

그녀는 이렇게 말하곤 했어요.

그녀는 폭넓은 삶을 살았지요. 공연이 없을 때는 저녁에 항상 손님들을 모아 저녁을 먹으며 포도주를 마시거나 삼두마차를 타고 돌아다녔지요. 그녀 주변의 사람들은 모두 다 정신 나간 사람들 같았어요. 새파란 파블로프는 연신 기침을 하며 숨을 헐떡이면서도 소리쳐댔지요.

"태양처럼 됩시다!"*

_____
* 상징주의 시인으로 유명한 K. D. 발몬트의 시집 『태양처럼 되자. 상징들의 책』의 제목.

베메르라는 보드빌하는 여자는 풍자적인 노래들을 불러댔고 브라긴도 늘 실없이 유대인 얘기를 늘어놓았죠. 마메트쿨로프는 망아지처럼 울부짖으며 소리쳤지요. 신, 죽음, 사랑! 하고 말이죠. 이런 소동 때문에 소름이 돋을 지경이었죠. 그 와중에 라리사는 여왕처럼 앉아서 별 달갑지 않다는 듯 낯선 미소를 짓고 있었습니다. 그걸 보고 있노라면 콜리야의 말이 자주 떠올랐지요. 정말로 고독하고 냉담하게 사는 사람이, 모닥불을 피워놓고 그 속에서 사람들이 다 타버려 어떻게 재로 변하는지 바라보는 사람이 있었던 것입니다.

그런 저녁이면 라리사에 대한 나의 사랑은 달리는 마법의 신을 신은 것 같았고, 이 모든 사람들을 끓여서 비누로 만들어버리고 싶었지요. 나와 콜리야는 각자 다른 목적을 위해 똑같은 물건을 훔쳐야 되는 도둑처럼 서로를 관찰했지요. 나는 라리사가 우리 형제의 이런 사정에 대해 알고 있었다고 생각합니다. 한번은 슬픈 표정으로 술을 한잔하고 싸움을 걸듯 묻더군요.

"아, 근데, 형제분들, 내가 당신들을 먹어버릴지 겁나지 않으세요?"

예, 바로 그렇게 물었지요. 나는 아무런 말도 못했고 콜리야는 재치 있게 대답했죠.

"아름다운 아가씨가 먹어준다면야 좋겠지요. 하지만 부엌의 고양이가 할퀴지는 않도록 해주시길."

가끔씩 나와 콜리야는 우울해져 서로에게 솔직하게 물어보았지요.

"좀 어때?"

그러곤 서로를 보며 웃었지요. 예, 서로 웃었어요. 콜리야는 이렇게 말한 적도 있지요.

"그녀는 '방 안에 스며든 햇빛' 같지."

그리고 금세 우리는 웃음을 멈췄지요.

우리가 사는 도시에 윌리엄 프록터라는 영국인이 나타났는데 대마 사업에 관심이 있는 사람이었습니다. 러시아어는 잘 못했고요. 마메트 쿨로프가 그를 라리사에게 소개했지요. 그녀는 영어와 프랑스어를 잘했거든요. 그래서 이 프록터라는 사람은 회색 눈을 이리저리 굴리며 그녀 근처에 동상처럼 앉아 있곤 했지요. 주조한 동상처럼 큰 키에 검게 그을린 얼굴, 깎은 듯한 이마 등등 강건한 느낌을 주는 사람이었죠. 담배를 끔찍하게 피워댔고 보드카도 송아지가 젖 먹듯이 취하지도 않고 마셨어요. 그저 눈만 한 번 찌푸리고 말이지요. 그 당시 그는 무척 놀랐으면서도 사람들에게 자신이 놀랐다는 걸 애써 감추려는 것 같은 느낌을 주었습니다. 한번은 매우 재능 있던 여배우 소냐 즈반체바가 그에게 동요를 불러주었는데 그는 무척 감탄하며 이렇게 말했지요.

"고맙습니다. 그건 내가 전혀 모르던 거군요."

그는 그녀의 손에 입을 맞추고 서둘러 떠났지요. 누구에게도 작별 인사를 하지 않고. 이때부터 라리사는 말수가 줄어들고 애교 부리는 고양이 같은 그런 몸짓을 보이더군요…… 그래요, 아시겠지요……

콜리야는 전보다 표정이 더 어두워졌고 키도 훌쩍 컸지요. '짐승을 잡는 진짜 사냥꾼은 표적을 놓치지 않는다'는 말이 있지요.

콜리야는 공부도 집어치웠고 오전 내내 침대에 누워 있다 일어나서 하루 종일 슬리퍼를 끌고 방 안을 서성거렸습니다. 옷도 입지 않고 집요하게 휘파람만 불었지요. 나는 영국인이 도박꾼이라는 걸 알고 클럽에서 그에게 어떤 사람을 소개해줬죠. 검사의 친구였는데 아주 교묘하게 부정한 방법을 쓴다고들 했거든요. 나는 그가 영국인을 털어 먹기를 바란 겁니다. 결국 그렇게 됐지요. 그러나 그가 잃은 돈 일부를 내가 내야 했지요. 어느 날 라리사가 날 부르더니 이러더군요.

"어음으로 오만 루블 좀 주세요."

"그러지요."

그녀의 일은 그녀 자신보다 내가 더 잘 알고 있었지요. 당연히 그 돈이 왜 필요한지 알았습니다. 하지만 주지 않을 수 없었어요. 그녀가 '침대를 준비해주세요, 프록터와 잘 수 있도록!' 하고 명령한대도 나는 틀림없이 침대를 준비했을 겁니다. 그러고 나서 목을 베어 자살했을지도 모르지요. 아니! 자살하지는 않았을 겁니다. 지금도 이렇게 살고 있으니까. 하긴 프록터보다 더한 경우도 있었지요. 그 사람은 곧 떠났지만 라리사 안토노브나는 우울해져 더욱 신경질적으로 담배를 피우기 시작했지요. 콜리야 역시 술에 빠졌지요. 그런 일들은 다시 떠올리기가 너무 힘이 드는군요. 난 동생에게 외국으로 떠나거나 페테르부르크나 시베리아로 가라고 제안했지요. 동생이 그러더군요. 함께 가자고.

"얘야, 너도 알잖니. 나한테는 기회가 없어."

동생이 음울하게 이렇게 말하더군요.

"날씨는 여성 명사지. 그래서 날씨가 그렇게 변덕스러운 거야. 형은 교활해, 끈질기고. 형은 좋은 날씨를 기다릴 줄 알고 심지어 좋은 날씨를 직접 만들 수도 있지."

동생은 악의적으로 비웃으며 말하기 시작했죠. 그리고 날 아주 기분 나쁘게 쳐다봤어요. 발을 까닥거리며 앉아서 휘파람을 불어대며 쳐다보는 거예요. 그래서 동생과 한 방에 있기가 무척 거북했죠.

부활절 전 주일 내내 라리사는 시내에 머물렀습니다. 그리고 부활절에 다시 공연이 시작되었어요. 부활절 기간 중 포민의 날, 그러니까 수요일 밤에 콜리야는 이 극장가 소공원, 저기 보이는 모퉁이에서 총으로 자살했습니다. 라리사와 무슨 일인가가 있었던 겁니다. 뭔지는 잘 몰라도 무슨 일이 분명히 있었습니다. 죽기 전날 그는 그녀에게 갔었고 그들은 함께 공원 묘지의 파블로프 무덤 쪽으로 산책을 했었답니다. 그랬는데…… 콜리야는 자신의 가슴에 총을 쏘았지요.

사람들이 그를 집으로 데려왔을 때 난 늑대처럼 울부짖었어요. 내 모든 것이 암흑으로 떨어져버렸지요. 질풍처럼 우물 속으로 빠져들었지요. 그 나락 속에서 빙빙 맴돌고 이리저리 부딪히고…… 냉소적인 미소를 지은 것처럼 콜리야의 하얀 이는 드러나 있었고 왼쪽 가슴 젖꼭지 밑에 마치 거미 한 마리가 붙어 있는 것 같은 얼룩이 보였지요. 피는 흘리지 않았더군요, 전혀요. 그저 검은 거미 한 마리 붙은 것처럼…… 당연히 라리사에 대한 격한 증오심이 피어올랐지요. 만약 그 순간 나타났다면 내가 무슨 짓을 했을지 모릅니다. 저녁 무렵 어두워졌을 때쯤 되어 그녀가 브라긴과 함께 찾아왔어요. 그날도 이렇게 비가 수선스럽게 내렸지요. 나는 그녀를 홀에서 맞이했고 그녀에게 발을 구르며 소리를 질렀지요. 하지만 그녀는 말없이, 예, 아주 고압적으로 나를 밀치며 거칠게 묻더군요.

"어딨지요?"

비에 흠뻑 젖은 무대용 비옷 같은 망토가 어깨에서 흘러내려 마루에 끌리고 있었지요. 그녀의 얼굴은 몹시 창백했고 눈은 불안과 초조로 불타고 있었어요. 그 모습은 정말 무서운 동화 속에서 막 걸어나온 것만 같았지요. 그녀는 동생이 눕혀져 있던 침대에 무릎을 꿇고서 한 손으로 그의 얼굴을 쓰다듬으며 또 한 손으로는 성호를 그으며 큰 소리로 말했어요.

"용서해, 날 용서해주세요! 그래서 내가 말했잖아…… 오, 주여, 용서하소서……"

나도 같이 무릎을 꿇고서 중얼거렸지요.

"당신이 저지른 일입니다. 당신이……"

하지만 내 말에 악의가 담기지는 않았던 것 같아요. 다만 뭐랄까요, 끔찍이 허무했지요. 나는 또렷이 모든 것을 다, 그녀 얼굴에 이는 모든 변화와 손의 움직임 모두를 바라보았지요. 그녀는 말했어요.

"그만, 그만, 아무 말 마세요!"

그녀는 또한 내 얼굴을 죽은 사람 만지듯이 떨면서 그 뜨거운 손으로 쓰다듬었지요. 그녀의 손은 무섭게 뜨거웠어요, 나도 내내 떨고 있었고요. 그녀가 일어나 창가로 다가갔지요.

"독한 포도주 한 잔만 주세요."

나는 내 방으로 그녀를 데리고 갔어요. 그 속물적인 해골 브라긴도 따라 들어왔지요. 아무 일도 없었다는 듯이 안경을 닦으면서 말이지요. 나는 포도주와 차를 내오라고 했죠. 오, 맙소사, 그런데 그날 밤부터 정말 그 누구도 상상할 수 없는 삶이 내게 시작된 것입니다. 그녀는 포트와인 한 잔을 마시고 코냑을 넣은 차를 마셨는데 술기운이 빠르게 번졌는지 두 눈이 훨씬 더 사납게 불타올랐습니다. 저 초상화처럼 아무것에도 관심 없어 보이는 냉소적인 두 눈이 말입니다. 그녀는 무엇에 짓눌린 듯이 거칠게 말하기 시작했지요. 나는 교육을 받고 그렇게 아름다운 여자가 거칠게 화를 내며 모든 걸 끝장내듯이 말을 할 수 있으리라고는 생각도 못했어요.

"그래, 멀쩡하고 훌륭한 젊은이를, 그래요, 내가 그 욕망을 받아주지 않아서, 내가 죽였다는 거지요? 아니, 내가 그럼, 내가 뭘 어떻게 해야 하나요? 날 원하는 사람이 있으면 얌전히 그 품에 안겨야 되나요? 보세요, 삼 년째 기회를 엿보는 이 브라긴 씨에게? 당신 역시 물론 나를 침대에 데려가고 싶겠죠. 그러니 당신께도 말입니까? 신이 내게 아름다움을 내려주셨으니까 난 누구에게나, 원하는 사람이 있으면, 설사 역겨운 사람이라도 날 다 바쳐야 한단 말인가요?"

난 그녀의 말을 듣고 수치심과 두려움으로 참을 수가 없었어요. 내가 들은 그녀의 말은 무척 끔찍한 것이었지요. 그녀의 말에는 진실이 있었어요. 자신의 삶 속에 존재하는 전혀 다른, 아주 힘든 면을 보여주었던 겁니다. 브라긴 역시 술을 마시며 그 앙상한 낯짝에 경련을 일으키며 말했지요.

"라리사, 나는 드라마를 좋아하지 않아요. 드라마를 믿지 않습니다. 모든 건 분명하지요. 부유한 학생이 자살을 했다? 뭐가 어때? 천국에 가라지요, 하지만 당신에겐 홍보거리가 되겠지요."

나는 그의 멱살을 잡고 주먹을 날리려 했지만 라리사가 내 팔을 잡자 마치 힘없는 어린애가 되어버린 것 같았습니다.

"내버려두세요, 저런 돼먹지 못한 사람은. 재능은 있지만 사람이 돼먹지 못했잖아요. 어쩌면 그 재능 때문에 그렇겠죠. 좋은 사람들에게 재능이 있는 경우는 별로 없으니까."

속물 브라긴은 그녀의 말에 동의했지요.

"그건 맞는 말씀. 나는 무대에서만 좋은 사람인 양 하지요. 그게 항상 우습기는 하지만. 그래도 사람들이 웃어주잖아요. 대중들은 좋은 것이 우습게 망가지고 불쌍해지는 것을 보기 좋아하지요……"

하지만 라리사는 자신의 절망을 이야기했습니다.

"내게는 목적이 있어요. 나는 무대에서 비열한 것을 몰아내고 낡아빠진 쓰레기를 청소해버리고 현대 여성의 영혼을 보여주고 싶어요. 현대 여성은 여러 모로 성장해가고 있지만 무엇을 어떻게 해야 할지 모르잖아요? 사랑도 모성도 부족하지만 그들에겐 뭔가가 있어요. 그게 뭘까요? 나도 모르지만, 뭔가가 분명히 있어요."

난 이후에도 이런 말을 수천 번도 더 들었지요!

"설명하기 힘들군요. 정말 너무 힘들어요! 무대에서 나는 늘 딴사람이에요. 사람들은 내가 가는 길에 나타나서도 내 삶과 일을 방해하고 내 다리를 붙잡고, 그리고 이젠 이렇게 시체로 누워 있어요…… 당신의 콜리야는 영리하고 참 좋은 사람이었지만, 내게는 필요 없어요. 내게는 그 누구도 필요 없어요."

그녀는 말하면서 계속해서 포도주를 마셨지요. 불이라도 끄듯이 말입니다. 브라긴도 나도요. 나는 술을 마시다 끝내 눈물을 쏟고 말았지요. 다 불쌍했습니다. 라리사도, 나 자신도, 콜리야도. 특히 그녀가요. 나는 그녀 앞에 무릎을 꿇고 내 평생을, 충견처럼 내 일생을 그녀에게 바칠 수 있다고 말했지요. 그녀는 내 머리를 쓰다듬으며 말했어요.

"그래요, 페트로시카, 당신은 진실하고 정직한 충견 같아요, 알아요……"

"오, 주여, 오 맙소사······"

난로 근처에서 무엇인가 서걱거리는 소리가 났다. 그 사람은 한숨을 내쉬었고 몸을 기울여 불꽃이 피어오른 양초를 들어 구석을 비추었다.

"쥐예요. 이 시간이면 꼭 저놈이 나타나서······ 갉아먹고······"

그러고 나서 그는 오랫동안 못 박힌 듯 창밖을 바라보았다. 여전히 비가 끊임없이 내리고 있었고 사선의 빗줄기는 가로등 불빛과 더불어 그물망을 짜고 있었다. 극장에서 나오는 사람들의 모습이 마치 검은 반원 모양들이 빛의 어스름한 기포 속에 떠다니는 것 같았다.

누군가 창문 바로 아래에서 외치는 소리가 들렸다.

"안 돼. 난 못 해."

그날 밤 이후 나는 라리사를 진정한, 대답 없는 사랑으로 사랑했습니다. 여름에 그녀는 오카 강 유역 랴잔 근처에 별장을 얻었지요. 그리고 나는 자주 거기로 찾아가서 그녀를 만났어요. 그녀는 여느 때와 마찬가지로 요란하고 시끌벅적하게 살고 있었고 여러 종류의 새로운 사람들이 그녀를 쫓아다니고 있었지요. 난 그녀에게 물어보았어요.

"사람들 때문에 방해되지 않나요?"

"예, 모두들 날 방해하지요. 날 도와주는 사람은 오직 한 사람, 페트로시카 당신뿐이군요."

그런 그녀의 말에 나는 너무나 기뻤지요. 하지만 그녀는 그 사람들에게 돈을 마구 썼고 그래서 그녀는 내게 더 매달리게 됐지요. 예, 그녀는 돈을 아까워하지 않았어요. 그래서 자신의 불행을 호소하며 먹이를 찾는 온갖 사기꾼들이 그녀를 털어가지 못하도록 아주 주의 깊게 지켜봐야만 했지요. 그녀는 거지에게 적선하듯이 미소를 지으며 사람들에게 돈을 주었지요. 나는 단 한 푼도 그녀에게 돈을 바라지 않았어요. 그녀는 사람들을 경멸했어요, 특히 실패자들을 끔찍해했지요. 누군가 인생에 대해서 불만을 늘어놓으면 그녀는 갑자기 눈웃음을 지으며 눈을 가늘게 뜨고 말했어요.

"아, 정말 우린 너무 불행해요!"

이런 말들은 눈덩어리가 떨어지듯이 무겁고 강하게 내 마음을 내리쳤고 나는 그녀에게 경멸받지 않으려고 나의 불행에 대해서는 그녀 앞에서 한마디도 하지 않았고, 그녀에 대한 염려와 걱정을 내색하지 않고 오직 삶의 기쁨에 대해서만 말하려고 애썼지요. 그녀는 항상 날 친척이나 되는 양 기쁘게 맞으며 아는 사람들에게 감동적으로 날 소개하곤 했죠.

"이분을 사랑해주세요. 정말 사심 없는 나의 친구랍니다."

사람들은 물론 그녀가 나와 함께 산다고 보았죠. '사랑해주세요'라는 그녀의 말처럼, 예, 정말 그렇게 됐지요. 희극배우였던 소냐 즈반체바가 날 사랑하게 된 겁니다. 친절하고 재능도 있고 착하고 정말 명랑하기 이를 데 없는 여인이었지요. 그녀는 라리사와 함께 살고 있었어요. 오카 강 위쪽 공원 숲에 그녀와 함께 앉아서 석양을 감상한 적이 있었어요. 무언가 짙은 향이 가득한 더운 여름날 저녁, 보리수꽃이 피어 있었지요. 담배를 한 대 피우고서 소냐가 묻더군요.

"페트루샤, 가련한 기사님, 힘드시죠?"

"아니요, 뭐가요?"

나는 라리사에 대해 불평을 늘어놓게 될까봐 사실대로 말하지 않았지요.

"이보세요, 내가 모를까봐요? 벌써 삼 년이나 지켜보고 있는데……
정말 한번 말해볼까요?

'소년이여, 그대는 헛되이 돌아다니며
헛되이 다리나 다치고
아무것도 얻지 못하고
헛되이 쓰러지는구나!'

여자가 먼저 이런 말 하기는 정말 그렇지만 전 당신을 사랑해요. 아
주 많이 사랑해요. 당신은 사랑할 줄 안다는 걸 알기 때문이지요. 당
신에게 좋은 여자가 되고 싶고 어머니처럼 사랑해주고 싶어요."

나는 당황해서 강물에라도 뛰어들듯이 벌떡 일어섰지요. 강물은 내
인생처럼 탁하게 그저 흘러가고 있었어요. 소녀의 눈에 눈물이 고였
어요. 그녀는 애써 미소지으며 이렇게 말하더군요.

"그래요, 당신을 너무 사랑해서 마음이 아파요. 꼭 소녀처럼요. 그
래서 이렇게……"

그렇지만 난 정말 멍청하게도 이렇게 말하고 말았어요.

"대단히 감사합니다, 다만……"

"그만요!"

그녀는 나를 밀치듯 조용히 손을 뻗으며 말했지요.

"가세요. 하지만 혹시라도 생각이 날 때 이 세상에 정말 당신을 사랑하는 사람이, 온 마음으로 비할 데 없이 당신을 사랑하는 사람이 있다는 것만 기억해주세요. 라리사의 영혼이 파멸되라고 빌 거예요……"

그녀가 라리사의 영혼에 대한 마지막 말을 하지만 않았다면 다 괜찮았을 겁니다. 모욕적이었죠. 어쩌면 내가 그녀의 영혼을 제대로 이해하지 못하고 있을 수도 있겠죠. 하지만 난 라리사를 사랑했고 느끼고 있었어요. 그런데 경쟁심과 질투심으로 소중한 라리사의 영혼을 파멸시키겠다니요. 나는 담배를 피우며 벤치에 앉아 있던 소냐에게 차가운 인사를 하고 숲 속으로 걸어가버렸지요. 깊은 우수가 내 가슴을 휩싸고 들더군요. 내 생에 처음이었을 겁니다, 그렇게 울었던 건. 어쩌면 내가 가질 수 있는 유일한 행복이 떨어져나갈지도 모른다는 생각에 온몸을 떨며 울었지요. 라리사에 대해서도 분노가 일었어요. 그때 난 개미굴 위에 앉아 개미가 날 물어뜯는 줄도 모르고 있었어요. 개미들이 깨무는데도 모르고 있었을 정도로 그렇게 앉아 있었던 겁니다. 그래서 결국 목욕을 하고 셔츠와 내의를 다 빨아야 했어요. 밤새 강변을 돌아다녔지만 마음은 검게 다 타버렸고 모든 힘이 사라져버렸습니다. 아침에 식사를 마치고 라리사 안토노브나가 나를 부르더니 엄한 목소리로 말하더군요.

"소냐가 당신 때문에 내게 한 편의 드라마를 연출했는데, 정말 기분 나빴어요. 그건 그녀에게 적합한 배역이 아니지요. 당신이 그녀의 청혼을 거절했다는 건 정말 어리석은 일이에요. 하지만 그건 당신 일이죠. 만일 당신이 그녀에게 나에 대해 불평을 했다면 그건 그보다 몇배나 더 어리석은 일이고 또 내 일이기도 하죠. 그랬어요?"

"생각조차 하지 않은 일이오."

그녀는 내 영혼을 훤히 들여다보는 듯한 미소를 지으며 바라보았지요.

"어쩌면 사실일지 모르죠. 내게서 아무것도 기대하지 마세요. 당신과 나 사이에는 그 어떤 로맨스도 없을 거예요. 그걸 꼭 기억해두세요. 하지만 난 당신이 소냐를 거부한 걸 기뻐하고 있나봐요. 날 위해서나 그녀를 위해서도. 당신하고 그녀는 금세 서로에게 싫증을 느끼게 될걸요. 그리고 난 당신이 곁에 없으면 불편하고요. 이런 내가 정말 짐승 같죠?"

그날 그녀는 하얀 망사형 원피스를 입고 있었는데 망사를 통해 몸이 훤히 드러나 보였지요. 차마 바라보고 있기가 고통스러울 정도였어요. 그녀가 걸치고 있는 것은 모두, 슬리퍼까지 온통 하얀색이었어요. 밤색 머리는 왕관처럼 말아 올렸고 눈은 조금 화난 듯, 조롱하는 듯 웃고 있었고요. 기다란 소파에 누워 있었는데 슬리퍼가 발에서 미끄러져 떨어졌지요. 꼭 사과처럼 동그란 발뒤꿈치가 드러나더군요. 방 안은 햇빛과 꽃들로 가득했는데, 꽃과 햇빛 속의 형언할 수 없는 그녀의 모습은 정말 아름다웠지요. 여성의 아름다움이란 정말 무서운 힘이 아닙니까! '방 안에 스며든 햇빛'이라는 콜리야의 말이 떠오르더군요.

그녀는 침묵에 빠져 있다가 생각에 잠긴 목소리로 말했어요.

"페트루샤, 당신은 소냐가 얼마나 재능이 있는지 모르지요. 아직 다 펼쳐 보이지는 못했어요. 맞는 희곡이 없어서. 내가 그녀 재능의 그 절반이라도 가지고 있다면! 하지만 그녀는 이제 비누업자의 아내가 되고 싶어하네요. 그런데 참, 이제 비누 공장 그만 하세요. 그게 뭐 그렇게 필요해요?"

"그러죠."

공장은 정말 내게 필요 없어졌지요. 난 평생 혼자일 거라는 걸 알고 있었거든요. 공장으로 돌아와서 나는 공장장 모르톤에게 적당한 매입 자를 찾아보라고 했지요. 그는 깜짝 놀라더니 화를 내며 절대 누구에 게도 못 판다, 자신이 사겠다고 말하더군요. 그래서 그렇게 했어요. 난 그에게 아주 유리한 조건으로 공장을 넘겨주었어요. 아주 괜찮은 사람이었으니까요. 그리고 라리사가 공연하고 있던 랴잔으로 가서 호 텔에 자리를 잡았지요. 그렇게 해서 새 생활이 시작된 겁니다. 십이 년에 걸친 이런 너절한 인생이 말입니다. 십이 년이나요! 할 일 없이 집시처럼 떠돌며 온갖 더러운 호텔과 하숙방들, 언제나 새롭고 낯선 사람들 틈에서 사는 것은 정말 힘든 일이었습니다. 나는 마치 방앗간 에서 가루가 될 운명에 처한 낟알 같은 신세였어요. 러시아에는 왜 사 는지 그 이유를 알 수 없는 사람들이 너무나 많아요. 특히 극장 주변 에는 그런 사람들이 너무 많은 것 같았어요. 연극이란 철저히 사기극 같은 것이기 때문이겠지요. 하지만 라리사는 꾸밈없이 솔직하게 연기 를 했지요. 그래서 그녀가 아주 연극적인 어투로 말을 해도 대중들은 믿지 않았어요. 다른 배우들이 똑같은 말을 잔뜩 과장해서 말하면 대 중들은 진심어린 환호와 공감의 눈물을 쏟았지요.

나도 솔직히 말하면 라리사의 연기는 별 재미가 없었습니다. 난 음 악을 빼고는 연극의 그 어떤 것도 이해하지 못했으니까요. 도대체 라 리사가 표현하고 있는 인물이 좋은 사람인지 나쁜 사람인지 파악하기 힘들었지요. 대중들은 분명한 걸 좋아합니다. 말하는 건 좋아하지만 생각하는 건 싫어하니까요. 당연한 일이죠. 누구나 인생이 단순해지기를 바라지요. 누구나 암탉이 제비보다 훨씬 더 이해하기 쉽지 않겠어요? 그런데 라리사의 단순함은 수수께끼 같은 데가 있었어요. 바로 그래서 미모로는 감탄을 자아내게 했지만 배우로서 성공은 거두지 못했던 겁니다. 물론 그녀 자신도 그걸 알고 있었고 괴로워했죠. 그래서 그녀는 점점 더 사람들을 경멸할 수밖에 없었지요. 술을 마시는 시간도 늘어났지요. 그럴 때면 그녀는 번쩍이는 눈빛으로 책상을 내려치며 이렇게 다짐하곤 했죠.

"거짓말쟁이들, 짐승 같은…… 난 나를 이해시키고 말겠어. 꼭! 연극은 장난이 아니야……"

난 한없이 그녀가 가여웠어요. 그녀가 화를 내면 난 속으로 말했어요. '이제 다 그만둬요. 그런 돼지들 앞에서 당신 영혼의 보석을 내돌리지 말아요'라고요.

그리고 기도했어요. 주여, 이 길에서 그녀가 벗어나게 해주소서. 하지만 그녀는 '날 이해시키고 말겠어'라고 거듭 다짐했지요.

그러나 통속적인 의미에서 보면 어느 시즌에서나 어느 도시에서나 그녀는 사랑을 받았지요. 공연히 흥분해서 날뛰는 건 어린 학생이나 대학생, 능란한 바람둥이 어른들이나 다 마찬가지였는데 그걸 보고 있는 나는 우습기도 했고 괴롭기도 했지요. 의치를 하고 입을 헤 벌린 늙은 수캐들이 음욕으로 침을 질질 흘리면서 그녀 주변을 맴돌고 낑낑대는 꼴을 보고 있기란 정말 혐오스러웠지요. 그녀는 떠들썩한 술판을 벌이는 경우가 점점 많아졌고 술도 점점 더 많이 마셔댔죠. 포도주 따위에는 끄떡도 하지 않았어요. 아주 셌거든요. 그저 얼굴만 좀 빨개지고 동공이 더 커졌을 뿐이죠. 하지만 눈에는 더욱 조롱기가 서려 가늘어지고 칼처럼 날카로운 시선을 던졌지요. 그녀의 혀 역시 아주 가차 없었지요. 따귀를 때리는 것처럼 거칠게 말하곤 했으니까요. 헤르손의 검사 양반이 집요하게 그녀의 뒤를 쫓아다녔어요. 여우 같은 얼굴에 죽은 사람처럼 손이 차가웠고 느끼하고 반들반들하게 생긴 놈이었어요. 프랑스어로 말하기를 좋아하고 언제나 똑같은 시를 읊어댔죠.

나와 칼은 모두 상처,
모욕받은 뺨이고
부러지는 팔.
온순한 희생자인 내게 폭군의
사악한 가슴이 주어졌네……*

한번은 저녁을 먹는데 그자가 그녀의 손에 입을 맞추었죠. 그러자 라리사는 꺼림칙하다는 듯 손수건으로 손을 싹싹 닦으면서 죽일 듯이 큰 소리로 물어보았죠.
"당신 콧물감기 걸렸어요?"
그는 안색이 새파래져서 눈먼 사람처럼 눈만 껌벅거리더군요.
그녀는 그보다 더 가혹하고 거리낌 없는 말도 전혀 주저하지 않았

---

* 보들레르의 시 「자책」에 나오는 구절.

지요. 마치 입 안에 늘 날카로운 말을 가득 담아놓고 있는 것 같았어
요. 자신의 숭배자들에게 그녀는 도전적이고 신경질적으로 대했고 그
들을 서로 부추겨 싸우게 만들기를 좋아했지요. 민스크에서는 부지사
와 어떤 공장 사장이 그녀를 쫓아다녔는데 결국 그녀는 그들을 부추
겨서 싸우게 만들었고 그 스캔들은 전 도시에 퍼져 심지어 중앙지에
까지 실렸어요. 그곳에서 그녀는 오케스트라 단원인 첼로 연주자에게
빠졌었는데 유대인 청년이었죠. 하지만 얼마 지나자 장학금을 주어
빈으로 유학을 보내라고 내게 명령하더군요. 아, 잊고 있었네요. 그
희극배우 브라긴이요. 그 사람 라리사와 내게 이상한 편지를 보내고
는 램프걸이에 목을 매 죽었어요. 멋대로 살더니만 죽는 것도 고상하
게 죽지 못하고…… 그리스도 역을 해보고 싶어하더니만, 허허 참!
이것도 내가 그간 자주 보고 느낀 건데, 사람이 속물스러울수록 더욱
더 고상한 역을 하고 싶어 안달이더군요. 어떤 사람들은 실제로 뜻을
이루기도 하지요…… 포도주 더 드릴까요?

　그는 일어나서 페치카 쪽으로 몸을 숙이며 말했다.
　"아주 좋은 포도주가 있어요. 그녀가 좋아했던 생 에스테입니다.
그 당시 내가 프랑스에서 직접 주문한 거지요."
　그는 조심스럽게 두 병을 따서 하나는 내 앞에 놓고 다른 한 병은
자기 잔에 가득 따르고는 눈을 감고 천천히 술을 마셨다. 그리고 손수
건으로 입을 닦고 말을 이어갔다. 유영하듯이 부드럽고 조용한 목소
리로, 마치 찬송가를 읊조리듯이.

그녀는 종종 사랑에 빠졌지만 그러다가 얼마 안 돼서 갑자기 마치 자연에 대해 어쩔 수 없는 의무를 다했다는 듯이 식어버렸죠. 탐보프에서는 그녀 때문에 교도소장이 장교와 주먹질을 했고 결국 결투를 벌였는데 교도소장이 부상을 당했어요. 하지만 그녀는 둘 다 받아들이지 않았지요. 시즌이 끝나기도 전에 그녀는 어떤 지주를 따라 그의 영지로 떠나버렸죠. 그 지주는 고대 무덤 같은 걸 발굴하는 일을 했는데, 얼굴도 못생기고 힘도 별로 없고 그저 웃기만 잘하는 사람으로, 한마디로 괴짜였죠. 그녀는 대체로 괴짜들에게 흥미를 느끼곤 했어요. 지주 집에서 꼭 이십육 일을 지내더군요. 난 항상 그녀의 로맨스가 며칠이나 가나 정확하게 세어보았어요. 꼭 무슨 이유가 있어서 그런 건 아니고 아마 언제고 그녀에게 이 모든 걸 상기시켜주어야 할 때가 올 거라고 생각했던 거지요. 나도 인간인데 그런 나날들을 보내면서 언젠가 그녀에게 복수해줄 희망이라도 가져야 했던 겁니다.

라리사가 누군가를 특별히 따뜻한 시선으로 바라보는 걸 보면 난 알았지요. 아, 시작되는구나, 라고요. 내 짐작이 틀린 경우는 없어요. 그러면 난 그녀를 찾아가는 걸 멈췄지요. 밤마다 이를 갈며 생각했어요. 독약이라도 타 먹일까? 가는 도시마다 나는 사람들의 조롱거리였죠. 그래도 그녀가 자유로워지면 나는 정말 양순한 종처럼 다시 그녀 주변에 톡 나타났던 겁니다. 물론 표정은 좋지 않았지요. 그러면 그녀는 내게 지팡이를 휘두르며 위협했지요.

"페트루샤, 바보짓 하지 마세요."

한번은 참지 못하고 술을 마시고 물어봤어요.

"사람을 개처럼 만들어놓고 부끄럽지도 않아요?"

그녀는 날 빤히 바라보더니 한숨을 쉬고 대답하더군요.

"당신은 거의 사람이 아니잖아요."

그녀의 한숨이 날 몹시 놀라게 했죠. 난 진정되었고 전보다 더 고분고분해졌지요.

어떤 작가하고도 사랑에 빠졌었는데, 희곡을 쓰는 작자였지요. 오만하고 거친 사람이었죠. 저녁을 먹을 때 그자가 식탁 밑으로 그녀를 꼬집었던가 봐요. 그녀는 벌떡 일어나더니 이렇게 말하더군요.

"페트루샤, 이분이 아내에게 가실 때가 됐나봐요. 배웅해드리세요!"

그래서 난 그자를 내보냈지요. 별로 공손하지 않게 말이죠. 오만불손한 사람이었죠. 작가라는 사람들을 몇 명 보았는데 배우들과 마찬가지로 어딘가 여성스럽고 위선적이고 가식적이었어요. 모두 곡예사처럼 조심조심 움직이고 어떻게든 남의 마음에 들려고 애를 썼지요.

그런 집시 같은 생활, 온갖 쓸데없는 일들과 가식적으로 꾸며낸 일들 속에서 난 오 년을 라리사 곁에서 보냈습니다. 그런데 육 년째 되는 해에 톰스크에서 내게 또다른 인생이 펼쳐졌죠. 더 좋은 것인지 더 나쁜 것인지는 말하기 어렵지만. 시베리아 사람들은 거칠고 야수 같지요. 그러나 라리사는 거기서 노라 역을 아주 잘했어요. 젊은이들이 아주 좋아했지요. 시베리아 사람들이 몰려들어 곰처럼 그녀를 에워싸고 앉아 눈으로 그녀를 뜯어보았지요. 짐승 가죽을 선물하고 말을 태워주고 한바탕 소란을 피워댔어요. 오죽하면 나같이 자제력이 강한 사람까지 정신없이 현혹될 정도였죠. 라리사는 최고의 기분이 되어 훨씬 더 아름답게 빛이 났어요.

그러다가 두 부자 놈이 누가 먼저 새해가 되기 전에 그녀를 정복할 것인가를 두고 내기를 걸었다는 걸 어쩌다 내가 알게 됐죠. 나는 그 둘을 레스토랑의 독방으로 초대했어요. 리볼버 권총을 지니고요. 시베리아였고 난 거의 매일 밤늦게 집에 들어가곤 했거든요. 난 그 사냥꾼들에게 말했지요.

"당신들 두 사람, 이상한 짓들을 당장 그만두세요. 나는 내 목숨도 아깝지 않은 사람이오. 만일 내 말을 듣지 않는다면 당신들 머리통을 날려버릴 거요."

처음엔 내게 덤벼들려고 하더니 내가 권총을 들이대며 겁을 주자 그제야 장난이 아니라는 걸 알았지요.

"아, 알았소, 좋아요."

그들은 내게 술을 먹이려고 들었지만 나는 마시지 않았고 자기들끼리만 취하도록 마셔댔지요. 한 놈은 마르고 구레나룻을 기르고 있었는데 바보 성자 같은 모습을 하고 있었지만 눈은 완전히 도둑놈이었지요. 다른 놈은 뚱뚱하고 얼굴이 빨갰는데 말은 정말 더럽고 지저분하게 했지요. 술에 취하자 구레나룻이 루비 반지를 내게 쑤셔 넣으며 선물로 받으라고 하더군요.

일이 다 그렇게 잘 끝날 뻔했는데 불행하게도 라리사가 이 사실을 알게 됐어요. 그렇게 화를 내는 모습은 그때까지 본 적이 없었어요! 그녀는 창밖의 눈보라를 바라보며 내게 등을 돌리고 서 있다가 천천히 돌아섰지요. 아주 낯선 표정이었고 악의가 시퍼렇게 서려 있었지요. 그녀는 내게 이렇게 지시하더군요.

"그 짐승들을 저녁에 집으로 부르세요."

그래서 넷이서 저녁을 함께하게 됐죠. 라리사는 멋지게 차려입고 친절하게 굴며 농담도 하고 그랬어요. 그러다가 갑자기 농담 중에 이렇게 말했어요.

"다름 아니라 제가 오늘 여러분을 초대한 것은 말씀드리고 싶은 것이 있어서예요. 뭐냐 하면 당신들 두 분이 나쁜 놈들이라는 거죠."

그들은 이게 농담이라고 생각하면서 껄껄댔지요. 하지만 라리사가 그들에게 계속해서 욕을 해대자 얼굴이 벌게져서 주먹이라도 휘두를 태세였죠. 난 얼른 그들을 내쫓아버렸어요. 그녀는 방 한가운데 우뚝 서서 손으로 얼굴을 문지르더니 나를 낯선 사람 보듯이 바라보더군요.

"당신도 가요, 가세요."

그녀를 혼자 남겨두고 가는 게 걱정됐지만 말을 듣지 않을 수가 없어서 나오고 말았어요. 그리고 일주일이 지나서인가 다시 공연을 하게 되었을 때 극장 위층에서 휙휙 휘파람 소리가 들려왔어요. 그러자 아래층에서 누군가 조용히 하라고 소리쳤고 소란과 욕설이 오가고 부인들이 비명을 질러댔지요. 가까스로 한 막이 끝났을 때 난 분장실로 뛰어갔지요. 그녀는 침착하게 거울 앞에 앉아서 얼굴에 분을 바르며 묻더군요.

"분명 그놈들이 그런 거겠죠?"

"모르겠지만 틀림없이……"

그때 그녀에게 사람들이 몰려들었어요. 다들 이럴 수가 있느냐, 미안하다고들 하면서 손에 입을 맞췄고 그녀는 자비롭게 미소를 지었지만 눈은 참을 수 없이 사납게 타올랐지요. 다음 공연 때도 또다시 휘파람 소리가 났고 소란이 일었어요. 막간에는 싸움이 벌어졌고 결국 경찰이 개입하게 됐지요. 다음날 경찰서장이 찾아왔어요. 지독한 술꾼에다 무례한 자였지요. 그자가 뭐라고 말했는지는 모르지만 그날 저녁 그녀는 내게 페르미로 가겠다고 말하더군요. 거기서 어떤 극단주가 극장을 하나 잡아놓았다고요. 그래서 떠나게 됐는데 기차를 타고 가면서 쿠페*에 앉아 그녀가 말하더군요.

"페트루샤, 내가 불쌍해 보이죠? 당신이 날 불쌍하게 볼 정도라면 정말 사정이 좋지 않은 거죠."

그런 두려움을 품고 그녀는 조용히 물었어요.

"정말 내게 재능이 없는 걸까요? 난 실패자고 사람들을 이겨낼 수가 없단 말일까요? 진실을 말해줘요."

난 진실을 알고 있었지만 말할 수는 없었어요. 진실을 말한다면 그녀가 날……, 난 어떻게든 위로하려고 했어요. 하지만 그녀는 계속 이렇게 물었어요.

"나의 불행은 어디서 오는 걸까요?"

기차 바퀴 소리가 요란한 굉음을 냈고 창밖의 모든 것이 흔들리고 있었지요. 그녀는 창밖을 바라보며 중얼거렸어요.

"난 끝났어, 끝났어……"

전에는 그렇게 애처롭게 말한 적이 한 번도 없었지요. 벌써 십 년 넘게 연기를 해왔는데 명성은 그리 높지 않았고 중앙에서 불러주지도 않았어요. 그저 우리는 변두리를 떠돌았을 뿐이지요. 예, 그녀는 돈도 거의 다 써버린 상태였고요. 그러나 미모와 신선함만은 여전했지요. 마치 영원히 그 매력이 커져가는 것만 같았으니까……

---

* 객차 내의 칸막이 방. 보통 침대칸을 말함.

그 사람은 숨이 막힌다는 듯이 잠시 말을 멈췄다가 손으로 의자 손잡이를 꼭 잡고 몸을 앞으로 기울이며 창밖을 바라보았다. 습기에 젖은 창유리에 흐릿하게 빛이 어른거렸고 희뿌연 빗방울들이 가느다란 철선 같은 빗줄기에 구슬처럼 꿰어지고 있었다. 그는 눈을 크게 뜨고 잠시 나지막한 빗소리와 바람 소리, 홈통을 따라 졸졸거리며 흘러내리는 물소리에 귀를 기울였다. 다시 이야기를 꺼냈을 때 회색빛의 마른 얼굴은 훨씬 더 날카로워 보였다.

우린 페르미에 도착했어요. 도시는 칠흑 같은 어둠에 싸여 있었고 격렬한 눈보라가 치고 있었습니다. 획획 비명처럼 울부짖는 바람 소리는 지옥 같았어요. 땅을 딛는 것이 아니라 금세라도 날아올라 하얀 눈사태 속 어딘가로 날려가버릴 것만 같았지요. 이렇게 울적한 삼 일이 지나자 저녁때 라리사는 차를 마시러 오라고 부르더군요. 그녀는 식탁에 홀로 외롭게 앉아 있더군요. 노란색이 섞인 짙은 붉은색 실내복을 걸치고, 마흔이 다 된 나이였는데도 머리는 꼭 아가씨처럼 풀어헤치고 있었지요. 편안하고 조용해 보였어요. 그 며칠 동안 훨씬 야윈 모습이었죠.

"내 다정하신 친구, 가련한 나의 친구분이 오셨군요. 당신이 없었다면 나는 어떻게 살았을까요. 당신은 아무런 사심 없이 날 사랑해주었는데 난 당신 인생을 다 망쳐놓기만 했죠, 그렇죠? 망쳐버린 거죠?"

그녀는 내 머리를 쓰다듬으며 속삭였어요.

"돌이킬 수 없겠죠?"

내 목덜미에 그녀의 뜨거운 눈물방울이 떨어졌지요. 예, 그리고 난 그날 처음으로 그녀를 가졌습니다. 그리고 그 일 이후 내 불행은 더 깊어졌습니다. 정신을 차리고 보니 그녀는 침대에 반라의 몸으로 가슴을 가리고 앉아 있더군요. 얼굴은 편안해 보였어요. 생각에 잠긴 목소리가 들려왔지요.

"그럼 우리 이제 결혼한 거예요. 괜찮죠? 이제 우리 차를 마셔요. 샴페인도 하나 주문할게요……"

그런데 정말 죽음과도 같은 냉기가 나를 휩싸더군요. 난 마루에 몸을 던져 그녀의 발밑에 엎드려 울부짖으며 소리쳤어요.

"당신은 날 사랑하지 않아요. 날 마음에 두고 있지 않아요……"

하지만 그녀는 벌떡 일어서더니 방 안을 빠르게 걸어다니며 숨을 몰아쉬면서 주먹으로 자기 가슴을 치며 속삭였어요.

"오, 내 사랑, 그러나 만일, 만일 내게 사랑이 없다면…… 난 더이상 당신을…… 예, 없다고 생각하세요!"

맙소사, 예, 그녀가 날 버리려 한다고 생각했죠. 난 쓰러질 듯이 마루에 주저앉아 있었고 그녀는 온통 눈물범벅이 되어 방 안을 뛰다시피 돌아다녔어요. 아주 차갑게 느껴지는 환히 드러난 그녀의 몸이 내 앞을 왔다 갔다 했어요.

그녀가 소리쳤어요.

"난 백치들의 오락거리에 내 가슴을 다 바치고 말았어요!"

"이제 무대는 버리고 외국으로 갑시다. 돈은 내게 있으니 제발 이제 자신을 돌봐요!"

"아니, 안 돼요. 난 그럴 수 없어요! 내게 재능이 없다는 걸 난 믿지

않아요. 하지만 당신은 가야 돼요. 이제 슬픔도 고뇌도 당신에겐 충분
해요. 가세요, 아직 늦지 않았어요. 동정과 사랑은 달라요. 동정 때문
이라면 그건 모욕이에요. 당신은 정말 착하고 다시 볼 수 없는 좋은
친구지요. 하지만 나하고 있으면 당신은 죽고 말 거예요. 내가 당신을
망치고 있어요……"

한참 동안 그녀는 정말 진심으로 정성을 다해 날 설득했어요. 하지
만 물론 다 말도 안 되고 있을 수도 없는 일이었지요. 나는 그녀를 소
파에 앉히고 그녀 발밑의 마룻바닥에 앉아서 말했지요.

"당신을 두고는 어디로도 가지 않아요. 그럴 순 없어요. 원하는 대
로 살아요. 난 그저 당신 곁에만 있을게요."

그녀는 다시 나에게 키스를 하기 시작했죠. 하지만 난 이렇게 말했
어요.

"이러지 말아요. 억지로 그래서는 안 돼요."

그녀가 어찌나 울던지, 오, 하느님……

그 사람도 울기 시작했다. 뺨을 타고 구레나룻으로 작은 눈물방울
들이 방울방울 흘러들었다. 그는 젖은 뺨을 닦지도 않고 머리를 흔들
더니 아주 힘겹게 말을 꺼냈다.

그후로도 난 칠 년이나 그녀를 따라다녔지요. 마치 우리들 사이에
눈에 보이지 않는 악마가 있어 우리들 팔을 꼭 잡고서 나를 비웃으며
그녀를 내게 보내주지 않는 것만 같았어요. 내가 얼마나 참고 지내야
했던가는 너무 수치스러워서 말하기도 힘듭니다. 그건 그녀도 마찬가

지였겠지요. 그녀에 대한 평가는 점점 더 나빠졌지요. 라리사는 무대 동료들과 친하게 지내는 법이 없었어요. 그래서 동료들도 항상 그녀에게 불리한 여러 가지 일들을 꾸미곤 했지요. 그런데 갈수록 그게 더 심해졌어요. 그건 그녀가 그 당당한 태도를 버리고 그들에게 친하게 대하니까 더 그렇게 된 것이죠. 인생이란 그런 법이잖아요. 멀리 지내면 지낼수록 사람들이 더 잘해주고 가까우면 가까울수록 함부로 대하는. 브라긴이 이런 말을 한 적이 있었죠.

'여자를 무릎에 앉히면 그 다음엔 목을 타고 오를 거다.'

이런 말은 사실 모든 사람에게 해당되는 것이지요. 물론 남자 배우들은 라리사를 아껴주었지만 여배우들은 질투하고 증오했지요. 거짓말이나 저주보다 쉬운 건 없지요. 전에는 라리사 주변에 사람이 모여드는 걸 막을 수가 없었지요. 그녀는 자신이 머리가 좋다거나 뭘 잘 안다거나 하고 자랑하지 않았고 누구를 질투하는 법도 없었지요. 하지만 자신에 대한 확신을 잃어버리면서 조금씩 자랑하거나 뽐내고 싶어하는 모습을 보이더군요. 이를테면 어떤 도시에서 대단한 성공을 거뒀었다는 등 말입니다. 하지만 난 그런 성공을 거둔 적이 없었다는 걸 알고 있었죠. 물론 배우들도 그걸 알고 있었고 또 자신들 역시 그런 허풍을 떨기 좋아하면서도 다들 그녀를 비웃어댔어요. 그녀는 내가 준 선물들을 꺼내 보이며 그게 관객들이 준 거라고 말하기도 했죠. 모스크바에 초청을 받기도 했었다, 스타니슬라브스키가 직접 자기 극단에 초대했었다고 꾸며대기도 했죠. 물론 그런 일은 없었어요. 결코 없었지요…… 사람들 앞에서 자신의 지성을 화려하게 드러내고 싶어했고 교육받은 이력도 뽐내려고 했어요.

그런데 거기서 또 어떤 이상한 의사를 만나게 됐어요. 역시 평범한 사람이 아니었죠. 아주 작고 정확하게 깎아놓은 것 같은 사람이었고 너무 깨끗해서 러시아 사람 같지가 않았죠. 이상하게 재단된 양복을 입고 다녔는데 귀밑머리가 하얀데도 어린 소년 같았어요. 콜리야가 살아 있어 그 나이였으면 꼭 그랬을 겁니다. 고슴도치처럼 머리를 깎고 다녔고 안경 너머로 사람을 바라보면서 얌전한 눈으로는 미안하다는 듯이 미소를 지어 보였지요. 한번은 라리사가 몸이 좋지 않았는데 그가 달려와서는 아예 진을 치고 매일 앉아 있더군요. 난 그가 좋은 사람인지 나쁜 사람인지 알 수 없었죠. 하지만 슬픔으로 지친 사람이었어요. 그러니까 그렇게 날카로운 독설을 입에 달고 다닌 것 아니겠어요? 그 사람 말은 항상 불쾌하게 들렸지만 자신도 모르게 어쩔 수 없이 그렇게 말하는 것 같아서 모욕적이지는 않았어요. 라리사가 자신의 병세에 대해서 말하니까 이렇게 대답하더군요.

"당신에게도 슬픈 노추(老醜)가 찾아온 것 같군요. 다른 이름을 몰라서 늙음의 미라고 부르기도 하는데…… 우리 모두는 영웅이죠. 모두 죽을 운명이라는 걸 잊어버리고 사니까. 하지만 우리 인생은 우울한 비극이에요. 사랑스러운 즐거움으로 가득 찬."

그는 사랑에 대해 라리사가 모욕을 느낄 만한 말을 하기도 했지요.

"여성에 대한 사랑은 신이 하신 일 중 참 슬픈 거죠. 신은 허무로부터, 무로부터 멋진 세계를 창조하려고 했지만 헛수고였던 겁니다."

그녀가 듣기에 모욕을 느낄 만한 말이라고 난 생각했지요. 그럼 그녀가 허무이고 아무것도 아닌 것이라는 뜻 아니겠어요? 하지만 정말 놀랍게도 그녀는 조금도 모욕을 느끼는 것 같지 않더군요. 그들은 저녁 내내 이야기를 나누었고 나는 곧 이들이 또 일을 벌이겠구나 하고 알아챘지요. 물론 그건 내게 고통스러운 일이었어요. 하지만 그래도 난 그녀의 사랑에 대한 희망을 잃지 않았지요. 하지만 그 의사가 불쾌하지는 않았어요. 심지어 전보다 더 친하게 지내기까지 했지요. 그래서 아주 솔직하게 털어놓고 지내는 사이가 됐는데 그가 한번은 내게 이렇게 말하더군요.

"난 내가 당신의 술을 마시고 당신의 여자에게 입을 맞추고 있다는 걸 알고 있어요."

"아니요, 그 여자는 내 것이 아니요. 자기 불행의 것이겠지."

그러자 그 사람은 나를 찬찬히 들여다보더니 시 한 수를 읊었어요. 시로 말하기 좋아했거든요.

"이런 시 알아요? '운명은 우리가 굴복하리란 걸 느끼고는 더욱 강하게 우리를 짓누르네.'"

"라리사가 당신과 잘 지내는 걸 알아요. 다행입니다."

"당신은 정말 특이한 사람이군요."

"당신도 마찬가집니다."

우리는 서로 바라보고 웃었지요. 그 사람은 술을 참 많이 마셨어요. 라리사는 정말 그 사람하고 잘 지냈어요. 떠들썩한 술판을 벌이는 일도 줄었고 집에 가만히 앉아 생각에 잠기는 일이 더 많아졌지요.

그녀와 의사의 대화는 정말로 의미 있고 심각했어요. 비록 신과 죽음과 사랑 같은 것에 대해 두 사람 모두 늘 하듯이 평범한 생각들을 늘어놓았지만 말입니다. 그들이 대화에 너무나 깊이 빠져 있어서 나는 무섭기까지 했어요. 아니, 말하고 있는 걸 보면 이미 사람이 말하고 있는 것 같지 않았지요. 뭐라고 말해야 될지 모르겠네요. 뭐랄까, 이미 사람이 아니라 살아 있는 것에서 완전히 떨어져 나온 그저 두 개의 목소리가 공허한 밤의 적막 속을 울리고 있는 것 같았다고나 할까요. 의견이 일치하는 경우는 드물었지만 다정하게 이야기했고 서로의 말에 관심을 가지고 귀를 기울였지요.

의사는 인간의 삶이 목표물 없이 쏘아진 대포알의 궤적 같은 것이며 그 어떤 고귀한 의미도 갖고 있지 않다고 단언했지요. 이런 염세적인 말들은 콜리야를 떠올리게 했죠. 하지만 라리사는 인생에는 위대한 의미가 숨겨져 있다, 그러나 그걸 느낄 수 있는 것은 여성뿐이다, 여성은 모든 희망과 욕망을, 심지어 죄악이라고 여겨지는 욕망까지도 불러일으킬 수 있는 존재다, 라고 열정적으로 주장했지요. 나는 몇 가지 그녀의 주장은 정말 맞는 말이라고 생각했지만 그건 라리사의 굽힘 없는 당당한 영혼을 내가 사랑하고 있었기 때문이죠. 이를테면 그녀는 이렇게 말했습니다.

"여성은 남성이 영원히 얻을 수 없는 무언가를 가지고 있습니다. 여성은 자신의 육체 속에서 새로운 생명의 잉태를 경험하지요. 그래서 세계의 힘을 새롭게 만드는 영원한 원천인 것입니다. 여성은 여성에 의해 훌륭한 사상들이 불타오르고, 여성을 위해 위대한 일이 이루어지며, 여성으로부터 모든 아름다움과 시가 나온다는 것도 알고 있지요. 만일 여성이 없었다면 사람들은 그저 먹을 것만 생각하며 짐승처럼 살아갔을 겁니다. 이 세상에 여성보다 더 굳건하고 더 분명한 존재는 없어요. 여성을 제외하고 그 무엇에도 의지할 데가 없는 겁니다."

한번은 또 이렇게 말했어요.

"어머니들은 항상 아버지들보다 편안하게 죽음을 맞이하지요. 그건 어머니들에겐 삶이 계속된다는 의식이 있기 때문이에요."

의사는 웃으며 응수했지요.

"짐승들은 여성들보다 더 편안하게 죽어갑니다."

이 점을 두고 그들은 서로 논쟁을 했어요. 때로 라리사의 영혼 속에 뭔가가 회오리처럼 솟아오르면 의사와 나는 마치 먼지처럼 날려가버렸지요. 그런 일은 별다른 이유 없이, 말 한마디에 갑자기 벌어졌죠. 한번은 우리 셋이 앉아 있었는데 라리사는 별 말이 없었지요. 내가 모스크바에 다녀온 이야기를 하고 있는데 갑자기 의사가 조용히 말하더라고요.

"범죄자와 여성들은 당신이 그들에 대해 생각만 하고 있을 때에도 그걸 들을 수 있지요……"

그녀가 어찌나 화를 내던지! 의사의 말에 활활 불이 붙어버린 것 같았어요. 그러고는 삼 일 동안 술잔치를 벌이고 침대에 드러누워 가슴에 병이 나버렸죠.

의사는 결핵으로 고생을 하다가 곧 스위스로 요양을 떠나버렸지요. 예, 그래서 다시 미친 듯한 생활이 시작됐어요. 라리사는 자신의 젊음을 뒤쫓으며 산에서 굴러 내려오는 것만 같았어요. 내가 관찰한 바에 따르면 많은 여자들이 그랬지요. 나이가 사십이나 되었구나 하는 생각이 가슴을 쿵 치면 그때부터 마지막 한 철을 만난 것처럼 갑자기 정신없이 나돌면서 평생 먹어보지 못한 모든 것을 일 년에 다 먹어치우려는 듯이 수치심도 잃고 날뛰는 겁니다. 라리사도 그랬어요. 전에는 경멸해' 마지않던 애송이들과 사팔뜨기 대학생들, 배우들까지 주변을 맴돌았고 모두들 몸이 달아 끙끙거리며 비명을 질러댔죠. 한 달 사이에 애인이 둘씩 되기도 했죠. 가벼운 풍자극 배우와 대학생 시인이 그들이었죠. 대학생 시인은 자칭 천재 시인이었는데 푸시킨이 되다 만 미숙아였지요. 당연히 배우는 자신이 이겼다고 자랑해대기 시작했어요. 그래서 난 면도를 한 그의 낯짝을 한 대 때려주고 오천 루블을 집어주었지요.

"꺼져! 멍청한 놈, 칼루가로 가버려!"

일부러 아주 험하고 외진 도시를 골랐는데도 떠나더라고요……

그때가 내 인생에서 가장 힘들었던 때였죠. 난 그녀 집에서 나와 밤새도록 동이 틀 때까지 거리를 돌아다니기도 했어요. 보석을 지키는 보초병이 되고자 했지만 내 보석은 도난당해 남의 손에 있었던 겁니다. 밤의 적막 속에서 쓰라린 분노와 슬픔이 가득한 가슴을 안고 걸어가면 행복도 없이, 대답 없는 사랑을 안고 산다는 것이 무슨 의미인가? 라는 생각이 끊임없이 떠올랐지요. 길가의 집을 들여다보면 누구나 사랑을 나누고 있건만 나는 갈망으로 가득한 고독하고 처량한 모습이었지요. 얼마나 많은 밤을 그렇게 보냈었는지! 제 그림자를 끌고 고독하게 달밤을 걸어가는 게 얼마나 힘든 일이었겠습니까?

하지만 라리사는 이제 어릿광대극에까지 출연하기 시작했지요. 반라의 몸으로 다리와 가슴을 드러낸 채 무대를 돌아다녔지요. 나는 미칠 듯이 애원했습니다.

"같이 외국으로 나갑시다!"

하지만 그녀는 받아들이지 않았지요. 난 스위스에 있는 의사에게 편지를 썼어요. 도와줄 수 없느냐, 그녀 마음을 움직여달라고요. 하지만 그는 무슨 말인지 알아들을 수 없는 답을 보내왔지요. 꼭 조롱하는 것 같기도 했고, 하여튼 나는 그 내용을 이해하지 못하겠더군요. 편지 말미에 쓰여 있던 추신이 기억나는데 아무런 쓸모가 없는 말 같았지요.

'레프 톨스토이가 말하기를, 영원의 개념은 지혜의 병이랍니다. 하지만 난 이렇게 말하겠어요. 사랑이란 상상의 병이라고. 가장 정상적으로 사랑을 나누는 것은 토끼와 모르모트라고 합니다.'

그가 이런 말을 한다는 건 말이 안 되는 것이었지요.

여기서도 마찬가지지만 나는 배운 사람들에게는 어떤 불쾌한 습관 같은 것이 있다는 걸 알았지요. 그 사람들에게는 여러 가지 생각들이 가득 들어 있는데 꼭 상인들이 돈 자랑 하듯이 그걸 뽐내거나, 아니면 그런 생각들을 지니고 다니기 힘들어서 그런지 아무 데나 그걸 흩뿌려댄다는 겁니다. 이런 말 하기 미안합니다만, 마치 농민들이 제 몸의 이를 이리저리 옮겨대는 것 같단 말입니다. 그렇지만 난 생각을 조심스럽게 다루어야 한다고 생각해요. 도대체 어떤 생각들이 믿을 만한 것이고 그렇지 않은 것인지 누가 알겠냔 말이에요.

때로 사람에게 생각이란 말이죠, 개한테 던져준 빵 속에 든 바늘 같은 것이지요. 개가 빵을 꿀꺽 삼켜버린다면 괴로워하다가 죽어버릴 수도 있겠지요. 나같이 의심이 많은 사람도요, 때로는 내가 남의 생각들을 먹고 산다는 느낌이 들어요. 나 자신의 말을 하는 게 아니라⋯⋯ 사람은 생각으로 사는 것이 아니라 욕망으로, 생각이 없는 욕망으로 사는 겁니다. 지성이라는 따분한 선생이 '보즐레 이죠트 첼라베크(나란히 사람이 걸어간다)'라고 부르면 학생은 '보 즐레 이죠트 첼라베크(악 속에 사람이 걸어간다)'라고 받아 쓰는 겁니다……

언젠가 내가 학교에서 정말 그렇게 받아쓰기를 했었는데 선생님이 그러더군요.

"이 바보야, 난 글쓰기를 가르치는데 넌 철학을 하고 있구나!"

예, 라리사는 점점 망가져가고 있었죠. 나는 그걸 지켜보면서 생각했습니다. 도대체 그녀의 고상함과 그녀의 당당함은 어디로 갔단 말인가? 병에 걸린 거지가 돈 한 푼 달라고 손을 벌리는 것처럼 몸을 드러내고 무대를 돌아다니는 모습을 보고 있자니 절망감으로 눈물이 날 지경이었죠. 심지어 그녀는 이제 내게까지 관심을 끌려고 했습니다. 그건 무엇보다 마음 아프고 괴로운 일이었어요.

그녀는 나를 안고 속삭였죠.

"내가 당신을 먹어버렸죠, 페트루샤? 용서해요, 어서 내게 키스해줘요!"

나는 키스를 했지요. 가슴이 무너지며 눈물이 앞을 가렸지만 나는 어떻게든 그녀가 더 만족할 수 있도록 성심을 다해 입을 맞추었지요. 더러운 소용돌이 속에서 어떻게든 그녀를 끌어낼 수 있기만을 바라면서요. 그녀는 탐욕스러운 육체의 권력에 자기 영혼을 내던지는 것을 너무나 고통스러워했고 가슴 아파했어요. 얼굴은 더 나이가 들어 보였고 사진 찍는 것도 전처럼 그렇게 좋아하지 않았어요. 하지만 그녀의 몸은 여전히 처녀처럼 욕망으로 가득 차 있었지요. 하지만 이미 사십을 넘은 나는 남성으로서의 힘도 녹슬고 말라가고 있었어요. 라리사의 욕정의 발작은 정말 기억하기 끔찍하고 부끄럽습니다. 오, 하느님, 사람이 겪어야만 하는 일이 어디까지란 말입니까!

124

그녀가 잠이 들면 난 앉아서 그녀를 내려다보며 정신이 나간 사람처럼 속삭였지요.

'이게 당신이오, 당신이란 말인가요?'

그럴 때면 창밖에는 눈보라가 휘몰아치거나 거센 혹한이 밀려오거나 아니면 달이 푸르게 빛났지요. 모든 게 환하게 드러나는 달밤은 특히 견디기 힘들었지요. 여름이나 겨울이나 말입니다. 그런 밤에는 잠이 오지 않았고 늘 명징한 생각들이 밀려왔지요. 꼭 저주라도 내린 듯이요.

내가 미치지 않고 어떻게 그런 슬픔을 견뎌낼 수 있었는지 모르겠습니다. 라리사가 그렇게 고통스럽게 몰락한 느낌을 어떻게 견뎌내며 자기 영혼과 타협할 수 있었는지 난 모르겠어요. 나는 그녀의 발 아래 엎드려 애원했어요. 같이 떠납시다! 그녀는 그러지 않았어요. 술꾼을 술집에서 끌어낼 수 없듯이 그녀를 그 심연에서, 극장에서 끌어내는 것은 불가능했지요. 이제 사람들은 그녀에 대해 노골적으로 비웃어댔고 그녀도 물론 그걸 알고 있었습니다. 그 때문에 그녀는 더욱 술을 마셔댔고 사람들에 대한 두려움과 영악함이 나타났지요. 사람들 입맛에 맞추려 했고 옛날 성공했던 얘기들도 내게만 하는 것이었습니다. 밤새 나 혼자 그녀의 똑같은 말을 들어주었던 겁니다. '그런데 기억나세요? 프스코프에서…… 아, 페트루샤, 헤르손에서는……'

나는 그녀가 기뻐하도록 귀를 기울였고 없었던 일도 거짓으로 꾸며 내게 되었어요. 그게 거짓말이라는 걸 알게 되면 그녀는 갑자기 말을 멈추고 나를 가만히 들여다보다가 내 목에 매달리며 말했지요.

"오, 내 사랑, 당신이 얼마나 날 사랑하는지!"

"그래요, 사랑해요. 당신이 편안할 수만 있다면……"

한번은 이렇게 말하더군요.

"사람을 조롱하는 운명 중에서도 가장 지독한 건 대답 없는 사랑이지요."

물론 이 말은 의사를 두고 하는 말이었죠. 하지만 난 그녀가 의사를 사랑했다는 걸 믿지 않았어요. 만약 있었다면 그건 그녀 영혼의 마지막 남은 흔적, 꿈, 혼자 꾸며낸 것뿐이었죠.

마흔네 살 때 그녀는 심각한 심장발작을 일으켰는데 의사가 말하기를 걸어가다가도 갑자기 죽을 수 있다더군요. 그래서 난 마지막으로 그녀에게 외국으로 나가자고 설득했어요. 그녀는 바다가 있는 곳으로 가자고 하더군요. 우리는 바닷가의 산세바스티아노*라는 작은 도시로 가서 조그만 집을 한 채 얻었어요. 나는 집을 아주 아름답게 꾸몄어요. 예, 죽어가는 라리사를 위해서 말이죠! 지상의 끝에 있는 그곳은 참 좋았어요. 낯선 말을 쓰는 사람들은 고향 사람들보다 언제나 더 좋은 법이죠. 무슨 말을 하는지 알아들을 수 없으니까요. 다만 밤은 견디기 어려웠어요. 그곳의 밤은 갑자기 찾아들었는데, 태양이 대양 너머로 가라앉으면 그 즉시 산 너머에서 어둠이 둥실 떠오르며 땅과 바다를 짓누르는 것이었어요. 고요한 밤이면 별 아래 그 텅 빈 허공, 대양의 무한한 적막이 알 수 없는 막막함으로 날 짓눌렀습니다. 날 짓누르는 그런 막막함은 대양의 굉음과 절규하는 파도 소리 역시 마찬가지였죠. 창문을 통해 바라보면 뭔가 시커먼 것이 해안으로 미끄러져

———————————

* 이탈리아의 나폴리 근교 베수비우스 화산 서부 경사 지대에 위치한 작은 도시.

왔어요, 마치 하얀 갈기를 한 말 떼가 몰려오는 것처럼. 그러다가 그 말 떼는 갑자기 미친 듯이 땅 위로 뛰어오르며 일격을 가합니다. 땅은 비명 소리를 냈고 우리 집은 우르르 제 몸을 떨었고 모든 유리창이 일제히 흔들렸지요. 하지만 그런 움직임과 소음이 있는 밤은 그래도 나았죠. 밤의 고요함은 견딜 수 없었어요. 그 당시 나는 슬픔에 젖은 지구에 대한 콜리야의 말과 미안해하는 듯하면서도 독설이 담긴 의사의 말을 떠올렸죠. 우리의 지구는 신의 이성에서 잊혀졌고 별들 가운데 잊혀졌다. 그래서 지구의 사람들은 고독하고 서로서로 낯선 것이다! 바로 이 점을 생각하면 왜 사랑하는 여인이 필요한지 아주 분명해지지요. 함께 있어야 고독을 가장 잘 잊을 수 있다는 라리사의 말은 옳아요. 예, 바로 그런 밤이면 그녀에 대한 나의 사랑은 깊은 심연 속으로 무한히 깊어갔습니다.

나는 누워 있거나 조용히 맨발로 내 방을 걸어다니거나 하면서 대양의 한숨 소리 속에 혹시 라리사의 마지막 외침이 들려오지 않을까 하고 귀를 기울였지요. 아니 혹시 벌써 비명을 질렀는데 내가 듣지 못한 것은 아닐까? 이런 생각이 들면 방문을 열고 그녀가 숨을 쉬고 있는지 들여다보았지요. 그러면 보통 그녀는 침대 등받이에 기대고 앉아 거품처럼 하얀 이불에 몸을 묻고 눈을 감은 채 미동도 없이 바다 소리에 귀를 기울이고 있었어요. 모든 것을 받아들이는 온순함과 우수에 젖어 있었지요. 영리한 그녀는 자신이 죽어가고 있다는 걸 알고 있었지만 자존심 때문에 그 말은 입에 담지도 않았어요. 우수에 젖어 문 옆 마루에 앉아 반은 죽은 상태로 숨을 몰아쉬며 한 시간, 두 시간, 세 시간…… 그렇게 앉아 있다고 생각해보십시오. 어느 때는 내가 잠들지 않았다는 것을 알고 라리사는 나를 부르기도 했지요.

"페트루샤, 이리 오세요, 함께 있어요."

그리고 조용히 말했지요.

"기억나세요? 쿠르스크에서 날 얼마나 환대했었는지?"

물론 나는 그녀에게 있었던 모든 일을 기억하고 있지요. 하지만 이렇게 대답했습니다.

"정말 대단했었지요. 당신 인생은 전부 대단했어요!"

그녀가 피로해져서 침묵하면 나는 그녀의 다리에 머리를 묻고 누워서 조용히 그녀에게 애원했지요.

"당신은 나의 행복, 나의 생명입니다. 제발 죽지 말아요!"

그녀는 슬픔에 젖은 목소리로 자주 이렇게 말했어요.

"오, 하느님, 당신, 언제 이렇게 백발이 됐어요!"

내 머리를 보고 그녀가 마음 아파한다는 걸 알고 나는 머리를 조금 염색했습니다. 정말 견디기 힘든 일이었죠. 사랑하는 여인이 죽어가는 것을 지켜보고만 있어야 하다니요! 나는 그렇게 영혼이 마비된 상태로 이백팔 일을 보냈고 이백구 일째 라리사는 숨을 거두었습니다. 테라스에서…… 고요하고 숨 막히게 더운 날이었죠. 바다도 숨을 죽이고 있었습니다. 아침 무렵, 그녀가 말하더군요.

"오늘은 기분이 날아갈 것만 같아요."

그리고 테라스로 나가 안락의자에 앉아 언제나처럼 말없이 공허한 바다의 소요를 바라보고 있었어요. 간호사 아그나타가 꽃 부케를 가져다주자 그녀는 그 가녀린 손으로 그걸 매만져보다가 거기에 얼굴을 묻었지요. 그리고 갑자기 일어났는데, 기우뚱하면서 난간을 붙잡더군요…… 난 간신히 그녀를 붙잡아 부축했지요……

그 사람은 일어서서 화난 표정으로 주변을 돌아보았고 손을 주머니
에 넣은 채 페치카 벽에 기대섰다.

"그게 답니다! 그곳에서 산 밑에 있는 작은 공원묘지에 그녀를 묻
었지요. 행복하지 못했던 러시아로 데려오고 싶지는 않았어요. 그리
고 나도 일 년 반 정도 이곳으로 돌아올 수 없었어요. 이곳은 내 영혼
을 슬프게만 한 곳이니까요."

그는 나를 돌아보더니 인상을 찌푸리며 메마른 목소리로 말했다.

"하지만 내가 라리사를 동정하고 있다고 생각하지는 마십시오. 그
건 아닙니다. 이 얘기를 한 건 당신이 해달라고 해서예요. 동정이란
것은 아무 쓸모가 없는 겁니다. 인간은 다른 인간에게 돌이나 마찬가
지죠. 서로에 대해 귀먹어서 아무 소리도 듣지 못해요."

페치카의 하얀 타일을 배경으로 서 있는 그의 얼굴은 더욱 어두워
보였다. 특히 눈 밑이. 그는 눈을 감고 똑바로 서 있었다. 이 밤 그는
더욱 가녀리게 마른 것 같았다.

창밖의 빗줄기는 더 밝은 빛으로 빛났고 피로한 가로등 불빛은 더
흐릿해졌다. 멀리서 종소리가 마치 청동 비둘기들이 구구거리는 소리
처럼 들려왔다. 수도원 아침 미사를 알리는 종소리였다.

그 사람은 내키지 않은 듯 조용히 말했다.

"그 뒤 어쩔 수 없이 나는 러시아로 돌아왔고, 이렇게 여기에 방을
얻었습니다. 그녀가 저 맞은편에 살았었고 모든 것은 이곳에서부터

시작되었으니까요. 그리고 그녀의 초상화를 제작했고 그걸로 엽서도 만들어 팔고 있는 겁니다. 물론 돈을 벌겠다는 것은 아니고 그저……"

그는 마르고 긴 팔을 뻗어 구석의 꽃병에 담긴 마른 꽃 부케를 가리켰다.

"저 꽃다발이 그녀가 마지막으로 손에 쥐고 있던 바로 그것입니다. 하지만 다 죽었어요! 누가 석회수에다 씻으라고 알려줬지만 별 도움이 되지 않았지요. 래커를 입혔는데 그것도 소용없었고요. 자연스러운 형태만 망가지고 말았어요."

그는 구석의 탁자로 걸어가서 망가진 회갈색 꽃 뭉치를 가느다란 손가락으로 조심스럽게 만져보았다. 그리고 공허하게 말했다.

"꽃이 가루가 되어 부서져 내리는데도 그걸 도저히 막을 수가 없군요……"

영웅

나는 영웅이 되지 않고 영웅 주변에서 나의 삶을 숨기고

성실하게 봉사할 수 있는 길을 모색하는 것이 옳다고 생각했다.

그러나 영웅은 누구이며 어디에 있단 말인가?

어린 시절, 사람들에 대한 두려움을 배우기 전에 나는 바퀴벌레, 꿀벌, 쥐를 먼저 두려워했다. 그리고 좀더 커서는 뇌우, 눈보라, 어둠의 공포가 나를 괴롭혔다.

천둥이 칠 때, 나는 번개로 번쩍이는 유리창의 파란 떨림을 보지 않으려고 아플 정도로 눈을 꼭 감곤 했다. 번개는 하늘을 갈라서 맑은 날에는 푸르기만 한 하늘 저 너머에 숨어 있던 거대한 지옥불을 드러내 보이는 것이라는 생각을 누군가 내게 심어놓았다. 아니 어쩌면 그건 나 자신이 생각해낸 것인지도 모른다. 파란 하늘은 전 세계를 휩쓴 화재 연기이고 별은 그 화재의 불꽃이었다. 번개가 칠 때마다 대지는 마치 모닥불에 던져진 버찌씨처럼 활활 타오를 것만 같았다. 태양처럼 타오르다가 나중에는 숯으로 변해 또다른 달이 되어 하늘에 걸리게 될 것만 같았다.

나는 특히 어둠을 무서워했다. 나는 어둠이 빛의 부재가 아니라 빛에 적대적인 자율적인 힘이라고 생각했다. 미세한 회색 먼지 같은 어둠은 공기를 어스름하게 만들다가 점점 짙어져 검정색이 되면서 나무와 집, 그리고 방에 있는 가구를 집어삼켜버리는데, 그럴 때면 나는 어둠의 먼지가 이제 곧 돌처럼 딱딱하게 굳어지면서 살아 있는 모든 것을 그 속에 가두고 나도 그렇게 굳어져버릴 거라고 생각했다. 나는 항상 어둠을 만져보고 싶어 빛이 통하지 않는 구석에 손을 뻗어보곤 했다. 그리고 손바닥에 느껴지는 불쾌하고 축축한 냉기를 조심스럽게 손가락을 오므려 움켜쥐어보았다. 어둠은 눈에 보이는 모든 것을 파괴하여 시커먼 먼지로 만들어버리는, 별보다도 더 높은 저 천상에서 일어난 화재의 그을음이다.

나는 이러한 표상이 열 살에서 열세 살짜리 소년이 가지기에는 너무나 복잡한 것임을 알고 있다. 그러나 내게는 그 당시 나의 표상들이 그런 것이었다고 여겨진다.

미쳐버릴 정도로 나를 가장 놀라게 했던 것은 겨울 눈보라 소리와 울부짖음이었다. 제기랄 놈의 악마 같은 밤, 땅 위에 있는 모든 것이 격렬하게 휘감겨 도는 밤, 나무들이 대지에서 찢겨 뜯어져 눈구름 속 어딘가로 날아가버릴 것만 같은 밤, 바로 그런 밤이면 어떤 사악한 힘이 대지를 유린하고 도시와 숲, 그리고 사람을 쓸어버리고 오로지 나 하나만을 죽음과도 같은 침묵 속에, 하얗고 차가운 황야 한가운데에 남겨두려고 하는 것만 같았다. 나의 가슴에는 형언할 수 없이 고통스러운 공허감이 가득 찼고, 하늘과 바다 사이에 걸려 있는 날벌레처럼 끔찍스러운 두려움에 젖어 나의 가슴은 그 공허 속에 매달려 떨고 있었다. 저주스럽게 비웃는 회오리바람 소리는 나의 내부를 관통하듯

파고들어 나의 몸을 얼려버리고 부숴버리는 것이었다. 나는 베개에 머리를 묻고 손으로 귀를 막았지만 모든 것을 황폐화시키는 살인적인 이 휘파람 소리는 내 가슴속에서 계속 울려나왔다.

내가 병약한 소년이었다고 생각될지 모르지만 그렇지는 않았다. 튼튼하고 살집이 좋았던 나는 동년배 아이들보다 키도 더 크고 조숙했으며, 나이에 비해 생각이 깊다는 말을 많이 들었다.

그렇다. 나는 신체적으로는 건강했다. 그리고 자연 현상에 대한 두려움의 원천은 오히려 바로 나의 건강함에 있었다고 생각한다. 그것은 죽음의 위협 앞에서 인간이 느끼는 자연스러운 생물학적 공포였다. 나는 병약한 사람은 건강한 사람이 느끼는 만큼 그렇게 공포를 느끼지 못한다고 확신한다.

어머니에겐 나 하나뿐이었고, 나는 아버지를 기억하지 못한다. 교회 감독관구의 건축가였던 아버지는 내가 네 살 때 돌아가셨기 때문이다. 독신 성직자였던 외삼촌이 아버지를 대신해주었다. 그는 나를 사랑하고 귀여워해주었고 그것은 어머니나 하녀 두냐, 물을 길어다주는 일꾼인 니콘, 그리고 우리 집의 다른 모든 사람들도 마찬가지였다.

"눈보라는 왜 필요한 건가요?"

나는 외삼촌에게 이렇게 묻곤 했다.

커다란 덩치에 아주 잘생기고 쾌활하며, 뛰어난 기타리스트이자 다혈질 도박꾼이었던 외삼촌은 다정하게 나를 끌어안으며 무엇이든 위로의 말을 해주곤 했다. 하지만 그의 말이 위로가 되지는 않았다.

"자연에 의해서 그렇게 정해진 거란다. 신의 의지에 따른 것이지."

그리고 내 머리를 쓰다듬으며 어머니에게 이렇게 말했다.

"얘는 철학적인 소양이 있어."

그는 언제나 아주 기꺼이 나랑 대화해주었고, 그래서 나는 그의 유려한 말과 부드럽고 둥글둥글한 단어들, 그리고 세계를 지배하는 세가지 힘, 즉 신과 자연과 인간의 이성에 대한 이야기를 듣는 것을 좋아했다. 하지만 나는 이 힘들의 비밀스러운 관계를 이해할 수 없었다. 그의 말을 들으면 들을수록 신은 이해할 수 없는 어둠 속으로 더 멀리 사라져갔고, 자연은 점점 더 무서워졌고, 이성의 역할은 더욱더 불명확해졌다.

나에게는 조잡하기는 하지만 괴롭게도 머릿속을 떠나지 않는 하나의 알레고리가 생겨났다. 자연은 세탁부 카라세바라는 것이 그것이다. 그녀는 거대한 몸집의 지저분한 아주머니였는데 '모크레야'라는 별명으로 불렸다. 그녀는 우리 집 마구간 옆에 붙은 별채에 살고 있었다. 나는 그녀를 십 년 동안 관찰했는데 그 뚱뚱하고 시뻘건 얼굴, 냉소적인 시선이며 노골적이고 번들번들한 눈매는 하나도 변하지 않았다. 그녀는 마흔 살가량이었는데 일할 때 지치는 법이 없었고 마찬가지로 음탕함에서도 지치는 법이 없었다. 그녀는 그 나이의 많은 여자들이 그렇듯이 병적일 정도로 젊은 사내를 밝혔다. 성도착증에 걸린 남자나 처녀에 집착하는 강간범처럼 그녀는 끝도 없이 탐욕을 부렸다.

저속하고 교활한 그녀는 술에 취하지 않았을 때는 달콤하리만큼 다정하게 굴었다. 곡조에 맞지 않게 노래를 부르는 듯한 목소리는 뭔가 미안해하는 듯 들렸으며, 얼굴은 더 펑퍼짐해 보이고 뻔뻔한 시선은 수줍은 듯이 미소를 머금고 있었다.

그러나 거의 매주 토요일 저녁 그녀는 미친 듯이 폭음을 했고 이유도 없이 난폭한 발작을 일으켰다. 건강한 농부의 힘과 타고난 파괴 본능을 드러내며 그녀는 역시 지저분한 아낙인 동료 세 명을 두들겨 패고, 접시를 깨고, 의자와 걸상을 부수었다. 게다가 한번은 물 길어오는 일꾼 니콘의 나무 물통을 도끼로 깨부수기도 했다. 니콘은 여름이면 항상 죽은 사람처럼 흰 옷을 차려입고, 말이 없고 온순하며 신에 대한 공경심이 많은 노인네였다.

언젠가 그녀가 손발이 묶인 채 마구간 문 옆 흙바닥에 뒹굴고 있을 때 니콘이 그녀에게 이렇게 말하는 것을 들었다.

"너는 인생이 불쌍하다고 생각하지? 모크레야!"

그녀는 잠긴 목소리로 대답했다.

"아니 인생이 내게 뭐야? 이런 게 인생이지!"

그녀가 미친 듯이 행패를 부릴 때면 마당에 순경이 나타나곤 한다. 그는 말없이 입술을 꼭 깨물고 주먹을 날려 모크레야를 뒤로 나자빠뜨리고 소 우는 소리를 내며 그녀의 손과 발을 더러운 수건이나 밧줄로 동여맸다. 그녀는 결코 그에게 반항하는 법이 없었고 심지어 웃으면서 중얼거렸다.

"그래, 그래, 묶어라. 묶어라, 이 나쁜 놈아……"

순경은 끈으로 그녀를 동여매며 씩씩거렸고 다문 이빨 사이로 단호하게 내뱉었다.

"내가 널 알지, 내가 널 그냥……"

나는 술 취한 이 세탁부가 무섭다는 것을 여러 번 보았다. 나는 끔찍하게 그녀를 무서워했다. 그녀는 내게 날카로운 혐오감과 견디기 힘든 거부감을 불러일으켰다.

"저 여자가 사는 이유는 뭐야?"

외삼촌에게 이렇게 물어보면 그는 나를 귀여워하면서 이렇게 대답해주었다.

"이성으로는 그런 의문을 풀 수 없단다. 왜? 라는 질문에 대해서 우리는 신의 뜻이라는 것 말고는 다른 대답을 찾을 수가 없는 거야."

자연을 세탁부 모크레아에 비유하는 나의 알레고리는 조잡한 것이었다고 인정해도 부끄러울 것은 없다. 하지만 인간의 이성을 타타르인 순경에 비유하는 것은 이후 유년 시절에도 계속되었으며, 그리고 어쩌면 지금도 나는 이 알레고리에서 자유롭지 못하다. 물론 이 알레고리는 삶의 여러 현상들이 명백하게 비이성적이고, 나를 비롯하여 모든 인간에게 적대적이라고 생각하는 나의 공포심을 강화시키고 심화시켰다.

모기가 열병을 옮기고 쥐는 페스트를 옮긴다는 것을 알게 되었을 때 나는 큰 충격을 받았다. 가장 보잘것없는 모기가 나의 적이다. 하지만 그 겁 많은 쥐 역시 적이란 말인가?

나는 왜, 왜 하면서 아이다운 질문을 계속해서 외삼촌을 자극했고 결국 그를 화나게 만들었다.

"보세요, 도련님."

짙은 눈썹을 꿈틀거리며 외삼촌이 말했다.

"네 나이 때의 애들은 그렇게 귀찮을 정도로 똑똑해질 필요는 없어. 그리고 사실대로 말하자면, 너는 이 점에 대해서 한 대 맞아야 해. 저리 가거라."

어머니 역시 그렇게 말했다.

"삼촌 좀 그만 괴롭혀라. 뭘 그렇게 쓸데없는 것들만 묻니? 좋지 못한 행동이야."

그러나 말은 그렇게 하면서도 그들은 지인들 앞에서 나의 지적 탐구심을 입이 마르게 칭찬했다. 어머니와 외삼촌의 그런 행동은 나의 자긍심을 부추겼고 동시에 사람들에 대한 나의 태도를 냉담하게 만들었다. 나는 또래들보다 내가 더 똑똑하다고 느끼고 있었고 동년배 친구를 사귀지도 못했다. 중학교에 들어갔을 때 친구들은 내가 겁이 많다는 것을 알아채고 잔인하게 나를 놀려댔다. 게다가 나는 몸이 재빠르지 못해 아주 힘들었다. 친구들과의 장난을 위험하게 여겼고 재밌지도 않았다. 학교에서 나는 친구들 사이의 싸움을 두려워했다. 하지만 거리의 소년들이 중학생들에 대해 가지고 있는 적대감은 내게 귀스타브 에마르*의 야만인들이 유럽인에게 가지는 본능적인 적대감을 연상시켰다. 그런 식으로 나는 아주 일찍부터 고독함의 긍지를 느꼈고, 어렴풋하지만 그것이 개인을 자유롭게 자라게 해주는 유일한 영역이라고 이해했다.

나는 성적이 중간 정도였고 별로 재미를 붙이지는 못했지만 성실하게 공부했다. 외삼촌이 경이롭게 그 오묘함에 대해 이야기해주었던 자연과학은 자연 현상에 대한 내 공포를 없애주지 못했고 심지어 완화시켜주지도 못했다. 자연과학은 젊은 선생 주다노프가 신바람을 내며 가르쳤다. 그는 동글동글하고 활기찼고, 생김새가 꼭 원숭이를 닮

---

* 프랑스 작가. 날카로운 주제의 소설들로 유명. 『단단한 팔』, 『흐르는 물』, 『뱀 숭배자』 등을 통해 백인 정복자들에 저항하여 투쟁하는 인도 종족에 대한 이야기, 여행과 지리적 발견 등을 주로 다뤘다.

아서 학생들은 그에게 공이라는 별명을 붙여주었다. 그는 물질 구성에 대한 자기 나름의 가설을 가지고 있었고 전기의 힘을 숭배하고 있었는데, 수업 시간이면 그걸 소리 높여 강변하곤 했다.

"전기 에너지에는 삶의 모든 수수께끼가 숨어 있어요. 어서 우리가 풀어버립시다!"

그는 기인이랄 수 있었고 사랑에 쉽게 빠져 거의 매년 봄마다 새로운 로맨스를 연출했다. 나는 그를 경박하고 어릿광대 비슷한 사람이라고 여기고 있었다. 그래서인지 그는 내게 심하게 대하곤 했다. 한번은 수업시간에 내가 뭔가를 잘 이해하지 못하자 버럭 화를 내면서 말했다.

"너는 무척 성실한 소년이다. 하지만 과학을 사랑하지 않아. 나는 도대체 모르겠다. 네가 좋아하는 게 뭐냐? 내가 보기에 네가 있을 곳은 여기가 아니라 대학교 세미나야."

밀리 노박은 역사 선생님이었다. 키가 크고 말랐으며 새우등이었는데 머리카락이 다 빠진 작은 머리에 얼굴은 노처녀와도 같은 얼굴이었으며, 목젖은 아주 커다랬다. 그런 모습은 혐오스러운 기형처럼 보였다. 그런 얼굴의 삼 분의 일을 둥글고 두꺼운 뿔테안경이 덮고 있었다. 그는 지저분하고 산만했으며 불안하게 비틀비틀 걸어다녔다. 그의 장화 뒤축은 언제나 삐뚤게 닳아 있었고 바지 무릎은 불거져 나와 우스꽝스러웠다. 나는 그가 말을 무서워한다는 것을 알았다. 건너편으로 길을 건널 때면 그는 오랫동안 주저주저하며 주위를 살피고 마차가 지나가기를 기다렸다. 그런 다음 머리를 숙이고 거의 넘어질 듯이 비틀거리며 서둘러 길을 건너곤 했다.

높낮이가 같고 단조로운 목소리로 그는 지루하게 역사 이야기를 했는데, 황제의 잔인함을 정당화할 때만 되면 다소 활기를 띠었다. 평소엔 주머니에 손을 깊숙이 집어넣고 이야기를 하다가도 활기를 띠게 될 때는 천천히 왼손을 꺼내 갈고리처럼 굽은 손가락을 어깨 높이로 들어올리고는 이렇게 말했다.

"표트르 대제*는 잔인했습니다. 그러나 시대 상황이 그걸 요구한 겁니다."

그의 무미건조한 설명을 들으며 역사에는 무서운 것이 넘쳐난다는 점을 알게 됐고, 그것이 역사에 대한 흥미를 유발시켰다. 물론 나는 노박의 수업 시간에 뭔가를 대답할 때면 잔인한 사실들을 강조해서 말했다. 그러면 그는 대답을 들은 뒤 내 말을 긍정하며 고개를 끄덕였다.

"그래요, 바로 그거야. 이반 뇌제(雷帝)**는 잔인했어야만 했어. 시대 상황이 그것을 요구했거든. 그래요."

때때로 그는 나를 학생들 앞에 본보기로 치켜세웠다. 그 때문에 나에 대한 학생들의 불쾌감은 더욱 커졌다.

중학교 6학년 때 거리에서 밀리 노박을 만난 적이 있다. 그는 내게 자신의 집에 들르라고 했다.

"내일 저녁, 좀 느지막하게."

---

* 1682~1725년 재위. 강력한 서구화 정책을 실시하여 러시아의 근대화를 촉진. 상트페테르부르크를 건설하여 모스크바에서 수도를 이전.
** 1533~1584년 재위. 혼란한 러시아를 통치하며 러시아 군주정을 강화한 황제. 잔인한 폭군으로도 유명함.

그는 속삭이듯이 덧붙였다.

그는 말이 별로 없는 기품 있는 노파의 집에서 하숙을 하고 있었다. 그 집은 밭 한가운데에 있었다. 그의 방은 어둠침침하고 책으로 가득 차 있었고 중앙에는 커다란 책상이 놓여 있었는데 역시 책이 무더기로 쌓여 있었다. 침대는 벽에 붙여놓았고 한쪽 구석에는 옷장이 있었다. 어둠에 싸인 밭에는 따스한 빗줄기가 부슬부슬 흩날렸고 나뭇잎들은 이상한 소리를 내고 있었다. 조금 메마르게 사각거리는 이 소리는 노박의 방에 절대 필요한 것으로, 언제나 방의 어둠을 채워주고 있는 듯했다. 열린 창문으로 회색 나방들이 날아들어와 책상 위 초록빛 갓이 씌워진 램프 위를 맴돌았다.

초록빛이 반사된 대머리를 숙이고 책상을 살펴보면서 노박은 몸을 구부정하게 구부린 채 미동도 없이 음산한 목소리로 나에게 역사 인문학부를 준비하라고 설득했다.

"마카로프, 자네는 역사에 취미가 있지. 그래서 나는 사적으로 자네와 함께 역사 공부를 하자고 제안하는 바이네. 자네에게 책도 주고 독서 지도도 하겠네. 그렇게 하세."

나는 나를 존중해주는 말투에 흡족해서 그의 제안을 받아들였다. 그는 가죽으로 장정된 빨간 표지의 소책자를 책상에서 가져와서는 손바닥으로 문질러 닦았다.

"이 책은 주의 깊게 읽어야 할 책이지. 아주 조심해서 잘 한번 읽어보게나. 읽은 다음 이 책에 대해 나와 이야기를 나눠보세."

그 책은 『영웅과 영웅숭배. 역사에서 영웅적인 것』이라는 칼라일*의 책이었다. 나는 심각한 책은 그다지 좋아하지 않았고 외국의 번역

모험 소설 정도에 만족해하고 있었다. 그러나 나는 성실하게 이 책을 다 읽었다. 비록 책 내용이 마음에 들었었는지 기억하지는 못하지만 그 책에는 로빈슨 크루소나 쿠퍼, 토머스 메인 리드, 귀스타브 에마르 등의 모험담에 길들여진 나의 문학적 기호를 만족시켜주는 무언가가 들어 있었던 것은 사실이다.

노박이 이 작은 책에 담긴 철학을 내 앞에 펼쳐 보였을 때 나는 큰 충격을 받았다. 차갑고 위압적인 그의 목소리는 크지는 않았지만 그래서 더욱 무게가 실려 있었다. 그에 따르면, 민중은 본질적으로는 몰개성적이고 정신적으로는 원시적이고 단순하다. 그들이 바라는 것은 오직 하나, 즉 삶의 외적 편리함의 증대일 뿐이며 삶의 비밀을 밝히려는 욕망은 전혀 없다. 창조라는 것은 알지도 못하고 적대적이기조차 하다는 것이었다. 심지어 그들은 자신들의 삶의 조악하고 힘든 여건조차 자신의 힘으로 개선할 능력이 없다. 민중은 발명해내고 고안해낼 줄 모르기 때문이다. 창조하고 발명해내고 법칙을 부여하는 것은 항상 한 인간, 한 개체, 개인뿐이다.

"민중은 언제나 개인의 정신적 에너지를 착취하며 살아가는 존재지."

그의 말은 메마르게 울렸고 내 기억 속에 자리잡았다. 갈고리 모양의 손가락이 마치 내 눈을 파내려는 듯 얼굴 앞에서 까닥거렸다. 목젖은 단어의 압력으로 불쾌하게 부풀어올랐다.

"이반 뇌제, 표트르 대제, 독일 혈통의 예카테리나 대제, 푸시킨, 고

---

* 영국의 사상가이자 역사가인 토머스 칼라일(1795~1881).

곧, 도스토옙스키가 없었다면 세계는 러시아를 알지도 느끼지도 못했을 것이다. 역사는 언제나 개인의 성과이며, 영웅들의 창조의 결과지. 단테와 페트라르카가 이탈리아를 창조했고, 밀턴과 흄과 홉스가 영국을 창조한 것이다⋯⋯."

그는 내가 그 이름만 들어봤을 뿐인 사람들의 이름을 읊조렸다. 그러다가 내게 질문을 던졌다.

"라블레, 데카르트, 볼테르가 없었다면 프랑스는 뭐가 되었겠나? 괴테, 피히테, 바그너가 없다면 독일은 또 무엇이겠는가? 그들을 고무시키고 그들에게 그들 자신의 독창적인 면모를 부여해준 시인과 사상가가 없었다면 유럽의 여러 나라는 무엇이었겠는가? 아프리카의 흑인 종족들, 칼므이크, 키르기즈, 바쉬키르인들을 한번 보게나⋯⋯."

그는 책상에 손을 올려놓고 신경질적으로 빠르게 손가락을 놀리면서 한껏 목소리를 낮추었다. 그런 행동은 아무도 모르는 비밀을 나만이 듣고 있다는 확신을 가지게 했고 더더욱 관심을 집중하도록 만들었다. 그의 안경은 내가 그에게서 그나마 친숙하게 느끼는 유일한 것이었는데 그가 안경을 한번 벗어봤으면 하고 바랐던 기억이 난다. 나는 그가 악의적으로 굴거나 심지어 흥분하는 모습도 보지 못했다. 수업 시간의 그는 무미건조하고 따분하게 전혀 감정의 동요가 없었고 지겨워진 일을 습관처럼 해내는 장인 같았다. 그러나 그날 저녁 그는 전혀 다른 사람이었다. 억누른 말 속에 격렬한 분노가 느껴졌고, 자신을 화나게 했던 어떤 기만을 내 앞에 폭로하면서 불만을 터뜨리는 것 같았다. 그는 점점 자신의 말에 취해가고 있었다. 긴 몸뚱이를 불안하게 구부리고 말더듬이처럼 한마디할 때마다 목젖이 이상하고 꺼림칙하게 껄떡거리는 소리를 냈다.

"천재는 민중으로부터 독립적이지."

그는 말을 이었다.

"우리의 가장 위대한 천재 푸시킨은 아랍의 피를 받았다. 주콥스키
는 반은 터키인이고, 레르몬토프는 스코틀랜드인이다. 틀림없는 사실
이지! 알겠나? 천재는 민족을 넘어서서 민족보다 더 높은 곳에 있어.
언제나 그 위에 있지! 어느 나라에서건 다른 피를 가진 지도자를 찾아
볼 수 있지. 누가 민중을 고무시키고 인도하는지는 중요하지 않아. 그
리스도가 유대인이든, 플라톤이 그리스인이든, 노자가 인도인이든 중
국인이든 상관없지. 루소, 톨스토이는 하나의 영혼이고 본질적으로는
동일한 하나의 언어야. 영웅, 지도자는 대중과 거의 아무런 공통점도
갖지 않은 개인이라는 종족인 셈이다……"

나는 그의 말에서 어떤 진실을 느꼈고, 그 진실이 나를 무엇인가에
옭아매고 있다는 느낌을 받았다. 나는 마음이 흔들렸다.

"개인과 사람들은 같은 것이 아니다, 결코 아니지. 개인은 사람들
이 굳게 믿는 현실의 적이다. 바로 그래서 개인은 항상 사람들을 싫어
하는 거지. 역사, 이것은 다수에 대항하는 한 개인의 적대의식이다.
이 적대의식은 민중 속에서는 안정에 대한 애착으로 불타지만 개인에
게서는 위업에 대한 열망으로 불타오르는 것이다. 그래서 역사는 언
제나 잔혹함으로 가득 차 있는 거야. 그래, 바로 그런 거다. 다른 무엇
이 될 수 없는 거야. 바로 그렇지."

나를 배웅하면서 그는 속삭였다.

"사회주의자들을 믿지 마라. 그들의 교리는 위험해. 완전히 거짓말

로 가득 찬 거야. 그것은 개인에 반하는 것이지. 알겠나? 믿지 마라!"

그리고 한참 동안 다시 한번 사회주의자들에 대해 뭔가 겁나는 이야기를 했지만 이미 지친 나는 무슨 말인지 이해할 수 없었다. 내 어깨 위에 놓인 가볍지만 꽉 움켜진 손, 그 손가락의 떨림, 안경 너머 검은 반짝임만 기억날 뿐이다. 이 모든 것은 나에게 불쾌한 기억으로 남아 있다.

물론 나는 그의 사상을 단순화시켜서 이해했다. 틀림없이 더욱 조악하게였겠지만. 당시 나는 열일곱 살이었고 이런 사상은 처음 들어보는 것이었다. 인기척이 사라진 거리를 따라 집으로 돌아오면서 새로운 것으로 인해 나는 기분이 꺼림칙했다. 그날 저녁 전까지 삶은 나에게 더없이 단순한 것이었다. 사실 나는 나 자신에게서 어떤 영웅적인 것도 느껴보지 못했고 무언가를 위해서 누군가와 혹은 무언가와 싸우는 전사의 역할을 꿈꾼 적도 전혀 없었다. 나는 중간 정도의 키에 아직까지 어머니에게 응석을 부리고 싶은 너무나도 평범한 소년에 지나지 않았다. 어머니는 나의 건강에 대해 걱정을 많이 했고, 그런 걱정이 내게도 전염되어 나는 병에 대해 거의 병적일 정도로 예민했다.

나는 소파에 누워 책 읽는 것을 좋아했다. 영웅들의 솜씨와 용기에 탄복하면서 범죄자들과 나는 다르다고 느끼고, 또 불행한 사람을 동정하다가 그들이 교묘하게 짜인 시련을 이겨내고 드디어 운명이 그들에게 미소를 지어줄 때 기뻐하곤 했던 게 나의 일상이었다. 이런 나에게 삶의 불안과 위험을 즐기는 사람들, 가까운 사람들의 행복을 걱정하는 걸 좋아하는 사람들이 실제로 존재한다는 것을 알게 된 것은 흥미로운 일이었다. 그러나 이러한 사람들이 나에게는 필요하지 않았다.

노박과 칼라일 역시 나에게는 전혀 필요 없는 사람들이었다. 침대에 누워서 나는 침울한 마음으로 생각해보았다. 영웅과 민중들이 도대체 나와 무슨 관계가 있는가? 나는 그들과 만나지 않고 살아갈 수 있을 것이라 확신했다. 사실 이 도시에, 내 주변에 살고 있는 수만의 사람들은 칼라일의 철학을 알지 못했고 필요로 하지도 않는다. 그들에겐 노박을 그렇게 바보같이 흥분시켰던 영웅과 영도자들과 사회주의 따위의 그 모든 것은 아무 필요가 없었다.

나는 사회주의자들에 대한 그의 위험한 말을 기억하는 것이 조금 우습기까지 했다. 나는 중등학교 고학년 학생들 중에는 자신을 사회주의자라고 여기는 조금 오만하고 불손한 애들이 있다는 것을 알고 있었다. 특히 마음에 들지 않았던 것은 아주 건방지고 뻔뻔스러운, 지방 귀족단장의 아들 볼로토프가 그 우두머리 노릇을 한다는 점이었다. 그는 학교의 영웅이었다. 술에 취해선가 강에 빠진 어떤 아주머니를 구해낸 적이 있었던 것이다. 그래선지 그는 다리를 크게 벌리고 해군처럼 걸어다니면서 휘파람을 불어대거나 이빨 사이로 침을 뱉어대곤 했다.

나의 학년에도 영웅은 있었다. 루도메토프라는 예심판사의 아들이었는데, 미남이고 힘이 셌으며 술도 잘 마셨다. 그의 방탕함은 학생들 사이에서 하나의 전설이었다. 학생들은 그를 두려워하면서도 선망했다. 그는 자신이 특별하다고 여기며 눈을 가늘게 뜨고 경멸적으로 아이들을 바라보곤 했다. 그리고 선생님께 대답할 때는 정말 특이한 말을 중얼대곤 했다. 그러면 학생들뿐만 아니라 때로는 선생님들까지 깔깔거리며 웃음을 터뜨렸다. 하지만 노박만은 웃는 법이 없이 나직하게 그에게 말하곤 했다.

"그래, 그건 사람들을 웃기려고 네가 꾸며낸 말이지. 네게 2점*을 주겠다."

나는 선생님께 구애받지 않는 루도메토프의 태도가 마음에 들었다. 그리고 독특한 말을 할 수 있는 능력이 부러웠다. 그의 특이한 말들은 내 기억에 착 달라붙었다.

어느 날 주다노프 시간이었다.

"저는 곡선을 더 좋아합니다. 곡선은 살아 있고 자율적인 운동능력을 가진 것 같습니다. 반면에 직선은 절망적으로 죽어버린 것이지요."

그의 이 말에 역시 모두들 깔깔거리며 웃었다.

"학생은 머리가 좋군. 하지만 자네는 저주받은 게으름뱅이야. 그건 죄악이지!"

노박의 말을 생각하면서 나는 학교의 모든 '영웅들'을 떠올렸고, 그들을 미래의 역사 창조자로 상상해보았다. 그리고 노박에게서 벗어나기로 결심했다. 이를 위해 나는 단순한 방법을 선택했다. 즉 역사 공부를 그만두는 것이었다. 처음에 그는 내 생각을 알아차리지 못한 듯했지만 좀 지나자 이렇게 말했다.

"그 생각은 아주 좋지 않아."

곧 그는 나를 다시 불렀고, 의사들이 아픈 어린아이에게 말하듯 왜 공부를 하지 않으려 하느냐고 물었다. 내가 어떤 거짓말을 했는지 기억하지 못하지만 다만 어떻게 해서든 노박을 화나게 만들고 싶었던

---

* 당시 러시아 5점 만점의 평가 기준에서 2점은 낙제점.

것만은 기억하고 있다. 하지만 나는 성공하지 못했다. 그는 내 어깨를 잡은 뒤 다시 자신들의 지도자와 영웅에 맞선 민중의 싸움 같은 이야기를 했다.

"언제나 영웅이 승리하지. 비록 육체적으로는 패배하는 것처럼 보일지 몰라도."

그는 나를 고무시키긴 했지만 그가 만일 내 앞에서 안경을 벗는다면 미친 사람의 눈동자가 번득일 거라는 생각이 들었다.

나는 그가 좋은 사람이 아니라는 확신을 갖고 그에게서 멀어졌다. 어떻게 그를 피할 수 있었을까?

외삼촌의 갑작스러운 발병과 때이른 죽음이 나를 도와주었다. 그는 성수를 받기 위해 교회 행진을 하다 목감기에 걸려 후두염을 앓았다. 그러다가 알 수 없는 어떤 멍청이 같은 연쇄상구균이 뇌에 침입하여 이틀 만에 죽고 말았다. 그 아름답고 건강하던 사람이. 외삼촌의 얼굴은 일그러져 있었고 푸르스름했으며 수염은 헝클어져 있었고, 베개에 흩어져내린 머리카락들은 심한 공포로 곤두선 것처럼 보였다. 그 누구도 당시 내가 느꼈던 것처럼 죽음의 끔찍한 불합리함과 생명의 연약함을 느껴보지 못했을 거라고 생각한다.

성직자의 죽음을 알리는 종소리는 또 얼마나 침울하게 울렸었던가!

외삼촌의 죽음은 내 마음을 짓눌렀다.

나는 외삼촌을 사랑했다. 건강하고 쾌활하고 희망에 차 있던 그는 세상 모든 일은 다 잘 될 거라는 안온한 확신을 가지고 있었다. '오' 하고 웃으며 그는 말하곤 했다.

"웃음을 사랑하는 사람이 잘 살 수 있는 거야."

이제는 더이상 그에게 물어볼 수가 없다. 연쇄상구균은 도대체 왜 생기는지, 그리고 그런 균들도 웃는 것을 좋아하는지…… 그리고 첼로의 베이스 현이 내는 것 같은 바리톤 목소리로, '이 도련님아, 이걸 명심해라. 질문이 많으면 많을수록 그 질문들은 점점 더 바보스러워지는 거란다'라는 대답도 더이상 들을 수가 없다.

그는 교회 주교와 철학가들에게 자신의 익살스러운 견해를 덧붙이거나 어떤 사람의 생각을 다른 사람의 것으로 돌려버리거나 하면서 그들을 비방하는 걸 즐기곤 했다. 사람들이 그의 오류와 왜곡을 지적하면 그는 이렇게 반문하며 웃었다.

"그래서 누가 괴로운 사람 있나요? 플라톤을 회의주의자라고 한다고 해서 이 세상의 불쾌지수가 조금이라도 높아지기라도 하느냐 이 말입니다."

종종 이렇게 말하기도 했다.

"나는 신을 믿어요. 왜냐하면 그것은 무의미하니까."

그렇다면 '그것은' 쓸데없는 잉여의 것이라는 말이냐고 사람들이 지적하면 그는 이렇게 반박했다.

"결코 그렇지 않지요. 왜냐하면 '그것은' 믿음 그 자체와 관련 있기 때문이죠."

그는 장엄하게 무덤으로 옮겨졌고 쇠처럼 단단한 흙 속에 묻혔다. 나는 눈이 무덤을 덮을 때까지 그 앞에 서 있었다. 그날은 눈이 엄청 퍼부었다. 내 몸에서 마치 뼈가 빠져나가는 것 같은 느낌이었다. 나는 이내 쇠약해졌고 학교를 그만두었다. 우울함이 나를 숨 막히게 했다.

노박은 곧 페테르부르크로 불려갔다. 정부로부터 어떤 일을 제안받

왔던 것이다. 그를 배웅하면서 나는 놀랍게도 이 사람이 떠난다는 게 이 사람과의 친분이 불쾌했던 것 못지않게 불쾌하다는 것을 느꼈다. 아마도 외삼촌의 죽음으로 나의 고독감이 너무 예민해져 있었기 때문일 것이다. 내게는 누군가 사람이 필요했다.

물론 학교 친구들이 있었다. 하지만 그들은 보드카나 마시고 여학생들의 꽁무니를 쫓아다녔으며 사창가를 드나들기도 했다. 나는 보드카를 좋아하지 않았고 병에 걸릴까봐 겁이 나기도 해서 그들과 어울릴 수 없었다. 남자로서의 나의 욕구는 세탁부인 두냐가 기꺼이 만족시켜주고 있었다. 서른 살가량 된 그녀는 부끄럼이 없고 영악했으며 돈에 욕심이 많았다. 나는 여자애들 앞에서 내성적이었고 소심해서 그들과 말을 할 줄도 몰랐고 할 말도 별로 없었다. 대부분의 여자애들은 내가 좋아하는 책을 읽지 않았던 것이다. 내가 뒤마의 소설이 마음에 든다고 이야기했을 때 그들은 경멸하듯 모욕적으로 비웃었을 뿐이다.

어머니는 맛있는 음식을 먹는 것을 좋아했고 그것이 그녀 삶의 중요한 관심거리였다. 어머니는 주변에 있는 미식가들을 모아서 대접하는 걸 즐겼고 그들도 돌아가며 어머니를 대접했다.

아름답고 다혈질이며 푸른 눈이 다정스러웠던 어머니의 몸짓은 느릿느릿했고 말도 천천히 했는데, 그런 점이 오히려 어머니를 돋보이게 했고 남자들의 마음을 사로잡았다.

내가 칠학년이었을 때 어머니는 막 학업을 마친 활달한 청년 의사와 로맨스를 벌이고 있었다. 어머니는 '정치'를 두려워해서 내가 대학에 들어가는 것을 반대했다. 내가 대학에 들어가면 바로 학생 소요에 연루되어 감옥이나 유형에 처해져서 죽어버릴 거라고 확신했던 것이다. 어머니는 내게 학교를 휴학하고 일 년 쉬라고 설득했다. 비록 이 한 해 동안 어머니가 나를 결혼시키려 할지 모른다는 생각이 들었지만 나는 동의했다. 실제로 어머니는 나를 결혼시키려고 했다. 하지만 헛수고였다. 나는 결혼에 대해 부정적이었다. 내가 겪은 약간의 성생활 경험은 결혼에 대해 아주 바람직하지 못한 생각을 가지게 만들었고, 소위 생리학적 회의주의에 상당 정도 젖어들게 했던 것이다. 한순간의 쾌락을 얻기 위해 오랜 세월에 걸쳐 매일매일 여러 가지 불편함과 불안정을 참아내야 할 가치가 있는가? 그 순간을 위해서 성이 다르고 심리가 다르며, 게다가 무슨 이유에선지 당신은 무엇을 생각하느냐, 무엇을 어떻게 느끼냐고 물어볼 수 있는 권력을 가졌다고 확신하는 사람을 곁에 둘 만한 이유가 있는가? 만일 부엌에서 매일매일 다른 맛으로 요리되는 수프처럼 아내도 그럴 수 있다면……

책을 통해서 나는 여자들이 강하고 아름다운 남자 '영웅'을 찾고 사랑한다는 것을 알았다. 내가 겪은 삶의 경험도 바로 이러한 생각에 확신을 주었다. '사랑'에 대해 내가 읽은 모든 것은 다 꾸며낸 것, 그것도 다소간 실패한 창작물로 느껴졌다. 그것은 사람들을 개나 산양처럼 뻔뻔스럽게 만드는 거칠고 더러운 관계들을 덮어주는 무화과 나뭇잎 같은 것이다. 여자들에게서, 그리고 처녀들에게서조차 나는 언제나 어떤 거짓되고 연극적인 요소를 느낄 수 있었다. 나는 여자들이 남자들의 환심을 사려는 기생충적인 욕망을 가지고 있다고 주저없이 말하겠다. 내가 생각하기에 여자들이 거울을 그렇게 자주 들여다보는 것은 그들의 유혹의 무기가 제대로 잘 있는지를 확인하려는 것이 아니라, 자기 존재의 실제성을 (나보다도 더) 확신하지 못하기 때문이다.

어쩌면 이런 생각들은 스무 살 때가 아니라 훨씬 더 나중에, 생겨난 것인지 모른다. 하지만 그 당시 나는 내가 남편과 아버지가 되리라는 걸 생각조차 할 수 없었고 결혼이란 한 사람에게서 독립성을 빼앗고 안정을 파괴해버리는 그런 행위라고 굳게 생각했다.

일 년 후에 나는 의학부로 진학했고 이학년이 됐을 때 어머니의 예언이 적중했다. 나는 자동적으로 데모에 휩쓸려 들어갔고 경찰에 의해 일군의 학생들과 함께 모스크바 승마장에 몰아넣어졌다가 고향으로 쫓겨났다.* 히스테리 발작을 할 만큼 놀란 어머니는 나를 모스크바에 보낼 수 없다, 만일 내가 말을 듣지 않는다면 그것은 자신을 죽이는 일이라고 단호하게 선언했다. 나는 어머니의 말에 저항하지 않았다. 대학은 소요와 정치로 계파 간의 반목이 심했고 이것이 내 마음을 대학에서 멀어지게 만들었다. 이 격렬한 소동 속에서 학자들이 탄생하고 국가의 저력이 생겨난다고 생각하니 참으로 이상한 일이 아닐 수 없었다.

의학은 나에게 맞는 학문이 아니었다. 악취 나는 시체를 헤적이는 것은 역겨웠고, 쾌활한 젊은이가 이빨에 담배를 물고 무딘 칼로 시체에서 심장을 잘라내는데 그 시체가 바로 나라는 상상이 들어 끔찍하기만 했다. 불과 이삼 일 전만 해도 살아 있었고, 미래의 의사인 학생들처럼 세상 물정 몰랐을 이 시체들 못지않게 나를 두렵게 만들었던 것은 담배를 물고 연기 때문에 눈을 가늘게 찡그린 학생들이었다. 표본을 만들면서 그들은 농담을 하며 웃어대곤 했는데 내게는 그들이

---

* 1901년 2월 모스크바 대학생들의 시위를 의미.

생명의 비밀에 대해, 흉측하게 잘라져 너덜너덜해진 고깃덩어리인 심장에서 어디론가 미끄러져 달아난 영혼에 대해서는 서로 애써 태연한 척 외면하는 것처럼 보였다. 물론 나는 그들 가운데 몇 명은 진심으로 인간의 생체 조직을 연구하려는 열망을 가지고 있다는 것을 알고 있었다. 하지만 이 조직을 움직이게 하고 느끼고 생각하도록 자극하는 신비로운 힘에 대한 관심은 전혀 없다는 것이 도저히 이해되지 않았다.

그들의 책상 위에 변덕스럽고 명랑했던 클라우디야 이바노바의 시신이 놓인 적이 있었다. 이틀 전 염산에 꿀을 타서 마시고 자살했던 아가씨다. 눈은 부릅뜨고 있었고 눈썹은 한쪽이 다른 쪽보다 높이 치켜올라가 있었으며, 눈꺼풀은 공포와 아픔으로 부은 눈 때문에 팽팽해져 있었다. 입술은 무언가를 외치듯이 찢겨 있었는데 내게는 그 외침이 들리는 것만 같았다. 외침은 점점 커졌고 대기 속에 독한 냄새로 퍼져나가는 것 같았다. 나는 모든 혈관을 끊어놓는 듯한 구역질과 현기증을 일으키고 말았다.

나의 고향 친구였던 루도메토프는 녹색으로 변한 시체의 배를 가르면서 평소처럼, 아니 평소보다 더 태연하게 중얼거렸다.

"매춘은 히스테리에 빠진 여자들 직업이지……"

나는 루도메토프와 뒷짐을 지고 책상 옆에 서 있던 또 한 명의 학생이 이 여자와 아는 사이라는 걸 알고 있었다. 틀림없이 두 사람은 지금 루도메토프가 그렇게 무심하게 가르고 있는 몸을 이용해 먹었을 것이다. 나는 그나 혹은 다른 누군가가 죽은 처녀에 대하여 인간적인 동정을 담아 조용히 한마디라도 해줄 거라고는 기대하지 않았다. 그런 말은 물론 아무 소용 없겠지만 그래도 인생을 좀 부드럽게 해줄 수는 있을 것이다. 나는 이들에게 아무것도 기대하지 않았고 기대하고 싶지도 않았다. 나는 내가 그들 사이에 존재한다는 사실을 더이상 견딜 수가 없었다. 나는 나와버렸고 내 등에 대고 루도메토프가 조롱 섞인 한마디를 던졌다.

"머리가 나쁘구나, 아니면 좋은 코를 가졌거나."

대개 사람들은 나를 조롱하듯 대했고 나도 '사교성 좋은' 사람은 아니었다. 그러나 루도메토프는 오만불손하고 거칠었으며 달변가였다. 그는 '정치파'에 적대적인 '아카데미파' 학생들 가운데 돋보이는 인물이었다. 어떤 사람들은 그를 두려워했고 또 어떤 사람들은 그를 미워했으며 또다른 사람들은 개가 주인을 따르듯 그를 사랑했다.

그렇게 나는 주저없이 대학을 떠났다. 그리고 몇 달 뒤 어머니의 애인이었던 의사가 나를 현 지사의 사무실에 취직시켜주었다. 그 의사의 형이 특별 촉탁 관리였던 것이다. 나는 이 년여 동안 별일 없이 사무실에 앉아 있었는데 그러다가 일본과의 전쟁, 혁명과 같은 격동의 시절을 맞이했다.

현 지사는 심사가 틀어진 표정에 교만한 입술을 가진 병든 노인이었다. 노심초사 그의 관심은 오로지 어디서 브라우닝 권총을 막을 수 있는 방탄조끼를 구할 수 없을까 하는 것이었다. 내 직속상관인 의사의 형은 서른다섯 살쯤 된 대머리였고 잔뜩 풀을 먹인 옷에 반들반들하게 윤을 낸 구두를 신고 다녔다. 그는 필사적으로 카드에 매달렸고 광장 콤플렉스에 시달렸으며 도자기를 수집하고 있었다. 나의 공무원 동료들은 모두 반쯤은 짐승이었고 반쯤은 귀신 같은 사람들이었다.

그들 가운데 오직 한 명, 의지할 친척 하나 없고 몸이 잽싼 새카만

드로즈도프라는 팔삭둥이만이 귀찮을 정도로 생생하게 돌아다녀서 단연 눈에 띄었다. 그는 이 도시에서 일어나는 모든 것을 알고 있었고, 매일매일 어둠침침하고 담배 연기 가득한 사무실로 소름 돋게 불안한 소식들을 날라왔다. 내 자리는 짙은 보리수 나뭇잎 그늘이 진 창가에 있었는데 그는 내 맞은편에 앉아 있었다. 맑고 바람이 부는 날에 거무스름하고 뾰족한 그의 얼굴에 나뭇잎 그림자들이 어른거리면 뭔가 끔찍하고 사악한 짓을 꾸며내면서 소리 없이 웃음을 짓는 것처럼 보였다.

내게는 사람의 손을 살펴보는 습관이 있었다. 손가락이 가느다란 그의 까무잡잡한 손과 좁은 손톱의 날카로움은 맹금류의 발톱을 떠올리게 했다. 그는 항상 손가락으로 책상을 두드리거나 마치 매듭을 묶었다 풀었다 하듯이 손가락을 꼼지락거렸다.

동물 같은 감각으로 그는 나를 재빨리 파악해냈다. 그는 독기 오른 가을 파리처럼 쉬지 않고 앵앵거리면서 전선에서 돌아온 군인들의 거친 폭동에 대해, 농민들의 반란에 대해, 도시의 분위기에 대해, 온 세상이 공포에 젖어가고 있다는 듯이 떠들어댔다. 정작 자신은 무서워하지 않으면서 나를 겁주며 즐기는 것이 분명했다.

"시작되었—쓰!"

그는 기분 나쁘고 신경 거슬리게 혓바닥을 다시는 '쓰' 소리를 내며 나지막하게 말하곤 했다.

"뭐가 시작됐는데?"

그러면 조용히 휘파람 소리를 내며 대답은 하지 않고 서류 더미에 코를 박았다. 그는 서류를 차례대로 넘기면서 힐끗힐끗 서류를 살펴보았다. 이 팔삭둥이 인간은 삶의 소란을 즐기고 있는 것이 분명했다. 본질적으로 화재나 살인, 거리의 불행을 구경하기 좋아하는, 그러나 남에게 별달리 해를 입히지는 않는 구경꾼 같은 사람들이 있는데, 그는 그런 사람은 아니었다. 또 드라마든 코미디든 그저 뭐든 좋아하는 극장의 대중석에 앉은 관객 같은 사람도 아니었다. 내가 보기에 그는 삶의 소란에 즐거워하며 그 스스로 극적인 사건이 전개되도록 힘을 보탤 수 있고 그것을 만들어낼 준비가 되어 있는 것 같았다. 그를 보고 있노라면 내 삶을 부숴버리는 불행이 찾아올 것 같다는 예감이 들었다.

어느 날 나는 작은 지방 도시로 출장을 가게 됐다. 그 도시는 산 속에 있는 많은 밭들에 둘러싸여 있었고 산 아래쪽에는 강이 흘렀다. 나는 지역 경찰서장 집에 머물게 됐는데 그는 농민들 때문에 놀란 말에서 떨어져 불구가 된 사람이었다. 나는 이 집 창문으로 농민들이 지주들 가옥에 불을 지르는 것을 볼 수 있었다.

저녁 무렵부터 이미 강과 숲 너머 멀리 남동쪽의 먹구름이 태양이 떠오를 때처럼 붉어지고, 초원에 어둠이 짙게 드리워졌을 때 숲 위로 빨간 불꽃이 톱니처럼 솟아올랐다. 잠시 뒤에는 그보다 왼쪽, 도시에 좀더 가까운 쪽에서 불그스름한 빛이 피어올랐고, 바로 그때 나는 이상한 울림소리와 삐걱거리는 바퀴 소리, 개 짖는 소리를 들었다. 강변에 건초 더미 하나가 타올랐고 또 하나, 그리고 또 하나가 연이어 타올랐다. 이 세 개의 모닥불이 길을 환하게 비추면서 마차 행렬과 시커먼 사람들 무리가 개미떼같이 걸어가는 모습이 드러났다. 어둠 속에서 공장의 긴 굴뚝이 쑥 솟아나왔고 덥수룩한 땅 위에 벽돌 건물이 모습을 드러냈다. 커다란 버섯 머리를 닮은 회색의 긴 창고에 불이 붙어 하얀 집의 기둥과 테라스가 불빛에 반사되었다. 강물도 보였는데 강물이 빨갛게 끓고 있는 것 같았다. 이 모든 것이 마치 꿈속의 일인 것만 같았다.

창문으로 보이는 검은 형상들이 정신을 번쩍 들게 했다.

"똑같이들 행동하고 있어."

그들 가운데 하나가 말했다.

이 말을 듣고 나는 더욱 주의 깊게 그 광경을 바라보았는데 내가 본 모든 것은 내 영혼에 끔찍함으로 가득 차오르기 시작했다. 이때 머릿속에 역겨운 말이 떠올랐다.

'시작되었―쓰!'

사람들의 어두운 물결이 하얀 집의 테라스를 덮었다. 깨진 유리 조각들이 밟히는 소리, 창틀 격자가 뜯기는 소리, 울부짖는 비명 소리, 알아들을 수 없는 말소리가 또렷이 들려왔다. 붉은 강물 위로 배들이 나타났고 빠르게 곡선을 그리며 미끄러져갔다. 배 옆의 노가 딱정벌레 다리처럼 어른거렸다. 나는 도시 사람들이 약탈하러 가는 것이라고 추측했다.

밤새도록 나는 창가에 서거나 앉아서 개미떼같이 움직이는 사람들의 모습을 지켜보았다. 불빛에 잘 드러난 그들은 여기저기서 네모난 물건들과 커다란 꾸러미들을 끌어냈고 아마도 싸움이 벌어졌는지 서로 밀쳐대기도 했다. 지금도 기억나는 것은 두 사람이 어떤 흰 덩어리에 동시에 달라붙었는데 그것이 갑자기 터지면서 깃털 같은 눈이 온통 그들을 뒤덮던 광경이다. 불빛에 비쳐 이상하게 빨갛게 보이는 말한 마리가 강변을 달려갔다.

가는 빗줄기가 계속해서 뿌리고 있었음에도 불구하고 불길은 붉은 빗자루처럼 빠르게 땅 위의 건축물들을 쓸어가고 있었고, 연기에 싸인 어둠은 점점 더 짙어져갔다. 불꽃은 어둠을 달구고 잡아채고 하면서 점점 더 넓게 뻗어갔지만 어둠은 더욱 짙어지면서 사람들과 말들의 형상을 불그죽죽하고 검은 형상으로 만들어버렸다. 그리고 이 환영들은 일이 분여 떨리다가 다시 사라지고 어둠 속에 숨어버렸다. 나는 어린 시절의 어둠에 대한 공포를 떠올렸다. 그런데 지금은 어둠이 더욱 짙어지고 강해져서 저 불길과 불을 낸 사람들을 어둠 속에 가두고 영원히 사라져버리게 해주기를 바라고 있었다. 아침 무렵 빗줄기가 굵어졌을 때 나는 불길이 땅에 간신히 붙어서 사그라지며 자취를 감추는 것을 기쁜 마음으로 지켜보았다. 그리고 검은 사람들과 말들도 사라지고 있었다.

정오에 시내 광장에서는 양식 있는 사람들의 집회가 열렸다. 그들은 폭동의 동조자로 보이는 두세 명을 처형했고 성상화와 교회 깃발을 들고 도시를 돌았다. 하지만 저녁 무렵 내가 떠날 때에는 시내는 인적이 없이 텅 비었고 밤을 맞이하며 공포로 얼어붙었다.

내 마음은 폐허가 된 것 같았고 아무 생각도 할 수 없었다. 불을 지르고 자신들의 노동의 결실을 파괴했던 사람들의 검은 무리가 눈앞에 맴돌았다. 나의 이성은 바위에 부딪히듯이 이 명백히 광기어린 현실에 맞부딪혔다. 내 영혼은 격렬한 아픔으로 가득 찼고 사람들에 대한 공포로 휩싸였다.

돌아가는 길에 나는 보병대를 만났는데, 불그스름한 수염에 다리가 늘씬한 육군 중위가 말을 타고 선두에 있었다. 병사들은 씩씩하게 진창을 행진하며 〈갈가마귀〉라는 멍청한 군가*를 불러댔다. 내 말을 듣고 이미 늦었다는 것을 안 육군 중위는 오히려 기뻐했는데, 부끄러워하기는커녕 즐거워하는 그를 보고 나는 큰 충격을 받았다. 도시로 돌아와서 나는 헌법 옹호파** 사람들이 지방에서 일어난 사건에 대해 걱정스럽게 물어보면서도 기쁨에 찬 눈빛을 숨기지 못하는 것을 보았다. 내게 그들의 근심은 진정한 것으로 보이지 않았고 불안해하는 것도 거짓으로 보였다. 우리 사무실에서조차 일종의 새로운, 경박한 농담조의 불쾌한 분위기가 형성되었다. 드로즈도프는 의자에 앉아 뭉개면서 잘됐다는 듯이 악의적인 미소를 지었는데, 훨씬 더 날카로워지고 훨씬 더 초조해하는 모습이었다.

나는 경비대장 베르 대령에게 드로즈도프에 대해 얘기해야겠다고 생각했다. 곧 드로즈도프에 대한 감시가 시작되었고 수색이 진행되었다. 나의 직감은 정확했다. 드로즈도프가 혁명 조직 가운데 하나와 연관되어 있다는 사실이 밝혀지고, 그들 모두 체포당했다. 나는 체포된 사람들 가운데 외삼촌에게 배웠던 부사제가 가장 위험한 사람이라는 것을 알고는 매우 놀랐다.

나는 모두 알고 있는 사건에 대해, 정부의 치욕적인 약점에 대해, 폭동의 불씨를 댕겼던 정부의 실수에 대해 말하고 싶지는 않다. 그런 말을 하는 것은 힘들고 지루하다.

---

* 갈가마귀와 그것을 잡는 매에 대한 군가로서 여러 가지로 변형되어 불림.
** 지방의회에서 활동한 부르주아 지식인. 상공업자들로서 전제주의와 지주제를 유지시키고 가능한 수준의 부르주아적 개혁을 시도했던 사람들.

내 눈으로 직접 본 광경은 혐오스러웠다. 나는 우리 집 옆으로 성냥 공장과 비누 공장 노동자들이 붉은 깃발을 들고 지나가는 것을 보았다. 더럽고 야만적인 무리였다. 그들은 끓는 물을 쏟아부을지도 모른다는 듯이 겁먹은 눈길로 건물 창문들을 올려다보며 지나갔다. 바보같이 졸졸 따라가는 무리의 선두에는 절름발이 늙은이 바람진이 있었다. 그는 '거주지 제한'이라는 유형을 받고 있는 자로, 급진적인 신문의 통신원이었다. 약제사 골드베르크도 깃발을 흔들고 있었다. 그리스도 시대 이래로 유대인이 없었다면 불행은 없었을 텐데…… 군중을 범죄의 길로 몰아가면서 그 양 옆에는 낯모르는 젊은 사람들이 마치 양떼를 모는 개들처럼 뛰어다녔다.

그 광경은 마치 지방 도시 강 너머로 보이던 개미떼와 같은 행진과 비슷했다. 다만 다른 점이 있다면 이곳 사람들의 모습이 더 크고 무서웠다. 붉은 깃발과 헝클어진 머리, 누더기들이 바람에 성난 듯이 펄럭거렸다. 사람들은 무질서하게 지나갔다. 어떤 사람은 너무 빨리, 어떤 사람은 조심스럽게 천천히 걸어갔다. 나에게는 그들 모두가 똑같이 공포를 느끼고 있는 것처럼 보였다. 어서 빨리 위험한 순간에 맞닥뜨리기를 바라면서, 혹은 어떻게 하면 그걸 피해갈 수 있을까 생각하면서……

솔직히 말해 군중은 두렵지 않았지만 무리를 이끌고 있는 광기어린 사람들은 무서웠다. 그리고 그 순간 저 광기어린 사람들이 눈먼 군중을 이끌고 러시아의 전 도시를 휩쓸며 이미 흔들리고 있는 정부를 무너뜨려버릴지도 모른다는 생각이 들었다. 그러자 가슴 저 밑바닥에서 어린 시절 내게 미칠 듯한 두려움을 불러일으켰던 사납게 울부짖는 겨울바람 소리가 들려왔다.

도시의 두마* 앞 광장에서 한 청소업체 노동자가 몽둥이로 바람진 노인을 때려 죽였다. 그리고 짐마차꾼들이 골드베르크를 짓이겼지만 군중들은 흩어져 도망쳤다. 그러나 다음날 다시 붉은 기를 든 사람과 황제의 초상화를 든 사람들이 거리를 돌아다녔다. 폭탄이 터지고 그 폭발로 기마 경찰의 다리가 날아갔고 몇 사람이 더 부상을 입었으며 한 유대인 중학생이 죽었다. 광기어린 날들에 일어날 법한 모든 일이 일어나고 있었다. 나는 피곤하고 고통스러워 거리에 나갈 수 없었다.

나는 어쩔 수 없이 노박 선생의 말을 떠올렸고 그가 정말로 위대하고 중요한 진리를 말해주었다는 것을 깨달았다.

'역사는 한 개인의 일이고 영웅들의 창조의 결과다.'

필시 그러했다. 개인이 사람들을 지도한다. 노동자 군중을 이끈 것은 절름발이에 보잘것없는 노인 아니었던가. 그러나 이 영웅이 하잘 것없다는 것은 군중이 하잘것없다는 것으로 설명되었다. 그리고 영웅주의에 젖은 사람은 사람들을 죽음으로 인도하면서 그 누구보다 맨 앞에서 나아간다는 것을 부정할 수 없었다.

나는 오랫동안 이 점에 대해 잘 생각해보았다. 그 결과 나는 영웅이 되지 않고 영웅 주변에서 나의 삶을 숨기고 성실하게 봉사할 수 있는 길을 모색하는 것이 옳다고 생각했다. 그러나 영웅은 누구이며 어디에 있단 말인가?

나는 베르 대령이 그런 영웅일 수 있다고 생각했다. 국가 질서를 수

---

* 20세기 초 러시아의 의회.

호하기 위한 그의 비밀스럽고 위험한 활동은 소년 시절 범죄소설을 읽으면서 키워왔던 내 취향에 들어맞았다. 대령은 외모도 매력적이었다. 키가 크고 힘이 셌으며 얼굴도 대단히 기품이 있었다. 회색 눈에는 온화한 미소가 어려 있었고 관대한 어조로 말했으며, 농담 속에는 용맹한 사람들이 으레 보여주는 냉소가 묻어났다. 사람들은 그가 노동자처럼 분장을 하고 직접 혁명가들의 집회를 찾아가기도 한다고 말했다. 혹은 혁명가들 중에 그의 애인이 있다고 말하기도 했다.

나는 그에게 일을 돕고 싶다고 말했다. 베르는 오랫동안 내가 살아온 이력과 알고 지내는 사람들에 대해 물어보았지만 나의 대답은 그를 만족시키지 못했다. 내 기분이 어떤지에 대해서는 개의치 않았으며, 그는 내가 비록 공무원 사회에서 괜찮은 지위를 가지고 있기는 하지만 지나치게 겸손하고 소심하며 융통성이 부족하다고 말했다.

"자네는 혁명가들에게 파고들기 힘들 거야. 자네 성격은 너무나 솔직하니까. 설사 그들에게 침투한다고 해도 그들 사이에서 오래 버티지 못할 거야. 한두 번 만에 붙잡히고 말걸."

그의 말은 무슨 기능공 같은 어투였고 좀 지루한 데가 있었다. 그는 사냥꾼이 짐승에 대해 말을 하듯 이야기했다.

"혁명가들은 아주 능란한 놈들이지, 정말이야. 아주 영리한 놈들이라고!"

담배를 피우며 생각에 잠겨 있다가 그는 이렇게 제안했다.

"주변에 자네가 알고 지내는 사람들이 무슨 생각을 하고 있는지 그걸 내게 알려주게. 그러면 돼."

나를 배웅하면서 그는 갑자기 지친 듯한 말투로 말했다.

"사실 말하자면, 이보게, 이 모든 것은 잘못된 거지. 문제는 아주 간단해. 사람들이 지금 강도짓을 해서 우릴 벌거벗기려 한다고 해보세. 하지만 우리는 양복을 뺏기더라도 셔츠는 입고 싶어해. 만일 우리가 살아왔던 대로 그렇게 살기를 원한다면 기적을 만들어낼 수 있는 단호한 사람이 필요하지. 아주 잔인한 기적일지라도 말이야! 그게 바로 문제의 핵심이지!"

나는 그가 내게 필요한 사람이 아니라는 것을 깨달았다. 돌아와서 곧바로 나는 노박에게 내 기분과 희망에 대해 편지를 써 보냈다. 자유주의 신문의 지면을 통해 나는 노박이 군주제 지지자들 사이에서 두드러진 역할을 하고 있다는 걸 알고 있었다. 나는 그에게서 좋은 충고를 받을 수 있으리라고 확신했다. 곧 나는 세 단어로 된 전보를 받았다.

'조속히 출발 기다림'

그리하여 나는 다시 이 사람과 만났다. 그를 보지 못한 지 오 년이나 되었지만 그는 그동안 변한 것이 없었다. 어린애처럼 작은 얼굴의 삼 분의 일을 덮고 있는 검은 안경이며 허술하게 매어져 있는 넥타이, 그동안 한 번도 벗지 않은 듯한 외투에다 바지며 모든 것이 여전했다. 대신 아주 많이 야위고 얼굴에는 기미가 생겼으며 거의 눈에 띄지 않을 정도로 드문 머리칼들은 이미 잿빛이 되어 있었다. 그의 방도 고향의 어둠컴컴한 방과 다르지 않았다. 방은 여전히 어두웠고 책으로 가득 차 있었으며 한가운데 책상이 놓여 있었다. 다만 창문으로 밭이 보이는 것이 아니라 다른 건물 안마당으로 통하는 아치형 통로가 있는 석벽이 가깝게 내다보였다. 석벽의 아치 위에 있는 창에는 더러운 유리들이 달려 있었다. 아주 음침하고 불쾌한 느낌이었다.

대도시의 혼잡한 소음에 귀가 먹먹해지고 안개에 눈이 침침해진 나는 책상에 앉아서 익숙한 그의 나지막한 목소리를 들으며 휴식을 취하고 있었다. 오후 세 시였지만 책상 위 책 더미 사이에 벌써 램프가 켜져 있었다. 노박은 주머니에 손을 넣고 낡아빠진 실내화를 끌며 왔다 갔다 하다가 내게 물었다.

"뭘 원하나? 자네가 지키고 싶은 게 뭐지?"

무심코 나는 나 자신도 그간 몰랐던 정확한 대답을 찾아냈다.

"저는 저에게 적대적인 모든 사람에게서 저 자신을 지키고 싶어요."

"그렇군."

그는 내 앞에 멈춰 서서 머리를 숙이고 말했다.

"바로 그런 거지. 그게 인간으로서의 답이지."

확고한 어조로 그는 모든 것을 반복해서 말했다. 그것은 이미 내가 알고 있는 것들이었고 특히 최근 들어 수없이 거듭 생각했던 것들이었다. 잠시 뒤 그는 책상 끝에 걸터앉아 내게 몸을 숙이고 발을 흔들며 이런 말을 했다.

자신들이 마땅히 가져야 할 자리를 평생 가지지 못하는 영리하면서도 정직한 사람들, 이성의 힘을 지나치게 확신하고 삶의 비이성성을 망각하고 있는 사람들, 바로 이런 사람들이 권력을 향해 나아간다. 그것이 자신을 평범한 다른 사람들보다 더 의미 있고 더 힘이 있다고 생각하는 사람들의 필연적인 욕망이다. 그러나 그들은 실수를 저지른다. 상호협력의 견고한 기반 위에 국가를 조직해낼 수 있다고 믿는 인류 지도자들이 점진적이면서도 지난한 노력을 기울이지만 그들은 불가피한 운명적 결과에 마주하게 되는 것이다. 사회주의자, 혁명가들이 대중에게 권력의 의지를 일깨우면서 그들이 미처 깨닫지 못한 이성의 에너지를 각성시킨다고 생각하지만, 실제로는 단지 본능만을, 즉 질투, 악의, 복수만을 불타오르게 만들고 있다는 것이 바로 그런 실수다……

"모든 것은 본능이다."

그는 손을 주머니에서 빼고는 갈고리 모양의 열 손가락을 내 얼굴에 가져다 댔다.

"대중 속에, 민중 속에는 사회적 목적이라는 본능이 없지. 없을 뿐만 아니라 발전되지도 않는다네. 군중 속의 인간에게는 국가가 필요없어. 나나 자네에게도 또한 필요하지 않지. 그러나 나와 자네는 국가 조직의 필요성에 의식적으로 순응하지만 민중에게 그런 의식은 낯선 것이지. 모든 사람들은 본질적으로 무정부주의자들이야. 그리고 시간이 갈수록 무정부주의자들은 더 늘어나게 돼. 그러나 사람은 무권력의 시대가 오지 않을 거라는 걸 알고 있지. 그런 시대는 군중이 개체로 깨어져서 각자 자신의 힘과 자신의 의미를 인식하고 자신의 영혼의 법칙에 따라 살아갈 수 있는 권리를 인식하기 전에는 결코 오지 않는 법이야."

그는 나에게 몸을 더욱 가까이 기울이며 질문을 던졌다.

"자네는 왜 사회주의자들의 실수가 범죄적인 것인가를 알고 있나? 그리고 또 왜 가차 없고 절대적인 권력인 군주제가 더더욱 우리를 무정부로, 무권력으로, 개인의 절대적인 자유로 나아가게 하는지 알겠나? 생각해보게. 이건 결코 역설이 아님을 분명히 알 것이네. 새롭게 생겨나는 모든 진리는 역설처럼 보이지만 그런 가운데서도 인간들의 무리가 자기만족적인 수백만의 개인으로 잘게 나누어질 때까지 인간들의 적은 바로 인간이라는 사실은 너무나 탄복할 만한 사실이지."

그는 책상에서 미끄러지듯 내려서서 방 안을 서성거렸다. 어둠 속에 비친 그림자처럼 길고 평면적인 그의 모습은 이미 이 세상의 존재가 아닌 것처럼 보였다. 그는 환영 같았고 내가 책 속에서 어렴풋이 상상했던 무시무시한 사람들의 형상을 떠올리게 했다. 그런 사람들의 삶은 언제나 고독하고 사람들에게 이해받지 못했고, 그 운명은 언제나 잔혹하기 그지없는 것이었다.

그는 내게 도스토옙스키와 콘스탄틴 레온티예프, 니체를 읽으라고 엄격한 목소리로 충고했다. 아니 충고라기보다 명령이었다.

"그렇지. 바로 그들을 읽으라고! 무정부주의자들은 그 본성상 무정부주의자이고 군주론자들은 필연적으로 군주론자인 것이지."

그러고 나서 공손하면서 믿을 만한 비서를 필요로 하는 사람이 있다고 말했다.

"지금 그 사람 옆에서 루도메토프가 일하고 있어. 그 왜 있잖아, 기억나지?"

"루도메토프라고요?"

"그렇지. 루도메토프. 근데 그 친구는 산만하고 열의가 없어. 게다가 결혼이나 하려 하고…… 재능은 있는데 말일세."

'루도메토프!'

나는 안개 속에서 가로등불이 무지갯빛 기포처럼 비치는 거리를 걸으면서 생각했다.

'루도메토프는 내 머리가 나쁘다고 말했던 친구지. 이젠 누군가 내

머리가 루도메토프보다 더 좋다는 걸 확신하도록 해야 되겠군.'

이 누군가는 곰처럼 투박한 몸에 짙고 검은 수염, 그리고 턱뼈가 나온 사람이었다. 턱수염 속에 두툼한 아랫입술이 튀어나와 있었고 윗입술은 뻣뻣한 콧수염에 가려져 있었다. 보통 사람들보다 무척 큰 귀는 불쾌한 느낌을 주었는데, 마치 사람들이 말하는 것을 듣는 것이 아니라 그 생각을 들으려는 것같이 팽팽하게 긴장하고 있었다. 그는 먼 곳을 바라보는 것 같은 시선으로 힐끗힐끗 나를 바라보았다. 철도 기관차의 기관사들에게서 종종 볼 수 있는 그런 시선이었다. 손은 온실에서만 자란 것처럼 깨끗해서 새끼염소 가죽장갑처럼 반질거렸다.

손톱을 다듬으면서 그는 내게 또렷하면서도 온화한 어조로 말했다.

"추천서에 따르면 당신은 아주 뛰어난 사람인데, 그걸 내게 증명해 보여야겠지요. 성실함과 공손함을 보여주세요. 그 이상은 필요 없어요. 잊지 마세요. 난 엄격합니다."

그는 손가락으로 조심스레 전기 벨 스위치를 눌렀다. 이런 행동에서 아이들을 부를 때와 같은 특별한 만족감을 느끼는 것 같았다. 루도메토프가 들어왔다. 나의 상관이 된 그 사람이 루도메토프에게 턱으로 나를 가리켰다.

"당신의 차석이요. 방금 온 것 같은데, 그렇죠?"

"예."

루도메토프가 대답했다.

그는 광장으로 창문이 하나 나 있고 책장으로 둘러싸인 작은 방으로 나를 안내하고는 놀랐다는 듯이 소리쳤다.

"아니 어떻게 네가?"

"어떻게 지냈어?"

그는 나를 바라보며 냉소와 놀라움을 감추지 않았다.

"정말 이상하군."

나는 그에게 뭐가 이상하냐고 묻지 않았고 그도 나의 질문에 답하지 않았다. 후에 나는 그 역시 공부를 마치지 않고 대학에서 나와 무슨 이유에선지 페르시아로 갔고, 거기서 이 년 정도 살았다는 것을 알게 됐다. 그는 내 앞에 서류 뭉치를 펼쳐놓으며 걱정스럽게 말했다.

"누런 봉투 속에 내 개인 서류가 끼어 있을지도 몰라. 만일 그런 게 있으면 나한테 전화해. 내가 가지러 올 테니까."

담배를 한 대 태우고 장갑을 끼면서 그는 건성으로 나의 성공을 기원했다. 그렇다. 비겁하고 부끄럼이 많은 사람은 아주 방관적인 법이다.

나는 창가로 가서 아래 광장을 내려다보았다. 사람들이 이리저리 걸어다니고 있었다. 어떤 사람들은 꼭 개구리처럼 뛰어갔다. 안개 속에서 그들 모두는 부어오른 듯이 넓적하고 둥글둥글해 보였다. 나는 내가 그들 속에 있지 않고 그들 위에, 낯선 도시의 울부짖는 소음이 거의 들리지 않는 잘 정돈된 쾌적한 방에 혼자 있다는 것이 마음에 들었다.

잠시 뒤 나는 서류를 분류하기 시작했다. 무슨 서류들인가 살펴보면서 나는 루도메토프의 누런 서류 뭉치가 몹시 궁금해 그걸 찾아내고 싶었다. 거의 이 년 동안 나는 누런 봉투가 내 손에 들어오기를 고대했고, 왜 루도메토프가 그렇게 걱정스럽게 이야기를 했는지, 그가 뭘 두려워하고 있었는지를 알게 됐다. 그러나 루도메토프는 요트를 타다가 익사하고 말았다. 나는 그의 인생이 좀더 추악하게 끝났어야만 한다고 생각한다.

서류 몇 개를 읽다보니 나는 이 서류 정리 작업이 마음에 들었다. 누군가의 정부 재조직 계획안은 아주 매혹적이었다. 러시아를 여러 주들로 나누고, 그 주에 각각의 수장으로 왕에 버금가는 권한을 가진 대공을 임명하자는 안이었다. 이것은 낭만주의로 가득한 영주 지배 시대를 떠올리게 했다.

서류를 읽는 데 빠져 있던 나는 나의 상관이 방문을 여는 소리도 듣지 못했다. 정적 속에서 그의 똑똑한 말소리가 울렸을 때 나는 깜짝 놀랐다.

"문서를 읽어볼 필요까지는 없네. 물론 서류철에 자세한 내용 목록은 있어야만 하겠지. 그건 자네도 알아둬. 그 이상은 필요 없고, 아직은 그럴 때가 아니네."

평온하면서도 엄격한 어조로 그는 오 분여 동안 말했다. 그러면서 그는 자신의 손톱을 살펴보거나 한쪽 손으로 다른 손을 쓰다듬곤 했다. 그는 자신의 손을 사랑하고 있었다.

"자네는 특별히 내가 관심을 가져야 할 인물이나 그들의 활동에 관한 목록을 항상 내 앞에 가져다두도록 하게. 그들이 쓴 것이나 그들에 대해 씌어진 것 모두 예의 주시해야만 하네."

나는 서서 그의 말을 들었다. 그는 내게 손을 내밀거나 머리를 끄덕여 보이지도 않고 나가버렸다. 하지만 나는 그로 인해 모욕감을 느끼지는 않았다. 오히려 그의 침착함과 기계적으로 정확한 말투가 몹시 마음에 들었다. 투박한 몸집의 그 묵직한 움직임에서 나는 힘을 느꼈고, 그를 둘러싸고 있는 비밀스러움이 나를 기분 좋게 흥분시켰다.

육 년 동안 나는 그의 집무실 옆에 붙은 방에서 평온하게 지냈는데, 그 방은 해마다 종이로 가득 차면서 점점 좁아졌다. 분명히 그 기간 동안 러시아는 더욱 안정을 찾아갔다. 나는 나의 상관의 불굴의 노력과 그에 대한 나의 성심어린 보조가 이런 안정화에 기여하고 있다고 믿었다.

삶은 마치 옛날의 익숙했던 길로 돌아와 훨씬 안정되고 훨씬 더 자유롭게 흘러가는 것 같았다. 사실 자유는 안정이다. 도시의 거리는 낮보다 밤에 더 자유롭지 않은가. 이것은 농담이나 역설이 아니다, 결코! 진정한, 가식적이 아니라 진정한 인간의 생리에 근거한 나의 판단에 따르면, 인간은 자유롭게 살고 싶어하고 소란스러움은 그걸 방해한다. 인간은 다른 사람들에게서 더 멀리 떨어질수록 더욱 자유로워지는 법이다.

나의 어른은 군주론자 그룹에서 정말 중요하고, 분명 독자적인 역할을 하고 있음에 틀림없었다. 그는 작은 시골 읍 사람들이 전부 들어가도 될 정도로 커다란 오 층짜리 집의 방 네 개를 차지하고 있었다. 수위의 딸인 사샤가 그의 집을 청소했다. 붉은 갈색 머리에 날씬하고 탄력 있는 몸매를 가진 처녀였다. 그가 집에서 사람을 맞이하는 경우는 거의 없었는데 특히 낮에 찾아오는 사람들은 아주 거물급 인사들 몇몇뿐이었다.

늘 혼자 말없이 아침 열 시부터 집무실에 앉아 소리 없이 쓰고 읽었으며 넘쳐나는 우편물을 살펴보곤 했다. (틀림없이 아주 중요한) 편지의 일부는 자신의 책상과 고풍스럽고 육중한 책장 어딘가에 숨겼다. 현 지사나 대주교들이 그에게 편지를 보내왔고, 장관의 비서나 정치국의 고관들이 전화를 했다. 그는 이 모든 사람들에게 나에게 하는 것과 똑같이 위엄 있게 말했다. 세 시가 되면 그는 레스토랑으로 식사하러 나갔다가 항상 저녁 우편물이 도착할 때를 맞추어 정확하게 집으로 돌아왔다. 나 역시 세 시에는 그곳에서 나왔고, 여섯 시에 저녁 업무를 보기 위해 돌아와 여덟 시까지 앉아서 나의 어른의 긴 편지를 타이핑했다. 그의 편지에는 담담하지만 군건하게 군주제의 이념의 힘을 믿고 있는 군주론자의 신념이 담겨 있었다. 그는 구식의 교회 슬라브어 단어들을 사용해 어려운 낱말과 긴 문장으로 편지를 썼다.

'폭동의 정신은 명백한 광기의 정신이라 할 수 있는 것으로서, 신성한 질서의 적들에 의해 고의적으로 야기되는, 삶의 외적 편리함, 즉 삶의 물질적인 측면에 대한 욕망과 질시가 그 원천입니다. 깊이 존경하옵는 블라디코, 당신께서 정교 감독관구에 명령을 내려주신다면 본질적으로 도움이 될 수 있을 것으로……'

나의 어른은 많은 편지와 보고서를 검열관 노박에게 보냈고, 이것들은 역사의 사실과 인용으로 풍부하게 수정되어 되돌아왔다.

내가 보기에 그는 혁명 사상의 흐름에 대한 자발적이고 독자적인 관찰자였다. 그는 야당 대표자들에게 아주 교묘하게 숨겨져 있는 혁명 사상을 명석하게 찾아냈다. 그는 수십여 명의 이름을 각각 표로 만들어두었고, 나는 모든 신문을 읽으며 국가 두마나 언론, 강연 등에서 행해진 그들의 발언을 추적해야만 했다. 그는 혁명과의 투쟁을 위해 설치된 정부 조직을 신뢰하지 않았고 경멸하고 있었다. 어느 날 그는 이렇게 말했다.

"정치국에는 무식한 놈들만 넘쳐나고 있어."

나는 그의 옆에서 매우 평온하게 지냈고 하는 일도 마음에 들었다. 나는 은폐된 사상을 밝혀내는 법을 신속하게 익혔다. 개개의 표현과 단어들에 밑줄을 그으면서 나는 악의와 거짓에 찬, 게다가 독침과 같은 파괴적 사상들을 능숙하게 적발해냈다.

나의 어른을 가장 많이 방문하는 사람은 노박이었다. 그는 언제나 비 오고 안개가 끼거나 눈보라가 사나운 날에 오는 것 같았다. 그림자와도 같이 거의 육체가 없는 듯한 이 사람은 놀랍도록 소리 없이 땅 위를 걸어다녔다. 깡마르고 차가운 손을 바지 주머니 속에 집어넣고 있는 그의 태도는 내게 의미심장하고 상징적으로 여겨졌다. 나는 그런 행동에서 삶에 대해 직접 손을 대고 싶어하지 않는 결벽증 같은 것을 보았고, 그로 인해 삶에 대한 그의 정신적 영향력이 더욱 의미 깊게 느껴지는 것이었다. 나는 전제 권력의 기반과 원칙을 수호하는 모든 언론에서 이 힘을 느꼈고, 이 힘에 의해 나의 어른이 숨을 쉬며 살아가고 있는 것이라고 분명히 느꼈다. 나의 어른은 노박의 에너지로 움직이는 기계인 것이다.

어느 날 나의 어른과 작별 인사를 나누면서 노박은 언제나 그렇듯이 속삭이듯 말했다.

"다시 한번 지적해야만 되겠지요. 모든 시대에 모든 민중이 가진 사상의 가장 심한 망상은 죽음으로 징벌되어야 합니다. 그것이 합리적이지요. 바로 죽음으로 말입니다."

"그렇게 되고 있습니다."

나의 어른이 말했다.

"그렇지요. 그러나 비밀스럽고 은밀하게 진행되고 있어요. 그래서 위협적인 성격을 띠지 못하죠. 공개 처형 제도를 부활시켜야 합니다. 저들을 공개적으로 처형하고, 그 집행자들은 두려움이 없어야 하지요. 집행자들이 겁을 내지 않고 용감하면 위대하고 정당한 일이 되는 것입니다. 바로 그래요. 수적으로 약세인 자들은 공개적으로 행동하고 그렇게 함으로써 단순한 살인 행위에 위업이다, 영웅이다라는 후광을 부여하는 겁니다. 수적으로 다수인 사람들은 그들이 다수이기 때문에 법적으로 처형할 권리를 가지고 있으면서도 비밀리에 숨기면서 합니다. 이 때문에 자기 보호의 당연하고도 합법적인 행위가 마치 범죄가 되어버리는 겁니다. 이해하시겠습니까? 이건 말도 안 되는 멍청한 일이지요! 여기에는 비겁함도 작용하고 있는 것 아니겠습니까?"

문 옆 계단에 멈춰 서서 그는 덧붙였다.

"그리고 고문! 공개 고문, 모든 사람이 보는 백주 대낮에, 공개적으로 고문을 해야 합니다."

나의 어른은 손을 매만지며 고개를 끄덕였다. 노박이 떠나자 그는 내 옆을 지나가며 말했다.

"당신의 스승은 참 비범한 사람이야."

그랬다. 나는 그걸 알고 있었다. 노박을 보았을 때 사람들에 대한 나의 공포는 사라졌다. 사람들에 대한 공포심은 육체가 점점 소멸되어 그림자처럼 되어버린 스승에 대한 매우 경건한 공포로 바뀌어갔다.

나는 나의 어른을 존경했다. 내가 보기에 그의 삶은 사람들을 진압하여 길들이는 위대한 일에 모든 힘을 바치는 신앙심 깊은 헌신적 행위로 채워져 있었다. 나는 그가 네거리 모퉁이에 있는 건물의 삼층 집무실에 고독하게 앉아서 창문을 통해 일상의 소요로 가득한 광장 저 아래 땅에 붙박인 조그만 사람들을 내려다보며 그들의 삶을 통제할 수 있는 큰일을 하고 있다고 굳게 믿었다. 그렇다. 그는 기계이고 노박의 힘으로 작동되지만 그의 엄격하고 강철 같은 평정심은 나를 매료시켰다. 나는 그가 한결같은 목소리로 언제나 똑똑하게 같은 단어들을 발음하고 그 단어들을 하나의 사상으로 단단하게 묶어내는 것이 마음에 들었다.

그러나 어느 날 뜻밖에도 그는 내 앞에서 흔들리는 모습을 보였다. 나는 심장이 멎는 것만 같았다.

키예프에서 국가안보국 요원이 장관을 사살했을 때 나의 어른은 새파랗게 질린 얼굴로 내 방으로 달려 들어왔다. 그는 눈을 꼭 감고 그 윤기 나는 손을 마구 흔들어대며 갈라진 목소리로 소리쳤다.

"살해했어. 망할 놈들…… 내가 그렇게 말하고 편지를 쓰기까지 했는데! 자네도 들었나? 살해했다고, 엉? 그놈들이지, 엉? 안보국놈들? 그놈들을 재판에 회부해야 해! 모두를……"

공포의 감정에 대해 나는 너무나 잘 알고 있었다. 그가 그렇게 격분하는 것은 사실 공포 때문이라는 것을 나는 즉시 알아챘다. 그는 방문을 쾅 닫고 자기 집무실로 달려갔다. 그 바람에 내 방에 걸려 있던 러시아 지도가 떨어졌다. 그러고 나서 그는 지팡이도 잊은 채 집을 나섰다.

그에 대한 나의 태도가 변한 것은 물론이다. 나는 분노와 공포로 새파래진 그의 얼굴을 잊을 수가 없었다. 나는 그에게 예전처럼 말없이 순종적으로 대하지 않기 시작했다. 두 번인가 나는 중언부언하며 불러주는 그의 편지 문장을 수정하려고 했고, 그는 이를 눈치채지 못하는 것 같았다. 나는 낮에 있었던 일들에 대해 그와 이야기를 나누려고 먼저 말을 꺼내기도 했는데, 그것이 그를 놀라게 했다. 그는 칼므이크 종족처럼 생긴 눈을 깜박이고 나를 바라보며 대답 대신 앓는 소리를 내곤 했다.

그가 국가 두마를 폐회시켜야 한다고 자기 나름의 생각을 장관에게서 보내려고 내게 문장을 불러줄 때 나는 이 새 장관이 야당에게 잘 보이려 애쓰고 있다는 점을 모르시는 것 아니냐고 지적했다. 그러자 그는 귀가 붉게 물들며 노여워서 거의 비명을 지르듯이 물었다.

"자네, 날 가르치려 드는 건가?"

그러나 자기 집무실로 갔다가 오 분쯤 뒤 다시 문을 열고 들어와 부드럽고 감동어린 목소리로 말했다.

"장관의 진정한 의도를 이제 정확히 알게 됐네."

나는 말없이 그에게 경의를 표했다.

"마카로프, 난 자네의 수고에 아주 만족하고 있네. 자네는 점점 더 의식을 가지고 일을 하고 있어. 정말 감사하네."

내가 승리한 것이다. 나는 그가 무심코 지른 자신의 고함 소리와 나를 모욕했다는 사실에 놀랐다는 걸 알 수 있었다. 그날부터 그는 전처럼 그렇게 기계적으로 나를 대하지 않았고 인간적인 대우를 해주었다.

얼마 지나자 그는 '자네 몸은 괜찮은가?' 하고 걱정하는 말을 하기까지 했다.

"자네, 결혼은 했나?"

"아닙니다."

"그거 잘됐군. 우리 시대에는 진지한 사람에겐 아내란 필요 없는 존재지."

그는 이렇게 말하고 잠시 생각에 잠겼다가 덧붙였다.

"우리는 행군중일세! 그래, 군인들처럼 우리도 행군을 하는 중이야. 그래, 보초도 서고 말이지……"

어느 날 아침에는 악수를 하면서 병역의 의무에 대한 나의 입장을 걱정스레 물었다.

"우린 전쟁을 벌여야 할지도 모르네."

나는 그에게 감사했다. 그리고 놀랍기도 했지만 기뻤다. 전쟁은 외과 수술이다. 전쟁은 국가라는 피부에서 환부를 도려낼 수 있게 하는 것이다. 나는 만일 우리가 전쟁에서 승리한다면 우리는 혁명도 물리칠 수 있다고 말했다.

그가 손을 매만지면서 말했다.

"물론 그렇게 생각해야지. 승리한다고. 그걸 믿어야만 되지. 그런 점에서 전쟁은 군주제를 위해서는 의심의 여지 없이 다행스러운 일이지."

그래서 나는 정치적으로 불손한 분자들, 학생들이나 선전 선동에 물든 노동자들을 제일 먼저 전선에 내보내야 되지 않겠냐고 내 생각을 드러냈다.

"그거 좋은 생각이군."

그는 내 책상에 기대고 눈을 깜박이며 말했다.

"그거 말이 되는군. 정치국 보안 자료들과 산업 행정청 목록을 활용한다면 충분하지. 하하하."

나는 그가 웃는 모습을 그때 처음 보았다. 살집 좋은 아랫입술이 무겁게 아래로 처지고 콧수염이 곤두서면서 작고 가지런한 이들이 드러났고 눈이 감겼다. 그러나 털이 무성한 얼굴에는 움직임이 없었고 이마에만 이삼 초 정도 주름이 잡혔을 뿐이다.

그 지옥 같은 전쟁의 악몽에 대해, 군주정의 가장 큰 치명적 실수에 대해 언급하고 싶지는 않다. 만일 우리가 독일과 함께 전 유럽에 맞서 나아갔었더라면! 우리는 썩은 달걀 꾸러미처럼 혁명을 짓누를 수 있었을 것이고 전 세계를 우리 손아귀에 넣을 수 있었을 것이다. 전 세계를! 그리고 세계는 더더욱 비운에 찬 실수를 맞이하지 않았을 것을. 실수에 대해서 생각하는 것은 고통스러울 뿐이고 그런 생각은 영혼을 불태워 재로 만들 뿐이다.

전쟁은 적나라하게 이 나라의 서글픈 기형성을, 너무나 치명적이라 이제는 돌이킬 수 없는 그 기형성을 내 앞에 드러내 보였다. 그저 먹고 마시고 자고 제 비슷한 쓸모없는 인간들이나 낳아대는, 게다가 그런 동물적인 목적을 위해서라면 끝없는 탐욕의 아가리에 모든 것을 밀어넣어 파멸시켜버리는 사람들, 그런 수천만 명의 이 나라 사람들 중에 그들 절반을 희생해서라도 나라의 혼란을 바로잡을 수 있는 사람, 그 단 한 사람이 없었다.

나는 소요 사태가 어떻게 발전해가는지를 관찰했다. 소요 사태에 대해 각 정파의 신문들은 아우성이었다. 어떤 신문들은 절망적으로, 또 어떤 신문들은 환호로 그걸 받아들이고 있었다. 소요는 야당이 반동 정치에 불만을 표하는 연설들과 언론에서 점점 더 강하게 반향되고 있었다. 불만의 소리들은 평소보다 더 과장 날조되었고, 점점 더 집요하고 노골적으로 변해갔다. 여기저기 곳곳에서 늘어나는 폭동의 유독한 기미와 연기가 감지되었고, 나는 대주교, 지사, 장관에게 보내는 어른의 편지들을 더이상 보내서는 안 된다는 것을 깨달았다.

여러 도시에서 지방 의회의 동맹들과 같은 (명백히 날강도 조직들에 틀림없는) '사회 단체'이 생겨났다. 그것은 전제 정치라는 담비 망토를 순식간에 망가뜨리는 탐욕스러운 좀벌레들이었다.

사무실 창으로 아래 광장을 내려다보면서 나는 조그맣게 보이던 사람들이 예전과는 달라 보인다고 생각했다. 그렇게 저열하고 안개 때문에 부어오른 듯하던 그들이 이제는 더욱 빠르고 기민하게 움직이고 있었다. 점심 식사를 하던 레스토랑에서는 정부에 대한 비판의 목소리가 더욱 과감하게 들려왔다. 이러한 과감함의 근원은 국가 두마에 있었다. 두마는 정상적인 판단을 흔들어놓고 우둔한 비판을 과감하게 해대는 분위기를 양산해내고 있었던 것이다.

저녁마다 나는 영사기 앞에 앉아 어둠 속에서 회색 그림자들의 말 없는 삶을 바라보는 것을 좋아했다. 영화 속의 삶은 가공의 위험과 비할 데 없는 명청함으로 재미가 넘쳐났다. 그것은 생각을 요구하지 않는 환영(幻影)의 삶이었다. 영사기는 걸레로 먼지를 닦아내듯이 실제 삶에서 받은 마음속의 인상들을 씻어내면서 멋지게 돌아갔다.

그러나 여기서도 나는 의도적으로 왜곡되거나 적대적으로 표현된 무언가를 감지했다. 이를테면 우리보다 훨씬 잘 정돈된 도시들을 보여주게 되면, 러시아 사람들은 작은 나라의 깨끗하고 장난감 같은 도시를 보면서 비교하고 비평하는 것을 배우게 되는 것이다. 삶에 대한 불만이 곳곳에서 모든 방법을 통해 표출되고 있었다. 나는 베르 대령의 말을 떠올렸다.

'이것은 기적에 의해, 비록 잔인함에 가득 찬 기적일지라도 눈부신 기적에 의해서만 중단될 수 있다.'

나의 어른은 사람들을 눈부시게 할 수 있는 그런 사람은 아니다. 결코 그런 사람은 못 된다. 나는 이 사실을 점점 더 뚜렷하게 깨달았다. 나는 기만당하고 모욕당했다고 느끼면서 나의 생각을 공유하기 위해 노박에게 찾아갔다.

"그렇군."

가늘고 긴 그는 방의 모퉁이에 있는 창가에 서서 말했다.

"자네도 바로 그렇게 느꼈군. 사람이 없어, 사람이! 여기저기 이론가, 비평가는 있지만 현실적이고 의지에 찬 인간은 없어!"

어슴푸레한 유리창으로 인해 방은 회청색 어스름이 가득했고, 그 어둠 속에서 노박의 존재감은 훨씬 더 감지되지 않는 것 같았다. 그의 얼굴은 평소보다 더 생기가 없었고 목소리는 침울했다. 그로부터 어떤 격려의 말도 듣지 못한 채, 나는 답답한 마음으로 그의 방을 나섰다. 거리를 걸으며 나는 광기에 사로잡힌 잔인함이 덮쳐오는 느낌을 받았다. 갑자기 나는 격렬한 전율에 사로잡혀 개에게 소리치듯이 행인들에게 소리치고 싶었다.

'그만!'

나는 네바 강가의 반원형 화강암 벤치에 오랫동안 앉아서 만일 내가 권력을 잡는다면 사람들을 어떻게 다루어야 하는지를 미리 알아야 한다고 생각했다. 사실 모든 사람들은 굶주림과 파멸의 공포, 즉 죽음의 공포를 안고 살아간다. 나머지 모든 것들은 누군가에 의해 '이념'

으로 덧붙여진다. 그래 바로 덧붙여진 것들일 뿐이다. 사람들을 위로하고 기만하기 위해서, 그들이 분별력을 잃고 공포에 젖어 짐승처럼 되지 않도록, 그들의 삶이 얼마나 무의미하고 끔찍한 것인가를 알고 나서도 인간이기를 포기하지 않도록……

새로운 사상이 내게 생겨난 것은 아마도 바로 그날 저녁이었을 것이다. 나는 인간은 그 누구든 간에 본질적으로 비겁한 존재라고 생각했다. 혹 다른 사람들이 두려워하는 것을 두려워하지 않는 사람이 있을지도 모른다. 하지만 그런 사람은 다른 사람들을 무서워한다. 사람들은 너무나 많고 그 사람들은 그에게 너무나 낯선 것이다. 타인에 대한 공포는 사람들을 가차 없이 잔혹하게 만든다. 그것은 자기 보호의 본능에 뿌리를 둔 것으로, 당연한 것이다. 이반 뇌제 역시 폭군이라고 불리는 다른 사람들처럼 분명히 겁쟁이였을 것이다. 겁쟁이들의 정치는 언제나 잔인함의 정치이고, 모든 정치가들은 잔혹하다. 이것은 예외 없는 법칙이다. 생명의 위험을 느끼고 두려워할 줄 아는 사람만이 단호하게 행동할 수 있다. 어쩌면 영웅들의 영웅주의는 인간의 극단적인 절망의 표현이 아닐까? 영웅주의란 겁에 질린 인간의 절망적인 행동이라는 것은 분명하다.

그래, 만일 내가 권력을 잡는다면 나는 이 세상에 무섭고 눈부신 기억을 남길 것이다. 이 세상 모든 폭군들의 영광을 퇴색시킬 것이며, 또 손수건처럼 인간들을 세탁하고 다림질해버릴 것이다.

그날 밤 이후 세상은 점점 더 혼란스럽고 급속하게 변모해갔다. 태생적으로 끔찍하게 단순한 일반 사람들의 얼굴에 냉소적인 기운이 드러나고, 뭔가 범죄적인 것이 도래하리라는 확신 같은 것이 나타났다.

무엇일까? 그들의 게으른 뇌 속에 어떤 매혹적인 환영이 떠오른 것일까? 어쩌면 강해지고 겁이 없어지는 꿈을 꾸고서 자신들에게 익숙한 길에서 벗어나 다른 곳으로 한 걸음을 내디딜 수 있게 된 것일까? 아니면 이 새로운 발걸음을 내딛도록 지시해줄 사람, 힘 있게 그들을 사로잡아 이끌고 갈 지도자를 찾아 헤매는 것일까?

그리고 몇 달이 지나갔다. 그동안 나는 나의 어른이 사람들을 지배할 권력을 갖게 되리라는 확신을 여전히 가지고 있었다. 그에게도 이러한 확신이 있었다. 그는 긴장으로 수척해졌다. 자신의 손을 더욱 세게 문지르는 일이 많아졌고 칼므이크 족처럼 생긴 눈에는 수상한 푸른 불꽃이 타올랐다. 그의 치아가 유쾌하고도 굶주린 듯 빛나는 모습을 나는 더욱 자주 볼 수 있었다. 밤마다 나는 내게 무슨 일이 일어날 것인가를 생각하며 가슴속에 절망의 힘이, 공포의 힘이 커지는 전율을 느꼈다. 그 힘은 영웅들을 창조하고 수백만 인간들의 목숨을 좌지우지하게 될 것이다. 내가 고대하고 있는 일이 일어난다면 사람들은 진실로 무시무시한 인간을 목도하게 되리라.

그러나 세상은 나의 기대와는 전혀 다르게 돌아가고 있었다. 사람들이 거리로 쏟아져나왔고, 굶주리고 탐욕적인, 살아 있는 고깃덩어리처럼 시커멓고 흥분한 대중이 광장에 넘쳐났다. 깃발의 붉은 점들, 발포, 다시 똑같은 반복, 그리고 또 붉은 깃발들. 정육점을 떠오르게 하는 붉은 점들……

부러진 듯 등이 구부정해진 노박이 내 방으로 들이닥쳤다. 그리고 씩씩거리며 나를 내 어른의 집무실로 밀치면서 갈라지고 쉰 목소리로 소리지르기 시작했다.

"뭐 하고 앉아 있는 거야? 어서 파기해. 태우고…… 자네, 지금 정신이 있나? 혀―혁명이야! 그 사람은 체포됐어. 내 편지들 어디 있어? 찢어버려. 우읍, 읍, 읍, 불태워. 난로 속에……"

그는 난롯가에 있는 소파에 쓰러졌다. 안경을 벗어 닦으며 신음 소리를 냈다.

"자네 뭐 해? 어서 파기해, 찢고 태우고……"

처음으로 나는 안경을 벗은 그의 눈을 보았다. 작고 속눈썹이 없었고 붉게 충혈되어 있었다. 틀림없이 고름이나 가득 찼을 붉은 눈꺼풀 속에 두 눈이 숨겨져 있었던 것이다. 나는 한참 동안 쏘아보듯이 그의 눈을 바라보다가 그의 멱살을 잡아 소파에서 일으켜 세웠다.

"이 더러운 인간!"

나는 그의 눈을 쏘아보며 말했다. 다리가 후들거렸고 가슴속에서 영혼을 베어내는 것 같은 겨울바람의 날카롭고 악독한 회오리 소리가 들려왔다.

"이 더러운 인간!"

나는 스승을 뒤흔들며 말했다.

"당신은 영웅들의 양육자 아니신가? 이 비열한 인간, 당신의 영웅들은 다 어디 있어?"

그는 파닥거리며 갈고리 같은 손으로 내 손을 할퀴며 쌕쌕거렸다.

"이러지 마…… 나는 죄가 없어…… 혁명가가…… 이러지 말라고…… 배신자가……"

"더러운 인간!"

나는 전에는 느껴보지 못했던 달콤한 쾌감마저 느끼면서 그에게 말했다.

"나는 당신을 두려워하며 당신을 믿었어. 당신이 강하고 무서운 사람이라고 믿었다고. 이제 나는 뭘 믿고 뭘 두려워해야 하는 거지? 당신이 내 안의 공포를 죽여버렸어. 내 안의 인간을 죽여버린 거라고! 이 더러운 인간아!"

나는 그를 내던져버리고 나와버렸다.

……일 년가량 나는 감옥에 있었다. 그곳에서 나는 한 범죄 단체를 알게 되었고, 그 단체를 이용해 감옥에서 풀려날 수 있었고 범죄 수색 대원 자리를 얻었다. 나는 사람들을 죽이기도 했다. 그건 아주 간단한 일이다. 지금은 나 자신이 범죄 조직원이다. 형리라고 할 수도 있다. 무슨 상관인가.

어떤 소설

나는 나 자신을 당신에게 납득시킬 방법을 알지 못합니다.

난 유령도 환영도 아닙니다. 게다가, 정말 제발 이걸 알아주세요.

― 난 당신의, 당신이 아니라 바로 포민의 상상의 산물입니다.

아시겠어요?

마침내 손님들은 떠났고 남편도 함께 떠났다. 소란한 며칠 동안의 뒷바라지에 지쳐버린 하녀도 이젠 눈에 띄지 않았다. 온 집안이 집 앞 공원의 깊은 심연 속으로 가라앉은 듯했다. 공원 숲의 고요함은 늘 깊고도 완강했다. 이 적막함은 항상 여인의 영혼을 상상과 추억의 세계로 이끌었고, 그녀는 가슴을 저리며 거기에 가만히 귀 기울이고 싶은 열망에 빠지곤 했다.

여인은 스물일곱 살 정도였고, 그리 크지 않은 키였지만 균형 잡힌 몸매와 밝은 색의 머리카락을 가지고 있었다. 동그스름한 얼굴은 창백했고, 바닷물빛을 닮은 눈빛과 얼굴에 비해 좀 크다 싶은 눈 때문에 나이보다 더 들어 보였다. 긴 속눈썹이 가만히 내려앉은 두 눈은 의심스럽다는 듯, 그리고 뭔가를 고대하는 듯이 주위를 살폈다.

평생 무언가를 기다리는 여자들이 있다. 처녀 시절에는 사랑하는 남자가 나타나길 애타게 고대한다. 그러다가 그 남자가 사랑에 대해 말하면 설레면서도 겉으로는 드러내지 않고 아주 담담하게 그 말을 들어준다. 그 순간 그 여자들의 눈길은 마치 이런 말을 하는 것만 같다.

'그건 정말 당연한 일이지요, 그런데 그 다음은요?'

그런 여자들을 차갑고 냉담하다고 하면 잘못일 것이다. 그런 여자들은 결혼해서 정숙하게 남편을 사랑하면서도 끈질기게 기다린다. 언제 '부정한' 또다른 사랑이 피어오를 것인가? 하고. 그런 여자들은 결국 다른 남자와 사랑에 빠져 남편 곁을 떠나는 경우가 적지 않다. 남편에게는 연필로 쓴 고른 필체의 짧은 쪽지만 남겨놓고.

'저를 용서하세요, 파벨. 하지만 난 더이상 당신과 살 수 없어요.'

그녀들이 '저를 용서하세요'라는 말을 항상 쓰는 것은 아니다. 다른 남자들을 만나 그 여자들은 즐겁고 '폭풍 같은' 삶을 누리기도 하고, 때로는 익숙하지 않은 힘들고 곤궁한 삶에 빠질 수도 있다. 그러나 어떤 상황에서든 또다시 다른 뭔가를 기다린다. 그런 여자들은 말을 많이 하지 않고 재미있게 말하지도 않는다. 그들은 말로 추상적인 생각을 나누는 걸 좋아하지 않는다. 그들은 순결한 사람들처럼 차분하고도 결벽증적인 태도로 인생의 피할 수 없는 드라마를 대하고 있다. 아이를 낳는 것은 당연히 꺼린다. 인생에서 의미 있는 순간들이 모두 지난 후에 그런 여자들의 낯선 눈은 마치 이렇게 묻는 것만 같다.

'그래, 이뿐이란 말인가?'

그러고 나서 어두워진 눈길로 고집스럽게 인상을 쓰면서 선언하지 않겠는가. '그럴 리가 없어!'

그리고 그들은 또 뭔가를 기다린다. 기분 좋은 꿈이나 혹은 다른 방법으로 기억을 망각하는 것 외에는 이제 그 무엇도 필요하지 않은 그 순간까지도.

내가 지금 말하려고 하는 이 소설의 여주인공도 그렇게 별로 유쾌하지 않은 여자들 중 하나다. 내가 이렇게 소설에 대해 말하듯 이야기하는 것은 내가 마음먹은 만큼 소설을 잘 쓸 수 있는 능력이 부족해서다.

털이 보슬보슬한 펜자 산(産) 숄을 어깨에 두르고 그녀는 별장의 테라스로 나와 삐걱거리는 등나무 안락의자에 앉았다. 아직 푸른빛이 다 가시지 않은 붉은 단풍나무와 노란 자작나무 잎들이 여인의 발 아래, 그리고 테라스 세 계단 아래의 둥그스름한 마당에 깔려 있다. 그 앞 공원의 나무들 사이로 불그스레한 노을이 비치고 투명하고 여린 가을의 고요가 주위를 감싸고 있다. 그리고 현악기 같은 박새 소리가 음악적으로 미묘하게 이 적막감을 강조해주고 있었다. 진줏빛 하늘 정점에는 창백한 보름달이 움직임 없이 붙박여 있었다.

눈을 감고 여인은 자신의 머릿속을 정돈했다. 손님들과 남편은 수없이 많은 단어들을 쏟아내며 논쟁을 벌였다. 톨스토이에 대해, 오리 사냥에 대해, 고대 러시아 성화(이콘)의 아름다움에 대해, 혁명의 불가피성에 대해, 아나톨 프랑스에 대해, 옛날 도자기에 대해, 여성의 신비스러운 영혼에 대해, 작가 안티파 포민의 역시 실패한 신작 단편에 대해, 그리고 그 외의 수많은 것들에 대해…… 이 모든 것들을 기억에서 쓸어내버려야 했다. 그녀가 관심을 가지고 다시 생각해볼 것은 정말 몇 개 되지 않았다.

테라스에 깔린 마룻장 하나에 가로로 깊게 파인 날카로운 흔적이 남아 있었다. 작가 포민이 설탕 깨는 작은 손도끼로 뱀을 내리친 자국이었다. 평소에는 동작이 굼뜨고 둔중한 사람이 그 순간에는 꼭 고양이처럼 민첩했다. 뱀을 죽이는 일을 오랫동안 고대해온 사람처럼 그는 갑자기 생기가 돌았다. 너무나 힘차게 내리쳐서 도끼 자루가 부러졌을 정도였다.

바로 그날 저녁 이 테라스에서 그는 자기 소설의 첫머리를 낭독했었다. 살면서 이런저런 일을 많이 겪은 사람이 자신이 정말 좋은 사람인지 나쁜 사람인지를 너무나 알고 싶어 애썼지만, 아무것도 알지 못한 채 쓸쓸하고 슬프게 죽어간다는 이야기였다.

그러나 그 사람의 죽음에 대해서는 포민이 말해주었을 뿐이고 실제로 소설은 앞부분 네 장만 읽어주었다. 그가 읽어준 부분에는 파벨 볼코프라는 젊은이가 자기 누이의 영지로 찾아와 함께 살지만 누이의 남편과 불편하게 지낸다는 내용까지만 담겨 있었다. 정력적인 제국주의자로 자처하는 누이의 남편은 냉소적이고 거친 사람이었다. 그녀는 소설이 지루했지만 여름밤의 정경이나 주인공의 기분 등은 아주 잘 묘사했다고 생각했다. 주인공은 공원 벤치에 앉아서 다른 남자와 사랑에 빠져 떠나버린 여자에게 어떻게든 욕을 해대고 싶어했다. 그는 악의에 가득 찬 시를 써보려고 안간힘을 쓰다가 두 행의 시를 지어냈다.

달은 제 빛의 장난에 빠져 희롱하면서
두 사람에게 사랑에 빠진 여인처럼 거짓말을 한다.

그러나 더이상은 아무것도 이어갈 수가 없었고, 주인공은 자신의 무능력에 대해 몹시 화를 낸다고 되어 있었다.

이번에 왔을 때 포민은 전보다 훨씬 더 집요하게 그녀를 쫓아다니면서 많은 사람들에 대해, 그리고 그 사람들 속에서 자신이 얼마나 고독한지를 흥미롭게 이야기해댔다. 그러나 그녀는 이미 알고 있었다. 마음에 드는 아름다운 여성과 이야기하면서 자신이 고독하다고 말하지 않는 남자는 거의 없다는 것을. 또 자신의 행복을 뽐내고 싶어하는 사람들도 거의 없다는 것을. 그의 말에 귀를 기울일수록 그가 점점 더 알 수 없는 사람처럼 느껴졌다. 그리고 마침내 어떤 이상한 느낌을 불러일으켰다. 이 사람은 사람이 아니라 일종의 무대가 아닐까 하는. 끝도 없고 이해되지도 않는 연극이 쉬지 않고 공연되는 그런 무대. 겉으로 보면 포민은 분명한 특징이 있어서 다른 사람들과 쉽게 구별됐다. 몸은 건장했지만 못생긴 얼굴에 턱뼈는 툭 불거졌으며 산만하고 어린애처럼 부주의했다. 그렇지만 회색의 부드러운 눈은 따스한 눈길로 그녀를 바라보았다. 목소리는 탁하지만 부드러웠고, 자신의 그런 단점을 의식해선지 말할 때면 과장된 몸짓과 요란한 손짓발짓을 해댔다. 심지어 피아니스트가 피아노 페달을 밟듯이 발장단을 맞추기도 했다.

그녀가 보기에 포민이라는 사람은 실재하지 않고 수없는 남자와 여자, 노인네와 아이들, 농민, 관료 등의 집합 같은 존재였다. 이들 모두가 그의 목소리로 말을 하는 것이다. 때로는 앞뒤 모순되고 우스꽝스럽게, 바보 같으면서 섬뜩하게, 따분하지만 정말 뻔뻔하리만큼 영악하게. 그래서 이 집합 속에서 진짜 포민은 어디에 있는지, 그는 도대체 어떤 사람인지 구별해내기 힘들었다.

그녀에 대한 사랑을 말할 때의 그는 난생처음으로 영혼을 뒤흔드는 힘에 사로잡힌 순진한 젊은이였다. 하지만 며칠 뒤에는 자신을 믿지 못하는 냉소적인 사람이 되어 있었다. 그리고 더 나중엔 여자에게 빠지면 자신에 대한 쓰라린 불만을 삭이는 데 도움이 되지 않을까 하고 실험해보려는 사람처럼 보였다.

분명한 것은 그가 순진한 사람도 아니고 냉소적인 사람도 아니며 선량한 사람도 나쁜 사람도 아니라는 것이다. 그리고 재능 있다고 할 만큼 똑똑한 사람도 아니다. 포민이 자기 자신에 대해 만족하지 않는 진짜 이유는 채워지지 않는 명예욕 때문임을 그녀는 알고 있었다. 결론적으로 그녀는 그를 신뢰하지 않았고 조심스럽게 대했다. 이 사람은 본질적으로 존재하지 않는다, 육체적으로는 존재하지만 그의 영혼이라고 부를 수 있는 그런 근본적인 것이 이 사람에게는 없다고 그녀는 생각했다. 잡다하게 여러 색이 뒤섞여 있더라도 어쨌든 나름의 색을 가진 그런 영혼이 그에게는 없었던 것이다. 그렇다면 그는 사람이 아니라 움직이는 무대이다. 감독과 모든 배우들이 한 사람에게 구현되어 있는 그런 무대. 아주 흥미롭지만 미덥지 못한, 견실하지 못한.

여인은 숲을 바라보며 미소 지었다. 재미있는 생각이 떠올랐기 때문이다. 한 사람을 사랑하면서 동시에 수없이 다양한 남자들의 집합을 사랑하는 것은 불가능하잖아. 물론 한 사람에게 구현된 수많은 사람들에게 몸을 맡기는 게 어쩌면 아주 재미있을지는 몰라도. 그러나 여인은 상처를 받고 싶지 않다면 작가를 사랑해서는 안 된다, 결코 안 된다고 생각했다. 이제 그녀는 포민에 대한 생각을 접었다. 그러자 왠지 작가에 대한 짜증이 몰려왔다가 금세 망설임으로 뒤바뀌었다.

그녀는 가늘게 실눈을 하고 공원을 바라보았다. 저녁 하늘이 자작나무 줄기와 가지들 틈 사이사이로 또렷하게 분할되어 몹시 다양한 형상을 만들어내며 적자색으로 물들어가고 있었다. 그런데 거기에 어떤 사람이 하얀 양복에 여름용 파나마 모자를 쓰고 지팡이를 든 채 벤치에 앉아 있었다.

'누구지? 모두 다 떠났잖아? 계절에 맞지 않게 웬 하얀 양복을 다 입고. 손님들은 다 떠났는데.'

다시 한번 그녀는 머릿속으로 확인해보았다.

아직 사람이 남아 있다는 것은 분명 꺼림칙한 일이었다. 혹시 모르는 사람이 지나가다가 호수에 비친 노을빛을 감상하며 앉아 있는 거 아닐까? 그렇지만 왜 여름 양복을 입고 있지? 그 남자가 지팡이로 땅 위에 뭔가를 그리자 마른 잎들이 서걱거리는 소리가 들려오는 것 같았다. 그녀는 저 사람이 누군지 알아보라고 하녀를 보내야겠다고 마음먹었다.

그녀는 의자에서 일어났다. 의자가 삐걱거렸다. 적막 속에서 그 소리는 매우 또렷하게 울렸지만 그 사람은 전혀 듣지 못했다. 여인은 마음을 바꿔 테라스를 내려와 서늘한 오솔길을 따라 걸어갔다. 걸어가면서 그녀는 자신이 너무 빨리 그 사람에게 다가가고 있다는 느낌을 받았지만, 그 사람의 모습은 그녀가 가까이 다가가는데도 멀리서 바라볼 때보다 더 커지지도 않고 더 분명해지지도 않은 채 그대로였다.

물론 저녁 햇살이 여러 각도로 비쳐서 초점이 분산되는 현상 중 하나일 수 있겠지만, 그보다 더 이상한 것은 이 사람이 붉은 노을빛을 받고 있음에도 불구하고 그림자가 없다는 점이었다. 지팡이로 나뭇잎을 그러모았지만 아무 소리도 나지 않았고, 게다가 지팡이가 닿아도 나뭇잎들은 전혀 움직이지 않았다. 언뜻 여인은 마치 무엇인가가 아주 살포시 그녀를 끌어안고 느릿느릿한 왈츠 속으로 휘감아가는 느낌을 받았다.

그 사람은 그녀를 맞이하며 일어서서 공손하게, 하지만 어쩐지 조금 서투르게 모자를 벗어 인사를 하고는 말라서 갈라진 듯한 목소리로 조그맣게 물었다.

"아, 실례지만 당신이 바로 당신인가요?"

그는 젊어 보였고 차림새는 우아했다. 하지만 길고 마른 얼굴에 파르스름한 눈, 밝은 갈색의 짧은 턱수염은 너무나 창백해 보였다. 미동도 없는 그의 얼굴은 뭔가 어색해 보였고 반투명 유리 같은 느낌을 주었다. 그는 그녀가 알고 있는 그 누구와도 닮지 않았지만, 초면이 아닌 것만 같았다.

"이상한 말씀이네요."

그녀가 미소를 지으며 말했다.

"물론 나는 나지요."

"예?"

그 사람 역시 아무 감정 없이 미소를 지었는데 그 미소로 인해 얼굴이 안쓰럽게 일그러졌다.

"제 말씀은, 당신이 내가 만나야 하는 그 여자분이신가 하는……"

그는 지팡이로 자기 다리를 치고는 (물론 아무런 소리도 나지 않았다) 곧바로 이렇게 덧붙였다.

"하긴 여기서 그 여자를 만나야만 한다는 확신은 없어요……"

여인은 그의 눈을 찬찬히 들여다보았다. 초상화 같은 데서나 볼 수

194

있는 눈이었고, 살아 있는 눈이라고 하기에는 적지 않은 상상력이 필요할 듯했다. 이 사람은 몹시 내성적인 사람 같았다. 하지만 분명히 뭔가 수상쩍은 점이 있었다. 이 사람은 남편의 비밀스런 친구 중 한 사람이거나 베라 이바노브나가 경찰의 눈을 피해 숨겨주는 사람이 아닐까? 그럼 이건 정치적인 문제인데…… 하지만 어떻게 저리 차려 입혀놓았담!

"베라 이바노브나가 보냈나요?"

여인이 물었다. 하지만 그 역시 되물었다.

"그 여자도 소설에 나오는 분인가요?"

"소설이라뇨? 무슨 말씀이세요?"

그 사람은 머리를 흔들었다.

"난 거기서 그런 여자 이름은 들어보지 못했는데요."

"거기라니 어디서요?"

"소설 속이요."

'미친 사람 아냐?' 잠깐 이런 생각이 들어서 그녀는 스카프를 더 꼭 두르면서 건성으로 말했다.

"난 무슨 말인지 모르겠네요. 소설은 무슨 소설이라는 거죠? 그보다는 당신이 누구인지를 먼저 묻고 싶군요."

그 사람은 찬찬히 그녀를 뜯어보았다. 그려놓은 듯한 눈은 도대체 알 수 없다는 표정을 지었지만 그는 곧바로 미소를 지으며 고개를 끄덕여 동의를 표했다.

"물론이죠, 당연히 그래야죠. 내 생각에 바로 여기서부터, 이렇게 만나는 데서부터 소설이 시작되는 것 같아요. 틀림없이 작가가 그렇게 해놓았어요. 처음엔 나를 의심스럽게 대하는 겁니다, 심지어 적대적으로 말이지요. 그러고 나서…… 하지만 난 그 뒤에 어떻게 되는지 몰라요. 분명한 건 이 모든 게 새로운 드라마로 끝난다는 거겠지요……"

'미쳤어!' 여인은 이렇게 단정하고 그의 느릿느릿하고 별 특징 없는 말을 주의 깊게 들으며 표정을 잘 살펴보았다. 얼굴이 조금 더 생기를 띠면서 조금은 더 입체적인 모습이 되었다. 오히려 그녀 자신이 잠깐 잠이 들었다 깬 것처럼 아주 이상한 기분이었다. 그녀는 그의 말을 가로막지 않고 들어보고 싶어졌다.

"정말 나를 놀라게 하는군요. 당신이 어떻게 소설에 대해 물어본단 말입니까? 날 속이고 있는 거 아닌가요, 당신이 바로 그분이잖아요. 포민과, 아니 정확히 말해서 그의 소설과 어떤 관계를 가진 분 아닌가요, 예?"

'아하, 그럼 그렇지! 포민이야. 그 사람이 내가 혼자 있을 거라는 걸 알고 직접 오지는 못하고 장난을 한 거잖아.'

여인은 이런 생각이 들자 웃음을 터뜨릴 뻔했다.

"그래요."

그녀는 웃으면서 말했다.

"난 그 소설을 알고 있어요. 그래서요?"

그 사람은 더욱 반가워하며 갑자기 활기를 띠며 말했다.

"아, 그럼 정말 잘됐군요! 그렇지만 난 그게 그렇게 어렵다고 생각은 안 했어요."

그 역시 미소를 지으며 이제는 아주 다정하게 말을 이었다.

"당신은 그 여자분인 게 틀림없습니다. 그렇지 않다면 내가 이렇게 당신을 만났을 리 없지요……"

"서늘하고 공기가 좀 습하군요. 괜찮으시면 제 집으로 들어가시
지요."

그녀가 제안했다.

"대단히 감사합니다."

그는 미소를 지으며 답례를 보냈다.

그가 웃는 모습은 좀 이상했다. 그의 미소는 안으로부터가 아니라
바깥에서 주어지는 것 같았다. 그는 놀랄 만큼 가볍게 걸었다. 낙엽들
은 하얀 구두를 신은 그의 발길에 밟히면서도 아무런 소리를 내지 않
았다. 그러나 그보다 더 이상한 것은 그의 그림자가 없었다는 점이다.
여인의 앞쪽으로는 긴 그림자가 이리저리 흔들리며 오른쪽 풀섶 위에
눕기도 하고 좁은 오솔길 왼쪽으로 늘어지기도 했는데, 그의 그림자는
보이지 않았다.

'왜 그런 거지?'

그녀는 옆에서 그를 관찰하며 생각했다. 그런데 그의 모습은 이상
하게도 평면인 것만 같았다.

"포민 씨를 본 지 오래됐나요?"

그는 정말 이상하다는 표정으로 그녀를 바라보고는 대답했다.

"이 년쯤 전이지요……"

'장난 치시네, 시시하게.'

여인은 이렇게 생각하며 한마디했다.

"그런데 계절에 맞지 않게 너무 얇게 입으셨네요……"

"이건 포민이 그런 겁니다."

그가 어깨를 움찔하며 대답했다.

"알다시피 난 여름에 활동해야 했거든요……"

그녀는 이 모든 일이 점점 어색하고 지루하게 여겨졌다.

"그건 그렇고 당신은 진짜 누구세요?"

그녀는 다시 한번 물었다. 그러나 이 질문을 듣고 그는 포민에 대해 물어보았을 때처럼 또다시 정말 이상하다는 표정을 지었다. 그 사람은 가느다란 지팡이를 공중에 힘차게 흔들고는(이번에도 그녀는 지팡이가 공중을 가르는 소리를 전혀 들을 수 없었다) 부자연스럽고 일그러진 미소를 지었다.

"그런 걸 묻다니 참 이상하군요. 잊어버리신 건가요? 그럼 제가 기억을 살려보지요. 난 파벨 볼코프 아닙니까. 파벨 닐로비치 볼코프. 아버지는 기사고, 나 역시 토목기사죠. 게으른 실패자에 나이는 서른둘, 부자죠. 육 년 전 사랑에 빠져 결혼했지만 사 년 뒤에 아내는 '저를 용서하세요, 파벨. 하지만 난 더이상 당신과 살 수 없어요'라는 쪽지를 남기고 떠났죠. 지금 그녀는 카프카스 어딘가에서 살고 있어요. 하지만 난 그녀를 만나서는 안 되는 것으로 설정된 것 같은데, 아니 그렇지만 그건 내가 알 수 없는 거지요. 이게 내가 나 자신에 대해 알고 있는 전부입니다. 나머지는 아직 씌어지지 않았지요. 아직 창작되지 않았습니다……"

그는 무슨 신분증이라도 읽는 것처럼 말했다. 다만 그의 말 끝에서 여인은 분노와 억울함 같은 것을 느꼈다.

그녀 역시 그에게 분노를 느끼며 생각했다.

'자신을 포민의 실패한 소설의 주인공이라고 상상하다니 미친 사

람이 아니고서야…… 그래, 유치하고 바보 같은 짓이나 하는 사람이 겠지.'

테라스에 올라서면서 그녀는 다시 물었다.

"그런데 당신은 왜 그림자가 없는 거죠?"

파벨 볼코프가 놀라며 대답했다.

"그림자가 내게 무슨 필요 있겠습니까? 당신은 꿈속에서 그림자를 본 적 있나요? 그래요, 이건 마치 꿈 같은 거 아니겠습니까!"

"뭐라고요, 꿈이요?"

"예, 그렇습니다. 당신과 나는 사람들의 재미를 위해 인위적으로 만들어진 그런 존재지요."

그가 너무나 확신에 찬 목소리로 말했기 때문에 여인은 생각에 잠기지 않을 수 없었다.

'내가 잘못 보았나? 이 사람 아주 섬세하고 능숙한 배우잖아. 그래, 포민이 이 사람을 왜 내게 보냈는지 이제 알 거 같아.'

"아하, 그랬군요!"

그녀는 웃으면서 대꾸했다.

"당신은 실재하는 사람이 아니시라?"

이렇게 말하고 그녀는 당혹스러워 잠시 눈을 내리감았다. 그는 정말로 놀란 것 같았다. 그녀는 느끼지도 못할 미미한 바람에 그가 흔들리며 휘어지는 것처럼 보였다. 그의 어색한 움직임은 마치 바람이 천을 통과할 때의 그런 흔들림 같은 것이었다.

"그런 걸 묻다니 정말 이상하군요!"

그가 말했다.

"당신이 날 속이고 있다고만 생각됩니다, 정말로요. 그게 아니면 포민이 나보다 더 부주의하게 당신을 창작해서 당신이 자기 임무나 역할을 잊어버린 거 아닐까요? 그것도 아니라면 포민이 나를 잊어버린 채 당신을 다 묘사해버린 거 아닐까요? 그래서 당신은 이제 완전히 완성된 형상이란 말인가요?"

'그래, 이 사람은 정말 대단한 배우야.'

여인은 그의 이상한 말들을 들으며 생각했다. 그녀는 꿈에서 자신의 의지와는 상관없이 난관을 극복해야만 하는 처지에 놓인 것 같은 기분이었다.

"왜 아무 말씀이 없지요? 기억이 되살아나서 아무 말이 없는 거라면 정말 좋겠군요. 그런가요?"

여인은 고개를 끄덕였다.

"그럼 소설의 첫 부분이 어떻게 되는지 상기시켜드리지요……"

"그건 나도 알아요."

그녀가 말했다.

"그럼 뭐가 문제죠?"

잠깐 말을 멈추었다가 파벨 볼코프가 조용히 탄성을 발했다.

"아하! 이제 알겠군요. 포민은 분명히 나와 당신을 연결시키지 못했군요…… 아니면, 그가, 당신에게 말이지요, 나를 다른 사람으로 바꾸어버렸군요? 하지만 그래도 당신이 나와 나에 대해 취해야 할 태도나 소설에서의 역할을 알지 못한다는 건 정말 놀라운 일이군요."

순간 여인은 호기심이 일었고, 그것은 당혹감을 누르고 자신이 어떤 자세를 취해야 하는지를 속삭여주었다.

"그게 아니죠."

그녀가 말했다.

"난 당신의 역할을 잘 모르는 겁니다. 당신 얘기를 좀 해주세요⋯⋯"

"하지만 난 알고 있는 걸 이미 다 말했습니다."

"당신은 정말 존재하지 않는다는 건가요?"

"오오, 그건 아닙니다."

그는 화를 내며 말했다.

"내가 존재한다는 바로 거기에 문제가 있고 불행이 있는 겁니다. 당신에게는 포민이 원하는 그때까지만 내가 존재하는 것이지만, 이제 난 이미 그로부터 독립해서 존재하고 있습니다⋯⋯"

"알겠어요. 햄릿이나 돈키호테가 그 작가들로부터 독립해서 존재하는 것 같은 거군요⋯⋯"

파벨 볼코프가 그렇다는 듯 정중하게 말했다.

"그와 비슷합니다. 하지만 물론 포민은 세르반테스도 아니고 셰익스피어는 더더욱 아니지요. 게다가 나는 완결된 인물도 아닙니다. 나는 좀 우스운 상황에 처해 있어요. 생각해보세요. 나는 공원 가로숫길 벤치에 이 년 동안이나 앉아 있었습니다. 이 년이나요! 너무나 끔찍하고 말이 안 되는 일 아닌가요? 낮이나 밤이나 아침이 밝아오거나 석양이 지거나 먼지가 일거나 가리지 않고 여름의 폭염 아래, 가을비를 맞기도 하고, 겨울의 눈과 눈보라 속에서⋯⋯ 그래요, 난 계속해서 그대로 앉아서 기다린 겁니다. 간혹 내 곁으로 사람들이, 진짜 사람들이 지나가면서 재미도 없고 쓸데도 없는 말을 해댔지요.

곰보인 어떤 남자는 값비싼 양복을 입고 자기네 온실에 굉장한 파인애플이 자라고 있다는 말로 뚱뚱한 부인을 유혹하면서, 한마디 한마디 할 때마다 망아지처럼 부인의 귀를 핥아댔는데 그럴 때마다 그 부인은 나지막이 교성을 지르더군요. 정말 모든 게 터무니없고 말도 안 되는 끔찍한 일이었죠. 지긋지긋하고 생각하기도 싫은 일이었죠! 당신도 한번 생각해보세요. 사람들이 얼마나 따분하고 멍청하고 답답하게 사는지 말입니다. 어떤 점에서는 창작된 우리가 그들보다 더 재밌지요! 우리는 정신적으로 훨씬 더 집중화된 사람들이지요. 우리들 속에는 시나 노래나 낭만주의가 더 많이 들어 있지 않습니까. 그런데도 실상은 우리가 그런 둔감한 사람들의 재미를 위해서만 존재해야 하다니…… 그걸 어떻게 받아들여야 하는 거죠?"

그는 정말 심한 모욕을 받은 사람처럼 말했지만 그의 마른 얼굴은 훨씬 부드럽고 다감해졌다. 물론 그런 변화는 방 안에 스며든 따뜻한 저녁 어스름 때문일 것이다.

"나는 물론 잘 모르지요. 실재 사람이 어떤 것인지. 대체 실재라는 것이 뭐죠? 예를 들어 이 방과 방 안의 모든 것이, 그것이 실재인가요, 아니면 나나 당신처럼 뭔가 다른 것, 포민의 생각이 투영되어 만들어진 것, 그의 상상력의 결과도 역시 실제로 존재하는 게 아닌가요?"

여인은 조심스럽게 주위를 돌아보았다. 그리고 나지막이 말했다.

"그 모든 말씀이 정말 재미있습니다. 하지만 이해하기 좀 힘이 드네요……"

"물론 힘드실 겁니다."

파벨 볼코프가 동의했다.

"하지만 이 년 동안 아무 일도 하지 않고 전혀 움직이지도 않고, 포민이 나를 완성해서 어떤 일 속으로, 생활 속으로, 사람들의 재미를 위해서 내보내주기만을 고대하면서 나는 밀도가 아주 높아졌어요. 더 강해진 거죠. 그래서 이제 나도 구조상으로는 말이죠, 실제 존재에 아주 가까워졌어요. 난 거의 살아 있는 사람이나 다름없어요. 정말로……"

피로가 밀려옴을 느끼면서 여인은 이제 좀 피곤하다는 점을 이 터무니없이 낯선 손님에게 말하려고 했다. 그러나 방문을 열고 하녀가 들어와서는 낚싯바늘에 꿰인 농어처럼 입을 벌린 채 문 옆에 멈춰 섰다.

"글라샤, 무슨 일이야?"

"절 부르셨어요?"

"내가? 아니."

"죄송해요. 무슨 소리가 들려서요, 절 부르시나 하고……"

"아니…… 그래, 말하고 있잖아! 네겐 보이지 않니?"

눈짓을 하며 여인은 자리에서 일어나 고개를 돌렸다. 그런데 창문에 등을 기대고 서 있던 파벨 볼코프가 보이지 않았다.

저녁 어슴푸레한 유리창 밖으로 나뭇잎이 천천히 떨어졌고 단풍나무 가지가 푸르스름한 대기 속에 붙박인 듯 걸려 있었다. 여인은 한참 동안 눈이 아플 정도로 찬찬히 창밖을 바라보았다. 눈을 떼지 못하고 너무나 열심히 응시해서 마침내 유리창이 위에서 아래로 가느다란 어두운 실 줄기로 쏟아져 흐르는 것처럼 보였다.

"그래."

그녀가 화를 내듯이 말했다.

"내가 널 불렀어! 차 좀 내와."

하녀가 나가자 그녀는 생각에 잠겼다.

'이런 게 환영이나 환청이란 건가? 왜 나한테 이런 일이 생긴 거지? 이상해, 정말 이상한 일이야.'

그녀는 안락의자에 앉아 다리를 쭉 펴고 담요를 끌어다 무릎을 덮었다.

'포민에게 이걸 써 보내야겠어. 새로운 테마가 될 거야. 물론 이 테마는 그 사람 것은 아니지.'

머릿속에서 여러 생각이 두서없이 바쁘게 떠오르는 것을 느끼며 그녀는 이제 환각이 사라졌다고 안도했다.

그때,

"자, 이제 다시 대화를 나눠볼까요?"

가르랑거리며 갈라지는 예의 그 목소리가 들려왔다. 그 사람이 창옆에 서 있었다. 한 손으론 관자놀이를 만지며 다른 손으로는 벗어든 모자를 까닥거리고 있었다.

"아니 대체 어떻게!"

여인이 깜짝 놀라 소리쳤다.

"어디 있었던 거죠? 하녀가 들어왔을 때?"

파벨 볼코프는 오히려 놀란 듯 눈을 크게 뜨고 그녀에게 다가왔다. 한 걸음, 두 걸음. 그녀는 그를 밀쳐버리기라도 할 듯이 세차게 손을 내저었다.

"내가 어디 있었냐고요?"

그는 뻣뻣하게 어깨를 으쓱하며 멈춰 서서 반문했다.

"난 여기, 그대로 있었지요. 아하, 당신에게 보이지 않았던 모양이죠? 그건 말이죠, 내가 옆으로 돌아서 있어서 그런 겁니다. 난 말입니다. 이를테면 카드나 초상화 같은 존재잖아요. 잊으셨어요? 당신도 그렇잖아요……"

"아뇨."

그녀가 당황하며 말했다.

"아니에요!"

그는 한숨을 내쉬며 말을 이었다.

"하여튼 당신은 참 힘든 사람이군요!"

그는 그녀의 말투를 흉내라도 내듯이 역시 흥분해서 이렇게 말했다. 그러나 얼굴 표정은 아무런 움직임도 없어서 정말 초상화를 연상시켰다. 이따금 이 윤기 없는 얼굴에 어두운 그림자가 나타났다 사라지곤 했지만 표정에 거의 아무런 변화를 주지 못했다. 그리고 그것도 수상한 그 미소처럼 어딘가 바깥에서 주어진 것만 같았다. 바람에 물결이 이는 물 표면에 비친 것처럼 이상한 모습이었다.

'도대체 어떻게 한 거지?'

그녀는 찬찬히 살피며 생각하다가 갑자기 명령조로 말했다.

"그럼 좀더 왼쪽으로 돌아서 보세요!"

그녀를 한번 바라보고 그는 소리 없이 돌아서서 거울 앞쪽에 섰다. 그러나 거울에는 아무것도 비치지 않았다. 이미 어둑해진 거울은 어스름 속에 회색이 된 그의 모습을 비춰 보이지 않았다.

'분명해, 이건 환영이야.'

하지만 파벨 볼코프는 이렇게 말했다.

"참 힘든 사람이군요. 당신은 날 믿지 못하고 나의 존재를 받아들이지 않는 거죠? 당신의 나에 대한 태도는 포민이 구상해놓은 게 아 니라는 생각이 드는군요. 예, 결국……"

파벨 볼코프는 어색하게 흔들거렸다.

"결국, 나는 거의 진짜가 된 것 같아요. 포민이 개인적인 두려움 때 문에, 예, 말하자면 그의 힘으로는 끝낼 수 없었던 소설을 이제 제가 스스로 직접 이어갈 만하게 된 겁니다. 난 더이상 아무것도 하지 않고 기다리기만 하는 건 싫어요. 날씨야 어떻든 마냥 공원 벤치에 던져져 서 이 세상이 끝날 때까지 온갖 형식의 물질과 그 물질의 모든 투사물 들이 완전히 다 붕괴될 때까지 그따위 파인애플 얘기나 듣고 있을 수 는 없습니다. 포민은 나를 만들어놓고 내 존재를 잊어버린 겁니다. 하 느님도 사람들에게 그랬다고 들었어요. 하지만 하느님은 그래야만 했 던 확실한 동기가 있었지요…… 별로 이해되지 않는 실험이었지만 요…… 하지만 포민은, 내가 아는 한 평범하고 오만불손한 사람이지 요. 사람을 가지고 하는 장기판에서 어설프게 신을 모방하려고 하 는…… 내 생각에 분명 포민이란 사람은 미쳤어요! 혼자 있을 때 그 가 어떻게 행동하는지 보면 다 알 겁니다! 방에다 자기 상상의 산물을 가득 채워놓고 그 말도 안 되는 망상들, 그 사람 자체가 그렇지요. 그 것들에 빼곡히 둘러싸인 채 말이죠. 뭘 어떻게 할지 몰라 하고 있답니 다. 터무니없는 사람이죠! 나는 반 유령같이 살았던 이 년 동안 그 사 람에 대해 많이 생각해보았는데, 그는 공명심 때문에 이성을 잃은 사 람이에요. 한번 생각해보세요. 포민은 분명히 잘 알고 있을 겁니다. 자기 자신이나 그 비슷한 '예술한다'는 사람들이 인생을 자기들이 고 안해낸 것들로 가득 채워 혼란하고 복잡하게 만들어버리고 있다는 걸요. 그런데 그따위 고안물들이 대체 뭐란 말입니까? 실제 현실의 사람들과 사실들은 언어의 마술사들의 주관적 기호와 취향에 따라 왜곡되어버리지요. 게다가 그들 모두는 진짜 살아 있는 사람들의 재미를 위해 만들어진 누군가의 고안물이면서도 그걸 몰라요. 모른단 말입니다! 세상에 이런 바보들이 어디 있겠습니까? 사람들은 현실을 장식하기 위해 현실이라는 들판에 뿌려진 그런 고안물들을 만들어낸 창조자들에 대해 아주 잔인하게 조롱을 해댈 겁니다. 이런 생각 안 드세요? 만일 돈키호테나 파우스트, 햄릿 같은 사람들이 없다면 인생이 훨씬 간편하고 덜 모순적일 거라는. 안 그래요? 한번 생각해보세요, 잘 생각해보시라고요!"

파벨 볼코프는 이 긴 연설을 아주 활기차게, 그리고 조소하듯, 자기 확신을 가진 현자처럼 말했다. 그런 확신은 문학비평가라는 사람들이 가지고 있는 그런 것이며, 그것은 항상 치유할 수 없는 영혼의 문맹에 대한 확실한 징표다. 그는 들판의 신기루처럼 정말 이상하게 흔들리며 흐느적거렸지만 그래도 그 형상은 인간의 형태를 잃지는 않았다. 여인 주위의 모든 것이 흐르며 맴돌았다. 다소 기분 나쁜 호기심으로 그녀를 혼돈스럽게 만들면서.

파벨 볼코프는 계속해서 말했다.

"그래서 나는 소설을 나 스스로 계속하기로 작정했습니다. 나는 여자를 찾기만 하면 되죠. 더 정확히 말하면 당신을 설득하는 일이지요. 내가 바로 포민이 당신에게 지명해놓은 그 사람이란 것을요."

그리고 다소 미심쩍게 그녀를 바라보면서 화를 내며 말했다.

"이 저주받은 현실은 정말 터무니없게 만들어져 있어요. 여자가 없

이는 난 한 걸음도 내디딜 수가 없다니 말입니다. 예, 정말 여자 없이
는 한심한 존재죠……"

"내가 만일 당신을 정확히 이해했다면……"

여인은 말을 꺼냈다가 멈추고는 흐릿하지만 중요한 어떤 생각을 하
며 정신을 집중했다.

"그렇지요?"

그가 그녀에게 몸을 기울이며 대답을 재촉했다. 그때 하녀가 차 쟁
반을 들고 나타났다.

"글라샤, 찻잔은 두 개."

"두 개요?"

"그래, 두……, 오, 하느님……"

하녀의 뒷모습을 보며 고개를 끄덕이더니 그가 물었다.

"저 여자도 포민의 머리에서 생겨난 건가요?"

대답하지 않으려고 여인은 머리를 숙였지만, 그는 그걸 그렇다는
대답으로 받아들였다.

"왜 상상력을 그런 조잡한 형식으로 발휘하는지 참 이해할 수 없
어요."

"차 좀 드시겠어요?"

파벨 볼코프는 몸을 똑바로 펴면서 우울하게 말했다.

"제가 아는 당신이라면 내게 보드카나 코냑을 제안했을 텐데요. 그
래요, 이제 분명하군요. 포민은 당신을 창작하지 않았어요. 당신은 나
를 어떻게 대해야 하는지 도대체 모르고 있어요. 그렇다면 우리들 사
이에는 소설이 아니라 우스운 보드빌이 벌어지고 있는 셈이지요. 정

말 모르겠군요. 어떻게 해야 될지. 내가 완전히 실현되기 위해서는 여자가 필요하고, 그리고 바로 당신이 그 여자인데…… 그런데 정작 당신은 당신의 역할을 낯설어하는 데다 모르고 있으니…… 틀림없이 내 말대로 포민은 당신을 나보다 더 부주의한 사람으로 고안해놓은 거예요. 결론적으로 당신은 날 믿지 못하고 있지요. 자신에 대해서는 더더욱 말입니다. 하지만 나는 나 자신을 당신에게 납득시킬 방법을 알지 못합니다. 난 유령도 환영도 아닙니다. 게다가, 정말 제발 이걸 알아주세요. 난 당신의, 당신이 아니라 바로 포민의 상상의 산물입니다. 아시겠어요?"

여인은 이 모든 게 결코 있을 수 없는, 터무니없는 조악한 고안물이라고 생각했다. 그리고 나는 명민한 독자라면 그녀와 의견이 일치할 거라고 기대한다. 물론 이 점에서일 뿐이다.

나는 삼십 년 동안 작가 생활을 해오며 명민한 독자란 끔찍하게 건전한 생각을 가진 사람임을 잘 알고 있다. 그래서 명민한 독자는 힘들고 고통스럽기조차 한 자신의 삶의 범속한 무의미함을 자기 자신에게 감출 수 있는 완고함과 강직함을 가지고 있다. 그래서 독자에 대한 나의 존경심은 더욱더 높아만 가는 것이다.

독자가 자신에게는 너무나도 불편한, 하지만 그에 의해 창조된 현실에 대해 그렇게 경건하게 대하는 것을 보면 나는 진심으로 안도한다. 그 현실이란 것은 수도 없이 많은 터무니없는 것들로 촘촘하게 짜인 강력한 그물 같은 것이다. 즉 청어를 소금에 절이듯이 독자를 어딘가로 끌고 가는 그런 그물 같은 것이다. 그런데 누군가 그런 현실에 맞서 반란을 일으키며 무모하지만 용감한 목소리를 드높일 때, 독자라는 자가 느끼는 예의 그 가진 자의 공포가 나를 탄복하게 한다. 내가 독자를 존경해 마지않는 또 하나의 이유는 그가 무한히 폭이 넓고 인내심 많은 나의 재료이며, 상상력으로 진짜 모습보다 더 재미있고 똑똑하고 훌륭하게 만들어줄 때 아무런 저항을 하지 않는다는 점 때문이다. 나는 이런 일탈이 대단히 부적절하다는 것을 알고 있지만 갑자기 독자에게 아주 진심어린 찬사를 보내고 싶은 서정적인 바람이 우러나와서 어쩔 수 없었다. 사람에 대한 칭송은 어느 때 어느 곳에서건 다 좋은 것 아니겠는가.

그럼 다 씌어지지 않은 소설에 대한 이야기를 계속하자.

자, 그리하여…… 여인은 그의 말을 믿지는 않았지만 신중하게 행동하기로 결심했다. 그러나 자신이 미치는 게 아닐까 겁나서 그런 것은 아니었다. 결코!

그녀의 모호한 생각이 분명한 형태를 띠기 시작했다.

'왜 포민이 할 수 있는 걸 나라고 못하겠어? 틀림없어. 뭔가를 고안해낸다는 건 그렇게 어려운 일은 아니지만 아이를 낳는 것처럼 위험한 일일 거야.'

생각에 잠겨 손님을 바라보며 그녀가 말했다.

"내 기억에 의하면 포민의 소설은……"

그러나 스스로 말을 끊고 다정하게 웃으며 물었다.

"그래, 그가 당신을 어떻게 창조했나요?"

바깥에서 주어진 것 같은 그 미소를 지으며 파벨 볼코프는 한층 부드러워진 목소리로 대답했다.

"모릅니다. 정말. 난 내가 존재하고 있고, 이름이 파벨 볼코프고, 머리는 금발이고 등등을 그저 한번에 알고 느꼈을 뿐이지요. 내가 등장하는 소설이 실패하는 이유는 어쩌면 내가 생각이 너무 많고 분석적이며, 특히 나 자신에게 너무 사로잡혀 있기 때문인지도 몰라요. 나머지 모든, 소위 외부세계라고 불리는 것은 나에겐 그저 대상이거나 내 생각들의 원천이지요. 외부에 존재하는 모든 것은 나를 나 자신 속으로 밀어넣고, 내 안에서는 무언가가 바깥으로 떨어져나가지요. 난 아주 불안하고 어수선한 삶을 구현해내기 위해 창조되었고, 틀림없이 나의 궁극적인 목적은 혼란 속에서 나 자신을 찾아내 뭔가 총체적인 것으로, 비밀의 심연으로 쉽게 파고들 수 있는 날카로운 것으로 모아내는 겁니다. 이제 나는 포민이 나를 창작해내기 이전에도 내가 존재하고 있었던 것처럼 느껴져요. 흩어진 형태로, 마치 구름조각들처럼 말입니다. 그런 것들은 지금 당신 앞에 서 있는 이 불확실한 몸에도 다 결합되어 있지는 않지요. 내 목적을 지시하는 어떤 생각이나 감정이나 바람으로도 묶이지 않는 그런 것들이지요. 이게 내가 나 자신에 대해 말할 수 있는 전부입니다."

여인은 애써 마음을 진정시키려고 했다.

'이 사람은 평범한 사람이야. 게다가 아주 겸손하기까지 해. 내가 미쳐가고 있는 것은 결코 아니군. 분명한 건 이 사람은 내가 알 수 없는 이상한 무언가를 보고 있다는 거야. 그래, 물론 수수께끼 같은 점이 없지는 않지만.'

"난 틀림없이 포민이 고안해낸 어떤 진실을 확증하기 위해 창조된 존재입니다."

볼코프의 목소리가 들려왔다.

"작가들의 머리에서 꾸며져 나온 모든 것은 다양한 진실들을 확증하기 위해 창조된 게 아니겠어요?"

여인은 확실하게 대답할 수가 없었다. 어쨌든 그녀 앞에 있는 이는 낯설고 미심쩍은 사람이다. 그런데 그런 사람 앞에서 이 세상의 작은 비밀들을 왜 밝혀 보여야 하는가? 갑자기 다른 세계가 존재하고 있고, 그 속에 인형극에 나오는 사람처럼 양면을 가진 사람들이 살아가고 있다고?

잠시 뒤 그녀는 완전히 이성을 되찾고 생각해냈다. 만일 이 남자가 진짜 사람이라면 자신의 유혹에 정체를 확실하게 드러낼 것이다. 그녀는 담요를 걷고 대단히 매혹적인 다리를 드러내 살짝 흔들면서 이렇게 말했다.

"제 기억에는 포민이 당신을 스스로 자신의 성격을 형성해가는 존재로 구상하고 있었던 것 같은데요……"

"반가운 말씀이군요."

볼코프가 말했다.

"그건 정말 힘든 역할이지요. 하지만 난 기쁩니다. 그렇게 창조된 거라면 그렇게 살아야지요!"

"맞아요."

여인은 잠시 생각에 잠겼다가 동의했다.

"앞으로 당신은 말이죠. 뭔가를 기다리고 뭔가를 결심한 여자, 하지만 결심한 대로 행동하지 못하는 그런 여자를 만나야만 해요. 이 세상 끝날 때까지, 아니 최소한 늙어버릴 때까지 그런 여자들에게 삶은 그 끝을 모르는 것이지요. 그러나 그런 여자들은 맹목적으로 삶의 쾌락을 좇아갈 만한 욕망과 대담함을 가지고 있지는 못해요. 하지만 중요한 건 그녀들 모두는 주변 가까운 곳에, 이미 경험한 모든 것들 뒤에 아직도 어떤 더 위대하고도 달콤한 비밀이 숨어 있어서 그걸 밝혀내 육체적으로 정신적으로 다 누려보아야 한다고 생각한다는 거죠. 그녀들은 바로 그걸 기다리는 겁니다! 개인적으로 나는 그런 여자가 아니라고 확신해요. 그리고 포민은 당신을 만들면서 나에 대해서는 거의 생각하지 않았을 거예요. 당신도 아시다시피 물론 이 작가는……"

파벨 볼코프는 분노하며 손을 내저었다.

"맞아요. 당신이 말하려는 걸 알아요. 끔찍하죠! 정말 대단한 경박함이죠! 상상의 세계 속에는 당신이나 나처럼, 아니 우리들 같은 그런 미완의, 싸구려로 취급당하는 기형적인 존재들이 수도 없이 많지요."

"그럴 리가요?"

여인이 슬픈 듯이 묻고는 미심쩍게 덧붙였다.

"기형적이기까지?"

그러나 파벨 볼코프는 대답하지 않았다. 그는 점점 더 살아 있는 사람처럼 생기를 띠었지만 여전히 불만에 찬 어조로 말했다.

"작가들은 자신들이 창조한 형상이 종이에 고정되면 그로써 모든 것이 끝났다고 생각하죠. 하지만 알다시피 종이 위에 남은 건 그저 형상에 대한 한 조각 그림일 뿐이지요. 형상 자체는 나와 당신처럼 세상으로 나와서 존재하는 겁니다. 뇌의 원자들과 신경들이 분해되어 심리와 육체로 구현되는 겁니다. 그래서 우리는 허공 속의 에테르보다 더 실재적인 어떤 것이지요. 어때요, 아시겠어요?"

"아, 물론이죠! 그래요. 그런데 왜 의자에 앉지 않으세요?"

그는 다가와서 의자에 앉았고 그런 동작에 다른 사람과 특별히 다른 점은 없었다. 그리고 그녀의 의도를 알아차리지 못한 것 같았다. 여인은 한숨을 내쉬고는 완결되지 않은 사람들의 세계에서 사는 모습을 상상해보려고 애썼다. 그러나 그녀 앞에 떠올라 맴도는 것은 낯익은 사람들이었다. 그 사람들 속에서 그녀는 아직 자신에게 꼭 필요한 사람, 천재 음악가의 손에 들린 악기처럼 완전한 사람을 만나지 못했다. 그녀가 생각하는 완전한 사람이란 자신의 모든 욕망을 미리 알고 일깨워줄 수 있고, 그녀가 원할 때 그녀의 모든 욕망을 채워줄 줄 아는 사람이다. 그런 사람은 아무것도 묻지 않으면서도 모든 것에 대해 대답할 수 있어야 한다. 말을 많이 할 필요는 없지만 모든 것을 느끼고 이해할 줄 알아야 한다. 그리고 그녀의 죄는 그녀 자신만이 인정할 수 있어야 하고, 그렇지 않을 경우에도 결코 그녀에게 따지려 들어서는 안 될 것이다.

이런 생각을 하면서 그녀는 손님의 조용한 목소리에 주의를 기울였다.

"그런데 또 불가피한 면이 있습니다. 포민은 나에게 심리적인 것을 채워 넣었지요. 그래서 내가 생명을 받아 이렇게 존재하고 있는 거죠. 그러나 그 때문에 나는 내 안에 이미 있는 것과는 다른 잉여의 자질과 생각들이 바깥에서 나에게 들어와 있다는 것을 알고 있습니다. 그것이 나를 더욱 기형화시킨다는 것을 알면서도 삶에 대한 내 의지가 없기 때문에 나는 그걸 밀쳐낼 수가 없습니다. 포민은 아주 빽빽하면서도 활발하게 움직이는 자신의 심리적 투사물들 속에, 마치 구름에 휩싸인 듯 둘러싸여 있습니다. 그건 나를 파괴해버릴 수도 있는 것이어서 나는 거기에 파고들어 포민의 의식까지 침투해 들어가려고 애를 쓰는 것이지요……"

'만일 내 앞에 있는 저 남자가 아직 사람이 아니고, 그 시작쯤 되는 존재여서 완전한 사람에게 필요한 것을 내가 직접 채워 넣어서 완성할 수 있다면…… 그건 피그말리온*이 한 것보다 더 간단한 일일 거야……'

그녀는 이상하리만치 투명한 목소리에 귀를 기울이며 눈을 감았다. 그 사람은 아무 말도 하지 않고 그녀가 자신에 대해 생각하면서 침묵하는 걸 방해하지 않았다. 시골의 목동 카리카가 아코디온을 켜고 있었고, 멀리에서 처녀들이 노래하는 소리가 들려왔다. 그리고 언제나처럼 아주 단아하고 해처럼 밝은 달을 향해 개들이 짖어대고 있었다. 누군가가 달빛을 매끄럽게 빗겨놓은 것만 같았다.

"난 나를 창조한 포민에게서 내게 무엇이 주어졌는지, 그리고 그에 의해 창조돼 나와 연루된 다른 등장인물들로부터는 또 무엇이 내게 주어지는 건지 알 수 없습니다. 난 소설의 주인공이지만 소설에 대해 아무런 태도도 취하지 않는 것이 포민의 의도라고 생각합니다. 이미 말했듯이 포민은 작은 정신병원이거나, 아니면, 예, 좋아요, 길과 같다고나 할까요? 그 길을 따라 끊임없이 수많은 사람들이 돌아다니고 서로서로를 부정하는 다양한 생각들이 흘러다니지요. 나는 모든 걸 창조할 수 있는 능력이 있는 조물주가 자신이 뭘 원하는지도 모르면

---

* 그리스 전설에 나오는 조각가이자 키프로스의 왕. 자신이 상아로 조각한 아름다운 여인상을 사랑했다. 피그말리온의 기도에 보답하여 아프로디테 여신이 그 조각상을 살아 있는 여인으로 만들어주자, 그 여인과 결혼하여 파포스라는 아들을 낳았다.

서 그렇게 수많은 기형적이고 잉여적인 것들을 창조했다고는 생각하지 않습니다. 이런 생각은 포민의 아포리즘이지, 내게는 전혀 불필요한 거예요. 이렇게 전혀 쓸모없는 아포리즘들이 내 속에는 적지 않습니다. 아니, 어쩌면 나는 그런 쓸모없는 것들을 담아내도록 창조된 게 아닐까요? 나는 제일 중요한 걸 모르겠어요. 도대체 내가 좋은 사람이 되어야 하는 건지, 나쁜 사람이 되어야 하는 건지 말입니다."

미소를 지으며 그녀는 그에게 손을 내밀었다.

"하지만 당신이 그걸 꼭 알아야 되는 건 아니죠."

그녀는 위로하듯이 상냥하게 말했다.

"당신 인생의 의미와 재미는 바로 거기에 있어요. 당신은 선과 악을 잘 가리지 못하는 사람이에요."

플란넬 양복 단추를 만지작거리며 그 사람은 미심쩍은 듯 그녀에게 물었다.

"정말 그렇게 생각하세요?"

"예, 내가 아는 바로는 그게 당신 역할이에요! 당신이 선과 악을 구별하는 능력을 가졌다면 당신은 아주 따분한 사람이 됐을 거예요. 확실해요. 그렇지 않은 게 훨씬 더 재미있잖아요!"

파벨 볼코프는 뭔가 이상하다는 듯 깊은 생각에 잠겼다. 그가 자신의 몸에 아무런 관심을 보이지 않는 것을 이상해하며 그녀는 생각했다.

'어떤 남자도 이런 상황에서는 가만히 있을 수 없을 텐데……'

"그렇군요."

그가 말했다.

"그런데 그 재미라는 건 누구를 위한 거죠?"

"나, 그리고 당신 또 독자에게도요……"

"흐음…… 독자에게라고요?"

그는 손으로 자신의 머리칼을 쓰다듬었다. 그리고 웃으며 고개를 끄덕였다.

"그거야말로 정말 잔인한 장난이라고 생각하지 않으세요? 우리에게 수없이 불쾌한 일을 겪게 만들고, 서로 싸움질을 하게 만들고, 이런 제길…… 죄송합니다. 그게 다 극적 갈등을 만들어내기 위해서라고 하고, 그것도 모자라 장난감 망가뜨리듯이 하면서 그 모든 게 그 독자의 재미를 위해서 그런다는 겁니까? 다른 사람의 재미를 위해서 어떤 사람을 고통받게 하다니요, 그건 너무 지나친 거 아닙니까? 어쩌면 이건 내 생각이 아니라 포민의 생각이겠지만 어쨌든 올바른 생각입니다! 포민은 사실은 괜찮은 사람이지요. 그러나 그 사람은 자기 확신이 없어요. 하지만 내가 보기에는 그게 바로 괜찮은 사람의 믿을 만한 특징이지요. 가끔 그 사람은 펜을 내던지고 자문하곤 한답니다. 내가 왜 이러고 있지? 뭐 하러 쓰고 있는 거지? 그 자신은 고통을 싫어하지요. 생래적으로 거부감을 가지고 있어요. 하지만 유감스럽게도 작가들에게 불행을 빼놓고는 별다른 재료가 없어서……"

여인은 그에게 가까이 다가가면서 물었다.

"그런데 당신은 그림자도 없고, 거울에 비치지도 않네요. 도대체 어떤 마술을 부린 거죠?"

이렇게 말하고 나서 그녀는 자신도 모르게 얼떨결에 총을 쏴버린 사냥꾼 같은 심정이 되었다. 그 때문에 그녀는 당황했지만 곧바로 다정하게 손님의 손을 잡았다.

"화내지 마세요."

그러나 그의 손은 아무런 촉감이 없었고 뜨개질해서 만든 식탁보의 까칠한 느낌만 있었다. 전에는 한번도 느껴보지 못한 불쾌하고 섬뜩한 느낌이었다. 게다가 화가 나서 꾸짖는 목소리가 들려왔을 때는 완전히 엉망이 된 기분이었다.

"아니, 당신은 진짜 평범한, 소위 실재라고 불리우는 여자군요! 도대체 왜 날 속였습니까?"

파벨 볼코프는 화를 내며 일어나더니 모자를 빙빙 돌리며 이렇게 말했다. 어찌할 바를 모르며 다시 말했다.

"무슨 생각으로 그런 장난을!"

그는 테라스로 나갔다가 달빛을 따라 떠다니듯 다시 문 앞에 나타났다.

"내 말 좀 들어보세요!"

그녀는 천천히 그에게 다가가며 말했다.

"사실 있을 수 없는 일이잖아요! 내가 어떻게 믿을 수 있겠어요, 당신이……"

걸으면서 그녀는 처음으로 지구가 정말로 돌고 있다는 것을, 그것도 불규칙하게 쓸데없이 빠르게 돌고 있다는 것을 느꼈다.

"독자들이라!"

파벨 볼코프가 멀어져가면서 말했다. 분명히 이 말 속에는 모욕적이고 부정적인 의미가 들어 있었다. 그는 지팡이를 옆구리에 끼고 걸어가며 주머니에서 장갑을 꺼내 끼었다. 그건 주인공 역할을 맡은 제

법 유명한 시골 배우들이 늘상 하는 행동이었다. 하지만 여인에게는 장갑의 손가락들이 마치 바람을 불어넣어 그렇게 빠르게 펼쳐 끼워지는 것처럼 보였다.

달빛이 기묘하게 비치면서 플란넬 양복을 입은 그의 형상은 환상적인 푸른 빛을 띠었다. 그런데 그 형상은 연못가의 자작나무 숲 근처에서 사라져버렸다. 은빛 나무 줄기들 속으로, 물의 어두운 반짝임 속으로 사라져버린 것이다.

물론 여인은 손으로 눈을 비볐다. 이런 경우 사람들은 항상 이런 동작을 하지 않는가. 나는 이런 경우에 이와 같은 동작 묘사를 빼놓는 작가를 본 적이 없다. 거의 그치지 않고 들려오는 개 짖는 소리만 없었다면 사위는 너무나 고요했다. 한밤을 알리는 벽시계 소리나 뻐꾸기시계가 두 번 울었다고 해야 할지 모르겠지만 나는 없던 걸 독자에게 말하고 싶지는 않다. 내가 엄격한 리얼리스트라는 건 잘 알려진 사실이다. 또 내 이야기들이 준엄하면서 투박한 진실을 담고 있다는 것은 저명한 비평가들이 다 인정하는 바다. 그리고 아직 읽기를 제대로 배우지 못한 비평가들은 내 장점에 대한 평가에 있어, 그리고 더 중요한 점은 내 단점의 평가에 있어 무조건 그들 견해에 동의하고 나선다. 내 개인적인 생각으로는 내 단점들이 일관되게 끊임없이 발전되고, 그 과정에서 나는 이제 곧 완전한 완성에 도달하리라고 확신하고 있다. 그러나 그건 미래의 일이고 아직은 내 앞에 '이 이야기를 어떻게 끝내야 하는가'라는 문제가 남아 있다. 내 생각에 그건 간단할 것 같다. 이를테면,

'여인은 그가 사라진 먼 곳, 가물가물 반짝이는 둥근 호수 위 무성한 숲의 거대한 검은 속눈썹 너머를 바라보며 한숨지었다.'

이건 그리 형편없는 그림은 아니다. 어쨌든 독창적이다. 연못이나 호수나 바다는 항상 내게 지구의 눈처럼 생각된다. 닿을 수 없는 저 먼 동화의 세계로 쏜살같이 달아나버려 기억밖에 남지 않은 유년 시절에 나는 이런 시를 쓰기도 했다.

대양의 푸른 눈으로
바라보라, 그대, 나의 고향 지구여.
그대의 누이들, 황금빛 별들을,
푸른 하늘의 황금빛 별들을,
오, 푸른 밤하늘에
깊은 우수로 반짝이는 대양의 눈들이여⋯⋯

그리고 기타 등등. 내내 '오—, 오—, 오—'이다. 아주 풋풋한 시 아닌가.

비평가들을 위해 한마디 해두자면 지구는 별이고, 나는 이 시를 빅 토르 위고의 글에서 빌려왔다. 하지만 이쯤에서 시 이야기는 멈추고 우리 이야기를 계속해보자.

숲의 검은 군집 위로 별 세 개가 떴다. 여인은 이 별들이 오리온성 좌의 마법사별*이라는 걸 떠올렸다. 하늘은 넓디넓어서 달의 훔친 빛 이 별의 정결한 빛을 흐리게 만들며 저 혼자 흡족해하고 있었다.

이 대목에서 직유법이 저절로 떠오른다. 직유법이란 많은 경우에

---

* 가장 밝은 세 별.

아주 유익하지만 어떤 경우에는 모욕적이다. 하지만 나는 여기에서 직유법을 쓰지 않을 것이다. 나를 샛길로 이끌어갈지도 모르기 때문이다. 하지만 난 이 이야기를 끝내야 한다. 그렇다.

테라스 문을 조용히 닫고 여인은 작은, 그리고 물론, 안락한 작은 방으로(이곳은 그녀가 자신의 환상의 병아리를 품을 따뜻한 보금자리다) 들어갔다. 차가워진 뺨을 손바닥으로 비비고 그녀는 거울 앞에 섰다. 거울 속에는 의혹과 두려움에 휩싸인 낯선 두 눈이 그녀를 바라보고 있었다. 그 눈들은 자신들이 이 작고 우아한 여인을 멋지게 장식해주고 있다는 걸 믿고 있지 않았다……

'그는 사람이 아니야.'

여인은 생각했다.

'그가 사람이라면, 남자라면…… 그래 그 사람은 날 모욕한 거야.'

그녀는 탁자에 앉아 흘러내린 스타킹을 고쳐 신고 손톱 소제용 칼을 만지작거리며 오랫동안 앉아 있었다. 그러다가 양피로 손톱을 갈기 시작했다. 그녀는 손톱을 갈 때 생각이 가장 잘 정리됐다. 칸트가 이걸 몰랐다니 유감이다. 수많은 생각이 떠올랐지만 모두 햇빛 속 먼지처럼 불안하게 떠다닐 뿐이어서 어느 하나 마음에 들지 않았고, 그래서 그녀는 화가 났다. 그녀는 포민에 대해 생각하려고 온 신경을 집중시켜야 했다.

그가 못생기고 굼뜨기는 하지만 자신이 아는 사람 중에서는 가장 재미난 사람이라고 생각했다. 이렇게 생각하고 나서 그녀는 자신이 오랫동안 포민에 대해 생각하고 있었다는 자각에, 그리고 십 분 전에 경험했던 모든 것이 그 사람과 그녀의 영혼이 벌인 장난이라는 생각에 깜짝 놀랐다.

그래서 그녀는 편지지를 펼쳐 가느다란 서체로 포민에게 서둘러 편지를 썼다.

친애하는 안치파 치트이치!

십오 분 전에 나는 믿기 어렵고 터무니없이 환상적인 일을 겪었어요. 내 말에다 당신이 할 수 있는 더 강력한 형용어들을 아무리 가져다 붙인다 해도 내가 겪은 일을 정확하고 깊이 있게 설명할 수는 없을 겁니다.

누가 내게 왔었는지 아세요? 파벨 볼코프, 당신 소설의 주인공이죠. 당신이 수없이 내게 말했었던 그 사람이요. 하지만, 아시죠? 난 그렇게 상상력이 좋은 편이 아니잖아요. 내가 그 사람과 닮은 사람을 만났던 거라고는 생각하지 마세요. 그건 아녜요. 정말 파벨 볼코프, 당신이 창조했던, 사람 같지 않은, 용서하세요, 바로 그 사람이었어요. 그 사람은 자신을 당신의 창조력의 구현이라고 불렀지요. 나로서는 전혀 이해할 수 없는 형식으로 존재하고 있었어요. 겉으로 보기에는 분명 사람인데 내적으로는 영혼이 없는, 미완의, 심지어 정상적인 남자의 성적 욕망도 지니지 못했어요. 옷은 아주 잘 입었지만 어색하고 어딘가 싸구려 티가 났지요. 그리고 당신이 자신을 만들어내곤 잊어버렸다고 불평했어요. 그 때문에 너무 화가 나서 그 사람은 당신이 불충분하게 만들어준 그 힘으로 스스로 살아가려고 결심했대요. 이게 바로 내가 알게 된 당신의 주인공이에요.

222

제발 내가 미쳤다거나 환각에 빠졌다고 생각하지 말아주세요. 그런 건 아녜요. 어쨌든 이 이상한 방문을 아주 침착하고 이성적이고, 그리고 비판적으로 맞이했다는 게 내 정신이 건강하다는 증거임에 틀림없어요.

당신의 주인공은 전혀 내 마음에 들지 않았어요. 나는 사건의 중심에 그런 사람을 놓는다면 당신 소설이 실패하게 되리라고 확신해요. 재미없는 사람의 인생에서 재미있는 게 나올 리가 있겠어요? 이 볼코프라는 인물은 특별히 똑똑하지도 못해요. 그 사람은 당신의 실패작이에요. 당신은 어떻게든 그 사람을 다시 바꿔 써야만 해요. 어떻게 해서든 당신은 이런 존재가 반쯤 유령처럼 세상을 떠돌아다니지 않도록 해야만 해요. 어떻게 해야 할지는 나도 몰라요! 당신을 모욕하려고 이러는 건 아니에요. 상상해보세요. 그런 사람이 오늘은 내게, 내일은 또다른 여자에게 찾아간다는 걸요. 마치 디오게네스가 사람을 찾듯이 여자를 찾아다닌다니 말예요……

그녀는 편지를 쓰다가 멈추고 쓸데없이 너무 자세하게 늘어놓고 있는 건 아닐까, 좀 유치하게 쓰고 있는 건 아닐까 하고 생각해보았다. 하지만 씌어진 대로 그냥 두기로 했다. 그게 더 재밌을 거다!

그녀는 파벨 볼코프를 파멸시켜야 한다는 강렬한 욕망을 느끼면서 그 뒤에도 많은 내용을 썼다. 그런 사람이 왜 필요해? 왜 그런 잘못 고안된 불쾌한 사람들이 필요하냔 말이야?

다정한 말로 편지를 마무리하고 그녀는 하녀를 불러 창문을 잘 닫고 특히 테라스 문을 잘 잠그라고 명령하고는 덧붙였다.

"글라샤, 옆방 소파에서 자도록 해. 내가 몸이 좀 좋지 않아서 밤에 부를지도 몰라."

그리고 옷을 벗고 침대에 누워 포민이 자신의 편지를 보고 뭐라고 할지 상상하다가 잠이 들었다.

며칠 뒤 포민이 답장을 보내왔다.

다정하고 놀랄 만큼 재치 넘치는 당신의 편지를 읽었습니다. 밖에는 지루하게 비가 내리고 있고, 방 안은 춥고 내 영혼도 춥기만 합니다. 나는 어딜 갔다가 걸어서 집에 왔답니다. 비가 우산을 두드리는 소리를 들으며 당신을 생각했지요. 그리고 아래의 시를 지었습니다. 물론 하찮은 것이지만 진심을 담았다는 걸 믿어주세요!

이상한 풍경 속에서
한 사람이 지상의 오솔길을 걷고 있네,
나의 우수는 납빛 그림자 되어
지상을, 내 뒤를 따라 헤매네.

나는 그 누구도 불안케 하지 않아,
내 영혼이 아프다고
존재의 비밀스런 의미에 대한
다할 수 없는 나의 우수로.

사람들은 날 도와줄 수 없고,

나 역시 그들을 도울 수 없어,

그 누가 날 비난할 것인가,

내가 침묵한다고, 내가 거짓말하지 않는다고,

그들에게 위로의 말을 던지지 않는다고,

나의 우수를 그들에게 선물하지 않는다고.

오직 당신과만, 오직 당신과만

그에 대해 장난스럽게 말하리……

여인은 미소를 지었다. 포민은 이 시를 지난봄에 단둘이 보트를 탈 때 이미 읽어주었다는 걸 잊어버린 것이다. 하지만 그가 잊어버린 게 차라리 잘된 일이다. 그날 저녁 그녀는 기분이 좋지 않아서 그런 시는 하룻밤에 수십 편이라도 써내겠다고 말했던 것이다.

포민은 계속해서 이렇게 썼다.

그리고 이렇게 집에 돌아와 책상 위에 놓인 당신의 편지를 보았습니다. 당신의 편지는 너무나 독창적이고 나에 대한 우정어린 관심과 (그 때문에 내가 우쭐해진 건 아닙니다) 나의 작업에 대한 진지한 태도로 가득 차 있었습니다. 고맙습니다. 당신은 내 기억 속에 있던 이 보잘것없는 소설을 다시 떠올리게 했고, 그리고 결정적으로 그 주인공을 죽여주었어요. 나는 원고를 찾아서 다시 읽어보고는 부끄러움에 조각조각 찢어버렸습니다. 이제 파벨 볼코프가 당신을 찾아가 괴롭히는 일은 없을 겁니다.

그 뒤에는 관심 있는 여자에게 편지를 쓸 때 하는 통상적인 말들이 씌어 있었다. 이런 경우에는 항상 아부하는 말들이 쓰이기 마련이지만, 그러나 때로는 진심어린 칭찬이 담기기도 한다.

편지를 다 읽은 후 여인은 창밖의 공원을 바라보며 생각에 잠겼다. 가을의 지루한 태양이 반짝이고 있었다. 휘파람 소리를 내며 바람이 세차게 불어왔고 누런 낙엽들이 떨어졌다.

자, 이젠 이야기가 모두 끝났다.

이렇게 모든 게 끝난 후 여인이 무얼 했는지 나는 모른다. 다만 그녀가 남편에게 이런 편지를 썼다고 생각한다.

'용서해요, 파벨. 하지만 난 더이상 당신과 살 수 없어요.'

이 여인의 남편은 나도 알지 못한다. 어쩌면 여자들이 떠나가지 않는 아주 드문 남자들 중 하나일 수도 있겠다. 내가 보기에 이런 종족의 남자들은 귀머거리이거나 벙어리, 절름발이이고 아니 더 끔찍하게 기형적인 사람들이다. 아니 더이상 불행하려야 불행할 수 없는, 완벽하게 불행하고 불쌍한 그런 사람들일 것이다.

이 이야기를 서정적인 음조의 풍경 묘사로 끝맺어야 할지도 모르겠다. 하지만 그렇게 하고 싶지는 않다.

그냥 이대로도 좋다.

카라모라

「그래, 카라모라! 이제 우측으로 돌아서시겠다, 대행진이구만!」

어쩌면 나는 누군가가 내게 「멈춰! 너 어디로 가는 거야?」 하고

소리쳐주기를 내내 기다렸는지 모른다.

그러나 아무도 내게 소리치지 않았다.

"아시겠지만, 난 훌륭한 일을 할 수 있어요. 그래요, 하지만 동시에 비열한 짓도 할 수 있지요. 때때로 난 누구에겐가 아주 비열한 짓을 해버리고 싶어집니다. 아주 가까운 사람에게 말이지요."

　　　　— 노동자 출신 정치 선동가 자하르 미하일로프의
　　　　　　조사위원회에서의 진술: 1917년, 〈과거사(브일로에)〉,
　　　　　　　　　　1922, 제6권, N. 오시폽스키의 기사.

"가끔은 아무런 이유도 없이 악독하고 비열한 생각들이 떠오른다."
　　　　　　　　　　　　　　　　　—N. I. 피로고프

"비열한 행동을 하도록 허락해주세요!"
　　　　　　　　　　　— 오스트롭스키 희곡의 한 주인공

"비열한 짓도 때로는 영웅적이고 훌륭한 일 못지않게 상당한 자기 헌신을 요구하지요."

— 레오니드 안드레예프의 편지 중에서

"잘 생각하고 하는 행동만 보고는 그 사람이 어떤 사람인지 알 수 없다. 그 사람을 제대로 알고자 하면 무의식적으로 하는 행동을 보아야 한다."

—N. S. 레스코프가 프일랴예프에게 보낸 편지에서

"러시아 사람의 뇌는 좀 삐딱하다."

—I. S. 투르게네프

나의 아버지는 열쇠 제조공이었다. 몸집이 상당히 크고 선량하고 아주 유쾌한 사람이었다. 아버지는 사람들을 재미있게 웃길 거리를 아주 잘 찾아냈다. 아버지는 나를 사랑했고, 나를 '카라모라'라고 불렀다. 아버지는 누구에게든 별명을 붙이길 좋아했다. '카라모라'는 거미처럼 커다란 모기를 부르는 말이다. 나는 다리가 길고 깡마른 소년이었다. 새 잡는 걸 좋아했고 싸움도 잘했다.

그들은 내게 그간 있었던 일에 대해 모두 쓰라고 스물네 장짜리 종이 세 묶음을 던져주었다. 하지만 왜 써야 되지? 결과는 마찬가지다. 결국 나를 죽이고 말 것이다.

아, 비가 오는구나. 비가 걸어간다는 표현이 맞을 것이다. 빗물이

띠가 되고 기둥이 되어 들판을 지나 도시로 움직여가고 있다. 젖은 그물 같은 빗속으로 아무것도 보이지 않는다. 창밖은 온통 천둥소리, 소란한 빗소리로 가득하다. 감옥 안은 조용했지만 흔들리고 있다. 비와 바람이 감옥을 밀어버려 이 낡은 감옥은 비누 거품의 땅을 따라 미끄러져 경사를 타고 시내 쪽으로 쓸려 내려갈 것만 같다. 그러나 난 뜰채에 잡힌 물고기처럼 나 자신에게 갇혀 있다.

어둡다. 무얼 써야 하는가? '내 안에 전혀 다른 두 사람이 살았다.' 그게 전부다.

하지만 그게 아닌지도 모르겠다. 하지만 어쨌든 나는 글을 쓰지 않을 것이다. 쓰고 싶지 않다. 하긴 쓸 능력도 없다. 글을 쓰기엔 어둡기도 하다. 카라모라, 좀 누워서 담배라도 한 대 피우고 생각해보자. 그게 낫겠어.

죽일 테면 죽이라지.

밤새 잠을 자지 못했다. 숨이 막힌다. 비가 그치자 태양은 대지를 달구었고, 독방 창문으로 목욕탕의 습한 열기 같은 뜨겁고 습한 공기가 들판에서 밀려들어왔다. 하늘에는 포포프의 불그레한 수염처럼 생긴 하현달이 낫 모양으로 솟아 있었다.

나는 밤새도록 지나온 내 삶을 되돌아보았다. 달리 뭘 하겠는가? 한 틈새를 들여다보는데, 그 틈새 뒤에 있는 거울로 내가 경험한 것이 보였다.

내 첫 스승인 레오폴드가 생각났다. 굶주린 작은 유대인, 그는 김나지움 학생이었다. 그때 내 나이 열아홉, 그는 나보다 두세 살쯤 어렸다. 폐병환자처럼 얼굴이 노랬고 지독한 근시여서 두꺼운 안경을 꼈고, 그 아래로 비뚜름한 코가 빨갛게 부어 있었다. 그 모습은 우습기 짝이 없었고 겁먹은 쥐새끼 같았다.

그렇지만 더욱 놀라웠던 것은 그가 과감하고 능숙하게 거짓의 껍질을 찢어 뜯어내고 사람들의 외적 관계들을 물어뜯어 파헤쳐서, 사람이 사람을 속이는 수많은 기만 행위들에 대해 가차 없는 진실을 폭로해냈다는 점이다.

태어날 때부터 지혜로운 늙은이 같던 그는 사회의 거짓을 격렬하게 폭로했다. 심지어 우리들에게 우리들이 살아가는 모습을 까발려놓으며 분해서 부르르 떨기까지 했다. 그럴 때 그의 모습은 마치 강도를 당했던 사람이 강도를 잡아서 샅샅이 수색하는 것만 같았다.

나처럼 생기 넘치는 젊은이가 그런 악의에 찬 말을 듣고 있기란 무척 언짢은 일이었다. 나는 내 인생에 만족했고 부러울 것도 욕심도 없었으며, 수입도 그런대로 괜찮아서 내 인생의 길은 맑은 강물 같다고 생각하고 있었다. 그런데 갑자기 유대인 놈이 내 인생의 강물을 흐려놓았다고 느꼈다. 모욕적이었다. 난 건강한 러시아 청년이다. 그런데 이런 보잘것없는 이방인 꼬마 녀석이 나보다 더 똑똑해 보이다니. 내 피부를 뚫고 소금을 뿌리듯이 날 가르치려 들고 날 충격에 빠뜨리다니.

난 그에게 도저히 맞설 수 없었다. 레오폴드가 진실을 말하고 있는 것이 너무나 분명했기 때문이다. 하지만 뭔가를 간절히 말하고 싶었다. 그러나 뭐라고 말할 것인가. '그래, 다 맞는 말이다. 다만 내겐 그런 진실은 필요 없다. 내 나름의 진실이 있다'고 할 것인가.

지금은 알고 있다. 내가 그때 그렇게 말했다면 내 인생은 아마도 달라졌을 것이다. 그렇게 말하지 않은 것은 내 실수다. 아마도 그때, 병든 까마귀 새끼보다 못한 네 명의 고만고만한 젊은놈들이 같이 앉아 있다는 생각에 그만 기분이 언짢아져 난 나 자신의 말을 하지 않았던 것 같다.

당시 우리가 살던 도시의 상권은 거의 유대인 손에 들어가 있었다. 그래서 모두들 유대인을 몹시 싫어했다. 물론 나도 유대인에게 남들보다 더 잘해줄 이유는 없었다. 레오폴드가 자리를 떴을 때 난 친구들을 비웃기 시작했다. 스승님을 찾으셨군! 그러나 이 기계 같은 친구를 앞장서 모셔왔던 모피 장수 조토프는 내게 대들면서 욕을 했고 다른 친구들도 마찬가지였다. 그들은 레오폴드의 강의를 처음 들은 게 아니었고 이미 아주 밀접하게 그와 하나가 되어 있었던 것이다.

잠시 생각해본 후 나도 이 선동가의 작업에 참여하기로 결심했다. 그러나 내 목적은 레오폴드를 혼란에 빠뜨려 어떻게든 친구들 눈앞에서 깎아내리기 위한 것이었다. 그것은 그가 꼭 유대인이어서만은 아니었다. 그런 병약하고 작은 몸뚱어리에 진실이 살아서 타오르고 있다는 점을 인정하기 힘들었기 때문이다. 물론 그건 미학의 문제는 아니지만, 그러나 말하자면 전염될까봐 걱정하는 건강한 사람이 가질 수 있는 본능적인 의심이랄 수 있었다.

그런데 그 게임에서 난 혼란에 빠졌고, 때문에 나는 질 수밖에 없었다. 겨우 두세 번의 대화를 통해 나는 사회주의의 진실이 내가 만들어내기라도 한 것처럼 아주 친숙하고 분명하다고 느꼈다. 그 당시 너무 흥분해서 알아채지 못했던 한 가지, 유독하면서도 정교한 것, 바로 그

것이 혼란에 빠져버렸다고 나는 지금 생각한다. 사상이란 이성의 본성의 법칙에 따라 사실에 의해 생성되는 것은 명백하다. 나는 내 이성의 판단에 따라 사회주의 사상을 진리로 받아들였지만, 이 사상을 태어나게 만든 현실들은 내 감정을 움직이지 못했다. 사람들이 불평등하다는 사실은 나에겐 자연스럽고 당연한 것이었다. 나는 나 자신을 레오폴드보다 우월하고 내 친구들보다 더 똑똑하다고 생각했다. 어렸을 때부터 타인에게 명령하는 데 익숙했고 쉽게 복종하게 만들 수 있었던 나에게는 사회주의자에게 필수적인 것이 부족했다.

사람들에 대한 사랑, 그게 뭐야? 난 그런 게 뭔지 모른다. 간단하게 말하면 사회주의는 나와 맞지 않았다. 나보다 작은 건지, 큰 건지는 몰라도. 사회주의와는 전혀 상관 없는 사회주의자들을 나는 많이 보았다. 그런 사람들은 마치 계산기와 같아서 무슨 수를 집어넣든지 상관없이 항상 결과가 올바르게 나오면 된다. 거기에는 영혼은 없고 오직 형해화된 산술만이 있을 뿐이다.

나는 '영혼'이란 것을 광기로까지 고양된 사상이라고, 말하자면 의지라는 것과 영원히 떼려야 뗄 수 없게 결합된 신앙과 같은 사상이라고 이해했다. 내 인생의 본질은 그런 '영혼'이 내게 없었다는 점에 있었지만, 그러나 그때 난 그걸 모르고 있었다.

나는 친구들보다 활달했고 홍보 문건 따위를 더 잘 이해했고 더 많이 읽었으며 레오폴드에게 다양한 질문을 던지곤 했다. 그에 대한 적대감이 나를 그렇게 만들었다. 나는 그가 모든 것을 잘 알고 있는 게 아니라는 사실을 폭로해내려고 애쓰면서 어떻게든 빨리 그보다 더 많은 지식을 얻으려고 노력했다. 그와의 경쟁이 나를 아주 빠르게 앞으로 나아가게 했고, 나는 곧 소모임에서 첫째가 되었다. 레오폴드는 나를 자기 이성의 창조물로 생각하며 자랑스러워했다.

어쩌면 그는 나를 사랑하기까지 하는 것 같았다.

"표트르, 당신은 정말 깊이 있는 혁명가요."

그는 내게 이렇게 말하곤 했다.

그는 놀랄 만큼 많은 책을 읽었고 대단히 똑똑한 인물이었다. 그는 항상 코감기를 달고 다녔고 끊임없이 기침을 해댔다. 그을린 것처럼 까무스름하고 깡마른 그는 독한 담배 연기를 뿜어내며 신랄하기 짝이 없는 말을 불꽃처럼 쏘아댔다. 조토프는 이렇게 말했다.

"그는 살아 있는 게 아냐. 다 타고 연기만 나는 거지. 가만 있어봐. 자, 자, 저기 다시 불이 핀다. 그는 없고 말이야!"

나는 아주 열심히, 정말 엄청난 집중력으로 레오폴드의 말을 들었지만, 이따금 그의 신경을 건드리곤 했다. 이를테면 가끔 이런 질문을 던졌던 것이다.

"그런데 유럽 자본주의자들에 대해서만 말하잖아. 유대인 자본주의자들에 대해서는 잊어버렸나봐?"

그러면 불쌍한 그는 완전히 위축돼 날카로운 눈을 깜박거리다가 이렇게 말했다. 자본주의는 국제적이어서 어디나 자본주의자가 있지만, 유대인 중에는 자본주의자들보다 자본주의의 적들, 이를테면 라살레나 마르크스 같은 유명한 사람들이 훨씬 더 많다고 말이다.

그러고 나서 그는 내게 유대인 혐오증이 있다고 은근히 날 힐난했다. 하지만 나는 유대인에 대해 그가 침묵하는 것은 나뿐만 아니라 다른 친구들도 다 아는 사실이라고 말하면서 그의 질책을 피했다. 그리고 그건 사실이었다.

우리와 함께 학습한 지 여덟 달이 됐을 때 그는 다른 지식인들과 함께 체포되어 일 년여 감옥에 있었고, 그 뒤 북쪽으로 유형을 갔다가 거기서 죽음을 맞이했다.

세상에는 자신이 믿는 것 외에는 아무것도 보지 못하는 장님처럼 살아가는 사람들이 있는데 그가 바로 그런 사람이었다. 그렇게 사는 것은 쉬운 일이다. 나도 그런 식으로 무장했더라면 그들보다 더 편안히 잘 살았을 것이다.

군인 한 명이 감옥에 들어왔다. 대머리에 무성한 턱수염, 어두운 구멍 속에 깊게 숨은 듯한 두 눈은 죽기 일 년 전의 아버지와 꼭 닮았다. 죽기 전에 아버지가 그랬듯이 그 역시 뭔가 죄지은 듯한 미소를 띠고 있었다.

"페트루하*!"

그가 내게 물었다.

"죽어가는 기분은 어때? 귀신들이 막 찾아오고 그러나?"

그는 죽는다는 것에 무척이나 겁을 내서 짧은 기간 동안 세 사람에게 치료를 받았다. 유명한 의사 투르킨과 마을의 여자 주술사가 다녀갔고, 모든 병에 '가난한 사람 풀'이라고 불리는 마황초즙을 쓰는 사제도 다녀갔다. 사제는 나에 대해서도 걱정해주었다. 그는 이렇게 말하곤 했다.

---

* 표트르를 부르는 애칭.

"이런 승부는 이제 집어치워야지, 표트르! 사람들이 잘못 사는 게 왜 자네의 죄겠나? 다른 사람의 삶을 나아지게 만들 의무가 왜 자네에게 있는 거겠어? 남의 집 거위들만 키워주고 자네 거위들은 아무도 돌보지 않는다면 다 마찬가지 아닌가?"

진실은 투박한 생각들에 더 많은 법이다. 물론 사람들은 경제의 사슬에 묶여 있다. 경제 유물론은 명확한 학설이고 다른 어떤 생각도 허용치 않는다. 사람들 사이의 관계는 외부로부터 강제된 기계적인 것이다. 자신에게 유리할 때에는 이런 관계를 참아내지만 불리해지면 자신의 발톱을 드러내고 이제 안녕, 친구여! 하는 것이다. 난 욕심 없다. 내 생에 필요한 것은 그리 많지 않다.

동지들 중에 시인들이 있었다. 서정시인, 사람들에 대한 사랑의 설교자라고나 할까, 아주 순진하고 좋은 청년들이고 나는 그들을 사랑했지만 사람들에 대한 그들의 사랑이라는 게 일종의 꾸며낸 것임을—그것도 아주 나쁜—알고 있었다. 삶에서 일정한 자리를 차지하지 못하고 공기 속에 떠다니는 사람들에게, 바로 그런 사람들에게 사랑의 설교는 실용적으로 꼭 필요한 것이라는 점은 알 만하다. 그리스도의 순진한 교리가 그것을 잘 증명하고 있다. 본질적으로 타인에 대한 염려는 그들에 대한 사랑에서 나오는 것이 아니다. 그런 사람들을 자기 주변에 두어서 그들의 도움으로, 그들의 힘으로 자신의 이념과 지위와 명예를 세우려는 데에서 나오는 것이다.

나는 젊은 지식인들이 정말로 민중을 사랑하고 그것을 사랑이라고 생각한다는 것을 알고 있다. 그러나 그건 사랑이 아니라 하나의 기계공학이고, 대중에게로 이끌려 들어가는 힘일 뿐이다. 나이가 들면 이런 시인들은 세상에서 가장 따분한 기능공이나 화부가 된다. 사람들에 대한 염려는 가장 단순한 사회적 기계공학이었음을 드러내고, 결국 사람들에 대한 '사랑'을 박멸시켜버리는 것이다.

시내에서는 밤마다 총소리가 들려왔다. 오늘 새벽녘에는 위층 방에서 누군가 울부짖으며 발을 굴러댔다. 여자 같았다.

아침에 바소프가 찾아와서 내가 글을 쓰고 있는지 확인했다.

그는 다시 첫번째 심문에서처럼 치를 떨며 팔을 벌리고는 중얼거렸다.

"정말 믿을 수가 없어. 어떻게 당신 같은 원로 당원이, 가장 정력적인 일꾼이었고 봉기를 조직했던 사람이……"

그의 말투에는 상대방을 불쾌하게 하는 구석이 있었다. 단어들을 우물우물 씹었고, 그 단어들이 이빨에 달라붙었지만 혀는 그걸 잘 떼어내지 못하는 형국이었다. 그는 좀 둔하고 굼뜬 인물이었고 화부 출신이었다. 그래서 몇 번이나 감옥을 들락거려야 했다. 보기 지겨운 사내였다. 그는 죄 없이 벌을 받은, 평생 남에게 욕이나 얻어먹을 그런 얼굴이었다. 지식인들 중에도 얼굴에 그런 고통과 모욕을 붙이고 다니는 사람을 수없이 볼 수 있다. 특히 1905년 이후에 그런 인물들이 넘쳐났다. 그들은 마치 세상이 자신들에게 돈을 주어야 하는데 그걸 받지 못했다는 듯한 표정으로 세상을 돌아다녔다.

그들은 분명히 이렇게 생각하고 있을 것이다. 죽음이 나를 위협하고 있고, 불행한 죄인인 나는 비 오는 날 하수도처럼 철철 흘러넘치는 절망감에 싸여 있도다.

그렇다. 난 쓰고 있다. 하지만 그건 남은 생명을 조금이라도 연장하기 위해서가 아니라 세번째 자아가 원해서다. 이미 말했듯이 내 안에는 전혀 다른 두 사람이 살고 있고, 거기다 한 사람 더 세번째 자아가 또 있다. 세번째 자아는 두 사람의 적대감을 부추기거나 격화시키지 않으면서 다만 이 적대감이 어디서, 왜 나오는 것인지 있는 그대로 알고 싶어서 그저 두 사람을, 그들의 불화를 지켜보기만 하는 존재다.

바로 이 세번째 '내'가 나로 하여금 쓰게 만든다. 아마도 그가 진정한 나일지 모른다. 모든 것을, 아니 사소한 그 무엇이라도 이해하고 싶어하는. 아니 어쩌면 세번째 자아야말로 나의 가장 악랄한 적이 아닐까? 이건 네번째 자아의 추측이랄 수 있다.

어떤 사람에게든 두 명의 자아가 있다. 한 사람은 단지 자신에 대해서만 알고 싶어하고 다른 또 한 사람은 사람들에 대해 알고 싶어한다. 그러나 내 안에는 네 명의 자아가 살고 있고 모두 사이가 좋지 않고 서로 다른 생각들을 한다. 하나가 무슨 생각을 하면 다른 내가 반대하고 세번째 나는 이렇게 묻는다. '아니 그런데 왜 그렇게 싸우는 거야? 네 말대로라면 뭐가 어떻게 되는데?'

하지만 유감스럽게도 또 하나의 나, 네번째 자아가 세번째 자아보다 더 깊이 숨어서 때를 기다리며 말없이 사나운 짐승처럼 노려보고 있다. 아마도 네번째 자아는 평생 침묵을 지키며 모습을 드러내지 않은 채 냉담하게 이 혼란을 관찰하기만 할지도 모른다.

나는 인격이 형성되는 젊은 시절에 가장 훌륭한 성질만 남기고 나머지 모든 싹을 질식시켜 죽여버려야 한다고 생각한다.

하지만 뜻하지 않게 가장 좋은 성질의 싹을 죽여버린다면? 하지만,

제기랄, 무엇이 가장 좋은 것인지 누가 알겠는가!

지식인들에게는 그게 쉽겠지. 학교가 쓸데없는 싹들을, 악독한 싹을 잘라내버릴 테니까. 하지만 모든 것을 알고 싶고 모든 것을 해보고 싶고 모든 것을 겪어보고 싶은 욕심이 어쩔 수 없이 자꾸 일어나는 우리 같은 놈들에겐 너무 어려운 일이다!

스무 살 때 나는 내가 사람이 아니라 사냥개라고 느꼈다. 사방을 뛰어다니며 짖어대고 흔적을 쫓아 킁킁거리고 토끼란 토끼는 다 잡아 물어뜯고 온갖 욕망을 충족시키려는 그런 사냥개. 하지만 욕망에는 한계가 없는 법이다.

이성은 내게 무엇이 좋고 무엇이 나쁜 것인지 말해주지 않았다. 그런 것은 이성이 할 일이 아닌 것 같았다. 나의 이성은 어린애처럼 호기심만 많을 뿐 선과 악에 대해서는 무관심했음에 틀림없다. 그런 무관심은 '수치스러운 것'이었지만 나는 그걸 알지 못했다. 바로 그것을 몰랐던 것이다.

여기서 타샤의 우스운 말을 되새기는 게 좋겠다.

'사람이 너무 똑똑하면 그 자체로 무례한 일일 수 있다.'

어쨌든 난 세번째 자아가 원하기 때문에 글을 쓰고 있다. 그들을 위해서가 아니라 나를 위해서, 그리고 지겹기 때문에. 자기 자신에게 스스로의 인생을 말해주는 것은 아주 재미있는 일이다. 마치 다른 사람을 보듯이 자신을 바라보라. 자신을 감시하는 네번째 자아에게 뭔가를 숨기고 속이면서, 자신의 생각들을 포착해보는 일은 재미있다. 그것은 양초 하나 가지고 노는 불장난이 아니라 모닥불을 가지고 노는 불장난과 같다. 그런 다음에 남는 것은 재뿐이라고? 그럼 어때……

혹시라도 이 글이 그들 손에 들어가 읽힐 일은 없을 것이다. 종이를 아예 없애버리거나 다른 사람들 손에 넘겨버릴 테니까.

내 옆방에는 세 명의 도둑이 들어와 있다. 즐거운 족속들. 그중 가장 나이 많은 녀석이 스무 살도 채 안 된 어린애로, 해양학교 생도였다. 그는 저속한 노래들을 잘도 불러댔다.

나는 결사적으로 태어났으니
죽기도 결사적이리라.
내 머리통을 부숴버리면
나는 장작을 매달고 다니리라.

용맹한 젊은이다. 그 나이 때엔 나도 그랬다. 타샤가 초콜릿을 좋아하듯이 난 위험을 즐겼다.

곤경에 빠지고 나서야 난 진정한 사람이 된 것 같았다. 테므류크 근처에서 어부들이 얼음 더미를 타고 바람을 따라 바다로 밀려 내려갈 때 난 그들을 돕기 위해 몸을 던졌다. 작은 얼음판을 깨서 올라탄 내 손에는 갈고리 하나만 들려 있었다. 이 승부에서 내가 질 것은 분명해 보였다. 너무나 분명해서 한순간 나는 안에서부터 얼어붙어버렸다. 파도에 발밑의 얼음이 깨져나갔고 그 순간 나는 물에 빠질 뻔했다. 아직 깨지지 않은 해변가의 얼음 위에 남아 있던 어부들이 내게 긴 밧줄을 던져주어 간신히 구조되었다. 나는 곧바로 내 안에서 아주 민첩하고 악독한 누군가가 밖으로 뛰쳐나온 것처럼, 밧줄을 더 던지라고 소리쳐댔다. 그리고 쥐고 있던 밧줄을 떠밀려가는 어부들에게 던져주었다. 그들은 나와 이십여 미터쯤 떨어진 곳에서 아우성치고 있었다. 그들은 내가 던진 밧줄을 갈고리로 건져 잡았고, 그 힘 때문에 나는 얼음 위에서 미끄러져 물에 빠져버렸다. 그러나 그때 난 해안가에서 던져준 새 밧줄을 움켜쥐었고, 두 밧줄을 하나로 묶어놓는 데 성공했다. 어부들은 조심조심 해안가로 끌어당겨졌다. 아홉 명의 어부 중 한 노인네만이 물에 빠졌다. 한바탕 벌어진 소동 중에 동료들이 그를 물 속으로 밀어버린 것이다. 어부들이 탄 얼음이 해안에 닿았을 때 나는 거의 밧줄에 짓이겨져 있었다. 밧줄이 내 몸에 둘둘 감겨 있었고, 나는 낚시찌처럼 물 속에 대롱대롱 떠 있었다.

내게 있어 평소 마주치게 되는 위험은 위험이 아니었다. 오히려 위험은 나의 힘을 몇 배로 배가시키고 침착하게 만들었으며 상상력을 자극했다. 그리하여 나는 내게 주어진 위험을 극복해냈던 것이다. 나는 물불을 가리지 않을 만큼 용감했고 목숨이 걸린 위기일발의 순간을 더욱 사랑했다.

한번은 우스운 일도 있었다. 감옥에서 동무들을 구하기 위해 내가 임의로 조직한 탈출 작전이 벌어졌을 때 늙은 간수가 우리 뒤를 쫓으며 나에게 총을 네 발 쏘았다. 두번째 총격을 받자 나는 달리기를 그만두고 그 자리에 멈춰 섰다. 도망치는 것이 치욕스러웠기 때문인지, 뭔가 좀 우스운 생각이 들었기 때문인지는 모르겠다. 내게 뛰어오면서 간수는 한 번 더 총격을 가했고 총알이 장화 윗부분에 맞아 나는 다리를 다쳤다. 다음은 가슴을 정조준한 총격, 그러나 불발이었다!

나는 그의 손에서 권총을 빼앗으며 말했다.

"노인네, 안 되겠지?"

그는 숨을 몰아쉬며 소리쳤다.

"그래, 이놈아, 빨리 도망가! 제기랄, 왜 서서 기다리는 거야?"

내가 두려움을 느낀 적이 있다면 딱 한 번, 변방의 소도시 우르주마에서 유형 중에 꾼 꿈속에서일 것이다. 상황은 이러했다. 나는 천문학서적을 수없이 읽었다. 그리고 이제 막 장티푸스에서 벗어나 간신히 기어다닌다. 그런데 아주 이상한 사람이 나타나서 내게 '본디오 빌라도 앞에서 우리를 위해 십자가에 못 박힌 자'에 대해 설교하기 시작했다. 그는 '그리스도'라는 말은 거의 하지 않았고 그저 '우리를 위해 못 박힌 자'라고만 했다. 그는 초라한 모습이었고 제정신이 아님에 틀림없었다. 분명히 부유한 상인의 부엌이나 기웃거리는 건달이나 평범한 순례자가 아니라 지식인 출신이다. 키가 크고 초췌했으며 덥수룩한 턱수염에 나이는 서른 남짓이었지만 귀밑머리가 벌써 희끗희끗했다. 그러나 눈빛은 유난히 빛을 발하여 젊어 보였다. 사랑에 빠진 처녀애 같은 눈빛이랄까. 푸르스름한 눈동자는 툭 튀어나온 흰자위를 따라 불에 붙어 녹아내리며 번져가는 것 같았다.

나는 어떤 상점 문 옆에 앉아 따스한 햇볕을 받으며 깜박 졸고 있었는데 바로 이 사람이 갑자기 내 옆에 나타나 '우리를 위해 십자가에 못 박힌 자'에 대해 말하기 시작했던 것이다. 그의 말에는 어린이다운 순진함이 배어 있어 마치 그 자신이 직접 그리스도의 '엽기 모험'(이것은 무신론에 일가견이 있었던 바소프 동무의 말이다)을 다 체험한 것 같았다.

물론 나는 그의 말을 반박했다. 그러다가 그가 먹을 걸 좀 달라고

해서 그를 내 방으로 안내했다. 방에서 우리의 논쟁은 더욱 뜨겁게 타올랐다. 사실을 말하자면 그 사람은 나와 논쟁을 벌인 것이 아니고 다만 성서의 시구들을 읽어주고 안쓰럽게 미소를 지었을 뿐이다. 밤늦도록 나는 신은 존재하지 않는다, 그리스도는 순진한 시에 불과하다, 서정시 정도다, 꾸며낸 것이다, 그래서 이성이 있는 사람이라면 누구나 그것이 사기라는 걸 알고 있다고 소리쳤다. 사람들이 신을 믿는 것은 무지해서, 겁이 나서, 습관대로 고집을 부리는 것이라고 말이다. 영혼이 절망적으로 텅 비어서 그 공허를 종교라는 솜으로 채워 넣으려는 사람들도 있다. 또 어떤 사람들은 그리스도를 마치 자기가 알고 있던 어떤 여자처럼(자신을 속이고 배신했지만 그녀에게 너무 익숙해져 다른 여자에게는 아무 느낌도 가질 수 없게 만든, 그래서 이제 버릴 수 없는 여자) 생각한다. 하지만 신은 없다. 신이 있다면 왜 사람들이 저런 모습이겠는가.

그렇지만 맨 마지막 말은 하지 않았다. 그건 지금 처음 해보는 말이다. 역시 순진한 말이다. 좀 꼴사납군, 콜― 콜― 콜하고 물에 빠진 놈처럼 헐떡거리다니. 난 글을 쓸 줄 몰라.

사실 내가 그에게 말했다기보다 신과 종교에 대한, 그리고 마음이 궁핍한 사람들의 모든 서정시에 대한 나 자신의 견해를 스스로 살펴보고 검증한 것이다. 그는 상점 유리문 옆에 앉아서 팔꿈치를 괴고 나를 바라보며 미소를 지어 보였다. 간혹 웃음을 터뜨리기도 했는데 천진난만한 웃음이었다. 그는 잠자리에 들기 전까지 그렇게 앉아 있었다. 그러다가 난 간이침대에, 그는 마룻바닥에 누웠다.

한밤에 문득 잠이 깨어 보니 그가 방 가운데 서 있었다. 키가 거의 천장에 닿을 정도였다. 그는 창밖을 바라보면서 손으로는 나를 가리 킨 채 뭐라고 중얼거리고 있었다.

"이 사람을 도와주소서, 부디 꼭 도와주셔야 하옵니다!"

그는 자신이 그럴 만한 권력이라도 쥐고 있는 사람처럼 누군가에게 엄숙하게 명령하듯 중얼거렸다. 저건 또 무슨 요술이냐 싶어 마음에 들지 않았지만 나는 그 괴짜에게 아무 말도 하지 않고 다시 잠이 들었 다. 그리고 꿈을 꾸었다.

나는 회색 하늘이 아치처럼 덮고 있는 평평하고 둥그런 원의 가장 자리를 걸어다니고 있는 것 같았다. 나는 지평선 경계를 따라 걸어다 니며 손으로 차갑고 딱딱한 하늘의 가장자리를 만져본다. 그것은 쇠 처럼 단단한, 그러나 아무 소리도 나지 않는 대지에(내 발걸음 소리가 들리지 않았다) 튼튼하게 박혀 있었다. 흐릿한 거울처럼 하늘은 기괴 하게 구부러진 내 몸을 비쳤다. 내 얼굴은 일그러져 있었고 손은 떨고 있었다. 거울에 비친 내 모습이 그 떨리는 손을 나에게 뻗었다. 손가 락들이 이상하게 구부러져 있어 아무것도 집을 수가 없었다. 나는 지 평선의 경계를 빠르게, 점점 빠르게 움직이면서 벌써 몇 번이나 공간 을 벗어나려고 했다. 하지만 내가 무얼 찾고 있는지 알 수 없었고 멈 출 수도 없었다. 견딜 수 없이 힘이 들었고 불안했다.

나는 지상에 수많은 사람들과 생명이 존재하고 있다는 것을 기억하 고 있다. 그런데 그들 모두는 어디로 간 것일까? 저 확고부동한 침묵 속에서, 완벽한 무활성 속에서 원을 따라가는 나의 움직임은 더욱 빨 라만 져서 이젠 제비처럼 날아오른다. 거울에 비친 내 모습도 나와 나 란히 팔을 흔들며 날아간다. 내가 어디로 가든 어디를 돌아보든 그 모습뿐이다. 원구가 작아져 공간이 점점 좁아졌다. 하늘의 아치가 점점 낮게 내려왔고 나는 뛰어다니며 숨을 헐떡이고 소리를 지르고……

그 사람이 날 깨웠다. 공포에 떨던 나는 너무 기쁜 나머지 그의 손을 잡고 벌떡 일어나며 웃었다. 누가 봐도 아주 바보 같은 모습이었을 것이다. 이 꿈보다 더 끔찍하게 무서웠던 것은 내 기억에 없다. 하지만 이해할 수 없는 게 끔찍하게 무서운 것이라는 말은 확실히 틀린 말이다. 이를테면 천문학은 잘 이해되지 않는가. 그러나 그렇다고 저 우주가 무섭지 않을 수 있는가?

시내가 다시 소란해지고 총소리가 들려온다. 담배가 없다, 아주 유감이다.

나는 무서울 정도로 일에 집중했고 무척 즐겁게 살았다. 사람들에게 명령하는 일은 내 마음에 들었다. 보통 사람들보다 더 명령하기를 좋아하지만 일을 잘 할 줄 모르는 지식인들보다 특히 더 나는 그것을 즐겼다. 온갖 새들이 불러대는 노랫소리보다 권력은 훨씬 더 달콤한 만족을 준다. 당신이 필요로 하는 것을 어떤 사람에게 생각하고 행하게 만드는 일은 그 사람 뒤로 숨어버리는 것이 결코 아니다. 그것은 당신 개인의 힘의 표현이자 당신이라는 존재의 중요함을 표현해주는 것이며 그 자체로 가치가 있다. 그건 정말 빠져볼 만한 일이다. 만일 내가 권력을 사랑하지 않았다면 나는 탁월한 조직가로 인정받지 못했을 것이다.

처음 체포되었을 때 나는 나 자신을 영웅이라고 생각했다. 그래서 심문받으러 갈 때 나는 마치 혼자서 곰과 싸우러 가는 기분이었다. 고통을 이겨내는 데 선수는 아니었지만 나는 감옥에 갇혀서 결코 고통스러워하지 않았다. 감옥 생활에 따르는 사소한 불편은 있었지만 말이다. 자유의 박탈? 감옥은 오히려 내게 읽고 배울 수 있는 자유를 주었다. 게다가 감옥이란 혁명가에게 일종의 장군 계급장 같은 것이어서 그 후광을 활용하여 사람들을 움직일 수 있었다. 즉 사람들의 의지에 반하여 그들을 자유의 길로 추동시키고자 할 때 필요한 것이다.

나의 계급의 적들에 봉사하는 시녀인 헌병 장교는 선량한 사람이었다. 뚱뚱한 몸에 붉은 코를 가진(틀림없이 술꾼일 것이다) 그 장교는 내가 적에게서 결코 기대하지 못했던 말과 미소로 나를 맞이했던 것이다.

"표트르 카라진, 별명은 카라모라? 오호, 젊은 친구가 아주 대단하군! 굉장한 용사가 나오셨어."

나는 딱딱하고 경멸스러운 태도로 말하려고 작심했지만 그건 우스운 일임을 금방 깨달았다. 그가 나를 부드럽게 대해주어서가 아니라 나는 그저 참새 한 마리를 앞에 두고 있다고 생각했던 것이다. 겁쟁이나 바보가 아니고야 누가 참새에게 대포를 쏘겠는가. 내가 정중하게 그러나 침착하게 진술을 거부하겠노라고 선언하자 그는 코를 찡그리더니 툴툴거렸다.

"아, 물론. 당신네들 다 그러지, 알아. 그래, 그냥 감옥에 앉아 계시라고. 어허 참, 젊은이들하고는……"

나는 잠시 나의 결연한 선언이 이 장교에게 먹혀들었나 하고 생각했다. 나는 이 장교가 빨리 점심 먹으러 가려고 서두르느라 나에 대한 심문이 그렇게 쉽게 끝나버렸으리라고는 전혀 생각지 못했다. 어쩌면 내가 이 사람이 아니라 정말 제대로 된 놈에게, 나름의 확신을 가진 장교에게, 즉 그저 계급장을 단 군인이 아니라 진정한 적에게 걸렸더라면 더 좋았을지도 모른다. 삶이란 참으로 아이러니한 것이어서 적이야말로 가장 좋은 선생이지 않은가.

그러나 1905년까지 세 번이나 감옥에 들어갔고 열 번 이상의 심문을 받았어도, 증오심과 적대감을 불태우게 만드는 그런 장교는 한 명도 만나지 못했다. 한결같이 평범하기 짝이 없는 장교들, 심지어 아주 깍듯이 예절을 갖추는 사람뿐이었다. 내가 정통파 동무들을 자극하려는 목적에서 이런 말을 하는 것은 아니다. 단지 사실을 말할 뿐이다. 물론 우연한 일이었겠지만.

암으로 죽어가던 누렇게 여윈 오시포프 대령은 내게 판결을 내리고 이렇게 말했다.

"운 좋은 줄 알아. 가벼운 형량이다. 자넨 훨씬 더 무거운 벌을 받아야 돼. 자네는 아주 위험 인물이니까 말이야."

그는 스스로 좀 놀란 모습으로 안됐다는 듯이 이렇게 말했지만 내게 그 말은 칭찬처럼 들렸다.

대령은 아주 영리한 사람이었다. 그는 상대방의 심리를 잘 파악했고 내가 대적할 수 없는 말을 해 몹시 당황하게 만들기도 했다. 마지막 심문을 할 때 그는 코안경 유리를 통해 나를 살펴보면서 이렇게 말했다.

"카라진, 내 생각에 자네는 장난 삼아 그러는 거야. 아니면 실수로 자네 일도 아닌 걸 가지고 그러고 있거나."

이 말은 내 가슴에 비수처럼 꽂혔다. 나는 화를 버럭 내면서 험한 말을 쏟아냈지만 그가 내 말을 가로막았다.

"아, 자네에게 모욕을 주려던 것은 아니었네. 다만 인간 대 인간으로 내 느낌을 말한 것뿐이야. 자넨 위험한 승부를 좋아하지. 내 보기에 자넨 혁명가가 될 만큼 독하지 않아. 미안하네만, 그러기엔 너무 영리해."

내 생각에 오시포프는 아주 괜찮은 사람이었다. 하긴 그의 손에 잡혔던 동무들 모두 그렇게 말하곤 했다.

한번은 내가 묵던 집 여주인의 아들 사시카가 나와 함께 체포된 적이 있다. 그는 중등학교 학생이었고 나의 제자이기도 했다. 나는 오시포프에게 솔직하게 말했다. 저 어린애는 관계가 없으니 석방해달라, 학교에서 제적되는 일은 좀 막아달라고.

"알았네, 내 그렇게 해주지."

오시포프는 이렇게 말하고 내 앞에서 바로 그 학생을 석방하라고 지시했다. 내가 감사를 표하자 그는 이렇게 설명했다.

"아니, 그럴 필요 없네. 알다시피 자네들 같은 반란자들의 수를 줄이는 것이 우리의 이익이지 않은가. 자네들에게 이익이 되려면 저런 꼬마도 감옥에 처넣어서 출세를 막고 증오심에 젖도록 만들어야겠지만……"

이런 말로 그는 마치 내게 혁명적 행동의 교훈을 주는 것만 같았다. 그래서 내가 이렇게 말해주었다.

"한 수 가르쳐주다니 고맙군요."

틀림없이 그 역시 이중적인 사람이었다. 물론 사람들은 노동하는 자와 남의 노동에 기대어 살아가는 사람, 즉 프롤레타리아와 부르주아로 나뉜다. 하지만 이건 외적인 구분이고, 이런 구분 다음에는 모든 계급의 사람들을 총체적인 사람과 분열된 사람으로 나눌 수 있다. 총체적인 사람은 항상 황소와 비슷하고 따분한 사람이다.

이런 총체성은 자기 방어를 위해 스스로를 다그친 결과라고 생각한다. 어쩌면 이것이 바로 다윈이 확신했던 게 아닐까. 한 사람이 어떤 상황에 처한다고 치자. 그런데 그 사람의 어떤 심리적 특성들이 그 상황에서는 잉여의 것이고 위험하기조차 하다면, 내부의 적이나 외부의 적은 그것을 이용한다. 그때 그 사람은 의식적으로 자기 안에 있는 그 잉여의 것을 억압하고 제거해버림으로써 '총체성'을 획득하는 것이다. 이를테면 혁명가에게 사람을 향한 동정심이나 서정시, 감상주의나 낭만주의, 기타 등등과 같은 것들이 무슨 쓸모가 있겠는가.

혁명가에게 필요한 것은 단지 열광과 자신에 대한 믿음뿐이다. 내적 삶의 다양함에 대한 관심은 어떤 면에서 혁명가에게 해로운 것이다. 이 다양함 속에서는 길을 잃기 쉽다. 그것은 가시덤불 속에 갇힌 어린아이와 같은 꼴이다.

분열된 사람의 삶은 조급하게 날아오르는 제비와 같다. 총체적인 사람이 더욱 유용하지만 나는 두번째 유형에 가깝다. 혼란에 빠져 헤매는 사람이 더 흥미롭다. 인생이란 쓸모없는 것들의 장식 아닌가. 나는 자신의 집을 망치나 나사못이나 자전거 따위로 장식해놓은 백치는 본 적이 없다. 하긴 어떤 부유한 방앗간 주인은 오백 개도 넘는 자물쇠를 긁어모아 자기 방에 붉은 천을 걸어놓고 거기에 달아놓았었다. 그 사람에게는 요술 자물쇠도 있었는데 집안 내력이 자물쇠공이었던 나는 그걸 구경하느라 정신을 잃을 정도였다. 그래도 물론 그 모든 것들은 쓸모없는 것들이었다.

기술로 재주 부리는 걸 나는 좋아했다. 인간의 이성을 가지고 노는 장난을 그게 어떤 형태로 표현되든지 간에, 나는 좋아했다.

저기 또 '기독교 문화'에 대해서 말들을 하는군. 또 웬 거짓말이야? 제기랄, 기독교적이라니? 거기에, 그 당신들의 문화라는 것에 순수함이 어디 있어? 성경에 나오는 순수함이란 어디에도 없어. 사악하고 교활한 생각들만 키워서는 온 지상에 그걸 퍼뜨려대는 거지, 미친 개 떼를 풀어놓듯이. 백치들.

1908년에는 혁명의 훌륭한 이빨들이 뽑혀나갔다. 많은 노동자들이 감옥에 갇히고, 많은 동지들이 겁을 먹고 보통 사람처럼 양가죽을 덮어쓰고 숨었는데 나중에는 이 가죽이 그들 피부에 달라붙게 되었다. 또 몇몇은 아예 제 배나 불리고 살기 위해 비적이 되어버렸다. '제 배나 불리고 사는 인생'은 항상 직접적이든 간접적이든 강도질과 닿아 있게 마련이다. 특히 재빠르고 민첩하게 승리자의 탄압에서 도망친 사람들은 지식인들이었다. 추악한 시절이었다. 위대한 업적을 세울 능력이 있는 사람들조차 비열한 짓을 서슴지 않았다.

이런 것에 대해서는 쓰지 않는 게 좋겠다. 생각도 하지 말자. 그 시절이 무엇 때문에 나빴다고 사람들에게 말해주고 싶은 생각은 전혀 없다.

아니다. 나는 정당화하고 싶지 않다. 내게는 나의 노선과 나의 과제가 있다. 내가 아는 어떤 타타르인이 이렇게 말했다.

"민 진 민―나는 나다."

내가 어쩌하든지 간에 나는 나다. 조건이란 때로 내 인생에서 중요한 역할을 하는 것이지만 그것은 나를 나 자신과 정면으로 마주하도록 해주는 것일 뿐이다. 전에 나는 투쟁을 위해 무장하고 살았다. 그것은 내 모든 힘을 삼켜버렸고 나는 내가 누구인지 생각할 시간이 없었다. 나는 정치적 경제적 이해 관계의 공통성이라는 의식으로, 그리고 당파적 일체감과 기강 속에서 사람들과 결합되었다. 하지만 이제 나는 갑자기 깨달았다. 경제와 정치가 결국 나를 삼켜버린다는 것을. 그리고 이해의 일치라는 것도 의심스러운 것이며 당의 기강에 관한 법칙도 모든 사람을 위한 것이 아닌, 일종의 활자에 불과할 뿐임을. 요즘 나는 이런 의문에 깊은 충격을 받고 있다. 왜 사람들은 그렇게 흔들리고 불안정한 것인가. 왜 사람들은 그렇게 쉽게 자신의 일과 믿음을 배반하는 것인가.

하지만 이것도 어쨌든 자신을 정당화해보려는 시도일 뿐이다. 비열한 짓이다.

나는 모든 것을 잊고 정열적으로 일했다. 그런데 어느 순간 갑자기 더이상 일하고 싶지 않다고 느껴 손을 주머니에 꽂고 휘파람을 불면서 건들거리기 시작했다. 이렇게 단순하게 말하는 게 더 정당하고 올바를 것이다. 피곤해졌다거나 할 수 없다거나 하는 것이 아니라, 그저 하고 싶지 않았다. 지겨워졌다. 지겨워진 이유가 다시 사람들 옷소매를 잡고 그들을 자유의 길로, 피로 뒤덮인 길로 이끌어가야 하는 것, 그것 때문은 아니다. 나는 여전히 그런 일을 했고 열심히 사람을 이끌어갔다. 그러나 이제 그것은 고집으로, 누구에겐가 무엇인가를 증명해 보이고 싶은 바람으로, 대체로 이전과는 다른 동기들, 나로서는 불명료한 새로운, 그리고 뭔가 간단치 않은 그런 동기들로 인해서였다.

특히 혁명 사업에 대한 각성이 확고하지 못하다는 것을 나는 뼈저리게 느끼고 있었다. 이념을 버린 것은 아니지만 이념에 생명을 불어넣는 에너지는 마치 다른 것을 요구하는 것만 같았다.

이 조용한, 그러나 완강한 반란의 상태를 설명하기는 매우 어렵다. 그것은 왠지 생각과 감정을 쇠약하게 했고, 뭔가 경험해보지 못한 것을 경험해보도록 집요하게 요구하고 있었다.

어쩌면 이것은 모험가, 즉 엽기적인 일에 익숙한, 음모나 위험한 일에 익숙한 사람이 벌이는 반란이 아닐까. 그럴지도 모른다.

그러나 더 단순하게 보자면 문제의 본질은 전에는 내가 알지도 못하는 남의 말, 책에서 배운 말로 사람들과 말을 하면서 나 자신에게는 귀를 기울이지 않았다는 점에 있다. 하지만 지금 내 안에는 누군가 다른, 초대받지 않은 불유쾌한 손님이 들어와 살고 있는 것 같다. 그 사람은 내 말을 들으면서 그 말을 믿지 않고 의심스러워하면서 나를 감시하고 있다.

전에는 그냥 지나쳐갔던 것을 눈여겨보게 되면서 나는 소아과 의사인 사샤가 아주 다정한 여자라는 것을 알게 되었다. 작고 동그란 얼굴에 명랑한 여자였다. 그녀는 벌써 일 년여 동안 내 주위를 맴돌았다. 아주 날렵한 몸매로 대담하게 푸른 양말을 신은 매끈한 다리를 춤추듯이 놀려대면서. 그녀는 푸른색에 대한 집착이 있었다. 재킷, 리본, 우산, 방 안 탁자 위의 상자들, 벽에 걸린 그림 등등 모든 것이 푸른색이었다. 눈의 흰자위도 푸르스름한 빛이었고 동공은 미소로 부드럽게 녹아내리는 검은빛이었다. 정치적으로는 많이 학습되어 있지 않았고 기껏해야 가벼운 소설거리 외에 진지한 책들은 잘 읽지 않았다. 그러나 타고난 데가 있어 그렇게 어수룩하지는 않았다.

도시에서의 봉기가 실패하고 헌병대가 우리 조직을 파괴해 들어와 수십 명을 감옥에 처넣었던 1906년 무렵 사샤는 침착한 태도로 사건에 대처해 나를 놀라게 했다. 그녀는 장교인 자기 아저씨 집에 나를 숨겨주고 떠날 때 악수를 하면서 이렇게 말했다.

　"왜 손톱을 깨끗이 닦지 않습니까? 비누가 귀밑에 그대로 말라 있네요."

　난 그런 그녀가 마음에 들었다. 나중에 나는 그녀에게 사랑을 느꼈지만 아무런 말도 하지 않았다. 그녀는 그걸 알아챘고 먼저 나에게 다가왔다. '사랑'은 아주 쉽게 이루어졌다. 하긴, 조금 뻔뻔하긴 했다. 어느 날 저녁 그녀와 차를 마시고 있었는데 갑자기 그녀가 화를 내듯이 물었다.

　"아니, 도대체 언제쯤 내가 맘에 든다고 말할 거죠?"

　그게 다였다. 나는 뭔가 다른 것을 기다리고 있었다. 나는 진정한 사랑이란 신앙과도 같이 순진함을 요구한다고 생각하고 있었다. 그러나 사샤의 이 단순한 태도에서 나는 순진함을 느끼지 못했다. 심지어 그녀는 옷을 벗으면서 나에게 등을 돌리지도 않았다. 그녀는 벗은 채로 자신만만하게 이렇게 말했다.

　"자, 이게 내 모습이에요."

　그렇게 우리의 '사랑'은 시작되었고 대단히 만족스러웠지만 '기쁨은 없었다'. 말하자면 사업상의 사랑, '그것 없이는 살아갈 수 없기 때문에' 하는 사랑이었다.

　사샤 주변에 도시에서 새로 온 포포프라는 인물이 서성거렸다. 말쑥하고 체격이 좋았으며 발그레한 뺨, 불그레한 콧수염, 약간 들창코인 그는 충견처럼 사람들의 안색을 살폈다. 당장이라도 시키는 대로 뛰어가서 뭐든지 물어오겠다는 듯이. 나는 그에게서 그 나이의 젊은 이가 으레 그렇듯이 위험한 줄도 모르고 어디든 알짱거리는 강아지 같은 호기심을 보았다. 내가 보기에 그는 천성이 겁쟁이이지만 바로 이 호기심이 그에게 용기를 불어넣고 있었다. 그는 유대인에 대한 농담을 아주 잘 늘어놓았고 재밌고 우스운 시들도 많이 알고 있었다. 그런 모습을 보면 그는 진지한 혁명가라기보다 풍자시인이나 좀도둑이라고 해야 딱 맞았다. 하지만 그에게는 뭔가 상큼한, 뛰어난 재능이 있었다. 말에는 나름대로 불꽃이 일었고 생각하는 것도 어딘지 날카로운 데가 있었다.

나는 포포프가 사탕을 주거나 책을 선물하는 등 많은 돈을 써가면서 사샤를 유혹하기 위해 쫓아다닌다는 것을 알았다. 나는 이 점에 대해 어떻게 생각하느냐고 사샤에게 물었다. 그녀는 포포프의 형이 로스토프에 사는데 부자라서 그렇다고 말했지만 나는 안심이 되지 않았다. 어쩌면 내 여자가 성적 호기심이 아주 발달됐다는 것을 알고 질투심을 느낀 것일 수도 있다.

하지만 당시 나는 사람들에 대한 불신이 컸다. 그도 그럴 것이 그때는 '프락치의 시대'였다. 나는 시내에서 포포프 '동지'가 온 뒤로 헌병대가 훨씬 기민해졌다는 느낌을 지울 수 없었다.

나는 아주 단순한 방법으로 그를 잡아냈다. 처음에 시내 문화 활동가 그룹에서 '공모자' 한 명을 뽑은 뒤, 조금 불쾌하겠지만 일을 위해 수색을 당하도록 지시해놓았다. 그리고 이 '공모자'의 집 캐비닛과 소파 밑에 헌병대의 관심을 끌 만한 흥미로운 것이 숨겨져 있다는 점을 아주 조심스럽게 포포프가 알도록 했다. 그러자 한 시간 뒤 '공모자'의 집으로 수색대가 들이닥쳐 방을 샅샅이 조사했고 소파를 완전히 뜯어버렸다. 물론 그들은 아무것도 찾아내지 못했다.

그때 시내에 있던 사람은 나 혼자였다. 소규모의 젊은 노동자 그룹과 이십여 킬로미터 떨어진 곳에 잘 아는 카자크인의 양봉장에 살고 있는 신경증을 앓고 있던 사람을 빼고는. 나는 혼자서 스파이를 즉결 처분해야겠다고 결심했다.

포포프는 교외의 야채 농장 집 다락에 살고 있었다. 그는 뭔가 주눅이 들어 있는 것 같았고 마음의 평정을 잃은 것처럼 보였다. 물론 수색 결과를 알고 있었고 분명히 이제 잡혔다고 느끼고 있는 것 같았다. 그는 나를 달갑지 않게 맞이했고 집주인의 명명일에 초대받았다고 밝혔다. 실제로 그의 방 아래에서 아코디언 소리와 사람들이 소리치며 발을 굴러대는 소리가 들려오고 있었다.

포포프의 다락방에서 나는 두세 시간 정도를 보냈는데 그 시간이 내 인생에서 가장 추악한 시간이었을 것이다.

내가 물었다.

"기관에서 일한 지 오래됐나?"

포포프가 몸을 기우뚱하는 바람에 담배가 흩어져 떨어졌다. 그는 몸을 기울여 탁자 밑에서 담배를 주워 모으면서 평소와 전혀 다른 목소리로 더듬거리며 말했다.

"말도 아…… 안 되는 노…… 농담을……"

그러나 나를 쳐다보고 나서 그는 의자에서 마루로 내려와 무릎을 꿇고 여인네처럼 흐느꼈다.

"멈추세요…… 그거 내리세요."

그는 내 손에 들린 권총을 보았던 것이다. 그의 콧수염이 움찔거렸고 한쪽 눈 아래 실핏줄이 가늘게 떨리더니 눈이 깜박거리며 감겼다. 다른 한쪽 눈은 맹인의 그것처럼 미동도 하지 않았다. 나는 그의 머리칼을 붙잡아 일으켜 의자에 앉히고는 그가 한 훌륭한 일에 대해 모두 말해보라고 했다.

그때 거기에서 나는 얼굴이 없는 인간을 목격했다. 얼굴은 회색 고깃덩어리가 되었고 혐오스럽게 툭 불거진 눈이 불안에 떨고 있었다. 아랫입술은 핏기가 빠진 고기 조각처럼 늘어졌고, 턱은 부들부들 떨렸으며 일그러진 주름살이 뺨을 덮었다. 그의 머리 전체가 썩어 내리면서 당장이라도 그 더러운 것들이 어깨와 가슴으로 흘러내릴 것만 같았다. 그도 그렇게 확신하는지 자신의 얼굴이 흘러내리는 것을 막아보려는 듯 손으로 관자놀이와 귀를 감싸 쥐었다.

그는 아주 평범한 이력을 늘어놓았다. 1903년부터 당에 들어와 세 번 감옥에 갔었고 1906년에는 무장 봉기에도 참여했으며 그때 거리에서 체포되었다고 했다.

그는 이야기를 하면서 공포심 때문에 딸꾹질을 해댔다.

"난 정말 열심히 했어요. 총도 들었고…… 사람도 죽였지요. 정말입니다! 틀림없이 죽였어요. 그놈이 맞아 쓰러졌거든요…… 교수형에 처하겠다고 협박을 당했어요. 살고 싶었어요. 누구나 살고 싶어하잖아요. 사람이라면 살고 싶어서…… 달리 어떻게 하겠어요, 예? 생각해보세요. 날 위해서 생명이 있는 거지, 생명을 위해 내가 있는 건 아니잖아요, 예?"

그는 확신을 가지고 중얼거렸다. 그러면서 내내 되물었다.

"예? 예?"

그는 한 손으로 자기 무릎을 할퀴어댔고 다른 손으로는 무슨 종이를 움켜쥐고 있었다. 그 종이를 빼앗아 읽어보니 내 이름과 이런 내용이 적혀 있었다.

'카라진 제거가 가장 시급한 일. 예카테리노슬라보에서 거행하는 것이 가장 용이하고 유익함. 조만간 그곳으로 갈 예정.'

나를 화나게 한 건 포포프의 이력이 아니라 그의 철학이었다. 게다가, 제기랄, 나는 그놈에게 바보 같은 말을 속삭이고 말았다. 그리고 그 말에 난 격노했다.

"그래, 자네 양심은 가만히 있던가?"

"아, 그래요."

그는 깊이 한숨을 몰아쉬고 대답했다.

"예, 처음에는 정말 끔찍했어요. 누구나 생각하고 느끼는 대로지요. 나중에는 익숙해집니다. 근데 무슨 생각을 하시는 거죠?"

포포프가 속삭이듯이 말했다.

"기관에서도 쉽지는 않아요. 거기서도 영웅성이 필요하지요. 나름의 영웅도 있고요, 당연한 일이지요! 어느 싸움에서건 영웅은 양쪽 편에 다 있는 거잖아요."

그리고 목소리를 낮추어 교활하게 덧붙였다.

"아주 재밌기도 해요. 어쩌면 우리들보다 더 재밌어요. 그쪽이 숫자가 더 적잖아요, 우리는 많고……"

나는 그의 공포가 누그러지고 사라졌다는 것을 알았다. 그는 이야기에 빠져 아주 활기차게 많은 재미난 일화들을 자세히 털어놓았다. 사소한 것, 때로는 우스운 것까지 모두. 나는 여러 번 웃고 싶은 걸 참았다. 나는 경찰의 개가 되어버린 이 송아지 새끼가 흥미로운 소설을 쓸 수 있을 거라고 생각했다.

그의 냉소주의에는 뭔가 순진한 구석이 있었고, 그 순진함이 무엇보다 더 나를 화나게 만들었다고 기억한다. 그것은 나를 화나게 했고 또 놀라게 했다. 나는 나 자신이 정말 이상한, 나 자신도 모르는 낯선 사람처럼 느껴졌다. 그러나 나는 예기치 않은 결정을 스스로 재촉하면서 갑자기 서두르기 시작했다.

"자, 포포프, 여기다 쓰게. '나의 죽음에는 아무도 책임이 없다'라고."

그는 두려워하기보다 놀라워하면서 눈살을 찌푸리고 물었다.

"뭐예요, 이게? 왜요? 뭐예요, 죽어요?"

나는 설명했다. 만일 시키는 대로 쓰지 않는다면 내가 총살할 것이고, 쓴다면 스스로 목을 매도록 해주겠다. 지금 당장 내 앞에서. 그가 내놓은 첫번째 대답은 의외였고 바보 같았다.

"자살이라고요? 아무도 믿지 않을걸요, 내가 자살했다면요, 절대로! 내가 피살됐다는 걸 금방 다 알 거예요. 그리고 물론 범인은 당신이지요! 당신! 당신 말고 누구겠어요? 당신뿐이라는 걸 다 알고 있어요. 그리고 당신 혼자 어떻게 판결하고 처벌한다는 겁니까, 예?"

그러고는 마룻바닥에 엎드려 내 발을 붙잡고 울며불며 매달렸다. 나는 손바닥으로 그 혐오스럽고 축축한 입을 틀어막아야 했다.

"안 돼요."

그는 애걸하듯이 외쳤다.

"안 돼요. 재판을 받게 해줘요! 재판을, 재판을 받아야……"

이 소란은 아주 오랫동안 계속되었다. 나는 아래층에서 소리를 듣고 사람들이 올라오지 않을까 주의를 기울였다. 하지만 아래층에서는 사람들이 여전히 즐겁게 아코디언을 켜고 더욱 신나게 소리치고 발을 굴러댔다.

포포프는 난로 연통에 목을 맸다. 나는 그가 다리를 대롱거리며 뱃속의 가스를 커다란 소리로 내뿜을 때까지 그의 팔을 붙잡고 있었다.

이제 쓰는 걸 집어치워야겠다. 제기랄! 써서 뭘 하겠다는 거야? 젠장!

아니다, 글을 쓰는 것은 매력적이다. 글을 쓴다는 것은 세상에 나 혼자만이 아니라는 느낌을 준다. 누군가 다른 사람이, 내게 소중한 사람이, 아무 죄도 저지르지 않은 그런 사람이, 날 잘 이해하고 모욕감을 주지 않으며 불쌍하게 여겨주는 사람이 있다는 거다.

글을 쓰게 되면 자신이 좀더 현명해지고 더 나아지는 것처럼 여겨진다. 스스로를 도취시키는 일이다. 도스토옙스키를 읽었을 때와 같다. 이 작가는 정말이지 자기 자신에게 흠뻑 도취한 작가다. 광적이며 눈보라 같은, 초이성적인 자기 상상력의 놀음에 도취했으며 수많은 사람들을 자기 자신 속에 넣고 노는 놀음에 도취한 작가다.

전에 나는 이 작가의 작품을 읽으면서 그가 인간 영혼의 어두운 면을 가지고 사람들이 신의 필요성을 인정하도록, 인간에게는 알려지지 않은 신의 불가해한 교지에 순순히 굴복하도록 사람들을 괴롭히고 뭔가를 꾸며내는 작가라는 의혹을 떨칠 수 없었다.

'순종하라, 오만한 인간이여!'

이런 순종이 도스토옙스키에게 절실했던 것이라 해도, 그러나 그것은 가장 절실했던 것은 아니었으리라. 무엇보다도 그는 그 자신을 위해서 존재했다, '민 진 민(나는 나다)'이었던 것이다. 그는 자신을 불태울 수 있었고 자기 영혼의 뜨거운 즙을 완전히 마지막 한 방울까지 짜낼 수 있었다. 작가가 갑자기 자신의 책상 위에, 원고 더미 위에 쓰러져 죽는 경우는 없을까? 틀림없이 있었을 것이다. 작가는 마지막까지, 삶의 마지막 불꽃까지 자신을 다 써내고 사라지는 존재다. 내가 이전에 이런 도취할 만한 일에 매달려보지 못한 것은 유감이다.

그건 그렇고 나 자신도 이해하지 못하고 있는 점에 대해서 계속 써보자.

나는 도시를 빠져나왔다. 환한 밤이었고 추웠다. 검은 나무들이 길을 에워싸고 있었다. 나는 나무 밑 어둠 속에 자리를 잡고 아침이 올 때까지, 멀리서 농민의 수레바퀴 소리가 삐거덕거릴 때까지 그대로 앉아 있었다. 처참한 기분이었다. 영혼은 적막한 공허에 싸였고 머릿속엔 아무 생각도 없었으며 몸은 피로에 절어 있었다. 나는 내 영혼 속에 무언가 피어올라 불이 붙기를 기다렸다. 포포프가 죽었을 때 그에 대한 나의 혐오감도 죽어버렸다. 누군가 내게 속삭였다. 넌 사람을 죽였어. 그러나 이 말은 저 위에서, 멀쩡한 정신에서 나오는 말이었다. 그건 나를 불안하게 하지 못했다. 그 인간은 배신자다. 나는 내가 범죄자라고 생각하지 않았다.

그러나 나도 모르게 저 깊은 밑바닥에서 갑자기 불안한 질문이 솟아올랐다. 왜 나는 그렇게 갑자기 포포프를 목매단 걸까? 뭐가 두려워서 그렇게 서둘렀던 거지? 그가 겁났던 게 아니라 나 자신이 겁이 난 게 아닐까? 나에게 위험한 증인을 없앤 것만 같은 느낌이었다. 위험한, 그러나 배신자라서가 아니라 어떤 다른 측면에서 위험한 증인을 제거한 게 아닐까?

그의 말이 머릿속에서 맴돌았다.

'어느 싸움에서건 영웅은 양쪽 편에 다 있는 거잖아요.'

그리고 계속해서 그의 냉소적인 생각들이 집요하게 들려왔다. 그것들은 이상하게도 내가 이미 오래전부터 자주 들어왔던 것 같았다.

파리 떼처럼 여러 의문이 꼬리를 물고 나타났다. 포포프는 헌병대들과 어떻게 지냈을까? 그들에게도 우스운 이야기나 시 나부랭이를 섞어가며 이야기했을까? 어쩌면 나를 두고 그들과 함께 비웃어대지는 않았을까? 그러나 무엇보다 나를 당혹스럽게 짓누르는 것은 너무 서두르는 바람에 아무 생각 없이 포포프를 목매달게 했다는 바로 그 사실이다.

이렇게 나 자신으로부터 소외된 기분에 휩싸인 채 다음날 밤 잠결에 나는 체포되었다.

낮고 컬컬한 목소리의 헌병대 보안 지소장 시모노프는 모욕적이라는 듯이 다소 어색한 어조로 말했다.

"이것 봐, 카라진. 포펜코(포포프)가 자기 죽음에는 아무도 죄가 없다고 써놓았다 해도, 그렇게 엉망인 모습으로 죽은 데다 손끝에 묻은 얼룩으로 봐서 분명하지 않나. 누군가 목을 매달게 한 거지. 자살한

게 아니야. 그날 밤 자네는 새벽 한 시 반 무렵까지 그 친구와 함께 있었지. 증거가 있어. 바로 포펜코가 죽은 시간하고 딱 일치하잖아. 그리고 말야. 과학적으로 말하자면 지문을 보면 알 수 있어. 유리 재떨이에 찍힌 지문들이 바로 자네 거잖아. 물론 나도 알아. 자네가 왜 포펜코를 잡아 다그쳤는지. 그 친구 자신도 그걸 예상했었지. 그 친구, 우리한테 아주 필요한 친구였는데…… 자네도 살인에 대해 똑같이 대가를 치러야 돼. 게다가 형사 사건의 동기도 있어, 치정에 의한 살인 말야. 물론 그렇게 되면 알렉산드라 바르바리나(사샤)도 연루된 것이지, 알아들어?"

난 가만히 듣기만 했다. 그런 말 따위에 겁을 먹었다고는 말하지 않겠다. 그러나 형사 사건으로 처리하겠다는 위협은 불쾌했다. 사샤가 치정에 얽힌 살인 사건에 불려나온다? 안 돼, 그건 말도 안 된다. 정말 우습기 짝이 없는 일이다.

하지만 시모노프는 담배 연기 너머에서 사무적으로 말했다.

"내가 제안을 하나 하지. 자네가 포펜코를 대신하게. 만일 자네가 동의한다면 우선 몇 명을 지목하게. 우리가 제거할 수 있도록 말이지. 그러면 포펜코가 동무들을 배신해서 양심의 가책을 받아 목을 맨 게 되는 거지. 자네는 목숨을 구하고 아주 훌륭한 명성도 얻을 수 있겠지. 자, 시간을 좀 주지, 한두 시간. 잘 생각해보라고. 늦지 말기를 바라네."

작은 독방 문을 닫으며 시모노프가 덧붙여 말했다.

"자네에게 다른 길은 없어."

비록 승부에서 참담하게 패배했음을 알았지만 나는 내 목에 걸릴

올가미 같은 것은 전혀 두렵지 않았다고 기억한다. 나는 어떤 결정을 내릴 것인지 단 한순간도 생각하지 않았다. '포펜코를 대신하게'라는 시모노프의 말을 듣는 순간 나는 그것을 받아들였다. 지금도 똑똑히 기억하고 있다, 그렇게 빠르고 쉽게 결정을 했다는 것에 대해 나 자신도 놀랐다는 것을. 그 결정은 그저 자고 싶다거나 산책하고 싶다거나 물을 마시고 싶다는 욕망이 일어나는 것처럼 아주 자연스럽고 간단하게 이루어졌다.

나는 어두운 감방에 앉아 세찬 비가 창문을 두드리는 소리를 들으며 내 맘속에 일어나는 소리에 귀를 기울였다. 내 내부의 어떤 감정이 나의 결정에 저항할 것인가. 그런 것은 전혀 없었다.

이것은 무엇을 의미하는가. 도대체 이 평온함은 무엇이며 어디서 오는 것이란 말인가. 어제 내가 포포프에게 가졌던 혐오감이 왜 나 자신에게는 느껴지지 않는가. 나는 배신자에게 퍼부었던 모든 말들을 헤아려보았고 배신자에 대해 씌어지고 말해졌던 모든 것을 기억해냈지만, 그 어느 것도 내 마음을 흔들리게 하거나 아프게 하지 못했다.

어제 사람을 목매달게 하고 오늘은 더 많은 사람을 제거하기 위한 결정을 내린 나는 어디론가 숨어버렸다. 그리고 또다른 내가 의혹에 싸여 앞서의 나의 목소리를 기다리면서 그에 대해 뭔가 알아내 범죄자라고 고발하려 하지만 찾아내지 못하는 형국이었다. 그러나 범죄자는 없었다.

호기심에 젖은 어떤 생각의 그림자가 느릿느릿 움직거리며 이렇게 물었다.

'정말로 내가 기관에서 일을 할 수 있을까? 내가 동지들을 보안 기

관에 팔아넘길 수 있을까?'

이 질문에는 아무도 대답하지 않았지만 호기심은 더 집요하고 날카로워졌다. 나는 지금도 확실하게 기억한다. 그 당시 나를 휩싸고 있던 감정은 바로 호기심이었으며, 그 다음은 내가 호기심 이외에 아무것도 느끼지 못한다는 사실에 대한 놀라움이었다. 마음이 진정되어 그저 호기심에 젖어 있고 자기 자신에 대해 놀라워하던 상태에서 나는 시모노프를 맞았다.

"이성적인 결단이야."

그는 내 말을 듣고 말했다. 그리고 내가 '공연히 그 우스운 포펜코와 엉켜들었다'고 걱정스럽게 말하기 시작했다.

"이 사건에 경찰이 끼어들고 있어. 괜찮아, 다 우리 소관이니까. 관례상 여기 이 서류에 서명을 해야 되네."

나는 엉뚱한 걸 물었다.

"무슨 생각을 하시죠? 내가 겁먹었다고 보세요?"

시모노프는 바로 대답하지 않았다. 그는 먼저 피우던 담뱃불로 새 담배를 붙여 물었다.

"아냐, 그런 생각 안 해. 내가 그런 생각을 안 한다는 건 믿어도 돼. 하지만 그런 얘기 할 때가 아니야."

그래도 우리는 오랫동안 이야기를 나누었다. 한 시간, 아니 그 이상 우리는 마주 서서 이야기를 했다. 이 대화에서 나는 이상한 인상을 받았다. 예민한 이성의 판단으로 나는 시모노프가 내가 그렇게 쉽고 빠르게 결정을 내렸다는 사실에 나 못지않게 놀라워하고 있다는 것을 알았다. 그는 나를 못미더워했고 나의 평온함이 마음에 들지 않는 것 같았다. 나와 마찬가지로 그 역시 나의 이런 모습을 이해할 수 없다는 표정이었다. 나는 그가 어떻게든 나에게 겁을 주고 싶어한다고 느꼈다. 하지만 그는 그 일이 불가능하다는 것도 잘 알고 있었다.

그가 말하는 모든 것은 '아무짝에도 쓸모없다'고 여겨졌다. 그렇게 '아무짝에도 쓸모없다'는 듯이 그는 오시포프 대령이 내 정신의 예민함과 자주성에 몹시 탄복했었다고 알려줬다.

"그분이 살아 있어요?"

"돌아가셨지. 좋은 분이셨는데."

"그래요."

나도 동의했다.

시모노프는 손을 휘저어 얼굴에서 연기를 날려버린 뒤 말을 놓치지 않고 재빠르게 덧붙였다.

"몽상가였어. 말하자면 낭만주의자지."

"그래요, 맞아요."

나도 동의했다. 그리고 나는 포포프가 비록 나의 강요에 따른 것이기는 하지만 자신이 직접 목을 맸다고 말했다. 시모노프는 어깨를 움찔했다.

"그렇다고 해두지."

이 모든 것은 절대 있을 법하지 않은 일들이었지만 그래도 모두 진실이다. 난 똑똑히 알고 있다. 모든 것이 진실이라는 것을. 하지만 내 정신은 다른 어딘가에서 그것을 관찰하면서 침묵하고 있었다. 아무 말도 하지 않고 그저 호기심만 가지고 지켜보고 있었다.

'그래, 카라모라! 이제 우측으로 돌아서시겠다, 대행진이구만!'

어쩌면 나는 누군가가 내게 '멈춰! 너 어디로 가는 거야?' 하고 소리쳐주기를 내내 기다렸는지도 모른다.

그러나 아무도 내게 소리치지 않았다.

처음 두 달가량, 시모노프만이 이 있을 법하지 않은 일에서 확연하게 드러나는 실제 존재였다.

그는 오십 세가량의 중키에 단단한 체격을 가졌으며, 회색 머리는 바짝 깎아 올렸다. 애매한 형태의('러시아적이랄 수 있는') 코, 빨간색에 별로 크지 않고 점잖게 생긴 부드러운 콧수염을 기른 인물이었다. 밝은 빛의 눈은 고요하다 못해 아직 잠이 덜 깬 듯했다. 그런 외모는 아주 흔해서 어디서나 어떤 계층에서나 쉽게 만날 수 있다. 그런 사람들은 어느 관청에서나 근무하고 있고 어느 도시, 어느 거리에서나 볼 수 있다. 나는 진부하고 평범해빠진 그런 사람들을 보는 데 익숙했다.

그러나 바로 이 평범한 외모로 인해 시모노프는 내가 하고 있었던 결코 평범하지 않은 일 속에서 확고한 실제의 존재로 여겨졌다. 그가 말하는 모든 것에서 그저 고용된 자, 평범한 관료로서의 태도를 엿볼 수 있었다. 그런 사람은 자신이 하는 일의 근본적이고 최종적인 목적을 알지도 못하거나 남의 일로 여길 뿐이다. 그는 역사와 정치의 문제에 대해 아주 무지했으며 군주제나 황제의 이해에 관련된, 그리고 그가 옹호해야 할 의무가 있는 그런 모든 것들에 대해서도 무관심했다. 그는 제 마음대로 부르주아에게 실컷 욕을 퍼붓기도 했다.

나는 왜 이런 불안한 일에 매달리느냐고 그에게 물었다.

"그거야 분명하지. 자기 만족을 위해서 아니겠나."

그는 파이프로 담배 케이스 뚜껑을 톡톡 치면서 목이 잠긴 듯한 가벼운 저음으로 대답했다. 그리고 억지로 그러는 듯이 게으른 미소를 지으며 말을 이었다.

"자네는 자네 만족을 위한 혁명가고, 난 내 만족을 위해서 자네와 대립해 자네를 잡고 체포하는 거지. 그래서 체포했고 제안한 것 아닌가. 자, 이제 같이 한번 사냥합시다 하고. 자네도 동의했고. 일이 멋지게 된 거지. 이제 훨씬 더 재미있어졌잖아."

여기서 난 처음으로 그에게서 뭔가 마뜩찮고 미덥지 않은 점을 희미하게 느꼈다. 그리고 곧 이 사람의 진부한 외모 뒤에 평범하지만은 않은, 혹은 아주 평범하지만 철저히 날카롭게 갈고 닦은 생각들이 움직이고 있다고 확신했다.

나는 세상의 불평등에 대해서, 모든 불행한 삶의 원천이라고들 말하는 그것에 대해 말해보려고 했다. 그는 어깨를 움찔거리며 담배 연기를 내뿜고는 조용히 대답했다.

"내가 뭘 어쩌겠어? 내가 그런 것도 아니고 나와 상관없어. 자네에게도 마찬가지야. 지식인들이 자넬 망쳐놓은 거지. 그런 책들을 읽지 말았어야지. 브림의 『동물의 생활』 같은 거나 읽었어야지."

그는 항상 담배를 물고 있었고 그래서 얼굴에는 담배 연기가 늘 뭉게뭉게 피어올랐다. 그는 눈을 찌푸리며 천장을 바라보면서 여전히 느릿느릿 말했다.

"가장 큰 만족은 사람을 바보로 만들고 승부에서 이기는 거지. 애들 놀이 알지? 거기에서 인생을 다 볼 수 있어. 바브키 놀이*나 공놀이나, 좀 커서 처녀애들하고 노는 거, 카드놀이, 이런 놀이 속에 모든 인생이 다 들어 있지! 자네 동료 중에는 제 자신을 가지고 노는 사람들이 아주 많을걸."

그의 이런 말들은 분파적 투쟁이나 당파적 투쟁, 거기서 동료들을 '이겼을' 때 내가 느꼈던 만족감 같은 것을 떠올리게 했다.

"놀이와 사냥, 바로 그거야!"

시모노프가 말했다.

"무기가 있으면 시베리아 타이가 숲으로 가서 곰을 때려잡는 거야. 아, 아프리카라도 당장 달려가지. 사냥이란 진짜 위대한 일이지. 사냥의 핵심은 결코 죽이는 것이 아닐세. 짐승을 쫓아서 가늠자 위에 그놈을 올려놓고, 바로 그 순간 짐승 위에 있다는 인간으로서의 권력을 맛보는 거야. 살인은 항상 뭔가 이권 때문에 일어나는 거지. 자기 만족을 위해서 살인하는 사람은 아무도 없을 거야. 있다면 미친놈이거나 너무나 화가 나서 흥분한 상태에 빠진 놈이겠지. 하지만 격분한다는 것 역시 정상이 아니야. 그 경우의 살인도 뭔가 이해관계가 얽힌 비열한 데가 있지."

그의 말을 들으며 나는 그를 완전히 믿지는 않았다. 그러나 이런 생각이 들었다.

'그래. 인생이 장난이나 사냥 같은 거라면 나도 그 사람들을, 그리고 나 자신을 가지고 놀지 못할 게 뭐겠어?'

시모노프의 머리에는 뇌를 다쳐 상처가 딱딱해진, 굳은살 같은 검은 얼룩이 있었다.

---

* 마블 게임과 유사한 놀이.

"놀이. 사냥."

그는 모든 인생을 이런 오락으로 귀결시켰다. 그러나 나는 더더욱 그를 믿지 못하게 되었다. 사람들이 인생으로부터 자신을 격리시키고 인생에 대해 아무것도 하지 않기 위해서 얼마나 영리하게 여러 가지 울타리를 쳐놓는지를 잘 알고 있었기 때문이다.

어느 날 밤 비밀의 방에서 우리는 포도주를 마시게 되었는데 시모노프가 이런 말을 했다.

"이보게. 언젠가 어떤 지식인 하나가 내 손에 잡혔는데, 뭐, 꼭 환영 같은 그런 친구라고나 할까, 나한테 설교를 하더라고. 사람이란 짐승이다, 미쳐서 뒷발로 서게 됐는데 그때부터 역사가 시작돼서 지금까지 계속 이어진다는 거지. 물론 그 친구는 제정신이 아니었지만 그 생각이 틀린 건 아니잖아. 말하자면 역사란 것은 미친 짐승을 치료하는 과정인 거지. 나는 그런 생각을 많이 했어. 어떤가, 해볼 만한 생각 아닌가. 난 심지어 그게 가능하다면 말이지, 세상에 정신이 바로 박힌 건전한 사람들은 단호하게 인류 역사에 끼어들지 못하게 막아야 한다고 봐. 그럼 그런 사람들은 어디로 가냐고? 거 모르나, 은둔자나 수도승들 말이야. 언제나 세상 모두에 관한 따분한 일에 매달려 있는 사람들 말이야."

시모노프는 자신을 '정신이 바로 박힌' 사람이라고 생각했다. 비록 비천한 역사에 좀 비천한 자리를 차지하고 있기는 하지만. 그러나 그에게 그걸 상기시키고 지적하는 것은 아무 소용이 없었다.

"그래, 참 순진한 생각이긴 하지."

나의 지적에 대한 대답이었다.

그리고 그는 격앙되었다.

"지식인들이 정말로 참, 자네를 못되게 만들어놨어!"

나에 대한 그의 태도에는 나를 사로잡는 뭔가가 있었다. 그것은 사람 자체에 관심을 가져주는, 말하자면 순수한 관심이랄 수 있었다. 그는 직업상의 이해나 사심을 벗어나 독립적으로 저 혼자 '단지 사람에 대한' 관심을 가지고 살아갔다. 시모노프가 나를 대하는 태도는 부하를 대하는 상관이 아니라 나이 어린 사람을 대하는 연장자의 그것이었다. 그는 지시하거나 명령하지 않았고, 내 의견을 묻거나 상담하는 것처럼 말했다.

"그래, 자네 생각은 어때? 이 비합법 조직을 제거해야 할 때가 됐나?"

내가 시급히 제거해야 할 거라고 말하면 그는 두말없이 내 말에 동의했다.

그는 내게 일종의 절약이라고 부를 수 있는 그런 감정을 가지고 있었다. 그것은 사냥꾼이 좋은 사냥개를 아끼는 것과 같은 사랑의 감정이라고 할 수 있었다. 냉소나 비애를 담아 하는 말이 아니다. 나는 아주 그럴듯한 속담을 들은 적이 있다. '가장 아름다운 여자는 그녀가 가지고 있는 것 이상을 줄 수 없다.' 영혼이 바라는 것들을 정말 잘 달래주는 속담 아닌가?

왜 그랬는지 모르지만 수많은 동지들 중에서 나는 친구가 없었다. 마음을 터놓고 나 자신에 대해 얘기해볼 사람이 단 한 명도 없었다. 물론 나는 그런 얘기를 해보려고 했지만 그런 식의 대화는 늘 실패했고 날 만족시키지 못했다. 영혼의 갈증을 책으로 틀어막을 수는 없는 법이다. 게다가 그 갈증을 더욱 넓고 깊게 만드는 사악한 책들도 있지 않은가. 세상의 모든 것은 그림자를 갖고 있으며 모든 진실과 진리 역시 그에 덧붙은 부가물을(당연히 잉여의 것인) 벗어버리지 못한다는 점을 아는 사람은 아주 드물다. 바로 이 그림자들은 진리의 순결함에 대해 의심을 품게 한다. 금지되거나 아니면 부끄러운 것, 말하자면 바람직하지 않은 것으로 여겨지는 그런 의심 말이다. 의심을 품은 사람은 항상 미심쩍게 그래, 여기 이 진실에는 그림자가 없는가, 라고 생각한다.

동지들 사이에서 나는 이념적으로 불안정하고 변덕스러운 데다 더 나쁘게는 낭만주의에(다른 누구보다 자주 만났던 바소프가 말한 대로라면 '형이상학'에) 경도된 사람으로 소문나 있었다.

"혁명가는 유물론자여야 하네. 유물론, 그것은 모든 비이성적인, 불합리한 것을 완벽하게 제거한 의지일세."

바소프는 'R' 자를 강조해서 발음하며 내게 이렇게 말했었다. 나는 바소프의 말이 맞다고 생각했지만 그에 대한 거부감 때문에 그 말에 동의하지는 않았다.

시모노프는 무엇에 대해서든 편하게 말할 수 있었던 사람이다. 그는 주의 깊게 내 말을 들어주었으며 그건 모르겠다, 이해 못하겠다고 말하기를 주저하지 않았다. 때로는 직설적으로 말했다.

"그런 것은 내가 알 필요가 없지."

신이 필요 없다는 그의 말은 놀라웠다. 그가 종교를 믿는 사람이라고 생각했기 때문에 더욱 놀라웠다.

"그런 걸 묻다니 정말 이상하구만."

그는 어깨를 움찔하며 말했다.

"우리들 각자가 뱃속에 일 미터도 넘는 창자를 넣고 있는데 거기 무슨 신이 있어? 그리고 가령 신이 있다면 낙타나 물고기나 돼지나 다 신을 느껴야 되는 거 아냐? 안 그래? 인간도 동물이니까 말이야. 이성? 인간 말고도 이성을 가진 동물은 많아. 그리고 이 문제에서 이성이 무슨 필요가 있다고 그래. 신은 이성으로 구하는 게 아니잖아. 말이 안 되지…… 자넨 정말 브림 책을 읽었어야 해!"

그는 또 탄식했다.

"정말 지식인들이 자넬 많이 망쳐놨어!"

"그럼, 그렇지 않았다면 내가 어떤 사람이 됐을 거라고 생각하십니까?"

뚫어지게 나를 보더니 그가 대답했다.

"모르겠어. 아마, 무슨 발명가? 몰라. 자넨 참 이상해."

시모노프는 살아 있는 사람이 아니라 왠지 잘못 꾸며내진 사람 같았고 아주 고독한 사람이었다. 그는 말이 많았지만 제스처에는 아주 인색했다. 팔을 느릿느릿 움직였고 웃음 짓는 일도 드물었다. 그래서 삶이나 사람에 대해 몹시 냉담하다는 느낌을 주었다. 하지만 그런 것은 그가 게으르기 때문이거나, 어쩌면 일에 지치고 피로해져서 늘어졌기 때문이다.

나는 곧 사냥과 놀이의 재미에 대한 그의 말이 사실 자신을 위해 꾸며낸 것이고, 남의 말에서 따온 것이라고 확신하게 됐다. 그는 사람을 사랑하는 일에 매료되어 있지 않았다. 프락치 활동을 하는 정보원들을 많이 가지고 있다는 것에 만족할 뿐 먼저 나서서 적극적으로 일을 하는 법이 없었던 것이다. 사실, 나도 그러려고만 했다면 아무 일도 하지 않을 수 있었다. 그저 당 활동 중의 일화나 혁명가들의 행태에 대해 이야기나 하면서 지낼 수 있었을 것이다. 그는 사건의 본질에 대한 것보다 혁명 활동의 일화에 더 흥미를 보이는 듯했다. 그는 깊은 관심을 가지고 그런 일화에 귀를 기울였다. 일화가 어리석은 것일수록 그의 생기 없이 창백한 얼굴에 떠오르는 미소도 더 환해졌다. 한번은 그가 한숨을 내쉬고는 이렇게 말했다.

"포펜코는 자네보다 더 우습게 말했었는데. 그 친구 꼭 브림처럼 말했었지."

'브림처럼', 이것은 시모노프의 입에서 나오는 최고의 찬사였다. 그는 독일 멘노파 교도(재세례론자)가 성경을 붙잡고 있는 것처럼 항상 『동물의 생활』을 손에 들고 읽었다.

한번은 내가 물어보았다.

"그런데 왜 포포프를 포펜코라고 부르죠?"

"그렇게 보니까."

그가 대답했다.

"사람은 다 제 나름으로 보잖아. 포포프라고 부르려면 키가 좀더 크고 팔도 좀 길어야지."

시모노프에게는 하나의 특징이랄까 습관 같은 것이 있었는데 약간은 불쾌하고 미심쩍은 느낌을 주는 것이었다. 가끔씩 대화중에 그는 갑자기 내가 알 수 없는 어딘가로 침잠해 들어갔다. 그는 표정 없는 얼굴을 심각하게, 그러나 우둔하게 찡그리고, 눈동자를 멍하니 크게 뜨고는 마치 최면이라도 걸듯이 엄격한 눈으로 집중해서 나를 응시했다. 그러나 나는 그가 뭔가 다른 것을, 끔찍한 무언가를 바라보고 있다는 느낌을 받았다. 그럴 때마다 그는 손을 책상 밑에 숨기고 꼼지락거렸는데 마치 나를 쏘려고 몰래 권총을 찾아대는 것만 같았다. 이런 느닷없는 발작 증세, 무언의 깊은 사념, 나는 닿을 수 없는 그 어딘가로의 침잠 등은 그에게 자주 있는 일이었지만, 나는 그럴 때마다 기분이 썩 좋지 않았다.

나중에 나는 시모노프에게 아주 은밀한, 그 자신도 두려워하는 인간적인 무언가가 숨겨져 있다고 생각하게 되었다. 나는 그가 내 앞에서 그걸 열어 보일 때를 기다렸다. 그래서 그에 대한 나의 관심은 더욱 긴장되고 초조히 뭔가를 기다리는 그런 것이 되었다.

선에 대한 이론은 성서나 코란이나 탈무드, 그리고 여러 가지 책에 존재한다. 그렇다면 악에 대한 이론, 비열함에 대한 이론도 존재해야 한다. 그런 이론도 있어야만 한다. 모든 것을 설명해야만 하니까, 모든 것을. 그렇지 않다면 어떻게 살겠는가?

나는 어제 이렇게 썼다.

'내가 그러려고만 했다면 아무 일도 하지 않을 수 있었다'라고. 달리 말하면 나는 동지들을 배신하지 않을 수 있었다는 얘기다. 게다가 동지들을 위해 조금이라도 도움이 되는 일을 손쉽게 할 수 있었다. 실제로 그런 일을 하기도 했다. 그러나 그러고 나서 나는 그럴 필요가 없다, 그렇다고 해서 내 안의 그 무엇도 변하는 것은 없다고 느꼈다.

나는 배신을 했다. 왜? 나는 기관에서 일하는 첫날부터 이런 질문을 스스로에게 던지고 있었다. 그러나 그 대답을 찾지는 못했다. 나는 나의 내부에서 저항이 일어나기를, '양심의 불꽃이 타오르기를' 내내 기다렸다. 그러나 양심은 침묵했다. 그저 호기심만이 '앞으로 어떻게 될까?'라고 물을 뿐이었다.

나는 나를 비난하면서 '넌 죄인이다'라고 단호하게 말해줄 그런 감정이 일어나도록 애쓰면서 스스로를 몹시 다그쳤다.

이성적으로는 내가 비열한 짓을 하고 있다고 인정하고 있었지만, 이 인식에는 자기 비판과 혐오, 후회의 감정이 뒷받침되지 않았다. 그것도 아니라면 두려운 마음이라도 있어야 할 텐데, 그런 것도 없었다. 아니, 난 그 비슷한 것도 느끼지 않았다. 아무것도, 단지 호기심밖에는. 호기심은 여러 가지 질문을 던지면서 점점 더 자극적이 되었고 전율을 느끼게 했다. 예를 들면 '영웅적인 위업으로부터 비열함으로의 전이가 왜 그렇게 쉽게 이루어지는가?' 따위.

그 시시껄렁한 포포프의 말, '어느 싸움에서건 영웅은 양쪽 편에 다 있는 거잖아요', 그것이 정말 옳단 말인가.

그러나 나는 과거에 '영웅'이었고, 지금은 괴이한 질문에 짓눌려 그걸 풀어야 하는 사람일 뿐이다. '왜 비열한 짓을 하면서 나는 스스로에게 혐오감을 느끼지 않는가?'라는. 나는 이런 질문을 나 자신에게 수백 번도 넘게 던져보았다.

그러다가 나는 이렇게 생각하게 됐다. 만약 시모노프가 옳다면, 인생이란 미쳐버린 짐승과 같고, 그 안의 모든 것은 다 쓸데없는 것들이고 놀이에 불과하다면, 그렇다면 나는 정말 지식인이나 책 때문에 망가져버렸다는 말이 맞는 것인가? 만일 이 모든 '인생의 스승들', 즉 사회주의자, 휴머니스트, 모럴리스트가 거짓말을 하고 있다면, 그 어떤 사회적 양심이란 것도 존재하지 않으며 사람들 사이의 관계에 대한 인식은 한낱 꾸며진 것에 지나지 않고, 모두들 다른 사람의 희생을 딛고 살아가려고 애쓸 뿐이며, 영원히 그러하다면?

아무것도 없다. 모든 것은 꾸며졌다. 모든 것은 거짓이다. 그렇다면 나는 거짓을 폭로해야 할 사명이 있다. 나는 사람들에게 그걸 폭로해줄 최초의 사람이다. 모두 기만당했다고, 인생이란 실제로는 적나라한 짐승들의 투쟁이며, 그걸 막을 이유도 없고, 더 중요한 것은 그 무엇으로도 막을 수 없다는 것을. 그래, 나는 사람에게는 자신 속에 들어 있는 비열함에 저항할 힘이 없으며, 그에 저항할 필요도 없다는 것을(비열함은 서로의 투쟁에서 당연한 효과적인 무기일 뿐이기 때문이다) 최초로 밝혀낸 사람이다.

아주 신랄한 이야기가 있다. 사람들은 모두 임금님의 옷이 아름답고 훌륭하다고 칭송하는데 한 어린애가 갑자기 소리쳤다. '임금님은 벌거숭이야!' 라고. 그제야 모두들 임금님은 벌거숭이이고 못생겼다는 것을 바로 보게 되었다.

바로 내가 그 깨어 있는 어린애 역할을 해야 하는 게 아닐까?

1914년, 저주 같은 전쟁이 일어나 모든 인간적인 것이 썩은 물고기의 비늘처럼 사람들에게서 빠져나갈 때 이런 식의 생각들은 특히 나를 집요하게 괴롭혔다.

내가 쓴 것을 읽어본 뒤 나는 이 모든 것이 꼭 써야 할 것도 아니었고 사실대로 말한 것도 아님을 알았다. 나는 나 자신을, 사변이나 늘어놓으며 난마처럼 얽힌 생각들에 빠져버린 사람으로, 영혼을 내다버리고 그 속에 들어 있던 선하고 훌륭하다고 생각되는 모든 인간적인 것을 죽여버린 사람으로 그려놓았다. 아니다, 그것은 아니다, 그렇지 않다.

생각들은 그것이 아무리 넘쳐난다 하더라도 결코 나를 당황하게 하거나 내 마음을 사로잡지 못했다. 그것들은 내게 끓는 감정의 표면에 일어나는 기포에 지나지 않는다, 부풀어올랐다가 터져서 사라지고 또다시 일어나는. 오직 감정으로 장전된 생각들만이 살아 있고 의미 있는 것이다. 그럴 때 나는 육체적으로 그것을 감지한다. 그러면 생각들은 손가락이 되어 사실들을 움켜쥐고, 고르고, 뒤섞어 조각품을 만들고 건축물을 짓는다. 그렇게 감정으로 잉태된 생각들은 다시 새로운 감정을 낳는다. 감정으로 잉태되지 않고 그 자체일 뿐인 생각은 사람에게서 그 어떤 변화를 이끌어내지 못하면서 매춘부처럼 사람을 가지고 논다. 때로 매춘부에게도 진정한 사랑이 있을 수 있다. 그러나 매춘부를 대할 때는 조심스러운 것이 당연하다. 뭔가 훔칠 수도 있고 병을 옮길지도 모르니까.

십팔 년가량 나는 똑같이 생각하는 사람들 틈에서 살아왔다. 말하자면 똑같은 색으로 염색한 사상의 분위기에서 살았다. 이 염색은 나를 만족시키지 못했고 음산한 가을날처럼 지루하고 달갑지 않은 것이었다. 그러나 사람들을 매혹시킨 사상이 너무나 철저하게 몸에 배어 살과 뼈가 되어버렸기 때문에 이제는 너무나 견고한 굴레가 되어버렸다는 것을 알았다. 그런 사상은 기포가 아니라 꽉 쥔 주먹이요, 자신의 힘을 추앙하는 사상이다.

1907년과 1914년에 사람들이 얼마나 쉽게 자신의 믿음을 내던지는지를 보고 나서, 나는 그들에겐 뭔가가 없다고 확신했다. 그들에겐 결코 없었던 뭔가가 있다. 결코 한번도 없었다고 확신했다. 뭐가? 그들의 사상에 의해 부정되었던 것에 대한 육체적 혐오의 감정? 정직하게 사는 습관이 없었던가?

자, 여기에서 나는 확실한 어떤 것을 포착한 것 같다. 정직하게 사는 습관, 이것이 사람들에게 부족한 바로 그것이다. 이런 습관은 나의 동지들에게도 충분하지 않았다. 그들의 행태는 '신념'과 '원칙', 즉 믿음의 교의에 모순을 일으켰다. 이런 모순이 특히 날카롭게 드러난 것은 분파 투쟁의 기술에서, 즉 같은 믿음을 가지고 있지만 전술은 다른 사람들 사이에서 벌어지는 적대 행위에서였다. 철면피 같은 위선, 간교한 모략이 판을 쳤고 심지어 도박에 빠져서, 이제 전문 도박꾼들이 사용하는 비열한 수법들도 서슴없이 나타났다.

그래, 그렇다. 정직하게 사는 습관이 사람들에게는 없었던 것이다! 물론 나는 그들 중 많은 사람들이 이런 습관을 익힐 가능성을 갖지 못했고 지금도 갖지 못하고 있다는 것을 알고 있다. 그러나 삶을 개조하고 사람들을 재교육하겠다고 나선 사람들이 '투쟁에서 모든 수단은 허용된다'고 생각하면서 잘못되고 있는 것이다. 아니다. 그런 교의의 지배를 받으면서 사람들이 정직하게 사는 습관을 기른다는 것은 있을 수 없다.

어쩌면 비열한 모든 짓을 해야 할 때가, 모든 범죄를 저지르고 모든 악을 다 써먹어야 할 때가 온 것인지도 모른다. 그리하여 이 모든 것이 지겹고 싫증나고 끔찍해져서 죽어버리도록 말이다.

정말 이상한 일이다! 나는 어떻게 해도 나 자신을 다른 사람들이나 사건들과 연관시키지 않을 수가 없다. 그럴 수가 없다. 그렇다면 그것은 아무리 뭐라고 해도 분명히 일종의 자기 정당화다. 그걸 내가 서투르게 감추고 있는 것이다.

그렇지만 나는 나 자신을 정당화하고 싶은 생각이 전혀 없다. 나는 그것을 알고 있고 느끼고 있다. 그것은 나의 오만이나 돌이킬 수 없이 인생을 망가뜨린 인간의 절망에서 나오는 것도 아니다. 그래, 난 범죄자다, 너도 마찬가지다, 그러나 힘은 너에게 있다, 죽여라! 라고 소리치고 싶어서 그런 것도 아니다.

나는 그 어디에도, 그 누구에게도 소리치고 싶지 않다. 나는 사람들을 느끼지 못하며 그들을 필요로 하지 않는다.

나도 모르게 자기 정당화가 된다는 사실 때문에 밝히기가 더욱 어려워진 중요한 것이 있다. 왜 변절의 길로 나아가는 나를 막는 야유의 휘파람 소리 하나, 종소리 하나, 비명 소리 하나도 나의 영혼에서 찾을 수 없는가. 왜 나는 자신을 스스로 비난하지 못하는가. 자신을 죄인이라 부르고 고백하면서 왜 나는 양심에 따라 죄를 느끼지 못하는가.

만일 나의 이 기록에 목적이 있다면 그것은 다만 무엇 때문에 나는 그렇게 혼자 영구히 떨어져나가게 되었는가라는 문제를 풀어보려는 데 있다.

나는 대답을 얻기 위해 나 자신을 몰아쳤다고 이미 쓴 바 있다. 나는 가장 탁월한 당원 동지 중 한 사람, 정말 보기 드물게 훌륭한 사람을 기관에 넘겨 유형을 당하도록 만들었다. 나는 정말 그 영혼의 순결함과 대담한 정신, 지칠 줄 모르는 근면함, 선량함과 명랑한 성격을 존경했다. 그는 지금 감옥에서 탈출해 세번째로 비합법적인 일을 도

모하고 있다. 나는 그를 넘겼고 이제는 내 영혼 속에서 뭔가가 일어나겠지 하고 기다렸다.

그러나 아무것도 일어나지 않았다.

시모노프는 내게 아주 특별한 향과 맛을 지닌 적포도주를 대접했다. 그가 말했다.

"모스크바나 페테르부르크로 옮겨가지 않겠어? 이제 여기서는 놀 물이 좀 적어. 나도 곧 수도로 옮겨갈 것 같은데."

"표트르 필립포비치."

나는 정색을 하고 물었다.

"내가 왜 이렇게 애를 쓰고 있다고 보십니까?"

그는 평소처럼 즉답을 피했다. 처음에는 주의 깊게 나를 바라보다가 천장을 바라보았고 어깨를 움찔하면서 말했다.

"모르겠어. 자네는 돈을 바라지도 않고 공명심 같은 것도 안 보이는데, 복수심 때문인가? 그런 것도 아냐. 자넨 알고 보면 호인이야."

미소를 지으며 그는 조심스럽게 말을 이었다.

"자네가 그런 질문을 한 게 처음은 아니지. 하지만 내가 이미 말했지 않나. 자네는 이상한 사람이라고. 어쩌면 자네는 조금 미친 거 아닐까? 역시 그것도 아냐. 그래, 자네 자신은 왜 그렇다고 생각하나?"

그래서 나는 간단하게 내 생각을 말하기 시작했다. 그는 말없이 내 말을 주의 깊게 들었다. 들으면서 담배를 연달아 피워 물었다. 내가 말을 마치자 시모노프는 냉담하게 말했다.

"아니, 그건 아주 위험한 생각 같은데. 정말 망할 놈의 지식인들이 자넬 어디까지 망쳐놓은 건지 모르겠어."

그리고 새 담배에 불을 붙이며 한숨을 내쉬었다.

"이런 사람 같으니, 머지않아 날 쏘겠어, 자네. 이제 자네에게 남은 게 뭐겠어? 오직 하나지. 누군가를 죽이는 거. 그러면 아마 몸을 떨면서 소리를 질러대겠지."

그는 포도주를 가득 따른 뒤 내게 등을 돌리고 서서 술잔을 들어 빛에 비추고 들여다보았다. 기분 나쁘게 평범한 이 사람, 그 순간엔 평소보다 훨씬 더 평범해 보였다. 그는 그렇게 오랫동안 서 있었다. 습관처럼 발작이 찾아와 내가 알 수 없는 무언가로 침잠해 들어갔다고 나는 추측했다.

"왜 그러십니까?"

그는 천천히 돌아서서 자리에 앉고는 포도주 잔을 비우고 한숨을 내쉬며 담배를 피워 물었다.

"이봐, 자네가 공연히 꾸며낸 거야. 이런 내면적인 따분한 얘깃거리 말이야. 꾸며냈어, 그래! 재미로 말이지. 내 그걸 알지. 나도 가끔 자려고 누웠다가 잠이 오지 않으면 나를 대단한 악당이나 성자로 상상해보곤 하지. 재미있잖은가. 요술쟁이, 정말 특별난 재주를 부리는 요술쟁이라는 상상을 제일 많이 하지."

그리고 시모노프는 갑자기 책상에 팔을 괴더니 전엔 결코 본 적이 없던 활기를 띠면서 저음의 쉰 목소리로 말했다.

"알겠나? 정말 별난 요술쟁이로 상상하고서 무대로 나가는 거야. 몸에 착 달라붙는 옷을 입고, 알겠나? 곡예사처럼. 주머니는 하나도 없는 옷 말이야!"

그는 행복한 미소를 지으며 바보처럼 우스꽝스럽게 눈을 깜박여 보였다.

"그런데 갑자기 내 손에서 오리가 탁 나오는 거야. 내가 오리를 마루에 내려놓으면 그놈은 무대를 걸어다니며 꽥꽥거리고 그러다가 알을 낳는 거야! 알겠나? 그런데 이번엔 알을 깨고 돼지 새끼가 나오지. 아니면 다르게 할 수도 있어. 토끼가 나오고 부엉이가 나오게 말이지, 한 열 개쯤 말일세. 관중들의 반응이 어떻겠어, 응? 모두들 자리에서 일어나 눈을 비벼대면서 망원경을 꺼내 들고 보겠지, 경악하는 거지! 모두들 바보가 된 기분이겠지, 특히 주지사가. 주지사가 대중들 앞에서 백치가 되는 기분이 어떻겠어, 응? 또 갑자기 내 머리가 두 개가 돼! 게다가 담배를 피우는 거야, 두 개를! 하지만 연기는 나지 않고, 그 다음 연기가 발가락에서 나온다, 상상이 되나? 무대에선 토끼가 깡충깡충 뛰고 돼지 새끼가 뛰어다니고 불빛에 눈이 먼 부엉이가 사납게 눈을 부라린 채 사람들을 노려보고 있는 거야. 그리고 더 많은 동물들이 나타나서 그 수가 점점 늘어나고, 대혼란이 일어나는 거지!"

무표정한 눈을 크게 뜨고 반혁명 전사, 보안 지소장 표트르 필립포비치 시모노프는 깊은 확신을 담아 탄성을 질렀다.

"제길, 사람을 바보로 만들자면야 끝도 없지, 젠장!"

그의 터무니없는 헛소리를 들으면서 나는 내가 백치가 된 느낌이었다. 그가 술에 취한 것은 아니었다. 많이 마시기는 했지만 결코 취하는 법이 없는 사람이었다.

나는 그에게 물었다.

"그런데 말이죠, 이야기하다가 갑자기 어딘가로 사라진 것처럼 그렇게 흐트러져버리던데 무슨 생각에서 그런 거죠?"

"그건……"

그가 고개를 끄덕이고 대답했다.

"그건 느닷없이 찾아오는 거야. 심지어 경찰청에 가서 보고할 때도 말일세. 갑자기 내가 공중에 손가락으로 내 이름을 불 붙은 글자로 쓸 수 있다는 생각이 드는 거야. 자네라면 어떻게 하겠어? 내가 쓰기 시작하면 바로 결과를 보게 되지. 청장의 눈앞에 불 붙은 글자들이 공중에 타오르는 거야, 시모노프, 시모노프…… 나는 놀란 눈으로 청장을 바라보지. 아니, 저 양반은 어떻게 이게 안 보이나? 그럼 그분이 내게 묻는 거야. '왜 그래, 자네? 왜 멍청해졌어?' 겁나지, 물론."

언뜻 조용한 광기가 시모노프의 눈에 비쳤다. 그로 인해 얼굴은 훨씬 더 의미심장해 보였다.

어떤 기대 같은 걸 품고 내가 물었다.

"그 이상 다른 건 없어요?"

"무슨 말을 하고 싶은 건가?"

그는 이상하게 죽었다. 밤에 두 시간가량 나와 같이 있었는데 그때만 해도 아주 건강했다. 그런데 낮 네 시에 그는 정원의 그물침대에 누워 죽었다.

바소프가 찾아왔다. 머리를 붕대로 감은 어릿광대 같은 사람이 같이 왔다.

"날 몰라보겠소, 카라모라?"

그는 자신을 소개했다. 내가 탈출시켰던 사람 중 한 명이었다. 나는 기억을 못했다. 감옥에 세 사람이 있었지.

바소프가 물었다. 그 탈출을 계획할 때도 기관에 협조하고 있었느냐고. 바보 같은 질문이다. 기관의 문서를 보면 그렇다는 것을 알 수 있지 않은가.

삼십여 분 그들은 해야 할 일을 하는 공정한 재판관의 어투로 나와 이야기를 나누고는 가버렸다.

어쩌면 그들이 내 목숨만은 살려둘지도 모른다. 재미있다. 그 남은 목숨으로 내가 무얼 할 것인가. 역시 또 의문이 생긴다. 생명은 인간에게 처분권과 함께 주어진 것인가, 아니면 인간이 생명에게 마음대로 처리되도록 주어진 것인가. 도대체 생명은 누구의 간계인가. 본질적으로 참 바보 같은 간계이다.

그래, 나는 기관에 협조하면서 동지들에게 작은 만족을 주기도 했다. 감옥이나 유형지에서 탈출하게 해주었고 인쇄소와 문서 보관소 등을 만들어주기도 했다. 이렇게 표리부동하게 행동한 이유가 나에 대한 불신을 씻어낸 다음 동지들을 보안 기관에 넘겨버리기 위한 것은 아니었다. 거기에는 여러 가지 이유가 있었다. 때로는 동정심에, 때로는 호기심에(이것이 가장 중요했다, 즉 '그러면 어떻게 될 것인가?'라는) 나는 그들을 도와주곤 했다.

눈에는 '수정체'라는 게 있어 사물을 올바르게 볼 수 있다고들 말한다. 인간의 영혼에도 그런 수정체가 있어야만 한다. 하지만 그런 건 없다. 영혼에 수정체가 없다는 데 문제의 핵심이 있는 것이다.

정직하게 사는 습관? 그건 올바르게 느끼는 습관이다. 하지만 올바르게 느낀다는 것은 그것을 완전히 자유롭게 드러낼 수 있을 때에만 가능하다. 그런데 인간이 성자로 태어나는 것이 아니라면, 혹은 영혼의 장님으로 태어나는 것이 아니라면, 감정을 자유롭게 드러낸다는 것은 인간을 짐승이나 속물로 만들어버린다. 그래, 어쩌면 눈이 멀었다는 것, 그것은 성스럽다는 뜻이 아닐까?

나는 다 쓰지 않았다. 쓴 것도 모두 사실이 아니다. 그러나 더이상 쓰고 싶지 않다.

형사범들이 〈인터내셔널가〉를 부르고 있고, 복도의 간수가 나지막이 따라 부른다. 주질린, 성이 우스운 사람이다.

우리 위원회에는 미로노바라는 놀라운 선동가 처녀가 있었다, 사샤의 친구였다. 마음이 얼마나 다정하고 굳건했던가! 예쁘다고는 말할 수 없지만 그보다 더 사랑스러운 여인은 보지 못했다. 왜 갑자기 그 여자가 생각나는 걸까. 나는 그 여자를 보안 기관에 넘겼다.

생각의 흐름. 끊임없는 생각의 흐름.

그런데 내가 오직 혼자 진실을 볼 수 있었던 그 어린애라면?

'임금님은 벌거숭이야, 안 그래?'

또다시 내게 기어드는 생각들……

지긋지긋하다.

에피소드

그날 밤 그는 어둠 속에서 축축이 내리는 비를 맞으며

온몸의 살점이 떨어져나가는 것 같은 고통을 느꼈다

"뭐요? 내가 죽는다, 이 말이요?"

크고 불그레한 코의 의사가 차가운 손으로 예고르 브이코프의 몸을 만져보고는 병이 악화되어 위험하다고 목소리를 깔고 단호하게 말했을 때, 브이코프는 젊은 시절 터키 전쟁에 자원해 나갔다가 예니 자그라* 근처에서 다리를 다쳐 가시덤불 속에서 뒹굴 때와 같은 분노를 느꼈다. 그날 밤 그는 어둠 속에서 축축이 내리는 비를 맞으며 온몸의 살집이 떨어져나가는 것 같은 고통을 느꼈다.

"뭐요? 내가 죽는다, 이 말이요?"

의사는 탁자에 앉아 녹슨 펜으로 뭔가를 끄적거리면서 알아들을 수 없는 말을 했다. 슬픔에 잠긴 브이코프는 창밖만 바라볼 뿐 그의 말을 듣고 있지 않았다. 거리에는 깃털과 톱밥 먼지가 바람을 따라 흩날리고 있었다.

---

* 불가리아 아즈마크 강 유역의 도시 노브 자고르의 터키어.

"술을 너무 많이 마셨어요……"

그는 속으로 의사를 욕하면서 대꾸했다.

"그건 원인이 될 수 없지요. 술을 마신다고 해서 누구나 다 제 명보다 일찍 죽는 건 아니잖소!"

그의 이성은 화를 내며 속삭였다.

'밖에 있는 저 암탉도 살아서 알을 낳고 새끼를 키워갈 텐데 너는 죽고 말 거다! 힘들고 어려웠던 날들의 노동이 다 허사가 되고 마는구나!'

문까지 나가 말없이 의사를 배웅하고 나서 브이코프는 맨발에 슬리퍼를 신고 내의 위에 회색 가운을 걸친 자신의 모습을 거울에 비춰보았다. 푸르스름한 눈 때문에 더 음울해 보이고 말라서 뼈만 앙상한 얼굴이 이상하리만큼 또렷하게 거울에 나타났다. 긴 구레나룻은 뺨과 턱에서 가슴으로 곧게 흘러내려와 있었다. 보기 좋은 모습은 아니었다.

브이코프는 숨을 깊게 몰아쉬고 나지막이 신음소리를 내며 창가에 놓인 가죽 소파에 가서 앉았다. 오른쪽 옆구리에서 병균이 끊임없이 간을 갉아먹고 몸 전체를 술에 취한 것 같은 무력감과 쓰라린 울분으로 채우고 있는 게 느껴졌다.

"그래, 난 술은 많이 마셨다! 그럼 네놈은 뭘로 마음을 달래며 사냐? 이 바보 같은 놈아!"

그는 마차에 오르는 의사를 내려다보며 내뱉었다.

"사모바르*를 내올까요?"

뚱뚱하고 멍청한 하녀 아가피야가 문 옆에 서서 물었다.

"내가 몇 번이나 말했어. 햇빛 드니까 창가에 소파를 두지 말라고 했잖아! 보라고, 얼마나 색이 바랬는지. 해가 가구를 손상시키려고 뜨는 건 줄 알아?"

"주인님께서 옮겨놓으신 거잖아요."

아가피야가 무덤덤하게 대꾸했다.

브이코프는 무거운 소파를 옮겨놓느라고 끙끙거렸던 기억이 났지만 하녀의 무덤덤함 때문에 더욱 화가 났다.

"빌어먹을, 저리 꺼져버려!"

아가피야의 뒷모습을 바라보며 그는 생각했다.

'아직도 사십 년은 더 살 수 있을 텐데 죽어야 하다니! 이 재산은 다 어떻게 하지? 결혼도 못하고 일에만 매달려왔는데…… 전쟁이 끝나자마자 결혼부터 했어야 했어. 그럼 지금쯤 자식이라도 있었을 텐데. 너무 신중하려고만 했어. 치료도 늦어버렸고. 이렇게 짧은 인생일 줄 누가 알았겠어……'

더더욱 답답하고 분한 것은 이십여 년 동안 애써 모은 재산을 물려줄 사람이 없다는 것이다. 수도원이나 종교 단체에다 바칠까? 하지만 그의 이성이 동의하지 않았다. 브이코프는 사제나 수도승이나 소위 지상에 있는 신의 재산을 관리한다는 인물들이 미덥지 못하다는 것을 잘 알고 있었다. 그들은 지상의 죄인일 뿐이다. 그러므로 신과 관계되는 것이라면 좋을 것이 없다. 브이코프는 신에 대해 회의적인 태도를 취하고 있었다. 그는 자신이 하는 모든 일과 생각을 신이 잘 알고 있

---

* 찻물을 끓이는 러시아의 전통 조리 도구.

으며, 형형한 눈으로 늘 주시하고 있다는 것을 항상 느끼고 있었다. 신은 수도 없이 그를 방해했으며 살아가는 데 꼭 필요한 인간의 탐욕을 비난했다. 모든 일이 순조롭게 진행되다가도, 갑자기 영혼에 성냥불이 확 켜지듯이 희미하고 어렴풋한 생각이 일어나 죄와 벌에 대한 두려움이 생겨나고, 적당히 속여넘기거나 착취했던 사람들에게 연민 비슷한 감정이 생기는 경우가 있었던 것이다.

그는 그것이 신의 장난이며 그의 이성에 반하여 사람들에게 양보하라고 하는 것임을 잘 알고 있었다. 그러면 그는 조롱하듯이 화를 내면서 그의 식객이자 친구인, 수줍음 잘 타는 꼽추 키킨에게 이렇게 말하곤 했다.

"아니, 왜 내가 사람들을 불쌍하게 여겨야만 하지? 그들은 날 불쌍히 여기지 않는데 말이야. 날 친절하게 대해준 사람은 아무도 없었다고."

"당연히 바보짓이지."

키킨은 이렇게 동의해주었다.

키킨 생각이 나자 예고르 브이코프는 마루를 닦는 밀대 손잡이로 만든 지팡이를 들어 천장을 두드렸다. 이삼 분 뒤 문 앞에 작은 꼽추가 소리 없이 나타났다. 코르크 뽑개 나사처럼 허공에서 뱅그르르 돌면서 나타나는 바람에 그의 굽은 두 다리가 서로 감겨들었다.

"무슨 일이야?"

그는 병든 닭 같은 눈을 반짝이며 작은 목소리로 물었다.

"내가 죽어야 된대, 글쎄."

키킨은 수염도 없는 누런 얼굴을 손바닥으로 문질렀다.

"그럴 리가, 거짓말 아냐?"

"아니야. 내가 잘 알아."

"그래? 죽기엔 너무 이른데."

"바로 그 점이 문제야! 그래, 좋다고, 죽으면 죽는 거지, 누가 그걸 거부할 수 있겠어? 헌데 이 재산은 다 어떻게 하냔 말이야."

차를 따르며 꼽추가 한숨을 내쉬고는 말했다.

"법대로 하면 조카한테 가겠지. 야코프 소모프 있잖아."

"그래, 내 칠촌 조카지!"

브이코프는 흥분해서 쉰 목소리로 소리쳤다. 흥분 때문에 옆구리 통증이 심해졌다.

"그런데 난 그 녀석이 어떤 놈인지 몰라. 다섯 번도 채 보지 못했거든."

"하지만 법이 있으니까……"

"그놈의 법!"

브이코프는 독기를 뿜으며 욕했다.

"그럼 자선 사업에 기부하든지."

마지못한 듯 키킨이 충고했다.

"그건 안 돼. 내 씨앗을 돌밭에 뿌릴 순 없어!"

"물론 그런 건 장난이 아니지."

잠시 생각에 잠겼다가 화를 내며 몇 마디 말을 더하고 나서 브이코프는 꼽추에게 내일 조카를 집으로 데려오라고 부탁했다.

"어떤 자식인지 좀 봐야겠어."

야코프 소모프는 저녁에 왔다. 그는 공손하게 인사했지만 손을 내밀지는 않았다.

"안녕하셨습니까!"

목소리는 크지 않았지만 또렷한 어조라 그 의미가 잘 파악됐다. 그의 말은 공연한 빈말이 아니었고 호의로 가득 차 있었다. 키는 그렇게 크지 않았으나 균형 잡힌 몸매였고 푸르스름한 두 눈이 바람에 튼 얼굴 속에서 부드럽고 편안하게 빛났다. 왼쪽 귀 위에는 카자크 사람들처럼 아마색의 곱슬머리가 뻣뻣하게 솟아 있었고, 커다란 코 밑에는 밝은 색 콧수염이 곱슬곱슬했다. 뭔가 강건하면서도 순수하며 사람의 마음을 끄는 매력이 있어 보였다. 그러나 브이코프는 사람을 믿지 못하는 습관 때문에 스스로에게 이렇게 말했다.

'얼굴이 멍청해 보여. 여자 꽁무니나 쫓아다니는 놈이겠지.'

브이코프는 젊은이의 초라한 파란색 셔츠와 거친 범포로 만든 양복, 장화 목에 밀어넣은 바지 등을 유심히 살펴보았다. 통증으로 코를 그렁거리며 그는 조카가 어떤 사람인지 알아보려고 사무적인 어투로 이것저것 캐물었다. 야코프는 열아홉 살이고 목재상 점원으로 일하고 있으며, 교회 성가대 제일 테너이고 낚시와 책읽기를 좋아한다고 했다. 온화하게 말하는 그의 이야기를 들으면서 브이코프는 이런 생각을 했다.

'고해성사하듯이 말하는군. 거짓말하는 거지. 왜 불려왔는지 알고 착한 척하는 거야.'

그러다가 갑자기 자신의 의지와는 반대로 서둘러 말했다. 어두운 얼굴이 냉소적으로 일그러졌다.

"이제 난 곧 죽는다."

"예? 무슨 일로?"

"아니, 무슨 일로라니?"

브이코프는 화가 나서 물었다.

"내게 병이 있단 말이다!"

그리고 속으로 자신에게 단언했다.

'이 녀석은 바보잖아!'

그러나 야코프 소모프는 아직은 잘 모르는 아저씨에게 상냥하면서
도 믿음직하게 말했다.

"모든 병에는 치료할 방법이 있습니다. 이를테면 당근 즙 같은 것
인데요. 일 년 전에 제가 폐병을 앓았는데, 그때 성가대 선창 가수의
어머니가 제게 아침마다 공복에 당근 즙을 한 잔씩 마시라고 했어요.
아주 선하고 지혜로운 분이었지요. 그랬더니 깨끗이 나았죠."

사람 좋게 웃으면서 소모프는 손으로 목과 가슴을 쓸어내렸다. 브
이코프는 조카의 평온한 말을 듣고 아픔이 싹 사라지는 것 같은 느낌
이 들었다.

"그건 폐병이고 난 다른 병에 걸렸다."

"폐병도 병입니다. 제 말을 들어보세요. 당근 즙이나 아니면 알코
올에 절인 고추냉이를 꼭 드셔보세요. 고추냉이는 훨씬 효과가 있어
요. 질산이 들어 있거든요. 질산은 부패를 막는 데 최고입니다. 생선
을 절일 때도 썩지 말라고 소금물에 질산을 넣잖아요. 모든 병은 일종
의 부패 현상이거든요……"

야코프 소모프는 정말 듣기 좋게 말을 했다. 그가 하는 말은 모래알
처럼 하나둘 연이어 가볍게 흘러나왔다. 조카에 대한 브이코프의 불

신이 조금 누그러졌다.

"그런 건 다 어디서 들었어?"

오랜 친구처럼 야코프는 서슴없이 어떤 뛰어난 어부와 사귀게 된 일에 대해 말해주었다. 그 사람은 공부도 꽤 많이 한 사람인데 지난 가을에 총으로 자살했다는 것이다.

"왜?"

"사랑에 실패해서요……"

"그렇다고 자살을 해? 그런 바보 같은 짓을!"

"성격이 너무 곧아서요."

"그게 무슨 말이냐?"

"그저 제 감정들에만 충실했다는 거지요."

"아, 그래."

브이코프는 이렇게 말하고 생각했다.

'묘한 놈이군. 말이 많고. 젊은 놈이니 당연히……'

그렇게 가벼운 대화를 하며 적지 않은 시간이 흘렀다. 소모프는 느릿느릿 움직이는 벽시계 바늘을 바라보고는 이제 성가대 연습 때문에 가봐야겠다고 말했다. 그리고 정중히 작별 인사를 하고 가버렸다.

예고르 브이코프는 긴 소파에 기대어 생각에 잠겼다. 사람들과 오랫동안 이야기를 나누다 보면 '이제 무슨 말을 하지?' 하는 생각에 그는 항상 괴로웠다. 사람들이 내게 원하는 것, 그리고 내가 사람들에게 원하는 것, 그것은 금방 알 수 있다. 하지만 이 녀석은 특별하다. 아직 어리다고는 해도 겸손하고, 친척이라고 매달리지도 않고 나를 한 번도 아저씨라고 부르지도 않고……, 하지만 틀림없이 아저씨라는 자가 혼자라는 것을 알고 있다. 그렇다면 교활하게 머리를 굴리는 건가? 아니, 그런 건 아니다.

키킨이 대마 창고에서 돌아왔다. 땀에 절어 피곤해하는 키킨이 탁자에 와 앉았다.

"왔었나?"

"왔었어."

"그래 어때?"

"한번에 다 알 수 있겠어? 하지만 다정한 데가 있는 놈이야."

차를 따르면서 키킨이 배고픈 듯 빵에 소시지를 얹어 게걸스럽게 먹으면서 집주인의 이야기를 주의 깊게 들어주었다.

"위로하기를 좋아해. 위로하려는 자들은 대체로 사기꾼들이지. 나는 그런 놈들을 믿지 않아. 다정한 것도 다 이유가 있기 때문이지. 사람들은 신이 서로 비웃으며 살라고 말하기라도 한 것처럼 그렇게 사는 데 길들여져 있어."

"그거 맞는 말이야!"

불구로 인해 일평생 비웃음을 당하며 살아온 꼽추가 단언했다.

"바로, 바로 그거야! 악마는 싸움닭처럼 우리를 부추겨 싸우게 만들지. 사람들에겐 죄악이지만 악마에게는 웃음거리지. 신의 뜻이라는 건 아무도 모르고. 주님은 극장에 있는 경찰서장처럼 구경만 하고 침묵을 지킬 뿐이고……"

브이코프는 한참 동안 화난 사람처럼 여러 가지 말을 해댔다. 그러더니 피곤한 듯 눈을 감으며 물었다.

"야코프에 대해서 뭐 좀 들은 것 있나?"

키킨은 빵 조각에 꿀을 바르면서 의자에 앉은 채로 몸을 돌려 대답했다.

"그 가게 주인인 티토프가 그러는데, 일은 잘하는 앤데 엉뚱한 구석이 있대."

"그게 무슨 말이야?"

"티토프는 더이상 말을 안 했지만, 나는 그걸 야코프가 해선 안 될 쓸데없는 일을 하려고 한다는 말로 이해했지. 사원의 부사제에게 물어봤더니, 역시 칭찬만 하더라고. 물론 믿을 수는 없지. 함께 낚시 다니는 친구이기도 하니까. 집주인 여자는 야코프가 어떤 패거리들하고만 술을 마신다고 하대. 보잘것없는 패거리인데 코노노프에서 온 주물공들, 철공, 이발사 따위들이래."

"그놈이 주지사하고 사귀고 다닐 수는 없겠지."

"여자들을 끌어들이지는 않고, 청결하고 정리 정돈도 잘하고, 착하다고 하대."

"착하다고?"

"응."

"그건 아직 어린 나이니까! 그래…… 그런데 자네가 이것저것 묻고 다니는 걸 보고 내가 왜 저를 불렀는지 눈치 챈 건 아닐까?"

"전혀 모를 거야. 내가 아주 조심했어."

브이코프는 입을 닫고 생각에 잠겼다.

"그럼 이제 어떻게 하지? 자네가 그놈에 대해 이리저리 더 좀 알아보라고. 그리고 다시 한번 들르라고 말해줘. 다시 오라고 말하는 걸 잊었어."

그리고 브이코프는 침통하게 소리를 질렀다.

"안 돼. 자네 생각해봐. 내가 이게 무슨 꼴이야? 열심히 일만 하면서 영혼에 얼마나 많은 죄를 지었는데. 그런데 그게 다 누구 좋은 일이 되었냐 말야. 얼굴도 잘 모르는 풋내기한테 말야, 안 그래?"

"참 고약한 얘기지."

둥그런 눈을 깜박이며 수줍음 많은 꼽추가 확실하게 말했다.

병은 마치 의사의 허락을 기다렸다는 듯이 의사가 왔다 간 뒤 빠르게 악화되기 시작했다. 찢어지는 옆구리의 통증은 더욱 심해지고 이성은 흐려졌다. 온몸 구석구석에서 슬픔과 모욕의 벌레들이 꼼지락거리며 돌아다니는 것 같았다.

"좀 어때?"

키킨이 물어보면 브이코프는 쉰 목소리로 화를 냈다.

"힘들어. 처음 죽어보는 거라 습관이 안 돼서."

그는 농담을 좋아하고 즐겨했다. 그런 능력은 그에게 모욕받은 사람들이 그를 비난하고 욕할 때 아주 도움이 되었다. 그는 여러 사람들에게 이런 식으로 말하곤 했다.

"내가 너를 이기라고 신이 명령해서 그런 거다."

그러나 이제는 농담을 할 수가 없었다. 다만 늘 그렇듯이 습관처럼 농담을 잘 이해하지 못하는 키킨을 비웃을 뿐이었다. 며칠 동안 브이코프는 머리를 구석의 성상 밑에 두고 긴 소파에 누워 지냈다. 머릿속의 온갖 생각들이 사라지고 텅 비어버리는 느낌이었다. 그리고 그 속에서 오직 한 가지 생각만이 작은 방울처럼 소리를 내며 튀어다니고 있었다.

'난 죽어가고 있다, 도대체 왜?'

이런 질문을 억누르기 위해 가끔씩 거의 잊고 지냈던 주기도문을 기억해보기도 했다.

'하늘에 계신 우리 아버지…… 우리 죄를 사하여 주옵시고, 우리를 시험에 들게 하지 마옵시고…… 다만 악에서 구하옵소서……'

그러나 이 기도문은 오히려 더욱 극심한 분노와 슬픔만 불러일으켰다.

일어나서 회색 가운을 걸치고 거울 옆을 지나 바닥 모를 구멍 같은 창문으로 걸어갔다. 거울은 흐릿한 눈동자, 엉클어진 구레나룻에 죄수처럼 생긴 형상을 비춰주었다. 경대 위에서 빗을 집어 소파에 앉아 머리를 빗고 구레나룻을 다듬었다. 그리고 창문으로 거리와 집들을 내다보았다. 집들은 백 년은 갈 만큼 튼튼하고 당당하게 지어져 있었고 울창한 나무 정원들로 경계가 지어져 있었다.

거리는 조용하고 인적이 드물었으며 무더웠다. 집주인들은 별장으로 제각기 떠나버렸고 대문가에는 문지기들이 한가하게 게으름을 피우고 있었다. 너무나 조용했고 정원에서 새들만이 시끄럽게 지저귀고 있었다. 그는 신이 너무나 불공평하다고 생각했다. 땅속 깊이 토대를 세운 이 집들, 벽돌로 만든 인간의 둥지들은 무한한 세월을 버티고 서 있을 게 아닌가. 그러나 인간은, 이 집들의 창조자로서 자신의 손으로 대지를 장식한 인간은 짧은 삶을 살고 죽음을 맞이해야 한다. 왜? 왜 성 게오르기 훈장을 받은 제2상인계급인 예고르 이바노프 브이코프가, 반백 년도 살지 못했는데 이런 벌을 받아야 한단 말인가. 다른 사람보다 죄를 더 많이 지었단 말인가, 죄 때문에 인간에게 죽음이 찾아온단 말인가.

야코프 소모프가 방문하는 저녁이면 환자는 상태가 훨씬 가벼워지는 기분이었다. 조카의 말은 우울한 생각에서 벗어나게 했고 그에 대한 예민한 호기심까지 불러일으켰다. 그는 조카를 이해하고 싶었고 한편으론 그에게 신랄한 질투를 느꼈다. 그는 오랫동안 편안하고 부유하게 살 것이다. 다 남의 덕분으로. 죄를 짓지 않고 살 수도 있겠지. 이 얼마나 불공평한가. 이 무슨 웃기는 말도 안 되는 일이란 말인가!

야코프의 말은 아주 재미있었다. 브이코프는 기꺼이 그 말의 새로움에 놀람을 표하곤 했다. 하지만 조카의 말에는 어리석음과 똑똑함이 특이하게 결합되어 있었다. 바로 이 점 때문에 그는 소모프에 대해 확실한 태도를 취하기 어려웠다.

'천성적으로 어리석은 건가, 아니면 젊어서 그런 건가?'

브이코프는 야코프의 말을 들으면서 속으로 자문하곤 했다. 하지만 야코프는 생각에 잠긴 미소를 지으며 말했다.

"사는 게 남과 비슷하면 지루하죠. 그렇다고 다르면 힘들고요."

"그건 그렇지."

브이코프가 동의했다.

"하지만 사람들은 다양하지!"

이 잘생긴 청년이 그의 말에 반박하지는 않고 그저 고집스럽게 제 말만 할 때는 몹시 화가 났다.

"하지만 자세히 들여다보면 중요한 점에서는 다 똑같지요."

"그 중요한 점이란 게 뭐냐?"

"다른 사람의 힘을 기대한다는 것이죠."

구레나룻을 쓰다듬으며 브이코프는 묵묵히 바라보았다. 조카가 한 말은 옳다. 그러나 알다시피 그 자신도 다른 사람, 즉 나, 브이코프의 힘에 기대어 살게 될 것이 아닌가. 그는 이걸 알고 있나, 모르고 있나? 만일 알고 있다면 자신의 생각과 다른 말을 하는 것이고, 따라서 어리석은 것이고, 모르고 있다면 그 또한 어리석은 것이다.

야코프의 성격에서 가장 본질적인 점을 찾아내려고 애쓰면서 브이코프는 이렇게 말했다.

"얘야, 인생이란 말이다, 한마디로 전쟁이지. 인생의 법칙은 단순해. 정신을 똑바로 차리고 살아라, 이거지!"

"딱 맞는 말씀입니다. 그래서 온통 꺼림칙한 것들뿐이죠!"

야코프는 미소를 지으면서 입을 닫았다.

브이코프는 여자애 같은 조카의 얼굴에 나타난 이 미소가 때에 맞지도 않거니와 별 이유도 없는 불필요한 것이라고 느꼈다. 그 미소는 뭔가 모욕적이고 공연히 관대한 척하는 것 같았다.

'자기가 잘났다고 여기는 놈이 여기 또 있군.'

그는 실눈을 뜨고 야코프를 살펴보면서 생각했다.

야코프가 대화중에 눈을 내리깔고 침묵을 지키는 모습은 보고 있기가 더욱 불쾌했다. 그럴 때면 그는 입을 꾹 다물고 제가 무슨 중요한 걸 알고 있지만 말하고 싶지 않다는 듯이 찻숟가락이나 양복 단추를 만지작거렸다.

언젠가는 이런 침묵이 브이코프를 몹시 화나게 해서 그는 마구 소리치며 씩씩거렸다.

"너 뭐야! 넌 사람들이 네게 뭐라고 말하는지, 어떻게 말하는지 알고 있기나 하는 거냐?"

공손하게, 심지어 죄송하다는 듯이 야코프는 대답했다.

"이해는 합니다. 다만 동의하지는 못하지요!"

"그건 또 무슨 말이냐?"

"저는 생각이 좀 다릅니다."

"어떤 건데? 말해봐! 얼른 말해봐, 반박을 해보라고! 도대체 그렇게 말이 없는 이유가 뭐야?"

여전히 공손한 어투로 야코프가 말했다.

"전 논쟁하길 좋아하지 않아요, 잘하지도 못하고요. 제 생각에 논쟁이란 사람들의 서로 다른 견해를 확인하는 것일 뿐입니다."

"말하자면 사람들은 다 입을 다물어야 한다 그 말이냐, 그런 거냐?"

그러나 조카는 대답을 하지 않고 제 생각을 계속 말했다.

"알다시피 사람들은 논쟁을 벌이지만 그것은 진실을 찾기 위해서가 아니라 대개는 진실을 감추려는 거지요. 진실이란 아주 단순한 것이고 사람들에게 이미 주어져 있어요. 어린이들이 그러듯이 이웃을 제 몸처럼 사랑하라, 그런 것이죠. 이걸 두고 논쟁한다는 것은 참 부끄러운 일이지요."

'성자가 따로 없네.'

브이코프는 울화가 치밀어 이렇게 생각했고 화를 내며 웃기 시작했다. 그러나 웃음은 통증을 악화시켰다.

"그래, 너는 애들처럼 살 수 있어? 살 수 있냐고? 그리고 이웃도 사랑할 수 있고, 응? 아이고, 이 녀석아! 인생은 전쟁이라고 너도 그랬

잖아, 그래 놓고 이제 와서 한다는 소리가…… 에이고, 약해빠져가지
고는!"

그의 조롱에도 야코프는 전혀 흥분하지 않고 흔들리지 않았다.

"그래도 그것 말고는 인생을 불행에서 구하는 다른 방법이 없지요.
그런 방향으로 생각을 밀고 가야 됩니다."

"어디로? 어떤 방향으로?"

"어린아이들처럼 단순하게 살기 위해서요."

"이런, 너 정말 바보구나! 애들이란 말이다, 세상에서 제일가는 말
썽쟁이들이라는 걸 넌 모르냐? 봐라, 애들이 짐승 새끼들처럼 얼마나
서로 할퀴며 싸우는지!"

조카는 미소를 지으며 말이 없었다.

브이코프는 그를 더 비난하고 싶었지만 참았다. 그리고 통증으로
앓는 소리를 하고는 침울하게 말했다.

"그래 됐다. 이제 가봐라! 피곤하다."

창가에 앉아 정원 위로 구름이 붉게 물들어가는 것을 바라보며 그
는 생각했다. 알 수 없는 놈! 저 녀석 뇌는 젤리 같아. 안개에 싸인 녀
석이야. 파악하기 어려워, 쉽지 않아.

'오 주여! 어디나 다 문제고 수수께끼고……'

야코프는 천천히 먹는다. 이건 나쁜 징후다. 게으름뱅이들이나 그
렇게 느려터지게 먹는 법이니까. 그런데 그는 먹는 양도 적고 여자들
처럼 조금씩 뜯어 먹고 늙은이처럼 오래 씹는다. 치아는 튼튼하고 건
강한데도 말이다. 생각도 많은데, 대체 그 나이에 뭘 그리 생각한단 말
인가? 걸어다니는 것도 역시 남의 땅에 온 것처럼 활달하지 못하고 생

각에 잠겨 걷는 것 같다. 얼굴이 '숫처녀' 같다. 곱슬머리만 없었다면 영락없이 여자 얼굴이었다.

아이들처럼 살라고…… 바보 같은 놈! 그렇게 한번 살아봐라! 아니, 어쩌면 바보는 아니고 그냥 마음이 여린 젊은애일까, 맞아본 적도 별로 없고 마음고생이라고는 모르는? 그래, 아직 어려서 자신이나 다른 사람에게 모욕을 주지 않고, 죄를 짓지 않고 살고 싶어하는 것이겠지? 그건 나쁜 게 아냐. 다만 불가능할 뿐이지!

브이코프는 쉽지 않았던 자신의 인생을 돌아보며 자신이 불쌍하게 여겨졌다. 그리고 이 쓰라린 연민의 일부가 조카에게 향했다.

'남과 다르게 사는 게 힘들다는 것을 아는 녀석이라면, 죄를 짓지 않고 사는 인생이란 버터를 안 넣은 뻑뻑한 죽이라는 것도 알아야지. 일도 잘 안 풀리는 거고! 사람은 다 안락한 곳에 눕고 싶어하는 법이지. 하여튼 야코프는 괜찮은 놈이야. 그 속에 브이코프 집안의 피가 한 방울이라도 있는 게 틀림없어.'

하지만 키킨이 왔을 때 브이코프는 조롱하듯이 말을 꺼냈다.

"이봐, 내 상속자란 놈은 약삭빠르지는 않아. 아주 성인군자처럼 굴어. 아이들처럼 살라고 하더라고, 그런 말 들어봤어?"

"그건 성경에 나오는 말이지."

꼽추가 수줍게 말했다.

"뭐라고?"

"성경에 나온다고. 거기서 그리스도가……"

브이코프는 화를 내며 소리를 질렀다. 쑤셔대는 옆구리를 만지면서 이를 악물고 으르렁거렸다.

"그리스도는 신의 아들이고, 난 이반 브이코프의 아들이야. 농민의 자식이지. 그걸 알아야 돼! 그리스도는 대마 재배도 하지 않고 우리들처럼 살지도 않는단 말이야."

그리고 화가 나 가죽 소파의 팔걸이를 주먹으로 내리쳤다.

"그리스도를 위해 살려고 작정했다면 양복도 내버리고 장화도 벗어버리고, 맨발로 돌아다니라고 해! 그리고 그 머리도 싹 깎고, 싹!"

그는 흥분 때문에 피로해져서 인상을 쓰며 말을 멈췄다. 잠시 뒤 침울한 목소리로 키킨을 질책했다.

"자네도 그따위로 중얼대는구먼. 그리스도, 그리스도 어쩌고 말이야! 그리스도는 꼽추와 어울리지 않아, 알아? 저기 들리나? 아무짝에도 쓸모없는 새들은 노래하고 사람인 나는 죽어가잖아. 그리스도는 이걸 몰랐던 거야."

키킨은 조심스럽게 말을 건넸다.

"겟세마네 동산에서 그리스도도 자기 운명을 한탄했었지……"

이 말은 브이코프를 매우 기쁘게 해주었다. 그는 다시 흥분해서 빠르게 말하기 시작했다.

"그렇지? 나도 기억나! 그거 보라고! 일찍 죽는 게 그 또한 슬펐겠지. 하물며 난 인간인데……"

그는 고통의 한숨을 내쉬고 소파 깊숙이 몸을 묻었다. 그리고 다리를 쭉 뻗고 한탄하기 시작했다.

"산다는 게 뭐야, 키킨, 응? 내 재산을 대체 누구 손에 넘겨야 되는 거야? 너무나 웃기잖아. 몹쓸 짓을 하면서까지 애써 모으고 저축했는데 한번에, 그래 구렁텅이에 내던져야 하다니! 안 그래?"

그는 손을 뻗어 창문턱 화분에 손가락을 꽂아넣고 만지작거리며 오랫동안 푸념을 늘어놓고 화를 냈다. 키킨은 자신의 구부러진 다리의 뾰족한 무릎을 손가락으로 두드리며 고개를 떨구고 그의 얘기를 듣고 있었다.

"다른 방법은……"

키킨이 한숨을 쉬며 말했다.

"만일 야코프도 싫고, 자선단체도 싫고 재산을 상속할 사람이 없게 되면, 그럼 국고에 들어가는 거지……"

브이코프는 웃으면서 이빨을 부딪쳐 소리를 냈다.

"모든 권리를 다 빼앗기고 무기징역이라도 받은 것처럼 말이지?"

"그렇지, 그것도 참 말이 안 되는 에피소드네!"

"참 묘하구만, 안 그래?"

"달리 방법이 없지……"

그들 둘은 어찌 됐든 방법을 찾아보려고 오랫동안 침묵을 지켰다. 그리고 마침내 꼽추가 야코프 소모프를 집으로 불러들여서 더 잘 관찰해보고 그에게 삶의 과학을 가르쳐보라고 충고했다. 아마도 인간에게 부과된 재산의 의무를 느끼게 되면 좀더 진지한 젊은이가 될 수 있을 거라면서.

그래서 그렇게 하기로 결정했다.

비가 세차게 창문 유리를 때리고 바람이 사납게 울부짖고 있었다. 번개가 번쩍 하며 유리에 비친 거리의 어스름을 비추면 어둑한 방에 푸르스름한 빛이 뛰어들곤 했다. 창문턱에 놓인 꽃들이 떨어져내리고 모든 물건들이 부르르 떨면서 마루를 따라 문 쪽 구석까지 미끄러져 가는 것 같았다.

타일로 만든 페치카에서 장작이 활활 타오르고 그 앞에 차가운 발을 녹이며 예고르 브이코프가 앉아 있었다. 회색 가운 위로, 무릎과 가슴 위로, 구레나룻에까지 따뜻한 붉은 불꽃의 음영이 어른거리고 있었다. 두 눈을 감고 있는 장님 같은 얼굴은 그림자에 가려 있었다.

키킨은 다리를 올려놓는 낮은 의자에 어색하게 웅크리고 앉아 있었다. 웅크린 가슴에 손을 넣고 있어 혹이 더 두드러져 보였다. 그는 불꽃이 반사되어 흔들리는 기이한 눈으로 야코프의 얼굴을 위아래로 쳐다보고 있었다. 야코프는 페치카 타일 벽에 어깨를 꼭 기대고 나지막하게 동화라도 읽는 듯이 말했다.

"정말이지 재산이 많으면 많을수록 사람들에겐 증오와 질투가 더 많아집니다. 가난한 사람들이야말로 가장 커다란 재산이 무엇인지를 알고 있지요⋯⋯"

"으흠."

브이코프는 눈을 뜨며 소리를 냈다. 키킨은 한숨을 내쉬고는 페치카에 부젓가락을 넣어 장작을 뒤적였다. 석탄이 페치카 앞의 동판 마루에 불꽃을 튀기며 맹렬하게 타올랐다.

브이코프는 동판에 떨어진 불꽃을 발로 비벼 끄면서 힐끗 살펴보았다. 모든 게 다 기분 나쁘고 불쾌하다! 키킨의 낯짝은 오랫동안 가지고 놀아서 쭈그러진 가죽공 같았고 머리통에는 비단 보푸라기 같은 회색 머리털들이 솟아나 있었다. 개구리같이 생긴 입은 놀란 듯이 벌어져 있고 귀는 꼭 짐승의 그것 같았다. 한마디로 악마의 모습이라 할 수 있을 것이다. 야코프는 마치 하얀 타일 위에 그려놓은 그림 같았다. 그에게 아무리 더 세련된 새 것을 입힌다 해도 그 이상 더 멋지게 되지는 않을 것이다.

브이코프가 조롱하듯이 물었다.

"그래, 네 생각에 그 가난한 사람들이 부자들을 약탈하면 된다는 거냐, 그런 거야?"

"부는 반드시 공평하게 분배되어야만 하지요……"

"그래?"

브이코프가 말했다.

"넌 어떻게 그따위 못된 생각을 할 수 있냐?"

"수백만의 사람들이 생각하는 거죠."

"세어봤어?"

"민중은 정말로 악에 받쳐 살고 있어."

키킨이 페치카를 바라보며 조심스럽게 끼어들었다.

"모두들 너무 불만이 많아."

눈썹을 치켜뜨면서 브이코프가 소리쳤다.

"넌 입 다물어! 나도 말 안 할 테니까."

조카가 집에 들어와 같이 산 지 두 달이 채 못 됐지만 꼽추가 야코프의 말에 조심스럽게 맞장구를 치는 경우가 점점 더 많아졌다는 걸 브이코프는 알게 됐다. 아주 알랑거리며 그를 대하는 것이 꼭 새 주인을 만난 개 같았다.

'아이고, 인간아, 인간아……'

하지만 조카는 여전히 멍청한 건지 아주 교활한 인간인지 알 수가 없었다. 그가 정말 무엇을 원하고 있는지 알 수가 없었다. 친절하고 상냥하게 말하면서, 그는 은근슬쩍 인생의 모든 불행과 혼란의 원천이 바로 부에 있다는 자기 주장에 동의하게 만들고 싶어하는 것 같았다. 불구자 꼽추의 생각이야 그렇다 치더라도 그런 생각은 야코프에게 어울리지 않는다. 바로 이 점에서 저놈은 위선적이다. 뭣 때문인가? 저놈은 벌써 아저씨의 죽음으로 부자가 될 거라는 걸 알고 있다. 그는 가난한 자들에게 재산을 나누어준다는 가난 예찬론자는 결코 아니다. 그에게는 주인다운 습성들이 있고 물건을 아끼고 소중히 여기는 정신이 있으며 정리 정돈과 청결에 대한 집착이 있다. 오자마자 그는 즉시 문지기를 다그치고 직접 나서서 마당을 치우는 일을 도왔다. 그리고 모든 살림살이를 이리저리 돌아보았고 뭘 빼돌리는 관리인을 잡아냈다. 분명히 가난한 것을 싫어했다……

하지만 아무리 그래도 알 수 없는 젊은이다. 어떻게 해도 이놈 속에 진짜 무엇이 들어 있는지 알아내기 힘들었다. 곱슬머리 이놈의 머리통에, 뇌 속에도 어떤 고집스러운 곱슬머리가 들어 있단 말인가?

그는 일부러 그런 불쾌하고 이상한 궤변을 늘어놓는 것인가. 일부러 환자를 겁주고 놀라게 해서 더 빨리 관 속에 집어넣으려고? 이런 추측은 브이코프의 마음을 몹시 뒤흔들었고 한번은 야코프에게 대놓고 물어보았다.

"넌 왜 그렇게 터무니없는 말을 하는 거냐?"

"분명히 하기 위해서죠."

조카는 양같이 순한 눈을 크게 뜨면서 대답했다. 그의 눈 또한 이중적이다. 가끔 그 눈은 혈육으로서의, 좋은 청년으로서의 그런 눈빛을 담고 있다. 그러나 때론 아무런 움직임도 없이, 아무것도 보지 않는 듯이 흐릿하게 바라본다. 특히 자신의 궤변을 늘어놓을 때는 늘 그런 눈빛이다.

"분명히 해야 합니다. 모든 사람들이 한마음으로 서로서로 힘을 합쳐야 합니다."

"그래, 누구에 맞서서 힘을 합친다는 거지? 적대감이란 게 어디 있는지 알아? 그건 말이야, 사람들 속에 있는 거야. 그걸 알아둬!"

브이코프가 화를 내며 쉰 목소리로 말했다.

"싸우면서 살 수만은 없습니다."

젊은 조카가 고집스럽게 단언했다.

"작은 바람이 폭풍이 될 것이다라는 말이 있지요! 전 민중적인 양심의 가책이 필요합니다. 안 그러면 전 민중적인 폭동이 일어날 거예요……"

"무슨 거짓말이냐!"

브이코프가 화가 나서 소리쳤다.

밤낮으로 그는 야코프가 상속인으로 적합한지 아닌지를 생각했다. 이런 생각은 그를 죽음에 대한 생각에서 벗어나게 했고 심지어 고통마저도 사라지게 했다.

'알 수 없는 놈이야, 알 수가 없어! 가난한 사람이면 누구나 부와 재산만이 삶의 진정한 성벽과 보호막이 될 수 있다는 걸 알고 있어. 심지어 땅속의 두더지들도 그걸 알고 있다고……'

밤이 되면 세상 만물은 지나간 하루에 대해 생각하려는 듯이 적막 속에 빠져든다. 하지만 인간의 생각들은 마치 눈에 보일 듯이 점점 그 무게를 더해간다. 이성의 팽팽한 실타래는 천천히 풀려 그 검은 실들을 여기저기 늘어뜨린다. 브이코프는 위층의 소리에 귀를 기울여보고 그들이 아직 잠을 자지 않고 있다고 생각했다. 심지어 야코프의 고집스러운 말이 들려오고 그의 눈과 꼽추의 놀란 눈이 보이는 것 같았다. 분명히 야코프는 국가의 법을 바꾸는 문제나 황제의 권력을 종식시켜야 한다는 얘기를 하고 있을 것이다. 감히 그런 말을 하다니, 저 어린 것이!

터키 전쟁 때 그런 말이 은밀히 나돌았고, 다시 전쟁이 발발했을 때 또 그런 생각을 하는 사람들이 나타났다. 그건 전쟁에 소집되어 싸우기 싫어하던 문관들이 선동한 것이다. 그때 그들은 황제를 죽이려고까지 했지만 전쟁이 끝난 뒤에야 뒤늦게 황제를 암살했다.

'다 말도 안 되는 어리석은 짓들이야! 이수스 나빈*도 전쟁을 했고, 다윗 왕 역시 온순한 성격에 시편을 썼지만 그 역시 전쟁을 피할 수는 없었어. 수도사들도 전쟁을 일으켰지. 정교를 믿는 공작들도 타타르인들과 전투를 벌였고 성 알렉산드르 넵스키도 가차 없이 스웨덴인들을 죽였어. 하지만 그들 중 누구도 자신의 백성들에게 죽임을 당하지는 않았어. 그래, 그건 얼마나 터무니없는 일인가!'

누워 있기에 지친 브이코프는 창가로 가서 앉았다. 별이 보였고 살찐 여자의 얼굴 같은 달이 보였다. 별이 총총히 박힌 하늘에는 우수가 넘쳐흘렀다.

사원의 사제인 표도르가 확신하던 말이 떠올랐다.

---

* 성경에 나오는 이스라엘의 선지자 여호수아의 러시아명. 모세의 후손. 고대 유대인을 가나안 땅으로 인도하려고 했다.

'하늘의 저 기적 같은 장엄함을 사람들은 잘 모르지……'

하지만 그 사제는 스투콜카 카드놀이를 할 때 정직하지 못했다. 프레페랑스 게임도 절대 같이 해선 안 되는 인물이었다.

브이코프는 하늘에 장엄한 것이라고는 아무것도 없고 그저 인간의 하찮음만을 떠올리게 한다, 그보다는 태양이 떠올라 환하게 비치는 대낮의 텅 빈 하늘이 훨씬 좋다라고 말해서 사제와 논쟁을 벌였던 것을 떠올렸다. 밤에도 구름이 덮이면 더 기분이 좋았다. 그럴 때면 하늘은 보이지 않고 존재하지 않는 것 같았기 때문이다. 인간은 지상을 위해 창조되었는데 사제들이 인간을 지상에서 꾀어내려는 것은 마치 결혼식장에서 신랑을 전쟁터로 징집하는 것과 같은 것이라고 말하자 사제는 정말 무섭게 화를 냈었다……

정원의 나무들은 어둠 속에 아주 빽빽하게 들어차 있어서 누군가 타르 속에 담가놓은 것만 같았다. 도시는 참을 수 없을 만큼 조용했다. 너무나 조용해서 소리라도 지르고 싶을 정도였다.

'불이야! 불이 났어요!'

'오, 주여, 주여.'

브이코프는 속으로 한탄했다.

'도대체 왜 이러십니까? 왜 저를 이렇게 욕보이시나이까? 내가 남들보다 그렇게 죄가 많습니까? 그런 겁니까?'

그는 아는 사람들을 떠올렸다. 그들 모두 자신보다 더 나쁘고 욕심과 질투심도 더 많다. 그는 양심적이다. 그래서 가까운 친구도 없고 평생 고독하게 살았다. 아름답고 착한 아내와 편안한 삶을 누리기 위해 안정된 둥지를 만들려고 서두르지도 않았다. 자기 옆에 아름다운 아내를 거느리고 인형처럼 옷을 입혀서 휴일에 같이 산보를 하거나 말을 타고 나서면 얼마나 좋을까. 그녀의 보드라운 몸에 값비싼 장신구를 달아주고 화려한 옷을 입혀주면 다른 여자들의 질투를 한껏 불러일으킬 것 아닌가. 그럼 얼마나 좋겠는가……

눈을 찌푸리며 그는 여명에 비친 장중한 가구들을 그것을 살 때의 두근거리던 기대감을 떠올리며 둘러보았다. 물건들은 아주 큰 의미를 가지고 있다. 사람은 물건들에 둘러싸여 성에 사는 것처럼 살아간다. 하지만 이 방에 들어찬 모든 것을 끌어내버린다면 이 방은 커다란 관과 같을 것이다.

'오, 주여! 도대체 왜?'

야코프가 꼽추의 다락방에서 수런거리는 것이 그에게는 꼭 말이라는 재봉틀로 궤변의 무늬를 소리 없이 수놓고 있는 것처럼 여겨졌다.

'생각이 고집스러워. 그건 나쁜 게 아니지, 애들 같아서 문제지. 그래, 나도 젊었을 때는 내가 뭘 바라는지를 몰랐잖아.'

브이코프는 아주 조금씩 다른 색깔의 생각을 받아들이고 있었다. 어쩌겠어, 야코프 외에는 상속자도 없다, 그놈 복이지! 이런 마음의 결정을 내렸지만 그건 그의 이성에 반하는 것임을 느끼면서 브이코프는 그걸 정당화할 근거를 꾸며내려고 했다. 하지만 저 녀석은 겸손하고 착실해서 부자가 될 거고 좀더 똑똑해질 거라는 것 외에는 어떤 것도 꾸며낼 수가 없었다.

그러나 이따금 상속자로서의 야코프에 관해 잊어버릴 때가 있었다. 그럴 때는 야코프가 확실히 그의 마음에 들었다. 그는 조카의 완강하고 이상한 생각들에서 자신이 살아왔던 것과는 다른 이성의 존재를 느끼고 적잖이 놀랐다. 그것은 예고르 브이코프, 그의 이성에는 낯선 것이지만 우울한 삶이 아니라 가슴에서 우러나오는 것이었고 무언가에 대한 굳은 신념에서 나오는 것이었다. 기지에 넘친, 때로는 이해하기 힘든 조카의 말들이 명쾌한 생각을 만들어내는 것을 지켜보면서 간혹 브이코프는 질투심 같은 걸 느끼기도 했다. 그러면 자신도 모르게 나오는 미소를 감추려고 일부러 인상을 쓰면서 생각했다.

'그럴듯해! 못생긴 새가 노래는 달콤하게 하는군. 나한테는 그런 거 안 통해. 애송이들에게나 쉽게 먹혀들지……'

특히 브이코프의 마음에 들었던 것은 야코프가 일하던 곳의 주인이었던 티토프의 삶과 음주 기벽에 대한 이야기였다. 그 이야기를 들을 때 브이코프는 기분이 좋아서 이빨을 환하게 드러내고 코를 벌름거리며 눈에 주름이 생기도록 웃음을 터뜨렸다. 자신의 적을 우스꽝스럽고 불쌍하게 만들어보는 것은 즐거운 일이다. 그리고 자신의 상속자가 똑똑하고 예리한 눈길로 사람들의 약점과 기형성을 잘 들여다본다는 확신이 들어 기분이 좋아졌던 것이다.

"정말 잘 봤어! 그건 아주 좋은 거야. 사람이 어느 쪽 다리를 저는지 항상 잘 봐야 돼. 왼쪽 다리를 절면 오른쪽 다리를 때리고, 오른쪽 다리를 절면 왼쪽 다리를 때려야지!"

하지만 야코프는 맑은 목소리로 이야기했다.

"티토프 씨는 음주벽이 발동하면 기사 발티스키를 불러서 족히 열흘은 술을 마셨는데 아주 특이하게 마셨지요. 어떻게 하느냐 하면 우선 점원 흐리스토포르를 시켜서 저녁에 숲속 여러 곳에 스무 병도 넘는 술을 파묻어놓으라고 시키는 겁니다. 병 꼭지가 보이지 않도록 말이지요. 그러고 나서 두 사람은 아침 일찍부터 작대기를 하나씩 들고 버섯을 찾으러 숲으로 나갑니다. 작대기로 땅을 파다가 술병을 찾아내 겠지요. 보드카 술병을 찾아내면 좋아서 소리를 지릅니다. 여기 하얀 버섯 있다! 그리고 정자에 앉아 술을 다 비우고는 또다시 버섯을 찾아 나서는 겁니다. 붉은 포도주는 붉은 버섯이고 샴페인은 샴피니온 버 섯이고 코냑은 송이버섯, 리큐어는 갓버섯입니다. 그렇게 하루 종일 찾는 순서대로 술을 마셔댑니다. 어떤 때는 리큐어부터 마시고 다 마 시고 나면 다른 걸 찾아가죠. 티토프는 만취하면 나부후도노소르 황 제*처럼 풀 위를 네 발로 기어다니며 오페라 〈악마〉를 읊거나 울부짖 었지요.

    나는 그 누구도 사랑해주지 않는 사람
    모든 산 것들이 저주하는 사람이로다……

하지만 발티스키는 땅바닥에 누워 땅속에 묻힌 술병을 이빨로 끌어 내지 못했다고 슬피 울어댔어요. 그렇게 울면서 한탄했지요. '내 힘은 어디로 갔단 말인가?' 하고요."
    이를 악물고 참아보려 했지만 브이코프는 웃음을 참을 수 없었다. 그러자 야코프 소모프가 유감을 드러냈다.
    "물론 이건 우스운 얘기지요. 하지만 이 사람들이 참 안됐어요. 어 마어마한 힘을 가진 사람들이, 산이라도 옮길 만한 사람들이 말입니

---

* 다니엘서에 나오는 바빌론의 왕 네부카드네자르. 풀만 먹고 살며 이슬로 몸을 씻도록 하늘의 벌을 받은 왕(다니엘서 4장 30절).

다, 그저 손가락만 까닥대면서 일하는 거예요. 사람들이 욕심이 많다고들 하지만 그건 틀린 말입니다. 일에 대해 욕심을 부리는 사람을 전 보질 못했어요!"

"젊어서, 아직 본 게 많지 않으니까."

브이코프가 오직 반대하기 위한 마음으로 이렇게 말했다. 그리고 생각했다.

'정말 이해가 안 되는 놈이군. 그래, 주인이나 된 듯이 일에 대해 말하는 것 좀 봐. 그래, 맞는 말이지. 일에 욕심 부리는 놈들은 없어. 다 게으름뱅이들뿐이지! 하지만 어리석은 결론이야. 그런 일은 없어. 주인이 일을 잘 못한다고 일꾼이나 노동자가 안됐다고 하다니! 정직하게 일해야 한다고들 말하지. 하지만 어떻게 모든 사람들이 있는 힘껏 정직하게 일하도록 할 수 있겠어? 그따위 철없는 생각일랑 버려야지.'

"넌 아직 세상일을 잘 몰라, 야코프."

그는 화난 목소리로 음울하게 말했다.

"네가 아직 생각 못하는 것들이 있어. 경솔해……"

야코프는 눈을 내리깔고 꼬불꼬불한 곱슬머리를 펴려고 애쓰면서 입을 다물었다.

갑자기 상인 계급 대표들이 불안하게 움직였다. 마차에 거만하게 앉아서 말을 몰고 여기저기 거리를 돌아다니는 사람들이 많아졌다. 브이코프는 전에 없이 사람들이 불안하게 움직이는 모습을 창을 통해 관찰하면서 키킨에게 물었다.

"왜들 저렇게 돌아다니는 거야?"

그는 꼽추의 음침한 얼굴이 변한 것을 보았다. 얼굴이 밝아졌고 닭처럼 생긴 두 눈에선 병적인 흐릿함이 사라졌다. 굽은 다리로 언제나 수줍게 뱅뱅 제자리를 맴돌았던, 그래서 늘 조롱거리였던 이 인간이 이제는 제법 확고하게 걸음을 내딛기까지 했다. 이제 그가 움직일 때는 그의 내부에서, 곱사등 속에서 뭔가가 경쾌하게 튀어오르는 것처럼 보였다. 활기차게 눈을 반짝이며 팔을 활짝 벌리고 바지 멜빵을 탁탁 잡아당기면서 이해할 수 없는 말을 해대기도 했다. 전례 없는 도시 전체의 부정사건이 터졌는데 거기에 시의회와 직공 자치회, 상인 계급 대표들, 귀족들, 그리고 사제들까지도 연루되었다는 것이다.

"예고르 이바느이치, 바로 그런 얘기가 지금 온통⋯⋯"

"그만. 주지사는 지금 시내에 있나?"

"그렇지⋯⋯"

"황제는 살아 있고?"

"아주 잘⋯⋯"

"그런데?"

키킨은 평소와는 전혀 다른 불손한 미소를 지었다.

"그런데라니, 뭘 묻는 거야?"

"이 바보!"

야코프라면 분명히 시내에서 벌어지고 있는 사건들에 대해 더 잘 말해주었을 것이다. 그러나 그는 모스크바에 갔고, 이 주일 동안 그곳에 머물면서 수도 구경을 하는 중이었다. 도시는 점점 더 평소와는 다른 소란과 함성들로 가득 찼다. 그건 부활절의 소란스러움 아니면 큰 화재가 났을 때의 그런 소음이었다.

"무슨 일이 벌어진 거야?"

브이코프가 화가 나서 캐물었다.

"보라고, 예고르 이바느이치. 민중이 요구하고 있어……"

"잠깐만, 좀 차근차근 말해봐! 어떤 민중 말이야? 농민들이?"

"농민들도 그렇고……"

"뭘 요구하는데?"

"땅을 요구하고 있지."

"누구 땅을?"

"보면 알겠지만……"

그 다음 이어진 말은 정말 터무니없는 것이었다. 꼽추는 의자에 앉아 끓는 물에 들어간 새우처럼 파닥거리면서 미안한 듯이 웃으며 중얼거렸다.

"모두들 서로에게 계산을 해달라고 요구하는 거지……"

그는 팔을 문질러댔고 눈에는 불안한 이야기와는 어울리지 않게 황홀한 기쁨이 타오르고 있었다. 그리고 구부정한 다리를 탁자 밑에서 연신 굴러대고 비벼댔다.

"주어진 삶에 맞선 전체적인 분노가 목소리를 높여서 이성의 각성이 시작되었지. 그리고 모두들 더이상 그런 삶을 허용할 수 없다는 것에 동의했고……"

"그게 무슨 귀신 씻나락 까먹는 소리야?"

"말하자면 이런 거지, 모든 것에 대해 아주 겁 없이 말들 하고 있어. 어떤 사람들은 이제까지 다 잠자고 있었다, 지나간 모든 것은 다 꿈을 꾼 거다, 오 하느님, 하고 말하고 있어. 결단력과 굳은 의지로……"

볼품없이 늙어빠진 얼굴만 브이코프를 향한 채, 꼽추는 몸을 옆으로 돌리고 앉았다. 삐죽한 곱사등에는 불그레한 양복쪼가리가 걸쳐져 있었고, 흰 포대 같은 셔츠와 무릎께까지 흙탕을 묻힌 바지를 묶어 올린 멜빵이 앞으로 드러나 있었다.

'저런 시시한 인간과 내가 살고 있다니.'

브이코프는 잠시 이렇게 생각했다.

"예고르 이바느이치, 진짜 사건이야! 모두들 거리로 기어나와 의회 주변을 돌아다니고 있어……"

"에이, 저리 꺼져버려!"

혼자 남게 된 브이코프는 우울하게 생각에 잠겼다.

'저런 쓸데없는 버러지 같으니. 괜히 사람 불안하게만 하고! 돈을 줘서 내보내야겠어. 더이상 여기 살지 못하게 말이야. 이제 야코프가 있으니 필요도 없어……'

야코프는 비 오는 날 저녁에 도착했다. 그는 차를 마시러 아래층으로 내려왔는데 교회 성찬식에서라도 돌아온 것처럼 근엄해 보였다. 그에게 왠지 팽팽한 긴장이 느껴졌다. 곱슬머리는 훨씬 더 도전적으로 뻗어 있었고 눈썹은 걱정이라도 있는 듯 움직거렸다. 목소리는 좀 낮아졌고 탁했다. 의자에 앉을 때도 전처럼 겸손한 태도가 아니라 다리로 의자를 끌어당겨 앉았다. 이것이 브이코프를 더욱 불안하게 만들었고 뭔가 불길한 예감이 들게 했다.

"그래, 모스크바는 어땠어?"

조카는 불쾌하게 들릴 정도로 단어들을 딱딱 떨어지게 발음하면서 침울한 기분으로 말하기 시작했다. 그러나 평소와는 달리 큰 소리로,

마치 재판정에서 진실만을 말하겠다고 선서를 하고 증언하듯이 말했다. 화가 나서 묻는 질문들에는 대답도 하지 않고 혼자서 한참을 말했고, 적당한 단어를 기억하거나 생각해내려고 자주 말을 멈추곤 했다.

'거짓말! 겁주고 있어.'

야코프가 자신의 질문들을 무시하는 것에 모욕을 느낀 브이코프는 이렇게 상상했다. 그리고 꼽추가 좌불안석으로 앉아서 이야기에 끼어들고 싶어 안달하는 것을 성난 눈초리로 지켜보았다.

'작당을 했구나, 저것들이……'

야코프는 믿기 힘든 얘기들을 했다. 모든 계층들이 갑자기 소요를 일으켰고 저마다 자신들의 이해에 따라 삶의 조건을 경감시켜줄 것을 요구하고 있으며, 모든 사람들이 술에 취한 것처럼 서로 싸움질을 해대고 있다는 것이다.

"그래, 그럼 이제 어떻게 될 것 같으냐?"

반신반의하면서 브이코프가 성난 목소리로 물었다.

야코프는 잠시 생각에 잠기더니 크게 한숨을 내쉬고 말했다.

"아주 좋지 않아요. 만일 우리가 전 민중적인 양심의 가책을 느끼지 못하고 서로 협조를 하지 못한다면 말입니다. 예고르 이바느이치, 저는 당신에게 걱정을 끼쳐드릴까봐 참 죄송하긴 합니다만 더이상 숨길 수는 없습니다. 어쩌면 손에 무기를 들고 혁명에 나서야 할지도 모릅니다."

"거짓말하지 마!"

브이코프가 단호하게 말했다.

"어디서 무슨 무기를 든단 말이야? 거짓말하고 있어. 내가 환자라고, 내가 직접 나가서 볼 수 없다고 그따위 말로 날 어쩌려고…… 너, 지금 날 겁주고 있는 거지? 겁먹고 어서 죽으라고……!"

브이코프는 찻잔이 흔들릴 만큼 세게 탁자를 내려치고 눈을 부릅뜬 채 쉰 목소리로 말했다.

"난 늙은 노파가 아냐. 난 세상의 종말을 믿지 않아! 겁나지 않아! 아무것도 겁나지 않는다고! 내가 살아 있는 한 난 내 재산의 주인으로……"

그는 얼굴이 시뻘게진 조카가 의자에 앉은 채로 그에게 덤벼들려고 하면서 씩씩대는 모습을 보고 말을 멈추었다.

"그렇다면 분명하게 말해두기로 하지요."

그는 못을 박듯이 분명하게 말했다.

"아저씨는 나를 재산이나 탐내는 놈으로 생각하시죠. 그 점에 대해서는 콘스탄틴 드미트리예비치가 내게 다 말해주었습니다. 그건 절 모욕하신 겁니다. 아저씨 재산은 제게 필요도 없고 전 그걸 거절하겠어요. 유산을 받지 않겠다고 서약서라도 쓰지요. 오늘 지금 써서 드리겠어요. 제가 이리로 이사 와서 함께 사는 건 단지 아저씨가 혼자인 데다 병들고 외롭다는 것 때문입니다. 저는 아저씨가 다른 많은 사람들보다 성격이 바르고 좋은 점을 많이 가지고 있다는 걸 잘 압니다. 중학교 선생인 베케르를 법적으로 완전히 파산시켜서 알거지로 만들수도 있었지요? 카지미르스키 집안의 아가씨들도 마찬가지고요. 하지만 아저씬 그렇게 하지 않았어요. 제가 아저씨를 존경하고 이 집에 함께 사는 이유가 그겁니다. 하지만 이제 더이상은 못해요! 안녕히 계세요!"

야코프는 목이 심하게 잠겨서 말을 마칠 때는 목소리가 간신히 새어나오는 것 같았다. 그는 기침을 하면서 일어나서 문 쪽으로 걸어가며 말했다.

"물론 아주 고마워하고 있습니다. 하지만 후회해요……"

"거기 서!"

브이코프가 가운의 허리끈을 바짝 조이면서 손을 어깨까지 높이 들고, 아주 큰 소리로 외쳤다.

"거기 서, 흥분하지 마!"

그러나 야코프 소모프는 벌써 문 뒤로 사라진 뒤였다. 그러자 브이코프는 일어나서 허리끈을 고삐처럼 잡고는 팔을 쭉 내밀고 키킨에게 소리쳤다.

"저놈을 잡아!"

꼽추는 벌떡 일어나서 몸을 홱 돌리더니 사라졌다.

"제발, 부탁이다!"

브이코프는 놀란 눈으로 문 쪽을 바라보며 계단에서 올라오는 작은 목소리에 귀를 기울인 채 중얼거렸다. 그가 놀란 건 야코프가 유산을 거절해서가 아니라 야코프가 고리대금업자의 손아귀에 걸려든 바보 같은 베케르나 방탕한 아버지 때문에 거의 파산지경에 이르렀던 카지미르스키 집안의 예쁜 자매들에 대해 알고 있기 때문이었다.

'존경한다고 했지. 모욕을 받았다? 정말 아직 어린애야.'

"정말 별난 놈이다!"

그는 당황해서 웃으며 야코프를 맞이했다.

"도대체 뭣 때문에 그렇게 화를 내고 그래, 응? 어쨌든, 좀 앉아! 유산은 내 의지와 무관하게 네게 가게 돼 있어. 법에 따라서 말이야……"

의자 등받이를 잡고 서서 야코프는 조용히, 그러나 단호하게 말했다.

"유산에 대해서는 말하고 싶지 않아요."

"그래? 그건 왜? 왜 말하기도 싫다는 거냐?"

"예, 이제 그런 유산은 다 쓸모없어질 테니까요."

"그게 무슨 말이냐?"

브이코프는 가운에 달린 술을 흔들면서 물었다.

"거기 앉아!"

그는 이상한 기분이 들었다. 마치 굶주린 거지가 뜻밖에 맛있는 음식을 적선받은 느낌이었다.

"아픈 사람을 화나게 하지 마라! 그 누구도 네게서 재산 상속권을 뺏을 수 없다. 그건 법이다!"

야코프는 앉아서 말했다.

"그 법은 없어져야 해요. 불행만 야기시킬 뿐이니까요."

"그래, 좋다, 없애자."

브이코프는 상속인을 찬찬히 들여다보면서 농담조로 동의했다. 그가 보기에 야코프는 지금 몸이 좋지 않은 것 같았다. 여자애 같은 얼굴은 창백해 보였고 거뭇해진 입술을 혀로 자주 핥아댔으며 축 처진 두 눈은 흐릿했다.

"열이 좀 있는 거 아니냐?"

"아네요."

야코프는 머리를 쓰다듬으며 말했다.

"농담으로 받아넘기지 마십시오. 부자들에 대항해서 민중의 거대한 운동이 일고 있고, 모든 재산을 박탈해야 한다는 소리도 나오고 있어요……"

"걱정 마라."

브이코프는 자신 있게 진정시켰다.

"걱정 마, 뺏기지 않는다!"

"제가 걱정하는 게 아니라 제 자신이 바로 그걸……"

브이코프는 콧소리를 내며 깊이 숨을 들이마셨다가 신음 섞인 한숨을 내뱉었다. 그리고 표도르 사제가 설교할 때처럼 한마디씩 분명하게 끊어서 단호하게 말하기 시작했다.

"재산이 없는 사람은 뼈만 앙상한 사람이다. 재산은 살이야, 그 고기지, 고기! 알겠어?"

가죽 소파 팔걸이를 손바닥으로 탁 치면서 그는 한 번 더 반복했다.

"고기다 그래. 인간은 제 욕망을 충족시킬 때까지 제 몸에 고기를 붙이기 위해 산다. 세상은 욕망을 실현하기 위해 있는 거고 사람의 노동도 그것을 위해 있는 거다. 적게 원하는 자는 돈을 적게 지불하면 되는 거다."

"그런데 사람들이 모든 걸 원하기 시작했죠."

야코프가 웃으면서 끼어들었다.

"뭐라고? 뭘 다 원한다는 거지? 넌 말을 믿지 말고, 노동을 믿어야 돼. 욕망을 줄이고 일을 많이 해야 된다. 모든 것이 다 많아서 모두에게 충분하다면, 그럼 모두 만족하겠지."

브이코프는 가능한 한 부드럽게 조카에게 말했다.

"난 바보가 아니다. 알고 있다, 네가 그리스도의 가르침에 따라 있는 그대로 순수하게 살려고 한다는 걸. 그건 맞아. 그리스도는 모든 것을 평등하게 나누어주고자 했지. 그래, 그때는 가난한 세상이었으니까. 하지만 지금 우리는 부유한 세상에 살고 있다! 그리스도 시대에는 사람들이 적었고 원하는 것도 많지 않았지. 그런데도 모두 부족했어. 그런데 지금 우리를 봐라. 욕심은 더 많아졌고 사람은 훨씬 더 많다. 게다가 모두에게 모든 걸 줘야 한다. 그러니 일하고 저축하고 모아두어라 이거지……"

브이코프는 자신의 생각에 스스로 놀랐다. 이런 생각들은 마치 다른 사람이, 그러나 흥미 있는 다른 사람이 찾아온 것처럼 갑자기 생겨나서 자신의 의지와는 상관없이 찾아왔다. 그는 당황스러웠지만 한가지 생각만은 아주 현명하고 진실되게 여겨졌고 죄로 뒤엉킨 삶을 가볍게 해결해줄 수 있을 것만 같았다. 그는 자신의 이 생각의 끈을 놓지 않고 반복해 말했다.

"처음에는 열심히 일해서 많이 벌어 모아야 한다. 그러고 나서 모두에게 평등하게 나누어주는 거지. 아무런 능력이 없는 불구자들에게도 말이지, 그래, 그들에게도! 그 어떤 불행과 더러움도 없게 하고 죄의 그림자조차도 사라지게 말이다. 그렇게 되면 모두들 배부르고 모두들 능력만큼 살아가게 되지. 누구에게도 악하게 대하거나 질투심을 느낄 필요도 없지. 바로 그거야! 요는 모든 사람이 다 스스로 성자가 되는 거다!"

브이코프는 이렇게 말하면서 스스로 더욱 놀랐다. 이런 생각의 흐름이 나름의 힘을 가지고 필요한 말을 손쉽게 찾아내면서 끝도 없이 흘러나올 것만 같았다. 심지어 그는 이런 생각의 실타래가 이미 오래

전부터 그의 영혼의 밑바닥에 놓여 있었고, 다만 오늘 그 강력한 실을 풀어내기 시작한 거라고 여겨졌다. 이렇게 실타래가 풀려나가는 것이 그의 숨을 가쁘게 만들었다. 브이코프는 마치 겨울철 매끄러운 도로를 마차를 타고 전속력으로 달리는 느낌이었다. 그는 늘 이런 말들을 생각하고 있었던 것처럼 너무나도 손쉽게 이 새로운 말들을 쏟아냈다. 자신이 새로워진 느낌, 현명해진 느낌은 아주 상쾌했다. 꼽추가 그의 말을 들으면서 황홀하게 미소를 지으며 바라보고 있고, 야코프도 의자에 기대 처녀애 같은 눈으로 친근하게 그를 바라보는 모습이라니. 이 모든 것들은 너무나도 감동적이었고 사람들을 하나로 묶어 주는 그런 힘을 느끼게 했다. 흥분한 브이코프의 두 눈에 감동의 눈물이 흘러내렸다. 그는 갑자기 기운이 쭉 빠진 듯 소파에 등을 푹 기대고 지친 듯이 눈을 감으며 중얼거렸다.

"사람들에게 죽일 놈 소릴 듣고도 기분 좋을 사람이 누가 있겠느냐? 하지만 가난은 넘어서기가 어렵고, 또 그것을 위해 할 만한 일도 많지 않단다. 그러니 서둘러야지. 누구에게나 죽음이 찾아올 테니……"

키킨은 의자에서 벌떡 일어나 걱정스럽게 말했다.

"예고르 이바느이치, 좀 누워야겠어. 아주 피곤해 보여. 야코프, 같이 좀 모시자고!"

그들은 브이코프의 팔을 잡고 침실로 데려가 조심스럽게 자리에 눕히고는 소리 없이 나갔다. 꼽추는 다리를 꼬며 앞으로 나아갔고, 야코프는 머리를 쓰다듬으며 고개를 숙이고 뒤따라 나갔다.

며칠 동안 브이코프는 명명일을 맞이한 듯한 기분으로 보냈다. 평소보다 훨씬 귀하게 떠받들어 모시는 키킨과 야코프의 따뜻한 배려를 받으며 지낼 수 있었던 것이다. 이 며칠 동안 브이코프는 몹시 쇠약해 졌다. 그래서 그를 돌봐줄 간호사를 불러야 했다. 그녀는 꼬챙이처럼 키만 크고 깡마른 데다 말이 없는 여자였고, 곰보에 평범한 눈을 가지고 있었다. 몸에서 힘이 빠져나가는 것을 처연히 지켜보면서 브이코프는 키킨의 누런 얼굴에 걱정이 가득하고 눈동자가 불안하게 움직이며 자신의 눈과 마주치는 걸 피하려 하는 모습을 보았다. 야코프 또한 전보다 훨씬 말이 없었고 창백하고 우울한 모습이었다. 그는 하루에도 몇 번이나 어디론가 사라졌다가 돌아와서 그날의 사건들에 대해 내키지 않는다는 듯 조심스럽게 말해주었다.

'날 불쌍하다고 동정하는군.'

브이코프는 이렇게 생각했다.

'둘 다 날 동정하고 있어. 날 걱정시키지 않으려 하고. 이제 곧 내 삶의 끝이 오는가보군.'

그러나 죽음에 대한 두려움은 전보다 훨씬 덜했다. 죽음의 모욕적인 의미가 어느 정도 무뎌져서 그렇게 괴롭지는 않았다. 그러나 어쩔 수 없이 이런 생각이 떠오르기는 했다.

'이젠 야코프와 살 날도 많지 않군. 그래, 키킨도 좋았어. 이제 저들도 날 이해했고. 내가 저들에게 내 영혼을 열어 보였더니 날 이해해주는군.'

그리고 속으로 웃으면서 자신의 상속인에 대해 생각했다.

'재산을 어떻게 이해해야 하는지 말해준 뒤로 녀석이 흔들리고 있어. 아니, 가난한 자에게 나눠줘야 한다니! 하여튼 인간들이란⋯⋯'

"시내에서 무슨 일이 일어나고 있는 건가?"

그는 키킨의 혼란스러운 이야기와 너무 조심스러운 조카의 말을 확인해보려고 간호사에게 물었다.

"여전히 폭동이 일어나고 있지요."

여자는 마치 폭동이 술주정이나 상거래처럼 시민들의 일상적인 일에 불과하다는 듯이 냉담하게 대답했다. 그녀는 오므린 손바닥으로 입을 가리며 자주 하품을 했는데, 하품을 하고 나서는 급히 성호를 그었다. 평범한 눈에는 잠이 늘 붙어다녔고 조용한 걸음걸이에는 고양이 같은 탄력이 있었다.

토요일부터 일요일의 흐리고 비 오는 새벽녘까지 시내에서는 총격 소리가 들려왔다. 최초의 총격 소리는 어딘가 멀리서 들려왔는데 가느다랗게 흩어지는 빗속을 뚫고 허공에 부드럽게 울렸다.

브이코프는 몇 분 동안 까마귀가 부리로 젖은 양철 지붕을 쪼는 듯이 팅팅거리는 소리를 듣고 있었다.

"이게 무슨 소리야?"

그는 간호사를 깨워 물었다. 그녀는 귀를 기울이더니 뱀처럼 고개를 들고 뿌연 창문을 바라보았다.

"모르겠어요. 약 드릴까요?"

"조용히 해, 좀."

팅팅거리는 소리가 더 잦아졌고 점점 가까이에서 들려왔다. 그 소리는 마치 능란한 회계원이 주판알을 튕기는 소리 같았다.

"총소리 같은데."

브이코프는 군인 출신이라 이 소리가 총소리라는 것을 잘 알고 있었다. 그는 음울한 목소리로 이렇게 말했다.

"가서 위층 사람들을 깨워……"

간호사가 바람이 불 때처럼 손가락으로 머리칼을 스카프 속에 밀어 넣고는 새벽빛을 받으며 나갔다. 브이코프는 침대에 앉아 역시 떨리는 손으로 머리카락과 구레나룻을 매만지며 계속 귀를 기울였다.

"막 쏘아대는구나, 개자식들 같으니! 도대체 누가 누구를 쏘는 거야?"

간호사가 계단을 따라 황급하게 뛰어 내려오며 문에 들어서기도 전에 가느다란 목소리로 정신없이 비명을 질렀다.

"총을 쏴요. 지붕에다, 여기 지붕에……"

"바보 같으니."

브이코프가 엄하게 말했다.

"공포탄을 쏘는 거야."

"아이고, 아네요……!"

"입 다물어! 이건 작전 연습이야. 시내에선 절대로 실탄을 쏘지 않아."

"아이고, 아네요! 아이고, 아저씨, 아네요……!"

여자는 창가로 달려가 창문을 열었다. 방 안으로 자잘한 소리들이 날아들었다. 브이코프는 소총과 권총 소리를 들었다. 그러다가 폭탄이 터지는 소리가 들렸다. 창문 유리들이 와르릉 떨리더니 브이코프집 창문에서 비스듬히 떨어진 이웃집 창문에서 불꽃이 화르르 피어올랐다. 성호를 그으며 간호사가 마루에 주저앉아 신음 소리를 냈다.

"오, 주여……"

군모와 외투를 입은 키킨이 맴을 돌며 나타나서는 발끝으로 살금살금 걸어왔다. 램프 불빛에 비친 그의 얼굴은 납빛처럼 새하얀 것이 마치 죽은 사람 같았다.

"무슨 일인가?"

브이코프가 외쳤다.

"야코프는 어디 있어?"

"나갔어."

"언제? 어디로?"

군모를 벗은 뒤 꼽추는 구부정한 양팔을 미안하다는 듯 벌렸다.

"예고르 이바느이치, 내가 가지 말라고, 가서는 안 된다고 말렸는데. 그들이 사실을 속이는 것일지도 모른다고……"

"누가?"

"시당국, 정부. 하지만 야코프는 가야 한다고 말했어. 동지들이……비겁한 행위라고 하면서. 그는 코노노프스키 철공과 주물공들과 함께……"

브이코프는 채찍으로 한 대 맞은 것처럼 뭔가를 깨닫고는 침대에서 다리를 내려놓으며 쉰 목소리로 말했다.

"가운을 줘! 창가로 데려가줘! 이봐, 간호사!"

간호사는 창밖을 내다보고는 손을 내저었다.

"직접 보세요! 불이 나기 시작했어요. 전 집으로 갈래요……"

하지만 그녀는 집에 가기는커녕 창 옆에 무릎을 꿇은 채 마루에서 일어서지도 못했다.

브이코프에게 옷을 입히며 키킨이 중얼거렸다.

"창문으로 뭐가 날아들면 어떡해……"

"조용히 해."

브이코프가 준엄하게 말했다.

"떠벌이들, 겁쟁이들 같으니."

가까이에서 총소리가 들려왔다. 긴 비명 소리마저 들려왔다.

대문 빗장이 덜커덩거렸고 쾅 하는 문소리가 났다. 어디선가 도끼 두 개로 나무를 찍는 소리가 들렸다. 째지는 듯한 여인네의 불안한 목소리가 들렸다.

"숲으로 뛰어……!"

창가에 다가선 브이코프는 거리를 내달리는 검은 말을 보았다. 말 등에 사람이 달라붙어 있어서 꼭 낙타가 달려가는 것 같았다. 말발굽 소리가 일정하지 않은 걸로 보아 말이 다리를 절고 있는 듯했다. 집의 담장과 벽에 바짝 붙어서 여명을 받으며 일렬종대로 빠르게 움직이는 세 사람의 형체가 힐끗 보였다. 뒤의 사람이 어떤 봉 같은 걸 끌고 갔는데, 그 끝이 보도의 돌에 끌려 소리를 냈고 보도 보호대에 걸리는 소리도 들렸다.

'도둑놈들.'

브이코프는 이렇게 단정했다. 그의 내부에 정적과 공허감이 엄습했다. 그 속에서 모든 소리가 메아리로 울리며 여러 생각들이 가라앉아 사라져갔다. 그때 총알이 쌩 소리를 냈고 마른 나뭇잎들이 바스락거렸다.

'튕겨나간 거군.'

브이코프는 이렇게 생각했다. 그때 키킨의 수줍어하는 듯한 목소리가 들려왔다.

"창문에서 물러나야겠는데……"

그는 어깨로 키킨을 물리쳤다.

"폭동이야? 그래?"

"예고르 이바느이치, 노동자 봉기야……"

"야코프, 야코프도 폭동에 낀 거야?"

"주물공들하고 함께……"

"가, 가서 그놈 데려와!"

브이코프는 손을 창문으로 내밀어 거리를 가리키며 말했다.

"지금 즉시 집으로 돌아오라고 해. 뭐야, 너, 말 안 하고 날 속였어?"

키킨이 미안하다는 듯이 혼자 중얼거렸다.

"야코프가 말했잖아. 손에 무기를 들고……"

"가, 어서! 야코프가 죽으면 너도 무사하지 못할 거다!"

구레나룻이 떨어져나갈 것처럼 브이코프의 턱이 심하게 떨렸다. 키큰 병사가 회색 제복을 입고 전선에 서 있는 것처럼 그는 몸을 곧게 펴고 눈을 크게 뜨고 이를 부딪치며 흐릿한 창문 옆에 서 있었다. 다리는 후들거렸고 가운은 어깨에서 흘러내렸다.

키킨이 사라졌다.

"전 집으로 갈래요."

간호사가 거듭 말했다.

안개에 싸인 거리에서 눈을 떼지 않으며 브이코프는 소파에 몸을 맡겼다. 총소리가 점점 잦아들더니 뜸해졌다. 갑자기 도끼를 찍는 소리가 들리더니 뭔가가 넘어지며 담장 아니면 대문에 부딪혀 판자가 부서지는 둔탁한 소리를 냈다. 브이코프는 전신줄들이 왜 저렇게 팽팽하게 당겨져서 바르르 떨고 있는지 이해되지 않았다. 잠시 뒤 이상하게도 격렬한 소음과 발 구르는 소리, 나무 패는 소리가 빠른 속도로 거리를 가득 메웠다. 귀에 익숙한 높은 목소리가, 그러나 이미 쉬어버린 목소리가 들렸다.

"대문을 떼버려. 거기 마당에 나무통이 있어. *끄집어내……!*"

'우리 집 마당의 나무통을 말하는군.'

브이코프는 이렇게 생각했다.

하지만 창문 아래 거리에서는 이렇게들 외쳐댔다.

"가로등에 전선을 묶어! 길을 가로질러서 당기라고…… 기둥을 잘라…… 아, 아, 다리, 다리, 제기랄……!"

"저건 야코프 목소리군, 그놈이야!"

브이코프는 혼잣말을 했다.

야코프가 무슨 일을 하고 있는지 생각하고 싶지 않았지만, 브이코프는 창턱에 가슴을 기대고 엎드려 중얼거렸다.

"방어하는군. 통과하지 못하게."

간호사가 방 이쪽저쪽으로 뛰어다니며 웅얼거렸다.

"오, 주여! 주여…… 강도들이……!"

"앉아!"

브이코프가 소리를 질렀다.

"가만있어, 몽둥이로 맞기 전에! 입 닥치고!"

그는 키킨을 부를 때 천장을 두드리던 막대기를 잡고 간호사에게 흔들어 보였다. 그의 턱은 계속 덜덜 떨렸고 콧수염이 입으로 기어들

어왔다. 그가 콧수염과 구레나룻을 꽉 잡았지만 턱은 떨어져나갈 듯
이 떨렸다. 방 안의 적막은 더욱 위협적이고 공허함은 더욱 깊어지는
것 같았다. 그리고 그 적막과 공허함 속으로 거리의 소음과 외침 소
리, 나무 쪼개는 소리, 멀어져가는 총소리들이 날아들었다.

"그거 세워놔!"

대문 옆에서 누군가 낮은 목소리로 명령하는 소리가 들렸다.

이제 날이 밝아 환해졌고 안개 속에서 사람들의 형상이 분명하게
윤곽을 드러냈다. 백 명 남짓한 사람들이 브이코프 집 왼편에 모여 있
었다. 그들은 길을 가로막으려고 전신주들을 넘어뜨리고 전선줄을 메
기수염처럼 끌어당기고 있었다. 이웃집 마당에서 건초 더미를 가져오
고 마차를 끌어냈으며 담장을 마구 흔들었다. 주위의 집들은 창문으
로 아침 햇살을 반사시키며 침묵에 싸인 채 이 소란을 지켜보고 있었
다. 간혹 창문 유리 너머에 사람들의 그림자가 어른거렸다.

멀리서 집합을 알리는 군용 호루라기 소리가 날카롭게 들려왔다.

"조심해."

낮은 목소리가 소리쳤다. 뭔가가 삐거덕 끽끽거리더니 돌로 포장된
도로에 무너져내렸다.

"부수는구나."

브이코프는 간호사를 바라보며 그녀의 충고라도 구하듯이 나지막
이 말했다.

"들려? 무너뜨리고 있다고!"

그는 냉기를 느끼고 몸을 흠칫 떨더니 가운 앞가슴을 여몄다. 그러
고는 창문으로 몸을 내밀어 밖을 보았다. 야코프가 어깨에 쇠지렛대

를 메고 대문으로 뛰어가는 모습이 보였다. 십여 명이 손에 소총과 도끼를 들고 있었는데 그중 한 명은 수레의 채찍을 들고 뒤를 따라 뛰어갔다. 그들은 즉시 대문을 넘어뜨렸고 야코프는 고양이처럼 마당으로 넘어 들어가 소리쳤다.

"문짝을 뜯어내! 나무통을 가져오고……!"

이 모든 게 꿈만 같았다. 도저히 있을 수 없는 일들이었다. 브이코프는 자신의 눈을 믿을 수가 없었다. 간호사의 신경질적인 울부짖음에 그는 정신을 차렸다.

"아이고, 저 날강도들……"

대문이 활짝 열렸고 사람들이 마당으로 뛰어들어왔다.

"멈춰!"

브이코프가 있는 힘을 다해 소리쳤다.

"멈춰라, 이 자식들아! 야코프, 저놈들 쫓아내!"

위를 치켜보는 야코프의 얼굴이 블린*처럼 둥그렇게 보였다. 그의 외침이 들려왔다.

"저놈들이 속였어요, 아저씨! 사람들을 죽여요!"

왼쪽 문짝이 들어올려지더니 커다란 소리와 함께 마당 안으로 기울어졌다. 사람들이 달려들어 그걸 거리로 끌고 나갔다. 나머지 놈들은 남은 문짝을 흔들어대고 나무통들을 굴려 내가기 시작했다. 그들 사이에서 작은 꼽추가 이리저리 뛰어다니는 모습도 보였다.

브이코프는 있는 욕을 다 해대며 선인장 화분을 집어 마당의 사람

---

* 러시아의 얇고 평평한 팬케이크.

들에게 내던졌다. 화분은 사람들 있는 곳에서 멀찍이 떨어졌다. 브이코프는 이 꼴을 보고 간호사에게 소리를 질렀다.

"화분들 다 가져와, 의자도 가져와, 전부 다!"

그의 목소리는 매우 위협적이었다. 간호사는 몸을 잔뜩 숙이고 말 없이 방 안을 돌아다니며 창턱에 놓인 화분들을 가져왔고 끙끙거리며 의자를 끌어왔다. 브이코프는 휘청거리는 몸으로 신음 소리를 내면서도 들어올릴 수 있는 것은 뭐든지 다 아래로 내던지며 격렬하게 욕을 해댔다.

"야코프, 죽여버릴 거다! 키킨, 이 병신아……!"

누군가 총을 쐈다. 창문 유리가 쨍그랑거렸고 천장에서 횟가루가 떨어져내렸다. 간호사가 비명을 지르고 팔을 짚으며 마루에 주저앉았다. 브이코프는 몸을 홱 돌려 그녀에게 소리쳤다.

"엄살 피우지 마, 안 죽었어! 좋다, 해보자. 이 짐승 같은 놈들!"

바로 그때 거리의 아주 가까운 곳에서 총격 소리가 요란하게 들렸다. 그러자 아래 쪽에서 가느다랗게 울부짖는 소리가 들리기 시작했다.

"쳐들어와요!"

브이코프는 조카 녀석이 몸을 웅크리고 다리를 질질 끌면서 마당으로 기어들어오는 모습을 보았다. 구레나룻을 한 사람이 채찍을 내던 지고는 고개를 뒤로 홱 젖히면서 모자를 떨어뜨리더니 뒤로 나자빠졌다. 곧바로 안개 속에서 잔뜩 웅크린 회색 제복의 병사들이 급히 나타나 대문으로 들어섰다. 그들은 총검을 들이밀며 소리쳤다.

"항복하라! 엎드려!"

그들은 도망가는 사람들을 향해 총을 쏘았다.

브이코프는 포악하게 웃어대며 발을 구르고 팔을 뻗어 아래를 가리키며 목이 쉬어라 소리를 질렀다.

"저놈을 쏴. 저기 기어가네. 모자 쓴 놈, 저놈! 저 꼽추! 나무통 뒤에 숨은 저 꼽추놈……!"

간호사도 다른 창문을 열어젖히고 울부짖었다.

"쏘세요! 쏘세요, 몰아내요……!"

무대 연습

행복한 여자 역을 즐겁게 하면서 그런 걸 다 잊어버릴 수 있다면

얼마나 좋을까!

그녀는 불행한 여자 역을 하면서 벌써 사십오 년을 살아왔고

이제 충분히 지칠 만도 했다.

「남의 얼굴을 하고 자신의 영혼을 숨기는 일」은 이제 거의 습관이 되었다.

그 우스운 다툼은 유명한 희곡 〈선택받은 자들의 길〉 제4막 연습중에 벌어졌다.

희곡이 내포한 내밀한 의미를 표현하도록 배우들을 이끌어가려던 노력이 먹혀들지 않자 지쳐버린 연출자는 짜증을 감추지 않고 이렇게 말했다.

"좀 쉽시다, 오 분만."

그는 시계를 꺼내 눈에 바짝 들이대고 문자판을 들여다보았다. 그러고는 무대 라이트 쪽으로 다가가서 자루처럼 생긴 텅 빈 객석을 향해 도전적으로 머리를 치켜들었다. 객석은 짙은 어둠에 싸여 있고 붉은 등 하나만이 흐릿하게 숨을 죽인 채 문의 위쪽을 간신히 비추고 있었다. 그 문 너머에는 훨씬 더 짙은 어둠이 무한히 펼쳐져 있는 것 같았다.

연출자는 혁신적이라는 자신의 명성을 잘 활용했고 배우들을 자신이 조율해야 하는 악기쯤으로 생각하며 업신여겼다. 그의 점퍼에서는 이상한 냄새가 풍겼는데 향이 강한 비누를 아침으로 먹고 나온 사람 같았다. 그는 키가 작고 가슴은 왜소했으며 다리는 가늘고 무릎은 휘어 있었다. 커다란 머리 위에는 물결처럼 굽실굽실한 머리가 두건처럼 올라앉아 있었다. 큰 코가 도드라져 보이는 얼굴은 깨끗이 면도를 해서 파르스름한 빛을 띠고 있었다. 얼굴에는 고난에 찬 표정, 한없이 까탈스러운 표정이 교묘하게 얽혀 있었다. 마치 우둔하고 재능 없는 사람들을 이끌어가는 것이 자신의 운명이라고 생각하는 듯한 표정이었다. 눈을 가늘게 뜨고(눈동자는 잘 익은 자두를 연상시켰다) 두툼한 진홍빛 입술을 꼭 다문 채 그는 모든 것들을, 모든 사람들을 절망적으로 둘러보면서 말없이 질책하는 것만 같았다.

'아니야, 이건 아니야.'

그의 적들 중 한 사람인 어떤 비평가는 〈인색한 기사〉에 대해 말하면서 연출자가 "나는 안드레이 스테파노비치 푸시킨이 재능 있는 사람이라는 것을 부정하지 않습니다"라고 말한 것은 '실언'이라고 단언했다.

깊고 넓은 무대 위에서 난쟁이처럼 보이는 연출자는 말없이 어둠의 영혼에게 도움을 청하고 있는 것 같았다.

무대를 비추는 회색의 흐린 불빛 속에 네 명의 배우가 있었다. 자신의 삶에 만족하지 못하고 고난의 운명에 처한 여주인공과 '건전한 사고'를 가지고 있고 그래서 당연히 속물적인 그녀의 남편 희극배우, 그리고 인생의 새로운 드라마를 만들어내기 일보 직전에 있는 처녀 하녀, 그리고 '새로운 길'을 찾는 남자 주인공. 그들 주위에는 바위 덩어리들과 흐릿한 조명 때문에 형태를 알아보기 어려운 기이한 물건들이 무질서하게 흩어져 있었다. 바위들 사이에 둥그런 탁자가 놓여 있었는데, 그 위에 남자 주인공이 앉아서 휘파람을 불며 자기 대본에다 연필로 줄을 긋고 있었다.

무대 역시 부풀어오른 자루와 같은 데가 있었다. 먼지 가득한 공기 속에는 아교와 페인트 냄새, 그리고 좀 특이한 마른 곰팡이 냄새가 가득했다. 이 냄새는 관객들의 재미를 위해 작가들이 죽인 수많은 남녀들이 썩어가는 냄새일 수도 있다. 게다가 무언의 어둠에 싸인 객석에서 향수와 먼지, 사람의 땀냄새, 구두 가죽과 구두약 냄새 등이 뒤섞인 냄새가 배어나왔다.

연출자의 등 뒤에서 웅웅 울리는 말소리가 느릿느릿 기어다녔다. 희극배우의 '일상적인' 짓눌린 목소리가 그의 귀에 몹시 거슬렸다.

"억지스러운 데가 있어……"

희극배우는 인공 바위들 중 하나에 걸터앉아 무릎 위에 담뱃갑과 종이, 파이프를 가지런히 늘어놓고 담배를 말고 있었다.

"희곡이 맘에 안 들어요?"

입술을 깨물어보면서 동그란 거울을 들여다보던 여주인공이 물었다.

"아뉴타, 내 맘에 드는 건 낚시뿐이야. 당신도 알잖아. 희곡, 그런 게 뭐 좋겠어? 희곡 속의 말은 좀 다르지. 말하자면 애들이 하는 그런 말들 같다고나 할까. 그래, 옛날 표현력이 풍부하던 러시아 말보다도 사랑스럽고 애상적일 거야. 하지만 다른 건 모두 낡아빠진 것들이지. 아담과 이브 시절의…… 아뉴타, 그래 넌 사랑하고 아파해야 되지. 난 남편으로서 빵과 포도주와 네 알몸을 덮어줄 모든 걸 벌어야 되고. 뱀처럼 꼬드기는 그론스키는 네 영혼에 '새로운 생명'을 불어넣어 '선택받은 자들의 길'로 데려가고 말이야. 넌 이따위 공연에서 벗어나지 못해!

이 속에서 우린 쥐덫에 걸린 쥐 신세지. 그러다 죽을 때가 되면 바닥 모를 구덩이 속으로 내던져지는 거야. 저기 리도치카는 그런 희곡 따위를 언제쯤 또 맡아볼 수 있을까 초조해하며 고대하고 말이야……"

"난 건드리지 말아요……"

"어이구, 우리 아기. 그러고 싶지만 내겐 그럴 힘이 없어……"

희극배우가 농담으로 말했다.

리도치카는 아주 자그마했다. 그녀가 자신을 미인이라고 생각한다고 해서 뭐라고 할 남자는 아무도 없었다. 그녀는 남자들에게 자신의 미모를 확인시키기 위해 할 수 있는 짓은 모두 했다. 세상을 겨우 이십 년 살아봤을 뿐인데 그녀는 인생이 안락하고 즐거운 것이라고 생각하고 있었다. 당연히 그녀는 자신이 새로운 드라마를 창조하기 위한 재료가 될 수 있다는 생각조차 할 수 없었다. 그랬다면 모욕적이었을 것이다. 그녀의 역할은 매우 단순한 것으로, 남자 주인공을 사랑하는 것이었다. 그녀는 그렇게 할 수 있고 그럴 준비가 되어 있다고 느꼈다. 〈선택받은 자들의 길〉에 대한 나이 든 동료들의 무관심이 그녀를 불안하게 만들었다. 관객들이 감탄할 만한 연기만이 필요한 지금, 저 사람들은 왜들 저렇게 변덕을 부리고 있단 말인가.

"이봐요, 이반, 당신은 좀더 철학적으로 하세요."

여주인공이 코에 분을 바르며 불만스럽게 말했다. 언젠가 오래전에 사랑에 빠졌던 비평가는 그녀의 얼굴을 '고대 대리석으로 만든 것' 같다고 한 적이 있다. 그녀는 그 말이 몹시 마음에 들었다. 그녀의 얼굴은 창백하고 평범했지만 짙은 '운명적인' 눈 덕분에 그나마 돋보였다. 그녀는 자신의 파르스름한 코도 평범하고 창백한 얼굴처럼 그렇게 차갑고 하얗기만 한 것은 아닌지 걱정스럽게 살펴보았다. 자신의 두 눈에 악기가 넘친다는 것을 그녀도 알고 있었다. 그래서 감동적인 순간에는 눈을 감아버리곤 했는데, 그러면 그녀의 얼굴은 정말 대리석으로 만든 것처럼 보였다. 그녀의 목소리에 대해서는 저명한 비평가 메르찰로프가 공공연히 이렇게 말했다.

"메데이아 역에서 로스토프체바의 목소리는 달콤한 청동 종소리처럼 울린다."

평소에 그녀는 약간 코맹맹이 소리를 내면서 늘 피곤에 지친 사람처럼 말을 했다. 그런 비음이 그녀의 재능을 숭배하는 사람들에게 강한 향수처럼 특별한 감정을 불러일으킬 수 있다고 여겼던 것이다.

"그래, 철학적으로 해보지."

희극배우는 순순하게 인정하면서 담배를 피워 물고 연기를 훅 내뿜었다.

그는 정말로 낚시를 좋아했다. 낚시는 자신이 누구인지, 어디에 있는지 잊어버릴 수 있게 해주고, 왜 존재하는지에 대해 아무 생각도 하지 않도록 해주었다. 인간의 진정한 행복이 학문과 노동에 있다는 것은 다 아는 사실이다. 하지만 그런 것들은 생각하는 일을 방해한다. 희극배우는 자신도 모르게 오십여 년을 살았고 또한 자신도 모르게 아주 간단한 물건들에 대해 깊이 생각하는 습관을 가지고 있었다. 그 것은 현상과 사물의 어떤 의미를 파헤치려는(이건 희극배우에게 꼭 필요한 것이다) 거의 병적인 자신의 기질에 대해 누구에게든지 드러내 말하고 싶은 욕망과 불쾌하게 뒤엉킨 습관이었다.

"그래, 철학적으로 해보지."

그는 반복해 말했다.

"어떻게 하면 되지? 아뉴타, 언젠부턴가 말이지, 공연을 할 때 객석의 홀이 내게는 이크라* 단지처럼 보이더라고. 가운데는 누가 다 파먹고 밑바닥과 가장자리에만 조금 남아 있는 이크라 단지 말이야. 작가는 온답니까?"

연출자는 몸을 반쯤 돌려 문법 교과서를 읽듯이 정확하게 대답했다.

"작가는 한 시 반에 방문하기로 약속했습니다."

"에이, 제기랄, 작가는 무슨!"

예상치 못한 주인공의 목소리가 시구절처럼 명료하게, 그리고 정확하게 터져나왔다. 그는 탁자에서 뛰어내려 어둠을 향해 금빛 연필로 위협하듯이 아주 진지하고 확고한 어투로 덧붙였다.

"내가 법을 만드는 사람이라면, 그러니까 내가 권력이라도 쥐었다면 법을 만들겠어. 음울함이라는 전염병을 퍼뜨리는 문학가들은 수도원에 가서 삭발을 해야 한다, 그래서 그들이 자신의 음울함을 극복할 때까지 드라마나 소설은 물론이고 편지도 쓰지 못하도록 금해야 한다…… 이런 법 말이야. 이반, 자네가 옳아. 이 희곡은 정말 터무니가 없어! 정말 지겨워, 작가는 오만방자하기 짝이 없잖아. 정말 지겹게 만든다고! 크레아토로프**라고? 이런 성에는 뭔가 신학교적인 냄새가 나, 답답하고. 진짜 성은 포도로쥐니코프***라지……"

"피로쥐니코프****야."

---

* 생선 알.
** 영어 'creator'에서 온 말로, 창조자의 집안이라는 의미를 띠고 있음.
*** '포도로쥐니크'는 노상강도라는 의미로, 노상강도의 집안이라는 풍자.

여주인공이 분명하게 정정해주었다.

"아, 그러신가! 그게 더 저속하군. 그 사람 목불인견으로 거만하고 먹기는 엄청나게 먹어대는 데다 방탕한 자라고 하더군. 게다가 거지처럼 인색하기 짝이 없고. 돈을 어찌나 탐내는지 정말 놀라운 이야기들이 나돌던데……"

작가에 대한 말이 다소 과장되었다는 것을 아는 여주인공은 인상을 찌푸리며 반지를 여러 개 낀 손을 경고한다는 듯이 내저었다. 그러나 그녀는 자신이 아무 말도 하지 않았다면 더 좋았을걸 하고 후회했다. 저 남자 주인공이 제 입맛대로, 하고 싶은 대로 온갖 결점들을 들춰내면서 작가를 색칠하도록 내버려둘걸 하고.

리도치카가 왼쪽 무대 뒤로 소리 없이 걸어가면서 가볍게 웃음을 지었다. 그녀는 작가와 여주인공의 실패한 로맨스에 대해 잘 알고 있었고, 그 로맨스의 에필로그도 보았다. 창백한 어린 사내, 병적일 정도로 소심하고 산만한 작가는 줄을 타는 곡예사가 균형을 잡듯이 그렇게 걸어다녔다.

"크레아토로프!"

남자 주인공이 냉소적으로 눈살을 찌푸리고 오른손으로 무대 장치를 가리키며 소란을 떨었다.

"어때, 이반? 뭐 불만 있나?"

희극배우도 기분이 고무되어 연기하듯이 '상인 계급의' 웃음을 터뜨렸다. 남자 주인공은 굵은 바리톤 음색을 과시하며 말을 이었다.

**** '피로쉬니크'는 고기만두 만드는 사람이라는 의미로, 고기만두 만드는 집안이라는 풍자.

"만일 자네가 크레아토로프라면 말일세, 내가 행복한 사람 역을 하게 해줘. 그래, 그래, 바로 그거야!"

연출자가 시험관처럼 차가운 어조로 물었다.

"당신은 행복을 뭐라고 생각합니까?"

"제기랄, 모를 게 뭐 있어요! 그런 건 참새들도 다 안다고요!"

남자 주인공은 잘해보겠다는 명예욕 같은 건 애당초 없는 형편없는 배우였다. 그는 딱 자기 밥그릇만큼만의 재능을 가지고 있었다. 하지만 동료들은 그가 자신의 재능을 너무 과신한다고 보았다. 연출자 역시 그가 볼 때는 배우의 영감을 어떻게든 짓누르기 위해 존재하는 아둔하고 해로운 사람일 뿐이었다. 그는 연출자에게 다가가서 마치 검을 든 것처럼 손을 쑥 내밀고 일장 연설을 늘어놓았다.

"늘 똑같은 역할만 하는 것은 싫습니다. 매일 수난받는 역할이라니! 햄릿이나 시라노 드 베르주락, 무어나 〈산 송장〉, …… 난 항상 수난당하기만 하고……"

"그럼 넥타이 장사를 하시지요."

연출자가 거만하게 머리를 치켜들며 말을 내뱉었다.

"실례되는 말입니다만, 당신은 무슨 집사처럼 농담을 하시는군요. 난 심각해요. 단조로운 연기가 인간으로서나 배우로서나 날 비하시키고 있다고요. 한 달에 겨우 칠백오십 루블 벌어보자고 매일 고통만 당하다니요……"

"그럼 난 왜 매일 바보 흉내만 내야 하는 건가?"

희극배우가 이렇게 묻고는 손바닥으로 파이프를 쳐서 담뱃재를 떨어냈다. 그리고 얼굴을 잔뜩 찌푸리며 그에게 인기를 몰아주었던 제일 웃기는 표정을 지어 보였다.

"난 관객들을 위로하려고 무대에 나가지. 여기 당신들보다 바보 같은 놈이 있어요, 걱정들 하지 마세요! 바보는 그 누구든 걱정하게 만들지 않지. 내 친구 루킨을 제외하고 말이야. 그 친구는 지리 선생인데 항상 일 때문에 걱정을 하지. 하지만 바보를 해롭다고 생각하지는 않아……"

희극배우의 '일상적인' 잡담에 연출자의 어깨가 경멸스럽다는 듯 움찔거렸다. 남자 주인공은 분개했다.

"〈선택받은 자들의 길〉이라! 우리같이 재능 있는 사람들이 말이야, 대중들의 재미를 위해서 잡담으로 시간을 보내고 있지. 그런데 할 일 없는 놈들은 우리가 가혹하게 서로 괴롭히는 모습을 즐기면서 찢어진 심장의 마지막 신음 소리를 입맛을 다시며 기다리고 있단 말이야."

"한마디로 서커스야!"

희극배우가 끼어들었다.

"맞아, 미샤. 우린 대중을 위한 광대야. 대중은 말이야, 이크라 같아…… 이 희곡은 무대에서 내렸어야 해……"

"이제 연습을 해야 되지 않나요?"

리도치카가 상기시켰으나 아무도 대답하지 않았다.

"내가 루킨에게 물어보았지. '이봐, 너 이성을 믿어?' 그랬더니 이러더군. '물론 믿지, 그게 내 직업이잖아.' 거짓말이야. 지리학자하고 이성을 믿는 거하고 무슨 상관이 있겠어?"

'따분해. 피곤하고 따분한 사람들……'

리도치카는 치를 떨며 속으로 생각했다.

그녀는 영리했다. 그녀는 무대란 무언가 꾸며내는 곳이고, 다른 사람보다 더 진실하게 꾸며낼 줄 아는 사람이 위대한 성공을 거두는 곳임을 알고 있었다. 무대란 다른 사람의 발로 걸어다니고 다른 사람의 말로 말하는 곳이다. 인생에서도 성공하기 위해서는 꾸며낼 줄 알아야 하고 그건 어려운 일이 아니다. 단지 자신이 주는 것보다 더 많은 것을 붙잡는 것만 배우면 된다. 그녀는 자신에게 빠져 있던 붉은 머리 인문대 학생이 한 우스운 말이 떠올랐다.

'제3의 것을 배제한 법칙이 존재한다. 당신은 인간이거나 인간이 아니다, 제3의 그 무엇도 당신은 될 수 없다……'

그녀는 이렇게 대답해주고 싶었다.

'멍청이! 너에게 난 인간이 아니라 여자잖아. 사람들에게 난 여자고 배우지. 난 다만 나 자신에게만 인간인 거야. 하지만 난 그 사실이 누구에게도, 너에게조차 필요 없고 재미도 없다는 걸 알아. 난 네가 결코 이해할 수 없는 제3의 진실한 '나'이지. 그건 누구도 모르지……'

무대에서 세 사람이 삼각형으로 붙어 서서 마주 보며 소리를 질러댔다.

"예술가에게 종교의 자유를 허용하라!"

"제기랄! 나도 종교가 있어. 나는 행복의 가능성을 믿는다고……"

"자네가 생각하는 행복이란 저속한 거지……"

"낚시를 좋아했더라면……"

"잠깐만, 이반……"

"그러다 막이 내릴라……"

"나는 생선을 먹지도 않고 좋아하지도 않아……"

"크레아토로프의 자유는 전횡이다……"

"아, 그럼 어떡해? 자연의 전횡과 사회적 조건들의 전횡에는 굴복하면서……"

"이 새 희곡에 농어는 안 나와……"

"행복한 사람 역할은 달라. 당신이 눈물을 흘릴 만큼 연기를 잘할 거요."

"내 꼭 눈물을 흘려주지요."

연출자가 재빨리 독살 맞게 동의했다.

"기쁨으로, 환희로……"

"그래? 의심스러운데……"

"내가 철학적으로 굴면 다들 날 비웃지."

희극배우가 마음이 상한 듯이 복수심에 차서 소리쳤다.

"내가 바보 같은 남의 껍데기를 쓰고 내 영혼을 감추는 게 그렇게 쉬운 줄 알아?"

이 논쟁은 여주인공을 흥분시켰다. 그녀는 희미하게나마 논쟁 속에 뭔가 정당하고 의미 있는 것이 있다고 느꼈다. 정말 그랬다. 항상 불행한 여자를 그려내는 건 너무 괴로운 일이다. 무대 밖에는 불쾌하고 불행한 일들이 너무나 많다는 걸 그녀는 개인적 경험을 통해 잘 알고 있었다. 행복한 여자 역을 즐겁게 하면서 그런 걸 다 잊어버릴 수 있다면 얼마나 좋을까! 그녀는 불행한 여자 역을 하면서 벌써 사십오 년을 살아왔고 이제 충분히 지칠 만도 했다. '남의 얼굴을 하고 자신의 영혼을 숨기는 일'은 이제 거의 습관이 되었다.

그녀는 작가가 꾸며낸 인생을 이제 어디서 끝내고 어디서 새로 시작해야 할지 구별하는 능력을 거의 잃어버렸다. 심지어 지금 말하는 사람이 안나 로스토프체바인지 자신이 연기했던 수많은 극 중의 한 인물인지 불확실할 때도 많았다. 자신에 대해 이런 생각을 하자 그녀는 마음이 아팠다. 혹시 이 아픔은 어제 '변함없이 성공적으로' 관객들에게 보여주었던 그 고통에 대한 뒤늦은 반응은 아닐까?

작가에 대해 말하는 남자 주인공의 말투 때문에 그녀는 조금 화가 났다. 그녀는 작가에 대해 그렇게 말할 수 있는 권리는 자신에게만 있다고 생각했고, 그런 권리를 행사하지 않는다는 점을 자랑스러워했었다. 점점 더 열을 올리며 시끄럽게 외쳐대는 소리를 들으면서 그녀는 남자 주인공이 너무 흥분한 나머지 자신이 맡은 역할을 잊어버리고 자기 자신의 말로 말하는 것을 보았다. 그건 뭔가 부자연스러웠다. 희극배우도 더 영리해진 것 같아서 그가 내뱉는 불평들이 호소력 있게 들리기까지 했다. 오직 연출자만 흔들림 없는 현학자로 남아 있었다. 그들을 지켜보며 잠시 그녀는 그들 세 사람이 새로운 희곡을 감동적으로 연습하고 있는 것 같다는 생각을 했다. 그녀는 자신이 나서야 할 때를 기다리며 동시에 십이 년 전 보았던 작가의 모습을 떠올렸다.

십이 년 전 그는 아직 '대가'는 아니었지만 '영광의 절정'에 올라 있었다. 특히 '미학적으로' 옷을 입었고 아직 젊은 나이인데도 백발을 화려한 갈기처럼 길러 멋을 내고 다녔다. 여자들의 '숭배'를 받으며 그는 '새로운' 예술에 대해 매력적으로 이야기했고, 비평가들은 한 목소리로 그에게 신뢰를 보냈으며, 독자들은 비평가들의 호평 속에 진심으로 그의 작품에 환호를 보냈다. 기성복 공장주이자 유력한 메세나*였던 한 상인은 그에 대해 이렇게 말했다.

"이 친군 화려한 마차를 타고 문학계로 달려왔군."

나중에는 이 혁신자가 좋아하는 작가는 디킨스 노인네이고, 좋아하는 요리는 양파를 넣은 커틀릿이라는 것까지 이야깃거리가 되었다. 그의 사랑을 받는 여자는 예술가는 신과 동격이라는 것을 한순간도 잊어서는 안 되었다. 왜냐하면 그는 자신이 '세계를 창조'할 뿐만 아니라 불멸의 존재라고 생각했기 때문이었다. 세계를 창조하기 위해 그는 끊임없는 보살핌을 필요로 했다. 속옷 장을 질서 있게 정리해주어야 했고, 바지 단추가 제대로 달려 있는지 아침 커피 온도가 적당히 뜨거운지 잘 살펴야 했다. 낮에는 그가 원하는 한 별 탈 없이 조용히 지냈다. 세계를 창조하는 분의 기분을 망칠 만한 것은 멀리 치워버려야 했고, 예술가의 영감이 떠오르는 순간에 삶은 그 움직임과 소리를 죽여야 했다. 삶의 내밀한 의미, 예민한 그 떨림은 예술가의 신적인 이성에만 닿을 수 있는 것이었다. 그랬다. 그런 인간의 삶은 여성에게 너무나 많은 것을 요구했다. 그러한 삶은 본질적으로는 아주 단조로우면서 동시에 불안하고 책임감이 무거운 것이었다.

그럼에도 불구하고 그들은 거의 삼 년 동안 사랑했다. 그는 필요한 만큼 적당하게, 그녀는 물론 그 이상으로 사랑했다. 그는 그녀의 네번째 사랑이었지만 그녀는 그에게 그가 첫번째 '진짜' 사랑이라고 말해주었다. 그는 너무나 교묘하게 그녀의 넘치는 감정을 메말라버리게 했다. 그녀는 그걸 깨달았을 때의 슬프고도 경악스러웠던 느낌, 차갑고 강력하게 자신의 영혼을 휩싸던 그 느낌을 떠올렸다. 감정의 밑바

---

* 예술 후원자.

닥에 남은 것은 회색으로 층층이 쌓인 세속의 자잘한 일들과 일상적인 '실내 언어들의' 먼지 낀 모래뿐이었다. 그러다가 포동포동하고 키 작은 곱슬머리의 여류 시인이 나타났다. 도자기 같은 얼굴에 유리알을 박아놓은 듯한 눈동자 가득 순진한 희열을 담고 있는 여자였다. 자기 취향이 변했다는 걸 해명하는 데 그는 별로 독창적이지 않았다.

"예술가는 언제나 사랑에 빠져야 돼. 사랑이란 예술의 근원이니까."

그는 이렇게 말해놓고 스스로도 부끄러웠던지 금세 어느 유명한 가수의 조잡한, 그러나 적절한 아포리즘을 가져다댔다.

"예술에는 울부짖음이 필요하지."

이 말들은 앞서 했던 말의 의미를 훼손하지 않으면서 더 정확하게 그 의미를 담아냈다. 그는 바로 서정적인 울부짖음으로 명성을 얻어냈던 것이다. 그러나 이미 오 년여 동안 많은 소설과 희곡을 써대고 있지만 다른 무언가가, 중병을 앓는 환자에게 의사가 하는 조심스러운 말투 같은 무언가가 그의 작품에서 에로스의 파토스와 서정성을 점점 더 숨 막히게 하고 있었다. 그러나 이런 조심성도 그를 떠나버리기 시작한 것 같았다. 그는 얼마 전에 철학적인 중편소설 중 하나에서 그리스 철학자의 농담을 에피그래프로 인용했다.

'죽었는가, 살았는가, 필론?'

'난 모르겠어.'

그렇다고 해도 그는 집요하게 리도치카를 쫓아다니는 짓을 그만두지는 않았다.

기억의 차가운 어스름 속에 빠진 여주인공은 무대 위의 논쟁을 듣지 못했다. 그녀를 현실로 돌아오게 한 것은 리도치카의 화난 슬픈 목소리였다.

"오, 하느님, 저게 언제나 끝이 난단 말인가요?"

여러 모로 봐서 분명히 그들은 논쟁을 서둘러 끝낼 것 같지 않았다. 그들은 마치 눈에 보이지 않는 사슬로 꽁꽁 묶인 것처럼 서로 바짝 붙어 서서 팔을 흔들어가며 몸을 앞으로 굽혔다가 다시 곧추세우곤 했다. 그리고 서로 한 걸음씩 물러나는가 싶더니 이내 다시 몸을 맞댔다. 텅 빈 무대 공간에는 그들의 성난 목소리가 끊임없이 앞을 다투며 웅웅 울려퍼졌다. 무대 뒤편에서는 노동자들이 일하는 소란스러운 소리가 그들의 목소리에 아무렇게나 장단을 맞추고 있었다. 집요하게 내려치는 망치 소리, 널빤지 같은 것이 갈라지면서 내는 귀청을 찢는 파열음, 나무에서 집게로 못을 뽑아내는 날카로운 마찰음…… 그리고 때때로 멀리서 들려오는 천둥소리 같은 굵직하고 낮은 소리가 이상한 단어들을 만들어내고 있었다.

"자, 어서 하늘을……"

무대 안쪽에 쌓아놓은 바위들 사이에서 챙이 없는 구겨진 모자를 눌러쓴 머리가 가끔씩 보였다. 훤히 드러난 긴 팔과 수염이 덥수룩한 시커먼 얼굴의 그는 성난 목소리로 물었다.

"그래서, 뭐가 어떻다고요?"

연출자는 애써 냉정을 잃지 않으려고 헛수고를 계속하면서 손가락을 꼽아가며 남자 주인공을 납득시키려고 했다.

"둘째, 창작의 자유란……"

하지만 희극배우가 퉁명스럽게 소리쳤다.

"내가 죽으면 이 세상에 나 같은 존재는 아무런 흔적도 없을 거야……"

"그런 말은 수백만 사람들이 다 하는 말이지……"

"뭐? 수백만!"

희극배우가 연출자의 이마에 대고 소리를 질렀다.

"난 내 영혼의 법칙에 따라 살고 싶소……"

"그러세요! 누가 말립니까? 하지만 내 말은 두번째……"

"두번째는 벌써 말했잖아요……"

"제발 좀! 내가 묻고 싶은 것은……"

"그래요. 뭐죠?"

"당신은 우주에 대한, 전 우주에 대한 사색, 감성의 법칙을 바꿀 수 있습니까?"

남자 주인공이 마침내 거칠어졌다. 그는 자신에게서 뭔가를 떨쳐버리려는 듯이 힘껏 가슴을 치며 소리를 질렀다.

"무슨 말라빠진 전 우주요! 우주는 바로, 나, 인간이요!"

연출자는 조롱하듯이 퉁명스럽게 대답했다.

"새로운 말은 아니지. 이미 게르만 하이네란 분이 하신 말이지!"

"하인리히 하이네지."

여주인공이 단호하게 정정했다.

"그까짓 이름은 중요하지 않아. 지금 주소록 따위를 상연하는 건 아니니까……"

오른쪽 무대 뒤에서 페인트로 얼룩진 회색 작업복 앞치마를 두른 키가 크고 몸매가 가냘픈 사람이 소리도 없이 유령처럼 나타났다. 맨 질맨질한 얼굴 위로 머리카락이 제멋대로 헝클어진 채 솟아나 있었다. 마치 연기를 내뿜는 굴뚝처럼 보였다. 그는 알아듣기 힘든 낮은 목소리로 음산하고 느릿하게 물었다.

"하늘을 대체 어떻게 해야 돼요?"

이 말은 어떤 무대 상황에서든 아주 이상했을 테지만 특히 여기서 이상하게 들렸다. 그만큼 뭔가에 낙담한 듯한 이 사람의 질문은 절망적으로 들려왔다. 논쟁하던 사람들은 동시에 입을 다물었고 신앙심 깊은 여주인공은 놀라서 팔을 치켜들었으며 희극배우는 못마땅한 듯이 신음 소리를 냈다. 남자 주인공은 손을 얼른 외투 주머니에 찔러넣고 풋라이트 쪽으로 물러났다. 연출자가 머리를 흔들어 보이고서 떨리는 목소리로 물었다.

"아니…… 무슨 일인데요?"

"달을 내걸까요, 아니면 별만 내놓을까요?"

"달이요!"

연출자가 화를 내며 말했다.

"너무 밝지 않게 안개 속에 비치듯이. 왼쪽에 달을 걸고, 그 밑 조금 오른쪽에 새벽별 금성을 달아요, 아시겠지요? 벌써 두 번이나 말했잖아요. 신경 좀 쓰세요! 하늘에, 바로 저기 왼쪽 편에 손바닥 자국 좀 보세요. 그리고 얼룩도 하나 있고, 참외처럼 말이오……"

"일꾼들이……"

그 사람이 음울하게 말했다.

"꼼꼼하게 칠하세요."

"둘이 다 술이 취해서. 한 놈은 잠이 들어버렸고, 또다른 놈은……"

"확실하게 끝내야 돼요!"

"물론이죠."

그 사람은 동의를 표하고 그대로 휙 돌아서서 어두운 무대 장치 뒤로 사라졌다.

"천문학자시로군."

희극배우가 한숨을 쉬고 한마디했다. 그리고 바위 위에 걸터앉아서 무릎 위에 담배쌈지를 풀었다. 하지만 연출자는 손바닥으로 파르스름한 뺨을 문지르고는 부드럽게 말을 꺼냈다.

"시작합시다…… 아르카지와 세라핌 장면에서 중단했지요. 리지야 알렉산드로브나는 어디였지요?"

대본을 바라보면서 여주인공이 대답했다.

"아르카지가 '나는 너와 함께 선택받은 자의 길을 갈 거야'라고 말한 다음이요. 제가 들어와서 이렇게 말하지요. '그럼 나는? 당신은 날 이 길로 불러들였잖아요.' 그런데 이 부분에서 아이로니컬한 느낌을 좀 담아서 하나요?"

연출자는 절망적으로 손을 내저었다.

"절대 그런 거 아닙니다! 그러면 이 희곡의 흐름에서 확 벗어나요. 그게 아니고, 당신은 그 사람의 배신이 불가피하다는 걸 알고 있으면서 그 아픔은 숨긴 채 화해하는 겁니다. 당신도 또한 선택받은 사람이니까……"

"고문을 하는구먼."

주인공이 화가 나서 말을 맺었다. 그는 여전히 흥분해 있었다. 하긴 그렇게 구는 것이 바로 그의 직업이었다. 그는 커다란 손가락들을 조끼 윗주머니에 찔러 넣은 채 풋라이트 옆의 무대를 이리저리 걸어다

넜다. 그 모습은 춤추는 유대인 같았다. 그는 객석의 어둠을 응시하면서 콧수염처럼 짙은 눈썹을 꿈틀거리고 깨끗이 면도한 살찐 얼굴을 화난 듯이 찡그렸다.

"저따위 엉터리 같은 걸 희곡이라니! 그래도 거기에 뭔가 아주 지혜로운 낭만이나 철학이 있다고 날 설득하려고 들다니……!"

"내가 철학적으로 생각을 할 때는……"

희극배우는 담배 연기를 내뿜으며 말을 꺼내다가 갑자기 모자를 벗고 듬성듬성한 머리를 숙이는 공손한 자세로 무대 장치 뒤쪽의 어둑한 곳을 바라보았다. 거기에서 커다란 몸집에 헐렁한 외투를 걸친 회색 구레나룻이 리도치카를 거느리고 독수리처럼 날아들었다. 그는 부드러운 동작으로 천천히 모자를 벗어 무성한 머리를 드러낸 채 금빛 치아를 내보이며 여주인공을 향해 미소를 지었다. 그리고 그녀의 손을 잡아 구레나룻 쪽으로 가져갔다.

"안녕하셨어요?"

여주인공은 마지막 음절에 강세를 주며 평소보다 큰 목소리로 인사를 했다.

그는 희극배우를 향해 머리를 까닥였고 연출자에게는 팔꿈치를 꺾어 인사의 몸짓을 했다. 그리고 구레나룻을 움켜쥐었다가 손가락을 교묘하게 놀려 수염을 가슴께로 넓게 펼치고는 남자 주인공에게 평온하고 다정한 목소리로 물었다.

"제 희곡이 마음에 들지 않으신가보죠?"

"솔직히 말하자면……"

남자 주인공은 한기에 어깨를 움츠리며 말했다.

"여기 우리들은 다 그렇게 말합니다. 배우들 모두의 공통된 의견이……"

"제 희곡이 어떤데요? 별거 아닌가요?"

"아니, 물론…… 제가 말씀드리고 싶은 것은…… 일반적으로 현대 공연물이란 것이……"

"일반적으로!"

희극배우가 손가락을 의미심장하게 위로 쳐들면서 동료를 도와보려고 거들었다.

남자 주인공은 마치 장학사 앞에 선 중학생처럼 겁에 질렸고, 소심한 자신의 모습이 부끄러웠다. 그는 그런 자신을 이겨내려고 사열받는 병사처럼 가슴을 쭉 내밀면서 몸집 좋은, 그러나 이제는 이미 부실해진 상체를 쭉 폈다.

"문제는 일반적인 공연물이 그렇다는 데 있다는……"

입술을 핥으면서 말을 했기 때문에 그의 말은 똑똑히 들리지 않았다. 그는 곁눈질로 동료들을 힐끗거리면서 생각했다.

'젠장……'

작가는 그의 앞에 서서 부드러운 양가죽 조각으로 코안경을 꼼꼼하게 닦으면서 근엄한 표정으로 듣고 있었다. 연출자는 재빨리 희극배우에게 뭐라고 속삭였고, 여주인공은 대본을 돌돌 말아서 왼손바닥을 두드렸다. 리도치카는 무대 중앙에 서서 가방을 뒤지며 뭔가를 찾고 있었다. 남자 주인공에겐 그녀가 팔꿈치까지 가방에 집어넣으려고 애쓰는 것처럼 보였다. 그 역시 팔을 바지 주머니에 깊이 밀어 넣으며 속으로 추측했다.

'저게 날 비방한 것이 틀림없어……'

작가는 다 닦은 코안경을 발그스름하고 굵직한 콧잔등에 조심스럽게 걸쳐 쓰고, 화를 누르며 애써 태연스럽게 뭔가를 기다렸다. 연출자가 휘청거리며 빠르게 걸어와 미안하다는 듯이 말했다.

"파벨 표도로비치 씨, 우리는 지금 이 대목에서 좀 논쟁을 하고 있었습니다……"

"그래요?"

작가의 대답이 울렸다.

"예. 그론스키가 생각하는 새로운 희곡이란……"

그러나 그때 남자 주인공은 당황했던 마음을 진정시키고 단호한 몸짓으로 모자를 벗어 들었다. 그리고 손가락으로 머리를 마구 헝클면서 작가와의 거리에 걸맞지 않게 좀 큰 소리로 말하기 시작했다.

"그래요, 정말로 제가 생각하기에는…… 말하지 않을 수가 없는데요…… 하지만 그보다도, 제가 좀 심했다면 용서하시기 바랍니다……"

작가는 안쓰럽다는 듯이 흰 눈썹을 치켜뜨고 고개를 조금, 아주 조금 움직여주었다.

"요즘 좀 신경이 예민해져서요. 아주 힘든 시즌이거든요. 새 희곡들에다 일도 많고 해서……"

"바로 그거죠."

희극배우가 맞받았다.

"새 희곡들을 보면 대체로 다 그렇게 말하곤 합니다……"

"그렇지요."

희극배우가 확인해주었다.

"그런 것들에 뭐 새로운 게 있습니까? 사랑과 죽음, 죽음과 사랑. 여기서 새로운 것이라면 오직 하나뿐이지요. 노골적으로 주제를 드러내기, 그런 거죠. 사람들이 오로지 사랑과 죽음에 대해서만 말한다는 이상한 인상을 주는 겁니다."

"하지만 사람들은 사랑할 수도 죽을 수도 없지요."

여주인공이 조그만 목소리로 끼어들었다. 그녀는 느닷없이, 아들이 남의 손에 얻어맞을까봐 먼저 나서서 아들을 때리는 어머니 같은 심정이 들었다.

"다른 종류의 주제들, 이를테면 명예욕, 성공에 대한 갈망, 모험심과 한탕 해보려는 욕망, 그런 것들은 다 한쪽으로 밀려났습니다. 행복하길 바라는 사람은 완전히 잊혀져버렸지요. 마치 기쁨을 찾는 사람들이란 이 땅에 존재하지 않는다는 듯이 말입니다. 현대 공연물은 주제가 너무 협소하고 삶을 단순화시키고 있어요……"

작가가 주의 깊게 귀를 기울이고 있어서 남자 주인공은 더욱 달변이 되어갔고 더욱 목소리를 높여 말했다. 그는 자신의 생각이 봄날의 시냇물처럼 흘러나오고 있다고 생각했다. 그는 잠시 멈춰 숨을 크게 들이쉬었다. 바로 그 틈을 타고 작가의 차갑고도 부드러운 목소리가 흘러나왔다.

"나는 당신이 그렇게 질투가 날 만큼 정확하게 인용하고 있는 기사를 읽은 적이 있습니다."

"기사라고요?"

남자 주인공이 모자를 치켜들면서 제자리걸음을 하며 되물었다.

"무슨 기사에서 그랬다는 겁니까?"

"〈위조 지폐〉라는 내 희곡이 공연되고 나서 발표됐던 건데, 나는 보통 평론들을 보관하지 않지만 그건 보관하고 있지요. 나중에 그 필자와 알게 됐어요. 젊은 사람이었는데, 자기 이전의 모든 것들에 대해서는 뭐든지 서둘러 반대하고 나서는 그런 부류였지요……"

작가는 별로 내키지 않는다는 듯이 평온하게 말했고, 그의 단아한 얼굴도 평온하기만 했다. 그러나 여주인공은 그의 아름다운 눈에 비치는 예의 그 인위적인 투명한 공허를 잘 알고 있었다. 그리고 그의 시선이 자아내는 부드럽고도 현란한 능변도. 그래서 짙게 칠해 붙인 긴 속눈썹 사이로 그를 바라보며 한숨을 쉬고는 생각했다.

'일부러 모욕을 주려고 저렇게 말하고 있는 거지……'

"저는 그걸 읽어보지 못했습니다."

남자 주인공은 당황하기 시작했다. 하지만 희극배우는 어깨로 그를 밀쳐내며 청원이 몸에 밴 사람처럼 막힘없는 언변을 늘어놓기 시작했다.

"아시겠지만 우리는 즐겁게 연기를 하고 싶습니다. 슬픈 연기는 우리도 이제 진저리가 나거든요. 당신은 재능 있는 작가고, 말하자면 건축가이고 집을 짓는 분이시니, 어떻게든 우리에게 기쁨을 주실 수도 있지 않습니까? 예, 아주 조금이라도, 제발 자선을 베풀듯이요! 우리가 그런 것을 연기한다면 사람들에게 작은 기쁨들을 높이 사도록 가르쳐주는 것 아니겠습니까……"

"많은 사람들에게 기쁨의 욕망을 일깨우기 위해서는……"

작가가 정중하게 훈수를 두었고 구레나룻 안에서 미소를 지었지만 곧 손바닥으로 지우고는 말했다.

"당신의 말을 이해합니다. 당신은 토끼나 사냥하는 늙은 사냥꾼을 용감한 사자 사냥꾼으로 재교육시킬 수 있다고 생각하시는 거지요. 하지만 알아두실 것은, 산탄총이라도 쏠 줄 안다면 모를까, 이미 그것은······"

가망 없다는 듯이 어깨를 움츠리며 작가는 다시 남자 주인공에게 말을 돌렸다.

"나는 그런 기사들을 읽으면서 아버지와 자식의 그 영원한 불화에 대해 잊어서는 안 된다고 생각합니다."

그는 숨을 한 번 내쉬고 인상을 쓰면서 마뜩찮게 덧붙였다.

"그리고 아버지의 법칙, 투쟁의 법칙을 사랑의 법칙으로 대체하려고 헛되이 애쓰는 인간의 아들에 대해서도 말입니다."

남자 주인공은 화를 내며 손에 든 모자를 구겨 쥐었고, 무대 가운데 서 있던 연출자는 리도치카 앞으로 뛰어가서 뭐라고 지시했지만 그녀는 오렌지 닦는 데만 몰두해 있었다. 희극배우는 지겨운 바보 흉내를 집요하게 내면서 세번째 담배를 말고 있었다.

"이 시대에는 뭐든지 밝고 명랑한 것이 커다란 성공을 거둘 수 있을 텐데······"

"그래, 그래, 물론이지! 그건 문학가에게도 이익이잖아. 즐거운 이야기와 민주적인 원리는 돈이 되지. 가장 많이 사보는 책도 민주주의에 대한 거잖아."

'어떻게 저렇게 딴사람이 됐지. 저 피곤에 절은 얼굴하며.'

여주인공은 작가의 위풍당당한 모습을 훑어보면서 생각했다. 그녀의 마음속에 그에 대한 적대감이, 벌써 오래전에 잊었고 사그라졌다고 생각했던 적대감이 다시 일어났다. 그녀는 그 이유를 알 수 없었고 스스로도 깜짝 놀랐다. 그녀는 이 적대감이 커져가는 것을 막고 싶었다. 그러나 동시에 언젠가 그녀가 반라의 몸으로 그의 무릎에 앉아 있을 때 그가 하품을 하며 했던 말이 떠올랐다.

'그래, 사랑, 그건 너무나 넘쳐나지! 하지만 사랑이란 것이 삶과 죽음에 대한 대가로 인간에게 지불되는 것임을 기억한다면……'

그녀를 더욱 모욕했던 것은 그의 말보다 하품이었다. 그런 말은 그녀가 평소 '악마의 항변'이라고 불렀던 것으로 그녀의 마음을 별로 상하게 할 것도 없었다.

하지만 지금은 이 지나친 적대감이 그녀의 심사를 뒤틀리게 했다. 그녀는 이런 감정을 얼른 억누르고 당황한 주인공을 조금이라도 도와주기 위해 갑자기 빠르고 열띠게 말하기 시작했다.

"여기서는 예술의 한계에 대해 말하고 있는 거예요……"

작가는 놀라서 눈썹을 치켜뜨며 물었다.

"아, 그런가요? 한계라고요?"

"제 말은 그게 아니고요, 예술의 전횡에 대해서, 그…… 뭐라고 말해야 하지? 그래요, 그 권리요, 그런 거 있잖아요, 삶의 어두운 측면을 강조하는 작가들의 권리에 대한 거요. 그리고 소설가나 극작가나 관객이나 독자의 관심을 끌려고 악함, 슬픔, 고통 같은 걸 좋아한다는 거요. 당신네 문학가들은 모두 사람들의 단점만을 긁어모으려고 하잖아요……"

그녀는 드러내지 않으려고 애를 썼지만 적대감이 끓어올라 목구멍까지 치밀었고 곧 그녀의 말 속에 배어들었다. 하지만 작가는 무신경하게 대꾸해서 그녀의 감정을 더욱 격화시켰다.

"전횡이라? 리지야 알렉산드로브나는 우리 대화의 의미를 조금 다르게 이해하고 있군요. 리지야의 말은……"

"괜한 말을 해가지고서는……"

남자 주인공이 웃으며 중얼거렸다.

"내 그럴 줄 알았어……"

"우린 지금 현대 작가들이 모든 사람들이 식상해하는 값싼 소재로 작품을 만들어내고 있다는 점에 대해 말하고 있는 겁니다. 그들은 현실을 극복해야 된다, 예술가의 영감은 독립적인 것이다라고 소리쳐 외쳐대지요. 하지만 그들이 하는 건 뭡니까? 그론스키, 저 사람의 말이 맞아요. 사랑과 죽음의 주제나 노골적으로 드러내고 있을 뿐이지요."

"그런 점에서 전횡이라는 건가요?"

작가가 물었다.

"그뿐만 아니라……"

남자 주인공이 끼어들었다. 그는 여주인공의 성급한 말이 그다지 명료하지 않다고 생각되어 자신이 직접 말하고 싶었다. 그런데 이때 연출자가 창조하는 자와 저항하는 자 사이에 중재자 역할을 해야 할 때라고 생각하면서 뛰어들었다. 그들 뒤쪽에서는 리도치카가 가볍게 움직이고 있었다. 가볍게 화장한 그녀의 두 눈에서 뭔가 도전적인 것이 반짝였다. 작가에게 바짝 다가선 연출자는 커다란 몸짓을 하며 말하기 시작했다.

"저는 그런 말들에 반대합니다. 내가 말했지요. 여러분들은 자연스럽게 솟아오르는 힘의 전횡에, 당신들의 본능의 전횡에, 그리고 사회적 조건들의 강압에 맹목적으로 굴복하고 있다고요. 그건 결국, 사실들의 논리라는 것을 제멋대로 만들어내는 이성의 강압에 굴복하는 셈이지요. 하지만 잘 알다시피 사실들에는 논리가 전혀 없는 것 아닙니까?"

그는 머리를 흔들어대면서 손가락으로 허공에 아주 정교한 동그라미들을 그렸고 그 암호 같은 모양 속에다 자기 말을(분노의 감정과 진실의 성취감이 동시에 울리고 있는) 채워 넣는 것 같았다.

"파벨 표도로비치 씨, 저는 우리의 인식이 완벽한 진실이라는 가치를 가지지 못한다는 걸 거듭 말해주었어요. 인식이란 우리가 자연의 힘을 우리의 실용적 목적들에 종속시키는 수단일 뿐이라고요. 우리는 우리가 인공적으로 만들어낸 허구의 세계에서 살고 있는 거고, 게다가 우리가 그토록 자랑해 마지않는 과학이라는 것도 사실은 허구로 구성된 사고의 사슬일 뿐이라고도 말했지요. 제가 저 사람들에게 말하고 싶은 것은 모든 것이 임의적인 이 세계에서 예술가의 영감은 반박할 여지가 없는, 그리고 성스럽다고까지 말할 수 있는 그런 권리를 가지고 있다는 것이었습니다……"

연출자의 이 멋진 말은 바로 얼마 전에 출판된 책에서 뽑아낸 것이었다. 그는 이 책자를 사서 얼른 읽은 다음 사람들 눈에 띄지 않게 숨겨놓고 책의 내용을 마치 자기 자신의 것인 양 떠벌리고 다녔다. 비교적 정직한 사람이었던 그는 자신이 저자의 생각을 잘 이해하지 못한다는 것을 알고 있었다. 하지만 그는 자기 직업상 어쩔 수 없으며, 또 철학자들이 보여주는 교훈적인 예에 따라 그 비밀스러운 목적을 사람들에게 설명해줘야 할 책임과 권리가 자신에게 있다고 여겼던 것이다.

"나는 무슨 말인지 하나도 모르겠어요!"

여주인공은 작가를 향한 분노를 마침 잘됐다는 듯이 연출자에게 떠넘기면서 소리쳤다.

"그런 말은 내게 너무 고고한 말씀이군요. 당신이 여기서 그 비슷한 걸 말했었는지 기억나지도 않아요. 작가 선생님 앞에서 유식한 척하려고 지금 막 꾸며낸 거지요. 그런 말씀은 다른 때에 하시고, 지금은 방해하지 마세요!"

작가는 미소를 지으며 주위를 둘러보았다. 연출자는 그가 뭔가를 찾는다는 걸 알아채고서 그에게 의자를 밀어주었다. 여주인공은 안락의자에 더 깊숙이 몸을 묻으며 계속 말했다.

"우리는 지루한 희곡을 연기하는 것이 얼마나 따분한지, 그런 일이 매일매일 우리를 지겹도록 고문하고 있다는 그런 얘기를 하고 있었지요……"

연출자가 그녀에게 상기시켰다.

"당신은 내내 아무 말도 하지 않았잖아요……"

그녀는 그의 말을 들은 체도 하지 않았고 모욕감도 느끼지 않았다. 그녀를 당혹스럽게 만든 것은 아무렇지도 않다는 듯 평온한 작가의 태도였다. 그런 태도는 그녀에게 죄가 있는 이 사람이 자신을 재판할 권리를 인정하지 않는다고 말하는 것만 같았다. 그녀는 이 사람이 죄인이라는 것을 세상에 증명하고 싶은 욕망에 사로잡혔다. 그러자 그의 얼굴은 더이상 피곤해 보이지 않았고, 그저 거만하고 포만감에 젖은 모습이었으며 냉정한 에고이스트다운 뻔뻔한 시선을 보여주고 있을 뿐이었다. 먼지 덮인 낡은 무대용 의자가 무슨 옥좌라도 되는 양, 그는 너무나 무례하고 민망하게 다리를 쫙 벌리고 앉았다. 리도치카는 우아하게 오렌지 조각을 먹으며 경건한 시선으로 작가를 바라보았다. 달착지근한 느낌을 주는 그녀의 마른 얼굴이 여주인공에게는 위선적으로 보였다.

그녀는 잠시 생각했다.

'네가 잘못 봤어! 저 사람은 늙었어!'

말할 차례가 쉽게 돌아오지 않을 거라고 생각한 남자 주인공은 모자를 쓰고 팔짱을 낀 동상 같은 자세로 작가에게 적대감과 복수심에 찬 눈길을 보내며 그의 말을 듣고 있었다. 희극배우는 바위 위에 앉아 담배를 피우며 지루해했고, 연출자는 그들이 야기한 이 혼란을 풀어내는 일을 결코 돕지 않겠노라는 표정으로 탁자에 걸터앉아 있었다.

"아니, 파벨 표도로비치 씨, 사실 정말 이상하지 않아요? 당신은 쾌적한 집 안에 편안히 앉아서 희곡을 쓰지요. 일상의 드라마를 가능한 한 더 압축하고 그걸 비극으로 몰고 가려 하고, 또 우연적인 것을 필연적인 것으로 만들어가고자 하지요. 당신의 소재는 사람들의 불행이나 혼돈이나 속물성 같은 것이지요. 당신의 작업의 결과가, 말하자면 슬픔의 압축이란 것이 삶을 더욱 음울하게 만들고 부지불식간에 독자와 관객을 절망으로 중독시켜버린다는 생각은 해보지 않았나요? 물론 소위 '창작의 고통'이라는 것도 생각해야겠지요. 난 예술가의 고뇌가 얼마나 큰 것인지는 몰라요. 하지만 그 고뇌라는 것들이 예술가 주변의 가까운 사람들에게 어떻게 비치는지는 잘 알아요. 당신은 분명히 내가 그런 걸 잘 알고 있다는 것을 부정하지 않겠지요……"

작가는 정중하게 미소를 지으며 부정하지 않는다는 손짓을 보였다. 그러나 여주인공은 자신의 말이 주제에서 벗어났다고 느끼면서 오히려 쓸데없는 말을 한마디 덧붙였다.

"당신이 압축된 슬픔으로 키워내는 젊은이들은⋯⋯"

어두운 색 셔츠에 회색 앞치마를 두른 턱석부리 목수가 학생 모자를 뒤로 돌려쓴 채 무대에 나타나 이리저리 돌아다녔다. 모자를 어찌나 꾹 눌러썼던지 목수의 귀가 눌려서 쫑긋 튀어나와 있었다. 그는 마치 얼음 위를 걷는 것같이 두 다리를 이쪽저쪽으로 제멋대로 내디뎠다. 손에는 접자가 뱀처럼 구부러진 채 들려 있었다. 목수는 앞이 보이지 않는 듯이 희극배우와 부딪쳤고 그에게 단호한 어조로 말했다.

"이반 스테파노비치, 나 역시 기인이지요⋯⋯"

"쉬—쉬."

희극배우가 진정시켰다.

"뭘 그래요. 내 아내가 애를 낳았어요."

"아들이오?"

"당연히 그래야죠!"

"그래서 한잔했어요?"

"그래요!"

"조용히 해요."

연출자가 말했다.

"뭘 그래요. 나 역시 기인으로서⋯⋯"

"우리들은 당신이 꾸며낸 것을 연기하면서 그저 보여주기만 하는 사람이 되어 그 시커먼 구덩이 속에다 우리의 감정과 영혼을 파묻어야 하는 운명이지요. 그러니 우리는 당신에게 질문할 권리를 가지고 있는 거예요⋯⋯"

"난 정말 웃겨요!"

목수는 몽롱하게 말하고 휘청거리며 접자를 앞치마 가슴팍에 집어넣었다.

"그래서 결국 당신의 그 예술 속에 있는 의미라는 게 뭐지요?"

"그래요, 바로 맞았어요!"

남자 주인공이 큰 소리로 외치자 목수가 다시 비틀거린 뒤 희극배우와 나란히 바위 위에 앉으면서 천천히 물었다.

"맞았다고요?"

그리고 몸을 부르르 떨며 술에 취한 쉰 목소리로 화를 냈다.

"아무도 웃지 마. 웃는 놈에겐 본때를 보여주겠어!"

"저 사람 좀 데려가요."

리도치카가 혐오스럽다는 듯이 연출자에게 말했다.

"또 낳았다고? 정말 웃기는 일이지……!"

목수는 주먹을 흔들어 제 가슴을 세게 내리쳤다. 작업용 앞치마 속에서 나무가 부서지는 듯한 소리가 났는데, 접자가 부서진 모양이었다.

"난 네게 기인이 아니야!"

희극배우와 연출자에게 끌려 무대 뒤로 가면서 그는 울고불고 소리를 질러댔다, 말처럼 푸르르거리면서.

"날 한 번 속이고, 두 번 속이고, 하지만 세번째는 두고 봐……"

미소를 지으며 그를 지켜보던 작가가 손목시계를 들여다보고는 여주인공에게 말했다.

"제 생각에, 전 여러분이 말한 인간적인 모든 것을 인내심을 가지고 충분히 들었다고 생각합니다. 안나 카르포브나, 당신의 재미난 생각들을 더이상 들을 수 없는 것을 용서하십시오. 하지만 하고 싶은 말씀은 거의 다 하신 셈이지요. 전 십오 분 뒤에 이 도시의 다른 쪽 끝에 가 있어야만 합니다. 제가 너무 짧게 대답하고 게다가 별로 독창적이지도 못했던 점, 용서하세요. 하지만 알다시피 이 세상에서는 우연함조차도 독창적이지 않지요."

그의 어조는 사람들이 자신의 말을 경청한다고 확신하는 듯했다. 물론 그 자신은 자신의 말이 독특하고 깊은 의미를 지니고 있다고 확신했다. 단아하고 부드러운 그의 얼굴이 오므라들며 굳어졌다. 그는 눈썹을 모으며 찡그렸다. 그는 그렇게 하면 자신의 이마가 훨씬 더 높아 보이고 얼굴에 더 위엄이 넘치리라는 것을 잘 알고 있었다.

'이제 독설을 퍼붓겠지.'

여주인공은 이렇게 생각하고 안락의자에 더 깊게 몸을 묻었다.

작가가 한숨을 내쉬고는 말을 이었다.

"언젠가 전 저 역시 배우라고 생각했었지요. 말하자면 제가 저의 재능과 영감의 힘을 희곡에 불어넣어 작가의 희곡을 더 심오하고 아름답고 더욱더 완성된 것으로 만들 수 있는 존재라고 느꼈던 것입니다. 만일 제가 실제로 글을 쓰지 못했다면 저 역시 지금 억눌린 감정으로 화나 내면서 누군가에게 불평을 털어놓고 싶어했겠지요. 지금도 저는 제가 삶을 더욱 완성된 것으로 만들 수 있다고는 생각하지 않아요. 하지만 그걸 불평하지는 않지요. 삶의 창조자는 경멸조로 내게 말할 겁니다. '이 바보야! 내 희곡도 실패했지만 침묵하고 있잖아' 하고 말이죠."

작가는 다시 한번 한숨을 내쉬었다. 그건 그에게 잘 어울렸고 적절했다. 하지만 여주인공은 약간의 노여움을 품고 생각했다.

'왜 독설을 퍼붓지 않는 거지?'

"왜 희곡이 성공하지 못했는가 하는 질문은 남겨둡시다. 작가가 덜 떨어지고 재능이 없어서인지, 아니면 배우들이 연기를 잘 못하기 때문인지, 어떤 이유에서든 삶의 의미를 통찰하고 그 현상을 기록해야 할 운명을 짊어진 사람으로서 저는 바로 그런 이유로 말없이 증언을 할 수가 없는 것입니다. 하긴 그건 불가능한 것이겠지요. 나는 내가 사람들을 어떻게 보는지 그들의 비애를 어떻게 이해하는지 고통을 어떻게 느끼는지 어쩔 수 없이 말하도록 되어 있으니까요……"

어깨를 움찔해 보이며 작가는 주의를 기울이고 있는 희극배우에게 향했다.

"기쁨에 대해 눈멀고 있다는 사실 때문에 분명 나 역시 아프지요."

'그럴 리 없어.'

여주인공이 생각했다.

"그런 눈멂을 나는 대체로 모든 사람들의 병적 결핍이라고 생각하려 합니다……"

그는 인상을 찌푸리고는 어두운 객석을 비추고 있는 붉은 등불을 응시하면서 무대의 어스름한 어둠에서 무언가를 찾고 있었다.

"나는 사람들 속에서 우스운 점을 많이 보고 있기는 합니다만, 그렇다고 해서 나 자신이 '즐거운 것'을 창조해낼 만한 능력이 있다고 생각하지는 않습니다. 게다가 '즐거운 것'이란 내가 보기에 일종의 위조 지폐 같은 것이지요. 의심의 여지 없는 모욕의 세월을 슬픔과 고통으로 견뎌내면서 그 대가로 의심적은 기쁨의 순간들을 받아들이라고, 그들이 인생에서 이기고 있다고 설득하기에는 나의 양심이 허락하지 않습니다. 아시겠어요? 내 생각에 그런 것은 말입니다, 마치 어떤 교활한 놈이 '즐거운 것'으로 날 매수해서 인생이란 얼마나 잘못되어 있는 것인지, 사람들은 얼마나 정의롭지 못한지를 가끔씩 잊어버리도록 만들려는 그런 것으로만 여겨집니다."

'정말 저 사람은 완전히 변해버린 걸까. 저렇게 진실하게 말을 할 수 있을 만큼?'

여주인공은 상념에 잠겼다. 그녀의 과거였던 그는 또박또박 아주 침착하게 말을 하고 있었다.

"삶이 혐오스러운 이유는 죽음으로 끝나기 때문이 아니라 삶의 하루하루가, 일상이 인간에게 모욕이기 때문입니다. 우리는 정말 놀라울 만큼 삶을 엉망으로 만들어왔지요. 오만한 이성의 힘에 사로잡혀 우리는 점점 더 외적인 만족과 안락의 조건을 만들어내기에 바빴어요. 그리고 서로서로 참고 용서, 예, 예, 바로 그 용서해주는 일은 점점 더 적어졌던 것입니다."

'정말 꼭 그런 것처럼 구네!'

여주인공은 냉소적으로 생각했다.

"〈선택받은 자들의 길〉에서 나는 내가 고안하기는 했지만 현실에 있을 법한 사람을 보여주려고 했습니다. 그 사람은 악인이나 선인이나 다 불행하다고 보면서 그 누구도 비난하지 않지요. 그래서 그는 '가까운 사람들' 속에서 외로운 사람입니다. 그들은 그가 생래적으로 재판관처럼 굴지 않는다는 이유 때문에 그를 죄인 취급하는 거지요."

"그래서 작품 제목을 〈선택받은 자들의 길〉이라고 붙여야 했던 거군요."

남자 주인공이 웃으면서 중얼거리듯 말했다. 작가란 우스꽝스러운 인물들을 통해 대중을 끌어 모으려는 냉담한 사람이라고 생각했지만, 불현듯 이 사람이 슬픔과 고통을 느낄 능력이 전혀 없지는 않다는 느낌에 남자 주인공은 흡족한 마음이 들었다. 그는 강해 보이는 사람에게서 약점을 발견하면 기분이 좋았다. 그건 모든 사람들이 기꺼이 인정하는 실수 중 하나다. 오직 위선자들만이 그걸 인정하면서도 '부서진 환상'에 대한 슬픔의 가면을 쓰고 있는 법이다.

작가는 남자 주인공의 추측을 더욱 확실하게 해주었다. 그는 계속해서 말했다.

"아르카지 역을 '인간 혐오'로 이해해서는 안 됩니다. 물론 사형 집행인들이나 고문자들의 사회에서 인간 혐오는 너무나 자연스러운 것이지요. 누구보다 그걸 잘하도록 배웠기 때문에 능숙하게 서로를 괴롭히는 사람들이니까요."

여기서 여주인공은 어떤 '도덕적 만족감' 같은 걸 느꼈다.

'아하! 당신도 아프다 그 말씀인가? 당신도 그럴 만하지!'

그녀는 속으로 탄성을 질렀다. 그리고 모든 여자들이 그렇듯 법과 정의의 여신 페미다의 먼 친척이나 되는 듯이 그녀는 더욱 엄격한 표정을 지었다.

"내가 인간 혐오의 병에 걸린 것은 아닙니다. 나는 '이상적인' 인간을 그리려는 게 아닙니다. 그건 아니지요. 그 사람은 진실을 추구하기 위해 언어 예술로 창조된 가상의 인물들 중 하나입니다. 나는 신과 카이사르의 이익에는 관심이 없고 오직 인간만을 고귀하고 친근하게 여기는 신의 아들에 대해 생각하고 있습니다."

작가는 미소를 지었다.

"사실 나는 완전한 사람을 창조해보고 싶습니다. 그래서 그렇게 해보고 있지요. 나의 주인공은 아주 자신감에 넘치지요. 자신 속에 아직은 희미하지만 새로운 것이, 진정한 인류애라는 구원의 힘이 태동하고 있다는 것을 느끼는 겁니다. 세라피마가 그에게 말했을 때……"

리도치카는 서둘러 활발하고 다정하게 미소 지으며 자신의 대사를 읊었다.

"당신은 사람들이 다시 사람을 그리워하게 될 때 돌아올 겁니다."

"감사합니다."

그러나 작가의 답례는 그다지 다정하지 않았다.

"그런데 거기서 당신이 아니라 '그대는'이라고 해야 되지요. 하여튼 그는 이렇게 대답합니다. '나는 새로운 불꽃으로 나를 태우기 위해 떠납니다. 그 불꽃들은 벌써 내 영혼의 어스름 속에 반짝이고 있어요. 나는 그 속에 불꽃이 활활 타오르게 될 때 돌아올 겁니다.' 나는 이 희곡을 〈추방된 자들의 길〉이라고 부를 수는 없었지요. 주인공이 자신의 의지로 떠나기 때문입니다. 자신을 건강하다고 느끼는 사람이 자신의 의지로 미친 자들의 무리에서 떠나는 것이라고나 할까요. 당신은 내 희곡이 별로 뛰어나지 않다고 보고 있지만……"

"그 점에 대해서는 이미 사과를 드렸습니다."

남자 주인공이 상기시켰다.

"만일 당신이 내 희곡이 마치 인생과도 같이 별로 뛰어날 게 없다고 말하는 것이라면 동의할 수 있습니다. 그것은 우리들 모두에게 똑같이 모욕적일 테니까요."

작가는 모자를 벗은 뒤 손으로 하얀 머리칼을 쓰다듬고 구레나룻에 손가락을 끼워넣은 채 상념에 잠겨 말을 이어갔다.

"어쩌면 난 예술이 전횡이라는 견해에 동의해야 하는 것인지도 모릅니다……"

"내 말이 그겁니다!"

연출자가 거만하게 소리쳤다.

"예술은 자연이 창조한 것보다 더 흥미롭게 사람들을 창조해내지요. 그래서 원한다면 왜곡할 수도 있고요……"

'행복한 사람들은 냉소적으로 굴지 않지.'

여주인공은 생각했다.

작가는 생각에 잠긴 듯이, 그러나 차갑고 기계적인 목소리로 예술 역시 과학이 보여주는 기적처럼 놀라운 일이며 과학과 동등한 가치를 가진다고 말했다. 그 두 힘이 삶의 혼란한 현상들 속에서 의미를 찾아낸다는 것이다. 햄릿은 일종의 '질량보존의 법칙'과 같은 것이다. 그리고 예술가의 예언은 학자의 가설과 마찬가지로 일종의 예측인 셈이다. 예술에서나 과학에서나 인식의 비밀스러운 과정에 앞서는 것은 진리에 대한 비밀스러운 예감이며, 두 경우 모두 인간의 창조적 에너지가 구현된 결과만이 진리로 받아들여진다. 그리고 또 두 경우 모두 똑같이 직관과 엑스터시가 존재하는 것을 관찰할 수 있다……

"나는 예술가와 학자의 작업에서 '차가운 이성'이 맡은 역할을 전설적인 것이라 생각합니다."

그는 이렇게 말하면서 속으로는 '도대체 내가 왜 이런 말까지 하는 거지?' 하고 생각했다.

무대 대본을 쓰는 모든 사람들이 그렇듯 그 역시 배우들에게 종속되어 있는 느낌을 받았고 그래서 그들을 좋아하지 않았다. 그들과 만날 때마다 그는 자신이 그들보다 똑똑하고 더 교육받았다는 것을 보여주고 싶은 욕망이 일었다. 지금도 이런 욕망에 짓눌리고 있었지만 그는 이것을 인정하고 싶지 않았다. 자신의 열등감을 인정하고 싶지 않았던 것이다. 그는 대체로 모든 사람들에게 거만하게 대했다. 예술가는 꽃에서 꿀을 모으는 꿀벌이 아니라 자신의 몸에서, 바로 그곳에서만 비범하고 아름다운 거미줄을 엮어내는 거미라고 굳게 확신하고 있었다.

그는 이런 비교가 여주인공과의 첫번째 논쟁의 원인이었다는 점을 기억해냈다. 그녀는 거미를 끔찍하게 싫어하고 무서워했다. 그녀는 혐오스러운 표정으로 이런 비교가 아름답지 않으며 따라서 옳지 않다고 고집했었다. 그를 특히 자극했던 말은 그녀의 '따라서'였다. 그의 기억은 생생하고 빠르게 과거의 한 장면을 펼쳐놓았다.

밤이었다. 가을비가 창문 유리를 훑어내리고 있다. 그의 좁은 방에 있던 책상 위에는 푸르른 갓을 씌운 램프가 타오르고 램프의 빛이 갓을 통해 방 안을 가득 채우고 있다. 파란 안개 같은 담배 연기가 숨 막힐 듯 자욱했다. 그는 방금 모호하고 별로 성공적이지 못한 자신의 소설을 읽었다. 그리고 화가 나서 원고를 책상 위에 내던지고 방 안을 서성거렸다. 자신을 경멸하며 상상력의 빈약함과 언어의 무력감을 느꼈다. 그날 밤처럼 심한 자괴감에 싸인 적은 한 번도 없었던 것 같다. 당시 가장 가까운 친구였던 그녀는 부드럽게, 아주 조심스럽게 단어를 골라가며 이 소설을 비판했다. 이 조심스러움에서 그는 자신을 더욱 비참하게 하는 동정을 느꼈다.

'이마에 한 방, 한 방을 쏘고……'

그는 발걸음 박자에 맞춰 속으로 이런 말을 되풀이하며 자책했다.

'무능한 놈. 이마에 한 방을 그냥……'

여주인공은 소파에 누워 생각에 잠긴 듯이 천장만 바라보고 있었다. 이미 할 수 있는 위로의 말을 다 했다. 위로해줄 수 있는 말이 그다지 많지 않았다. 그 말들은 작가의 절망을 조금도 달래주지 못하고 연기 속으로 흩어져버리고 말았다. 갑자기 그녀가 숨을 몰아쉬며 몸서리치듯 말했다.

"이젠 이런 모든 일이 다 추해졌어. 저기 내 스타킹, 벌써 두 번이나 신었던 건데, 뒤꿈치에는 구멍이 났고……"

그는 예술에 대해 기계적으로 말하면서 생각했다.

'그래. 저 여자에게는 예민함이 없어, 소심함뿐이야. 그리고 뭔가 더 달갑잖은 점이 또 있었지. 견디기 힘든 점도 있었고. 하긴 그게 다 날 잃을지도 모른다는 두려움 때문에 생겨난 것이었지. 하지만 그래도 좋은 여자야, 재미난 사람이지.'

그는 그녀와 함께 있었을 때 느꼈던 좋았던 점을 조금이라도 기억해내려고 했지만 그녀의 애무만이 떠올랐고, 억지로 기억을 짜내자 아주 우스웠던 장면이 떠올랐다.

그녀가 언젠가 방구석에 있던 의자에 앉아 무릎에 팔꿈치를 괴고 손바닥으로 얼굴을 가린 채 미동도 없이 우울하게 앉아 있었을 때의 일이었다. 그는 서성대며 그녀의 기분을 돌려서 화해할 방법을 찾고 있었다. 조심성 없는 말로 그녀의 마음을 상하게 했던 것이다.

그는 오랫동안 이리저리 생각하다 뭔가를 찾아내고 기뻐서 말했다.

"이봐, 뉴라, 그런데 말이야. 그리스도가 탄생하기 오백팔십 년 전

에 이미 위조 화폐라는 것이 있었다는 거 알아? 이탈리아에서 아카이
아 사람들이 말이야……"

"뭐라고?"

그녀가 놀란 듯이 반문하면서 갑자기 깔깔거리며 그에게 달려들어
껴안았다. 그리고 우스워 죽겠다는 듯이 숨을 헐떡이며 소리쳤다.

"맙소사. 너무 우스워, 맙소사! 아카이아 사람들이라고? 말도 안 돼!"

그러고 나서 그는 그녀와 나란히 소파에 앉아 그녀의 머리카락을
만지면서 작고 차가운 귀에 입을 맞추었다. 그리고 자신과 그녀에 대
해서, 세상 모든 사람들에 대해서 불평을 늘어놓았다. 그들이 서로를
얼마나 모르고 있는지, 그리고 서로를 얼마나 함부로 대하는지.

"맞아요. 사람들은 정말 아주 나빠요……"

그녀가 슬픈 표정으로 말했다. 그리고 애무를 하며 덧붙였었다.

"특히 간사한 올가가 그래! 그런데 당신은 그 여자한테 지나치게
관심을 쏟잖아. 사실 그 여잔 재능이 없는데도……"

작가는 자기 자신의 말에 귀를 기울이며 계속 말했고 그러다가 넘
쳐나는 슬픔 때문에 웃고 말았다. 그의 말은 의미 없는 말들이었고 앞
뒤가 맞지 않았다.

'희곡에 대해 말해야 돼.'

그는 자신에게 이렇게 상기시켰지만 자신이 희곡을 설명하고 싶어
하지 않는다는 것을 느꼈다.

그의 청중들은 모두 굳어버린 채 지루해하고 있었다. 연출자만이
두툼하고 붉은 입술을 심각하게 내민 채 동의한다는 듯이 머릿수건을
흔들었다. 그는 싱거운 인생에 뭔가 매운맛을 보태야 한다고 생각하

면서 역설적인 말들을 좋아하는 사람이었다.

여주인공에게 작가의 말은 의미 없는 말로 여겨졌고 심지어 그가 자신을 좀 깎아내리는 것 같았다. 그는 희곡에 대해 너무 말을 아꼈고 그 자신이 쓴 것을 잘 이해하지 못하고 있다는 인상만 남겼다. 지금 여기서 그녀 말고 누가 그의 생각의 비상(飛翔)을 이해할 수 있겠는가.

희극배우는 바위 위에 걸터앉아 별 관심 없이 졸고 있었다. 리도치카는 오렌지 껍질을 잘게 뜯어 무대에 흩뿌리고 있었다. 누구보다도 먼저 이 재미없는 대화에 질린 것은 그녀였다. 작가는 평소보다 그녀에게 관심을 덜 보이고 있었던 것이다. 그는 마치 낯모르는 사람 대하듯이 말했고, 그녀가 듣는지 마는지 개의치 않는 표정이 역력했다.

하지만 남자 주인공은 과학 때문에 화가 나 있었다. 그는 작가에게 열성적으로 척도와 중량, 계산에 대해, 그리고 플라스크, 증류기, 화학 실험실에 대해 말을 하고 있었다. 하지만 그가 이런 것들에 대해 알고 있는 것은 들쥐가 종달새 노래를 이해하는 것보다도 못했다. 높고 날카로운 그의 목소리가 여주인공의 심기를 몹시 건드렸다. 그녀는 자신의 기분이 이상하리만치 불안하게 흔들리고 있다는 것을 한참 전부터 느끼고 있었다. 옛 친구의 마음을 아프게 만들고 싶기도 했고, 그가 안쓰럽다는 생각도 들었다. 뭘 더 바라고 있는 걸까? 그건 분명하지 않았다. 그녀는 신에 대해 생각할 때면 가끔 신을 모욕하고 싶은 유혹에 빠지곤 했던 것을 떠올렸다. 머리를 까닥이면서 작가가 남자 주인공에게 말하고 있었다.

"훔볼트의 〈코스모스〉를 톨스토이의 〈전쟁과 평화〉와 비교하거나 발자크의 〈인간 희극〉을 다윈의 책들과 비교해보세요. 그러면 예술과 과학의 내적 관계에 대한 내 생각을 더 잘 이해하게 될 겁니다. 그리고 예술이나 과학이나 '합리적인 의미'와는 관계없다는 점을 추가해야겠지요. 그 합리적인 의미라는 것은 나중에 기술이나 모럴이라는 이름으로 나타나는 겁니다. 혹은 그걸 비평이라고 해도 좋겠지요. 예술과 과학을 일깨우는 것은 단 하나, 인간이 짐승의 상태에서 가능한 한 멀리 벗어나서 이 악몽같이 끔찍하고 산산이 부서진 고독한 자들의 세계에 의미를 부여하고 색을 입히려는 강렬한 욕망입니다. 인간들 속에서 끔찍하게도 고독한, 게다가 우리가 우주라고 부르는 그 이해할 수 없는 곳에서 더더욱 고독한 인간들의 욕망 말입니다……"

무대 뒤 분장실 쪽에서 목수가 불쑥 나타나더니 손을 내저으며 술에 취해 울부짖는 목소리로 소리쳤다.

"재밌게들 노십니다, 헌데 난…… 아, 건드리지 마!"

보이지 않는 힘이 그를 획 끌어냈다. 이어 그쪽에서 심한 소란이 일면서 부스럭거리는 소리와 둔탁한 외침 소리가 들려왔다.

"놔! 내 한번 기인의 본때를 보여주겠어…… 너희들은 돈이나 벌려고 하지. 난 재능이 있다고, 기인의……"

희극배우가 화들짝 깨더니 무대 뒤로 달려갔다. 남자 주인공은 화난 목소리로 기적과 마술의 차이점에 대해 중얼거렸다. 작가가 엄한 목소리로 그를 제지했다.

"나는 마술을 하는 게 아닙니다. 기적에 대해 말한 것도 전혀 아니고요. 나는 인간의 힘만이, 즉 노동에 대한 사랑, 사상, 상상력이 기적을 창조한다고 알고 있어요. 그 외의 다른 기적을 갈망하는 것에는 죽음의 고요와도 같은 신앙을 세우려는 욕망이 숨어 있지요. 하지만 신비한 기적을 고대하는 것은 두말할 나위 없이 무신앙의 징표입니다."

'저 사람은 왜 저런 말까지 하는 거지?'

여주인공은 불안했다. 이런 불안감은 그녀가 이 사람과 처음 알게 되었을 때부터, 그가 그녀 앞에 공작새 꽁지처럼 자신의 환상의 날개를 펼쳐 보였을 때부터 느끼던 것이다. 그녀는 그때 그의 시선과 목소리의 마력에 고분고분 굴복하면서 자신이 마치 어떤 사원에 있다고 느꼈다. 그 사원에서는 고독한 이교의 승려가 그녀로서는 알 수 없는 어떤 신에게 이상한 미사를 드리고 있었다. 그녀는 이렇게 느끼면서 왠지 그를, 그 이교의 승려를 동정했었다.

"당신, 예술가를 재판하시는 겁니까?"

그의 목소리가 울렸다.

"물론 그건 당신 권리고, 하고 싶으면 하세요. 서로가 서로를 재판하는 일은 재능을 요하는 건 아니지만 하여튼 제 마음은 편한 일이지요. 하지만 내가 그런 재판이나 당신의 판결에 전혀 아무런 관심도 없다고 말한다고 해도 기분 나빠하지는 마세요. 난 내 일을 사랑합니다. 내 상상력의 놀이를 경건하게 대하고 있지요. 나의 인간적 사상을 깊이 존경하기도 하고요. 전 이 일에 전적으로 만족하고 있습니다. 그 이상은 아무것도 찾지 않고 고대하지도 않아요……"

'정말 그럴까?'

여주인공은 의심을 품었지만, 리도치카는 이해할 수 없다는 듯이 이맛살을 찌푸렸다.

"창작의 고통에 대해서 냉소적으로들 말하네요. 좋아요, 그 고통들을 말입니다, 이를테면 나무로 아이들 장난감을 깎으면서 그것이 잘 안 된다는 것을 알고는 쓰라린 울분을 느끼는 장인의 감정이라고 바꿔봅시다. 창작의 고통이란 존재하지 않는다고 합시다. 그리고 아르키메데스의 기쁜 외침이나 광기어린 니체의 즐거운 춤만이 있다고 해둡시다. 하지만 그럼에도 불구하고 예술가는 그 개성에 대해 조금은 더 존경받을 만하지 않나요? 이 거대하고 음울한 세계에서, 모든 사람들의 모든 것에 대한 이 법정에서 영원한 피고인인 예술가는 사람들 속에서 뭔가 해명하고 변호하려고 애쓰는 것 아닐까요? 그 사람들에게 아량과 자비를 베풀라고 호소하면서 말이지요. 그는 사람들에게 자비와 동정에 대해 더 크게, 더 많이 말할수록 삶이 더 나아질 거라고 믿고 있는 것이지요. 결국 자신의 상상력을 풀어내어 다른, 더욱 인간적인 세계들을 만들어내는 것이라고나 할까……"

그는 잠시 말을 멈추었다. 사람은 유감스럽게도 항상 사람들과 겪었던 모든 나쁜 것, 우둔한 것, 고통스러운 것 따위를 너무나 잘 기억하고 있다는 생각이 갑자기 그의 머리와 가슴을 치고 지나갔다. 혼란스럽게 얽힌 경험의 흐름들이 피를 말리고 독을 퍼뜨리는 '삶의 사소한 것들', 독충들의 흉측한 검은 먹구름이 우울한 광기를 일깨우고 사람들에 대한 경멸을 불러일으키면서 그를 지치게 하고 정신을 마비시켰다. 일을 방해하는 무의미한 일상은 또 어떠한가. 모욕적인 말들을 소리쳐 내뱉고만 싶었다.

'난 당신의 속물성을 받아내는 위장도 아니고, 자동 기계도 아니다. 난 인간이다!'

'소리쳐볼까? 불평을 해댈까?'

그는 자신을 억누른 뒤 자신의 주인공들 중 한 사람의 말을 기억해내고는 마음을 진정시켰다.

'이봐, 표트르, 자네는 정직한 사람이야. 자네는 말없이 죽어갈 거야.'

몰아치는 격정을 이겨내기 위해 그는 눈을 감고 손가락을 꼭 쥐었다. 그럼에도 불구하고 쇳소리가 담긴 목소리로 말을 계속 이어갔다.

"당신들은 예술가가 값싼 재료로 일을 한다고들 말하지요. 기쁘군요. 슬픔과 고통이 값싸다고 평가하는 당신들 말을 듣게 돼서요. 나도 사람들이 서로 양념을 쳐가며 잡아먹고 있다고 생각해요. 이미 오래전부터 서로에게 생리적 혐오감을 느끼면서 말이지요. 하지만 나는 당신들의 재료를 취하되, 좋은 것을 취하지요. 그런데도 당신들이 하는 일 중에서 가장 잘한 일이 고통과 불행이라면 그것은 내 탓이 아닙니다. 내가 과장을 한다고요? 바로 예술의 과제가 그런 것이니까요. 현실 속에서 이를테면 데스데모나나 잔 다르크 같은 여자를 만날 수 있을까요? 아니면 티몬 아핀스키*나 돈키호테나 페르 귄트** 같은 남자를 만날 수 있습니까? 나는 사람들에게 이성과 감정을 부여하지요. 그들이 현실에서, 그 본성이 가지고 있는 것보다 훨씬 더 많은 분량의 이성과 감정을 말입니다."

"당신은 신이나 된 것처럼 말씀하시는군요."

남자 주인공이 음울하면서도 조롱기어린 말투로 한마디했다.

"그럴 수 있죠. 신도 예술가니까. 신 역시 값싼 재료로 세상을 창조했고, 신 역시 실패한 창조자라고들 말하지요. 내가 신과 같은 언어로

---

* 기원전 5세기 후반 아테네에 살았던 부자. 인색하고 대단히 부정적인 인물.
** 입센의 희곡 『페르 귄트』(1867)의 주인공.

말하지 못할 이유가 뭐겠습니까?"

"당신은 무신론자군요."

남자 주인공이 작가에게 환기시켰다.

"그래요. 그러나 내 세계는 상상의 세계이고 그 속에는 환상으로 창조된 신들과 주인공들이 살고 있지요. 여성에 의해 탄생된 굴뚝청소부나 범속한 인간들과 마찬가지로 합당한 자리를 가지고 있는 겁니다. 신이란 사람들이 인생이나 서로에 대한 불만의 쓰레기를 집어던지는 구멍이 아닙니다. 내게 신은 사람들의 무력한 상상력이 만들어낸 가장 슬픈 창조물 중 하나입니다. 안개에 싸인 흐릿한 형상들 중하나지요. 오직 예술의 힘만이 그를 선명하게 손으로 만질 듯하게 만들어줍니다. 이 지상의 자식들을 위해서 말입니다."

작가는 일어서서 주위를 둘러보고 메마른 어조로 말했다.

"내가 여러분을 피곤하게 한 것 같군요. 나는 이미 갈 시간이 넘었습니다. 이젠 더이상 이 무대 연습에 있을 수가 없군요."

"아이 참, 유감이에요!"

리도치카가 큰 소리로 아쉬움을 표했다.

"그래요, 유감입니다!"

남자 주인공이 말했다.

"하지만 당신이 한 말들은 그렇게 분명하지는 않았지요…… 뭐랄까, 모순적이기도 하고……"

"더 뭘 어쩌겠어요?"

작가가 어깨를 움츠리며 한숨을 내쉬었다.

"내가 말할 수 있는 건 저 지혜로운 아랍의 속담 한 구절뿐입니다.

'갈증을 느끼지 않는 낙타에게 물을 먹이는 것은 어리석은 일이다.'"

이 말 속엔 분노보다는 슬픔이 담겨 있었다. 그럼에도 여주인공은 이렇게 생각했다.

'결국 그를 폭발시켰군!'

작가는 그녀의 손에 입을 맞추고 미소를 띠며 물었다.

"당신의 마음을 상하게 한 건 아니겠지요?"

"나를요? 전혀요!"

그녀는 서둘러 단호하게 말했다.

그는 그녀에게서 물러나 리도치카에게 향했다. 리도치카는 생기를 띠고 그를 마주했다. 하지만 남자 주인공은 그의 뒤를 음울하게 바라보며 중얼거렸다.

"괜찮은 변호사가 됐을지도 모르겠어."

입술을 쭉 내민 연출자는 시계의 숫자판을 열심히 들여다보았고, 잠이 깬 희극배우는 입맛을 다셨다. 여주인공은 모자를 눌러쓰고 챙 밑으로 리도치카와 작가가 이야기를 나누는 모습을 지켜보았다. 그녀의 가슴이 가르랑거렸다.

'이 계집애! 조심해, 불에 데고 말 거야……'

남자 주인공은 눈으로 작가를 전송하며 말했다.

"아, 그래. 결국 맘이 상하셨군. 나하고는 인사도 하지 않고 가시네. 그 아랍 속담이란 것도 그저 어리석은 거지. 분명 꾸며낸 걸 거야. 아랍인들을 욕보이는 거지."

"그런데 대체 연습은 언제 하는 거요?"

희극배우가 몸을 쭉 펴면서 물었다.

"시작합시다!"

연출자가 엄격하게 명령을 내렸다.

"자, 여러분! 아르카지와 세라핌의 장면입니다……"

발로 구두 뒤축을 구르며 리도치카가 활달하게 대본을 읽었다.

"당신이 사람들에게 낯설어질수록……"

"그게 아니고!"

연출자가 흥분해서 소리를 질렀다.

"여기서 기쁘게 해야죠. 생각 좀 해보세요!"

"하지만 내가 지금 그 사람을 공격하는 거잖아요!"

'바보' 하고 여주인공은 생각했다.

"맙소사! 당신은 전혀 공격할 일이 없어요!"

"음……"

희극배우가 미소를 지으며 남자 주인공에게 눈짓을 보내고는 신음 소리를 냈다.

"우리의 존경하는 연출자께서는 화도 내고 소리도 지르지만, 아무리 그래도 저 희곡 나부랭이를 무대에서 내리는 일은 못하시겠다는 거지."

"주목 좀 하세요!"

"살아야지요, 이반……"

"아, 그렇지요! 그걸 위해서 모든 걸 걸고 갑시다……"

"주목, 주목, 여러분……"

하지만 희극배우는 또다시 콧소리로 교활하게 읊조렸다.

"아주, 몹시 화를 냈지만 무대에서 희곡을 내리지는 못했지요. 그 으―랬지요……"

푸르른 삶

기억이 이처럼 혼돈스러운 것은 처음이었다.

그는 겁이 났다. 그래서 벌써 몇 번이나 방 안을 구석구석 살펴보았다.

누군가 파르스름한 저녁 어스름 속에 숨어서

그의 기억과 생각을 억지로 가로막고 있는 것은 아닌가 하면서……

콘스탄틴 미로노프는 창가에 앉아 아무런 생각도 하지 않으려고 애쓰며 거리를 바라보고 있었다.

바람이 양털 구름 몇 조각을 날려보내 하늘을 깨끗이 씻어냈고 비포장도로에서 고운 레이스 장식처럼 먼지를 일으키고는 그 먼지 속으로 숨어버리듯이 잦아들었다. 어디선가 날아든 참새들이 공처럼 통통 튀어다니며 잘린 닭대가리의 벼슬을 여기저기 쪼아대느라 법석을 피웠다. 로자노프네 집 대문 밑에서 외눈박이 검은 고양이가 기어나오더니 납작 엎드려 참새를 노려보다가 펄쩍 뛰어올랐다. 그러나 표적을 잡지는 못하고 부드러운 앞발로 닭 머리를 건드려보고는 이빨로 물고 흔들어보았다. 그리고 서두를 것 없다는 듯 천천히 근엄하게 꼬리를 흔들며 대문 밑구멍으로 전리품을 끌고 들어갔다.

마을에서 존경받는 어른인 이반 이바노비치 로자노프가 불그스름한 산양 한 마리를 지팡이로 몰면서 반듯한 걸음새로 걸어왔다. 시내에서 저녁 기도를 알리는 종소리가 들려오자 로자노프는 모자를 벗었다. 사제의 민머리 같은 대머리가 드러났다. 그는 청량한 하늘을 경건하게 바라보았다. 산양도 턱수염을 흔들며 발굽을 먼지 깊숙이 파묻은 채 멈춰 섰다.

'파리에서라면 이건 불가능하지.'

미로노프가 생각했다.

'파리에서라면 저렇게 길거리로 산양을 몰고 나오게 두지 않지. 창밖으로 닭 머리를 내던지지도 않고……'

저 아래 멀리 납빛의 강줄기 너머, 보드카 공장의 불그레한 건물들과 점점이 흩어져 있는 정신병자 수용소 병동들 너머, 부석부석한 노간주나무 검은 숲과 모래 언덕 쪽으로, 빛을 잃어 부은 듯한 노란 태양이 지고 있었다. 말끔하게 윤곽이 드러난 태양은 정신병자 수용소에서 빠져나와 도망치듯이 숨어버리고 있다. 이건 매일 저녁 되풀이되는 지루한 일이다. 마치 너무나 많이 읽어서 기억에서 단단하게 굳어버린 책의 내용처럼.

생각을 하지 않으려고 미로노프는 진줏빛 하늘에 대고 철도 노선을 그려보았다. 모스크바―리가―베를린―쾰른―파리. 그러나 오늘은 역을 표시하는 동그라미들이 하늘에 다 배열되지 않았다. 마지막 역을 태양 가까이에, 아니면 태양 가운데에 배치해야만 했다. 그런데 그렇게 하면 파리 역이 잘 보이지 않게 되고 그건 파리 역에 대한 모욕이다. 하지만 하늘에 이 역은 반드시 있어야 한다. 그렇게 되면 상상력은 곧바로, 언제나처럼 푸르른 도시를 창조해낼 텐데…… 장엄한 오르간 소리가 넘치는 도시, 즐거운 사람들과 비범한 모험이 가득한 그런 도시를. 그곳에선 삶이 가볍고 간단하게, 물 흐르듯 흘러갈 테고, 로캄블* 같은 악당도 평생 나쁜 짓 할 엄두도 못 낸 채 살아가게 될 텐데…… 그곳에선 불구인 카지모도**마저 정말 매력적인 사람이 되고, 〈삼총사〉와 비밀의 〈닭장수 기사〉***도 활동하고, 〈안나 오스트리스카야의 세 연인〉 중 한 명인 용감한 디 아르빌****도 살고 있을 텐데…… 하지만 이곳은……

강가에서 두 사람이 길게 늘여 부르는 노래가 태양을 배웅하고 있었다. 노래는 교회의 저녁 미사를 알리는 청동 종소리와 잘 어울렸다. 마차꾼 아르타몬의 갈라진 저음은 거리가 있어 부드럽게 들렸고 청동 종소리처럼 은은하게 울려왔다. 아침부터 하루 종일 마른 바람이 먼지를 일으키며 횡횡 불어댔지만 이제 교회 종소리와 노래가 부드럽게 대기를 채워주고 있었다. 이 지상에, 그리고 사람들에게 고요한 음악의 질서를 확고히 세워놓으려는 것처럼……

그러나 토요일 저녁의 운율이 담긴 적막도 미로노프를 안정시키지 못했다. 그의 마음속에 자리잡은 모든 것이 산산이 갈라지고 뒤섞였으며, 불안한 기억 속에서 그가 겪었던 일들이 혼란스럽게 되살아났다.

기억이 이처럼 혼돈스러운 것은 처음이었다. 그는 겁이 났다. 그래서 벌써 몇 번이나 방 안을 구석구석 살펴보았다. 누군가 파르스름한 저녁 어스름 속에 숨어서 그의 기억과 생각을 억지로 가로막고 있는

---

* 프랑스 작가 피에르 알렉스 퐁송 뒤 테라일(1829~1871)의 모험 소설 시리즈의 주인공.
** 빅토르 위고의 소설 『노트르담의 꼽추』의 주인공.
*** 프랑스 작가 에르네스트 카팡뒤(1826~1868)의 역사 모험 소설.
**** 프랑스 작가 뤽 샤르달의 소설 주인공.

것은 아닌가 하면서……

　이상했다. 눈을 감으면 흑점이 흔들리며 나타났다. 그리고 그 각각
의 흑점에서 작은 소용돌이가 생겨나 물 위의 동그라미들처럼 펼쳐지
기도 하고 검은 먼지 기둥들로 휘말려 올라가기도 했다. 그렇게 무한
한 흑점들이 소리 없이 끓어오르다가 모든 흑점이 방울로 맺혀 흘러
내리면서 생각들을 쥐어짜고 있었다. 그리고 그 생각들은 '난 앞으로
어떻게 살아야 하지?'라는 지겨운 질문들로 채워졌다.

　아버지가 고기와 생선, 혹은 우유를 보고 '생각에들 잠겼군' 하고 말
할 때, 그것은 고기와 생선이 썩었고 우유는 상해버렸다는 뜻이었다.

　아버지가 돌아가시기 얼마 전 어머니는 아버지에게 이렇게 소리
쳤다.

　"당신 생각이 있는 거야? 이제 얼마 안 가서 당신 숨이 넘어가고
말걸!"

　아버지는 웃으면서 대답했다.

　"아니 당신, 생각한다는 게 무슨 뜻인지 알고 하는 말이야? 그건 먼
지를 닦아낸다는 거야. 거기 봐, 당신 손에 수건 있지. 그걸로 먼지를
닦잖아. 그럼 깨끗했던 수건이 더러워지지. 리지야, 당신이나 나나 다
그런 거야, 우리 둘 다 생각을 너무 많이 했어……"

　집 안을 쓸고 닦는 데 열심이었던 어머니는 불같이 화를 내며 아버
지에게 달려들어 소리를 지르기 시작했다.

　"그래서 내가 더러운 걸레 조각이란 말이야? 그래서 내 집에 어디
더러운 데가 있어?"

　이제는 오랜 옛날처럼 느껴지는 십삼일 전, 그날 아침 미로노프는

손을 씻기 위해 부엌에 들어갔다가 마룻바닥에 쓰러진 어머니를 보았
다. 어머니는 눈을 휘둥그레 치켜뜨고는 한쪽 어깨를 비스듬히 페치
카에 기댄 채 일어나려고 애쓰며 신음하고 있었다. 아직도 술이 덜 깬
모양이라고 생각하며 일으켜 세우려고 몸을 숙이자, 어머니는 힘겹게
바닥에서 손바닥을 떼어내 팔을 내저었고 말처럼 푸르르거리며 그의
발치에 널브러졌다. 어머니는 그 뒤로 사흘 밤낮을 코 고는 소리를 내
며 신음했고 내내 누군가를 밀쳐내듯 오른팔을 내저었다. 닷새째 되
는 날, 어머니는 끙끙거리며 침대에서 굴러 내려와 침실 구석에 있던
커다란 상자 쪽으로 기어갔다가 거기서 꾸애액 하는 소리를 내고 숨
을 거뒀다.

일주일 동안 집 안은 아침부터 저녁까지 낯선 사람들로 북적였다.
조그맣고 등이 굽은 성마른 자선병원 간호사가 방마다 잰걸음으로 돌
아다녔고, 뚱뚱한 의사는 뭐라고 소리를 지르며 끊임없이 담배를 피
워댔다. 불그레한 수염에 연보랏빛 얼굴의 사제 보리스는 다리를 넓
게 벌리고 앉아 있었다. 모두들 이런저런 것에 대해 미로노프에게 질
문을 해댔지만 누구보다도 이 거리에서 가장 기분 나쁜 사람, 목수 칼
리스트라트가 집요하게 캐물었다.

"천애고아가 됐구먼. 이제 어떻게 할 생각인가?"

파리에선 사람의 죽음과 그 뒤에 이어지는 모든 일들이 훨씬 간명
하고 납득할 만하며 재미가 있지, 이처럼 불필요하고 끔찍하지는 않
을 것이다. 거기에선 여자의 주검을 보러 낯선 사람들이 찾아오지도
않을 거고, 특히 저 목수 칼리스트라트 같은 인간은 있을 수도 없다.

어머니 장례식날, 그는 스메타나*가 든 항아리에 페인트 붓을 담아

가지고 나와 자기 집 울타리에 그걸 발랐다. 도대체 왜? 술에 취한 것
도 아니면서 그는 아주 진지하게 그런 바보 같은 짓을 했다. 사람들이
물어보자 그는 아무렇지도 않다는 듯이 대답했다.

"담을 칠하고 있어."

"스메타나로?"

"페인트가 없어서."

십여 분 동안 그는 말없이 햇빛에 바랜 회색 판자에 열심히 붓질을
했고, 삼십여 명의 어른들과 수많은 애들이 몰려들어 작업을 구경했
다. 잠시 뒤 존경받는 노인 이반 이바노비치 로자노프 어른이 와서 항
아리를 발로 차 깨버렸다.

……어머니의 굳어버린 몸을 바라보면서 의사는 아무렇게나 내뱉
듯이 무례하게 말했다.

"술을 마시지 않았으면 사십 년은 더 살 건데."

미로노프는 이 말이 무례하게 들렸지만 이내 속으로 계산했다. 만
일 어머니가 사십 년을 더 살았다면 어머니가 죽을 때 그의 나이는 오
십여덟이 될 것이다. 그러면 분명히 어머니는 사십 년 동안 그에게 소
리쳤을 것이다.

'이 바보야, 하는 짓이 모두 꼭 네 애비 같구나!'

어머니는 큰 눈에 높고 날카로운 목소리를 가졌다. 그녀는 아침부
터 술에 취한 채 손에 걸레를 쥐고 무거운 걸음으로 방을 돌아다니면
서 파리를 잡거나 먼지를 닦았다. 그러면 공기 속에 식초에 절인 파

---

* 요구르트처럼 우유를 발효시킨 식품. 수프 같은 것에 넣는 양념 등으로 사용된다.

냄새나 어머니가 좋아했던 절인 사과 냄새가 진동했다. 그러면서 아버지를 향해 욕을 퍼부어댔다.

어머니는 항상 아버지를 욕하곤 했다. 특히 휴일에 뼈만 앙상하게 남은 아버지가 측량기사 제복을 입고 시내로 당구를 치러 나갈 때면 더했다. 아버지는 당구를 아주 잘 쳤다. 아버지는 말솜씨에서나 일솜씨에서나 비범한 사람이었다.

미로노프의 눈앞에 아버지의 야윈 모습이, 듬성듬성한 긴 콧수염과 아랫입술 밑에 한줌의 수염이 있는 아버지의 모습이 나타났다. 아버지는 기침을 자주 하며 붉은 장밋빛 침을 뱉어댔다. 그리고 명랑하게 타오르는 검은 눈을 깜박이며 코스차*에게 투르크멘 사람들과 스코벨레프 장군, 카프카스, 히바, 부하라에 대해서 기적 같은 이야기들을 들려주곤 했다. 그 이야기 속의 아버지는 새처럼 가볍게 아무 걱정 없이 세상을 떠돌아다니는 사람이었다. 아버지의 왼쪽 눈 밑에는 붉은색의 주름진 홈이 패어 있었는데, 눈꺼풀 있는 곳까지 이어져 마치 눈이 그 홈을 주의 깊게 들여다보는 것만 같았다. 아버지는 그것이 투르크멘 사람과 싸울 때 생긴 상처라고 말했다.

아버지는 결코 어머니를 욕하지 않았다. 심지어 말싸움을 하는 경우도 드물었고, 항상 아주 특이한, 조롱하는 듯한 말로 화를 표현할 뿐이었다. 어머니는 종종 이렇게 소리쳤다.

"그만, 미치카! 두고 봐. 하느님이 벌을 내릴 거야, 멍청이……!"

그러면 아버지는 이렇게 대꾸했다.

---

* 콘스탄틴의 애칭.

"하느님은 멍청하다고 벌주지 않지. 하느님은 바보들을 사랑하신 다고."

아버지의 이런 말들은 코스챠를 불안하게 했다. 마치 팔에 붙은 물고기 비늘처럼 기억 속에 보이지 않게 착 달라붙었던 것이다. 누군가의 부서진 바이올린을 이리저리 붙인 다음 아버지는 그 속에서 동그랗고 작은 막대기를 꺼내면서 이렇게 말했었다.

"이게 영혼이라는 거지. 이봐, 리지야. 당신 속에도 악마가 이런 걸 넣어놓았을 거야……"

그러면 어머니가 맞받아 소리쳤다.

"거짓말 마. 내 영혼은 하느님이 주신 거야……"

한번은 자신의 명명일에 근엄한 표정을 한 어머니가 화사하게 차려입고 교회를 다녀오자 아버지는 어머니에게 캐시미어 옷감을 내밀었다. 그런데 그 선물 속에서 '죄인의 죽음'이라는 이상한 녹색 그림이 나왔다. 죽어가는 사람의 발치에 이를 드러내고 불타는 혓바닥을 내민 녹색의 악마가 서 있는 그림이었다.

어머니는 처음에는 웃었지만 나중에는 마음이 상했다. 점심을 먹으면서 술을 많이 마신 어머니는 갑자기 울음을 터뜨렸고, 아버지에게 '내 슬픔, 내 불행!'이라고 욕을 했다.

드물긴 했지만 평온한 상태일 때 어머니는 아버지를 '요술쟁이'라고 부르곤 했다. 아버지가 음악상자를 만들어 그걸로 춤곡 〈비유시키〉와 노래 〈사랑스러운 어머니〉 그리고 찬송가 〈영광의 우리 주님〉 같은 걸 연주했기 때문이다. 하지만 술에 취한 어머니가 이 상자를 발로 짓밟아 부숴버리고 말았다. 코스챠는 깨진 상자 조각을 모아 다락에 숨겨두었고 오랫동안 아버지에게 고쳐달라고 매달렸다. 나무와 쇠가 결합된, 아버지의 기적의 힘으로 노래를 하는, 즐겁게, 슬프게, 장엄하게 노래를 하는 그것은 정말 놀라운 물건이었다. 하지만 아버지는 "그만둬라. 아무 쓸모 없다, 그따위 상자!" 하고 말했다. 그리고 한숨을 내쉬고 생각에 잠긴 채 코스차의 귀를 만지작거리면서 덧붙였다.

"네 엄마가 어디로든 사라져서 술독에 빠져 있다면 내가 하나 만들어보겠다만!"

아버지는 작고 섬세한 일을 좋아했다. 나무판을 잘라 사진틀을 만들어냈고, 아코디언을 수선했으며 부서진 바이올린을 이리저리 붙여서 고치곤 했다. 일하면서 아버지는 이런 노래를 부르곤 했다.

셈 수*
셈 수
셈 수로 우린 뭘 해야 하나?

아버지가 만들어준 것 중 코스차가 가장 소중히 간직하고 있는 것은 지구본이었다. 코스차가 중학교 2학년이 됐을 때 받은 선물이었다. 지구본 자체는 평범한 물건이지만 아버지는 이 지구본의 아래쪽 반구를 다기를 세척하는 청동 용기에 넣어 붙였다. 그리고 청동 용기에 염산 용액으로 대양과 대륙, 섬들을 그려 넣고 강철 나사못으로 용기를 고정시켰다. 그리고 지구본 받침대에 강철 빗을 땜질해 붙였다.

---

* 셈은 숫자 '7'이고, 수는 프랑스의 옛날 동전 이름.

그래서 강철 빗이 지구본 아래 부분을 끌어안은 모양이 되었다.

코스차가 지구본을 돌리면 빗은 거침없이 즐거운 노래 가락을 켜기 시작했다.

치지익, 쁘이지익 —. 그제 트이 브일?
(방울새야, 순록아 —. 너는 어디 있니?)

어머니도 이건 마음에 들어했다. 술에 취한 어머니는 오랫동안 이 지구본을 돌리며 목이 잠긴 웃음소리를 냈다. 하지만 고양이는 소리를 내는 지구본이 마음에 들지 않았는지 푸후 소리를 내고는 도망가버렸다. 코스차는 지루할 때면 재미있는 음악을 켜는 이 금속 지구본으로 고양이 겁주는 걸 즐기곤 했다.

아버지는 명랑한 사람이었고 농담을 좋아했다. 하지만 아버지의 농담들을 되새겨보면 즐겁지 않았고 심지어 불쾌하기까지 했다.

아버지가 죽은 그해의 일이었다. 어머니가 수도원으로 순례를 떠났을 때 아버지는 방문마다 끝에 고무공이 달린 나무 피리를 달았다. 문을 열면 높은 소리가 났고 문을 닫으면 낮은 소리가 났다. 집으로 돌아온 어머니는 이걸 보고 무섭게 화를 냈다.

"이게 뭐야, 날 비웃는 거야?"

어머니는 얼굴이 시뻘게져서 소리를 질러대며 아버지 얼굴에 젖은 걸레를 집어던졌고 피리를 죄다 떼어내 부숴버렸다.

아버지는 펄쩍 뛰어 마당으로 도망가더니 보리수나무 아래 풀밭에 누워 웃다가 편안하게 잠이 들어버렸다. 미로노프는 아버지와 나란히 앉아서 그 몽상적인 속삭임을 들을 때 정말 무서워했던 기억이 났다. 하지만 다정한 아버지, 그러나 이해할 수 없었던 아버지의 뼈만 앙상한 회색빛 얼굴을 바라보며 안쓰러운 마음이 들기도 했었다. 그때 아버지에 대한 그의 사랑에는 슬픈 그림자가 드리워졌고, 아버지가 자신의 인생에 대해 말했던 즐거웠던 일들이 모두 거짓일지도 모른다는 의심이 일었다.

그때 그는 평생 잊지 못할, 사람의 영혼을 완성시켜줄 만한 어떤 강렬한 인상을 받았다. 꽃이 만발한 보리수나무의 짙은 나뭇잎들 사이에서 벌들이 잉잉거렸는데, 폭염의 태양 아래 끝없이 이어지던 그 소리는 다른 모든 소리를 삼켜버리고 푸르고 공활한 하늘로 퍼져나가 거기에서 기적과 같은 노래로 변하는 것이었다.

미로노프는 경이로운 마음으로 눈이 시리도록 오랫동안 하늘을 바라보았다. 마침내 거기에서 빛이 없는 어두운 별처럼 떨고 있는 한 점을 발견하고는 그것을 종달새라고 생각했다. 그때부터 그에게는 소리로 생각하는 버릇과 생각나는 모든 것에 가사 없는 곡조를 붙여야 한다는 생각이 생겼다.

그러나 최근 십삼일 동안 그는 형상 없는 소리들로 생각을 틀어막는 능력을 잃어버렸다. 그의 뇌 속에 회상의 알록달록한 먼지가 끼었고 기억 속에서 아버지의 먹먹한 목소리와 항상 취해 있거나 화가 나있던 어머니의 무의미한 절규가 울려퍼졌던 것이다. 어머니가 쏟아내는 비난과 불평 속에서 그는 어머니가 두 번 결혼을 했고, 첫번째 남편은 바로 아버지의 상관이었다는 것, 그리고 그가 아버지에게 권총을 쏜 적도 있다는 것을 알게 되었다. 그래서 어머니는 아버지에게 소리치곤 했던 것이다.

"그때 그 사람이 당신을 쏴 죽였어야 하는 건데!"

그는 그들의 인생에 어둡고 위험스러운 것, 어쩌면 범죄적인 면이 있다고 느꼈다. 하지만 그것이 무엇인지 알고 싶지는 않았고 생각하기도 두려웠다. 그러나 바로 그것이 그의 상상력을 점점 더 집요하고 불안하게 자극했다. 그런 감정은 그가 책을 읽기 시작할 때까지 계속되었다. 책은 그에게 더 재미있고 허용된 비밀들이 존재하며, 경쾌하고 축제 같은 삶이 있다고 얘기해주었다. 수줍음 많고 재바르지 못한 그는 친구가 없었다. 하지만 감기에 잘 걸리고 잔병치레를 자주 한 덕분에 책을 많이 읽을 수 있었다. 그리고 황홀하게 푸르른 안개에 싸인 기적의 도시 파리가 그의 눈앞에 나타났던 것이다.

아버지는 봄에 정원에서 사과나무 주위를 파다가 죽었다. 미로노프는 어머니가 아버지 시체 위에 몸을 숙이고 음산하게 중얼거리던 것이 기억났다.

"그거 봐. 미차, 그거 보라고…… 내가 그렇게 말했는데도……"

술주정뱅이 어머니와 지냈던 지난 사 년의 힘들고도 수치스러운 생활은 미로노프를 더욱 폐쇄적으로 만들었다. 그는 낚시를 좋아했고 혼자서 숲이나 들판을 떠돌아다니며 새소리, 풀과 나뭇잎 서걱이는 소리, 바람의 이상한 속삭임에 귀를 기울였다. 특히 좋았던 것은 축제날 멀리서 들려오는 군악대 음악 소리였다. 하긴 군인들이 볼에 힘을 잔뜩 주고 연주하는 음악을 가까이서 듣는 것은 즐겁지도 편안하지도 않았다. 때로 프랑스어 문법책을 가져다 읽으며 읽기 쉬운 단어들을 기억하려고 애썼지만 기억에 남지 않았고 이해할 수 있는 말로 만들어지지도 않았다. 그 단어들은 녹아서 아름다운 소리들의 특이한 결합이 되어 푸르른 음악으로 바뀌곤 했다.

부활절 첫날 미로노프는 푸른 원피스를 차려입은 리자 로자노바에게 반했다. 그녀는 교회에서 돌아오는 길이었다. 장엄한 교회 종소리가 그녀를 바래다주고 있었고 축제날 같은 태양이 아낌없이 그녀를 비춰주고 있었다. 작고 아담하면서도 특이한 꽃처럼 화사한 그녀는 온통 푸르렀고 심지어 양말까지도 푸른색이었다.

그녀는 그의 집 맞은편에 살고 있었다. 미로노프는 평소 그녀를 자주 보아왔지만 그녀의 뾰족한 코와 새처럼 삐죽한 얼굴, 동그란 두 눈, 예민한 신경 때문인지 병 때문인지 늘 일그러져 있는 핏기 없는 입술 등은 그의 마음을 설레게 하지 않았다. 심지어 자신처럼 못생겼다고 생각했다. 게다가 이 처녀가 역겨운 냄새가 나는 산양 젖으로 치료를 받고 있다는 사실까지 알고 있었다. 그러나 부활절에 그는 놀라서 입을 다물지 못했다. 왜 지금까지 리자가 저렇게 아름답다는 것을 몰랐던가. 그날부터 그는 노래하는 푸르른 삶의 몽상에 그녀를 참여시키기로 했다. 그녀는 이해할 수 없을 만큼 위협적이고 소란한 물결 속에서 그가 잡을 수 있는 지푸라기였던 것이다.

그는 그녀와 인사를 나눌 용기가 없었다. 그러나 일하고 돌아올 때 로자노프 집 근처에 오면 걸음이 느려지곤 했다. 혹은 점심을 먹고 창가에 책을 들고 앉아서 혹시 그녀가 길가에 나오지는 않나 하고 지켜보곤 했다. 그녀는 가끔 밖으로 나와 가느다란 다리를 재빨리 놀리며 강가의 목재 창고에 있는 자기 아버지에게 가곤 했는데, 담벼락에 붙어서 금세 다른 집 대문으로라도 숨으려는 듯이 걸어갔다. 자그마한 등뒤로 짧게 땋아 내린 검은 머리가 가볍게 흔들렸고 그 끝에는 푸른 리본이 매여 있었다. 미로노프는 그녀가 자신과 마찬가지로 사람들을 사랑하지 않고 두려워하고 있다고 생각했다. 그래서 훨씬 더 친밀감을 느꼈다.

그는 그녀의 뒷모습을 바라보다가 거울 앞으로 다가갔다. 거울에 비친 자신의 모습을 보자 창피하고 슬퍼졌다. 활력이 없는 어두운 두 눈, 넓게 벌어진 양미간, 약간 사팔뜨기라서 툭 튀어나온 창백한 귀를 바라보고 있는 듯한 왼쪽 눈. 거뭇거뭇한 솜털이 덮인 윗입술 위에는 노란 코가 모양새 없이 덩어리져서 내려와 있었다. 머리에는 뻣뻣한 검은 머리털이 소용돌이치며 솟아나 있었다. 그의 모든 것은 척박한 땅의 나무뿌리처럼 제멋대로 자라나 아무 곳으로나 기어가고 있는 것 같았다. 팔은 쓸데없이 길었고, 가느다란 손가락은 불쾌한 기분이 들게 했으며, 입 안에는 커다랗고 고르지 않은 치아들이 가득해서 웃고 싶은 마음조차 나지 않았다.

그는 거울 보는 것을 좋아하지 않았다. 거울을 한참 들여다보고 있으면 눈이 흐려져서 거울 속 영상이 점차 사라지고 그와 함께 그 자신도 사라질 것만 같았다.

어머니가 죽기 며칠 전 그는 느닷없이 이렇게 말하고 말았다.

"엄마, 리자 로자노바와 결혼하게 해주세요……"

이렇게 말하고 나자 공연히 비밀을 털어놓았다는 생각이 들어 부끄러워진 그는 얼굴이 빨개졌다. 그날 어머니는 술에 취하지 않았고 그런 상태에선 언제나 그랬듯이 말이 별로 없었다. 어머니는 자신이 마실 차에 크림을 타면서 아들을 바라보지도 않은 채 내뱉듯이 말했다.

"바보 같은 놈."

꼭 삼 분 뒤에 어머니는 한숨을 내쉬고 붉은 얼굴에 흐르는 땀을 닦으며 덧붙였다.

"네가 무슨 남편 노릇을 해? 남편은 바로 이래야 돼, 이렇게!"

어머니는 퉁퉁 부은 손가락을 단단하게 말아 커다란 주먹을 만든 뒤 공중에 휘둘렀다.

어머니를 기억하는 건 힘겨운 일이었다. 어머니를 생각하면 할수록 탁하고 커다란 두 눈과 비곗살 때문에 숨을 헐떡이던 모습이 더욱 끔찍하고 낯설어질 뿐이었다. 그는 생각 속에서 실제로 어머니의 먼지를 닦아내고 있다고 여겼고 그 때문에 그녀는 더욱 이해할 수 없고 끔찍한 모습이 되었다. 그가 깊이 생각하며 이해해보려고 애쓸수록 어머니의 모습은 눈앞에 불쾌하게 떠오를 뿐이었다.

미로노프는 세차게 머리를 흔들었다. 그사이 방 안은 파란 어둠이 더욱 짙어지고 더 따뜻해져 있었다. 강 너머 장밋빛 하늘에서는 저녁 별이 선명하게 반짝이고 있었다.

마차 한 대가 가구와 매트리스, 그리고 큰 나무통들 속에 꽃을 가득 싣고 거리를 지나가고 있다. 종려나무 밑 회색 보따리들 위에는 한 처녀가 앉아 있다. 그 처녀는 붉은색 상의에 하얀 스카프를 둘렀고 무릎 위에 검은 새가(분명히 개똥지빠귀일 것이다) 들어 있는 새장을 올려놓았다. 마차에서 아이들의 알록달록한 장난감 나무토막들이 먼지 속으로 떨어져 내렸다. 다리가 굵고 몸집이 육중한 말 옆에서 한 노인이 나란히 걸어가고 있었는데, 말고삐를 흔들어대며 쉰 목소리로 처녀에게 외쳤다.

"어이, 어디 가는 거냐? 뭐 전할 말 있어?"

'멍청한 노인네 같으니.'

미로노프는 속으로 욕을 했다. 몸이 곰처럼 다부지고 육중한 목재 창고의 마부 아르타몬이 걸어왔다. 그는 얼굴에 털이 많아 눈이 보이지 않을 지경이었고 입술은 꼭 토끼처럼 이상하게 생겨서 입이 삼각형 모양이었다. 그래서 누렇고 큼지막한 이빨들이 드러난 모습은 보기 역겨웠다. 그와 나란히 날씬한 몸매의 목수 칼리스트라트가 가볍게 걸음을 옮기고 있었다. 그는 맨발이었고 앞치마에는 황토와 아교가 덕지덕지 묻어 있었으며, 밝은 색 곱슬머리에는 짙은 색 가죽끈을 화관처럼 쓰고 있었다. 매부리코 밑에는 금빛 콧수염이 반짝거렸다. 구릿빛 구레나룻을 손가락에 감아 비틀며 그는 미로노프 쪽을 바라보고 종소리처럼 우렁우렁한 목소리로 말했다.

"심심한가?"

"건들지 마, 그냥 놔둬."

거칠게 갈라지는 아르타몬의 목소리가 뒤따랐다. 그들은 먼지를 밟으며 느릿느릿 걸어갔고 그들 뒤로 먼지가 붉은빛 구름처럼 일어났다. 모든 거리가 마부의 초인적인 힘에 경탄하고 그를 두려워하고 있었다. 기이한 장난꾸러기 목수를 두려워하는 것과 마찬가지로.

미로노프는 눈을 감았다. 사람의 눈이 닫혀 있다면 자신이 사람들에게 보이지 않을 거라는 생각이 가끔 들곤 했다.

어두운 밤의 구멍들을 빠르게 건너뛰며 하루하루가 흘러갔다. 더운 불면의 밤들이었다. 잠깐 잠이 들면 꼭 이상한 꿈을 꾸곤 했다. 수많은 모닥불이 지펴진 넓은 도로를 따라 똑같은 모양의 청동 커피 주전자들이 끝없이 무리를 지어 걸어간다. 모두들 다리가 길고 거미 같은 모습이었다. 작은 꼽추가 땅에 못을 빽빽하게 박아대며 거리를 포장해서 거리는 쇠비늘로 뒤덮인 듯이 보인다. 강에는 거대한 물고기가 달 그림자를 삼키며 헤엄친다. 그러나 달은 아주 어두운 하늘에서 마치 시계추처럼 이쪽저쪽으로 흔들리며 튀어 오른다. 그 외에도 수없이 많은 무의미한 꿈들이 불안하게 나타났다 사라졌다.

미로노프는 더이상 어머니의 무거운 발걸음 소리와 거칠게 소리치는 쉰 목소리를 듣지 않고 살 수 있었다. 방에서는 숨 막히는 보드카 냄새와 절인 사과 냄새, 식초에 절인 파냄새가 사라졌다. 비쩍 마른 늙은 하녀 파블로브나는 고양이처럼 소리 없이 움직였고 말이 별로 없었으며 깊이 탄식하거나 한숨을 내쉴 뿐이었다. 그럼에도 불구하고 이런 적막 속에 사는 것이 편하지 않았다. 모든 물건들이, 사진들이, 성상들이 말은 하지 않았지만 엄하게 묻고 있는 것만 같았다. '자, 이제 앞으로 넌 무엇을 할 거냐?'

미로노프는 이 거리의 모든 사람들이 자신을 따갑게 바라보고 있고 모두들 뭔가를 기다리고 있다는 것을 눈치챘다. 끈적끈적한 그들의 시선이 그를 압박하고 있었다.

일요일 해질 무렵, 그는 멀리서 들려오는 군악대의 청동 나팔소리를 들으며 물 위를 떠다니는 얼음덩이 때문에 반쯤 가라앉은 뱃전에 앉아 놓어 낚시를 했다. 느릿느릿 흘러가는 푸르른 물과 음악은 그가 바라 마지않던 무념무상의 상태를 가져다주었고, 소리의 따스한 파도가 부드럽게 지상 위로 떠오르게 해주는 것 같았다. 가만히 귀를 기울이자 강물의 흐름도 부드럽고 낮은 소리를 냈고, 다른 모든 소리들이 그 소리에 젖어들고 있었다. 그러나 완전히 젖어드는 것은 아니어서 그 소리들은 흐릿한 반투명 유리를 통해 보이는 것처럼 귀에 보이고 있었다. 그러는 사이 미로노프는 작은 나룻배가 다가오는 것을 알아채지 못했다.

"잘 잡혀요?"

그는 흠칫 놀라 낚싯줄을 잡아당겼다. 낚싯바늘 끝에서 통통한 농어가 퍼덕였다.

"와, 우리가 오니까 잡히네요. 행운이에요."

"예."

"많이 잡았어요?"

"세 마리요. 이게 세번째예요."

보랏빛 원피스를 입고 땋아 내린 머리끝에 푸른 리본을 단 리자 로자노바가 배 끝에 앉아 있었다. 그리고 그녀의 뚱뚱한 친구 클라우지야가 장밋빛 블라우스와 파란 치마를 입고 배가 물결에 떠내려가지 않도록 느릿느릿 노를 젓고 있었다. 리자가 미소를 지었다. 미로노프도 미소를 지으려 했으나 자신의 치아를 생각하고는 굳게 입을 다물었다.

"가자."

리자가 말했다. 그녀의 친구는 노를 물 깊숙이 넣고 몸을 완전히 뒤로 젖혀서 노를 저으려 했다. 그런데 노 하나가 물 밖으로 튀어나오며 낚시꾼의 발에 물보라를 뿌렸다.

"어머나, 미안해요."

리자가 유리 같은 웃음을 지었다. 미로노프는 당황해서 다리를 흔들어 신발과 바지에서 물을 털어내며 생각했다.

'다른 사람이라면 그녀와 말이라도 했을 거야. 근데 나는…… 어쩌면 쟤들이 일부러 장난으로 물을 튀겼을지 몰라. 알고 지내자고……'

나룻배가 물결을 따라 힘차게 내려갔다. 노 젓는 소리가 마치 사람을 놀리듯이 삐걱거렸다. 미로노프는 양동이의 물과 농어를 강물에 다 쏟아버리고 낚싯대를 거둔 다음 고개를 푹 숙이고 자신을 질책하며 집으로 갔다. 집에 다가갔을 때 그는 현관문과 앞쪽 벽면의 갈색 페인트, 덧창의 녹색 페인트가 햇빛에 바래고 불어 벗겨진 것을 보았다.

'다시 칠해야겠군.'

그는 이렇게 마음먹었다.

수요일 아침 일찍부터 대머리 노인네가 쇠주걱으로 벽을 긁어내기 시작했다. 오만하고 빈정대기 좋아하는 노인네였다. 그리고 온몸에 페인트를 묻힌 들창코의 어린애가 그를 도왔다. 일을 하면서 노인네는 부드럽고 듣기 좋은 목소리로 노래를 불렀다.

그 사람은 떠났네. 내게 작별인사도 없이……
다른 사람과 사랑에 빠져서

어린애가 한껏 목소리를 높여 따라 불렀다.

미로노프는 쇠주걱 긁는 소리와 노랫소리에 잠이 깨어 누운 채로 생각에 잠겼다.

'바보들 같으니. 하나는 사랑 타령을 하기에는 너무 늙었고 하나는

너무 어리고. 칠장이들은 일하면서 늘 저렇게 노래를 해야 하나?'

며칠 뒤 늙은 칠장이가 마마 자국처럼 얼룩덜룩했던 집 앞 시멘트벽에 푸른색 페인트를 칠하기 시작했을 때, 이반 이바노비치 로자노프가 길 한가운데 동상처럼 떡 하니 서서 근엄하게 외쳤다.

"자네, 대체 무슨 칠을 하는 건가?"

"명령받은 대로요."

칠장이는 그에게 별다른 존경심 없이 대답했다.

"왜 파란색이야?"

"그렇게 하랍니다."

"거리를 흉물로 만들려고 그러나?"

"난 몰라요."

"그런 멍청한 짓을 하다니!"

"내가 멍청한 건 아니죠."

미로노프는 창문턱에 있는 꽃에 물을 주다가 이 대화를 듣고는 기분이 상했고 불안해졌다.

'왜 푸른색 집이 흉물이고 멍청하다는 거지? 저러다가 내가 청혼을 해도 거절해버리는 거 아냐?'

그는 서둘러 거리로 나와 햇빛과 비에 색이 바랜 다른 집들을 바라보았다. 집들은 회색 담과 담으로 연결되어 있었고 먼지 덮인 녹색 버드나무들이 드문드문 서 있었다. 집들은 허름하게 두 줄로 강 쪽을 향해 이어져 내려갔다. 한쪽 줄은 일곱 집이었고 다른 줄은 열 집이었는데, 일곱 집이 있는 줄에 속해 있는 로자노프의 집은 일층 붉은 벽돌집으로 창문 네 개가 투박하게 거리를 내다보고 있었다. 미로노프의 집 지붕 밑 삼각형 부분은 벌써 색칠이 되어 있었는데, 마치 비단을 붙인 것처럼 매끄럽게 햇살에 빛났고 그 편안한 푸른색이 눈을 즐겁게 해주었다.

집게손가락을 당당하게 모자 차양에 대면서 로자노프가 말했다.

"저 색은 실용적이지 않네."

"아름답잖아요."

"비싸지."

"오래가요."

"그건 모르지."

"칠하는 분이 그러던데."

"칠장이들은 모두 거짓말쟁이야."

로자노프는 이렇게 엄격하게 말한 뒤 바른 자세를 유지하며 위엄 있게 물러났다. 그의 진지한 얼굴과 넓은 회색 구레나룻이 경건하게 햇빛에 드러났다. 미로노프는 왜 칠장이가 거짓말쟁이냐고 따져 묻지 못했다. 그는 집으로 돌아와 책을 들고 창가에 앉았다. 그때 로자노프가 손에 빗자루를 들고 다시 길가로 나왔다. 그리고 자기 집 창문 밑에서 길 가운데까지 쓰레기와 먼지를 쓸어내기 시작했다. 그러자 칠장이가 소리쳤다.

"에이 참, 이거 보세요, 어르신! 일부러 먼지를 일으키는 거죠. 내 일을 망치려고 말예요."

대답하지 않고 로자노프는 계속 먼지를 일으켰다. 미로노프는 그가 일부러 그런다고 생각하며 심란한 마음에 뒷밭으로 나와 늙은 사과나무 아래 풀밭에 앉았다.

'딸을 나한테 내주지 않을 거야. 내가 왜 집을 칠하기 시작했담?'

거리에서 칠장이가 로자노프와 욕질을 해대는 소리가 들려왔다. 칠장이를 말려야 했지만, 사람들은 저렇게 이상한 방식으로 서로 방해하면서 살아야 하는 건가 싶은 회의적인 생각이 힘을 빠지게 했다. 그래서 미로노프는 저녁나절이 되도록 그냥 풀밭에 앉아 있었다.

무덥고 적막한 밤이었고 잠이 오지 않았다. 달이 섬뜩하도록 밝게 빛났고 개들이 짖어대며 아우성치는 소리가 들려왔다. 마루에 노란 달빛이 정사각형으로 비쳐 들어왔고 그 속에 창문의 격자무늬가 분명하게 그려져 있었다. 갑자기 빛 그림자 속에 어두운 세 줄이 나타나더니 곧이어 사람 그림자가 그것을 덮었다. 마치 가로등 켜는 인부가 어깨에 사다리를 메고 공기 속을 날아가는 것 같았다. 이윽고 바스락거리는 소리와 나무가 삐거덕거리는 소리가 또렷하게 들려왔다. 미로노프는 담요를 걷어내고 침대에 걸터앉아 창 쪽을 바라보았다. 창문 앞에 칠장이가 두고 간 사다리가 있었고 누군가 그걸 타고 올라가고 있었다. 미로노프는 펄쩍 뛰어 일어나 조심스럽게 창문을 열고 위를 쳐다봤다. 사다리 위에 달라붙어 있는 사람의 맨발이 보였다. 미로노프는 조금 겁이 났지만 그보다는 놀라움이 앞서 조용히 창문 밖으로 기어나왔다.

달빛이 환히 비치는 가운데 사다리 위에 올라간 사람은 허리춤에 매단 나무통에 연신 작은 붓을 담갔다 꺼내면서 지붕창 주변을 서둘러 칠하고 있었다.

"누구세요?"

미로노프가 조그맣게 물었다.

그 사람은 가뿐하게 사다리를 내려왔지만 나무통이 뒤집어지면서 벽과 창문에 거뭇한 용액을 쏟아냈다. 강한 타르 냄새가 진동했다. 그 사람은 사다리를 들고 도망치려고 했다. 그러나 미로노프는 그가 목수 칼리스트라트라는 것을 이미 알아보았다.

미로노프는 길 가운데로 나와 섰다. 은빛 먼지 같은 달빛 속에서 지붕창 위에 선명하진 않지만 굵게 쓰인 글자가 보였다.

'집'

글자 획마다 검은 타르 용액이 흘러내려 땅에 뚝뚝 떨어졌고 그 소리가 분명하게 들려왔다. 목수는 어깨에 사다리를 메고 자기 집 대문 옆 스무 걸음쯤 떨어진 곳에 서 있었다. 쐐기 모양의 구릿빛 구레나룻과 밝은 색 머리와 이마에 두른 검은 화관이 잘 보였다.

"이보세요. 왜 이런 짓을 하세요?"

목수는 대답 없이 꼼짝하지 않았다.

"정말 놀랍군요! 지난번엔 더럽게 스메타나를 바르더니 이번엔 타르로……"

목수가 웃었다. 미로노프는 그 웃음에 깜짝 놀랐다. 그에게는 그 웃음이 암탉 우는 소리와 개 짖는 소리 중간쯤 되는 그런 좋지 않은 웃음으로 들렸다. 그 웃음으로 인해 모든 것은 더욱더 이해할 수 없고 모욕적인 것이 되었다. 흐릿한 창문 유리가 얼음처럼 반짝였고 대기는 너무나 후끈해서 마치 빛이라도 나는 듯했다. 이 모든 것이 불쾌한 꿈만 같았다.

"나와 싸울 생각은 마. 넌 날 이길 수 없어."

갑자기 큰 소리로 목수가 말했다.

"나도 싸우고 싶지 않아요."

미로노프가 현관 쪽으로 걸어가며 중얼거렸다. 목수는 사다리를 담에 기대놓고 천천히 뒤를 따라왔다.

"나 때문에 화가 났나?"

목수의 우렁우렁한 목소리가 새롭게, 낯설지 않게 울렸다. 아버지도 그렇게 친절함과 엄격함을 섞어서 말했었다.

"아니요. 화난 게 아니라 어떻게 그런……, 왜 그런 짓을 해요?"

목수는 가까이 다가오더니 손으로 미로노프의 어깨를 툭 쳤다. 그의 팔은 새의 날개처럼 가벼웠다.

"속상해하지 말게. 내가 그거 다 원래대로 해놓지. 내가 생각을 잘못했어. 타르는 기름하고 섞이지 않아 흘러내리더구먼. 석유에 섞어야 되는 거였어. 그러면……"

"그런데 왜 그러는 거냐고요?"

"물론 장난이지. 자네도 우스운 생각을 해냈잖아. 아무도 그런 색으로 집을 칠하지 않는데 말이야."

목수는 갑자기 아랫입술을 깨물었고 눈을 가늘게 뜨고 머리를 세차게 흔들었다. 그는 뭔가를 곰곰이 생각하며 의문스러운 눈길로 하늘을 바라보았다. 그는 주머니에서 나무로 된 담배 케이스를 꺼내 성냥불을 켜서 담배에 불을 붙였다. 그리고 성냥을 공중으로 솜씨 좋게 퉁겨버렸는데 성냥불은 꺼지지 않은 채 공중에서 펄럭이는 곡선을 그려냈다. 그러고 나서 그는 손바닥을 미로노프 어깨 위에 얹어 현관 문옆 벤치에 앉혔다. 목수는 그 옆에 앉으며 다소 조롱 섞인 훈계조로 말했다.

"내 자네 속을 알지. 사람들 속에서 튀어보고 싶은 거지? 자네가 아무도 없는 고아라고 해서 그렇게 괴상한 짓을 해도 된다고 생각하나? 이보게, 미로노프, 그만두게. 괴이한 짓거리를 할 수 있는 사람은 딱 둘뿐이야. 나하고 악마하고. 하지만 자네는 아직 우리의 신에게 속해 있는 사람이야!"

"무슨 신이요?"

침울하게 미로노프가 물었다.

"보통의 그런 신, 이런 싱거운 사람 같으니라고. 신이란 하나지, 아니 그걸 모르나?"

목수가 웃으면서 말했다.

"자, 한번 상상해보게. 자네 어머니가 돌아가셨을 때 이웃 사람들은 모두 그런 일이 재미있다는 듯이 자네 주변에 꼬여들더군. 하지만 나는 담벼락에 스메타나를 칠했지. 그랬더니 모두들 나를 보러 몰려온 거야, 알겠나?"

"전혀 모르겠어요."

미로노프가 요령부득으로 고개를 저으며 대답했다.

"무슨 말도 안 되는 소리를……"

"이해하지 못한다는 건, 즉 나쁘다는 거지. 하지만 기어가서라도 일등을 하면 되지. 이 고아 친구야, 말이 안 되는 소리도 이해할 줄 알아야 돼. 자네는 스메타나 같은 것을 생각이나 해낼 수 있겠나? 안 그래? 난 그런 경험이 많지. 심지어 내가 저지른 일 때문에 재판을 받기도 했어. 난 편지가 든 우체통에 석유를 들이붓고 거기다 성냥불을 집어넣은 적도 있네. 편지들이 다 타버렸지만 아무도 무슨 일인지 이해하지 못했지. 신문에는 '왜 편지가 불에 탔을까? 감정이 뜨겁더라도 편지는 냉정하게 쓰세요'라고 쓰여 있더군. 멍청하다는 것은 물론 젊다는 거야. 자네, 밤마다 잠을 이루지 못할 때 늘 생각하지? 어떻게 튀어볼까 하고 말이야. 난 지금도 그런 걸 좋아해. 사람들을 정신없게 만드는 걸 말일세. 사람들이 길을 가다 뭐에 걸려 넘어지면 재미있잖아. 모든 것이 다 평탄한 것 같은데 갑자기 알 수 없는 일이 튀어나온다…… 이 말이지."

목수는 콧수염 끝을 비틀어 꼬면서 입술을 핥았다. 그리고 오른쪽 눈을 가늘게 뜨고 왼쪽 눈으로 달을 바라보면서 한숨을 내쉬었다.

"밝기도 하군. 그런데 저 개들은 달을 좋아하지 않지."

뾰족하고 변덕스러운 목수의 얼굴을 곁눈질하면서 그의 말을 듣던 미로노프는 마음에 모순된 욕망이 일어나고 있음을 느꼈다. 한편으로는 이 사람에게 뭔가를 물어보고 싶기도 하고, 다른 한편으로는 뭔가 모욕적인 말을 내뱉은 뒤 그만 이 사람 곁을 떠나고 싶었다. 그러나 그는 이렇게 말했다.

"아마도 개들은 저게 여우라고 상상하나보지요."

"개들이 상상을 하는지는 아무도 모르네."

목수가 웃으면서 대답했다. 그리고 다시 훈계조로 말하기 시작했다. 뭔가를 비난하기도 하고 뭔가를 경고하기도 하면서 그는 점점 더 이해할 수 없는 사람이 되어갔다. 그의 오만한 말은 미로노프의 마음을 무겁게 짓눌렀고, 그는 그의 말에 프랑스어 문법과 같은 모욕적인 구석이 있다고 느꼈다. 단어들은 낯익은 것인데 그 의미는 깜깜한 그런 느낌이었다. 달빛은 버드나무 잎들 속에 으스레한 어둠을 실어 날

랐고 나뭇잎들은 은빛으로 빛났다. 달빛에 비친 목수의 곱슬머리는 노랬고 이마의 가죽 띠 화관은 더욱 확연하게 윤곽을 드러냈다. 조롱기 가득하고 교활한 초록빛 두 눈은 아주 특이했고, 그 날카로운 반짝임은 바늘로 찌르는 듯한 느낌을 주었다. 그런 눈을 가진 인간은 그가 뭐라 해도 믿어서는 안 된다. 물론 그의 우렁우렁한 목소리도 너무나 위선적으로 들려 경멸감이 일어났다. 미로노프는 한숨을 내쉬고 자신도 모르게 이렇게 말하고 말았다.

"당신은 미친 사람 같아요."

"그래, 그런가?"

목수가 목소리를 높였다.

"거기다 뭐라고 쓸 작정이었지요?"

"날 놀라게 하는구먼. 난 '미친 사람의 집'이라고 쓰고 싶었어. 그러면 내일 온 거리가 깔깔댈 것 아닌가."

그리고 갑자기 미로노프의 무릎을 손바닥으로 탁 치더니 사뭇 진지하고 사무적으로 제안했다.

"이보게, 미로노프. 내게 십 루블을 주면 내가 그렇게……"

미로노프는 화를 내며 뒤로 물러났다.

"잠깐, 잠깐만! 날뛰지 말게. 내가 정말 괜찮은 걸 생각해냈어! 들어봐. 난 자네가 맘에 들어. 다른 놈이라면 소리를 질러대고 난리를 쳤을 텐데, 자넨 괜찮잖아. 음, 고아고, 음, 우린 형제 같고, 그래, 좋았어! 그러니까 내가 그 정도만 받고 일을 해주고 싶네. 놀리는 데는 성공하지 못했고, 그러니까 내가 만족할 만하게 일을 해주지, 알겠나?"

목수는 눈에 조롱기를 거두고 나지막하게 목소리를 낮추어 말했다.

하지만 미로노프는 속으로 더욱더 확신했다.

'이 사람은 정말 미쳤어. 그래서 저렇게 장난꾸러기처럼 구는 거야.'

이런 생각이 들자 어려운 문제가 풀린 듯 마음이 한결 편안해졌다. 그는 하늘을 바라보고 그의 나직한 말을 들으면서 미소를 지었다.

"내가 페인트를 사서 모두들 악 하고 놀라게 색칠을 해줄게! 난 오래 전부터 그런 일을 하고 싶었어. 모든 사람들이 악 하고 놀라 자빠지는 그런 일 말이야."

"뭣 땜에요?"

미로노프가 물었지만 목수는 이 질문을 듣지 못했는지, 구릿빛 구레나룻을 손가락에 말아 쥐고 그걸 잡아 뜯으며 말했다.

"단도직입적으로 말하지. 나는 뭐든 잘할 줄 알지만 일하는 걸 좋아하지 않아. 사람들은 내 멋대로 일을 하게 내버려두지 않아. 내 취미를 좋아하는 사람들이 없거든. 알겠나? 그러니 이제 자네가 내 실력 발휘를 하게 해줘."

"좋아요."

미로노프는 만일 자신이 거절하면 목수가 일을 또 망쳐놓을 것이라고 생각하며 말했다.

돈을 주겠다는 약속에 목수가 좀 놀라는 눈치였다. 칼리스트라트는 잠시 멈칫하는 듯하더니 이상하게 타오르는 눈길로 그를 저울질해보고는 잠시 뒤 머리띠를 고쳐 매면서 중얼거렸다.

"그래, 미로노프. 그거…… 좋았어! 후회하지 말게. 아침에 들르겠네!"

그는 벌떡 일어나서 급히 걸어가더니 뭔가에 발이 걸린 듯 멈춰 서서 손을 위로 뻗으며 말했다.

"굉장한 걸 만들어내겠어! 영혼의 작품을……, 깜짝들 놀랄 거다!"

그의 모습은 푸른 강을 배경으로 놀랄 만큼 또렷하게 각인되었다가 이내 사라져버렸다. 미로노프는 길 한가운데로 나와서 덧창에 흘러내린 붉은 얼룩을 바라보았고, 다시 한번 '집'이라는 글자를 읽어보았다. 그리고 힘겨운 듯 고개를 떨구고 잠을 자러 들어갔다.

'미쳤어…… 사기꾼, 틀림없어……'

아침 일찍 하녀가 미로노프를 깨웠다.

"목수가 와서 돈을 달라고 그러네요."

"꿈은 아니었군……"

그는 노파에게 돈을 주고 다시 잠을 청하며 생각했다.

'고소해버려야 하는데……'

일하러 나가다 깨끗하게 칠한 곳에 붉은 기름기가 흘러내린 흔적을 보았을 때 미로노프는 다시 그 생각을 했다. '집'이라는 글자는 이미 다 흘러내려서 읽을 수가 없었다. 그는 고개를 숙인 채 마주치는 주민들의 비웃는 미소를 느끼며 빠른 걸음으로 거리를 내려갔다.

'리자도 분명히 보고 웃겠지…… 파리에는 저런 통나무집들은 없는데……'

저녁 다섯 시 무렵 일터에서 돌아오니 그의 집 맞은편에 한 무리의 꼬마들이 모여 있고, 집 앞쪽에 사다리가 걸려 있는 것이 멀리서도 눈에 들어왔다. 사다리 꼭대기에는 양철통 같은 것이 눈부시게 빛나고 있었다. 지붕창에 한 발을 들여놓고 몸을 굽힌 채 공중에서 까닥거리고 있는 사람은 바로 목수였다. 미로노프는 지팡이를 휘두르며 집으로 달려가 소리쳤다.

"그만 해, 안 돼요! 제기랄!"

와 하고 함성을 지르며 그를 맞았던 꼬마들은 모두 입을 다물고 담장 쪽으로 뛰어 흩어졌다. 화가 머리까지 끓어오른 미로노프는 흥분해서 고개를 들고 목수의 마른 얼굴과 악의에 찬 커다란 눈을 쳐다보았다. 그는 너무나 속이 상해 울고 싶을 지경이었다. 하지만 목수는 아주 잽싸게 사다리에서 내려와 어깨로 툭 치면서 불붙은 양초처럼 끝이 새빨간 붓으로 위를 가리켰다.

"뭘 그렇게 소리치나? 뭐 잘못됐나?"

파란 삼각형 위에 반원형 창문이 도드라져 보였고, 창틀은 모두 떼 놓은 상태였다. 그리고 옆쪽에서 격자무늬의 하얗고 노란 괴물이 창문을 들여다보고 있었다. 괴물은 붉은 비늘에 툭 튀어나올 듯 커다란 붉은 눈을 가졌으며, 꼬리는 없었다. 괴물의 눈 주위에는 흰색 고리가 둘러쳐져 있었다. 괴물의 얼굴은 어딘지 양을 닮은 것 같았지만 전체적으로 물고기를 떠올리게 했다. 발장단을 맞추며 목수는 속삭이듯이 설명했다.

"세 놈을 그릴 거야. 하나는 오른쪽에서, 다른 하나는 위에서 쳐다보게 말이야. 창문은 그물처럼 그려 넣을 거고. 그럼 마치 저놈들이 창문으로 기어들어가는 것처럼 보이겠지……"

목수는 손을 떨고 있었다. 술에 취한 것 같았지만 보드카 냄새는 나지 않았다. 틀림없이 페인트 냄새가 술냄새를 덮어버렸을 것이다. 목수는 페인트 범벅이었고 심지어 뺨에도 쉼표처럼 생긴 빨간 붓 자국이 번들거렸다. 초록빛 눈은 이상하게 빛나고 있었다.

"솜씨 좋지?"

그가 물었다.

"멋지지 않아?"

미로노프의 등 뒤에서 꼬마들이 낄낄거리며 소란을 피웠다. 남루한 거지가 다가와서 절을 하고는 쇠로 만든 의족을 내밀며 구걸을 청했다. 거지의 발밑에는 털이 뒤엉킨 개 한 마리가 혀를 내민 채 머리를 옆으로 기울이고 앉아 있었다. 이 개 역시 목수의 선명한 그림을 보면서 무슨 뜻인지 모르겠다는 것처럼 보였다. 이때 로자노프의 엄격한 목소리가 울려퍼졌다.

"이게 뭐야, 난장판을 벌인 건가?"

미로노프가 돌아서자 로자노프는 그의 얼굴을 똑바로 쳐다보며 분통을 터뜨렸다.

"이보게, 자네 부끄럽지도 않나? 이 흉한 짓을 당장 그만두게."

뭐든지 이해할 수 없을 때 늘 그렇듯이 미로노프는 무기력해지고 몸이 굳어지는 느낌이었다. 잠깐 흥분이 일었다가 사라졌지만 로자노프의 질책은 그의 마음을 더욱 짓눌렀다. 그는 조용히 애원하듯이 목수에게 당부했다.

"들었지요?"

목수는 경멸적으로 손을 내저었고 확신에 차서 우렁우렁한 목소리로 말했다.

"누구나 제 집을 제 맘대로 칠할 수 있지요!"

목수가 사다리로 다가가자 미로노프가 그를 제지했다.

"그만, 제발요! 다들 웃잖아요."

"날 보고 웃는 게 아니야."

목수는 몸을 빼면서 말했다. 그에겐 뭔가 뭉툭하고 위협적인 면이 있었다. 미로노프는 자신과 그에게 확인시켰다.

"이 집은 내 집입니다!"

"그러니 다들 내쫓으라고, 제기랄!"

목수는 재빠르게 사다리를 타고 올라간 뒤 소리쳤다.

"다들 악 하고 놀랄 거다!"

아연실색한 미로노프는 육체적 피로와 수치심에 짓눌린 채 말문이 막혀 집 안으로 들어오면서 목수의 무도한 행위에 대해 경찰에 고소하기로 결심했다. 옷을 벗지도 않고 책상 앞에 앉아 눈을 감고 잠시 생각에 잠겼다가 글을 쓰기 시작했다. 그러나 펜에 잉크가 너무 많이 묻어서 '손해'라는 단어가 '손히'가 되어버렸다. 그는 펜을 집어던지고 갑자기 로자노프에게 가서 어떻게 하면 좋을지 상의해보려고 결심했다. 그는 즉시 정장으로 갈아입고 빗에 물을 적셔 머리를 다듬고 집에서 나와 목수의 눈에 띄지 않게 조심하면서 길을 건넜다.

로자노프의 집 마당에서 쪽문 틈으로 밖을 살펴보니 그는 자신이 쓸데없이 조심했다는 생각이 들었다. 목수는 사다리 맨 위에 서서 부자연스럽게 몸을 뻗어 면양처럼 생긴 물고기 머리를 파란색으로 칠하고 있었다. 그의 씩씩거리는 소리가 미로노프에게까지 들려왔다.

'오늘은 집을 망쳐놓고, 내일은 집에 불을 질러버릴지도 몰라, 그럼 어떻게 하지?'

"무슨 일인가?"

로자노프는 그에게 별로 호의적이지 않았다. 그는 짙은 눈썹을 손가락으로 쓰다듬으며 현관 계단 위에 서 있었다. 미로노프는 모자를 벗고 그에게 다가가 왜 왔는지를 나지막하게 서둘러 설명했다. 로자노프보다 아래쪽에 서 있는 것이 모욕적이고 불편했다. 석양빛이 그의 얼굴에 정면으로 비쳐서 눈을 뜰 수가 없었던 것이다. 미로노프는 눈을 가늘게 찌푸리고 팔을 휘저으며 한 발씩 걸음을 옮겼다. 그때마다 새 멜빵이 기분 나쁜 소리를 냈다. 하지만 로자노프는 설교를 하려고 강단에 선 성직자처럼 그를 바라보고만 있었다.

'틀림없이 내가 반갑지 않은 거야. 저 노인은 왜 손님을 안으로 들라고 하지 않지?'

고양이처럼 동그란 눈으로 미로노프의 머리를 내려다보면서 로자노프는 경멸적인 어조로 말을 꺼냈다.

"어쩌다가 그런 건달놈하고 엮이게 됐나? 그자는 난폭한 놈이야. 시골에서라면 마을 회의를 해서 시베리아로 쫓아버릴 텐데, 여기는 법이 잠자고 있으니 원. 모두들 제 하고 싶은 대로 인생을 망쳐가고 있는 거지……"

미로노프는 창문의 초록 꽃잎들 사이로 낯익은 검은 눈이 자신을 내다보고 있다는 것을 알았다. 자신을 보고 있는 눈길을 의식한 그가 뭔가 인상적인 이야기를 하고 싶어 다소 들뜬 목소리로 말했다.

"제 생각에 목수는 미친 사람입니다."

"그건 자네 일이고. 잘 생각하게, 난 할 말 없네."

당황한 미로노프는 돌아선 그의 등에 대고 허리를 굽혀 인사를 했다. 그 바람에 멜빵이 부딪쳐 유난히 큰 소리를 냈다. 그는 곁눈질로 창문을 바라보았다. 리자가 이 삐빅거리는 소리를 들은 것은 아닐까?
그러나 눈은 벌써 사라지고 없었다……

'정말 이상하게 모든 게 우스꽝스럽군.'

마음도 상하고 우울해져서 그는 거리로 나왔다. 목수가 길 가운데
에 서서 머리를 젖히고 구레나룻을 잡고는 자신의 그림을 바라보고
있었다. 미로노프가 다가가자 그는 한숨을 내쉬며 말했다.

"마음에 안 들어."

"마음에 안 들어요."

미로노프가 따라 말했다.

"지루해!"

목수는 나지막이 욕설을 내뱉고는 악의를 감추지 않고 불만을 토로
했다.

"내가 생각은 정말 기막히게 해냈지! 물고기가 날 잡아먹었어. 난
특히 자네에게 잘해주고 싶었어. 자네 고기 잡는 거 좋아하잖아. 하지
만 꽃을 그렸어야 했어. 꽃은 정말 잘 그릴 수 있는데. 그리고 토끼도
말이야……"

미로노프는 뭔가 기대하면서 그의 팔을 잡고 집 현관 쪽으로 데려
갔다.

"제 말 좀 들어보세요……"

"대체 뭘 들으라고? 부끄럽네, 미로노프. 자넨 이걸 이해 못하겠
지……"

"아니요, 이해할 것 같은데……"

"자넨 이해 못해. 보드카 있나? 있으면 한잔 주게! 물론 내가 이걸

다시 해줄 테니 걱정 말게……"

미로노프의 막연한 기대감은 사라져버렸다. 그는 부엌 창문을 향해 파블로브나에게 보드카를 달라고 화를 내며 소리치고는 현관 옆 벤치에 앉았다. 목수는 현관 아래 계단에 앉아 무릎에 팔을 괴고 밝은 색 머리카락 속에 손가락을 찔러 넣었다. 이마에 걸쳐 있던 검은 화관이 눈썹 위로 흘러내리자 황금빛 눈썹이 더욱 분명하게 대조되어 드러났다. 하녀가 마가목 열매로 담근 보드카를 유리병에 담아 고기만두 조각과 함께 내왔다. 목수는 미로노프를 바라보고 웃으면서 속삭이듯이 말을 꺼냈다.

"이보게, 미로노프. 이런 일 자주 있나? 난 자네를 욕보이려고 했어. 손해를 입히려고 했지. 그런데 자넨 욕 한마디 하지 않고 이렇게 대접까지 하는군! 늘 이런가?"

"잘 모르겠어요."

미로노프는 마지못해 대답하면서 어떻게 하면 목수가 집을 도색하지 못하게 할 것인지만 생각했다.

하지만 목수는 어느새 두 병을 다 비우고 나서 속삭이듯 목소리를 낮추어 말했다.

"그래, 내 자네에게 말해둘 건, 늘 이렇지는 않다는 거야! 이보게, 사람들은 서로서로에게 거미야, 거미! 어떤 사람들은 거미고 또 어떤 사람들은 멍청이고, 알겠나? 좋은 사람은 이를테면 항상 어느 정도 바보지."

이 말에 미로노프는 마음이 상했다. 그는 심한 말로 대꾸하고 싶었지만 아버지가 했던 말을 도전적인 어조로 되풀이하는 것으로 그치고 말았다.

"신은 바보들을 좋아하죠."

목수는 바로 그렇다는 듯이 고개를 끄덕였다.

"바로, 그래. 이 고아 친구야. 신이라고 해서 교활하지 않은 건 아니지. 분명해! 난 알아. 난 늘 신중하게 생각하거든. 날 믿게. 자네는 지금 어떤 물고기를 잡았는지 모르지. 하지만 난 자네의 영원한 친구야! 자네가 어떻게 했는지 아나? 자네는 그 온순함으로 내 양심을 부끄럽게 했어……"

또다시 목수의 얼굴이 무뚝뚝해졌지만 초록빛 두 눈에는 촉촉한 물기가 어렸다. 그는 양미간을 손가락으로 꼭 눌렀고 손가락 양옆으로 두 줄기 눈물이 흘러내렸다.

목수의 고백에도 미로노프는 무료함과 짜증스러운 마음 외에는 아무런 감정이 없었다. 그러나 이 알 수 없는 굵은 눈물은 그를 놀라게 했다. 보드카에 젖은 손가락을 손수건으로 닦으면서 미로노프는 목수의 눈이 반짝이고 휘감겨 올라간 구릿빛 콧수염이 가늘게 떨리는 모습을 지켜보았다. 목수의 이마와 관자놀이에 땀이 흘러내렸다. 미로노프는 자신도 모르게 목수의 이마에 있는 땀을 손수건으로 닦아주었다. 목수가 깜짝 놀라더니 잠시 말없이 미로노프를 바라보다가 웃으며 물었다.

"왜 그랬지?"

"땀에 젖었기에……"

목수는 발을 까딱거리며 조용히 웃다가 중얼거렸다.

"내가 애들인가, 얼굴을 다 닦아주고, 응?"

426

"나도 모르게 그만."

"자, 좋아, 됐어! 내일 내가 새로 칠할게. 아무 문제 없게……"

"아니, 됐어요, 칠할 필요 없어요!"

"필요 없다고?"

"그래요. 필요 없어요!"

목수는 고개를 숙이고 깊게 한숨을 내쉬었다. 그러고는 일어나서 그에게 손을 내밀었다.

"날 용서하게……"

그리고 갑자기 절름발이처럼 절룩거리며 걸어갔다. 너무 오랫동안 앉아 있어서 한쪽 다리가 저린 모양이었다. 그는 대문 옆에 잠시 멈춰서서 잡초가 무성한 마당을 쳐다보더니 쪽문을 꽝 닫고 가버렸다.

미로노프는 정원에 남아 황당한 기분을 떨쳐버리기 위해 애썼다. 페인트 도색 사건이 의외로 다행스럽게 끝나 기쁘다는 생각도 들지 않았다.

'뭐 저런 사람이 다 있담.'

이제야 여유가 생긴 미로노프는 목수에 대해 이렇게 생각했다.

나무의 초록빛이 어둑해지고 새들이 잠들 늦은 저녁 시간에 미로노프는 정원으로 나와 사과나무 아래 풀밭에 누워 촘촘한 나뭇잎 사이로 하늘을 바라보았다. 얼음처럼 푸른 하늘에서 어떻게 이처럼 지독한 무더위가 흘러내릴 수 있는지 이해가 되지 않았다. 창백한 달빛이 사과나무 위로 숨어들었다. 먼지가 떠다니는 대기 속으로 낮 동안의 노동과 폭염에 지친 사람들의 목소리가 느릿느릿 흘러다녔고, 이 목소리들이 미로노프의 고요를 방해했다. 미로노프는 물 속에 가라앉 듯이 고요 속으로 침잠하는 것을 좋아했다. 그러기 위해선 완벽한 고 요함이 필요했다. 그래야 그 속에서 자유롭고 가볍게 유영할 수 있었 다. 고요 속에서는 말이나 형상이 모두 사라지고 즐거운 생각만 날 것 이다.

그러면 하늘과 땅과 그 위의 모든 것이 녹아 흘러내려 느릿한 파도 를 이루면서 어딘가로 흘러가고 맴을 돌며 위로 끝없이 솟아올라갔 다. 그 자신은 온통 소리가 되었다. 아니, 동시에 그는 존재하지 않고 오직 고요한 비상(飛上)만이 있을 뿐이었다.

이렇게 아무런 생각 없이 노래하는 운율만이 있는 비상보다, 지상 의 모든 것이 별의 세계로 비상하는 것보다 더 좋고 더 비밀스러운 것 을 그는 알지 못했고 느껴보지 못했다. 그리고 별들과 더불어 더 높이 올라가면 그곳엔 어떤 위대하고도 비범한, 그리고 아주 다정한 존재 가 살고 있었다. 바로 이 존재가 취할 듯한 이 음악의 끝없는 원천이 었다. '호산나'*를 노래하는 세라핌**들과 게루빔***들에 둘러싸여 황 금 옥좌에 앉은 사바오스****의 형상은 그를 만족시키지 못했다. 사원 에 있는 지상의 신에게 그는 이미 오래전부터 무관심했다. 그 신의 이 름으로 매일 수백만의 사람들이 도움을 청하고 있지만 신의 힘은 세 상에 보이지 않기 때문이다. 언제부턴가 그는 신이 사람들에게 거부

---

* 신을 찬미하는 말.
** 여섯 날개를 가진 최고위 천사.
*** 지품천사.
**** 만군의 주, 전능의 신.

당하고 그 대신 조롱기 가득하고 난폭한 악마 같은 존재가 돌아다니고 있다는 의심이 들었다.

음악의 창조주를 상상하려고 애쓰자 아직 숫총각인 그의 앞에 푸른 안개에 싸인 여인의 벌거벗은 몸이 나타났다. 그녀의 육체는 불쾌하면서도 전율할 듯한 욕망을 불러일으켰고, 그 강렬한 욕망으로 인해 그는 심장이 멎어버린 채 지상으로 빠르게 추락하는 것만 같았다. 비상의 느낌은 찢어지는 듯한 거친 소리와 더불어 추락의 느낌으로 변했다. 곧바로 그의 기억 속에는 언젠가 그의 눈길을 끌었던 여인들의 모습이 연이어 떠올랐다. 이러한 추락은 무척 불쾌한 것이었다. 그리고 무엇엔가 얽매인 것 같은 참담한 느낌과 수치심, 공포, 그리고 예민한 호기심 같은 것을 불러일으켰다. 그래서 미로노프는 그를 다시 지상으로 팽개쳐버리는 그 아름다운 여인, 별보다 더 높은 곳의 그 여인을 불러내는 것은 피하려고 했다.

언제나 아주 쉽게 성공했던 비상의 느낌을 오늘 저녁엔 불러낼 수가 없었다. 의지와는 반대로 어떤 생각들이 떠올라 그에게 대답을 요구하고 있었기 때문이다. 리자가 바보 같은 멜빵 소리를 들었을까? 그녀의 아버지는 사람들을 좋아하지 않고 그들의 삶에 엄격한 권력자처럼 개입하곤 한다. 그래서 사람들은 모두 그를 존경하고 있다⋯⋯ 누구도 내 삶을 간섭하지 못하게 하려면 어떻게 살아야 할까? 그리고 특히 집요하게 떠오르는 것은 목수에 대한 생각이었다. 그의 모습이 자꾸 눈앞에 어른거렸다.

"말도 안 돼. 모두 말도 안 되는 이상한 일들뿐이야."

미로노프는 나지막이 중얼거렸다. 그리고 불안감을 떨쳐버리기 위해 눈을 감고 자세를 편안하게 고쳐 누우며 한 시간 전에 읽었던 희곡의 대화 한 구절을 속삭이듯 웅얼거리기 시작했다.

"아, 그렇습죠. 그건 모두 아는 사실인데요, 황소가 독수리보다는 낫지요."

"황소라니, 나를 말하는 건가?"

"그렇습죠, 나리, 괜찮으시다면요."

"날 모욕하는군!"

"그럼 계속할까요?"

"날 모욕했어!"

"제가 보기엔 세상에서 가장 심하게 나리를 모욕하는 건 자연입죠, 나으리!"

"난 원래 귀족이야!"

"그렇다면 귀족 계급이 모욕을 당한 거군요······"

"마당엔 잡초가 무성하고, 정원은 황량하고."

목수의 힘찬 목소리가 울렸다. 그는 미로노프 바로 앞에 서 있었다. 장밋빛 루바쉬카*를 입고 있었는데 허리띠로 묶지 않고 앞가슴 단추도 채우지 않았으며 아래는 줄무늬 속옷 차림에 맨발이었다. 머리는 온통 산발해서 방금 잠에서 깬 사람 같았고, 검은 머리띠는 귀까지 내려와 있었다.

---

* 품이 넓은 러시아 셔츠.

미로노프는 몸을 일으켜 앉았다.

"어떻게 들어왔죠?"

"담을 넘었지. 아르타몬에게 말해서 정원을 좀 다듬고 깨끗하게 해야 되겠어. 그 사람은 그런 일 좋아해. 저녁마다 여기 와서 놀라고 하지 뭐."

무릎을 굽히면서 목수는 손을 내밀었다.

"가져, 이거 남은 걸세. 페인트 사는 데 육 루블 썼고, 여기 붓 두 개, 이것도 넘겨주지. 쓸 데가 있을 거야."

"필요 없어요."

미로노프는 모욕을 느끼며 조용히 말했다.

"내게도 필요 없네."

목수는 사과나무 옆 풀밭에 돈을 내려놓았다. 그리고 미로노프 옆에 나란히 앉아서 그의 얼굴을 들여다보았다.

"무슨 생각을 하고 있나?"

"아무 생각도 안 해요."

"여자 생각하나?"

"아뇨."

잡아 뜯은 풀로 이마를 닦으며 목수는 걱정스럽다는 듯 훈계조로 말했다.

"여자들은 항상 조심해야 해. 활달한 여자는 자넬 괴롭힐 거고 얌전한 애하고는 같이 망가질 거야."

미로노프는 아무 말 없이 몸을 조금 흔들면서 '아무 대답도 하지 말아야지. 그럼 가버리겠지' 하고 생각했다.

"난 내내 자네에 대해 생각하고 있네. 미로노프, 자네가 날 신경 쓰이게 해. 자네 생각을 하면 마음이 몹시 불안해. 그런데 여기서 뭘 그렇게 중얼댔나, 무슨 마술 주문을 외웠나?"

"시예요."

"날 놀라게 하는군, 미로노프."

"난 누구도 놀래키고 싶지 않아요."

"자넨 날 놀래켰어."

목수의 말에서는 뭔가 편안하지 않은, 심지어 위협적이기까지 한 느낌이 묻어났다. 미로노프는 당겨 앉았다. 이 사람에게 대체 무슨 말을 해야 하나? 대체 이 사람과 뭐에 대해 대화를 나누어야 한단 말인가?

"아주 덥군요."

그가 말했다.

"그렇군. 그런데 대체 뭘 그렇게 생각했냐고?"

"난 생각하는 거 싫어해요. 조용한 걸 좋아합니다."

그는 화난 목소리로 대답하고 싶었지만 오히려 뭔가 죄지은 듯이 말했다고 느껴져 이렇게 덧붙였다.

"하늘은 밝고 조용하지요. 구름은……"

그는 자신의 목소리가 크지만 불평하는 것처럼 느껴져 말끝을 흐렸다. 그러자 목수는 살짝 하늘을 바라보고는 말했다.

"이보게, 미로노프. 하늘은 텅 비었어. 그래서 조용한 거야."

"해도 있고 달도 있잖아요? 별도 있고…… 하늘에는 우리가 볼 수 없는 것들이 있을걸요."

목수는 미심쩍다는 듯 고개를 갸우뚱했다.

"자네는 신을 믿는 거 같지 않아. 교회도 안 다니고……"

이 말에 미로노프는 화가 났고, 목수에게 뭔가 모욕적인 말을 하고 싶다는 욕망이 일었다. 그러나 모욕적인 말들이 생각나지 않아 결국 나직하게 중얼거렸을 뿐이다.

"아버지는 신을 믿지 않았어요……"

"많은 사람들이 다 그렇지."

"하지만 '생각이란 먼지다. 그것 때문에 더욱 혼란스러워질 뿐이다'라는 말씀을 하셨죠."

"그래?"

목수는 놀라며 이렇게 물었다.

"그렇게 말했단 말이지?"

"예. 나도 그렇게 생각해요. 생각이란 벌레들 같다. 벌레들을 파내면, 그 벌레들이 꾸물꾸물 기어다니고 여기저기 달라붙는다고요……"

목수는 손톱으로 풀잎을 뜯으면서 웃음을 머금고 듣고 있었다.

"생각을 할 때면 내 안에 두 사람이 존재하는데, 한 사람은 잘 알고 있고, 다른 사람은 혼란에 빠진 것 같아요. 하지만 난 생각하고 싶지 않아요. 영혼은 생각하는 걸 싫어하거든요."

"자넨 이상한 말을 하는군, 미로노프……"

"안다는 사실이 왜 중요하죠?"

미로노프는 목수를 추궁해 모욕을 주고 겁먹게 해 가버리게 하려고 말했다.

"사람들은 태어나서 결혼하고 아이들을 낳고 죽어가죠. 화재, 도둑질, 살인, 서커스단이 왔다, 교회 행렬이 지나간다, 아내가 도망갔다, 술주정뱅이들이 싸움질을 한다, 배추를 발효시키거나 오이를 절인다, 카드놀이를 한다, …… 이런 일들을 모두 알고 있지만 그 일들이 내게 필요한가요? 나는 이런 건 전혀 원하지 않아요!"

"그럼 대체 자네에게 필요한 건 뭔가?"

목수는 침착하게 물었다. 그의 이 침착함이 미로노프를 진정시켰다. 그는 잘 알아들을 수 없는 소리로 대답했다.

"난 고요함을 좋아해요."

"그건 자네가 외롭게 태어나서 그런 거지. 미로노프, 자넨 참 이해하기 힘든 사람이야!"

"이해해달라고 부탁하지 않았어요……"

이렇게 말하고 나서 미로노프는 일말의 기대를 가지고 조심스럽게 살짝 곁눈질로 목수를 쳐다보았다. 이 정도면 모욕을 느끼고 가버리지 않을까?

목수는 허공으로 손을 내밀었다. 사과나무 잎들이 그의 손바닥 위에 내려앉았다가 손을 쓰다듬으며 풀밭 위로 떨어져 내렸다. 그러자 풀밭은 더욱 어두워졌고 부드러운 비로드 같아졌다. 목수는 풀을 바라보며 말이 없었다. 미로노프도 한숨을 내쉬고 손바닥으로 달빛과 그 그림자를 받아보았다. 두 사람은 그렇게 잠시 눈먼 거지들처럼 허공에 손을 내밀고 앉아 있었다. 잠시 뒤 목수가 말했다.

"아니야, 미로노프. 자넨 날 놀라게 할 수 없어! 말로는 날 놀라게 하지 못해. 이보게, 자네의 저 파란 집은 웃음거리는 되지만 놀래키지는 못하지……"

"도대체 당신은 왜 나한테 달라붙는 거예요?"

목수는 가볍게 웃으며 머리를 흔들더니 눈을 깜박거리며 대답했다.

"화를 내는 건가?"

그의 눈은 부드럽게 웃고 있었다. 그는 머리의 가죽끈을 고쳐 매고 천천히 담배를 피워 물었다. 회색 담배 연기가 띠처럼 공중으로 피어올랐다.

"미로노프, 무료함이 자넬 짓누르고 있다는 것을 잘 알고 있네. 자네 나이 때는 그런 법이지. 아직은 삶에 익숙해지지 않았고 기쁨이 필요한 나이지. 기쁨을 위해서는 여자가 필요하지. 하긴, 진지한 사람에겐 그것도 오래 못 가지. 기쁨을 주는 건 많지 않아……"

목수의 교훈적인 말투 때문에 미로노프는 다시 화가 치밀었다. 글도 모르고 책도 읽지 못하는 목수 주제에 자꾸 저렇게 말하다니……

"모든 게 변해야 돼요, 다시 만들어야죠."

그 역시 교훈적으로 말했다.

"그건 정치 얘긴가?"

목수가 담뱃재를 떨며 묻고는 계속해 말했다.

"난 정치적인 것은 관심 없어. 난 영혼이 담긴 아주 팬찮은 작품을 하나 만들고 싶어. 굉장히 뛰어난 거, 사람들이 악 하고 놀랄 그런 거……"

"주지사를 물어뜯어요."

미로노프는 홧김에 이렇게 제안했다.

목수가 눈을 껌벅이며 물었다.

"무슨 소린가?"

"주지사를 물어뜯으라고요. 교회에서 오전 예배를 보고 난 다음에…… 모두들 악 하고 놀랄 거 아녜요……"

손으로 자기 무릎을 내리치며 목수는 웃음을 터뜨렸다.

"화내지 말게. 자넨 괴짜야! 하여튼 재미있어. 뒤죽박죽이기는 하지만 재미있어. 이보게, 미로노프. 모든 게 지루한 사람은 누구나 자신과 다른 사람을 놀래키고 싶어하지. 하지만 그 무엇으로도 그렇겐 못해…… 놀래킬 줄을 모르거든. 자넨 생각할 필요 없네. 자네 머린 불행해. 벙어리처럼 말을 못하지. 가게나, 가서 자게! 잠자는 사람이 행복한 사람이야."

목수는 담배꽁초를 땅에 찔러 박고는 가볍게 용수철처럼 튀어 일어났다. 그리고 인사도 하지 않고 조롱하듯 마지막 말을 반복하며 담 쪽으로 걸어갔다.

"잠자는 사람이 행복한 사람이지……"

그의 무게에 눌린 담장 나무 판때기가 삐거덕거리는 소리를 들으며 미로노프는 흡족한 생각이 들었다.

'앞으로 더는 오지 않겠지. 모욕을 줬으니까. 주지사 얘기는 잘한 거야……'

그는 즉각 교회의 푸른 향 연기 속에서 벌어질 장면을 떠올렸다. 많은 머리통들이 두 가지 색으로 늘어선 맨 앞에 대머리에 큰 귀를 가진 높으신 분의 커다란 머리통이 있다, 그에게 목수가 조심조심 다가간다, 그리고 확 달려들어 그 날카로운 이빨로 빨간 귀를 물어뜯는다, 교회 안에 있던 사람들이 악 하고 일제히 소릴 질러대는데 그 소리가 어찌나 크게 울리던지 촛불이 일제히 흔들린다, 목수는 붙잡혀 매를 맞으며 끌려간다……

미로노프는 슬그머니 웃음이 났지만 어딘가에서 삐걱거리는 소리가 들려 얼굴에서 미소를 거뒀다. 목수가 담장 너머에서 자신을 지켜보다가 내는 소리라고 확신한 그는 일부러 기침을 하면서 고개를 숙이고 자리를 떴다.

다음날 보니 지붕 밑의 괴물이 짙은 파란색으로 칠해져 있었다. 이 짙은 파란색 때문에 창문 위의 삼각형이 더 무거워 보여 마치 푸른 집을 땅으로 짓누르는 것 같았다. 비록 밝고 비단처럼 고운 색은 아니었지만 벽과 덧창에도 불그레한 점들이 덧칠해져 있었다.

'정말, 약속을 지켰군!'

위를 쳐다보면서 미로노프는 목수가 어떻게 자신의 말대로 했는지를 상상하려 했지만 몹시 어려웠다. 모든 단어에는, 기억으로부터 동일한 음의 단어들을 불러내고 그 단어들에 달라붙은 어렴풋하고 아무 연관 없는 생각들로 부풀어오르고 번져가려는 노력이 함축되어 있기 때문이다. 이를테면 '네바(하늘)', 이것은 아주 단순한 단어지만 '네 바유시(난 걱정하지 않아)'라는 단어를 끌고 온다. 혹은 '나다옐(지겹다)'은 '나다예스치(먹어야 한다)'를 끌고 온다.

미로노프는 생각을 지우려 머리를 흔들고는 점심을 먹으러 집으로 들어갔다.

식탁에 앉자마자 작은 쪽문이 쾅 하는 소리를 내더니 어깨에 낫과 쇠삽을 짊어진 아르타몬이 그 둔중한 몸을 들이밀고 정원에 들어섰다. 그는 현관 옆 벽에다 낫과 삽을 기대 세워놓고 성호를 그은 다음

칵 하고 손바닥에 침을 뱉고는 가볍게 낫을 집어 들었다. 그리고 마치 채찍처럼 낫을 휘두르며 풀을 쓱쓱 잘라내기 시작했다.

미로노프는 창문 옆에 숨어서 그의 작업을 지켜보았다.

'제 집처럼 멋대로들 구는군……'

털북숭이 아르타몬의 얼굴에 난 삼각형 모양의 붉은 입 안에서 흉악한 이빨이 반짝였다. 곰처럼 생긴 작은 눈이 눈썹 밑에 음흉하게 숨어 있었고 커다란 코는 거칠게 자란 구레나룻에 덮여 있었다. 이 모든 광경이 너무나 비현실적이어서 아르타몬은 살아 있는 사람 같지 않았다. 그의 움직임은 너무 둔하고 무거워서 마치 눈에 보이지 않는 빽빽한 나무숲을 뚫고 기어가는 것만 같았다.

'저 아르타몬은 사람들을 악 하고 놀라게 하려고 목수가 창조해낸 사람 같군……'

몇 분 만에 마부는 모든 잡초를 베어버리고 정원 구석에 멈춰 서서 낫을 창처럼 잡고 하늘을 바라보았다. 그리고 손으로 넓은 어깨와 튀어나온 이마를 툭툭 치면서 다시 성호를 그었다. 미로노프는 보드카가 담긴 컵, 빵과 커틀릿을 가지고 나가 그에게 내밀며 말했다.

"고마워요."

"고마워요."

아르타몬이 소리는 내지 않고 입술만 움직여 그의 말을 따라 했다. 그는 머리를 젖히고 입 속에 보드카를 부어 넣었고 역시 그 속에 빵 반 조각과 고기를 집어넣었다. 그리고 남은 것을 보더니 마저 집어서 꿀꺽 삼켜버리고는 알아듣기 힘든 낮고 굵은 목소리로 말했다.

"이제 뒤뜰로……"

"얼마를 드려야 되죠?"

"아, 아니, 난 그냥 재미 삼아 하는 거야."

그는 석회와 밀가루가 하얗게 묻은 묵직한 장화를 신더니 짧은 다리를 무겁게 옮기며 걸어갔다.

한 시간 뒤 미로노프가 뒤뜰로 나가보니 풀이 벌써 다 베어져 있었다. 아르타몬은 사과나무 밑에 서서 손으로 나뭇가지를 매만지고 있었다.

미로노프는 씩씩거리는 그가 너무 가까이 다가오지 못하도록 적당한 거리를 두고 조심스럽게 멈춰 섰다.

"주인장! 여기 좀 봐. 벌레가 얼마나 많은지! 줄기에 약을 발라야 돼. 그리고 나무들 주변을 벌써 오래전에 좀 파뒀어야 했는데, 내가 해주지. 주인장, 그리고 줄기 끝부터 잘라내!"

씩씩거리면서 그는 미로노프에게 쫙 펼친 손을 내밀었다. 그의 손에는 잡아서 눌러 죽인 벌레들이 덕지덕지 달라붙어 있었다. 미로노프는 혐오감에 몸을 떨며 한 걸음 물러섰다.

"아니, 날 겁내지 마. 난 친절한 사람이야. 칼리스트라트가 날 보냈지. 뭘 떨어? 내 원 참, 사람하고는……"

왕왕거리는 마부의 말은 몹시 불쾌했고 어린애의 혀짤배기소리를 연상시켰다.

"내가 다 해주지. 난 이런 일을 좋아하거든."

그는 더러운 손을 장화 목 부분에 닦아내며 이렇게 말했다. 등을 구부리는 것이 힘들었는지 그는 몸을 굽히면서 끙 하고 앓는 소리를 냈다. 미로노프는 무슨 말을 해야 할지 몰랐다.

"크류코프는 어딨지요?"

뭐든 말해야 된다고 생각해서 미로노프는 아르타몬에게 물었다.

"칼리스트라트? 그 사람에게 가까이 가지 마. 그 사람 좀 이상해졌어. 당신 집을 칠하지 못하게 해서 당신에게 감정이 안 좋아."

그리고 그 흉측한 입을 벌리더니 세 번 하품을 했다.

오와 우의 중간 소리쯤이었는데 겨울의 눈보라가 연통 속으로 휘말려 들어가며 내는 소리 같았다. 미로노프는 겁이 나 머리를 웅크리고 조그맣게 말했다.

"당신이 그 사람보다 힘이 세군요."

"그럼, 당연히 세지! 서커스 구경을 갔을 때 싸움이 벌어졌는데, 그놈들이 내 손가락을 꺾어버렸지만, 난 그놈들을 모두 다…… 그놈들은 원래 힘이 없거든, 약아빠지기만 하고……"

그는 버터를 퍼내듯 가볍게 삽을 놀려 사과나무 주변의 마른 땅을 파서 엎었다. 암갈색 흙덩이에 벌레들이 꾸물거렸다.

"여기 사람들은 다 내 힘을 겁내지. 하지만 난 사람들에게 친절하고 같이 얘기하는 걸 좋아한다네. 내 목소리를 듣고 사람들이 겁내긴 하지만…… 지난핸가 내가 마차로 사람을 쳐 재판을 받게 됐는데, 판사가 내게 소리를 지르더군. '조용히 하시오!' 하지만 난 그럴 수가 없었어. 결국 판사도 날 어쩔 수 없었지……"

"결혼은 했나요?"

"무슨! 어떤 바보 같은 여자가 나한테 오겠나? 보라고, 내 입술이 어떻게 생겨먹었는지."

미로노프는 도시 사람들이 농민들을 대하는 태도에 경멸과 적대감이 섞여 있다는 것을 알고 있었다. 아버지도 어머니도 그들을 그렇게 대했다. 그런 감정은 그에게도 어렸을 때부터 익숙한 것이었다. 그러나 아르타몬은 그에게 경악과 공포, 그리고 알 수 없는 희망 같은 것을 불러일으켰다.

'저 사람을 잘 구슬린다면 목수는……'

"일하고 있나?"

높은 곳에서 목수의 커다란 목소리가 들렸다. 목수가 이빨에 담배를 물고 담장 기둥 위에 맨발을 늘어뜨린 채 앉아 있었다. 밝은 색 머리 위로 담배 연기가 구름처럼 피어올랐고 하얀 앞이마에 맨 가죽끈이 선명하게 보였다.

미로노프는 속으로 한숨을 쉬었다.

'아아, 또 나타나서 날 빨아먹으려고 하는구나……'

"이것 보세요, 크류코프 씨."

그는 굽은 등을 쭉 펴고 손을 내저으며 말했다.

"왜 또 이러세요? 이런 거 나는 전혀 바라지 않아요……"

흥분한 마음에 울컥 목이 메었다. 그는 숨을 돌려 마음을 진정시켰다. 하지만 위에서 다시 질문이 떨어져 내렸다.

"왜 바라지 않나?"

"당신 자꾸 그러면…… 고소해버리겠어요!"

"나를? 무엇 때문에?"

미로노프는 그의 차분한 목소리 때문에 더욱더 화가 났다. 미로노프는 발을 구르며 소리소리 질러댔다.

"여기 풀을 베고 땅을 파대고, 난 바라지 않는단 말이야……"

미로노프는 이미 분노가 폭발해 앞뒤를 가리지 않았다.

목수는 새처럼 가볍게 공중을 날아 내려와 미로노프의 어깨를 붙잡고 흔들면서 힘주어 말했다.

"아니, 자네 정신 차리게! 정신 나갔어? 거저 일해주는데, 이 돼먹지 못한 친구야, 감사하다고 해야 할 판에 뭐가 어째⋯⋯"

목수의 손이 그를 그대로 땅에 처박아 그에게서 분노를 뽑아버릴 것만 같았다. 미로노프가 아르타몬을 바라보았지만 그는 삽에 기대어 입을 더 크게 벌린 채 뭔가를 고대하고 있을 뿐이었다.

"아, 알겠어요."

그가 중얼거렸다.

"알면서도, 그래, 소리를 질러?"

"나도 물론 감사하고⋯⋯"

"그래, 바로 그거야!"

목수는 손가락으로 그의 가슴을 꾹 찌르고 아르타몬 쪽으로 걸어가서 그에게 단호하게 말했다.

"큰 가지들을 묶으라고, 알겠나? 말라버린 저 말리나나무도. 어서 저리 가서 일하게!"

'정말로 거저 일해주는구나.'

미로노프는 이렇게 생각하고 일해주는 것에 대한 감사의 표시로 이 사람들에게 뭘 좀 대접해야겠다고 마음먹었다.

삼십 분 뒤 그는 부엌 식탁에 그들과 함께 앉았다. 사모바르가 끓고 있었고 목이 긴 유리병에서는 보드카가 반짝였고 산딸기와 버무린 버섯과 절인 배추가 접시에 담겨 있었다. 아르타몬은 송아지가 우유를 먹듯 보드카와 차를 마셨다. 먹기도 많이 먹었지만 역겹게 쩝쩝대며 소 같은 소리도 내고 가르릉거리는 콧소리를 내기도 했다. 하지만 목수는 제일 작고 맛있어 보이는 버섯들을 포크로 솜씨 좋게 집어 먹었고, 두 손가락으로 술잔을 들어 실눈을 뜨고 보드카를 빛에 비추어보며 마시곤 했다. 술을 마시고 나면 인상을 찌푸리고 '크하!' 하는 소리를 냈다.

그는 항상 뭐든지 아주 쉽게, 나름의 방법으로 민첩하게 해내는 사람이라는 걸 누구나 알 수 있었다. 별로 기분 좋은 사람은 아니었지만 분명 재미있는 사람이다. 그리고 거의 미친 사람이다. 아니, 이 사람은 교활한 사람이다.

"마음에 드는 사람한테는 난 뭐든 다 해줄 수 있어."

목수는 손가락 두 개로 술잔을 잡고 나머지 세 손가락은 결벽증이 있는 양 쫙 편 채 말했다.

"하지만 솔직히 말해서, 내 마음에 드는 사람이 없어. 다들 멍청해서."

"오우, 망할 놈!"

아르타몬이 사람 같지 않은 넓은 가슴을 쭉 펴고 벽에 기대며 으르렁댔다.

"나는 영리하지. 능력도 있고. 뭐든지 할 수 있고 할 줄도 알지. 그래, 단지 평범한 일들에는 관심이 없지만 말이야……"

보드카 두 잔을 억지로 마시고 나자 미로노프는 머릿속이 흐릿한 안개에 싸이는 느낌이었다. 그 안개 속에서 말없이 예의 그 오만한 목수의 말을 듣고 있었다. 가슴을 쥐어짜는 지루함밖에는 아무런 느낌도 들지 않았다. 아르타몬이 곯아떨어져 큰 소리로 코를 골자 그는 더욱 불쾌했다. 언뜻 잠이 깬 아르타몬이 겁먹고 죄지은 듯이 목수를 바라보았다. 목수는 두 손으로 자신의 황금빛 콧수염을 비벼 꼬면서 마부에게 말했다.

"이제 집으로 가게. 실컷 먹고 마셨으니 낙타 등이 되겠어……"

아르타몬은 순순히 떠났지만 목수는 방을 좀 살펴보겠다고 했다. 미로노프도 마부처럼 고분고분하게 그를 자기 침실로 안내했다. 침실은 볕이 잘 드는 방이었는데 창문 하나는 밭 쪽으로, 다른 하나는 길거리 쪽으로 나 있었다. 목수는 뻔뻔스럽게 주먹으로 침대를 눌러보고는 말했다.

"편안하게 자는구먼."

그러고 나서 책이 꽂혀 있는 책장을 살펴보며 물었다.

"읽었어?"

"읽었지요."

"다?"

"다요."

미로노프는 이 탐탁지 않은 손님의 질문에 조롱기가 묻어 있다고 느꼈다. 그의 행동은 점점 더 무례해졌다. 작은 홀에는 세 개의 창문틱과 아버지가 만들어놓은 휘어진 모양의 두 개의 사다리 위에 화분이 많이 놓여 있었다. 목수는 방 한가운데 우뚝 서서 잠시 침묵을 지키다가 말했다.

"자네 결혼해야 되겠어."

맨발인 데다 머리에 띠를 두른 이 손님에 맞서 모든 물건들이 저항

하는 것만 같았다. 마룻바닥이 메마른 소리로 삐거덕거리고 탁자 위
의 램프 유리가 쨍그랑거렸으며 진열장 속 화려한 그릇들에서도, 친
지들과 외할아버지가 준 선물들에서도 무슨 소리가 들려오는 것만
같았다. 미로노프는 목수가 그 물건들에 이미 익숙한 양 전혀 놀라는
기색도 없고 입에 발린 칭찬 한마디 없이 모든 걸 바라보고 있는 모습
이 너무나 모욕적으로 느껴졌다.

'물론 부러워하고 있을 거다. 겉으로는 무관심한 척하면서, 빌어먹
을……'

진열장의 유리가 좀더 크게 소리를 냈다. 목수가 손가락으로 찬장
문을 두드리는 소리였다.

"지구본인가?"

"예."

"본 적 있어. 지구를 대충 그린 거지. 왜 청동인가?"

"음악이 나오죠."

"그런 게 어딨어."

목수가 믿을 수 없다는 듯 고개를 흔들며 말했다.

"보여줘봐!"

미로노프는 진열장을 열어 지구본을 꺼내 탁자 위에 놓고 돌리기
시작했다. 못 몇 개는 빠져 달아났고 나머지도 많이 닳았다. 강철 빗
의 이빨도 많지 않았지만 그래도 여전히 작동하기는 했다. 축을 따라
둥그런 지구본을 돌리자 피곤한 듯이 소리가 났다.

"치지익, 치지익— 그제 트이 브일?"

목수가 움찔하며 탁자에서 물러나 소리에 귀를 기울이더니 큰 소리

로 물었다.

"치지익?"

"예."

미로노프는 추억에 잠겨 슬픈 미소를 지으며 대답했고 계속해서 지구본을 돌렸다. 그러자 목수는 미로노프의 손을 잡아 멈추게 하고, 직접 대륙과 바다를 만져보고 손톱으로 청동면을 퉁겨보기도 했다. 그리고 의자에 앉아 생각에 잠겼다.

"이거, 어디서 난 거지?"

"아버지가 만들었지요."

"그런데 왜 치지익(방울새)을 노래하나?"

"동요지요. 내가 어렸을 때니까……"

"그렇군."

목수는 이렇게 말하고 구레나룻의 끝을 입술로 우물거리며 곰곰이 생각에 잠겼다. 그러더니 입 안에서 불꽃을 뱉듯이 수염을 후 뱉고는 손가락으로 남극해를 가리키며 웃었다.

"이거 웃기는 거군. '치지익'은 이 기구에 맞지 않는 거 같아. 이걸 보고 공부하는 건데 웬 '치지익'이야. 터무니없어! 그래, 아버진 영리한 사람이었나?"

"예, 아주. 그리고 즐거운 분이셨죠……"

"괴짜였군."

목수가 지구본을 꼼꼼히 살피면서 말했다. 그리고 한숨을 푹 내쉬고 손가락으로 니스가 칠해진 청동을 매만지면서 메마르고 조롱하는 듯한 목소리로 말했다.

"간단하지만 아주 지혜로워. 여기 물도 조금 있고, 땅 조각들도 있고. 그러니까 이게 공중에 걸려 있다고 배우는 거지. 대단한 거야. 그리고 이런 공 같은 것에 수많은 사람들이 살아간다는 거지, 응? 정말 잘도 알아냈구먼. 고아 친구, 자네는 이걸 믿나?"

"당연하죠! 나도 당신도 다 여기 사는 거지요."

미로노프가 지루하다는 듯이 대답했다.

목수는 일어나서 손을 내밀었다.

"자, 그럼, 고마웠네. 또 보세나……"

그는 구레나룻을 움켜쥐고 부엌에 멈춰 서더니 웃으면서 말했다.

"모든 게 자네 머릿속에 있는 대로네, 하지만 말이지……, 아주 대단해! 그렇지만 그래도 '치지익'은 맞지 않아! 고아 친구, 그것도 공연한 장난 같은 거야, 사람을 놀래키려는. 아침 예배 보라고 휘파람을 분다고 해서 무슨 상관이겠어. 하지만 '치지익' 같은 건 필요 없어. 차라리 '주여, 용서하소서' 해야지. 교회적인 것이 아니라면 군대, 그 병사들의 행진곡 같은 것이어야지, 빰―밤, 빠―바―바……"

그렇게 행진곡 나팔소리를 내며 목수는 떠났다.

방으로 돌아오며 그는 지구본을 진열장에 넣으려고 했다. 그러나 북아프리카 지역이 찢어져서 남쪽으로 떨어져 내린 것을 보았다.

"그놈이 손톱으로 찢었구나, 망할 놈!"

미로노프는 손가락에 침을 발라 대륙을 제자리에 고정시키고 지구본을 돌려보았다. 지구본이 조용하게 연주를 했고 세월에 변형된 동요가 들려왔다. 미로노프는 한숨을 쉬며 생각했다.

'이건 믿을 만한 거야. 뭐든지 다른 더 좋은 것이 있을 수 있겠지.

그럼 뭐 어때?'

역시 어울리지 않는 노래가 떠올랐다.

온통 진흙탕 거리를 따라

비틀거리며 걸어가네. 우리의 친구 이반이

술에 흠뻑 취해······

또 아버지가 좋아했던 노래도 떠올랐다.

셈 수

셈 수

셈 수로 우린 뭘 해야 하나?

어떤 노래들이 또 있더라?

난 당신에게 말해주고 싶네, 말해주고 싶네, 말해주고 싶네······

북아프리카 지역이 다시 떨어져 내려 이상하게 보였다. 마치 푸르
스름한 종이가 저절로 움직거리며 대팻밥을 말아내는 것 같았다.

'내일 고무풀로 붙여야겠어. 왜 목수는 '주여, 용서하소서'로 해야
된다고 말했지? 자기도 신을 믿지 않으면서······'

지구본에 거의 이마가 닿을 정도로 탁자에 팔을 괴고 미로노프는
자기도 모르게 익숙하지 않은 흐릿한 생각 속으로 빠져버렸다.

아이들이 집의 푸르른 벽과 덧창에 진흙을 던져댔고, 깨진 그릇조각들로 상스러운 욕을 써넣기도 했다. 쪽문 위쪽 문틀에는 누군가, 분명히 어른이 아주 공을 들여서 연필로 이렇게 써놓았다.

'이 집은 뒤죽박죽 그 속에 바보가, 살고 있다.'

미로노프는 처음 이 글귀를 읽었을 때 속이 상했지만 쉼표가 문법에 맞지 않는 걸 보고 마음이 편해져서 생각했다.

'바로 네놈이 바보다!'

거리는 이 푸르른 집이 그에 어울리지 않는다고 온갖 방법으로 말하고 있었다. 그러나 그것은 미로노프를 불안하게 하지도 화나게 하지도 않았다. 그를 더욱 무겁고 심각하게 짓누른 것은 다른 것이었다. 목수와 마부는 마치 그림자처럼 그에게 달라붙었다. 아르타몬은 거의 매일 저녁 나타나서 마당을 쓸고 장작을 패고 밭일을 하고 으르렁거렸다. 목수는 집안의 군주나 된 것처럼 굴었다. 헛간을 고치라고 시키는가 하면 말 없는 노파 파블로브나에게 살림살이를 지시했다. 그가 엄격하게 말할 때마다 그녀는 죄지은 듯이 머리를 숙였다. 그리고 그가 자리를 떠나면 눈에 띄지 않도록 빠르게 성호를 그었다. 미로노프는 그런 모습을 한두 번 본 것이 아니었다. 노파의 어리석은 모습에 웃음이 나왔고 목수에 대한 적대감은 더욱 깊어졌다.

그는 생각 없이 살 수 있는 푸르른 삶에 대한 자신의 꿈을 목수가 어둡게 만들고 있다고 느꼈다. 손에 닿을 듯한 위험한 장애물을 그 꿈들 앞에 세워놓고 구석으로 그를 몰아가는 것 같았다. 한번은 과감하게 목수에게 말했다.

"그거 다 쓸데없는 일들이에요······"

"아니, 그럼 자네, 그 쓸데없는 것들 없이 한번 살아보게."

목수가 단호하게 말했다.

미로노프는 공포심을 느끼고 이 사람에 대해 생각하기 시작했다. 땅 위를 너무나도 가볍게 다니는 목수의 민첩한 움직임이 그를 어지럽게 했다. 담장에서 뒷밭으로 마치 유영하듯이 새처럼 공중을 날아 내려오지 않았던가! 뭔가 심상치 않은 예감이 미로노프의 마음을 짓눌렀다. 미로노프가 칼리스트라트를 떠올리면 그의 귀에는 마룻장 삐걱거리는 소리, 조용히 부딪치는 유리 소리가 들려왔다. 혼자 홀에 있을 때는 아무것도 움직이지 않다가 왜 목수만 들어오면 모든 것이 삐거덕거리고 쨍그랑거리는 것일까? 미로노프는 마법을 믿지 않았지만 비밀스러운 특별한 힘을 가진 사람들에 대해서는 수없이 듣고 읽은 적이 있다. 미로노프에게는 곧, 어쩌면 바로 내일이라도 목수가 그런 힘을 무시무시하게 드러낼 것만 같았다.

그날은 예기치 않게 닥쳐왔다. 일요일 저녁 목수가 웬 처녀애와 함께 왔다. 뚱뚱하고 다리가 짧은 그 처녀애는 새빨간 비단 블라우스를 입고 있었다. 자잘한 이빨은 탐욕스럽게 빛났고 작은 입은 꼭 농어처럼 생겼다. 미로노프는 그 모습을 차마 눈 뜨고 볼 수 없었다. 통통한 뺨은 적자색 홍조를 띠었고 왼손 손가락에는 장밋빛 돌이 반짝였다. 미로노프는 그녀의 눈이 마치 하얀 쥐의 발그레한 눈 같다고 생각했다.

"세라피마라고 부르지."

목수가 그녀를 미로노프에게 밀면서 말했다.

"아주 훌륭한 처녀야!"

그녀는 자극적인 냄새가 풍기는 입을 벌리며 미소를 지었다. 그녀가 의자에 앉자 뚱뚱한 넓적다리에 꽉 끼어 있던 흰색 치마가 위쪽으로 말려 올라가서 둥그렇고 불안해 보이는 다리가 드러났다. 그녀가 뒷굽을 천천히 내딛고 발바닥을 끌면서 마루를 걸어다니기 시작했다. 검은 머리는 매끈하게 빗어 뒤로 땋았고, 땋은 머리를 뒤통수에 빵처럼 감아서 커다란 노란 빗으로 고정시켜놓았다. 미로노프는 그녀의 머리가 꼭 암탉 같다고 생각했다.

"후우, 정말 끔찍하게 덥군요!"

그녀는 달아오른 얼굴을 하얀 손수건으로 부채질하며 말했다.

목수는 거친 마로 만든 신사복과 비스듬한 앞가슴 섶에 수가 놓인 파란 셔츠를 입고 있었다. 품이 넓은 나사 바지는 윤이 나게 닦은 장화 속에 밀어 넣고 있었다. 구릿빛 구레나룻도 깨끗하게 다듬은 것 같았고 곱슬곱슬한 머리털은 불꽃의 혓바닥처럼 넘실거렸다. 깡마르고 매처럼 생긴 얼굴은 평소보다 더 엄격하고 침착해 보였으며, 파르스름한 눈은 모든 것을 보고 다 이해하고 있다는 듯이 악의적으로 반짝였다.

"응석받이로 자라지 않았어. 살림도 잘하고. 보게나, 몸도 잘 알고 있지."

그는 '훌륭한' 여자애가 차를 따르는 모습을 지켜보며 말했다. 하지만 그녀는 달착지근하고 굵은 목소리로 미로노프에게 물었다.

"어떤 걸 좋아하세요, 진한 거요?"

미로노프는 그녀의 맞은편 의자에 머리를 숙이고 앉아 있었다. 그는 자신의 눈이 떨리고 입술이 일그러지는 걸 느꼈다. 그리고 '훌륭한' 처녀애가 숟가락의 잼을 핥아먹는 것처럼 똑같이 혀를 빼 입술을 핥고 싶은 충동을 느꼈다. 그러면 저 암탉이 자신의 못생긴 이빨들을 보게 될 거라고 생각하면서 그는 억지로 미소를 지었다.

그녀의 입술은 아주 붉고 도톰해서 이층을 쌓아놓은 것처럼 보였는데, 그 입술로 버찌씨가 새하얘질 때까지 빨아 먹었다. 저런 입술은 사람 피도 모두 빨아먹을 것이다. '진한 걸 좋아하세요?'라는 그녀의 질문이 '몸도 잘 알고 있지'라는 목수의 말에 대한 대답처럼 들려왔고, 이런 말들이 상스러운 개들이 노는 것을 연상시켜 그는 얼굴이 빨개지고 말았다. 그는 일부러 찻숟가락으로 찻잔 끝을 건드려 식은 차를 무릎에 쏟았다. 그는 펄쩍 뛰어 일어나서 현관으로 뛰어나왔다. 뜨거운 대지 위로 비가 천천히 흩뿌렸고 나뭇잎이 후드득 소리를 냈다. 청회색 먹구름이 허공을 좁혀와서 무더위의 밀도를 한층 높이고 있었다.

'저 사람이 날 저 여자와 결혼시키려 하고 있어.'

미로노프는 드문드문 내리는 굵은 빗방울을 손바닥에 받아 문지르며 생각했다. 공기에서 처녀의 자극적인 땀냄새가 묻어나는 것 같았다. 그 냄새는 그에게 역겨움과 더불어 다른 감정을, 역시 견디기 힘든, 그러나 그녀에게로 이끌려가는 그런 감정을 불러일으켰다.

"데지 않았나?"

목수가 현관에 나타나서 물었다.

"이거 보세요."

미로노프가 손바닥을 자기 가슴에 대고 조용히 서둘러 말했다.

"나는 결혼하고 싶지 않습니다, 제발요, 필요 없다고요!"

그는 어머니의 말을 기억해내고 기뻐서 주먹을 들어 올리며 말했다.

"내가 무슨 남편 노릇을 하겠어요? 남편은 바로 이래야 되는데! 당신도 그렇게 말했지요…… 저 여잘 데려가세요! 저 여자한테 이십오 루블을 주고, 그리고 당신한테도 원한다면 오십 루블이라도 주겠어요, 진담입니다!"

그는 다리가 휘청거렸고 목수 앞에 무릎이라도 꿇고 싶은 심정이었다. 하지만 목수는 그보다 위쪽의 계단에 서서 손으로 구레나룻을 잡고 차갑게 웃으며 상대방이 거부할 수 없도록 말했다.

"자네, 정말 망가져버렸군. 미로노프, 지루해서 그래. 안 돼, 자네는 결혼해야 돼, 꼭! 자네 고아가 혼자서 말이야, 책 속에 파묻혀서, 몽상이나 하고 있어. 머리로 피가 다 몰려서, 자, 보라고, 자네, 아주 파리해졌잖아! 입술을 바르르 떨고, 뭣 때문에 그러는가? 이것만 봐도 자네 이제 사람답게 살아야 할 때야! 아내를 얻고 아이들도 낳고 말이야……"

"그럴 수 없어요, 난 원하지 않아요……"

"이제 그만 됐어. 사람들 놀래키는 짓은 하지 마. 자네는 사람들을 놀래키지 못해, 그 무엇으로도! 아니, 사람들이 곧 자네를 속이려 들 거야……"

목수가 그의 팔을 잡아 자기 쪽으로 끌어올려 빗방울을 털어주며 말했다.

"난 사람들을 알아! 자네를 잘난 사람이라고 부추길 테지. 자네에게 관심 있는 척도 하고. 그러다가 훔치고 사기 치고 그럴 거야. 대부분 다 그럴 거야……"

미로노프는 눈을 감고 상상해보았다. 거리에 꼬마들이 떼거리로 몰려와서 진흙 덩어리를 푸르른 집에 집어던지고 도망친다, 그들 모두가 그의 아이들이다, 하지만 훌륭한 처녀애는 창가에 앉아 절인 사과와 생선만두를 씹고 있다, 그는 절인 사과와 만두를 참을 수가 없다……

잠시 뒤 그는 다시 세라피마 앞에 앉았다. 그녀는 훨씬 더 부풀어 보였고 둥그런 공 같은 가슴이 바스락거리는 새빨간 비단옷을 달싹이면서 무겁게 오르락내리락거렸다. 동그란 작은 입을 피곤한 듯 벌리고 그녀는 작은 소시지처럼 생긴 손가락으로 하얀 수건을 움켜쥐고는 땀이 흐르는 관자놀이를 자주 닦아내곤 했다. 장밋빛 눈은 미소를 띠며 녹아내렸다. 미로노프는 그녀의 땀이 당밀처럼 진하고 끈적거릴 거라고 생각했다. 분명 모기나 벼룩도 저 고무처럼 생긴 몸을 물어뜯지 못할 것이다.

목수는 차에 버찌 술을 넣어 마셨다. 그것이 그의 마른 얼굴을 갈색으로 만들고, 눈을 훨씬 더 밝게 빛나게 했으며, 그의 말에 거역할 수 없는 힘을 실어주었다. 그는 뻔뻔스럽고 오만하게 말했다.

"내게는 결혼식 피로연이 제일가는 기쁨이지. 나는 소란스러운 게 좋아. 난장판도 좋고. 하여튼 뭐든 한바탕 시끌벅적한 게 마음에 들어. 사람들이 다 거꾸로 뒤집어져서 돌아다니게 말이야. 젊은이들이 사랑에 빠질 때 보면 정말 재미있지……"

그러나 이런 말을 하면서 그는 전혀 웃지 않고 얼굴에 미소조차 띠지 않았다. 미로노프는 그의 얼굴이 바르르 떨리는 것을 보았다. 무서운 얼굴이었다. 그나마 오늘은 머리통에 그 검은 가죽 화관을 쓰고 있지 않았다.

"미로노프, 자넨 고아로서 즐겁게 사는 법을 배워야 해. 자유롭게 좀 뒹굴고 나쁜 짓도 좀 하고 말이야. 그건 대단한 게 아니야. 자네, 누구에게 무슨 보고서 내야 하나? 주인은 없어, 알겠나? 누가 자네 주인인가, 응?"

미로노프는 이 질문에 왠지 몹시 겁을 먹으며 대답했다.

"모르겠어요."

"바로 그거야! 여기 여자애가 없다면 말해줄 텐데, 응, 자네 나이에 말이야, 자네가 누구에게 봉사해야 하는가 말이지. 그래, 여기 여자애 있는 데서는 말할 수 없지, 물론 저애는 다 알고 있지만, 제길! 다 알지, 핌카?"

"난 아무것도 몰라요."

훌륭한 처녀애는 꿈결처럼 말했다. 미로노프는 여자 손님의 구두가 그의 다리에 닿아 꼭 누르는 것을 느꼈다. 미로노프는 깜짝 놀라면서 어떤 모호한, 그러나 중요하면서도 불안한 생각을 화들짝 떨쳐냈다.

"무슨 짓이오?"

훌륭한 처녀애의 목덜미와 턱과 뺨과 이마가 온통 새빨개졌다. 하지만 목수는 미로노프의 옆구리를 퍽 치고는 깔깔거리며 소리쳤다.

"거 보라고, 제길, 다 알잖아!"

목수가 웃으면서 방에서 나갔다. 미로노프는 처녀가 일어나서 웃으며 자기에게 다가오는 것을 보았다. 하지만 미로노프는 그 뒤에 무슨 일이 벌어졌는지 잘 기억하지 못했다.

"아이 참, 당신도, 아저씨 앞에서 사람을 그렇게 당황스럽게 만들

다니……"

그녀는 그와 나란히 앉아 오리 내장 수프를 좋아하는지 물었다. 그 때 미로노프는 파리에서는 오리 내장은 개에게나 준다, 그곳 사람들은 어떤 불쾌한 일도 하지 않고 절인 사과 따위도 좋아하지 않는다, 그곳에는 아주 점잖은 사람들만 있어서 남의 집으로 억지로 기어들어오는 그런 사람은 없다고 말해주었다.

그런데 어떤 힘이 그의 다리를 일으켜 세우더니 뜨겁고 짙은 어둠 속으로 그를 휘감아갔고, 그 뛰어난 처녀애는 사라져버렸다. 그러나 곧바로 목수가 나타나 그의 팔을 잡으며 물었다. 그 소리는 어딘가 먼 곳에서 들려오는 것 같았다.

"자네 여자애에게 무슨 짓을 한 건가? 어떻게 그럴 수가 있나? 그 여자애는 내 조카야, 아직 자네 아내가 아니란 말일세. 접시도 깨뜨리고, 이게 무슨 일인가?"

미로노프는 놀라서 듣고만 있었다. 목수는 그에게 딱 붙어 서 있었다. 그의 목소리는 바닥 저 밑에서, 다리 밑에서 들려오는 것 같았다. 다리 밑에는 깨진 찻잔 조각이 버석거렸다. 모든 것이 이상하게 어딘가로 흘러가며 흔들리고 있었다.

"자네, 술이 약하면 마시지를 말게!"

목수는 파르스름한 물잔을 그의 얼굴에 들이밀며 엄격하게 훈계했다. 미로노프는 목수의 눈을 바라보고 나서 눈을 꼭 감았다……

아침 일찍 잠이 깬 미로노프는 여우가 꼭 '훌륭한' 처녀애처럼 그렇게 나타났던 꿈을 생각해보았다. 커다란 붉은색 여우가 빠르게 하

늘을 돌아다니며 별들을 핥아 먹었고 그래서 숨 막히고 답답한 칠흑
같은 어둠을 만들어냈다. 지구는 바닥 모를 우물 속으로 내던져진 것
같았고 지평선 저 먼 곳에만 아직 밝은 하늘이 반원 조각만큼 남아 있
을 뿐이었다. 그러나 그 하늘에서 연보랏빛 사제 보리스가 별들을 씻
어냈다. 성수를 부어 글자를 만들어내면서.

'독신자용 방을 제공합니다.'

미로노프는 놀라서 잠이 깼고 물을 마시러 부엌에 들어갔던 것이
생각났다. 그러나 뭔가 끈적거리는 것을 마시고 나서 혐오감을 느끼
며 다시 누웠지만 갈증으로 괴로워하다 오랫동안 잠을 이루지 못했
다. 침대에 앉아 자신의 다리와 시트가 버찌잼으로 온통 더럽혀져 있
는 것을 보았다. 그리고 방금 씻어서 아직 습기가 남아 있는 자신의
성기를 보고 어제 있었던 모든 일이 현실이었다는 결정적인 확신을
갖게 되었다. 그는 무겁게 한숨을 내쉬고 결심했다.

'내일모레 집과 모든 것을 팔아버리고 파리로 가야겠어. 거기서 독
신자용 방을 얻으면 되겠지. 프랑스어를 배워야 돼……'

그는 즉시 책장에서 문법책을 꺼내 아무 곳이나 펼쳐서 읽어보았
다. 딱딱한 질문이었다. 'Que savez-vous sur Bernardin de Saint-
Pierre?(당신은 베르나르댕 드 생피에르에 대해 무엇을 알고 있습니
까?)'

책장을 넘기다가 펑퍼짐한 회색의 작은 여자애를 보았다. 그 여자
를 바라보다가 미로노프는 침울한 생각이 들었다. 그가 파리에 간다
면 파리 사람들이 그에게 베르나르댕에 대해 물어볼 것이다. 그런데
그는 이 작자에 대해 아무것도 아는 것이 없다……

미로노프는 책을 베개 밑에 밀어 넣고 웃음을 지었다. 느닷없이 아주 단순하고 확실한 생각이 떠올라 기뻤기 때문이다. 꼭 필요한 말만 알고 나머지는 몰라도 된다! 그러면 된다. 멋지고 아주 편리할 것이다. 그러면 사람들을 이해하지 않아도 되고 그들이 말하는 것에 대해 생각하지 않아도 된다. 바로 그것이 평온한 삶을 보장해주는 것 아니겠는가!

"그래, 바로 그거야, 그럼 되지!"

그는 고개를 끄덕이며 중얼거렸다. 그러면서 시계추가 왔다 갔다 기어다니면서 벽지에서 두 개의 푸르른 꽃바구니를 잘라내려고 헛되이 애쓰고 있는 모습을 바라보았다.

'그런데 왜 모레 집을 팔아야 되지? 오늘이라도 팔면 되지. 당국이 목수는 파리로 보내주지 않을 거야……'

그는 소리 없이 나타난 파블로브나에게 미소를 지었다. 그리고 방마다 돌아다니며 가구와 화초를 살펴보면서 가격을 매겨보고 모든 걸 다 사백 칠백 루블에 팔면 되겠다고 재빠르게 계산했다.

"그렇게 계산하지는 않지."

그는 혼잣말로 정정했다.

"천백 루블이라고 해야지."

하지만 그는 두 숫자로 계산하는 것이 더 기분 좋다고 느꼈다. 그렇게 하면 천백보다 영이 두 개나 더 많아지지 않는가. 이 영이라는 숫자가 큰 위로가 되었다.

"영, 영, 영……"

그는 노래를 불렀다.

파블로브나가 그의 뒤를 쫓아오며 차를 마시라고 딱딱하게 말했다.

아주 씁쓰름한 차를 한 잔 마시고 나서 그는 강 너머 들판으로 나가기로 마음먹었다. 거기서 노가주나무 숲 속의 모래밭에 하루 종일 누워 있다가 어두워지면 시내로 몰래 들어가서 호텔에서 자는 거다.

'나를 찾아보라지!'

그러나 생각을 고쳐먹고 낚싯대를 들고 강으로 갔다. 문을 나서면서 그는 로자노프네 집의 창문에서 유리를 닦고 있는 리자를 보았다. 그는 그녀에게로 달려가 조용히 서둘러서 말했다.

"파리에 대해서 당신과 꼭 해야 할 얘기가 있어요. 제발, 저녁에 만나줘요. 공원 묘원으로 와주세요……"

리자는 아무 대답도 하지 않고 사라졌다. 그러나 그는 당황하지 않았고 그녀가 올 거라고 확신했다. 그는 물고기를 낚지 않았다. 그저 하루 종일 강가 숲 속에 누워 하늘을 바라보았다. 하늘은 그 어떤 불안과 그 어떤 생각도 일으키지 않는 순결한 모습이었다. 그는 잠깐 선잠이 들었다가 깼고 또다시 잠이 들어 한 시까지 잤다. 태양은 언제나 그렇듯이 빨갛게 둥실 떠올라 있었고 정신병자 수용소 본동의 지붕 위에 거의 닿을 듯 말 듯 했다.

집으로 돌아와서 저녁을 먹고 외출복을 잘 차려입고는 상상했다.

'목수가 오면 물어보겠지. 어디로 가느냐고? 그래, 뒷밭 쪽으로 나가야겠어……'

그러나 현관문을 나서다 그는 계단 위에 앉았다.

'밭 쪽에서 목수가 날 볼 거야. 난 아주 영리하단 말이야. 예측도 잘하고. 그건 내가 생각하는 것을 좋아하지 않기 때문이지……'

아르타몬이 깨끗이 정돈하고 깎은 마당에는 잘려나간 우엉 껍질들이 마치 피리들처럼 솟아 있었다. 그중 하나에서 생쥐 하나가 머리를 내밀고 바라보고 있었다. 습기어린 따뜻한 바람이 불어 이 피리들이 나지막한 휘파람 소리를 냈는데 미로노프에게는 마음을 편안하게 해주는 낯익은 동요 멜로디처럼 들렸다. 피리에서는 조용하고 부드러운 소리가 나 생쥐도 소리 장난들을 겁내지 않았다. 그는 눈앞에 푸르른 원피스를 입은 가려린 처녀를 떠올렸다. 그녀의 말소리가 들려왔다. 그녀는 특히 기분 좋게 말하고 있었다. 그는 말의 의미를 하나도 알아듣지 못했다. 그러나 그 말은 더욱더 부드럽게 들려왔다. 그는 그녀의 아버지에게 집을 팔아야겠다고 생각했다, 싼값으로. 그 대신 그녀의 아버지는 그가 리자와 함께 파리로, 독신자를 위한 방으로 떠나도록 허락해줄 것이다.

미로노프는 오랫동안 거의 무의식 상태로 그렇게 앉아 있었는데 꼬마애들이 발을 구르고 외쳐대는 소리에 정신이 번쩍 들었다. 그들은 누군가를 붙잡고 날카롭게 소리를 질러대고 있었다. 텅 빈 거리의 고요한 저녁이 거칠게 찢어지고 있었다.

"도망간다아, 잡아라아 — ."

미로노프는 일어섰다. 부엌의 작은 벽시계가 경고하듯이 여덟 번 울렸다.

"벌써, 시간이 됐어!"

미로노프는 말했다.

문을 나선 그는 작은 지팡이를 흔들며 거리를 따라 올라가 회색 모래 언덕으로 향했다. 하얀 백묵이 칠해진 묘원의 사각형 벽돌 담장이

구불구불하게 보였다. 작은 예배당의 양철 십자가는 흐릿하게 빛나고 있었다. 묘원은 새로 조성된 것이어서 무덤이 많이 들어차 있지 않았다. 무덤 사이에는 붉은 소나무와 자작나무가 드문드문 서 있었다. 아직 사람들 시체가 썩어 거름이 되지 않은 탓에 나무는 마르고 호리호리했다. 작은 나무줄기들은 고독하게 하늘을 향해 뻗어 있었고 먼지 덮인 초록의 풀 덩어리들은 무덤 양옆의 그늘 속에 숨어 있었다.

미로노프는 작은 쇄석들이 깔린 좁은 길을 따라 걸어갔다. 개미들이 마른 소나무 잎사귀 하나를 끌고 갔다. 그는 지팡이로 개미를 찍었지만 제대로 잡히지 않자 웃으면서 말했다.

"그래, 괜찮다, 살아라!"

담장 너머 긴 띠처럼 길이 보였다. 틀림없이 이 길을 따라 리자 로자노바가 이쪽으로 올라올 것이었다. 그 아래 저쪽에는 집과 밭들이 두 줄로 늘어서서 납빛 강과 함께 흐르고 있었다. 그 사이로 드문드문 장난감 같은 사람 모습들이 나타났다 사라졌다. 미로노프는 지팡이로 그들을 위협하듯이 말해보았다.

"당신들 모두 거기 있으라고, 난 파리로 갈 테니! 우— 저 지겨운 것들……"

강 너머 공장 굴뚝에서 솟아나는 더러운 연기가 아직 불그레한 하늘을 더럽히고 있었다. 시커먼 꼬리를 단 먹구름이 한쪽 옆에서 발그레한 태양 쪽으로 움직여갔다. 미로노프는 목수가 좋아하는 단어를 떠올렸다. '지루함.'

그때 그는 목수를 보았다. 한쪽 손은 구레나룻을 움켜쥐고 한쪽 손은 가슴까지 올려 입은 앞치마 가슴팍에 끼우고 목수가 천천히, 마치 측량이라도 하듯이 일정한 걸음으로 걸어오고 있었다. 길 근처를 따라 위쪽 모래 언덕을 향해 올라오고 있었다.

미로노프는 그 자리에 얼어붙어 숨을 죽이고 생각했다.

'내 뒤를 밟았어. 내가 생각을 하자마자 저렇게 나타나다니!'

목수는 마흔다섯 걸음을 걸어와서는 길 한쪽편 들판에 있는 늙은 소나무 두 그루를 향해 몸을 홱 돌렸다. 수염은 계속해서 움켜쥐고 있었다.

"말도 안 되는 일이야, 속으면 안 돼."

미로노프는 자신에게 조용히 다짐하며 담장 옆에 웅크리고 앉아서 벽돌 담장 틈새로 목수를 지켜보았다. 다리가 후들거렸고 가슴에서 악에 받친 경련이 일었다. 미로노프는 무릎을 꿇고 가슴을 따뜻한 벽돌에 바짝 댔다. 그리고 십자가에 못 박히듯 팔을 벌리고 주먹을 담장 구멍에 끼워 넣었다. 미로노프는 가운뎃손가락을 펴서 목수에게 욕을 하면서 중얼거렸다.

"말도 안 되는 일이야, 말도 안 되는 일이야……"

목수는 다시 길 있는 곳으로 다가가서 멈추고는 손을 놀리기 시작했다. 미로노프는 그것이 무슨 뜻인지 금방 알았다. 목수가 손바닥 들여다보듯이 다 알고 있다고 그에게 확실히 알리고자 하는 행동이었다. 목수는 그에게 등을 돌리고 서서 동네 거리를 바라보고 있었다. 분명히 지금쯤 리자가 걸어 나올 그 거리를. 만일 그녀가 지금 나온다면……? 그때는 무슨 일이 벌어질지 상상할 수도 없었다. 물론 무섭고 끔찍한 일이 벌어질 것이다. 미로노프는 소리라도 치고 싶었다. 그러나 리자는 나타나지 않았다. 목수는 머리에서 그 검은 화관을 벗어

들고는 위협적으로 머리칼을 헝클어뜨렸다. 그리고 다시 그 화관을
쓰고 천천히 아래로 내려갔다.

'어딘가로 숨어버린다 해도 그녀나 나를 찾아내고 말 거야……'

미로노프는 이제 분명히 깨달았다. 자신이 목수에게서 벗어나 숨을
곳은 어디에도 없다는 것을. 목수는 어디에서든 자신을 찾아낼 것이
고, 그 '훌륭한' 처녀애와 결혼을 시킬 것이며, 제가 원하는 모든 것
을 다 하도록 강요할 것이다. 그리하여 힘장사인 아르타몬을 그렇게
만들었듯이 자신도 충견으로 만들어버릴 것이다.

꺼칠꺼칠한 벽돌에 이마를 대고 있다가 미로노프는 갑자기 목수의
질문이 떠올랐다.

'누가 자네의 주인인가?'

목수는 이런 질문을 던지고는 혐오스럽게 웃었다.

'그는 아무도 날 지켜주지 않는다는 걸 알고 있어, 그걸 알고 있는
거야……'

목수가 몸을 숨긴 저 아래쪽 땅이 끝나는 경계에서 구름이 산처럼
일어났다. 너무나 짙은 구름이어서 그 위를 걸어다녀도 될 것 같았다.

점점 더 깊이 그 의미를 파고들면서 그는 공포로 몸을 떨었다.

'자네는 사람들을 놀라게 하지 못해, 그 무엇으로도!'

사람들을 놀라게 한다는 것은 다른 사람처럼 살지 않는다는 것이
다. 특히 평범한 것 외에는 아무것도 생각하지 않는다는 것이 중요하
다. 그 누구도 간섭하지 않도록 사는 것이다. 그러나 목수가 있는 한
그렇게 사는 건 분명히 불가능하다. 그 교활한 자는 사람에겐 주인이
없다는 것을 알고 있다. 고아는 사람이고, 그러니까 고아를 데리고 뭐

든지 제가 하고 싶은 대로 할 수 있다는 거다.

"물론 그렇지, 물론."

미로노프는 거의 외치다시피 말했다.

"다들 말하지, 신, 신 하고. 하지만 목수가 명령을 해…… 다들 개들처럼…… 사냥꾼이 하듯이……"

이 분노에 찬, 그러나 서글픈 추론들이 미로노프를 짓눌렀다. 동시에 그는 그런 추론들이 아무런 힘이 없다는 것을 깨달았다. 그리고 그런 생각들은 그에게 필요하지 않다. 목수가 강제로 그런 생각들을 그에게 집어넣은 것이라고 느꼈다. 그와 알기 전까지 그는 그런 생각들을 한 적이 없었다.

묘원 위로 해진 넝마 같은 구름들이 기어가며 하늘에 더러운 점들을 칠해놓고 있었다. 어머니도 꼭 그랬다. 술에 취해 더러운 걸레를 집어들고 그걸로 유리창과 장롱과 거울을 문지르며 투명한 곳에다 기름 얼룩들을 칠해놓았던 것이다.

습한 바람이 불어왔고 무덤들의 모래 봉분이 어둠에 싸여갔다. 미로노프는 일어나서 길을 바라보았다. 길이 땅 속으로 멀어지는 것 같았다. 그는 서둘러서, 그러나 발밑에서 쇄석과 모래들이 소리를 내지 않도록 조심하면서 집으로 돌아왔다. 거리에 접어들었을 때 그는 로자노프네 집 창문에 아직 불이 환한 것을 보았다. 그가 창문 밑으로 달려가서 지팡이로 창틀을 톡톡 두드리자 클라우지야 스트레페토바가 둥그런 얼굴을 쑥 내밀었다. 그는 조용히 말했다.

"그녀에게 말해주세요, 목수를 조심하라고요!"

"뭐라고요?"

역시 조용하게, 놀란 듯이 여자애가 물었다.

"예, 예, 그 사람이 지키고 있다고……"

커다란 새가 날개를 접듯이 창문이 닫혔다. 창문 너머로 놀란 외침 소리, 그리고 잠시 뒤에 웃음소리가 미로노프에게 들려왔다. 주위를 살피면서 그는 거리를 가로질러 자기 집 마당으로 들어섰다. 현관에서 뭔가 작고 어두운 물체가 일어섰다. 그것은 멀리서 미로노프에게 닿지도 않은 채 그의 가슴을 밀어냈다. 그는 한 걸음 물러났다.

"거기 누구요, 누구?"

"아, 저예요."

파블로브나의 목소리였다.

미로노프는 찬찬히 살펴보았다. 그녀였다.

"목수가 물어보더군요."

"난 집에 없어."

단호하고 나지막하게 미로노프가 말했다.

"난 결코 집에 없어……"

그는 방으로 들어가서 불을 켜지 않고 소리를 죽여가며 옷을 벗고 침대에 누웠다. 모기가 물어댔다. 잠은 오지 않고 불안이 엄습했다. 목수가 가까운 곳에 있는 것처럼 여겨졌다. 가능한 일이다. 뒷밭에 있을 수도 있고 창문 밑에 숨어 있을 수도 있고 지붕 위에, 굴뚝 옆에 앉아 있을 수도 있다. 구레나룻을 움켜쥐고 내일은 미로노프에게 무슨 일을 저지를지 궁리하면서. 미로노프는 담요를 걷어치우며 침대에 일어나 앉았다. 서늘한 마루에 발을 내려놓고 귀를 기울였다. 온 세상이 적막했다. 지붕 위에서 빗방울 소리가 드문드문 들려왔다. 방 안에는 짙고 따뜻한 어둠이 가득했고 길 잃은 모기 한 마리만이 고독하게 앵앵거렸다. 미로노프는 베개를 잡아 무릎 위에 올려놓고 기다렸다.

'모기를 죽여야겠어.'

피로가 몰려와 그는 옆으로 기울어졌다. 베개를 손에서 놓지 않고 잠이 들었다가 다시 내적인 충동 때문에 잠이 깨 침대에 일어나 앉아 귀를 기울이고 지켜보았다. 아무런 움직임도 없는 창턱의 꽃잎들 사이로 희뿌연 먼지 같은 여명이 방에 차오르고 있었다. 그리고 여러 기억들이 아무 뜻도 연관도 없이 일으키는 소란을 주시하면서 그 모든 것이 끝나고 사라지기를 얌전히 기다렸다. 갑자기 모든 것이 무거운 덩어리로 뭉쳐져서 미로노프를 검은 공허 속으로, 무언의 정적 속으로, 아무런 움직임도 없는 곳으로 던져버리는 그런 순간이 찾아오기를.

그런 순간은 이미 해가 떠올라서 유리창에 가득 찼을 때 찾아왔다. 미로노프는 멍한 상태로 침대에 쓰러져 잠이 들었지만 곧바로 이상하게 삐걱거리는 소리에 잠이 깼다.

방 안으로 노란 옷을 입은 사람이 걸어 들어왔다. 그 사람은 삐걱거리는 소리를 내면서 다가와 거침없이 침대에 걸터앉더니 축축하고 짧은 손으로 미로노프의 손을 잡았다. 그리고 주머니에서 까만 시계를 꺼내 들여다보더니 오랜 친구 같은 어조로 목소리를 높여 물었다.

"자, 우리 기분이 좀 어떠신가?"

"우리기부니어떠신건 아무것도 없어요."

미로노프가 화를 내며 대답했다.

"그런데 당신은 어디가 아픈 거지요?"

"당신은 어디가 아픈 게 뭐예요?"

도발적이고 놀리듯이 미로노프가 물었다.

"잠은 어떻게 잤나요?"

"누워서."

미로노프는 자신의 대답이 대담하고 날카롭다고 내심 탄복하면서 웃음을 터뜨렸다. 그는 자신이 활력 있고 심지어 쾌활해졌다고 느꼈다. 이 사람도 비록 구두약 냄새로 숨을 막히게 했지만 마음에 들었다. 뚱뚱하고 작달막한 이 사람은 우습게도 살아 있는 '오뚝이' 장난감을 연상시켰다. 통통 부은 얼굴이 푸르스름했다. 그 푸르스름한 얼굴에 좀 특이하게 생긴 눈이 마치 달 없는 밤의 별들처럼 유영하는 것이 재미있게 보였다. 그런 별들은 습기가 많은 밤에 자주 나타나곤 한다. 미로노프는 창밖을 바라보았다. 하늘에 파르스름한 구름이 빠르게 흘러가며 어제의 일을, 불쾌한 기억을 떠올리게 했다……

턱으로 딱딱 소리를 내면서 그 사람은 파란 턱받침에 손바닥을 닦으며 말했다.

"나를 알고 있지요? 몰라요? 난 보조의사 이사코프입니다. 이사아코프……"

미로노프는 다소 당황했다. 그리고 당황한 빛을 감추면서 물었다.

"몇 시죠?"

"열두 시 반이요."

"아하! 뭘 먹고 싶은데요!"

"아, 그거 아주 좋아요."

보조의사 이사아코프가 검은색 시계를 조끼 주머니에 찔러 넣으며 말했다.

방 안은 환했고 단어들이 무지갯빛 기포가 되어 햇빛 속에서 떠다니고 있었다. 그들의 비상을 눈으로 좇으며 미로노프가 말했다.

"그래 언제나 그렇겠지!"

"뭐라고요?"

"모든 게."

그는 자신의 내부에서 가뿐하게 자신을 떠오르게 만드는 뭔가를 느꼈다. 맨발에 아래 속옷만 입고 그는 손을 씻으러 부엌으로 갔다. 그러나 탁자 위에 기울어진 짙은 색 화관을 쓴 밝은 색의 머리를 보고는 문에서 멈춰 섰다. 목수는 고개를 처박고 다 찢어진 더러운 종잇조각에 연필로 뭔가를 쓰고 있었다. 미로노프는 소리 내지 않고 돌아서서 침대로 돌아와 앉았다. 원기 왕성하고 기쁨에 차 있던 기분이 금세 사라져버렸다.

"왜 그래요?"

보조의사가 끈적끈적한 손가락으로 관자놀이를 누르면서 노래하듯이 물었다. 미로노프는 그의 팔을 잡고 머리를 한 번 세게 흔들고 속삭이듯 물었다.

"저 사람이 당신을 데려왔나요?"

"아, 그렇죠! 그런데요?"

"저 사람 지난밤에 어디에 있었대요?"

"내가 어떻게 알아요? 보통은 다 집에 있잖아요."

"저 사람은 보통 사람이 아닙니다."

"왜요?"

미로노프는 이 질문에, 그리고 몇 가지 다른 질문에 대해 대답하지 않았다. 팔을 침대 끝에 기댄 채 그는 몸을 흔들며 입술을 깨물고 긴장한 채 생각에 잠겼다. 어떻게 하면 저 목수에게서 벗어날 수 있을 것인가.

구둣발 소리를 삐걱삐걱 내면서 보조의사가 부엌으로 나갔고 미로노프는 창가로 달려가서 창턱에 놓인 화분들을 뒷밭 쪽에 내던지기 시작했다. 그러면서 그는 창턱에 다리를 올려놓았다. 그때 무쇠 같은 팔이 뒤에서 겨드랑이를 붙잡았다. 돌아보지 않아도 그는 그게 누구의 손인지 알고 있었다. 그는 저항하지 않고 그 힘이 이끄는 대로 말없이 침대로 끌려가 누웠다. 그는 눈을 꼭 감고 두 목소리의 속삭임을 듣고 있었다. 감은 눈의 어둠 속에서 단어들이 회색의 갈고리들로 교묘하게 엮이면서 알아들을 수 없는 의미를 만드는 모습을 지켜보았다.

"아브이다, 브노자……"

이런 단어들은 회색의 꺼칠한 그늘처럼 그를 뚫고 날아다녔다. 그는 마음이 불안해서 눈을 떴다.

"자네 대체 무슨 일인가, 이 고아 친구야, 응? 병이 난 겐가?"

목수의 초록빛 눈이 미로노프의 어렴풋한 기억을 일깨웠다. 그는 어딘가에서 이 빛을 본 적이 있었다. 그리고 매처럼 생긴 날카로운 얼굴, 그것도 오래전에 아주 어렸을 때 본 적이 있었다.

"아니, 뭘 쳐다보고 있나? 알아보지 못하겠어?"

'그도 기억하고 있어.'

미로노프는 이렇게 생각하고 말했다.

"당신을 본 적이 있는 것 같아요……"

"그렇지, 그렇지."

"브롬을 처방해야겠소."

'난 이렇게 착한데, 저 사람들은 내게 독을 먹일 거야, 내 생각
에……'

미로노프는 이렇게 상상했다.

그는 벽 쪽으로 물러나 다리를 끌어안고 앉았다. 뒤통수를 벽에 대
고 구석과 천장을 응시했다. 그리고 한기를 느끼며 몸을 떨었다. 천장
에 초록색 정방형의 그림 〈죄인의 죽음〉이 또렷하게 나타났고, 그림
가장자리에 뾰족한 얼굴의 악마가 염소수염을 달고 말없이 웃으며 서
있었다. 이제 모든 것이 이해됐고 분명해졌다. 왜 '목수'*가 푸르른
집을 망가뜨리고 그렇게 가뿐하게 공중을 미끄러지듯이 날았는지, 왜
그가 야단법석을 좋아하는지.

'누가 자네의 주인인가?'

그는 의기양양하게 묻고 있다. 그는 콘스탄틴 미로노프가 평범한
신을 믿지 않고 평범한 사람들을 믿지 않는다는 것을 알고 있기 때문
이다. 모든 것이 분명하다. 하지만 어떻게 한단 말인가? 너무나 무섭
고 덥기만 하다. 다리를 펴지도 않고 무릎을 끌어안고 있던 손도 풀지
않은 채 미로노프는 옆으로 쓰러졌다.

"자고 싶어요."

"식사는요?"

보조의사가 물었다.

----

* 여기서부터 목수의 첫글자가 표기되고 있다. 원문의 의미를 살리는 의미에서 '목수'로
표기한다.

"잘 거예요."

"그것도 괜찮지요."

그들이 나갔다. 목수는 조용하게 말했다.

"꼭 애들처럼……"

그는 그렇게 보조의사를 속일 수 있었지만 미로노프는 아니었다. 미로노프는 사태를 이미 이해하고 있었고 무엇을 해야 하는지도 알아차렸다. 하지만 먼저 '목수'에게서 숨어야 했다.

그는 몇 분 동안 누워 있다가 정적 속에서 예민하게 귀를 기울이며 일어났다. 그리고 머리에 시트를 둘러쓰고 거울을 바라보고는 한숨을 내쉬며 구레나룻이 없는 것을 아쉬워했다. 수염이 있었더라면 부활한 나사로*를 닮았을 텐데. 그러다가 문득 흠칫 몸을 떨면서 거울에서 물러났다. 반짝이며 빛나는 저 깊은 곳이 어두워지면서 그를 그 속으로 끌어당기며 그곳에 빠지기를 요구하는 것 같았다. 그는 손으로 문 기둥을 붙잡고 조용히 혼잣말로 속삭였다.

"지금, 주여, 지금 갑니다……"

그는 문밖을 내다보았다. 부엌에는 아무도 없었다. 햇빛이 탁자를 환하게 비추고 그 위에 사모바르가 놓여 있었으며 그 위로 하얀 수증기가 뭉게뭉게 솟아오르고 있었다. 미로노프는 다가가서 사모바르의 꼭지를 돌렸다. 꼭 이렇게 해야만 했다. 그러나 유리 같은 물줄기가 수증기를 뿜어내며 쟁반 위에 흘러내리자 그는 놀라서 몸이 얼어붙었다. 마당 어디선가 파블로브나가 중얼거리는 소리가 들렸고 마치 망

---

* 죽은 자 중에서 예수 그리스도가 부활시킨 사람(요한복음 12장).

치를 내려치듯이 '목수'의 말소리가 울려왔다.

"쌈? 누?(나 자신이? 예?)"

'쌈'*은 물론 신이다. 모든 사람들의 평범한 신. 그렇다면 저주받은 '목수'는 이미 미로노프가 평범한 신에게로 갈 것임을 알고 있었다는 얘기다. 아니, 어쩌면 그가 노파를 위협하면서 '쌈누(쭈그러뜨려버릴 거야)' 하고 말한 것인지도 모른다.

숨을 죽이며 마루에 거의 발이 닿지 않을 정도로 조심하면서 미로노프는 현관 쪽으로 걸어 나와 계단을 타고 다락으로 올라갔다. 후끈한 열기와 자극적인 먼지 냄새, 고양이 냄새, 새똥 냄새가 숨을 막히게 했다. 그는 살며시 문을 닫고 무릎을 꿇은 채 지붕창의 푸르른 반원에 얼굴을 대고 성호를 긋고 경배를 올리며 찬송가를 불렀다.

"주여, 구원하소서, 당신의 백성들이……"

그러나 찬송가의 다음 구절들을 잊어버린 그는 생각에 잠겼다가 일어나 창문으로 더 가까이 다가가서 하늘을 향해 큰 소리로 말했다.

"제가 죄인입니다, 죄인입니다, 당신을 믿나이다, 부디 신이시여……"

그러나 '목수'가 신보다 더 가까이 있었다. 그는 자신의 제물의 참회를 들었고 떨리는 목소리로 고함을 질렀다.

"다락에 있어, 찾아!"

미로노프는 다락문 쪽으로 몸을 던져 다락에 있던 모든 것을, 부서진 가구와 상자, 바구니, 판자들을 모두 끌어다가 문에다 쌓았다. 그

---

* 위 문장에서 '나 자신'이라고 말한 화자, 즉 목수. '쌈'은 남성 재귀대명사다.

리고 성호를 긋고 중얼거렸다.

"오, 주여, 구원하소서!"

하지만 '목수'는 벌써 계단으로 올라와서 문을 밀치며 계속 소리 쳤다.

"콘스탄틴, 바보짓 하지 마! 문 열어! 왜 그래? 어서 내 말 들어……"

"겁나지?"

미로노프는 큰 소리로 묻고는 자신이 안전하다고 느끼면서 성호를 그으면 '목수'가 견디지 못할 걸 알고 웃음을 지었다.

"콘스탄틴! 난 자네 친구 아닌가?"

"아니야!"

미로노프는 단호하게 외쳤다. 그리고 연통에서 벽돌을 빼들고 문 쪽으로 획 던졌다. 벽돌은 상자 속 바닥에 떨어졌고 그 둔탁한 소리 는 '목수'에 맞서는 미로노프를 더욱 단호하게 했다. 문 옆의 모든 것 이 '목수'의 힘에 의해 생기를 얻은 듯 의자가 흔들리고 상자들이 떨 어져 내렸다. 미로노프는 그걸 바라보면서 적의 무력함에 웃음을 터 뜨렸다.

하지만 곧 지지대가 밀리면서 문이 삐걱거리며 조금 열렸다. 그리 고 쌓아놓았던 물건들이 무너지며 밀려났고 문이 넘어갔다. 그리고 문틀에 '목수'의 전신이 등장했다. 그것은 미로노프를 놀라게 했지만, 그럼에도 불구하고 그는 벽돌 하나를 더 집어들어 '목수'의 쐐기 모양 의 구릿빛 구레나룻을 향해 힘껏 내던졌다. 그러자 '목수'가 팩 하고 소리를 지르고 팔꿈치까지 걷어붙인 팔을 내저었다. 그러고는 우지직 하는 굉음을 내며 아래로 굴러 떨어졌다. 미로노프는 펄쩍 뛰며 미친

듯이 기뻐했고 괴성을 질러대며 닥치는 대로 자신의 적이 사라진 쪽
에다 집어던졌다. 그리고 역시 광적일 만큼 절망적인 비명을 들으며
깔깔거렸다.

"소방수들이 필요해! 물로 해! 저 사람 자해하겠어⋯⋯"

미로노프는 웃음을 뚝 그치고 귀를 기울였다. 저 아래쪽에서 사람
들이 웅성거리고 아이들이 빽빽거리고 있었다. 그리고 그 소란을 위
엄 있는 저음의 목소리, 존경받는 이반 이바노비치 로자노프의 낯익
은 목소리가 덮어버렸다.

"자네가 바로 저 사람을 미치게 했어!"

"그래요."

미로노프가 소리쳤다.

"바로 그자예요, 그자! 아시죠, 저 사람이 어떤 사람인지? 아시는
거죠? 아하!"

그는 기뻐서 숨이 넘어갈 것 같았다. 모두들 '목수'가 어떤 자인지
알고 있다. 그는 아래로 내려가고 싶었지만 '목수'의 불안한 외침이
그를 멈추게 했다.

"안 돼, 때리지는 마. 아르타몬, 이것 봐, 때리지는 마. 제발!"

아니, 그렇다면 아르타몬도 역시 '목수'의 정체를 알고 그에 맞서
싸우려는 건가? 그러나 마부는 몸을 옆으로 하고 문 앞에 들이닥쳤다.
그는 발로 차거나 무릎으로 치면서 길을 가로막는 것들을 밀쳐냈다.
그리고 팔을 쭉 뻗어 손가락을 펼친 채 삼각형 입을 잔혹하게 벌리고
서 미로노프를 향해 다가오며 으르렁거렸다.

"아니, 왜 그래, 뭐야, 자네, 어?"

'목수'가 마부에게 미로노프가 말이라고 말했음에 틀림없다.

"난 말이 아냐."

'목수'의 교활함에 놀란 미로노프가 마차 연결고리처럼 쭉 내민 마부의 손을 피하면서 중얼거렸다. 하지만 마부는 그에게로 기어왔고 왕왕 울리는 목소리로 말했다.

"겁내지 마. 대체 왜 그러나?"

미로노프의 머리에 단단하고 뜨거운 것이 떨어졌고 그는 더이상 움직일 수 없었다. 마부는 그를 구석으로 몰았는데 그 구석은 뜨겁게 달구어진 쇠였다. 미로노프는 '목수'에게서 벗어나기 위해 마지막 시도를 감행했다. 그는 네 발로 기어서 아르타몬을 향해 정면으로 기어갔다. 그러나 아르타몬은 그의 옆구리를 붙잡아 번쩍 들어서 머리를 내리치며 소리쳤다.

"잡았어!"

미로노프는 지독한 먼지투성이인 암흑에 머리를 찧었다. 그의 몸이 녹아서 파괴되는 것 같았다.

그러더니 암흑이 천천히 사방으로 번져갔다. 미로노프는 부드러운 곳에 누워 흔들거리며 날아가는 것 같은 느낌이 들었다. 그의 팔과 다리는 부러지고 머리는 이상하게 퉁퉁 부어 고개를 들 수도 없을 만큼 무거워진 느낌이었다. 그 암흑 속에 환한 색과 검은색 얼룩들이 서로서로 문지르며 맴을 돌았고 아버지의 노랫가락이 들릴 듯 말 듯 했다.

셈 수,

셈 수,

셈 수로 우린 뭘 해야 하나?

그의 위에는 푸르른 것이 눈이 시리게 빛나고 있었다. 이 부드러운
빛 속에 하얀색의 또렷하지 않은 형태들이, 형상들이 그에게 몰려들며
떠다니고 있었다. 그들 중 두 개가 그에게 몸을 기울이더니 능숙하고
재빠르게 그에게 새로운, 아주 연약한 팔과 다리를 붙여주었다. 그리
고 머리를 깨끗이 청소하여 마치 텅 빈 것처럼 가볍게 만들었고, 그를
흔들면서 더 위로 푸르른 곳으로 데리고 갔다. 미로노프는 신이 그의
말을 들어주어 그를 위해 천사들을 보내 지상에서 그를 데려가는 것이
라고 생각했다. 정말 그렇게 되었다. 드디어 신이 몸소 그 앞에 나타나
셨다. 금빛 안경을 쓴 하얀 옷에 키가 큰 그분은 미로노프의 기쁨에 찬
외침에 말없이, 그러나 다정하게 고개를 끄덕여 응답하셨다. 그리고
그분은 그의 얼굴에 서늘한 바람과 꽃향기를 날리며 옆을 지나쳐 흘러
갔다.

미로노프는 더욱 황홀해졌다. 그는 평범한 사람들의 단순하고 낡은
신을 본 것이 아니라, 끝없는 음악이 흐르는 고요를 창조한 진정으로
지혜로운 신을 보았던 것이다. 그의 세계 속에 있는 모든 것은 고요하
고 다정했다. 비범하게 투명한, 거의 보이지도 않는 물이 미로노프를
씻어주었다. 푸르른 고요의 창조주가 그 앞에 다시 나타났을 때 미로
노프는 이 신과는 파리의 언어로 말을 해야만 한다는 것을 이미 알고
있었다.

"Je vous remercie, mon Dieu, je vous remercie, que vous······
(감사드립니다. 신이여, 감사드립니다. 당신께서 하신······)"

그는 더이상 아는 단어를 찾지 못해서 다음은 러시아어로 말했다.

"용서하십시오. 저는 아직 언어를 잘 모릅니다. 제겐 어렵습니다. 끔찍하게 어렵습니다! 낡고 평범한 신은 저를 도와줄 힘이 없습니다. 저는 그분을 좋아하지 않고 당신께만 의지합니다. 아주 오래전부터……"

"얼마나 오래전부터지요?"

푸르른 고요의 창조주가 안경 너머로 아버지처럼 다정하게 그의 눈을 들여다보며 물었다.

"Toujours(매일), 항상."

미로노프가 대답하고 물었다.

"제가 좀 늦었지요?"

"오, 아니에요!"

창조주가 웃음을 지었다.

"서둘러 내게 오는 사람들은 별로 없지요."

미로노프에게는 이 말이 슬픔에 젖어 있고 그를 질책하는 것처럼 들려왔다.

"Oui(예)."

그는 머릿속에서 희미하게 반짝이는 푸르른 생각과 단어들을, 그리고 가슴을 찌르는 불안감을(필요한 모든 것을 다 말하지 못할 것 같은) 느끼면서 동의했다.

"예, 예, 거기 사람들은 서두르지 않지요. 그 사람들은 모두 '훌륭한' 처녀애들과 결혼하지요. 핌카든, 세라핌카든, 제기랄, 아, pardon(미안합니다)! 거기 사람들은 말입니다, 개처럼 끔찍하게 뻔뻔스럽습니다! 나중에는 아이도 낳고 절인 사과를 먹고 탐욕을 부리지요. 믿을 수 없을 만큼 탐욕을 부립니다! 하지만 저는, 당신께서도 아시겠지만, 아무것도 원하지 않습니다…… 평범한 사람들의 신, 그 사람들의 신은 그들에게 어떤 관심도 없답니다. 모든 사람들을 명령하고 부리는 것은 '목수'입니다, 이걸 아셔야 합니다! 당신도 아시겠습니다만 '목수'의 정체를 안 사람은 제가 처음이지요. 그자는 하찮은 일에 요란법석을 떠는 악마입니다. 그자는 결혼식을 꾸며내고 절인 사과들과 술주정, 생선만두, 카드놀이 등 모든 걸 꾸며내지요. 제가 싫어하는, 원하지 않는 모든 것들을요, 원하지 않는……"

저주받을 '목수'를 기억해내자 미로노프는 흥분해서 소리를 지르기 시작했다. 그러나 푸르른 고요의 창조주는 그의 팔을 잡고 다른 한 손으로 당신의 율법책을 뒤적이며 다정하게 물었다.

"머리는 자주 아픈가요?"

'머리는 la te-te지.'

미로노프는 이렇게 생각하고 손을 들어 머리를 만져보았다. 머리는 지구본처럼 매끄럽고 차가웠다.

'허공에 걸려 있는 것 같구나.'

그는 손바닥으로 머리를 감싸 쥐며 생각했다. 그리고 이 말을 소리 내어 중얼거리고 나서 애처롭게 노래를 부르기 시작했다.

치지익, 치지익, 그제 트이 브일?

＊

"잔뜩 꾸며낸 거지?"

나는 의사 알렉산드르 알렉신이 내게 이 병 이야기를 해주었을 때
이렇게 물었다.

"물론이지, 자네라면 더 꾸며댔을걸!"

그는 웃으면서 대답했다.

"이 이야기는 내가 미로노프의 부러진 팔을 치료할 때 내 동료가
말해준 걸세. 이 미로노프라는 사람이 그를 찾아온 목수를 보고서는
창문으로 몸을 던졌다는 거야. 나중에 나는 며칠 동안 다시 미로노프
를 볼 수 있었어. 기관지염으로 날 찾아왔었거든. 이야기를 나누다가
서로 기억해냈지. 참 잊기 어려운 사람이야. 잊을 수 없는 얼굴이었거
든. 뭐랄까, 겉모습은 새침하지만 굉장한 노랭이 같아. 이게 모르스카
야 거리에 있는 그의 제본소야……"

콘스탄틴 드미드리예비치 미로노프는 지루해 보이는 검은 눈으로
잔 밑바닥을 살피다가 다 녹지 않은 설탕을 보고는 찻숟가락으로 꼼
꼼하게 다 긁어내 입에 가져갔다. 그리고 뻣뻣한 콧수염까지 핥아 먹
고 나서 한숨을 내쉬었다.

"예에, 그게 바로 정신이 빠져나가는 경우랍니다! 그건 그렇고, 그
럼 일을 시작하실까요?"

그는 아주 긴 팔에 달린 가느다란 손가락으로 연필을 잡고 종잇조
각을 펼쳤다.

"알렉신 의사 선생님 추천도 있으시고, 그리고 학식이 있는 분이시니까, 제가 가죽하고…… 옥양목지로 해드리지요…… 비싼가요? 무슨 말씀! 딱 제 가격입니다……"

그는 재료의 가격과 노동자들의 변덕과 그리고 무거운 세금이며 기타 여러 가지에 대해 자세히 늘어놓았다. 분명 자신에겐 사심이 없다는 걸 말하고 싶었던 것이다. 그는 머리를 타타르 식으로 깎아 올렸는데 말을 하면서 손바닥으로, 커다란 두 귀가 가방 손잡이처럼 툭 튀어나와 있는 울퉁불퉁한 머리를 쓰다듬곤 했다. 커다란 회색 코는 가위로 다듬은 뻣뻣한 콧수염 위를 덮고 있었다. 턱은 이상하게 움직였고 웅웅 울리는 목소리는 단조롭고 특색이 없었으며, 단어들을 우물우물 씹고 빨아대는 것만 같았다. 작고 좁은 방은 가죽과 아교, 기계의 기름 냄새로 숨이 막힐 지경이었다. 책장 위 어느 구석에선가 파리 한 마리가 죽어가는 소리가 불쾌하게 들려왔다.

"정신이 바로 돌아왔을 때 기분이 어떠셨나요?"

손톱이 새까만 오른손 손가락들이 종이들을 만지면서 착 달라붙은 듯이 책상 위를 기어다녔다. 파리가 죽어가는 구석 쪽을 흐릿한 시선으로 곁눈질하면서 미로노프는 마지못해 말을 꺼냈다.

"나는 그런 거 거의 다 잊어버렸는데. 아, 그런데 의사 선생님이 억지로 기억하라고 하시다니. 재미도 없고 조금 부끄럽기도 한 얘긴데…… 게다가 대부분의 사람들은 지적인 점 때문에 미쳐버린다는 걸 생각하면 제 경우는 모욕적이기까지 합니다. 이를테면 자신을 황제라고 한다거나 짐승이라고 상상하는 등 뭔가 고상하거나 우스운 것이 정신을 흐려놓는 거 아닙니까? 하지만 난 멍청함 때문에 그랬으니! 병원에 엔지니어가 한 사람 있었는데 자기를 장기판의 말이라고 생각하고는 문 앞에서 오른쪽으로 왼쪽으로 펄쩍펄쩍 뛰었지요. 집에는 들어가지 못하고 말이죠. 웃기죠. 그곳의 의사가 내가 그 의사를 신으로 영접하더라는 얘기를 해주었을 때는 정말 듣고 있기가 불쾌했지요. 아주 예의 바른 의사이긴 했지만요. 그래도 정말……

목수요? 목수는 물론 죽었어요. 그렇게 오래전은 아니고, 한 사 년 전쯤인가, 내가 여기 살고 있을 때였지요. 난 심장 쇠약 때문에 여기서 구 년째 살고 있어요. 그자는 예전부터 술에 찌들어 살았지요, 목수 말예요. 나는 그와 재판을 해야 했습니다. 내가 앓고 있는 십일 개월 동안 그자는 제멋대로 내 재산을 운영하면서 터무니없는 짓을 많이 했거든요! 그 사람 정말 미친 사람이죠. 여기 이 작가들이나 시인들처럼 말이지요……"

미로노프는 손가락으로 겉표지가 떨어져 나간 어떤 책을 꾹 누르며 말했다. 그리고 기침을 하면서 목을 문질렀다.

"물론 나도 시간이 있을 때는 책을 읽지요. 특히 밤에는요. 하지만 책들은 내게 영향을 주지 않아요. 예, 요즘 책들은 다 재미가 없어요. 모두 사랑 타령뿐이잖아요. 모든 사람이 다 그게 필요한 건 아닌데 말이죠.

프랑스어는 책 장정에 좋지요. 프랑스 책들도 적지 않게 재제본을 하지요. 열세 권짜리를 가죽으로 제본하기도 했죠. 물론 성경도 했지요. 이거와 가격은 다르지만요. 이건 아주 두툼하군요……

그런데 왜 목수에 대해 흥미를 가지세요?"

미로노프가 기분이 상한 듯 힘없는 어조로 말을 이었다.

"제 운명에 딱 맞게 산 평범한 자지요. 나를 자기 조카와 결혼시키려는 속셈을 가지고 있었고, 내 걸 다 자기 것처럼 생각하면서 함부로 난리를 피웠지요. 그래요, 난 내 장인인 로자노프 어른과 근거를 대며 그를 압박했지요. 그자는 로자노프네 목재에까지 함부로 손을 댔던 겁니다."

마지못해 얘기하는 콘스탄틴 미로노프의 말을 들으면서 나는 다시 그를 미쳐버리게 하고 싶은 집요한 욕망을 느꼈다. 하지만 그는 공손하게 기침을 해대면서 말했다.

"리자베타 이바노브나는 죽었어요. 계집애를 사산하고 그애를 따라가버렸지요. 지금은 난 여기 여자와 결혼해 살고 있어요. 괜찮아요. 감사할 뿐이지요. 안정되게 살고 있으니까. 장모가 그리스 사람이긴 해도 아내는 예의 범절을 아는 여자지요. 하긴, 아내에 대해 솔직히 말하자면 난 그 여자에게서 안정을 찾지 못했지요. 아내는 신경질적이고 툭하면 울어대고, 대체로 아주 견디기 힘든 성격이어서요. 게다가 우스울 정도로 신을 공경하는 겁니다. 아, 용서하세요. 하지만 십자가나 성상들만 잔뜩 모으고, 말만 나오면 기적에 대한 이야기뿐이지요. 죽음을 두려워했고요."

기침을 하고 나서 미로노프는 인상을 쓰고 훈계조로 말했다.

"아니, 그래 뭐 겁낼 게 있겠어요? 카자크 속담도 모르나봅니다. '내가 여기 있는 동안은 죽음이 없으며, 죽음이 찾아온다면 나는 존재하지 않을 것이다.' 딱 맞는 말이지요. 여기다 덧붙여도 될 겁니다. '죽기 전에는 나는 죽지 않을 거다'라고요."

미로노프는 고르지만 생기 없는 의치를 드러내며 웃음을 터뜨렸다.

"내 명명일에 말입니다, 리자베타 이바노브나가 두개골이 달린 반지를 선물했지요. 하지만 난 참을 수가 없었습니다, 사람 뼈잖아요! 정말 거의 미쳤다고나 할 수 있는 환상에 빠진 여자였지요. 난 그녀가 죽은 뒤 지참금 문제로 로자노프 어른과 재판을 해야 했지요. 물론 아주 존경받는 분이었지만 어쩌나 탐욕이 심한지…… 계속할까요? 『돈키호테』군요, 두 권인데, 가죽으로 할까요?

아니, 안 돼요, 더이상 흥정은 안 됩니다! 한때 불행했던 내 이야기가 틀림없이 당신의 일거리가 될 거 아닙니까……"

"그런 것도 계산에 넣어요?"

"아니, 왜 안 해요?"

미로노프가 놀라지도 않고 아무렇지도 않다는 듯이 말했다.

"모든 건 계산에 넣어야지요. 생활은 정확한 걸 요구하니까요. 세상을 그렇게 사는 사람에게 행운의 여신 포르투나도 미소를 보내는 법이지요……"

'그래, 이제 그 누구도, 그 무엇으로도 콘스탄틴 드미트리예비치 미로노프를 미쳐버리게 할 수는 없을 거다.'

나는 그렇게 생각했다. 그리고 물었다.

"그런데 지구본은 아직 가지고 있나요?"

숫자가 적힌 서류를 들여다보고 뒤통수를 만지며 미로노프는 대답했다.

"목수가 지구본을 꼭 고쳐보고 싶어했지요. 하지만 완전히 망가져버렸어요, 음악이 전혀 안 나오게 됐지요……"

특이함에 대하여

모두들 단순함 속에 삶의 지혜가 있다는 걸 이해하기 시작했습니다.

그리고 우리의 잔혹한 특별함은 저 멀리로 쓸어내버려야겠죠……

특이한 것, 그것은 우리를 파멸시키려고 악마가 고안해낸 것입니다……

네바 강변 대귀족의 저택들 중 한 집, 모로코 스타일의 알록달록한 방에, 바닥은 진흙투성이인 데다 안락함이라고는 전혀 느껴지지 않는 냉기가 서린 방에 회색 군용 외투를 꼭 끼워 입은 한 사내가 앉아 있다. 마흔 살 정도 돼 보이는 그는 다부져 보였지만 왼쪽 발을 절었다. 그는 불그스름한 장화를 신은 왼발을 쭉 뻗고 앉아 있었다. 오른발은 마룻바닥을 딛고 있었는데 힘주어 말할 때마다 말발굽처럼 넓쩍한 구두 뒤축을 굴러댔다.

머리에는 은빛나는 회색 머리털이 덥수룩했고 광대뼈와 턱까지 듬성듬성한 누런 구레나룻이 뒤덮고 있었다. 뭉툭한 코 밑에는 끝이 잘린 콧수염이 삐죽삐죽 곤두서 있어 닳은 칫솔을 연상시켰다.

커다란 입에 넓쩍한 이빨을 드러낸 이 사내의 얼굴은 흥미를 끌 것이 없었다. 별다른 색채가 없는 두 눈, 꼬치물고기처럼 두상이 뚜렷한 회색의 그런 얼굴은 러시아에서 흔히 볼 수 있는 평범한 얼굴이었다.

이런 얼굴에는 보통 작은 두 눈이 빛나는 법이고, 두 눈은 거의 사람을 쳐다보지 않고 땅이나 하늘을 바라본다. 그래서 그 시선에서는 수없이 기만당한 사람의 정신적 삐딱함과 존재에 대한 불신 같은 것이 느껴지기 마련이다. 하지만 가끔은 눈동자 깊은 곳 어딘가에 교묘하게 숨겨진 이성의 힘으로 예기치 않게 찌를 듯이 사물을 꿰뚫어보는 냉정하고 날카로운 관찰자의 시선이 빛나기도 한다. 이런 날카로운 반짝임은 문학하는 사람에게 의당 그러하듯이 내게 디오게네스*의 열망을 불러일으켰다. 그래서 나는 이 넓적한 이빨을 가진 사내에게 그의 인생에 대해 말해달라고 부탁했다.

이렇게 해서 그 사내는 서둘지 않고 단어들을 하나씩 '쪼개어 내듯이' 말을 꺼냈다. 그의 말투에는 자신의 삶의 의미를 확신하고 있고, 자신이 살아온 이야기가 듣는 이를 놀랍게 만든 게 이미 처음은 아니라는 뉘앙스가 담겨 있었다. 때때로 그의 말은 도전적으로 울렸고, 조롱하듯 일그러진 짙은 입술을 드러내며 말할 때는 회색 콧수염이 꿈틀거리곤 했다. 하지만 가끔씩 음울한 이야기를 할 때는 이마를 험상 궂게 찌푸렸다. 그렇지 않을 때는 이마에 주름이 가득했고 눈의 흰자 위는 촉촉하고 신기한 진줏빛을 띠었으며, 놀라거나 겁이 난 것도 아니면서 동공이 크게 열려 있었다.

아픈 발은 움직이지 않은 채 그 사람은 계속해서 몸을 이리저리 돌리곤 했는데 그건 그의 이야기의 흐름과 일치하지 않았다. 그는 시커먼 팔을 조용히 흔들거나 무릎을 쓰다듬었고 탁자 위의 종이 끼우개

---

* 그리스 철학자. 대낮에 등불을 들고 '사람을 찾고 있습니다'라고 말했던 일화로 유명.

나 잉크, 재떨이 따위를 움직여 옮기거나 목제 펜 받침대를 만지작거리곤 했다. 그는 물건들을 이쪽에서 저쪽으로 옮겨놓고 가늘게 실눈을 뜨고 바라보다가 다시 위치를 바꾸어놓았다. 그런 다음에는 화를 내며 그 모든 것을 밀쳐버리고 정교한 아라베스크 무늬처럼 잘게 금이 간 회벽을 손바닥으로 매만지거나 손가락으로 두드려보곤 했다.

아마도 이 특이한 방이 그에겐 좁게 느껴지는 것 같았다. 고개를 홱 돌리고 그 사내는 이 분 정도 말없이 창밖을 내다보았다. 각진 창살 무늬로 잘게 나누어진 창을 통해 보이는 황량한 네바 강의 넓고 어둑한 긴 띠를 따라 그는 무언가를 찾고 있었다. 외투의 목 단추를 풀었다 다시 잠갔다 하면서 그는 자신의 피부에 달라붙은 어떤 무거운 것을 홱 벗어 내던지고 싶은 것 같았다.

그의 알아듣기 힘든 목소리는 가슴 속 저 깊은 곳에서 울려나왔다.

사는 곳을 말하자면, 서류상으로는 난 시베리아 원주민입니다. 하지만 태생은 러시아인이고, 사바티마의 랴잔 사람이지요. 사바티마, 이 말을 나는 어려서부터 부모에게서 수없이 들어 기억하고 있는데, 부모님이 늘 이렇게 말해주었거든요.

"우린 사바티마에서 온 사람들이다."

열일곱 살 무렵까지 나는 사바티마라고 하지 않고 '사마티마*'라고 했어요. 그래서 나는 이 단어가 어떤 강을 말하는데, 그 강물이 아주 특이하게 새카맣다고 생각하고는 아무에게도 이 말을 하지 않았지요.

---

* '사마'는 '스스로, 그 자체'란 뜻이고, '티마'는 '어둠, 암흑'을 뜻하는 단어. '그 자체로 아주 어두움'과 같은 의미를 가지고 있다고 볼 수 있다.

동지들이나 친구들에게도 말하지 않았고 자랑도 하지 않았을 뿐 아니라 심지어 그걸 부끄러워했던 겁니다. 시베리아의 강물은 아주 맑고 깨끗했거든요. 나중에야 농업용 기계를 파는 한 상인이 내 잘못을 고쳐주었지요. 퉁명스럽게 이렇게 말해주더군요.

"야, 이 멍청아, 사마티마가 아니라 사바티마다. 강이 아니라 사람 사는 마을이다, 군 이름이야."

난 즉시 그 말을 받아들였고 아주 기뻤습니다. 이 사바티마라는 말이 특이할 건 없다, 그럴 것은 아무것도 없다는 걸 알고 말이지요.

그 마을에 대한 기억은 별로 없어요. 분명 평범한 마을이었을 겁니다. 하지만 강을 끼고 산에 둘러싸인 마을이라는 것은 기억해요. 마을을 반원형으로 둘러싼 숲이 있었고 그 안에 수도원이 있었죠. 지금까지도 나는 그 마을이 사람 사는 곳이라기보다는 장난감 같다는 생각을 해요. 그런 장난감 있잖아요? 작은 집들과 교회당, 가축들을 모두 나무로 깎아 만들고 초록색을 칠한 이끼로 나무숲을 만들어 붙인 그런 것 말입니다. 그 마을은 내게 아주 그립고 그리운 곳이었지요.

부모님은 내가 열 살 때인가 시베리아로 이주를 하게 되었는데, 사랑스러운 어머니와 어린 동생이 열차에서 굴러떨어져 죽었고 아버지도 얼마 안 돼 갑자기 죽고 말았지요. 생선을 잔뜩 먹고 말입니다. 나는 여기저기 마을을 떠돌아다니며 살았어요. 어떤 노인네를 따라다녔는데 순한 사람이어서 날 때리지는 않았지요. 일 년 정도 그 노인네와 다녔는데 어떤 작은 도시의 시장에서 한 농부가 날 점찍더군요. 트로핌 보예프라는 구교도 농부였는데, 노인네에게 은화 한 닢인가를 주었고, 노인네는 그걸 받고 날 넘겨버린 겁니다.

나를 산 그 사람은 체격이 크고 성질도 괴팍했고 수전노였지요. 왜 그런 신도들 있잖아요. 저는 뭐 하느님에게 허락받은 사람처럼 제멋대로 살면서 주위 사람들을 숨도 못 쉬게 하는. 처음 보는 순간부터 그 사람이나 그 가족들이 모두 싫었지요. 너무 엄하게 굴었고 탐욕스럽기 그지없고, 하여튼 모든 것이 다 싫었어요. 아직 어렸지만 나는 그들의 특이한 노동에 아무런 의미가 없다는 것을 알았어요. 그 사람에게는 말이 여섯 필, 암소 열일곱 마리에 수소도 한 마리 있었고 양과 새에다, 하여간 뭐든 부족함이 없었지요. 그런데도 그 사람은 징역살이하듯이 일을 하고 남들도 그렇게 시켰어요. 먹는 것을 보면 역겹기 그지없었죠. 배가 부르면서도 만족할 줄 모르고 계속해서 먹어댔어요. 얼굴이 벌게지고 몸이 부풀어오르는데도 계속해서 아무 생각 없이 그저 쩝쩝거리는 겁니다. 강제 노동과 과도한 식사, 예, 그걸로 그 사람들 인생은 요약되죠. 하지만 무슨 축일이 되면 아주 멋지게들 차려입고 교회로 떼를 지어 달려가더군요. 십이 킬로미터나 더 떨어진 곳으로 말입니다.

그들은 대가족이었습니다. 그 사람하고 첫번째 아내가 낳은 세 아들, 그중 한 명은 군인이었죠. 그리고 며느리 둘하고 혼자 된 사위 하나가 있었는데 마차에서 떨어질 때 혀를 깨무는 바람에 벙어리가 된 사람이었지요. 그리고 두번째 아내에게서 난 류바샤라는 나보다 두 살 어린 딸이 있었어요. 두번째 아내는 짐승 같았어요. 말같이 생긴 눈에 힘이 남자 못지않았지요. 거기에 막심이라는 러시아인 일꾼이 하나 있었는데 그 친군 어찌나 잠이 많았던지 서서도 잠을 자곤 했어요. 그리고 생쥐처럼 생긴 노파들이 있었고……

내가 열일곱 살 때인가 막심이 실수로 퇴비용 갈퀴로 내 허벅지를 찔렀지요. 일 년이 지나도록 상처가 아물지 않았고 썩어들어가더군요. 그때부터 이쪽 발을 절게 된 겁니다.

한번은 저녁을 먹을 때 큰아들 세르게이가 보예프에게 이렇게 말하더군요.

"야시카, 쟤 걷는 게 시원찮아요. 다리를 치료해줘야 될 것 같아요."

그랬더니 그자는 이렇게 대답하더군요.

"다리 없이도 살아갈 수 있어. 절룩거리면 더 좋을 거다. 군대도 안 끌려가고."

이 말에 나는 마음이 몹시 상했습니다. 난 건강한 청년이었고 당연히 여자애들 앞에서 절룩거리는 걸 부끄러워했거든요. 그래서 난 보예프를 떠나기로 작정했지요. 류바샤에게 그 말을 했더니 역시 그렇게 하라고 충고해주었죠.

"당연하지, 떠나. 안 그러면 죽도록 일만 시킬 거야. 알잖아, 저 지독한 인간들."

류바샤는 건강이 좋지 않았고 우울한 처녀였지요. 너무 약해 기계로 우유를 저어서 버터를 만드는 일조차도 할 수가 없었어요. 그래도 그애는 내 진실한 친구였고 거의 강제로 내게 글을 가르쳐주었어요. 그리고 옷도 빨아주고 셔츠도 꿰매주고 했지요. 배다른 오빠들과 그 올케들은 그녀를 좋아하지 않았고 우리의 우정을 비웃어댔지요.

"저렇게 발을 저는데…… 네게 어울리는 약혼자가 되겠다!"

그애는 그런 건 생각지도 않았지요. 그저 나를 도와줬을 뿐이거든요. 정숙한 아가씨라 장난질하는 것은 아주 싫어했어요. 무척 말랐고 어머니를 닮아 커다란 눈에 깊은 시선이 담겨 있었어요. 웃는 일은 드물었지만 미소라도 지으면 내 마음은 날아갈 듯했어요. 잘 울지도 않았지요. 매를 맞을 때도 눈을 꼭 감고 바르르 떨면서 몸을 바짝 오므리고 있을 뿐이었죠. 집안에서 제일 똑똑했지만 다들 알 수 없는 이상한 애로 취급했죠. 하지만 작은 가축이나 개, 고양이 따위를 괴롭히는 독한 면도 있었어요. 특히 병아리들을 잡아 괴롭히는 걸 좋아했지요. 병아리를 잡아서 손에 꼭 쥐고 목을 조르기도 했어요.

"도대체 왜 그래?"

내가 아무리 물어도 어깨만 움찔할 뿐이었죠. 사람들에 대한 분노를 그런 식으로 풀었던 거겠지요. 봄이 되자 나는 그녀와 작별하고 떠났어요. 보예프가 날 떠나지 못하게 하려고 오랫동안 내 신분증을 넘겨주지 않았는데 그때 류바샤가 도와줬지요.

한 이 년 동안은 아주 잘 살았어요, 그 시간들에 대해서는 말할 만한 것이 하나도 없을 정도입니다. 바르나울에 있는 의사 집에서 살았는데, 그 의사가 내 다리를 치료했지만 절룩거리는 것은 어쩔 수 없었죠. 하여튼 스무 살이 될 때까지 나는 꿈을 꾸듯 살았어요. 특별한 일은 없었죠. 그러다가 따분해지면 가끔 그 마을을 떠올리며 생각했지요.

'거기 가서 살아야 해.'

하지만 그 마을이 어딘지는 잘 몰랐어요. 그것도 잊어버렸던 거예요. 류바샤만 기억이 났지요. 그녀에게 편지도 한 번 보냈는데 답장은 없었어요.

나를 치료해준 의사는 알렉산드르 키릴르이치라고 했는데 나에게 잘해줬어요. 일도 많지 않았지요. 장작을 패거나 난로를 피우고 하녀가 요리하는 걸 도와주고 장화나 옷을 세탁하고, 그리고 병원으로 태워다주는 일이 전부였죠. 나는 술은 마시지 않았어요. 아, 물론 한두 잔 정도 건강을 위해 마시는 경우는 있었죠. 카드놀이도 아주 조심스러워했죠. 그러니 여자들이 날 좋아했겠지만 난 별다른 관심이 없었어요. 난 별로 사교적이지 못했거든요. 다들 나를 그저 어리숙한 놈으로만 여겼지요. 돈도 조금 모았어요.

그런데 산에서 굴러 떨어지듯이 특이한 삶이 제 앞에 갑자기 던져진 겁니다. 이웃 사람 두 명, 부부가 살해되었던 겁니다. 난 그날 밤 집에서 자지 않았지요. 그 때문에 나는 체포되어 조사를 받았는데 신분증마저 망가져서 글자가 잘 보이지 않았던 겁니다. 진짜 내 이름은 야코프 즈이코프인데 신분증에는 야코프 야즈이코프라고 되어 있었지요. 하필이면 당시 일본과의 전쟁*이 시작되던 때였는데, 수사관이 그러더군요.

"남의 이름으로 위장하고 살았다는 걸 인정해. 전쟁에 나가지 않으려고 했거나 아니면 뭐 더 나쁜 짓을 숨기려고 그랬겠지."

난, 신분증에 절름발이라고, 특징이 기록되어 있지 않느냐, 그게 바로 내가 즈이코프임을 증명하는 거라고 했지요.

시베리아에서는 아무도 사람을 믿지 않았지요.

"어쩌면 넌 살인을 저지르지 않았을지도 모르지만 그래도 너에 대해 다 조사해야겠어."

---

* 1904년 2월 6일, 일본 함대는 러시아와 맺은 조약을 파기하고 황해에서 전투를 개시했다.

그때 의사는 집에 없었어요. 톰스크와 카잔으로 출장을 갔었거든요. 내 편을 들어줄 사람이 아무도 없었던 겁니다. 감방에 처박혀 있는데 도둑놈들이 날 보고 비웃었어요.

"넌 즈이코프도 아니고 야즈이코프도 아니고 야죠프겠지. 네놈 얼굴은 꼭 물고기 면상같이 생겼잖아."

그러더니 다들 날 야죠프라고 부르더군요.

이런 말도 안 되는 일이 날 화나게 만들었죠. 난 밤마다 잠도 못 자고 생각했어요. 이걸 도대체 어떻게 이해해야 하나. 종잇조각에 사소하게 잘못 적혀 있는 것 때문에 사람을 감옥에 처넣을 수 있단 말인가? 나는 하느님에게 기도했지요. 그 당시 나는 아주 신앙심이 깊었거든요. 감옥이라 정식으로 기도를 못했지만 말입니다. 거기서는 다들 신앙에 대해 비웃었으니까요. 나는 누워서 남몰래 성호를 그으며 마음속으로만 두세 번 기도문을 외웠지요. 그게 다였어요. 무릎을 꿇고 열렬하게 기도하는 데 익숙해 있었는데 말입니다. 그럴 때는 〈믿나이다〉와 〈주기도문〉을 한 번씩 암송하고 〈성모 마리아시여〉를 세 번 암송했습니다. 성모 찬미가도 암송할 줄 알았어요. 류바샤가 내게 여러 번 가르쳐준 덕분에요. 쓰기는 송곳으로 나무껍질에다 쓰면서 처음 배웠고요.

물론 신앙이란 어리석은 겁니다. 하지만 그 당시 난 젊었고 하느님 외에 별다른 흥미로운 것도 없었거든요.

감옥에서는 할 일 없이 빈둥거렸지요. 내가 있던 방에는 나 말고도 도둑놈 네 명과 폐병으로 숨을 헐떡이던 말 도둑, 부랑자 노인네, 그리고 나중에 러시아 어딘가로 호송되어 갔던 철로공 등 일곱 명이 있었죠. 도둑놈들은 하루 종일 카드놀이를 하고 노래를 불러댔고, 노인네와 철로공은 한쪽에 비켜 앉아서 내내 논쟁을 벌였지요. 큰 키에 깡마른 체구의 노인네는 마치 사제처럼 긴 머리를 하고 있었는데, 코는 구부정하고 눈빛에 사악한 기운이 있어 매우 불쾌감을 주는 사람이었어요. 그리고 아주 정확했어요. 아침에는 가장 먼저 일어나 깨끗한 수건에 물을 적셔 얼굴을 닦고 머리와 수염을 매만졌지요. 그리고 단정하게 옷을 입고 오랫동안 서서 기도를 했어요. 성호를 긋거나 뭔가 중얼거리거나 하지는 않았지만요. 성상이 있는 구석을 바라보지 않고 창밖 바깥세상이나 하늘을 바라보고서 말입니다. 당연히 분파주의 교도였지요. 하지만 아주 똑똑한 사람이었습니다.

철로공은 집시나 유대인처럼 더러웠고 나보다 열 살가량 많았지요. 말이 많았는데 말투가 아주 특이해서 듣고 있는 것조차 싫었어요. 머리는 고슴도치처럼 뾰족뾰족하게 깎았고 이빨은 윤이 났고 콧수염은 거뭇거뭇했지요. 눈을 보면 키르기스인 같았죠. 바다표범처럼 온몸이 번들번들해서 서커스에 나오는 학자 같았다고나 할까요. 그는 또 휘파람 부는 걸 좋아했지요.

그런데 한번은 도둑놈들이 잠이 들었을 때 노인네가 투덜대는 소리가 들리더군요.

"단순함이 필요해. 사람들은 모두 쓸데없는 일들 속에 뒤엉켜 있어. 그래서 서로서로를 숨 막히게 하지. 삶을 단순화시킬 필요가 있지."

철로공도 유감스럽다는 듯 중얼거리데요.

"제 말이 바로 그 말입니다."

그러자 노인네가 말했어요.

"거짓말. 자네는 옛날이나 그리워하는 사람이야. 난 자네 같은 사람을 많이 보았어. 다들 사기꾼이지. 자네는 특별해지고 싶어하지, 특이함 말일세. 사람들과 구별되는 뭔가가 되고 싶어하는 게야. 세상의 죄악과 재난은 모두들 특별해지고 남과 달라지려고 하는 데에서 생기지. 거기에 슬픔이 있는 거지! 바로 거기서부터 온갖 귀족주의나 관료주의, 명령이나 폭압이 나오는 거야. 먹고 입는 것에서 어떻게든 특이함을 찾으려 하고 사람들 사이에서 차별을 찾아내려고 하는 거고 말이야. 그래서 그 모든 걸 단순하게, 아주 단순하게 만들어야만 해! 특별함이 있는 곳에 권력이 있고 권력이 있는 곳엔 적대감과 비타협과 온갖 광기가 있어. 바로 그래서 자네도 그렇게 적대적인 거야, 미친놈처럼. 인간은 자신만을 지배해야지 다른 사람을 지배해서는 안 돼. 봐, 종잇조각에 쓰인 대로 자네를 이리 끌고 왔고 또 어디론가 끌고 가겠지. 슬픔도 기쁨도 자네 마음대로 못하고 말일세."

나는 노인네의 말이 진실이라고 생각했습니다. 그의 말은 마치 나 자신이 생각해낸 것만 같았지요. 진실이 정말 진실한 자신의 것일 때 그것은 모든 점에 대해 당신에게 응답하지요. 진실은 강력한 힘을 가지고 있어요. 마치 손으로 집는 것처럼 말이지요.

도둑들은 날 좀 모자란 놈이라고 비웃었지요. 그래요, 나 자신이 바보인 양 했으니까요. 그렇게 하면 차라리 편하고 사람들을 더 쉽게 알 수 있거든요. 사람들은 바보 앞에서는 주저하는 법이 없으니까요. 논쟁을 하던 그 사람들도 나라는 존재가 아예 없는 것처럼 여기고 거리낌없이 화도 내고 중얼중얼댔지요. 그래서 난 이 사람들이 마치 논쟁을 하는 것 같지만 똑같은 말을 한다는 걸 알게 됐죠. 세상의 모든 것은 다 똑같이 만들어야 한다, 특별한 것, 특이한 것은 없애버려야 하고 세상의 그 어떤 뛰어난 것도 용납해서는 안 된다. 그러면 모든 사람들이, 원하든 원하지 않든, 다 동등해질 것이고 모든 것은 단순하고 쉬워질 것이다, 뭐, 그런 거였죠. 이 세상 사람들을 다 평범한 사람들로 만들어버리고, 사제나 상인, 관료, 지주 같은 모든 계층 구분을 금지하는 특별한 법을 만들어 없애버려야 한다는 거였죠. 그 누구도 다른 사람에게서 빵이든 일이든 양심이든 그 무엇도 사지 못하도록 말입니다.

노인네는 이렇게 주장했지요.

"영혼을 북돋워야 해. 중요한 것은 영혼의 자유야. 그것이 없다면 인간이 아니야."

난 이런 생각들을 배고픈 자가 보드카를 들이켜듯 꿀꺽꿀꺽 삼켰지요. 정말 내 영혼이 환하게 열리는 것 같았어요. 난 이렇게 생각했지요.

'주 예수시여, 사람들 속에 참으로 성스러운 단순함이 살아 있군요. 그런데도 사람들은 평생 괴로워하고 있으니!'

나는 이렇게 생각하면서 미소를 짓기까지 했어요. 그러자 도둑놈들은 날 더욱 비웃더군요.

"저거 보라고, 야죠프가 애인 생각을 하고 있나봐!"

난 아무 말 하지 않았지요. 아니 더 바보처럼 굴었어요. 하지만 그러면서 말입니다. 더욱 열심히 귀를 기울여 듣고 또 들었지요. 논쟁을 벌이던 두 사람은 딱 한 가지 점에서만 의견이 갈리더군요. 철로공은 공연히 놀리듯이 신은 필요 없다고 주장했고 노인네는 이 점 때문에 그에게 화를 냈지요. 예, 나도 철로공의 그런 심한 말을 듣고 있으면 기분이 상했지요. 그 당시 신은 나의 병이었거든요. 귀족 제도의 해독에 대해서는 두 사람 다 아주 신랄하게 비판했지요.

곧 나는 원적지로 호송되었습니다. 보예프가 있는 곳 말입니다. 물론 보예프 집안에서 내 신원을 확인해주었죠. 보예프는 병상에 누워 죽어가고 있었어요. 자기 말에 치였다든가 뭐라든가 했지요. 그는 내게 이렇게 제안하더군요.

"야코프, 내 집에서 살아라. 넌 온순하고 어리숙해 떠돌이 생활은 맞지 않아."

난 거절했어요. 나도 이제 뭘 좀 볼 줄 알았고 머릿속에는 온갖 생각이 꿈틀거렸고 도시로 마음이 끌렸거든요. 그래요, 류바샤도 충고해주었지요.

"가, 떠나, 야코프. 가서 네 행복을 찾아."

물론 나는 그때까지 있었던 모든 걸 그녀에게 얘기했죠. 밤새도록 얘기를 하면서 나 스스로도 놀랐어요. 내 생각들이 얼마나 그럴듯하게 잘 짜여 있고 얼마나 유창하게 잘 나오던지. 류바샤도 내 말에 고개를 끄덕였죠.

"모두 옳은 말이야. 그래야 돼."

난 그녀에게 제안했죠.

"류바샤, 나와 함께 가자!"

그녀는 망설이더군요.

"내가 네게 무슨 소용 있겠어? 짐만 되지. 난 건강하지 못해. 그리고 다른 사람들을 좋아하지도 않지. 그래도 여기서는 그럭저럭 익숙하잖아."

그래서 그녀는 떠나지 않았어요. 우울한 여자라고 말했었잖아요. 마음이 여리고 진심으로 친절을 베풀 줄 알았던 아가씨였지요. 난 거울 속에 비춰보듯 그녀의 영혼을 통해 나 자신을 보고 있었던 겁니다. 그녀는 작별하면서 울음을 터뜨렸지요. 하지만 어쩔 수 없었지요……

나는 다시 바르나울의 의사 집으로 돌아왔습니다. 의사는 좋은 사람이었고 똑똑하다고도 할 수 있는 사람이었지요. 물론 옛날식으로 그런 것이고 내 생각과는 달랐지요. 성격은 아주 단호해서 생활 방식으로 보면 시골 지주 나리들을 닮았다고 할 수 있었어요. 하지만 외모는 농민적이었어요. 어깨는 딱 벌어지고 골격이 좋았고 쓸데없이 손을 흔드는 법이 없이 거위처럼 몸을 세우고 당당하게 걸어다녔지요. 커다란 붉은 얼굴에는 구레나룻이 있었어요. 손재주가 아주 좋았고 치료도 아주 잘했어요. 보드카는 약간 마셨지만 취한 적은 거의 없었습니다. 보드카보다는 적포도주를 좋아했지요. 사람들을 똑바로 쳐다보는 시선에는 냉소가 담겨 있었어요. 그런 눈길로 사람들에게 이렇게 말하는 것 같았지요. '공연히 안 그런 척하지 마시오. 난 당신 몸이 어디가 잘못되었는지 알고 있어.'

하지만 여자들은 그를 좋아했고 그 자신도 여자를 아주 탐했지만, 내가 보기엔 사는 걸 지루해하는 것 같았어요. 의사는 늘 인상을 쓰고 불평을 달고 다니며 이빨 사이로 노랫가락을 읊조리다가 뭔가 썩은 것을 먹었을 때처럼 가래침을 탁탁 뱉어댔지요. 그 사람의 단순함은 마음에 들었지만 그의 미소는 그렇지 않았지요. 그 미소는 의사도 나를 바보 취급하고 있으며 나를 조금도 믿지 못한다는 걸 말해주고 있었죠. 모욕적인 일이었죠. 그리고 난 사실 약간 그를 두려워하기도 했어요.

그는 날 반갑게 맞아주었고, 나를 보면 늘 하던 농담을 했죠.

"아하, 오셨구먼. 우리 곱창자루!"

곱창자루란 말은 그가 가장 즐겨 쓰는 말이었죠. 그는 누구에게나 어린아이 대하듯 농담을 했어요. 손을 주머니에 찔러 넣고 한마디씩 던지곤 했죠. 그는 내게 보드카 한 잔을 내밀면서 노파에게 사모바르를 끓이라고 하고는 직접 부엌으로 와서 말하더군요.

"그래, 어디 얘기 좀 한번 해봐!"

눈보라가 휘몰아치며 웅웅거리던 겨울밤이었어요. 나는 반가운 친구와 술집에 앉은 듯이 의사와 식탁에 앉아 이야기를 했죠. 의사는 내 말을 들으면서 담배를 피웠어요. 암탉 꽁지처럼 별로 길지 않은 구레나룻을 손으로 뜯으면서요.

그때까지 나는 세상 그 누구와도, 류바샤만 빼고요, 그날 저녁때처럼 마음을 터놓고 얘기한 적이 없습니다. 그런데 왠지 용기가 생겨서 흥분했던 겁니다. 감옥에 있을 때나, 그래요, 호송길에서 나는 생각하는 법을 배웠어요. 아주 깊이 생각에 잠길 정도로 말입니다. 마치 나는 존재하지 않고 오직 허공에 영혼만이 살고 있는 것 같았지요. 그래서 나 자신도 놀랄 만큼 대담하게 말을 할 수 있었던 겁니다. 마치 류바샤에게 말하듯이 말입니다!

물론 감옥의 그 노인네와 철로공에 대해서도 말했지요. 그랬더니 의사가 껄껄거리며 웃더니 이렇게 말하더군요.

"이놈, 머리가 어디 탈골됐나! 바보에게는 사는 것이 더 쉽고 똑똑한 사람에겐 사는 게 더 재미있다? 하여튼 좋은 말이야! 야코프, 이제 넌 책을 읽어야겠어. 그래, 하지만 책에는 모든 것이 반대로 쓰여 있다는 것만 알아둬라. 법이란 모든 단순한 것을 특별한 것으로 나누고 우리를 다스리지."

그리고 또 이렇게 말했지요.

"인류가 처음 등장했을 때 땅은 완전히 돌덩이였지. 그게 산산이 부서져 모래가 되고 진흙이 되고 비옥한 옥토가 될 때까지 아무것도 생산할 수 없었다고. 선사시대에는 짐승 한 마리하고 새 한 마리가 있었을 뿐인데 지금은 수천 마리의 온갖 새들과 짐승들이 있지. 인간들도 마찬가지지. 선사시대에는 모두 농민이었는데 시간이 흐르며 백작이 나오고 황제가 나오고 상인이나 관료, 기술자, 의사가 나온 거다. 그건 일종의 법칙이지!"

그는 말을 아주 잘했지요. 날 자루 속에 넣고 꿰매버리는 것만 같았어요.

그리고 물론 농담도 덧붙였죠.

"바로 이런 언덕에서 모든 걸 바라봐야 해. 세상이라는 늪지에서 거기가 가장 높은 데거든."

그의 말에 나는 아주 슬퍼졌어요. 그의 말은 나를 잠시 혼란에 빠뜨리기도 했지요. 의사는 내게 책을 몇 권 주었는데 나는 한눈에 알아봤죠. 그가 읽는 책은 아니라는 것을요. 그의 책들은 두툼했고 장정이 잘 되어 있었어요. 그런데 내게 준 책은 얇고 그림이 들어 있는 어린애 책 같았지요. 내게 그런 책을 준 이유는 내가 가진 생각들에서 벗어나게 하려는 것이었지요. 그 책들은 사람들이 옛날에 어떻게 살았는지 이야기해주었거든요. 말하자면 그걸 보고 옛날에는 사람들이 더 못살았다는 것을 알아두라는 것이었죠. 마음을 진정시키는 책들인 셈이죠. 하지만 나는 이렇게 상상했지요.

'여기 쓰여 있는 것이 올바르게 쓰인 것인지 내가 어떻게 알아? 내가 직접 본 것도 아닌데. 게다가 나는 요즘 사람이잖아. 옛날의 생활이 내게 무슨 소용이람. 지난날을 더 낫게 만들지도 못하면서 내일을 어떻게 살아야 할지에 대해 내게 가르치고 있어.'

의사가 읽고 있냐고 물으면 읽고 있다고 대답했지요. 재미있냐고 물으면 재미있다고 대답했지요.

물론 그 책들이 마음에 들지 않는다고는 말하지 않았지요. 내게 흥미 있던 것은 거기에 쓰인 것이 아니라 그게 무슨 목적으로 쓰인 것인가 하는 것이었는데 그것도 난 말하지 않았어요. 내 생각에 그 책들은 우리를 편안하게 안심시키려고 쓰인 것이었죠.

하지만 그 덕에 독서 습관이 생겼지요. 고개를 숙이고 책을 들여다보고 있으면 마치 소용돌이처럼 수많은 단어들이 흔들리며 흘러갔고 시간가는 줄도 몰랐습니다. 그러다 문득 깜짝 놀라 정신이 들곤 했어요. 그럴 때면 나는 이 세상에 존재하지 않는 것 같았지요. 난 책에 쓰인 말을 기억하는 걸 좋아하지 않았고 그럴 능력도 없었어요. 하긴 그런 말들은 내게 필요도 없었고요. 난 내 말을 가지고 있었으니까. 어떤 말들은 전혀 이해되지도 않았어요. 책갈피마다에서 바스락거리는 그 말들은 내게 아무런 의미도 주지 못했던 겁니다. 하지만 책의 본질은 항상 아주 쉽게 알 수 있었지요. 머릿속에 자신의 생각을 가지고 있으면 남의 생각을 이해하는 것은 아주 간단하거든요. 자신의 생각은 정직한 등불 같아 거기에 비춰보면 남의 생각이 잘못된 것임을 아주 쉽게 알 수 있지요. 남의 생각은 내 생각 뒤로 얼른 숨어버리는 겁니다. 촛불에 빈대가 도망치듯 말이지요. 나는 그걸 자랑스러워했죠.

내가 책에서보다 훨씬 더 유익한 걸 많이 얻어낸 것은 의사와의 대화에서였습니다. 병원일이 끝나고 환자들 회진이 끝나면 의사는 웃옷과 구두를 벗고 실내화를 신고 소파에 누워 담배를 피우며 이런 신맛나는 포도주를 홀짝였어요. 그리고 싱글거리면서 농담을 해댔지요. 하는 말은 항상 똑같았어요. 우린 다 지나간 시절의 힘에 눌려 살도록 되어 있다, 하찮은 일들도 그 뿌리가 깊어서 뽑을 때는 조심해야 한다, 안 그러면 아주 유용한 흙까지 못 쓰게 만들 수 있다, 지나간 어제가 오늘을 움직이고, 현재의 삶은 반드시 미래를 움직인다, 네가 아무리 애를 써도 이 틀에서 벗어날 수는 없다, 뭐 그런 얘기였죠.

그러나 어떤 날은 공연히 지루해져서 아무렇지도 않게 이렇게 말하더군요.

"모든 걸 다 지옥에 내던지는 게 나을 거야……"

하지만 곧바로 이렇게 덧붙였지요.

"하긴 그건 불가능한 일이지만!"

그의 말을 듣고 있으면 화가 났어요. 나는 생각했지요.

'저 사람은 영리해서 모든 걸 다, 알아야 할 것이든 알 필요가 없는 것이든 다 알고 있고, 자기 인생에 불만이 많지만 아주 단순한 해결책이 있는데도 그걸 두려워하고 있어.'

하지만 나는 이미 그 해결책을 얻었고 그걸 굳게 견지하고 있었어요. 만일 천국의 새가, 인간의 자유가 잘못된 하찮은 일이라는 그물에 걸려 숨이 막힐 정도로 허우적거리고 있다면 답은 간단하죠. 그물을 자르고 찢는 것! 그것뿐이죠.

나는 인간을 해방시키는 다른 방법은 없다는 걸 의사에게 넌지시 암시하기도 했어요. 하지만 직접 말하고 싶지는 않았어요. 나를 비웃을까봐 겁나서가 아니고 다른 이유가 있어서입니다. 나는 그가 나를 아주 편하게 대해주고 그렇게 저녁 시간에 대화를 나눠주는 것에 대해 깊이 존경하고 있었거든요. 간혹 내가 일을 제대로 하지 않은 데 대해 소리를 쳐대고 함부로 대해도 나는 그에게 화를 내지 않았어요.

그의 책과 그와의 대화는 내게 아주 큰 도움이 되었지요. 나는 나도 모르게 신에 대한 믿음을 버리게 되었거든요. 그건 자신도 모르게 대머리가 되는 것과도 같았지요. 바로 어제만 해도 머리에 머리카락이 만져졌는데, 그런데 갑자기 만져보니, 아니 정수리가 벗어졌잖아! 바로 그런 것처럼 말이죠. 그래서 내가 뭐 겁이 났다는 것은 아닙니다. 하긴 영혼으로 어떤 서늘한 불쾌함 같은 걸 느끼기도 했지요. 하지만 아주 잠깐 동안이었죠. 나는 금세 깨달았어요. 지금까지 나는 세상을 살면서 마치 남의 나라에서 살듯이 살았다, 모든 걸 어두운 구석과도 같은 신의 관점에서 보며 살았다, 하지만 이제 내 앞에는 광활한 공간이 활짝 열려 있고, 아무런 두려움도 없고 명료한 이성이 있을 뿐이라고 말이죠. 나는 신과 작별을 고했지요. 예, 정말 아무런 유감도 없이 말입니다. 나중에 나는 신을 믿는 자들은 우리의 적인 쓰레기 같은 자들뿐이라는 것을 확실히 알게 됐죠.

나는 나를 남의 일에 옭아맸던 사슬들을 어디에서든 확인할 수 있었지요. 아무리 은폐되어 있어도 말입니다. 의사의 삶에서도 아주 사소하고 쓸데없는 것들을 보았고 그 딱딱한 겉껍데기 같은 것들을 다 보았죠. 그 사람은 필요 없는 것을 많이 쌓아놓고 살았어요. 책이며 가구, 옷이나 여러 가지 특이한 것들을요. 삶을 아름답게 하기 위해서는 특이함이 필요하다는 것을 증명하고 있는 것이었지요. 하지만 아름다움을 보기 위해서라면 들판으로, 숲으로 나가보면 되는 거 아닙니까. 거기엔 꽃과 풀이 있고, 거기에는 어떤 먼지도 묻어 있지 않아요. 별을 보세요. 별은 걸레로 닦을 필요가 없잖아요. 그런데 여러 종류의 특이한 표찰들 같은 지상의 물건들 때문에 인생은 해로운 쓰레기 더미가 되고 하찮은 일로 가득 찬 감옥이 되는 것입니다.

의사는 옷 입고 세수하는 데 오 분이면 됐지요. 하지만 셔츠 단추를 채우고 넥타이를 매는 데에도 그만큼의 시간을 들였어요. 채우고 매면서 농사꾼처럼 저속하게 욕을 해대지요. 그리고 역시 단추 달린 구두를 신느라고 시간을 얼마나 쓰는지 아세요? 평범한 러시아 장화는 그저 한번에 쑥 신을 수 있잖아요, 아시죠? 나는 넥타이나 단추나 리본이나 레이스나 삶을 장식하는 데 쓰는 온갖 물건들을 사람에게서 다 없애야 한다고 생각했어요. 중요한 물건만 남겨두면 사람이 더욱 중요해질 거라고 생각했던 겁니다. 장난감 같은 것들은 다 쓸어 내다 버려야 할 것들이지요……

의사의 말투에서도 하찮은 것들을 지배하고자 하는 습관이 보였지요. 말은 바르게 하는 사람인 것 같았지만 쓸데없는 표찰들을 버리기에는 그의 이성이 부족했어요. 그는 책이나 장난감이나 기계 같은 하찮은 것들에 의해 모든 지배가 유지된다는 것을, 서류 사슬 때문에 사람이 바보가 된다는 것을 보지 못했죠. 물론 그걸 본다 해도 그에게는 도움이 될 게 없었겠죠. 그 사람 자신이 지배의 공범자였으니까. 그래서 그의 말을 듣고 있으면 마치 한두 번 도끼질을 해서 지은 통나무집을 다양한 언사들로 거미집 같은 곳으로 은폐하려는 것 같았지요. 항상 조심스러워야 한다, 말하자면 한번에 다 잘할 수는 없다는 말이었죠. 그렇게 조심해도 사람은 제 발에 제가 걸려 넘어지는 법이죠. 어떤 때는 그 의사가 참 안됐다는 생각도 들었어요.

그러다가 한 여자를 알게 됐죠. 병원의 간호 보조원이었는데 초록색 눈동자에 얼굴이 발그스름했지요. 왼쪽 눈을 모피장수인 애인이 바늘로 찔러서 눈이 빠져버렸고, 눈꺼풀이 꼭 닫혀 있었지요. 하지만 그렇다고 해서 그녀의 얼굴이 특별히 흉해 보이지는 않았어요. 얼굴은 야윈 편이었죠. 코는 다소 오뚝했지만 그거 역시 내게는 별 흠이 되지 않았지요. 늘 인상을 찌푸리고 말이 없었는데 다들 품행이 안 좋다고들 수군대더군요. 마음이 끌리자 그녀의 초록색 눈동자가 내 몸을 다 태워버리는 것 같았어요. 그런 감정은 그때까지 결코 느껴보지 못했었죠. 비록 절름발이이긴 했지만 보다시피 난 아주 건장한 사내였지요. 그 당시 내 얼굴은 훨씬 더 선량해 보였고, 여자들이 특히 내 눈을 무척 칭찬했어요. 심지어 류바샤도 언젠가 이렇게 말했었죠.

"야코프, 네 눈은 꼭 여자애 눈 같아."

하지만 아무리 그래도 타티야나는 나를 거부하더군요. 그래 내가 말했어요.

"넌 애꾸눈이고 난 절름발이야. 사랑하면 안 될 게 뭐야."

그랬더니 이렇게 대답하더군요.

"안 돼, 싫어. 당신 같은 사람들한테 난 지쳤어."

그녀의 이런 고집이 나를 더욱 안달하게 만들었어요. 나는 사랑을 얻기 위해 진심을 다했고 결국 그 여자를 내 것으로 만들었죠. 나는 마치 뜨거운 물속에 던져진 것 같았어요. 그 여자의 사랑은 야성적이고 탐욕적이고 뜨거웠어요. 그녀와의 사랑은 마치 싸움과도 같았어요. 나는 곧 알게 됐죠. 그녀는 사랑해서 기쁜 것이 아니라 기진맥진하게 내 힘을 빼내는 걸 기뻐하는 것이라고 말입니다. 그게 뜻대로 되지 않고 날 이겨내지 못하면 화를 냈지요.

정말 대단히 정직한 여자였어요. 내가 물었지요.

"나중에 날 배신할 거야?"

"아니."

그녀는 이렇게 대답했지요. 그러나 조금 생각한 뒤에는 갑자기 이렇게 덧붙였지요.

"다만, 알겠지만……"

이 말은 내게 '그럴 거야'라는 말로 들렸지요. 난 그 여자를 두들겨 패고 싶은 마음이 들었어요. 하여튼 그녀는 한숨을 내쉬면서 사내들을 속이는 일은 어쩔 수 없는 일이라는 그런 눈길로 미안하다는 듯이 나를 보았거든요. 물론 나는 마음이 괴로웠지요. 사랑이란 위험한 것이어서 마치 수치스러운 질병에 걸린 것과 같은 겁니다. 하지만 그래도 그녀의 그런 솔직담백함이 마음에 들었어요. 나는 그녀가 정신적으로는 내 누이 같고 내 앞에서 긴장하고 있다는 것을 알고 있었죠.

성격도 아주 까다로웠어요. 잘못 건드리면 바르르 떨며 화를 냈고, 내뱉는 말 한마디 한마디마다 독기를 뿜어댔지요. 눈빛도 일그러져 증오심에 불탔고요. 성질이 가라앉았을 때쯤 되어서야 한마디 물어볼 수 있었죠.

"왜 그렇게 성질이 독해?"

그러자 한번은 내게 아주 특이한 이야기를 해주더군요. 부모가 안 계셔서 언니 집에 살고 있었는데 기계공이었던 형부가 술을 먹고 와서 강간을 했답니다. 그때 나이가 열여섯이었대요. 두 달여 정도 수치심과 두려움 때문에 아무 말도 못하고 견뎠는데 결국 언니가 눈치 채고는 집에서 내쫓아버렸다는 겁니다. 그후 삼 년 동안 몸을 팔며 겨우 생활을 이어갔는데 술에 취한 사내들에게 죽도록 맞아서 병원에 입원을 하게 되었대요. 그때 지금의 의사가 그녀를 보살펴주고는 간호 보조원으로 일하게 해주었다는 겁니다. 병원 사람들이 그녀를 쫓아내라고 소동을 일으켰지만 의사가 그녀를 있게 해주었답니다.

내가 물어보았죠.

"그 사람하고도 살았어?"

그녀는 눈을 내리깔고 비웃듯이 말하더군요.

"우리 같은 사람이 그따위 짐승에게 시집을 가겠어? 한 번도 건드리지 않던데."

"왜 비웃어? 그분한테 고마워해야지."

그랬더니 이렇게 웅얼거렸어요.

"앞으로 은혜를 갚을 날이 오겠지."

더 들어보면 아시겠지만 한마디로 말해서 그 여잔 참 보기 드문 여자였어요. 몸은 날씬하고 다람쥐처럼 잽쌌지요. 일하지 않는 날에는 비록 넉넉하지는 않았지만 아주 귀한 집 부인처럼 옷을 차려입었지요. 그래요, 얼굴은 류바샤가 더 예뻤지만 그애는 좀 둔했어요.

그렇게 난 살아가고 있었습니다. 조용히 혼자서, 그럭저럭 말이지요. 그런데 전쟁은 날이 갈수록 심각해졌고 난로가 장작을 삼키듯 사람들을 삼켜버렸지요. 결국 의사도 전쟁에 불려 나가게 되었죠.

"이봐, 곱창자루. 가지 뭐, 다 깨진 바보들 고쳐주러 말이야."

우린 함께 출발했어요. 타티야나도 간호사로 징집됐지요. 그녀는 콧방귀를 뀌었죠.

"그래, 틀림없이 바보들이지! 총도 대포도 열차도 다 망가뜨리고는 그래도 그걸 전쟁이라니……"

전쟁에서 우리가 지고 있고 상황이 안 좋다는 건 이미 잘 알려져 있었어요. 우리가 탄 열차는 이 역에서 저 역으로 쫓겨다니고 우리는 할 일 없이 이리저리 옮겨다녔지요. 우리들 곁으로는 병사들이 구름처럼 지나갔어요. 전쟁이 벌어지고 있는 곳으로 노래를 불러대면서 몰려갔고, 또 한쪽에서는 신음 소리를 내며 환자들이 기어왔지요. 의사는 화를 내며 서류를 작성하고 전보를 치고 자신에게 할 일을 부여하라고 요구했지요. 내게도 이렇게 말했죠.

"곱창자루야, 봐라. 민중이 어떻게 취급되고 있는지!"

핏기 없는 얼굴에 뼈만 앙상해진 그는 아무에게나 소리를 질러댔고 당국과 전쟁과 무질서한 생활을 비난해댔어요. 나는 그 용기에 아주 놀랐지요. 왜 저렇게 위험을 감수하지? 하고요. 타티야나에게 내가 말했죠.

"저 사람은 왜 저렇게 일을 못해 난리를 치는 거야?"

그녀는 눈을 내리깔고 악의적으로 입을 앙다물고는 이렇게 내뱉더군요.

"높은 분들이 알아달라는 거겠지. 훈장이라도 달라고."

하지만 나는 생각이 달랐지요.

"아니, 아니야. 뭔가 다른 속셈이 있는 거야!"

의사는 무엇에 대해서든 정직하고 입바르게 말을 해댔어요. 착실하게 사는 아들이 술주정뱅이 아버지에 대해 말하듯이, 유산 상속인이 경리에게 말하듯이 말이지요. 역무원들이나 경비 병사들이나 주변 사람들 모두 그의 말을 신뢰하며 들었지요. 심지어 헌병들조차 '잘못돼가고 있어, 전부 잘못돼가고 있어!'라는 말에 고개를 끄덕였어요. 나는 알렉산드르 키릴로비치 씨!* 하고 불러서 좀 조심히 말하라고 경고해주고 싶었어요. 하지만 적당한 때를 잡지 못했죠. 예, 그럴 때 그에게 다가가는 것은 위험했지요. 괜히 성질만 사납게 건드려서 뺨이나 한 대 맞고 말았겠죠.

그런데 우리가 머물던 역에 밀정 노릇을 하는 늙은이가 나타났어요. 소매에 붉은 십자가를 새겨 넣었고 붉은색 안감을 댄 외투를 입고 조사관이라나 뭐라나 하면서 눈을 부릅뜨고 이리저리 온통 헤집고 돌아다니더니 의사를 보고 소리를 질러대더군요.

"재판에 회부해, 재판에!"

의사는 그 딱따구리처럼 생긴 코에다 증명서를 들이댔죠.

"이거 안 보여?"

예, 하지만 관료들에게 서류는 '법'이 아니지요. 얼치기 성상화가에게 성상이 성물이 아니듯이 말입니다. 의사는 체포되었고 헌병대에

---

* 엄격하고 정식으로 주의를 환기시키려고 이름과 부칭을 함께 부르는 말투.

간히게 됐어요. 그러자 우리 타티야나가 역을 발칵 뒤집어놓기 시작
했어요. 그때 난 정말 처음 봤어요. 어디서 그런 용기가 났는지 그녀
는 마구 덤벼들듯이 온갖 사람들을 다 쑤시고 다니더군요. 어떤 사람
들은 그걸 보고 비웃더군요.

"왜 그래? 그 의사가 네 정부라도 되는 거야?"

나를 보고도 비웃었지요. 난 혼란스러웠어요. 저 여자가 나와 의사
를 속여왔던 걸 내가 몰랐던 게 아닐까? 누가 알겠어? 별일 아니고 한
때 저러는 것이겠지만, 여자란 원래 음탕하게 생겨먹은 거잖아. 하지
만 나는 스스로 이렇게 위로했죠.

'아냐, 저건 의사에 대한 고마움 때문에 은혜를 갚으려고 저러는
걸 거야.'

타티야나의 반란이 어떻게 끝났는지는 모릅니다. 하지만 그때 특
이한 일이 덮쳐왔어요. 석양 무렵에 까마귀가 내려앉듯이 말이죠. 헌
병들이 허둥대며 역에 모여들었고 권총을 내두르며 위협해댔지요.
혁명이 일어났던 겁니다. 전장에서는 패하여 군인들이 도망치기 시
작했고요.

우리가 있는 역에 한 열차가 들이닥쳤는데 제대로 서지도 못하고
일 킬로미터 이상을 지나쳐서 섰어요. 차장도 없고 기관사도 없이 군
인들만 탄 열차였던 겁니다. 군인들이 역으로 쏟아져 들어와 난리를
피우기 시작했지요. 그때 일었던 먼지는 정말 말도 못할 정도로 대단
했죠. 그들은 역장 멱살을 붙잡고 이렇게 고함을 쳐댔죠.

"기관사 내놔!"

헌병대 밀정 늙은이는 죽을 만큼 맞았어요. 악독한 늙은이였으니

까. 병사들은 모든 걸 다 때려부수고 무너뜨리고 급수탑 기계공까지 닥치는 대로 다 끌고 갔어요! 불이 나서 재만 남은 집에 남겨진 것처럼 우리는 망연자실해서 돌아다녔는데 발밑에서는 깨진 유리 조각들만 버석거리더군요. 의사는 풀려났지요. 주머니에 손을 넣고 금방 잠에서 깨어난 사람처럼 눈을 껌벅이면서 나타났어요.

"우리도 여기서 떠났어야 했는데!"

내가 말했죠. 하지만 그는 내게 주먹을 내보이며 말하더군요.

"내가 알아서 간다!"

의사는 얻어맞아 다친 사람들과 부상자들을 우리 열차에 끌어다 실으라고 명령했습니다. 우리가 간신히 그들을 모아 태우자마자 열차 한 대가 또 기적을 울리며 나타났는데, 역시 거의 반쯤 미친 병사들로 가득하더군요. 더 얘기해야 뭐 하겠어요. 그 당시 사람들의 물결이 얼마나 폭풍 같았는지 잘 알잖아요.

그때 느낀 공포는 평생 동안 잊지 못할 겁니다. 특히 무서웠던 것은 군인들이 우리 열차를 빼앗아갔을 때입니다. 결국 보조 의사와 간호사, 간호 보조원들 모두 흩어져서 떠나고 우리 셋만 남게 되었죠. 의사하고 나, 그리고 타티야나요. 예, 역무원들도 모조리 다 정신이 나간 상태였어요. 열차들은 함성과 아우성을 내뱉으며 우리 곁을 그냥 지나쳐버렸어요. 생각해보세요, 밤이면 또 어땠겠어요? 숲으로 둘러싸인 조그만 벽촌의 역 옆에 작은 이주민 마을이 있었는데, 밤이면 마을에 불꽃이 피어올랐지요. 그 불꽃들은 흡사 늑대의 눈동자 같았어요. 섬뜩했죠! 한두 시간쯤 칠흑 같은 정적 속에 묻혀 있다보면 다시 꽹음이 들리고 아우성이 들리면서 사나운 군대가 몰려왔죠. 무슨 악마에게 내몰리기라도 하듯이 말입니다.

그런 공포 속에서 열흘가량 우리는 망연자실해 있었지요. 도대체 왜 그렇게 있어야 했는지 지금도 모르겠어요. 환자는 열 명이 있었는데, 네 명은 죽고 나머지는 병들었다기보다 놀라서 아연실색한 상태였습니다. 의사는 혁명이 일어났다, 권력 지배 구조가 변화되어야 한다고 누구에게나 말했지만 나는 혼자 생각했습니다.

'그건 이제 사람들의 입에 다른 재갈을 물린다는 뜻이지.'

그 당시 나의 이런 생각은 아주 잘 다져져서 돌처럼 단단해졌다고 말할 수 있지요. 타티야나는 신랄한 표정으로 의사의 말을 듣고 있더군요.

그때 일어났던 작은 사건이 기억납니다. 환자들이 숨어 있던 헌병 대실로 걸어가는데 타티야나의 메마른 목소리가 들려오는 거예요.

"내키지 않으세요?"

나는 안을 들여다봤죠. 그녀가 의사 앞에 팽팽하게 몸을 펴고 서 있었고 의사는 앉아서 담배를 피우며 아래를 바라보며 중얼댔지요.

"가, 가……"

애꾸눈 타티야나는 현관으로 나와서 긴 실내복 옷자락에 손을 문지르며 말하더군요.

"우리가 여기서 살 이유는 전혀 없어."

나는 속으로 비웃으며 동의했지요.

"당연하지, 아무런 이유도 없지."

나는 그녀를 아주 주의 깊게 지켜봤죠. 의사와 그녀의 관계를 잡아내고 싶었던 겁니다. 증거를 잡기만 하면 그녀를 때려죽이는 거죠. 나한테 그렇게 오만하게 굴고 자신의 불행한 과거를 그렇게 자랑스러워했으니까. 하지만 아무 죄책감 없이 그 여자를 때려줄 기회는 오지 않았지요. 그리고 나도 그 여자에게 조금 싫증나기도 했고요.

우리는 의사와 작별하고 발길 닿는 대로 떠났어요. 타티야냐는 기차를 얻어 타고 가는 데 반대했습니다. 자신이 군인들 밥이 될 거라고 생각했던 거예요. 우리는 철로를 따라 걸어갔죠. 마을을 만나면 먹을 것과 마실 것을 얻으면서 그럭저럭 목숨을 부지할 수 있었습니다. 농민들은 경계를 하면서도 일이 어떻게 되어갈 것인가 하고 호기심을 보였지요. 타티야냐는 의사가 하던 말을 해주었고 나도 기회가 오면 이 사람 저 사람에게 이렇게 얘기했지요.

"삶의 단순화가 이루어져야 합니다. 지배의 힘은 약화되고 고갈되어가고 있어요. 바로 저들은 싸우는 것도 잊어버렸어요. 저들은 하찮은 것들로 우리를 잡아매고 있지요. 두고 보세요, 우리의 시대가 오고 있습니다."

우리는 좀 쉬고 나면 계속 걸었고 가면서 이야기를 나누었죠. 나는 타티야냐가 비록 의사에게 엄청난 적대감을 보이며 속을 태우고 있었지만 그의 말에 대해서는 신뢰하고 있었고, 이 혁명을 신이 나서 받아들이고 있다는 것을 알게 됐지요. 나는 그녀에게 말했지요.

"이 바보야, 이것만은 기억해둬. 주인 나리들은 추종자들 없이는 살 수가 없는 법이야."

하지만 그녀는 콧방귀를 뀌며 내 말을 듣지 않았어요.

얼마 후 우리는 한적한 기차를 얻어 타고 치타 시에 도착했습니다. 거기서도 엄청난 소란이 벌어지고 있었어요.* 거리와 광장마다 사람들이 넘쳐났고 꼭 소쿠리 속 새우들처럼 법석이었지요. 중국인들은 담장에 기대 싱글거리며 구경했고요. 한 가지 말해둘 것은 말입니다. 중국인은 지혜가 있는 사람들이라는 거예요. 무엇에 대해서나 동의하지만 아무도 믿지 않지요. 중국인들과 카드놀이하는 짓은 하지 마세요. 다 털리고 말 거예요.

타티야나는 마치 물을 만난 물고기 같았습니다. 초록빛 눈을 반짝이며 그 작은 이빨들을 드러내고 모든 사람에게 소리쳐댔지요.

"우릴 지배하던 주인들은 우리를 몹시 겁내고 있어요. 그렇습니다!"

나는 그런 그녀를 바라보며 중국인처럼 싱글거렸지요. 장기판에서 어떤 말이 승리하든 나와 무슨 상관이 있겠어요? 나는 신문을 팔면서 돌아다니며 구경했지요. 그러다가 어떤 청년하고 알고 지내게 됐는데, 유형지에서 갓 도망쳐온 정치적인 인물이었습니다. 힘이 장사에 팔이 길었는데, 우습게도 외모와 어울리지 않게 아주 세밀한 일을 하는 시계공이었어요. 그는 도시의 권력을 잡아가는 혼란의 한가운데서 있었지요.** 그는 이 폭동을 민중의 자유로 나아가는 첫걸음 같은 것이라고 이해하고 있었습니다. 나는 그에게 이렇게 말했어요.

"넌 더 멀리 나아가야 해! 이 혼란을 넘어 나아가라고. 넌 말이지, 두마에서 귀족 나리들과 나란히 앉아 있는 걸로 만족하고 기뻐해서는

---

* 1905년 10월 중순 치타에서는 대규모 철도 파업이 일어났고, 지역 노동자들과 시민들이 가세했다. 이들의 구호는 '전제타도' '무장봉기 만세' 등이었다.
** 1905년 여름부터 9월까지 혁명운동가들은 다양한 세력이 연합해 치타 시 권력을 잡아나갔다. 12월 러시아 사회민주노동당은 합법적 신문 〈바이칼 동부 지역 노동자〉를 발간했다.

안 돼."*

그랬더니 약속하더군요.

"두고 보세요, 우린 더 나아갈 겁니다."

아주 좋은 청년이었지만 조금 단순했지요. 정당이라면 무조건 믿으려고 들었는데, 그 당시 정당이라는 게 다 그렇잖아요! 내가 알기로 노동자당도 있고 농민당도 있고 그리고 귀족들 정당도 하나둘이 아니었지요. 예, 그 정당들은 모두 권력을 둘러싸고 난리를 치며 차르에 반대했지만 민중의 이익을 위해서는 아니었습니다. 그러다가 드디어 이제 우리의 정당이 나타난 거 아닙니까.

그런데 민중 진압이 시작됐지요. 한 장군이 군대를 이끌고 나타나면서 모든 기회가 분쇄되기 시작했어요.** 정말 대단히 광포했지요. 의사는 수도 페테르부르크에서도 민중에 대한 폭력이 발생했다고 말하곤 했는데,*** 내 생각에 그건 정말 별거 아니었어요. 치타에서는 민중이 꼭 삼나무 열매 짓밟히듯 진압되었지요.**** 눈에 띄기만 하면 두들겨팼어요. 사람들을 죽이려고 아주 작심한 것처럼 보였습니다. 공포감이 너무나 컸기 때문이지요. 공포심은 병사나 장교나 누구의 얼굴에서나 볼 수 있었지요. 언뜻 보면 사람들 눈이 마치 장님이나 죽

---

* 12월 치타 시 의회격인 두마가 결성된다. 노동자, 시민, 각종 직능 및 정당 단체 대표자로 구성되었다.
** 황제 니콜라이 2세는 시베리아 지역 철도 파업과 치타 폭동을 '모든 수단을 동원하여 가차 없이 신속히 진압할 것'을 명령했다. 이에 따라 진압군은 대대적인 검거와 대중 탄압에 나섰고, 비무장 시위대에까지 발포했다.
*** 1905년 1월 겨울 궁전에서의 발포를 말한다.
**** 1906년 1월 시위대에 대한 발포. 이후 1, 2월에 걸쳐 혁명 시위에 가담한 많은 노동자들이 군사 재판에 넘겨져 투옥되거나 사살되었다.

은 사람처럼 흐릿했지만 자세히 들여다보면 미세하게 떨리고 있었습니다.

시계공에게는 표트르라는 친구가 있었는데 어디 수병인가 그랬대요. 아주 과격한 인물로 역시 도망자였지요. 왼손의 손가락이 여섯 개였어요. 경찰이 그를 죽이려고 했는데 십칠 루블인가를 주고 풀려났다더군요. 그는 이렇게 말하곤 했습니다.

"이봐, 조심해. 우리는 말로는 모든 것을 다 파괴하지만 실제로는 생쥐 한 마리 죽이지 못해. 경찰도 마찬가지지. 만일 누군가를 죽이게 된다면 우리는 무척 괴로워하겠지만 저자들은 우릴 마구잡이로 죽일 거야. 일본인들이 바다표범 잡듯이 말이야."

맞는 말이었죠. 나는 정치적인 사람들에겐 거대한 말에서 작은 일에 이르는 길이 아주 멀다는 것을 직접 깨우쳤지요. 하여튼 대체로 치타에서 보낸 기간은 나에게 아주 교훈적이었어요. 나는 많은 것을 관찰하고 깊게 생각하면서 나의 사상을 더욱 굳게 만들 수 있었습니다.

사형당할 뻔하다가 운 좋게 살아남은 일도 있었습니다. 시계공과 함께 체포되어 총살당하게 되었거든요. 그런데 갑자기 한 하사관이 나를 자세히 보더니 묻더군요.

"아니, 절름발이. 바르나울에서 온 놈 아냐?"

그러더니 병사들에게 말했어요.

"내가 아는 놈이야. 바보라고! 내가 아주 잘 알지. 의사 집에서 마부로 일하던 놈이야."

나는 기뻐서 농담을 했죠.

"바보를 죽여서 뭐 해요? 저런 똑똑한 사람들은 죽여야 되겠지만.

우리 같은 바보들의 단순한 인생을 혼란스럽게 만드니까 말예요."

하사관은 나를 골목으로 끌고 가더니 소리쳤어요.

"어서 꺼져. 살려준 걸 하느님께 감사드려."

나는 도망칠 수 있었지만 시계공은 총살당했지요. 타티야나는 그를 찾으러 돌아다녔지요. 그녀의 말에 따르면 그는 마치 살아 있는 것처럼 손에 흙을 한줌 움켜쥐고 장화는 벗겨진 채로 누워 있었다더군요.

나는 타티야나와 헤어졌어요. 그녀는 그 수병의 사상에 아주 깊이 빠져서는 날 가르치려 들었습니다. 하지만 난 이미 정치적인 사람들은 저급한 사람들이고 그들의 이성은 책으로 인해 망가졌으며, 삶의 진정한 단순화가 무엇인지 모르는 사람들이라고 생각하고 있었죠. 나는 온갖 사람들의 속내를 간파하고 있었던 겁니다. 나는 당신에게도 확실히 말하건대, 자기 자신의 생각보다 더 믿을 만한 척도란 절대 없습니다! 정치, 그것 역시 지배와 폭력을 향하고 있습니다. 난 정당 활동을 하는 사람들이 서로 얼마나 경쟁을 벌이고 있는가를 잘 봐서 압니다. 그 사람들은 모두 단 하나의 목적을 가지고 있을 뿐이죠, 다른 사람보다 더 똑똑하게 보이는 것!

타티야나가 내게 말하곤 했지요.

"난 무엇을 해야 하는지 알아. 하지만 넌 답답하기만 해. 너 자신 외에는 아무것도 보려고 하지 않지."

바보 같은 말이었죠. 그녀는 더욱 독해졌는데 사람이 독해지면 바보스러워지는 법입니다. 눈매는 더욱 날카로워졌고 초록색 눈동자는 마치 청동 녹이 낀 것 같았어요. 그 촉촉하던 눈에 독기가 서렸고 목소리에서는 쇳소리가 났지요. 모습도 보기 흉해지고 훨씬 더 말라깽

이가 되었어요. 콧날도 더 뚜렷해지고 입술은 아주 얇아졌어요.

'자신 외에는 아무것도 보지 않는다'는 그녀의 말은 맞아요. 하지만 난 이렇게 대답하고 싶었죠.

'이 바보야, 우린 누구나 다 제 피부 속에서 살고 있어. 그 피부가 그 무엇보다 귀한 거야. 하지만 피부는 온기와 부드러움을 원해. 그래, 꼭 돌 위에서 잠을 잘 것 같은 성자들도 있지. 하지만 그런 성자들은 그 누구에게도 필요하지 않은 사람들이야.'

나는 정말로 그녀가 꼴도 보기 싫어져서 그녀를 떠나 어떤 역에서 경비원으로 일하게 됐어요. 이름도 우스운 포타스쿤인가 하는 역이었죠. 난 그렇게 살면서 또 주변을 잘 살펴보았지요. 사람들은 고개를 숙이고 절망에 빠져 있었습니다. 나는 여전히 바보처럼 굴면서 맡은 일은 정확하게 했어요. 그리고 누구에게나 잘해주려고 했고 늘 하던 바보 같은 말을 해주었지요. 사람들을 다 똑같게 만들고 삶을 단순하게 만들어야 한다고요. 누구나 다 이해할 수 있는 말이었죠. 난 전혀 주저하지 않고 심지어 헌병들이 있는 데서도 그렇게 말했어요. 키리엔코라는 덩치가 큰 우크라이나인 헌병이 있었는데 얼굴이 꼭 메기처럼 생겼고 콧수염을 중국인처럼 기르고 있었지요. 그 사람은 정말 바보였어요. 눈을 휘둥그레 뜨고서 콧김을 씩씩 내뿜으며 내 말을 들었지요. 그리고 밤마다, 난 밤에 일했거든요, 내게 찾아와서 비난하는 거예요.

"그런 말 때문에 당신네 형제가 죽도록 맞았잖아. 그거 정치하는 사람들이 가르쳐준 거지?"

하지만 난 정말 솔직한 마음으로 대답해주었죠.

"오시프 그리고리치, 정치적인 사람들은 우리 같은 무지렁이들 선생이 아니라 적이에요. 그 사람들은 권력을 원하지만 우리에겐 영혼의 자유가 필요하지요."

키리엔코는 씩씩거리며 말했습니다.

"자네 말은 듣기엔 참 좋아. 그래도 조심해야 돼. 자네가 성자라 해도 사람들은 그런 거 알아보지 못해. 나도 자네 말이 성경에 나오는 것과 같은 거라는 건 알지만 하여튼 지금은 그런 말 할 때가 아니야."

한마디로 말해 키리엔코는 착한 친구였습니다. 그의 충고는 내게 아주 도움이 됐어요. 왜냐하면 나의 말은 정말 진심으로 사람들에게 다가간 것이기 때문에 심지어 다른 역에서도 내 말을 들으려고 오는 사람들이 있을 정도였어요. 그래서 몇몇 사람들은 날 당으로 끌어들이려고도 했습니다. 이런 사람들 앞에서 나는 갖은 방법을 다 동원해서 바보입네 했는데, 그러면 그 사람들은 내게 화를 내는 것 말고는 아무것도 얻어내지 못하고서 키리엔코에게 한두 번 말했을 뿐이죠.

"잘 관찰해!"

갑자기 센카 쿠르나세프라는 기름공이 내 인생에 끼어들지 않았다면 모든 게 다 괜찮았을 테고 편안하게 한 일 년 정도는 거기서 살았을 겁니다. 곱슬머리였고 낯짝에는 칠장이 얼굴에 물감이 튄 것처럼 주근깨가 쫙 깔려서 알록달록했던 놈이지요. 춤도 추고 아코디언 연주도 하는, 하여튼 어릿광대 같았는데 아주 재발라서 내 가르침을 금방 받아들이더군요. 하지만 다른 사람들은 그에게 좋은 걸 가르쳐주지는 않았지요.

어느 봄날 밤에 팡, 팡! 하는 소리가 들렸어요. 역 너머 숙소 근처에

서 총소리가 난 겁니다. 난 그리로 천천히 갔죠. 내가 제일 먼저 달려
갔는데 별다른 생각은 없었어요. 그런데 나는 센카 그놈이 급수탑 쪽
으로 도망치는 걸 봤어요. 그놈으로선 다행스럽게도 나는 그를 소리
쳐 부르지 않았죠. 나는 그가 총을 쏜 것이 아니라 그에게 누군가 총
을 쏜 거라고 생각했거든요. 그런데 사람들이 외치는 소리가 들려왔
어요.

"키리엔코가 죽었어!"

사실이었죠. 키리엔코가 오솔길 옆 작은 나무 덤불에 머리를 처박
고 죽어 있었습니다. 기관원들이 모여들었고 긴장된 목소리로 조심스
럽게 서로에게 경고했습니다.

"몸에 손대지 마."

모두들 겁을 먹어 얼굴이 하얘졌어요. 그 당시 살인은 아주 엄격하
게 수사를 했거든요. 한 사람이 죽으면 그 일로 세 사람, 다섯 사람이
교수형에 처해졌어요. 센카는 손에 망치를 들고 뛰어왔죠. 왜 기차 바
퀴를 두드리는 손잡이가 긴 그런 망치요. 그런 모습으로 그놈은 누구
보다 더 설치면서 말했습니다.

"나는 급수탑에 있었는데 갑자기 총소리가 들리더라고, 그런데 내
가 급수탑에 있어서……"

난 생각했지요.

'아, 저런 뻔뻔한 쥐새끼 같은 놈!'

그때 바실리예프라는 나이 지긋한 다른 헌병이 와서 소리쳤어요.

"권총을 발견했어. 권총에서 석유 냄새가 나. 다들 냄새를 맡아보
라고!"

사람들이 권총에 코를 박고 킁킁거리니까 센카도 냄새를 맡아보더니 가볍게 미소를 짓더군요.

"분명히 냄새가 나네!"

바실리예프는 그에게 이렇게 말했죠.

"우리들 중 석유 냄새가 나는 사람은 둘이야. 너하고 미츠케비치. 따라서 너희 둘을 의심하지 않을 수 없어."

어리석은 늙은이였죠. 입 다물고 가만히 있어야 했는데…… 나는 총소리가 나는 순간에 급수탑 근처에서 센카를 보았다고 증언했습니다. 그놈이 안됐다고 생각해서. 하지만 바실리예프는 단호하게 말했어요.

"여기서 중요한 것은 석유 냄새와 손잡이 얼룩이야. 너, 야코프도 체포하겠어. 경비원으로서 제대로 봤어야 할 의무가 있으니까."

센카가 늙은이 정수리를 내려치기라도 할 듯이 망치를 휘두르며 펄쩍 뛰며 물러났지요. 그 늙은이는 너무 놀라서 아, 소리도 내지 못했지요. 센카는 잡혀서 묶였지요. 나도 마찬가지고. 예, 그리고 급수기사 미츠케비치도요. 그리고 삼등실 홀에 우리를 가두었습니다. 창밖에 보초들이 몽둥이를 들고 지켰어요.

미츠케비치가 울며 끙끙대다가 잠이 들었을 때 내가 나지막이 센카에게 물었지요.

"이 멍청이, 왜 그런 짓을 했어?"

처음에는 인정하지 않으면서 한숨만 쉬더군요. 그러다가 내가 계속해서 추궁하니까 고개를 떨구더니 그의 당 사람들이 그렇게 하라고 시켰는데, 왜냐하면 키리엔코가 나를 찾아오곤 했던 몇 사람을 밀고 했기 때문이라고 말하더군요. 그러면 당연히 나도 죄가 없지 않은 거였지요. 나는 그놈을 진정시키고 설득했지요.

"입 다물고 있어!"

당시 재판은 아주 엄격했습니다. 원하기만 하면 죄인을 만들어낼 수도 있었습니다. 내가 센카는 이 일에 가담하지 않았다, 급수탑 옆에서 그를 보았다고 계속 증언을 했지만 그는 사형을 언도받고 교수형에 처해졌어요. 우릴 기소했던 장교는 내 증언을 무시했거든요.

"모든 점에 비추어 보건대 이 경비원은 정상적인 인지 능력이 없으므로 그의 말을 신뢰해서는 안 됩니다."

미츠케비치는 재판도 받지 않았고 나는 무죄로 풀려나게 되었지요. 친구들은 무척 놀랐지요.

"왜 그렇게 위험하게 바보짓을 하는 거냐? 우린 네가 재판에 걸려들 거라고 생각했어!"

당연히 나는 역에서 해고되었죠. 그리고 칠 년 정도 발길 닿는 대로 떠돌면서 집시처럼 살았어요. 우랄 지방에도 있었고 볼가 강 유역에도 갔고 모스크바에도 두 번 갔었고, 견인선 일꾼이 되어 오카 강을 따라 다니기도 했지요. 사바티마 마을도 가봤어요. 아주 가난한 소도시였죠. 그렇게 나는 모든 것을 지켜보며 살았습니다. 하지만 무언가를 초조하게 끝없이 기다리고 있었어요. 내 삶에 뭔가 벌어져야 한다고 말이지요.

랴잔에서 겨울에 소형 마차 마부로 일했는데, 한번은 빈 마차를 끌고 거리를 지나가는데 어떤 여자 수도사가 지나가데요. 바로 류바샤였어요! 나는 깜짝 놀라 말을 멈추고 '류바샤' 하고 소리쳐 불렀지요.

하지만 난 불에 덴 듯 놀랐죠. 그녀가 아니었던 겁니다. 전혀 닮지도 않았어요. 얼굴도 지저분했고 자다 깬 멍한 눈이었죠. 그때부터 어떤 불안감이 점점 나를 사로잡았고 시베리아가 그리웠죠. 아마도 당신은 류바샤와의 일을 가벼운 장난 정도로 생각하시겠죠? 아닙니다. 전혀 다른 얘기예요. 어린 시절의 일은 마음 깊이 새겨져 있는 법입니다. 세상에는 아주 특별한 최고의 사람이 있잖아요, 왜, 그런 사람을 만나면 새로 태어난 것만 같고 인생의 빛깔이 달라지는.

페르미에 있는 어떤 기사 집에서 마당지기로 일한 적이 있지요. 대포 구멍을 만드는 기사였는데 마흔이 넘었고 성격이 냉혹한 사람이었죠. 애들도 있고 아내도 있었지만 그 집안의 최고 어른은 유모였어요. 여든쯤 된 노파였는데 잘 걷지도 못하고 성질이 고약하고 악취를 풍겼지만 기사에게는 어머니나 다름없었지요. 예, 세상에 그 사람이 유모를 모시는 것처럼 그렇게 존중받는 어머니도 없었을 걸요.

봄이 끝나갈 무렵 톰스크에 일자리가 있을까 해서 어떤 병원에 찾아갔다가 거기서 의사와, 그 알렉산드르 키릴르이치 말예요, 딱 마주쳤지요. 무척 기뻤습니다. 전에 알던 사람들을 만나서 얘기하다 보면 내가 내내 한 자리에서 맴돌고 있었다는 느낌이 들어서 나는 그런 만남을 별로 좋아하지 않았지만 말입니다. 의사는 머리가 하얗게 셌고 뺨은 누렇고 금니를 박고 있었지요. 그 역시 반가워하며 내 손을 꼭 잡으며 마치 친구처럼 어깨를 두드리더군요. 예, 당연히 농담을 했지요.

"그래, 어때? 이 곱창자루야. 이제 특이한 걸 많이 좀 제거해버렸나?"

그는 자신을 도와 일하라고 했습니다. 그래서 또다시 그의 생활을 돌보게 되었어요. 그는 병원에 붙어 있는 집에서 살았는데 방 두 개, 부엌 하나가 있었고 마당으로 창이 여러 개 나 있었죠. 나는 다시 그와 이야기를 나누기 시작했죠. 할머니가 손자에게 말하듯이 내가 본 모든 것에 대해서 말을 했고 또 그의 말을 들었어요. 아주 재미있었습니다! 그건 내게 무척 유익했어요. 마치 영혼에서 쓸데없는 모든 것을 꺼내 창고에 넣어 숨겨버리는 것 같았으니까요. 그러면 영혼의 진정한 핵심만이 순수하게 정화되는 거지요. 그와 얘기를 나누는 것은 정말 유용했지요. 나는 말을 하면서 잊을 건 잊어버리고 다시 순결해질 수 있었어요. 타티야나에 대해서도 이야기했죠. 그 얘기를 하면서 나는 의사가 자극을 받는지 아닌지를 살펴보았죠. 전혀 신경 쓰지 않더군요. 담배 연기를 내뿜으며 싱글거릴 뿐이었죠.

"모든 게 그렇게 단순하지 않지, 야코프, 어때?"

나는 의사가 지혜를 잃지 않았다는 것, 생각도 전혀 변함이 없다는 걸 알았어요. 그가 세상 어디에나 올가미들이 놓여 있다고 증명하면서 나를 자루 속에 넣어 묶어버리려고 하는 걸 듣고 있으면 화가 났지요. 그리고 이해할 수가 없었어요. 도대체 왜 그러는지 말예요. 견디기 힘들었죠.

그러다가 갑자기 모든 걸 이해하게 됐어요. 올바른 생각이란 느닷없이 찾아오는 거 아닙니까. 서커스 구경을 갔을 때였지요. 나는 늘 격투사들을 보러 서커스에 가곤 했는데 한 핀란드 격투사가 나를 아주 놀라게 했습니다. 힘이나 몸집도 대단하지 않은데 그는 자신보다 더 덩치 크고 힘센 사람들을 다 물리쳤어요. 민첩함과 노련한 솜씨로 말입니다. 나는 그가 건장한 러시아 격투사를 어떻게 피하는지를 잘 보았죠. 그리고 정신이 번쩍 들면서 이런 생각을 했습니다.

'배워 익힌다는 것은 사기 중에 사기다. 그 속에는 인생의 독이 숨어 있다.'

진땀이 바짝 나기까지 했지요. 온몸의 뼈가 전율하면서 곤추서는 것만 같았지요. '배워 익히는 것은 독이다'라는 한마디에 영혼의 보화와 인생의 열쇠가 들어 있었던 겁니다.

배워 익힌 솜씨로 약한 자가 강한 자를 물리치고 배워 익힌 솜씨에 의해 민중은 자유를 빼앗기는 것 아닙니까. 바로 여기서 모든 특이한 것이 나오고 바로 여기서 사람들의 분열이 시작된다는 것을 나는 눈이 부시도록 환하게 깨달은 것입니다. 그렇다면 모든 사람들을 똑같이 배워 익히게 하거나 아니면 배워 익히는 것 자체를 금지해야 하겠지요. 지금도 기억이 나요. 그날 나는 날달걀 광주리를 머리에 이고 가듯이 조심스럽게 집으로 걸어왔는데 마음만은 뭔가에 잔뜩 취한 사람 같았습니다.

나는 의사에게 바르나울에서 내게 주었던 그 책들을 다시 달라고 부탁했어요. 그 책들을 다시 읽으면서 나는 배워 익힌다는 것에서부터 사람들이 균열되기 시작한다는 것을 분명히 확인하게 됐습니다. 그때부터 나는 결정적으로 올바른 나만의 생각을 가지게 됐고 평생토록 나 자신을 굳게 믿으며 살 수 있게 됐어요. 내 생각을 말하자면, 자신의 생각은 바다이고 남의 생각은 강물이다. 강물이 바다라는 저수지로 아무리 많이 흘러든다 해도 바닷물은 늘 짠 법이다, 뭐 이런 것이었습니다.

의사에게는 손님이 많이 찾아왔는데 모두들 품위 있는 사람들로,

나를 의식하지 않고 정치적 대화를 나누었지요. 이건 내게 아주 영광이었죠. 간혹 조심성 많은 노인네가 오기도 했는데 아주 호호백발에 안경을 쓰고 있었어요. 등이 굽은 그는 목은 움직이지 않고 늑대처럼 몸통째로 움직였지요. 목소리는 굶주린 겨울바람이 우는 소리 같았고요. 항상 여행 가방을 들고 역에서 오곤 했는데, 와서는 손과 벗어진 머리, 수염 등을 문지르며 보고하라는 듯 물었지요.

"어떻게 지내셨나?"

나는 노인네들에게는 대개 존경심을 가지고 있지 않았어요. 노인네들은 대체로 변호사처럼 어떤 죄나 행동이건 다 옹호하려고 하니까요. 게다가 나는 확실한 지혜를 가진 늙은이는 단 한 사람도 만나보지 못했었거든요. 물론 그 늙은이는 위험하게도 정치적인 늑대였지요. 치타 시절 이후 나는 정치가 무엇인지 잘 알고 있었죠.

그런데 어느 여름밤에 그가 작은 여행 가방을 들고 금방 난로에서 기어나온 것처럼 새까맣고 바짝 마른 모습으로 찾아왔어요. 그는 가방을 마루에 내려놓고 인사 대신 이렇게 말했습니다.

"자, 이제 전쟁이 일어날 거야."

정말로 우리의 어리석음을 비웃기라도 하듯이 또다시 전쟁이 끓어올랐습니다.* 십자가 행렬과 교회 종소리, 그리고 자기들 죽는 일인지도 모르고 외쳐대는 만세 소리로 가득했습니다.

의사가 내게 눈짓하며 말했죠.

"이봐, 곱창자루. 드디어 자네가 말하는 삶의 단순화가 왔구먼!"

---

* 1914~1918년의 1차 세계대전을 의미한다.

난 침울해졌어요. 그 당시엔 누구도 이 전쟁이 무엇을 위한 것인지 알 수가 없었어요. 그 늙은이가 이 전쟁은 반드시 혁명으로 끝나고 말 거라고 단호하게 말했지만 말예요. 하지만 난 마음의 안정을 찾을 수 없었어요. 말대로 혁명은 일어났지만 의미는 없었죠. 혁명 뒤에는 상황이 훨씬 더 나빠졌으니까.

의사도 전쟁에 나가야 했죠. 하지만 그는 그때까지도 이 전쟁에 깊은 충격을 받고 늑대 같은 늙은이에게 이렇게 말했습니다.

"어쩌면 이마에 총알을 한 방 쏴버리는 게 더 정직한 일일 겁니다."

늙은이는 확언했습니다.

"세 달만 지나면 우리는 분쇄되고 혁명이 일어날 거야."

이 전쟁에 대해서는 아무것도 말할 게 없군요. 바벨탑을 쌓은 것 같은 터무니없는 광기와 미친 자들의 공허한 야단법석. 시베리아에서 농민들이 수천 명씩 러시아로 쫓겨갔고 러시아에서는 그 자리로 체코인, 헝가리인, 독일인, 그리고 또다른 놈들이 쫓겨왔지요. 알아들을 수 없는 수많은 외국어들, 질병, 신음, 피의 혼혈…… 여인네들은 아주 거칠어졌지요. 솔직히 말해 나는 겁이 났습니다. 의사는 이 도시에서 저 도시로, 이쪽 군영에서 저쪽 군영으로 끌려다니며 포로들을 다루었지요. 나는 의사를 떠날 수가 없었어요. 날 징집에서 빠지게 해주었으니까요. 정말 대단한 사람이었어요. 밤에도 잠을 자지 않았고, 먹고 마실 시간도 없었지요. 나는 그가 일하는 모습에 탄복하지 않을 수 없었어요. 난 이해할 수 없었습니다. 사람들이 그에게 잘해준 것도 없는데 저 사람은 도대체 무슨 목적으로 저렇게 저 사람들을 염려하고 있는가. 다들 낯모르는 사람들 아닌가. 자신이 입을 옷도 없고 계급도 없고 훈장도 바라지 않으면서, 게다가 담당 기관하고는 하는 일마다 부딪치며 싸우고……

이런 일도 있었지요. 군대에서 포로들을 어딘가로 쫓아 보내고 그들에 대해서는 잊어버린 겁니다. 소위보가 우리에게 찾아와서 호소했어요. 그가 관리하는 포로들이 추위와 굶주림에 죽어가고 있다고요. 의사는 막 도착한 기차에서 호송병들에게 자기가 책임지겠다며 명령해서 밀가루와 콩이 실린 두 차량을 떼어내 포로들에게 보냈어요. 그는 이 일로 재판에 회부됐습니다. 하지만 전쟁이 끝날 때까지 재판은 연기되었죠. 하여튼 그 사람은 사람들을 위해서라면 법도 무시해버렸지요.

튜멘에서 나는 포로들 사이를 돌아다니며 일하던 타티야나를 만났지요. 적십자사 옷을 입고 검은 안경을 코에 걸치고 있었어요. 살이 좀 쪘고 차림새가 단정했지요. 전쟁 전에 보조 의사 공부를 했다고 하더군요. 당연히 의사는 내게 웃으며 말했죠.

"배워서 익힌다 그거 아냐, 응, 야코프? 여기엔 삶의 단순화는 그 어떤 것도 보이지 않는데, 안 그래?"

하지만 그 당시엔, 피곤해서 그랬는지 무엇 때문인지 모르겠는데 그런 생각들이 흔들리고 있었어요. 내 이성이 흐려진 거죠.

갑자기 악마의 물레방아가 딱 멈추는 것 같은 일이 일어났습니다. 토볼스크로 가는 길에 어떤 역에 들렀는데 의사에게 속달 우편이 와 있었어요. 그는 그걸 읽고 나서 주먹을 꼭 쥐고 창백해지더니 목을 쓰다듬으며 말하더군요.

"야코프, 차르를 쫓아냈대……"

나도 이 말에 잠깐 휘청였죠. 나는 한 번도 차르에 대해 심각하게 생각해보지 않았어요. 사람들이 모든 악은 차르에게서 나오는 것이라고 말할 때에도 나는 그 말을 믿지 않았어요. 악이란 온갖 곳에 있다고 생각했거든요. 하지만 그때 이런 생각이 들더라고요. 아, 그래, 정말로 차르가 지배의 우두머리란 말인가? 그렇다면 우두머리를 제거해야지.

의사는 한바탕 소란을 피웠고 조수인 오쿠네프는 거의 춤을 출 듯이 날뛰었고 모두들 기뻐하더군요. 그렇다면 이제 민중의 고삐는 풀리게 되는 걸까? 나는 일이 그렇게 될 거라고 생각했지요. 민중은 고슴도치처럼 털을 곤두세우고 뜨거운 젊은이가 아가씨에게 빠지듯이 열심히 땅을 팔 거라고 말입니다. 이제 민중은 십 년 전에 저질렀던 것 같은 잘못을 더이상 저지르지 않을 거라고, 그건 말도 안 된다고 말입니다. 사람들은 전쟁터에서 도망쳤지요. 이성을 잃지는 않았고 앞뒤를 계산하며 손에 총을 들고, 혹은 기관총을 들고 완전히 군사 장비를 갖추고 말예요. 하지만 중요한 것은 무슨 말을 하든지 다 알아들었다는 겁니다. 확실해, 우린 충분해, 끝까지 견딜 거다 이렇게 소리쳐댔지요. 그 시기에 나는 아마 그 이전 사십삼 년 동안보다 더 말을 많이 해댔을 거예요. 내 가슴에는 총소리가 우렁우렁했지요. 그 시기에 나는 위대한 기쁨을 느낄 수 있었고, 나에 대한 사람들의 커다란 존경심을 맛보았지요.

그곳은 아주 넓고 외진 지역이었죠. 좁은 곳에 마을과 마을이 잇닿아 있고 온통 사람 다니는 길뿐이어서 쓸 만한 땅이라곤 없는 이런 곳과는 달랐어요. 한 십 킬로미터는 가야 마을이 나타나고, 백 킬로미터쯤 가야 도시가 있었으니까. 그곳은 숲에 가로막혀 모든 것이 제때에 전달되지 못했어요. 그래서 뒤로, 구질서로 돌아가려는 봉기가 일어났을 때 처음에 나는 그걸 믿지 않았죠.

의사가 이르쿠츠크로 파견 가게 되었을 때 나는 의사 일을 돕는 걸 그만두고 니콜라옙스크* 현의 작은 마을에서 살았습니다. 그런데 갑자기 기마병들이 나타나서 이렇게 명령하는 거예요. 자, 나가 싸웁시다! 하고요. 누구와 왜? 아주 잘 차려입고 이마가 넓은 장교가 설명했지요. 모스크바에 맞서 싸운다. 그곳에서 독일 용병 같은 놈들이 정부를 장악했다고요. 그는 아주 이성적으로 말했지만 나는 믿기지 않았어요. 시베리아 사람들은 대체로 모스크바를 좋아하지 않아요. 농민들은 투덜대면서도 따라나섰어요. 하지만 내가 이십여 명을 설득해서 말렸죠. 이 전쟁은 누가 벌이는 것인지 모르는 전쟁이다. 우리는 잘 모르니까, 숲에 숨어서 어떻게 되어가는지 기다렸다가 귀족 나리들이 어느 편에 있는지를 보자.

그때 다행스럽게도 도시 청년 두 사람이 구름 속에서 튀어나오듯이 나타나서 귀족 나리들의 음모를 설명해주었죠.

"이 전쟁은 민중에 반대하는 전쟁입니다. 자기 무덤을 파라고 여러분을 불러내는 것입니다. 가진 걸 다 내놓지 않으려고 고개를 쳐드는 뱀이라고들 말합니다. 농민 여러분들은 모스크바를 지지해야 합니다. 그곳 사람들은 정직하게 생각하고 있어요. 볼셰비키를 지지하여 귀족들의 뒤통수와 후방을 칩시다. 그것이 우리의 할 일입니다."

---

* 지금의 노보시비르스크.

그들은 말을 참 잘했어요. 농민들은 나 역시 그들과 똑같이 생각하고 있다는 걸 알고는 내게 부탁했어요.

"자네, 우리를 떠나지 말게. 자네 머리가 필요해."

콜차코프가 이끄는 부대원들이 농촌 마을과 농민들을 쥐어짜기 시작했지요. 세금을 거둬들이고 약탈을 일삼았고 먹을 것과 가축과 건초까지 모든 걸 쓸어갔어요. 어딘가에서 농민들이 자기들 것을 지키려고 싸움을 벌였는데 노동자들이 도와주었다는 얘기도 들려왔어요. 우리에게도 노동자 부대가 찾아왔지요. 아홉 명이었는데 대장은 이브코프라는 화부 출신이었죠. 새카맣고 깡마른 청년이었는데 말을 타고 있는데도 다리가 길어 땅에 닿을 정도였습니다. 이 청년들은 우리에게 강도들을 물리치는 걸 도와달라고 했어요. 삼십여 킬로미터 떨어진 마을에 기병 사십여 명이 난동을 부리고 있다는 거였어요. 우리도 한두 번 당해본 일이 아니라서 즉각 동의했고, 그 군대보다 더 많은 팔십육 명을 모집했습니다. 심지어 노인네들까지 나섰으니까요. 난 그 일이 별로 내키지 않았지만 어쨌든 나도 총을 들고 나섰죠.

새벽녘에 우리는 그 마을에 도착했고 전투가 벌어졌어요. 뭐, 전투라곤 해도 그리 대단한 것은 아니었죠. 세 명을 사살하고 다섯 명에게 부상을 입혔죠. 우리 편도 한 명이 죽고 또 한 명은 우물에 빠져 익사했지요. 나를 포함해 네 명이 총에 맞았어요. 나는 어깨에 총알을 맞았는데 조심하지 않아서였죠. 나는 총이라고는 쏴본 적이 없었거든요, 사냥도 해본 적이 없고. 하지만 그 싸움은 나를 흥분시켰어요. 총이란 건 말이지요, 참 호전적인 도구더군요. 그걸 손에 쥐기만 하면 저절로 총알이 나가는 것 같았어요. 농민들은 결과에 너무나 만족스러워서 서로를 칭찬해대며 노래를 불러가면서 집으로 돌아왔지요.

　그런데 마을에 도착했을 때 우리는 콜차코프 대원들이 우리 마을에
서도 난동을 부리고 있다는 걸 알았습니다. 두 군데에서 불길이 올랐
고 여자들의 비명 소리가 들려왔어요. 바로 이때 이브코프라는 화부
가 싸움꾼의 실력을 보여주었어요. 그는 우리를 둘로 나누고 마을을
에워싼 다음 급습을 했지요. 격전이 벌어졌어요. 죽은 사람만 해도 양
쪽 합해서 서른일곱 명이었으니까. 그 대신 우리는 대포와 기관총 두
자루, 소총들, 기타 온갖 군사 장비들을 빼앗았고, 콜차코프 대원 열
한 명도 우리 편으로 넘어오게 됐죠.

　이 일이 있은 후 우리는 모두 숲으로 들어가 군인처럼 살기로 결정
했습니다. 쉰일곱 명이 나섰지요. 우리는 아주 자유롭게 지냈어요. 사
람들을 패기도 하고 노래도 부르고…… 예, 그랬지요.

　하지만 어떤 생활 방식이든 단점이 있는 법입니다. 우리 생활에서
도 단점이 있었어요. 사람들은 숲이나 들판을 떠돌이처럼 돌아다니는
생활에 익숙해지기 시작했고 게을러졌지요. 옷이 더러워지고 다 해어
져도 기워 입으려고 하지 않았어요. 정 안 되겠으면 죽은 사람 옷을
벗겨 입고 말았죠. 물론 죽은 자들 옷도 좋은 것일 리 없었지요. 사람
들은 자신들의 진짜 일인 농사일에서 멀어졌어요. 나는 지겨워졌어
요. 그리고 밤마다 생각했어요. 도대체 언제나 돼야 이 난리가 끝이
날까? 하구요. 죽은 사람들 냄새도 지겹게 맡았습니다. 예, 정말 안됐
죠. 수많은 사람들이 그 어리석음 때문에 죽어야 했으니까. 예, 참으
로 많은 사람들이!

　비록 호전적인 사람은 아니었지만 나 역시 쏘고 부수고 하는 일에

정신없이 빠져들었어요. 기분도 꽤 괜찮았어요. 하지만 전쟁은 어리석고 돈이 많이 드는 일임을 알았습니다. 총 쏘는 일에서 아무리 계산을 맞춘다 해도, 이건 아주 중요한 건데, 백여 발을 쏘면 십여 명이 죽고 나머지는 엉뚱한 데 맞고 말지요. 게다가 전쟁은 사람을 망가지게 한다는 점에서 아주 해로운 것입니다.

우리 편에 페티카라는 한 젊은 애가 있었는데 이놈이 갈수록 아주 못돼먹은 놈이 되었죠. 포로만 잡으면 언제나 총살합시다! 하고 고집을 부리는 거예요. 그리고 이브코프에게 사정을 했어요. 쏴 죽이게 해주십시오! 하고. 눈에 불꽃을 튀기며 흥분해서 말예요. 잘생기고, 보기엔 얌전했는데. 이브코프가 그러지 말라고 금지를 해도 그놈은 결국 포로를 쏴버리고는, '일부러 그런 게 아니었어요!'라고 하거나, 아니면 '그놈은 어쨌든 부상을 입어서 살아남지 못했을 거예요!'라고 변명을 하는 거예요.

그런 짓을 하다가 이브코프에게 두 번이나 맞았지요. 하지만 그렇게 살인을 장난으로 여기는 사람들은 페티카만이 아니었죠.

우리 대장인 이브코프는 음울한 성격이었어요. 머리가 썩 좋은 편이 아니었고 늘 바다 얘기만 좋아했죠. 전함의 화부였거든요. 그러다가 아무르 강 유역에서 일할 때 정치에 연루되어 징역을 살았어요. 겁이 없는 사람이었는데 나중에 알고 보니 머리가 별로 안 좋아서 그렇게 겁이 없는 것이었더군요. 그는 누구보다 먼저 앞서 나가고 먼저 타는 걸 좋아했고, 총을 몽둥이처럼 휘두르며 위협을 하고 거친 욕을 해댔지요. 하지만 결국 그도 총을 맞게 되었죠. 그는 사람들을 불쌍하게 여기지 않았고 늘 이런 말을 입에 달고 다녔어요.

"정직한 사람들은 다 바다에 살아. 땅 위에 남은 놈들은 다 나쁜 놈들이지."

그래도 대체로 말이 없는 편이었고 항상 끙끙거리는 소릴 냈죠. 등이 아팠는데 징역 살 때 맞아서 그렇다나 그랬어요. 포로를 잡으면 그는 날 포로들에게 보냈어요.

"이보쇼, 야죠프 공작 나리, 못생긴 양반. 가서 잘 얘기해보슈. 우리 편으로 넘어오라고, 아니면 다 총살이라고 말요."

한번은 망을 보러 나온 다섯 명의 기병을 체포했어요. 그리고 팔과 머리에 부상을 입은 한 사람과 논쟁을 벌이기 시작했는데 난 금방 당황하게 됐지요. 그는 단순한 사람이 아니었거든요.

"출신이 뭐야?"

내 질문에 그는 순순히 밝히더군요. 장교이고 육군 소위였다, 그리고 사제의 아들이라는 것까지요. 나는 겁을 주었죠.

"우린 널 총살시킬 거야."

그는 당당하고 아주 사내다웠고 체격도 좋았어요. 진지한 얼굴에 힘도 셌죠. 그를 붙잡을 때 저항이 얼마나 심했었는지 몰라요. 눈을 똑바로 뜨고 바라보았는데 분노가 어려 있기는 해도 잘생긴 눈이었죠. 내 말에 겁을 먹지도 않고 이렇게 응수하더군요.

"당연히 총살시켜야지. 전쟁이니까, 인정사정 볼 것 없지."

난 그가 안됐다는 생각이 들었어요. 나는 그와 오랫동안 이야기를 나누면서 어떻게든 우리 편으로 끌어들이고 싶었죠. 하지만 그는 우리를, 특히 이브코프를 비난했어요. 그는 이브코프를 잡으려고 우리 부대를 추적하고 다녔으며, 콜차코프 부대원들은 우리에 대해 별거 아니라고들 한다고 말해주더군요.

"당신네 바보 같은 대장이 당신들을 다 죽게 만들 거요."

그는 이브코프가 사람을 다룰 줄 모른다고 아주 교묘하게 폭로하고 있었어요. 내가 목격한 것들을 보건대 이브코프가 바보라는 건 맞는 말이었죠. 그리고 또한 우스펜스키-쿠티르스키라는 성을 가진 이 장교가 모든 사람에게 증오심을 품고 있으며, 싸움질하는 것 외에는 아무것도 필요할 것이 없는 인물이라는 것도 알게 됐죠. 마치 우리의 페티카처럼 말이지요. 내가 농담으로 그에게 말했죠.

"그렇게 싸우고 싶소? 그럼 우리 편으로 와서 자기네 편을 공격하면 되잖아."

그는 눈썹만 꿈틀거렸지요. 나는 이브코프에게 그 사람을 칭찬했죠. 아주 좋은 사람이라고!

이브코프가 으르렁거렸어요.

"그런 놈들에게 기대를 해서는 안 돼."

내가 말했죠.

"우리는 제대로 싸울 줄 모르잖소. 맞는 말 아닌가, 힘은 많은데 쓸 줄은 모른다는 말은. 그 사람하고 말을 더 해봐요. 쏴 죽이는 건 언제든지 해도 되지 않소?"

나는 쿠티르스키 씨라고 깍듯이 경칭을 써가며 밀주를 대접하고 먹을 것도 가져다주고 차도 마시며 진실은 우리 편에 있다고 말해주었죠.

"제기랄, 알게 뭐야. 그따위가 어디 있는지!"

그가 중얼대듯이 말하더군요.

"그래, 어쩌면 진실이 당신들 편일 수 있겠지. 나도 그건 알죠."

간단히 말하면 결국 쿠티르스키는 이브코프 보좌역을 맡아주기로 동의했어요. 요즘 군대식으로 말하자면 참모장 같은 거죠. 하여튼 이 친구는 그 일에 적격이었어요. 그는 먼저 우리를 꾸짖는 말부터 하기 시작했어요. 그전에는 내가 했었던 말을, 즉 젊은이를 함부로 쏴 죽이지 말라고 지시했어요. 우리는 이맛살을 찌푸렸지만, 곧 우리 모두 '이 친구 정말 대단해!' 라고 말할 정도로 큰 성공을 거두고 대단히 영악한 모습을 보여줬어요. 그는 겉으로 보이게 나서지 않았고 어떤 용감함도 드러내지 않으면서 앞으로 나아갔어요. 아주 조용히 살금살금 여우처럼 움직이며 정말로 사람들을 사로잡아갔던 겁니다. 싸울 때나 쉴 때나 말이죠. 그는 사람들 발을 들여다보며 씻었는지 씻지 않았는지 살피기도 하고 자주 목욕을 하라고도 명령했습니다. 총 쏘는 법을 가르치고, 정찰대를 파견하고…… 한마디로 우린 힘들었죠. 편한 날이 없었으니까! 그는 이렇게 선언했습니다.

"누구라도 이를 옮기면 가만두지 않겠다!"

이브코프는 그를 믿고 맡겼어요. 나이 든 병사들은 입이 마르게 그를 칭찬했지만 젊은 축들은 그렇게 좋아하지 않았어요.

그는 육십칠 명이 총으로 무장한 우리로 하여금 정말 깜짝 놀랄 만한 일을 하게 했죠. 정말로 효과적인 성공을 거둘 수 있도록 말입니다.

처음에 그는 우리와 많은 이야기를 했지만 곧 말수가 적어졌어요. 누구 말도 들으려 하지 않았고요. 기질이 원래 그런 것 같았어요. 내게도 기껏 하는 말이래야 이런 정도였죠.

"즈이코프, 당신은 정신 나갔어."

그는 이방인들을 싫어했어요. 폴란드인, 체코인, 독일인 등등을 다 싫어했지만 러시아인들은 다소 괜찮게 봤지요. 성격도 단호했어요. 인상을 쓰고 이를 악물고 포로들에게 잔인하게 굴었죠. 그건 나중에 이브코프가 죽고 그가 이브코프를 대신하게 됐을 때 일이긴 하지만. 이브코프와 페티카, 그리고 일본 전쟁에 나갔던 병사 한 명이 강가에서 목욕을 하고 있을 때 우리 본대가 장교들 열 명 정도와 맞닥뜨리게 됐어요. 이브코프는 총성을 듣고 숲속으로 숨지 않고 우리에게 달려왔어요. 그러자 우리와 맞서고 있던 장교들이 그에게로 달려가면서 그의 말을 쏘았어요. 페티카도 머리에 총을 맞고 죽었죠. 사실 페티카가 죽은 것은 별로 마음 아프지 않았어요. 그 장난질에 질렸던 터니까.

하지만 이브코프의 모습은 지금도 눈에 선하군요. 풀밭에 쭉 뻗어서 양팔을 벌리고 누워 있던 모습이. 날아갈 듯이 말이죠! 셔츠만 걸친 팔 근처에는 연발 권총이 놓여 있었어요. 모두가 그를 안타까워했죠. 쿠티르스키도 웅크리고 앉아 그의 셔츠 단추와 옷소매를 단정하게 매어주더군요. 그리고 그를 추모하는 말을 했어요. 이 사람은 진실을 위해 고통스러운 길을 걸어왔던 위대한 사람이다, 진정한 영웅이라고요.

그는 이브코프와 아주 친하게 지냈었죠. 함께 나란히 누워 잠을 자기도 했어요. 두 사람 다 수다쟁이는 아니라서 말을 많이 하지는 않았지만 항상 서로를 염려해주고 있었어요. 하지만 쿠티르스키는 날 좋아하지 않았어요. 난 그가 날 겁낸다고까지 생각했죠. 하긴 날 겁내야 했을지도 모르겠어요. 나는 그를 믿지 않았으니까. 이브코프가 말했듯이 자기 편을 배반한 사람은 믿을 수 없는 것 아닌가요?

예, 그렇게 살았죠. 바로 그렇게, 싸움질을 해대면서. 포로들을 통해 우리는 콜차코프 부대가 근처에서 우리를 찾고 있다는 걸 알게 됐어요. 우리가 그들을 아주 괴롭혔거든요. 쿠티르스키는 모든 정황을 자세히 조사해보고는 우리를 신 니콜라옙스크 지역으로 이동시켰죠. 그런데 가던 길에 아주 불쾌한 만남이 있었습니다. 수송대를 만나 말 스물아홉 마리를 죽이고, 그와 함께 부상병을 실은 마차 다섯 대와 우리 포로 아홉 명을 구했던 겁니다.

그런데 봤더니 한 마차에 의사 알렉산드르 키릴르이치가 누워 있고 포로 중에는 치타 시에서 만났던 수병 표트르가 있었어요. 그는 몹시 심하게 다쳐서 그의 손가락 여섯 개를 보고서야 겨우 알아볼 정도였죠. 하지만 난 의사는 전혀 알아보지 못했어요. 그가 나를 소리쳐 불렀어요.

"헤이, 곱창자루!"

그래서 돌아보니 한 늙은이가 누워 있는데 얼굴은 통통 부었고 수염이 허옇고 대머리가 된 그 의사였던 겁니다. 눈동자는 거의 움직임이 없었고, 더이상의 농담도 하지 못했죠. 나는 그에게 담배를 가져다주라고 명령했어요. 그랬더니 쉰 목소리로 말하더군요.

"사흘이나 못 피웠어. 제길……"

담배를 한 모금 빨고 나더니 그래도 이렇게 묻더군요.

"삶의 단순화는 이루었나?"

그는 이미 이 세상 사람 같지 않았어요. 말하는 것도 힘들어했지요. 수병이 내게 물었어요. 타티야나를 기억하느냐고요. 들어보니 그녀

는 니콜라옙스크 시에 숨어 있는데 여러 가지 일 때문에 그녀를 만나
봐야 한다더군요. 나는 사람을 보내 그녀를 데려오도록 해달라고 쿠
티르스키에게 부탁했어요. 도대체 무슨 일인지 호기심이 일었죠. 그
녀는 이륜마차를 타고 사흘째 되는 날 도착했고 반가운 듯이 나와 만
났죠.

"볼셰비키야?"

그녀가 묻더군요.

"아, 그럼, 물론이지."

그렇게 대답했죠. 그 당시 난 볼셰비키를 그렇게 믿지는 않았지만
말이죠. 그녀는 우리 모두를 모아놓고 연설을 했어요. 콜차코프 군대
의 사정이 아주 나쁘다, 이때 즉각 그를 물리쳐서 평화로운 삶을 건설
해야 한다고요. 소리를 치며 손을 흔들어댔고 뺨이 바르르 떨렸고 안
경이 반짝였지요. 나이가 더 들어 보였고 더 말랐더군요. 안경에 비해
얼굴은 어두운 빛이었고, 굶주린 듯했지만 목소리는 카랑카랑했어요.
그녀를 보고 있으려니 아주 불쾌한 기분이 들었어요. 저녁에 그녀는
내게 말해주었죠. 오래전부터 열성 당원이었고 감옥에도 두 번이나
갔다 왔다고. 수병하고는 세 달 전쯤 그가 부상을 당해 병원에 있을
때 만났다고 하더군요. 예, 그건 내가 관여할 일은 아니죠. 그녀가 묻
더군요.

"그 의사 말야, 네 주인이었던. 그 의사도 콜차코프 대원들과 관련
이 있다는 거 알아?"

그래서 내가 대답했죠.

"그 의사 저기 있어, 나무 그늘 밑에."

그녀는 그렇게 완전히 변해버렸죠. 그녀는 의사가 자신의 여성스러운 연약함을 무시했던 것을 잊을 수 없었던 것일까, 그런 걸까? 나는 안경 너머 그녀의 눈동자를 살펴볼 수가 없어 유감이었습니다. 나는 오래전부터 그걸 알고 있었지만 그 순간 확신하게 됐죠. 물론 나는 그런 그녀에 대해 비웃었지만 그녀는 의사가 적이라고 단호히 말했어요. 나는 의사에게 가서 말해주었어요.

"저기 타티야나가 있어요!"

그는 혓바닥으로 콧수염만 바로잡으며 쉰 목소리로 말했죠.

"아, 그렇구먼……"

그리고 더이상의 말은 없었어요. 나는 저녁 내내 그녀가 의사에게 가서 이야기를 하는지 살폈죠. 그러나 그녀는 한쪽 편으로만 작대기를 휘두르며 돌아다녔고 의사에게는 가지 않았어요. 그녀의 수병은 마차에 누워 있었는데 그녀는 그에게만 다가가서 몇 마디 나누고는 다시 시계추처럼 왔다 갔다 했지요. 나는 두 번이나 의사에게 가서 잠은 잘 자고 있는지, 혹시 날 찾지나 않았는지 살펴보았어요. 깨우기는 좀 안됐지만 나는 그에게 뭐든지 말을 하고 싶었어요. 달빛에도 불구하고 열이 오른 그의 얼굴이 얼마나 빨갛게 보였던지…… 원래 건강한 사람도 달빛에서는 푸르게 보이는데 말이죠.

한밤중에 우리는 길을 떠날 준비를 하게 됐어요. 나는 쿠티르스키에게 물었어요.

"저 포로들은 어떻게 하죠?"

포로는 여섯 명이었어요. 폴란드인 장교와 세 명의 병사, 모두 환자였죠. 그리고 의사와 유대인 여자, 그 여자도 거의 죽어가고 있었는데 눈을 보면 이미 죽은 듯했습니다. 쿠티르스키가 소리를 지르더군요.

"제기랄, 어쩌긴 뭘 어째!"

농민들은 모두 죽여버리자고 했지요. 하지만 쿠티르스키는 자기 말 머리를 쓰다듬으며 서둘렀습니다.

"자, 집합!"

나는 환자들을 강변에 데려다놓자고 설득했어요. 물론 장교는 사살되었어요. 강변에 데려다놓고 작별할 때 의사가 내게 가까스로 농담을 하데요.

"이봐, 곱창자루, 자네는 나를 단순화해야 하지 않나?"

나는 이렇게 대답했죠.

"저절로 곧 죽을 겁니다. 알렉산드르 키릴르이치."

그렇게 말하긴 했지만 그가 참 불쌍했어요. 그는 솔직담백하게 나를 잘 대해주었거든요. 좋은 사람이었는데…… 하지만 그는 살해되고 말았어요. 일본놈이라고 불리던 늙은 군인하고 곰 사냥꾼이었던 농민이 그랬죠. 그들은 몰래 뒤에 처졌다가 뒤따라왔는데 그 늙은 병사가 내게 말했어요.

"당신 의사놈을 내가 때려죽였어. 난 의사놈들을 좋아하지 않거든."

그들은 소리 나지 않게 거기 있던 모두를 개머리판으로 때려죽였다더군요. 나는 그들을 책망하며 약간 욕을 했죠. 그랬더니 쿠티르스키가 나를 당황하게 만들었습니다.

"아니 그럼, 만일 척후병들이 살아 있는 그놈들을 만나면 어떻게 되겠어?"

물론 사람을 죽이는 것은 저주받을 일입니다. 어쩌면 자신을 죽이는 게 더 쉬운 일일 겁니다. 사람이 할 짓은 아니지만, 누구라도 거기서 피해갈 수는 없었어요. 삶의 잔혹함에 대항하는 결정적 전쟁이 시작되었지만 그 어리석은 잔혹함은 인간의 뼈 속으로 파고들어 자라나는 겁니다. 그럼 어떻게 되겠어요? 많은 사람들이 치료 불가능할 정도로 그런 병에 감염되고, 또다른 사람을 감염시키기 위해 살아가는 겁니다. 그런 곳에서 할 일이 무엇이 있겠습니까. 우리는 서로를 죽이는 일만 하게 되겠지요. 오랫동안, 단순함의 완전한 승리를 이룰 때까지.

사실은 나는 타티야나가 늙은 군인을 시켜 의사를 죽이라고 한 것이 아닐까 생각했죠. 왜냐하면 그 늙은이에게는 담배가 없었는데 갑자기 그가 담배를 말아 피우는 걸 봤거든요. 나는 담뱃갑 상표를 보고 그 담배가 타티야나의 심부름을 한 보답이라는 걸 알았어요. 어쩌면 그녀는 의사가 고통을 겪지 말라고 의사를 위해서 그런 것일지도 몰라요. 불쌍해서 죽여주는 경우도 있었으니까.

보시다시피 나는 온순한 사람이죠. 하지만 이 손으로 무방비 상태의 늙은이의 숨통을 끊기도 했어요. 불쌍해서가 아니라 다른 이유에서였죠. 이미 말했듯이 나는 늙은이들을 좋아하지 않고 아주 해로운 존재라고 생각해요. 동료들에게 늘 이렇게 말했어요.

"늙은이들을 불쌍하게 볼 필요 없어. 그 사람들은 노쇠함과 고집스러움 때문에 해로운 자들이야. 젊은이는 변화되지만 늙은이들은 조금도 변할 수가 없어. 그자들은 고집만 세고 저만 알지. 모두들 나는 나이를 먹었다, 나는 옳다고 생각하지. 그들은 어제의 사람들이고 내일에 대해서는 생각하는 것조차 두려워해. 늙은이에게 내일은 죽음뿐이거든."

그리고 다양한 집 안의 가구들에 빗대어 가르쳤지요.

"큰 물건, 즉 책장이나 상자, 침대 같은 것은 부수거나 깨지 말고 작은 것, 쓸데없는 사소한 것들은 다 부숴버려야 해! 온갖 쓸데없는 것들 때문에 슬픔이 있는 거야."

한 위험한 늙은이를 만나면서 일어난 일이었지요. 난 장티푸스를 앓게 돼서 혼자 어떤 마을의 마음씨 좋은 주인집에 남겨졌고 겨울 내내 거기서 보내게 됐어요. 아주 심하게 앓아서 머릿속 기억이 다 타 버리는 것 같았어요. 깨어났을 때 한 일 년은 지나간 것같이 정신이 없었죠. 농민들이 불평하며 모스크바를 욕하고 볼셰비키에게 거친 욕을 퍼붓는 소리가 들려오더군요. 도대체 어떻게 된 일이지? 그런데 알고 보니 한 늙은이가 털모자를 쓰고 부락을 휘젓고 다니는 거였어요. 손에 지팡이를 들긴 했지만 아주 민첩한 늙은이였지요. 어두운 시선이 담긴 눈 주위는 털로 무성하게 덮였고 주름살투성이의 얼굴이 꿈틀거렸어요. 꼭 딱정벌레처럼 생겼더군요. 그 왜 날개가 꼭 쇠로 만든 것 같은 벌레 있잖아요. 옷은 잘 입지는 않았지만 멀리서도 눈에 띄었지요.

봄이 되자 나는 조금씩 움직일 수 있었고 쉬면서 사람들을 잘 관찰할 수 있었어요. 낯선 사람들이었죠. 어떤 사람은 날 음울하게 바라보았고 어떤 사람은 화난 눈으로 쳐다봤죠. 다들 세금에 대해서나 위원회에 대해 불평이더군요. 나는 물론 그들과 이야기를 나누며 설명하려고 했어요. 하지만 나도 뭐가 어떻게 된 건지 잘 알지 못했습니다. 한번은 마을 외곽의 목장 옆에 혼자 앉아 있었는데 그 늙은이가 지팡이를 짚으며 걸어오고 있는 거예요. 그는 나를 보자 방향을 홱 틀고는 침을 탁 뱉더군요. 그런 행동이 내 호기심을 자극했죠. 나는 집주인에게 그 노인이 어떤 사람인지 물어보았어요.

"어떤 사람이에요?"

"아주 올바르고 지혜로운 분이죠. 절대 속이는 법이 없어요."

그는 마지못해 딱딱하게 대답했어요.

그 마을에 니콜라 라스카토프라는 젊은이가 있었는데 상이군인이었죠. 다리 한쪽과 왼손의 손가락도 없었어요. 그가 내게 자세히 말해주더군요.

"아주 해로운 늙은이예요. 우리 동네에 오래전부터 살고 있는데 유형을 받아 이주하게 된 사람이지요. 전에는 양봉을 했었는데 지금은 숲 속에 집을 짓고 나무에 조각을 하고 은둔자로 살면서 성자인 체하지요. 혁명 초기부터 혁명에 대해 불만스러워했어요. 그래서 사람들이 양봉 상자를 부숴버리자 아주 무섭게 화를 냈죠. 지금은 이 인근 지역에서 아주 유명해요. 멀리서, 백 킬로 떨어진 곳에서도 사람들이 찾아오곤 해요. 늙은이는 이런저런 충고도 해주고 모스크바는 도적들과 무신론자들이 지배하고 있다는 등 터무니없는 말들을 해대고 있죠. 맞서 싸우려고 하는 거죠."

이런 일도 있었다더군요. 한 마을에 적군 병사 두 사람이 귀환해왔는데 노인네가 집회를 열고 말하더래요.

"이놈들은 아주 나쁜 놈들입니다. 이놈들의 동지들은 자신들의 아버지와 어머니를 죽인 놈들입니다. 부모의 집을 불태웠으며 가산을 짓밟았고, 이제 그 부모들은 거지가 되었습니다. 이놈들이 우리 젊은

이들을 흔들어놓을 겁니다. 그러니 우리 애들에게 본보기가 되도록 이놈들을 벌해야만 합니다. 개망나니 짓의 끝이 어떤지를!"

그리고 그 젊은이들을 묶은 다음 통나무에 그들의 머리를 눕혀놓고 그 적군 병사의 아저씨가 도끼로 내려쳤다는 겁니다.

"정말 끔찍한 일이었군."

나는 절망적인 마음이 들었죠. 라스카토프 말고도 새로운 사상을 가진 젊은이가 그 마을에 십여 명 있었는데, 젊어서 그렇기도 하고 따분해서 그렇기도 하겠지만 다들 계집애들과 장난질이나 하고 다녔어요. 사실 할 일이 아무것도 없기도 했고요. 어른들은 이들을 무슨 도둑 정도로 보았고 젊은애들이 무슨 일이라도 해볼라치면 두들겨팼죠. 나는 그들에게 조용히 말해보았어요.

"이 잘못된 매듭을 어디서부터 풀어나가야 하는지 모르겠나?"

하지만 다들 겁을 내며 말했죠.

"우릴 때려죽이려고 할걸요."

나는 생각했죠.

'아이고, 하느님 맙소사!'

나는 마을에 영향력이 있는 그 늙은이와 직접 이야기를 해보기로 마음먹었죠. 나는 그가 시간을 거꾸로 돌리려고 반동적인 난동을 꾸미고 있다고 생각했습니다. 하지만 나는 시골 사람들의 어리석음을 잘 알고 있었고 그래서 이 늙은이에 대해 면밀히 조사했죠. 농민들은 모든 사람에게 깊은 인내심을 보여주지만 자기 자신에게만은 전혀 참지를 못해요. 그래서 그들은 좀더 확고하게 자기 자리를 잡고 조금이라도 더 많이 먹으려고 서두르는 겁니다.

그 늙은이는 마을에서 칠, 팔 킬로미터 정도 떨어진 숲의 가장자리 작은 언덕에 자리를 잡고 있었어요. 창문이 하나 있는 조그만 통나무 집은 마치 무슨 초소 같았죠. 여섯 이랑쯤 되는 조그만 채소밭이 있었고, 벌통이 세 개 그리고 털북숭이 개 한 마리, 이게 그의 전 재산이었어요. 나는 환한 대낮에 그를 찾아갔지요. 그 늙은이는 모닥불 옆 나무 그루터기에 앉아 있더군요. 모닥불 위에 돌을 받쳐놓고 가마솥에 물을 끓이고 있었어요. 나무 토막들을 부드럽게 만들려고 뜨거운 물에 삶고 있었던 겁니다. 담장 위에는 전나무 끝부분들이 나무 껍질에 묶여 매달려 있었죠. 아마도 주걱 같은 걸 만들려는 거겠죠. 무언가를 만들고 있던 그 늙은이는 고개를 처박고 조각을 하면서 나를 쳐다보지도 않았어요. 푸른 대마 옷을 걸치고 있었고 맨발이었죠. 대머리였는데 오른쪽 귀 위에 혹이 하나 튀어나와서 마치 머리통이 하나 더 자라 나오고 있는 것 같았죠. 나는 이 혹이 내 영혼을 사악하게 만들 거라는 느낌을 받았어요. 난 얘기 좀 하러 왔다고 했죠.

"얘기하게."

그뿐이었죠. 그리고 아무 말이 없었어요. 칼을 재빠르게 움직일 때마다 얇은 나무 조각들이 그의 무릎과 다리 밑에 흩어져 떨어졌어요. 익어서 부드러워진 나무 토막들은 버터처럼 잘려나갔고 소리 하나 나지 않더군요. 솥에서 물이 끓는 소리가 나자 늙은이 옆에 있던 개가 짖어댔어요. 하지만 여전히 이 늙은이 집 주위는 사방이 다 조용했어요.

"왜 사람들을 선동하고 그럽니까?"

내가 물어봤죠.

"당신이 믿는 건 뭐요? 무슨 일을 꾸미고 있는 겁니까?"

대답이 없더군요. 고개를 숙이고 있을 뿐 마치 앞에 있는 사람이 보이지 않는다는 듯이 내게 눈길 한 번 주지를 않았어요. 칼로 나무를 깎기만 할 뿐 벙어리처럼 아무 말이 없었지요. 개가 날 보고 짖어대는데도 말리지 않았죠. 그저 앉아서 손만 놀리느라 오른쪽 어깨가 움직거렸을 뿐 미동도 하지 않았죠. 꼭 푸른색 바위 같았지요. 그 망할 놈의 늙은이 주변은 다 안온하고 좋았어요. 통나무집 너머는 향기가 배어나오는 나무숲이었고, 집 앞쪽 아래는 계곡이었는데 작은 강물이 태양빛에 반짝이며 흘러가고 있었지요.

나는 속으로 생각했어요.

'참 교묘하게도 사람들과 분리되어 있군. 마법사야.'

나는 몹시 화가 났어요. 그리고 욕을 하며 위협했어요. 하지만 아무것도 얻지 못했죠. 그는 단 한마디도 하지 않았거든요. 나는 바보가 된 기분으로 돌아왔죠. 가면서 돌아보았더니 작은 언덕에서 모닥불이 반짝이고 있더군요.

"정말로 해로운 짐승이야, 저 늙은이는!"

나는 이렇게 생각하며 돌아왔어요.

숨기지 않겠습니다. 그가 일부러 나에게 귀먹은 척함으로써 내 영혼을 자극했던 건 사실입니다. 수많은 사람들이 내 말을 들어주었는데 여기서 이런 꼴을 당하다니! 이런 기분이 들었던 거죠.

하루인가 지나자 주인이 불만스럽게 나를 바라보며 말하더군요.

"크냐죠프 씨, 충분히 좋아졌지요? 이제 가실 곳으로 가셔야죠."

그의 아내도, 그리고 두 며느리도, 독일인 날품팔이 일꾼도 모두들 전처럼 날 친절하게 대하지 않았고 함부로 대하려 했지요. 나는 그 늙은이가 나에 대해 뭐라고 해서 그런다는 걸 알았죠. 그리고 마을 사람들 모두 나를 못 본 체 외면했어요. 바로 얼마 전까지도 나와 얘기해보려고 찾아오던 사람들까지 말입니다. 나는 곰곰이 생각해봤죠. 난 외로운 사람이다, 나를 땅속에 파묻어버리는 일은 너무나 간단한 일이다. 누가 뭐라겠어? 이렇게 험한 시대에 누가 뭐라고 하겠어? 그러자 심장이 끓어오르기 시작했지요.

나는 라스카토프에게 가서 말했어요.

"이봐, 한 사흘 정도 남들 눈에 띄지 않는 곳에 날 좀 숨겨줘."

나는 주인네와 정중하게 작별을 하고 마을을 떠나 다른 곳으로 가는 척했고, 라스카토프는 나를 자기네 집 목욕탕 다락에 숨겨주었죠. 하룻밤, 그리고 다음날, 그리고 또 다음날까지 난 그곳에 있었어요. 그리고 네번째 날 밤이 어두워질 때를 기다려 나는 집을 나섰죠. 수건에 돌을 싸서 들었는데 그건 철퇴 대용의 무기였지요. 나는 권총도 가지고 있었지만 라스카토프에게 팔아넘겼거든요. 혼자인 사람에게 그건 위험한 무기였으니까. 그런 것은 생명을 거는 특성을 가지고 있죠.

난 그 늙은이 집에 가서 과감하게 문을 두드렸어요. 밤에도 손님들이 자주 찾아왔을 테니 별로 놀라지 않을 거라고 생각했죠. 내 생각이 맞았어요. 그는 문을 열었죠. 비록 손잡이 걸쇠를 잡고 있었지만. 물론 난 즉시 내 발을 문틈에 끼워넣었죠. 그건 괜한 행동이었어요. 그가 낯모르는 사람이 찾아왔다는 걸 즉각 알아채게 했거든요. 그는 꿈결에서처럼 신음 소리를 냈습니다.

"누구요? 뭘 원하는 거요?"

개가 내 다리에 달라붙었죠. 그래서 난 한 손으로 늙은이를 잡고 개를 발로 걷어찼어요. 개는 아래에서 위로 머리를 걷어차야 합니다. 그러면 한 방에 깨갱 소리를 내며 죽지요.

나는 통나무집으로 들어가서 빗장을 걸었어요. 늙은이는 아직도 나를 알아보지 못했는지 아니면 겁을 먹어서인지 중얼거렸습니다.

"왜 개를 그렇게……"

성냥을 켜는 소리가 났습니다. 나는 그대로 그를 때려죽일 수도 있었어요. 예, 어두운 곳에서 해치우는 편이 마음의 고통도 덜했을 테니까요. 하지만 램프를 밝히도록 그냥 두었습니다. 하지만 그는 여전히 나를 쳐다보지도 않았어요. 무심한 것인지 공포 때문이었는지 모르지만. 그런 모습에 너무 기분이 꺼림칙해서 다리가 후들거릴 지경이었죠. 특히 그가 나를 자세히 들여다보고 나서 뒤로 물러나더니 여전히 아무 말 없이 긴 의자에 팔을 짚으며 앉을 때 그랬지요. 그의 눈은 커다랗고 여자 눈 같아 애처로워 보였죠. 나는 어쨌든 그가 불쌍하다는 생각이 좀 들었어요. 하지만 이렇게 말했죠.

"이보슈, 늙은이. 당신 목숨은 이제 끝났어……"

하지만 내 팔은 올라가지 않았지요. 그는 쉰 목소리로 중얼거렸어요.

"겁나지 않소. 나는 괜찮소. 사람들이 불쌍하지. 내가 죽으면 사람들에게 위로가 없을 테니……"

"당신의 위로는 사기야. 하느님에게 기도하겠소?"

그가 무릎을 꿇었을 때 나는 가져간 돌로 그를 때렸습니다. 기분이 섬뜩했어요. 구역질이 났고 온몸이 떨렸어요. 나는 정신을 잃고 자칫 램프를 집어던져 그 오두막을 불태울 뻔했습니다. 그렇게 되면 나는 끝장이었죠. 불길을 보고 농민들이 달려와서 나를 쫓아온다면 결국 숲 속에서 잡히고 말았겠죠. 낯선 지역이어서 멀리 도망치기 어려웠거든요. 나는 문을 닫고 산 속으로 들어갔어요. 해가 뜰 때까지 이십여 킬로미터 이상을 걸어가서 잠을 좀 잤어요. 그런데 자고 있던 날 척후병들이 발견했지요. 아홉 명이었어요. 눈을 뜨니 날 일으켜 세우더군요. 그리고 스파이다, 목매달아! 하고 소리치는 거예요. 맞기도 했죠. 하지만 난 이렇게 말했습니다.

"지금 뭐 하는 겁니까? 왜 소리치고 그래요? 저기 칠 킬로미터 정도 떨어진 곳 산 아래 볼셰비키들이 진을 치고 있어요. 백오십여 명쯤 돼요. 난 거기서 도망쳤어요. 동원되어 가다가……"

그들은 겁을 먹더니 내 말을 믿는 것 같았어요.

"각반에는 웬 핀가?"

"아, 이거요. 내 옆 사람이 개머리판으로 머리를 맞고 내게로 쓰러져서 그런 겁니다."

그렇게 난 그들을 속이고 겁을 줬지요. 그들은 재빨리 그곳에서 멀리 떠났습니다. 나를 데리고. 나에게는 아주 좋은 습관이 있었는데 위험한 순간에 바보같이 구는 게 그거죠. 그렇게 해서 나는 수도 없이 곤경에서 벗어나곤 했습니다. 아침 무렵이 되자 나는 이미 그들과 편한 사이가 되었죠. 군인들을 완전히 바보로 만들어놓은 거죠. 하이고 참내, 사람들은 정말 알고 보면 끝도 없이 어리석은 데가 있지요! 모든 점에서, 일을 하거나 노는 데에서, 죄악을 저지를 때나 성스러운 일을 할 때나 다 어리석은 점이 있지요.

비록 그 늙은이는…… 에이, 그 얘긴 나중에…… 기억하고 싶지 않은 얘기죠. 어쨌든 참 굳건한 늙은이였어요……

예, 예, 사람들은 참 어리석지요…… 하지만 대체 왜 그럴까요? 사람들은 구원은 단순함에 있다는 걸 모르고 특이한 것을 원하기 때문이죠. 내게도 그 특이함이란 것이 목덜미를 꼭 붙잡았었죠. 그래서 만일 내가 어떻게 살아야 하는지를 모르고, 그리고 하느님을 믿었다면 나는 하느님께 땅속에서 숨어살 수 있게 두더지가 되게 해달라고 빌었을 겁니다.

자, 이제 이따위 모든 악마의 구조물은 파괴되고 무너져버렸으니 이제 사람들이 새로운 질서로 나아가기를 기다려야만 하겠죠. 모두들 단순함 속에 삶의 지혜가 있다는 걸 이해하기 시작했습니다. 그리고 우리의 잔혹한 특별함은 저 멀리로 쓸어내버려야겠죠…… 특이한 것, 그것은 우리를 파멸시키려고 악마가 고안해낸 것입니다……

예, 바로 그런 얘기였어요……

영혼의 무성한 풀숲

— 보다 명징한 수정체, 영혼의 자유를 위하여

'아니, 이거 고리키 작품 맞아?'

아마도 이 작품집을 처음 접하는 독자들의 반응은 이렇지 않을까.

세상과 떨어져 은둔해 살지만 사람들과 따뜻한 인간적 소통을 나누는「은둔자」. 평생 한 여배우를 사랑해 그녀를 헌신적으로 돌보지만 한 번도 사랑의 대답을 들어보지 못한 한 사나이의 애절하고 가슴 아픈 회고「대답 없는 사랑」.

완결되지 못하고 잊혀진 소설의 주인공이 현실세계로 걸어나와 스스로 자신의 존재를 완성시키려 한다는 독특한 상황을 통해 작가와 작품의 주인공, 독자의 관계에 대해 대담한 논의를 촉발시키는「어떤 소설」.

소리와 색의 환상적인 결합을 통해 인간의 이성과 합리성에 대한 통찰, '건전한 현실'의 맹목성과 단조로움을 드러내는「푸르른 삶」.

연극 배우들의 수렴되지 않는 다양한 충돌, 작가와의 겉도는 대화

등을 통해 삶의 무질서를 드러내고 있는 「무대 연습」.

혁명과 혁명기 인간의 삶, 그 내면을 새로운 시각으로 집요하게 파고들며 이제까지 알려진 고리키와는 전혀 다른 사상적 입장과 태도를 내보이는 「영웅」, 「카라모라」, 「에피소드」, 「특이함에 대하여」.

이 아홉 편의 단편은 그 독창성과 시대를 앞선 새로움으로 우리의 시선을 붙잡는다.

진실과 말, 영혼에 대해 「카라모라」의 주인공 카라모라는 결국 이렇게 말한다.

> 눈에는 '수정체'라는 게 있어 사물을 올바르게 볼 수 있다고들 말한다. 인간의 영혼에도 그런 수정체가 있어야만 한다. 하지만 그런 건 없다. 영혼에 수정체가 없다는 데 문제의 핵심이 있는 것이다.(「카라모라」, 285쪽)

그리고 「특이함에 대하여」에 등장하는 한 노인은,

> "영혼을 북돋워야 해. 중요한 것은 영혼의 자유야. 그것이 없다면 인간이 아니야."(「특이함에 대하여」, 498쪽)

라고 말한다. 어쩌면 막심 고리키가 이 독창적인 작품들을 통해 독자들에게 들려주고자 한 것은 이것이 아닐까.

새로운 형식과 다른 어조

이 작품집의 원제는 '1922~1924년 단편집'[*]이다. 쓰인 시기를 제목으로 내세우고 있지만, 의미의 내적 연관과 통일성을 고려하면 이 작품집은 그저 단순한 단편모음집이 아니다. 실제로 고리키는 이 작품집을 출간하면서 「특이함에 대하여」를 맨 마지막에 실을 것, 그리하여 '은둔자'로부터 시작하여 '은둔자의 살해'로 끝이 나야 한다'고 요구함으로써 아홉 편의 작품이 일련의 의미망을 형성하고 있음을 밝히고 있다.

이 작품집은 고리키의 작품 세계에서 매우 중요한 의미를 지닌다. 그간의 작품 경향과 판이한 새로운 내용과 새로운 형식, 새로운 어조를 모색하고 있기 때문이다.

고리키는 한 편지에서 "『1922~1924년 단편집』은 제 내면에서 자라고 있는 무성한 수염을 깎아보려는 시도라고 할 수 있습니다. 동시에 일련의 새로운 형식, 다른 어조를 모색하는 것이기도 하지요 (……) 아주 어렵고도 책임을 요하는 일입니다. 개인적으로 나는 이런 모색들이 아주 유익하다고 생각하고 있습니다"라고 밝혔다. '새로운 형식', 그리고 '다른 어조'의 모색이라는 작가 자신의 언급은 바로

---

[*] 『Рассказы 1922~1924 годов』: 「은둔자 Отшельник」 「대답 없는 사랑 Рассказ о безответной любви」 「영웅 Рассказ о герое」 「어떤 소설 Рассказ об одном романе」 「카라모라 Карамора」 「에피소드 Анекдот」 「무대 연습 Репетиция」 「푸르른 삶 Голубая жизнь」 「특이함에 대하여 Рассказ о необыкновенном」.
출전: 막심 고리키 전집(М. Горький, Полное собрание сочинений/Художественные произведения в 25 томах, Наука, М., 1968~1976).

이 작품집의 의미를 핵심적으로 보여주는 표현이다.

잘 알려졌듯 막심 고리키는 정규 학교는 다녀보지 못했고, 온갖 직업을 전전하며 독학으로 문학 공부를 했다. 이 시기에 대한 이야기는 뛰어난 명작으로 평가되는 자전적 삼부작 『어린 시절』 『세상 속으로』 『나의 대학』에 아프고도 생생하게 그려져 있다. 고리키는 투르게네프와 도스토옙스키, 톨스토이, 체호프 등과 같은 황금기 러시아 리얼리즘 문학의 전통을 이어받으면서 산업사회의 새로운 계층, 즉 도시 빈민과 부랑자, 노동자의 삶과 의식을 대담한 낭만적 문체로 그려냄으로써 일약 세계적 작가로 성장한다. 이후 초기 작품 세계에서 벗어나면서 고리키는 점차 사회적 문제 의식을 담아내는 작품들을 발표하게 되는데, 별다른 계급 의식이 없던 노동자가 철의 혁명가로 성장하고, 이를 지켜보던 평범한 어머니가 아들의 혁명 운동에 동참하게 된다는 『어머니』가 가장 대표적이다.

이미 세계적으로 인정받고 있는 작가가 오십이 넘은 나이에, 그 내면에 도대체 어떤 무성한 수염이 자라나고 있었기에 새로운 모험을 시도한단 말인가. 그리고 그 수염을 어떻게 깎아야 한다고 생각했던 것일까. 어떻게 지금까지의 자신이 아닌 새로운 작가로 태어날 수 있단 말인가.

이 작품집에 수록된 단편들이 쓰인 1920년대 초는 고리키에게 개인적으로나 작가로서 특히 어려운 시기였다. 1917년 혁명 직후 고리키는 볼셰비즘과 소비에트 정부 정책에 대해 강한 비판을 하는 등 오랜 동지적 관계에 있던 볼셰비키 혁명 진영과 깊은 갈등을 빚는다.

그는 〈신생활〉이라는 신문의 칼럼에서[*] 레닌과 트로츠키, 그리고 그 동지들은 권력이라는 끈끈한 독에 이미 중독'된 인물로, 레닌은 '도덕성의 부재와 민중의 생명에 대한 군주와 같은 무자비한 냉혹함' 을 지닌 인물로, 10월 혁명은 '실패가 예정된 잔인한 실험'으로, 프롤레타리아는 '몰상식한 주인의 선동을 받아 폭력과 테러를 사용하면서 특권 계급 의식을 부르짖는' 계급으로 묘사하는 등 거침없이 혁명과 혁명가들을 비판했다. 혁명 정부가 성립된 이후에 혁명에 대해, 그리고 그 지도자와 사회주의 이념에 대해 이처럼 공개적이고 강하게 비판하고도 무사할 수 있었던 사람은 당시 러시아 내에서는 아마 고리키 한 사람뿐이었을 것이다. 그러나 그 정도가 너무 지나쳐서 이 신문은 수차례 정간 사태를 겪고 마침내 폐간당하고 만다.

신문이 폐간된 1918년 이후부터 러시아를 떠나기로 결심한 1921년까지 고리키는 자신의 '실수'와 '혼돈'을 용서한 레닌과 소비에트 정부와 냉담한 화해의 시기를 보낸다. 이 시기에 고리키는 레닌과 정부의 지원 아래 전시 공산주의 체제에서 심각한 생존의 위기에 내몰린 지식인들을 돕고 문화를 재건하는 여러 가지 사업에 참여하는 등 혁명 초기의 격렬한 저항을 포기한 것처럼 보였다.

1917년에서 1921년까지 고리키는 문학 창작 활동보다 정치 평론

---

* 1917년에 게재된 일부 기사가 『혁명과 문화』로 출판되었고, 이 중 일부와 1918년의 기사 일부가 편집되어 『시의에 맞지 않는 생각들』로 출판되었다. 고리키는 이 기사들을 완전히 새로 편집하고 연대기적으로도 정리해서 새로운 『시의에 맞지 않는 생각들』을 펴내고자 했으나 실현하지 못했다. 작가의 구상에 따른 『시의에 맞지 않는 생각들』은 1990년에 이르러서야 완전한 형태로 복원 출간될 수 있었다. 이 책은 사회주의 혁명과 이념에 대한 고리키의 독특한 태도를 잘 보여주고 있고, 다소 수수께끼 같은 작가의 후기 내면 세계를 이해하게 해주는 중요한 자료이다.

기사나 문화 사업, 문예조직 사업 등에 더 많은 노력을 기울였다. 톨스토이와 레오니드 안드레예프에 대한 문학적 회고문과 몇몇 소품을 제외하고는 그야말로 '한 줄도 쓰지 못했다'고 말할 수 있다. 1921년 러시아를 떠나야 했을 때 그는 주위 문인들에게 다 같이 떠나자고 제안하면서 이 문제를 심각하게 논의했다. 이 자리에서 빅토르 시클롭스키는 "작가가 글을 쓸 수 있는 곳으로 떠나세요. 이건 도망가는 게 아니라 일로 돌아가는 겁니다"라고 위로했다고 한다.[*] 고리키가 러시아를 떠나게 된 것은 사실 소비에트 정부의 공식적인 설명대로 오랫동안 앓아온 폐병이 악화되었기 때문이기도 했지만, 내전을 극복해가면서 당과 정부를 더욱 강화하고자 하는 레닌 정부의 압력이었다는 설이 유력하다.[**] 그러나 반 강제적으로 러시아를 떠날 수밖에 없었던 고리키는 시클롭스키의 말대로 드디어 창작에 전념할 수 있게 된다. 그는 외국으로 나가자마자 자전적 삼부작의 완결판인 『나의 대학』, 일련의 자전적 단편들과 『일기로부터의 단상, 회고』 등을 집필하기 시작했다. 그러나 이 작품들은 혁명 후 오 년여의 복잡하고 격렬한 사회 정

---

[*] Гейр Хьетсо, Максим Горький: Судьба писателя, Наследие, М. 1997, стр. 198.

[**] 1921년에 러시아를 떠난 고리키는 1932년 영구 귀국할 때까지 이탈리아 소렌토에 머물렀다. 이 시기를 소비에트 고리키학에서는 요양기간으로 명명하고, 고리키는 지속적으로 소련 정부를 지지했던 것으로 기술하였지만, 최근에는 이 기간을 분명하게 망명기로 기술하고 있다. 하지만 '망명'이냐 '요양'이냐를 따지는 논쟁은 무익하다. 문제는 이 시기 고리키의 내면 세계가 구체적으로 어떠했는가에 있다. 고리키 자신이 명백하게 자신의 정치적 지위를 망명으로 규정하지 않았고, 일반적인 망명 문학가들과도 확연히 달랐다는 점에서 설사 그의 외국 체류를 망명으로 본다고 할지라도 그의 망명은 매우 특별한 내적 의미를 가진 망명으로 간주해야 할 것이다.

치적 변화를 겪은 고리키의 내면을 잘 보여주고 있지는 않다. 이전의 고리키 문학으로부터, 즉 자전적 생활 체험을 바탕으로 한 전통적인 리얼리즘 방법론으로부터 크게 벗어나지 않았던 것이다.

그러나 『1922~1924년 단편집』은 자전적 체험이나 현실 묘사보다는 예술적 상상력과 구성력에 기대어 새로운 형식과 새로운 어조를 추구하고 있다. 고리키는 오십이 넘은 나이에, 수많은 역사적 현장과 사상적 격류를 헤치고 나온 사람으로서, 진정으로 새롭고 인간적인 어떤 다른 세계를 바라보고 있는 것이다. 자신의 혁명적 삶과 인간 세계의 논리를 새롭게 바라볼 수 있는 다른 어조, 다른 세계! 이를 위해 고리키는 이제까지의 자신과 자신의 문학, 삶과 인간에 대한 자신의 태도와 사상적 입장을 완전하게 혁신해야만 했다. 그리고 그것은 이토록 대담한 문학적 실험과 모색을 경유하지 않으면 안 되는 것이었다.

살아 있는 온갖 작은 것들

고리키의 새로운 시각은 무엇보다 먼저 인간관의 새로움에 나타나 있다.

그의 초기 단편에서는 영웅적인 인간상이 낭만주의적으로 그려져 있고, 이러한 적극적이고 낭만적인 인간상은 중기를 거치면서 강인한 의지를 가진 혁명적 인간상으로 변모한다는 것이 소련 시절 고리키 문학에 대한 일반적인 해석이었다. 이런 해석을 뒷받침하는 가장 대표적인 인물이 『어머니』의 주인공 파벨 블라소프다.

그러나 오늘날 고리키 문학의 진정한 주인공은 내면적 다의성을 지니고 삶에 대해 복합적인 태도를 취하는 인물로 연구되고 있다. 즉 작가의 이념을 직선적으로 대변하는 단색적 주인공이 아니라 삶과 인간에 대해 긍정적이면서도 비관적이고, 이념적이면서도 탈이념적인 '알록달록한 다색적 인간상'을 구현하는 주인공에 보다 주목하고 있는 것이다. 이러한 관점에서 고리키 문학을 새롭게 고찰한다면 우리는 고리키 문학에서 그가 꿈꾸었던 인간적 사회적 이상에 대해 전혀 다른 결론에 도달한다. 심지어 철의 혁명가 파벨 블라소프에게서도 우리는 흔들리고 동요하며 스스로에 모순되는 면모들을 볼 수 있을 뿐만 아니라, 작가가 자신의 이념적 대변자인 파벨에 대하여 강력하게 맞서는 인간적 이념적 논리를 작품에 스스로 뿌려놓은 예술적 신호들을 확인할 수 있다.*

　이 작품집의 여러 주인공들에게서도 우리는 이러한 인간상을 분명하게 확인할 수 있다. 첫 단편 「은둔자」의 은둔자 사벨의 형상을 보자. 산속에 동굴을 파놓고 살아가는 이 은둔자에게 주변의 여러 마을에서 여러 계층의 사람들(특히 여자들)이 이런저런 삶의 문제를 상담하러 찾아오곤 한다. 그의 외모는 매우 혐오스럽다. 그러나 흉측한 외모에도 불구하고 사벨은 사람들에게 숨은 현자처럼 사랑을 받는다. 그는 사람들에게 사랑과 위로의 말을 통해 선한 생활과 신에 대한 사랑을 일깨워준다. 사벨의 신은 엄격한 계율로 벌하거나 금욕주의를 강요하는 경건한 신이 아니라 사람들 속에 살아 있는 신이다. 그에게 신은 본질적으로 인간에 대한 믿음이고, 삶에 대한 믿음을 의미하는

---

* 이에 대한 자세한 논의는 졸저, 『혁명의 문학, 문학의 혁명—막심 고리끼』(경북대 출판부, 2004) 참조.

것이다.

그러나 사벨이 사람들을 위로하고 스스로 깨우치도록 만드는 것은 도덕적 훈계나 종교적 설교로써가 아니다. 그 어떤 논리적 설득이나 주장에 앞서, 진정한 사랑의 힘이 사벨이 사람들에 대해 지닌 권력이다. 화자인 '나'는 사벨이 사람들을 부를 때 거의 노래하듯이 발음하는 '밀라야'라는 말에 전율할 듯한 감동을 받는다.

동굴 안에서 이루 형언할 수 없이 마음을 뒤흔드는 목소리가 흘러나왔다.

"밀라야……"

저 흉하게 생긴 노인네가 이 단어에 어쩌면 저렇게 매혹적인 부드러움과 기쁨에 넘친 사랑을 담아낼 수 있는지 그건 아무도 모를 것이다.

(……)

밀라야, 이 단어의 용량은 끝이 없었다. 이 단어는 삶의 모든 비밀의 열쇠를 그 깊은 곳에 담고 있어 인간사의 모든 난마를 풀어주는 힘을 가진 것만 같았다. (……) 사벨리이는 이 단어를 한없이 다양하게 발음했다. 다정하게, 또는 당당하게, 감동적인 슬픔을 담아. 이 단어는 때로는 부드럽게 꾸짖듯이 들려왔고, 기쁨으로 충만한 소리로 흘러넘쳤다. 이 단어를 들으면 나는 항상 이 단어의 뿌리가 무한한 사랑이라는 것, 사랑 이외에는 아무것도 알지 못하고 그 자체로 충만한 사랑, 오직 그 속에서만 존재의 의미와 목적, 삶의 모든 아름다움을 느끼는 사랑, 그 힘으로 온 세상의 고통을 편안하게 해주는 사랑이라는 걸 느꼈다. (「은둔자」, 41~42쪽)

은둔자의 형상은 살아 숨쉬는 자연의 세계와 같다. 숲 속 협곡의 동굴, 협곡 아래에는 풀숲을 헤치며 시냇물이 흐르고, 위로는 푸른 하늘의 강이, 황금빛 농어처럼 별이 노닐고, 마른 풀잎 냄새가 향기로운 동굴, 그 앞에는 보리수나무, 자작나무, 단풍나무 세 그루가 자라고 있다.

이처럼 자연과 하나 되어 살아가는 사벨은 저녁 추위에도 모닥불을 피우지 못하게 한다. 그 이유는 '살아 있는 온갖 작은 것'들이 모닥불로 몰려들어 타죽기 때문이다. 견딜 수 없이 추워지자 그는 모닥불을 피우게 하지만 연신 모닥불 옆을 손으로 휘저으며 '살아 있는 온갖 작은 것'들을 보호한다.* 그는 인간의 욕구에 대해서도 그 어떤 도덕적 가식을 가지고 있지 않다. 여자들에 대한 이끌림을 너무도 자연스럽게 말하고, 맛있는 음식에 대해 탄복하리만큼 기쁘게 매달리고, 술도 몹시 좋아한다. 그는 떠돌이 시절에 어떤 예쁜 인형이 너무도 마음에 들어 그 인형을 사서 배낭에 넣고 다닌 적도 있다(떠돌이의 배낭에 너무나 어울리지 않게). 이처럼 사벨은 온갖 자연스러운 것에 대해 그 어떤 사회적 편견이나 도덕적 거리낌이 없다.

사벨은 어떤 주어진 이념(그것이 작가의식에서 나온 것이든, 주인공의 의식에서 발현된 것이든)의 통일성과 일관성을 위해 만들어진

---

* 고요하고 칠흑 같은 밤에 모닥불을 피우고 두런두런 자신의 이야기를 나누는 장면과 사벨의 형상은 영화 「데루스 우잘라」(감독 구로사와 아키라)에서 러시아인 장교와 시베리아의 사냥꾼인 동양계 노인 데루스가 만났던 그 밤의 모닥불 불꽃과 모닥불 소리, 데루스가 주위 혼령을 다스리는 모습 등을 강하게 연상시킨다. 나에게는 이 두 작품이 잊을 수 없는 거의 동질적인 미적 체험으로 남아 있다.

형상이 아니라 살아 있는, 따라서 복합적이고 모순을 지닌 형상이다. 즉 사랑과 위로를 베푸는 성자와도 같은 현재의 삶과 그의 추하고 일 그러진 외모, 그리고 어두운 과거가 복잡하게 뒤엉켜 있고, 그의 모습 은 작가인 '나'에게 '아주 아름다워 보이기까지 한다. 알록달록 교묘 하게 짜놓은 인생의 아름다움처럼'.

사벨의 형상은 어둡고 절망적인 현실을 달콤한 말로 감추려는 소위 '사악한 위로자'의 형상이 아니다. 그에 대해 어떤 이념적 판단을 내 리기 어려운 것은 그의 성격이 평면적이지 않고 그의 어조 그 자체에 미학적 가치가 있기 때문이다. 다양한 미학적 가치들은 하나의 논리 적 이성으로 일반화시킬 수 없고, 경험과 직관 속에서만 살아 있는 것 이다. 언어와 의식은 존재의 현실을 일반화하고 추상화하는 것을 기 본 원리로 한다. 그러나 인간의 언어란 무한히 다양한 어조와 숨결을 생명으로 한다. 의식 역시 존재의 사회적·역사적 규정을 받되 그를 넘어 존재 그 자체의 생명 현상에 직접적으로 관여하고자 하는 지향 성을 지니고 있다.

「은둔자」의 사벨이 어떻게 현재의 모습이 되었던가. 그는 자신의 과거와 존재 현실을 부정하고 새로운 '이념'을 '외부'에서 받아들인 사람이 아니다. 그 자신의 추함과 어두운 현실 그 자체에서 자라 나 온, 존재 자체 속에 숨어 있는 '가장 순수한 불꽃'을 피워 올린(새로 워 보이는) 존재일 뿐이다. 사벨과 같은 존재에게는 언어와 의식, 존 재 현실(그를 규정하는 외부적 요소들)이 일관되게, 앞뒤가 딱 들어 맞는 논리적 정합성이 그리 중요하지 않고 그러한 상태로 규정되어 있지도 않다. 그는 살아 있는 존재 그 자체로서, 모순적이며 복합적인 존재의 변화 과정을 매 순간 그대로 노출시킬 수밖에 없는, 영원히 변화하고 움직이는 미완결적인 존재로 제시되어 있을 뿐이다.

이와 같은 형상에 대한 작가의 태도는 그리 단순하지 않다. 때로는 혐오스러운 느낌과 더불어 어쩔 수 없는 매혹이 겹쳐져 나타난다. 맨 마지막 작품 「특이함에 대하여」에서 주인공 즈이코프가 '해로운 짐승'이라고 생각하는 은둔자 노인을 살해하려고 하면서도 '그 망할 놈의 늙은이 주변은 다 안온하고 좋았어요. 통나무집 너머는 향기가 배어 나오는 나무숲이었고, 집 앞쪽 아래는 계곡이었는데 작은 강물이 태양빛에 반짝이며 흘러가고 있었지요'라고 생각하거나 '어쨌든 참 굳건한 늙은이'였다고 생각하는 것은 은둔자가 결코 '해로운 짐승'만은 아니라는 것을 강하게 암시하며, 즈이코프가 은둔자를 증오하면서도 내면적으로 그와 동질적인 면을 지니고 있음을 느끼게 한다.

삶을 단순화하고 균등화해야 하며 모든 지식을 붕괴시켜야만 한다고 믿으면서 혁명을 받아들이는 즈이코프의 모습 또한 일반적으로 보이는 혁명가의 모습은 아니다. 어쩌면 무지의 늪에서 헤어나온 민중들이 우연히, 각자의 경험으로 깨달은 오도된 사상들이 바로 그런 모습으로 나타나는 것일 수도 있다. 그러나 어쨌든 혁명의 시기에 혁명을 받아들이는 각 개인들은 바로 그렇게 다양하게 굴절되고 나름대로 편집된 사상을 제각각 가지고 있다고 말하는 것이 보다 진실하지 않을까. 누구나 항상 이념적이고 이상적인 사상을 온전하게 획득한 상태에 있을 수는 없으니까. 바로 그렇기 때문에 아무리 올바른 이론과 논리로 무장한 정치 사업도 수없는 편차와 왜곡 속에서 변질되는 것이 아니겠는가.

이런 점에서 고리키가 새롭게 주목하고 있는 것은 이념적인 인간의 주조가 아니라 균열된 이념의 틈새에서 숨쉬고 아파하는 다양한 빛깔의 살아 있는 인간이라고 말할 수 있다. 이해할 수 없을 정도로 폐쇄된 감정에 사로잡혀 사랑하는 여배우에 대한 대답 없는 사랑으로 평생을 살아온 토르수예프. 심지어 사랑하는 여인이 다른 연인을 위해 침대를 준비해놓으라고 명령한다면 그렇게 할 것이라는 「대답 없는 사랑」의 주인공. 그는 자신의 사랑을 위해 동생을 죽음으로 내몰고 자신의 전 재산과 일을 아낌없이 포기하고 오직 그녀 곁에 있기만을 원한다. 결국 그녀는 그의 품에서 죽음을 맞이하고 그는 그녀가 활동하던 극장가 허름한 골목길의 먼지 낀 상점에서 그녀의 사진과 초상화를 팔며 여생을 살아간다.

> "꽃이 가루가 되어 부서져 내리는데도 그걸 도저히 막을 수가 없군요……"(「대답 없는 사랑」, 130쪽)

라는 마지막 대사는 이 독특한 비극적, 상상적 사랑의 페이소스를 가장 잘 보여주고 있다.

토르수예프의 회한어린 사랑 이야기를 들으면서 우리는 그 사랑의 건전함, 혹은 이성성에 대해 따져 물을 것인가. '색깔도 없고 뻣뻣한 양철판 같은' 공장의 볼품없고 속물적인 세계에서 너무나도 계산적인 삶을 살아가던 사람이 한 번, 그리고 영원히 한 여성을 사랑하는 감정을 맛보았고 그 감정에 충실하여 모든 것을 버리고 아무도 알아주지 않는 작은 골목에서 '세계를 장식하고' 있는 것에 대해 우리는 과연 어떤 논리적이거나 이성적인 판단의 잣대를 들이댈 수 있을까.

「카라모라」에 등장하는 보안 지소장 시모노프는 잔혹하고 긴장된 임무를 수행하다가도 어딘가로 사라져버리는 듯한 매우 특이한 버릇이 있다. 그는 그런 태도로 전혀 다른 세계, 너무나도 황당한 마술로 사람들을 놀라게 하는 상상을 하곤 한다.

그러나 이 보안 지소장은 혁명가 카라모라보다 더 명민하게 사태의 핵심을 파악하는 능력을 가지고 있다. 그는 카라모라를 자신의 밀정으로 만들어내지만 그 어떤 강압과 폭력도 행사하지 않는다. 그는 카라모라의 외적 이념적 성격이 아니라 그를 움직이는 내면의 동기를 누구보다 정확하게 간파해내고 있기 때문이다. 아니 어떻게 고리키가 이런 '반혁명 전사'에게 이런 인간적 덕성을 부여해준단 말인가. 『어머니』의 헌병 조사관이나 재판관에게도 이런 덕성이 있었단 말인가.

이처럼 독특한 개성을 지닌 인물 형상은 「푸르른 삶」에 이르러 극단적 상상과 상징의 세계 속으로 진입한다.

「푸르른 삶」에는 서로 다른 세계가 공존하고 있다. 미로노프 아버지의 장난스럽고 기인적인 세계, 감상에 빠진 미로노프의 공상과 환상의 세계, 목수 칼리스트라트로 대표되는 난장꾼의 세계가 그것이다. '존경받는' 노인 로자노프가 두 다리로 굳게 딛고 서 있는 실제 현실은 이들 세계와 대립되는 세계다. 소리 나는 지구본을 만들거나 교묘한 방법으로 아내를 놀려대고 독설을 담은 농담을 즐기는 미로노프의 아버지 형상은 삶의 부조리, 맹목성 등에 대한 슬픈 야유라고 말할 수 있다. 반대로 아들 미로노프의 몽상들은 현실을 외면하고자 하는 정신병적 증세로 나타나며 '푸르른 색'에의 집착, 파리에서의 '푸르른 삶'에 대한 환상 등을 통해 현실과는 전혀 다른 세계를 만들어 보인다.

목수의 형상은 더욱 알기 어려운 다면적 측면을 가지고 있다. 그는 현실을 벗어나려는 미로노프와 미로노프의 아버지와는 달리 현실 속으로 들어가서 '사람들을 놀라게 만들며' 익숙한 표상들을 장난스럽게 파괴해버린다. 미로노프 어머니의 장례식 날 담장을 '스메타나'로 칠해서 동네 사람들을 놀라게 하더니 미로노프의 집에 요란한 색으로 괴물 같은 물고기를 그려놓는다. 그리고 미로노프의 일상으로 파고들어와 온갖 난장을 벌인다.

"내게는 결혼식 피로연이 제일가는 기쁨이지. 나는 소란스러운 게 좋아. 난장판도 좋고. 하여튼 뭐든 한바탕 시끌벅적한 게 마음에 들어. 사람들이 다 거꾸로 뒤집어져서 돌아다니게 말이야. 젊은이들이 사랑에 빠질 때 보면 정말 재미있지……"(「푸르른 삶」, 454쪽)

이것은 그가 축제의 분위기를 즐기고 있다는 것을 말해준다. 그가 방에 들어서면 모든 것이 삐걱거리고 부딪치는 소리를 낸다. 곱슬머리를 묶은 가죽 머리띠는 불꽃의 혓바닥처럼 타오르고 눈은 녹색의 빛을 뿜어낸다.

이처럼 「푸르른 삶」의 세 세계는 알록달록한 무늬를 현실 세계에 덧붙여낸다. 우리는 이들 세계의 옳고 그름, 미와 추에 대해 말하기 전에 이 세계와 대립적인 현실의 덧없음, 맹목적임, 무색성을 느끼지 않을 수 없다. 이를테면 로자노프 노인네가 딛고 선 '굳건한 현실'과 어머니가 매일 걸레로 닦아내는 세계, 그리고 마침내 제정신으로 돌아온 미로노프의 계산 빠른 속물성, 그가 일하는 일터의 회색성 등은 결코 세 주인공의 '다른 세계'보다 아름답거나 유쾌하거나 새롭다고 말할 수 없는 것이다.

이런 속물적 현실성에 대해 작품 속의 '작가—나'는 다시 미로노프를 미치게 만들고 싶다는 강한 욕망을 느낀다.

'그래, 이제 그 누구도, 그 무엇으로도 콘스탄틴 드미트리예비치 미로노프를 미쳐버리게 할 수는 없을 거다.'

나는 그렇게 생각했다. 그리고 물었다.

"그런데 지구본은 아직 가지고 있나요?"

숫자가 적힌 서류를 들여다보고 뒤통수를 만지며 미로노프는 대답했다.

"목수가 지구본을 꼭 고쳐보고 싶어했지요. 하지만 완전히 망가져버렸어요. 음악이 전혀 안 나오게 됐지요⋯⋯"(「푸르른 삶」, 483쪽)

고리키의 이런 주인공들은 물론 전혀 낯선 새로운 주인공들이 아니다. 자전적 삼부작『어린 시절』『세상 속으로』『나의 대학』 등에 등장하는 많은 인물들도 이렇게 '알록달록한' 무늬를 가진 형상들이다. 그러나 자신의 도덕적 이념적 판단을 배제하고 인물들 자신에게로 시선을 완전히 넘겨주는 보다 열린 자세는 이 작품집만의 독특하고 새로운 특징이 아닐 수 없다. 그것은 인간과 세계를 바라보는 단선적이고 이념적인 세계관을 넘어서서 인간과 세계의 복잡다단함, 그 다채로운 세계에 주목해 보다 진실한 삶을 발견하고자 하는 노력의 결과라고 평가될 것이다. 이 세상의 미물들, 즉 '살아 있는 온갖 작은 것들'이 타 죽을 것을 염려하여 추위에도 불구하고 모닥불을 피우기 꺼리는 은둔자 사벨의 모습은 바로 고리키가 그리워하는 새로운 인간의 얼굴인 셈이다.

활짝 열린 영혼의 수정체

'다른 어조, 다른 형식, 다른 고리키'의 모습은 인간과 세계에 대한 새로운 인식과 더불어 서사 형식의 창조에도 급격한 변화를 불러오고 있다. 초기 고리키의 창작 특징은 '행위 전개, 주인공의 운명에 있어 공공연한 작가적 간섭, 작가의 직접적인 평가적 관점'에 있다는 것은 널리 인정되는 사실이다. 그러나 후기 고리키 문학에서 작가의 평가적 관점은 복잡하고 매개적으로 드러난다.

「은둔자」의 화자는 초기 단편들의 화자와 형식상 매우 유사하기는 하지만, 1890년대의 단편이나 1910년대의 단편에서 작가의 이념적 시점을 전적으로 대변하던 것에 비하면 상당히 자제된 객관적인 화자다. 「대답 없는 사랑」에서 역시 「은둔자」와 마찬가지로 '나'가 주인공을 만나 이야기를 듣는 것으로 구성되어 있지만, 여기서의 화자는 주인공의 행위를 도입하고 매개하는 최소한의 역할에 머물고 있다. 여기에서 '나'는 형식적 장치로서 이야기를 들어주고 촉구하는 역할 이외에 그의 사랑에 대한 감탄이나 비판을 하지 않는다. 내면적으로 그의 이야기를 굴절시키거나 반추하거나 자신의 다른 이야기를 연상해내지도 않는다. 주인공 토르수예프만이 자신의 이야기를 극적으로 구성하여 들려주고 있으며, 토르수예프의 어조나 평가에 '나'의 어조나 평가는 전혀 섞이지 않는 것이다.

「특이함에 대하여」에서도 '나'는 서두에서 주인공을 묘사하고 그의 말을 듣게 되었다는 언급 이후에는 사라져버리고 주인공 자신의 독백으로 모든 이야기가 진행된다. 「영웅」「카라모라」에서는 형식적인 화자나 일인칭 관찰자 시점도 사라지고, '나―주인공―화자'의 일치 속에 주인공 자신의 모놀로그로 이야기가 진행된다.

「푸르른 삶」은 「은둔자」와 같이 '작가―나'의 이야기이지만 독자들은 작품이 끝날 무렵까지 작가의 전지적 시점이라고 생각하도록 구성되어 있다. 점차 정신병적 환영의 세계로 빠져드는 주인공 미로노프와 그의 주변 세계가 그려지지만 작품의 종결부에서 미로노프가 어떤 정신과 의사에게 치료를 받으며 자신의 이야기를 했고, 그것을 다시 작가가 '나'에게 해주었다는 사실이 밝혀지는 것이다.

이러한 관계 자체에 대한 작가의 복잡다단한 생각을 가장 극적으로 보여주는 것은 「어떤 소설」이다. 이 작품에서 작가는 작품을 전지적으로 서술하는 자이면서 자신을 굳이 감추려 하지 않고, 때로는 자신의 견해를 가지고 소설 속의 논쟁에 끼어들기까지 한다. 그러나 소설의 주인공 역시 스스로 '소설 밖으로' 걸어 나와 스스로 자신을 완결시키고자 한다. 결국 작가의 직접적 등장과 더불어 주인공 역시 그에 못지않은 자격으로 등장한다. 그리하여 이들 사이의 논쟁은 소설과 현실, 주인공과 독자에 대한 문제로서 소설 창작의 정체성에 대한 극단적인 자기 점검에 해당된다. 즉 소설 형식 자체에 대한 소설인 셈이다. 고리키는 새로운 형식과 다른 어조를 추구하면서 드디어는 자신의 추구 자체를 소설의 대상으로 삼은 것이다.

이러한 단편들의 '새로운 형식'과 '다른 어조'의 핵심은 무엇인가?

무엇보다 우선 지적할 수 있는 것은 작가의 평가적, 이념적 시점으로부터 독립한 주인공의 생애와 내면이 그려지고 있다는 점이다. 이전의 고리키 문학이 직접 체험에 기초한 사실적 구성에 주로 의지하는 작품이었고, 거기서 작가는 항상 일정한 평가적 관점을 유지하고 있으며 그 관점을 대변하는 주인공을 가지고 있었다면, 이 작품집의 여러 주인공들은 화자인 '나'의 생애와 의식으로부터 독립적인 주인공들이라고 말할 수 있다.

앞에서 화자와 서사 형식을 살펴본 것처럼 화자인 '나'는 우연히 만난 주인공으로부터 그의 삶과 철학에 대해 이야기를 듣고, 그것을 우리에게 전달해줄 뿐이지 주인공의 생애와 의식의 변화 과정에 조금도 참여하고 있지 않다. 또한 할 수 있는 시간적 위치에 있지도 않다. 그리고 화자와 주인공이 완전히 일치하는 일인칭 고백 시점 역시 그 효과에서는 앞의 경우와 다르지 않다. 물론 작가는 주인공의 선택과 구성을 통해 자신의 평가적, 이념적 관점을 실현하고 있는 것은 사실이기 때문에 형식 그 자체만으로 작가의 시점이 극복되었다고 말할 수는 없다. 그러나 고리키에게 있어서 이 시기에 이러한 형식이 필요했던 것은 이 작품집의 다양한 소재와 주인공, 주인공들의 이념적 다양함과 존재적 다양함을 그대로 작품에 담아내기 위해서, 즉 다른 고리키로 태어나기 위해서 필요한 문학적 실험이었다.

「영웅」의 주인공 '나' 마카로프는 영웅과 뛰어난 천재가 역사를 바꾼다는 그릇된 영웅관에 사로잡혀 있다가 혁명을 맞이하게 되자 극심한 정신적 공황 상태에 빠져버리는 인물이다. 그는 자연 현상에 대한 공포 때문에 책읽기를 좋아하게 되었고 주위 사람들로부터 매우 똑똑하다는 평가를 받을 수 있었다.

'나'는 김나지움에 입학하면서부터 다양한 철학적, 이데올로기적 경향들과 접하게 된다. 특히 천재란 민중으로부터 혈연적으로 독립되어 있다고 주장하는 역사 교사 노박의 영웅관에 깊은 공감을 느낀다. 그는 역사적인 인물들을 열거하면서 이들이 당대 그 사회의 민중과 아무런 혈연관계가 없고, '민족을 넘어서서, 민족보다 더 높은 곳에서' 왔다고 강변한다. 이런 가르침에 어떤 진실이 있다고 생각하면서도 '나'는 그런 말이 자신을 무엇인가에 속박시키고 있다고 느끼면서 다소 불쾌해지고 마음이 무거워진다. 그는 자연에 대한 공포와 더불어 살아 있는 현실에 적극적으로 동참하려는 의지가 없었기 때문에 노박의 영웅주의에 대해서도 쉽사리 자신을 동화시키지 못한다.

무엇보다 '나'의 삶과 의식에는 자연에 대한 공포, 살아 있는 현실에 대한 공포가 가장 근본에 자리 잡고 있다. 따라서 '나'는 단순한 삶과 안락한 삶의 유혹에만 본질적으로 관심이 있을 뿐이다. 이러한 삶의 지향이 조금이라도 흔들린다 싶으면 그는 나름대로 방어적인 행동에 나선다. 김나지움을 중도에 포기하고 도망치듯 고향으로 내려와 주저앉아버린다든지, 사회가 혁명의 분위기에 휩싸이자 자발적으로 보안기관의 정보원이 되어야겠다고 보안대장을 찾아가기도 한다.

이 작품의 내용은 자연 현상, 자연스러운 사회 현상으로부터 멀어지고 도피하려는 소시민의 감성과 귀족주의와 영웅주의를 주장하는 등장 인물들에 대한 이야기라고 우선 말할 수 있다. 그러나 이 작품에 대해 당대의 비평가 레즈네프와 보론스키의 평가는 매우 부정적이었다. 특히 보론스키는 '예술가로서의 고리키의 감수성을 지배하는 근본적인 정서적 주조음이 세계를 바람직하지 않은, 간교하고 무서운 혼돈으로 받아들이고 있다는 것은 아마도 (고리키의) 거의 잘못된 확신일 것이다'라고 조심스럽게 부정적인 평가를 내리고 있다.

레즈네프 역시 '고리키의 대단히 굵직한 작품 「영웅」은 편견에 차 있고, 꾸며댄 것이며 창백한 것이다'라고 노골적으로 비웃는다. 혁명에 반대하는 계층의 이데올로기와 정신 상태에 대한 풍자이고, 더욱이 이들이 혁명 이후에는 혁명을 수용하지 못하고 정신적 도덕적 공황 상태로 떨어져버릴 수밖에 없다는 '공격적인 결론'을 도출해낼 수도 있는 작품일 터인데, 왜 보론스키나 레즈네프는 부정적인 평가를 내리고 있을까.

그것은 바로 주인공들의 관점의 독립성이 강하게 형상화되어 있고, 이러한 독립성을 보장하기 위해 문체의 중립성이 보장되어 있기 때문이다. 작가로부터, 혹은 작가의 입장을 분명히 대변하는 주인공으로부터 어떤 평가적 일원성도 제시되지 않기 때문에, 주인공들의 '반동적' 입장에 대해 보다 공격적인 비판을 기대하는 비평가에게 이 작품은 부정적으로 비칠 수밖에 없었던 것이다. 일인칭 독백적 관점으로 쓰이는 작품에서 작가는 풍자적 어조나 작가적 일탈이라는 방법을 취하지 않고는 자신의 관점을 작품에 도입하기가 상당히 어렵고 제한적일 수밖에 없다. 또한 고백하는 자로서 현재의 마카로프는 도덕적으로 타락하고 인간적으로 황폐한 강도에 살인자일 뿐이다. 그런 잔인무도한 인물의 관점에서 고백하는 이야기에 풍자적 어조를 개입시키지 않는 한 어떻게 도덕적인, 혹은 혁명적 이념의 승리의 관점을 넣을 수 있겠는가.

「카라모라」와 「특이함에 대하여」 역시 주제는 「영웅」과 유사하며, 그 새로운 형식과 다른 어조에 대해서도 유사한 평가를 내릴 수 있다. 「카라모라」의 주인공 '나'는 혁명 후 반혁명 활동분자로 체포되어 '어떻게 이런 일이 일어났는지를 쓰라'는 명령과 함께 수십 장의 종이를 받아 든다. 어찌 되었든 자신을 죽일 거라는 걸 알면서, 그는 쓰지 않겠다고 생각하지만 '자신을 위해서' 기록을 해나간다.

이 작품은 그래서 감옥에 앉아 사형을 기다리는 사람이 감정의 회오리에 문득문득 빠져드는 단편적이고 일관되지 않은 생각들에 대한 속기록인 셈이다.

그의 고백 수기에 따르면 '나'는 혁명 운동의 중심적 인물이자 헌신적인 인물이었다. 그러다가 정보 기관에 매수된 위장 활동가 포포프를 알아보고 교수형을 시켜버린다. 그러나 이 일로 체포되어 그 자신이 기관의 협조자가 되어 혁명가들을 밀고하는 일을 하게 된다. 그리고 혁명이 일어나 다시 체포되어 사형을 기다리고 있다. 그는 자신이 혁명 활동에 뛰어든 것은 자신에게 진정한 사회주의자로서의 이념적 확신이 있었기 때문이 아니라 단지 권력을 사랑하고 남과 구별되고 특별해지기 위해서였음을 고백한다.

기록은 매우 단편적으로 사실과 해석이 뒤엉켜서 서술된다. 그리고 단 한 번도 작가적 개입이나 비판의 어조가 개입되지 않는다. 그를 심문하는 수사관도 마찬가지이고(그는 단순히 그에게 글을 쓰도록 촉구하기 위해 등장한다), 그를 매수했던 시모노프도 마찬가지다. 그래서 전체적으로 이 작품을 이념적으로 보고자 한다면 당시 소련의 비평가들은 매우 불쾌했을 것이다. 혁명에 성공한 이후 혁명에 대해 매우 비판적이고 부정적인 태도를 보였던 고리키가 외국에 나가서 쓴 단편이 변절한 혁명가의 내면 세계에 대한 빠짐없는 기록이라니, 도대체 고리키는 이 작품에서 무슨 생각을 드러내려는 것인가.

보론스키는 이 작품에 대해 혹평한다.

"「카라모라」는 실패한 작품이다. 이 작품은 요령부득과 모욕감을 불러일으킨다. 그 속에는 도스토옙스키의 분위기에서 빌려온 것이 많다. '더러운 짓을 할 수 있도록 허용하라.' 작품 주인공은 어떤 곳에서 자신이 이제 도스토옙스키를 잘 느끼고 있다고 말한다. 그러나 우리 러시아에서 혁명의 변절자에 대해 그렇게 이중적으로 쓰는 것은 불가능하다."

「카라모라」에서 작가의 이념을 찾아내고자 할 때, 혹은 주인공의 고백을 통해 구성되는 작품의 총체적 이념을 찾아내고자 할 때 당연히 보론스키와 같은 불만과 당혹을 느낄 것이다.

하지만 카라모라에게는 영원히 해결될 수 없는 문제, 즉 존재와 의식의 불일치에 대한 고뇌와 갈등, 또한 자신의 존재와 의식을 부정하려는 끝없는 추구와 실험이 운명처럼 지워져 있다. 이러한 추구와 실험이 자유롭고도 진정하게 이루어지기 위해서는 살아 있는 존재와 의식에 대한 냉정한 응시가 필요하고 어떤 외부적 간섭, 기존의 완결된 이념의 개입은 방해가 될 뿐이다. 고리키에게 사형을 앞둔 사람의 가장 절실한 자기 고백과 자기 분석이 필요한 것은 바로 이 때문이며, 또한 바로 그러한 이유로 고리키는 작품에 작가의 직접적인 개입이나 주석을 최대한 억제하고 있다.

「특이함에 대하여」의 즈이코프의 삶과 의식 역시 이와 같은 문제 의식에서 파악될 수 있다. 즈이코프는 출신도 분명치 않은 하층 농민 출신으로 역사 과정 속에서, 사회적 투쟁 속에서 자신의 자리를 발견 해가는 인물이다. 그는 다소 우연적이면서도 어느 정도 의식적인 필 연성 속에서 게릴라 부대에 합류하고 볼셰비키가 된다. 그는 사회적 으로 성장하고 발전해가는 인물의 형상인 것이다. 그러나 즈이코프의 이러한 외적인 성장과 달리 그의 내면 세계, 즉 의식의 세계는 크게 변화하지 않는다. 그는 스스로 바보 흉내를 내면서 많은 사람들의 이 야기에 귀를 기울이고 거기에서 얻은 말들을 나름대로 편집해서 자신 의 말로 만들어 쓴다. 그가 들은 많은 구절들은 그에게 와서 단순화되 고 편리하게 왜곡된다. 그는 감옥에서 어떤 노인이 하는 단순한 삶에 대한 설교를 듣고 이를 보편화시켜 이해한다.

즈이코프는 '활짝 열린 영혼'에 의존해서 이제 모든 '특이한 것'에 대해 편집증적인 질투를 가지게 된다. 모든 정치가들과 정당의 논리, 심지어 자신의 보호자였고 존경해 마지않던 의사의 논리도 모두 남과 달리 특별해지려는 욕구의 소산이라고 믿는다. 그는 이렇게 사회주의 이념을 제멋대로 수용하면서 보편적 평균화 이론, 무정부주의적 무권 력의 이상 등으로 변질시켜간다. 문제는 여기에서도 고리키는 즈이코 프의 존재의 발전 과정과 의식의 불일치를 집요하게 추적하고 있다는 점이다. 그의 의식은 그가 처한 존재의 현실과 일치하지 않고, 그가 겪은 현실은 올바르게 의식에 반영되지 못한다. 이렇게 즈이코프의 사회적 존재가 자신의 의식 수준과는 불일치한 상태로 발전해감으로

써, 즈이코프의 형상은 그 존재와 의식의 보다 넓은 간극 속에 형상화된다. 즈이코프가 어쩌면 자신의 의식과 가장 유사한 존재인 한 '은둔자'를 살해한 것은 그 간극을 뛰어넘으려는 가장 극적인 노력이었을 테지만, 살해된 것은 아마도 자기 자신의 살아 있는 의식이었을 것이다!

「영웅」「카라모라」「특이함에 대하여」 등에 등장하는 주인공들, 혁명과 연관된 내면을 드러내는 인물들은 이 인물들의 사회적 전형화와 이에 따른 도덕적 평가에 초점을 맞추어 읽어서는 곤란하다. 앞에서 여러 번 지적했듯이 이들은 사회적 격변 속에서 인간의 존재와 그 존재에 대한 반영으로서의 의식의 차이와 갈등, 불일치를 끝없이 관찰하고 목격하고 증언하는 인물들일 뿐이다. 그리고 그들의 증언의 깊이와 인간적 객관성에 대한 추구가 이 단편들의 독특한 시학을 이루고 있는 것이다.

새로운 프리즘을 위하여

이 작품집에 담긴 '새로운 형식'과 '다른 어조'의 핵심, 즉 작가의 이념적 시각으로부터 독립한 주인공의 독자적 형상화는 작가의 독백적 이념에 의한 서열화를 제어하고 주인공들을 살아 있는 모습 그대로, 존재와 의식의 차이와 갈등의 현장을 그대로 제시하는 것에 담겨 있다. 물론 이 모든 텍스트의 전략이 작가의 이념적 조종에 의한 것임을 부정할 수 없다. 그러나 이전의 작품에 비해서 이 작품집에 실린 단편들에서는 작가의 이념적 지향이 세밀하고 복합적이고 다양하게 산재하기 때문에 우리는 작가의 이념, 작품의 총체적 의미망을 읽어 내기가 쉽지 않다. 특히 모든 단편들이 거의 대부분 주인공의 독백으로 진행되고 있기 때문에 우리는 주인공이 말하는 순간, 말하는 상황, 말하는 의도, 분위기 등에 따라 그 말을 이해해야 한다. 이런 특징은 작품을 일정한 틀로 요약하거나 특정한 이념을 향한 서사 구조로 이해하는 것을 더욱 어렵게 만든다.

예를 들어 「특이함에 대하여」는 이렇게 구성되어 있다.

(가) 화자가 주인공을 바라보며 묘사한다. '나'는 주인공의 외모와 특징, 말하는 태도, 목소리를 작품의 서두에서 묘사한다. '나'는 단지 문법적으로 등장할 뿐이다.

'나는 이 넓적한 이빨을 가진 사내에게 그의 인생에 대해 말해달라고 부탁했다', 혹은 '이 특이한 방이 그에겐 좁게 느껴지는 것 같았다'라는 문장에서 '나'가 느껴진다. 그러나 이뿐이다. 이 서두가 끝나고 주인공이 '나'로 발언하면서 '나'는 완전히 사라지고 작품이 끝날 때까지 단 한 번도 등장하지 않는다. 우리는 주인공 '나'가 말한 것을 '나'가 듣고 우리에게 전해주고 있다는 사실을 논리적으로는 인식할 수 있지만, 주인공 '나'의 말을 들을 때에는 '나'의 목소리와 숨결은 느껴지지 않는다. 따라서 '나'는 매우 형식적인, 구성 자체로는 필연적이라고 볼 수 없는 의사(擬似) 화자라고 말할 수도 있을 것이다.

(나) 주인공 '나'는 실질적인 화자다. 주인공 '나'가 소개된 후 작품 전편에 걸쳐 자신의 목소리로만 작품을 가득 채운다. 그는 우선 자신에 관한 모든 것을 말할 수 있다. 이 경우에도 그는 현재의 발화로 과거의 자신에 대해 설명하고 묘사하기도 하지만, 그 당시 자신의 말이

나 생각을 다시 직접화법으로 전하기도 한다. 이 경우 어조의 변화가 분명히 나타나고 과거의 '나'는 지금의 '나'와 다른 어조 속에 생생하게 재현된다.

그러나 주인공 '나'의 말은 논리적으로는 분명히 '나'가 듣고 재구성한 것이다.

(다) 주인공 '나'는 다른 사람을 관찰하고 평가한 것을 우리에게 말해준다. 자신의 말 속에 다른 사람에 대한 묘사와 평가를 담아내고 남의 말을 직접화법과 간접화법의 형태로 재현한다.

그래서 이 작품을 한 사람이 낭독한다면 그의 본 목소리는 화자 '나'일 것이고, 그는 곧바로 주인공 '나'의 목소리로 말해야 하고, 그 속에서 아주 다양한 목소리로 낭독해야 하기 때문에 낭독자는 한국 신파극의 변사를 능가하는, 믿기 어려울 정도로 다양한 목소리를 가지고 있어야 할 것이다.

이 작품집의 모든 작품들이 기본적으로 위와 같은 구성을 지니고 있다. 이런 구도에서 우리는 (1) '과거의 사실', (2) '주인공 나'의 말, (3) 화자 '나'의 말을 통해서 작품의 모든 것이 전달된다는 것을 알 수 있다. 여기서 (1)과 (2) 사이에, 그리고 (2)와 (3) 사이에 어떤 프리즘이 있다고 볼 때, 그 프리즘은 과거의 사실들을 일정하게 편집하고 구성하고 왜곡하는 프리즘일 것이다. 물론 (3)의 프리즘은 거의 느껴지지 않고 투명해 보인다. 그러나 보이지 않는 것으로서 더욱 강력한 왜곡의 가능성을 가지고 있다. 독자들은 분명히 존재하는 (3)의 프리즘을 마치 존재하지 않는 것처럼 생각하고 자신이 직접 (2)의 프리즘만을 통해 작품 세계를 보고 있다는 환상을 갖게 된다. 그러나 (2)

의 프리즘은 가장 주관적이면서 동시에 객관적으로 다양한 인물들과 다양한 상황에 대한 객관적 묘사, 객관적 재현을 이루어내고 있다. 이러한 서사 상황에서 우리는 (2)의 프리즘을 무조건 신뢰할 수도 없고, (2)에 의해 재현되는 (1)의 단편들을 연결해서 의미를 구성하는 것도 부족하다고 느낀다.

결국 우리는 이 작품을 읽는 새로운 프리즘을 필요로 하는 것이다. 우리 자신의 프리즘!

고리키 자신은 '새로운 형식'과 '다른 어조'로 자신의 내면의 무성한 수염을 깎고자 한 것이겠지만, 정작 우리가 읽어야 할 것은, 그 결과로서 얻어진 고리키의 소설 시학이다. 그것은 소설적 세계는 하나의 통일적 이념 체계가 아니라 복합적이고 모순적이며 다면적인 존재와 그 존재에 대한 반영으로서의 의식, 이들 사이의 관계 체계라는 사실이다.

이 작품집의 단편들은 모두 주인공의 의식을 통해 자신의 존재에 관해 말하고 있는 것이지만, 반대로 존재 자체의 역동성에 의한 의식의 단절과 파편화를 보여주고 있다. 따라서 고리키의 이 작품집은 독자 자신의 프리즘을 촉구하는 소설이다. 소설이라는 이야기 전략 자체를 노출시키면서, 작가는 이야기 뒤로, 주인공 뒤로 숨어버리고 작품의 원재료와 가공된 제품을 우리에게 보여주고 있을 뿐이다. 특히 주인공들은 자신의 말로 모든 것을 진술하고 있기 때문에 우리는 더욱 분명하게 모든 사실의 객관성을 되묻게 된다. 어느 누구에게 공감하고 어느 누구에게 반감을 가질 것인가라는 전통적인 독법에 익숙한 독자들은 당황해할 수밖에 없다.

'아니 고리키는 어디에 간 거야, 우리만 남겨놓고!'라고 불만을 터 뜨릴지도 모른다.

고리키는 도대체 어디로 간 것일까.

차라리 찾지 말라는 것은 아닐까.

그러나 독자 자신의 독립적인 프리즘으로 이 소설을 본다면 이 소설은 긍정도 반감도 필요로 하지 않는다. 오직 살아 있는 존재에 대한 경험적인 미적 체험을 통해, 그리고 그 존재에 대한 의식의 굴절을 통해 존재와 의식의 불일치와 모순의 다양한 역동성 자체를, 그 미완결의 생동감을 느끼도록 요구하고 있음을 알 수 있다.

역자는 국내에 처음 소개되는 이 작품집이 오늘날 다양한 문화적 활로를 모색하는 우리 독자들에게 깊은 사색과 통찰을 던져줄 수 있을 것으로 믿는다. 어렵다면 어렵다고 할 수 있는 작품들이지만 읽을수록 깊은 재미와 의미를 던져주기 때문이다. 아마도 막심 고리키의 작품 세계에 대한 우리의 이해를 넓히기에도 부족함이 없을 듯하다.

번역을 하면서 서사의 복잡함과 난해함, 감정의 미묘함 등을 어떻게 우리말로 살려낼 수 있을까 많이 고민했다. 내가 소중하게 생각하는 작가의 귀중한 작품들을 번역하면서 열과 성을 다했다고 자부하지만, 고쳐 읽을수록 더 좋은 표현이 떠오르는 걸로 봐서 부족함이 많음을 인정할 수밖에 없다.

독자 여러분의 질정을 고대한다.

2009년 5월

이강은

옮긴이 **이강은**

고려대 노어노문학과를 졸업하고 동 대학원에서 박사학위를 받았다. 저서로 『반성과 지향
의 러시아 소설론』 『혁명의 문학, 문학의 혁명—막심 고리끼』 『해석적 패러다임으로서의
반성과 지향』(공저)이 있고, 옮긴 책으로 『청년 고리끼』 『레프 톨스토이 1, 2』 『세상 속으로』
『이탈리아 이야기』 등이 있다. 현재 경북대 노어노문학과 교수로 재직하고 있으며, 막심 고
리끼를 비롯한 러시아 소설과 소설 이론, 러시아 혁명기 문학과 문학 이론 등을 연구하고
있다.

문학동네 세계문학

대답 없는 사랑_막심 고리키 마지막 단편집

초판인쇄 2009년 5월 25일 | 초판발행 2009년 6월 5일

지은이 막심 고리키 | 옮긴이 이강은 | 펴낸이 강병선
책임편집 강건모 오동규 양선희 | 저작권 김미정 한문숙
마케팅 장으뜸 정민호 한민아 김정민 정소영 | 제작 안정숙 서동관 김애진

펴낸곳 (주)문학동네 | 출판등록 1993년 10월 22일 제406-2003-000045호
주소 413-756 경기도 파주시 교하읍 문발리 파주출판도시 513-8
전자우편 editor@munhak.com | 전화번호 031) 955-8888 | 팩스 031) 955-8855

ISBN 978-89-546-0815-2 03890

www.munhak.com

이 도서의 국립중앙도서관 출판시도서목록(CIP)은
e-CIP 홈페이지(http://www.nl.go.kr/cip.php)에서 이용하실 수 있습니다.
(CIP제어번호: CIP2009001486)